KB270641

권율과
전라도
사람들

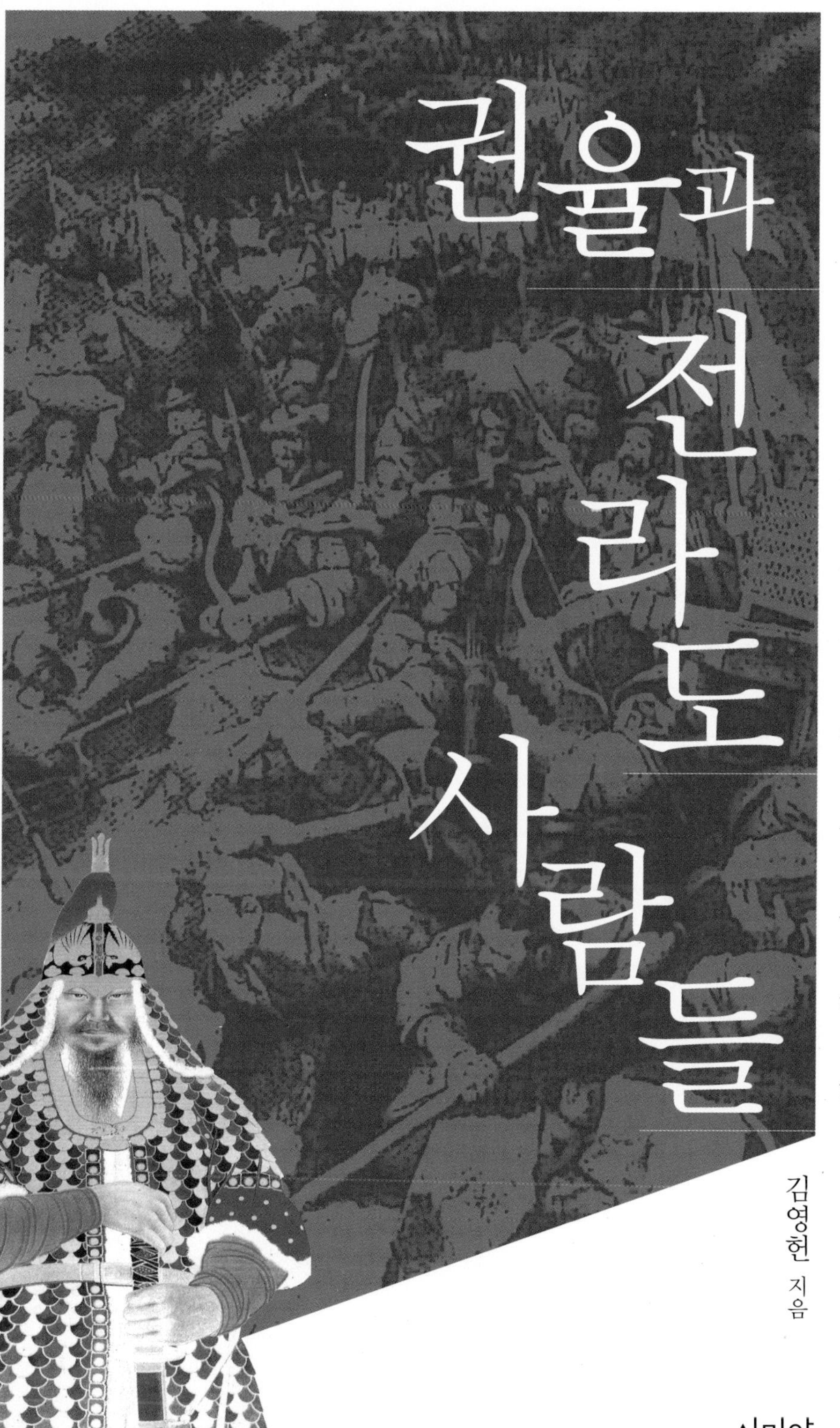
누·란·의·위·기·에·서·나·라·를·구·하·다
권율과
전라도
사람들
김영헌 지음
심미안

우리는 임진왜란 때 가장 큰 공을 세운 인물로 육전에서는 권율, 해
전에서는 이순신을 꼽기를 주저하지 않는다. 이순신이 이끌었던 해전
과 육전의 의병활동상은 그 기록이 적지 않아 학술연구의 성과물 또한
상당히 축적되었다. 반면 권율이 이끄는 육전의 관군 활동상에 대한 연
구는 그렇지 못한 것이 현실이다.

이순신은 전쟁을 치르면서 사소한 일에서부터 전투 상황까지 낱낱
이 기록한 『난중일기』를 남겨 이를 토대로 한 학술적인 연구가 가능했
지만, 육전에서 관군을 이끈 권율은 다르다. '행주대첩비문'을 지을 때
참조한 각종 난중기록과 시문이 강화도 향제에 보관돼 오다 병자호란
때 모두 소실되었기 때문이다.

2000년대 초, 필자는 조선의병의 총수였던 광주의 의병장 김덕령에
대해 연구하면서 임진전란사를 보다 다양하게 학습할 수 있었다. 당시
시대적 상황을 이해하고, 관련 인물과 전투지역을 두루 섭렵해야 했는
데, 역사에 대한 식견이 부족한 처지여서 쉽지 않은 여정이었다.

이 과정에서, 이항복의 『백사집』을 보게 되었고, 행주승첩 때 "호남
의 정병과 맹장이 모두 휘하에 소속되었다."라는 권율의 말에 주목하였
다. 바꾸어 말하면 행주대첩은 전라도의 용감한 장수들이 해냈다는 이
야기가 된다. 과거였으면 그냥 지나쳤을 것이지만 오랫동안 머릿속에

간직하며 언젠가는 그와 함께한 전라도사람들의 활약상에 대해 정리할 것을 스스로 다짐하며 지냈다.

얼마 뒤 권율과 그의 막하 장수에 대한 추가 자료를 모으기 시작했다. 자신이 직접 쓴 기록은 빈약했지만 옛 문헌과 최근 들어 전투별로 연구된 자료는 상당히 방대했다. 특히 임란 당시 관찬기록이나 개인문집에 나와 있는 내용은 이순신에 대한 기록과 비교했을 때 그 양이 결코 뒤지지 않았다.

이 책을 정리하면서 크게 두 가지에 주안점을 두었다. 하나는 임란 발발에서 서울 수복(1592. 4~1593. 4, 1년간)까지 육전에서 치른 웅치와 이치, 독성산성과 행주산성전투의 권율과 전라도사람들의 활약상이다. 또 다른 하나는 이 전투에서 전라도 어느 지역의 누가 참전했는지를 밝혀보고자 했다.

2007년 봄, 먼저 권율의 막하 장수에 대한 정리에 들어갔다. 우선 권율 막하로 정리된 자료를 찾아보았던 바 '행주대첩비'에 8명을 비롯하여 '이치대첩비' 중건비에 147명, '광주창의비'에 24명의 이름과 직책, 본관 등이 비문에 새겨져 있었다. 또 『선조실록』에 4명을 비롯, 『호남절의록』에 38명, 『만취당실기』에 101명, 『금곡사지』에는 '이치대첩비' 중건비에 나와 있는 147명이 그대로 실려 있다. 그리고 고양시에서 행주산성전투 참전인물로 3명을 분류했다. 중복된 인물을 제외하면 권율 막하는 모두 178명임을 알 수 있었다.

이들을 다시 출신지별로 분류하여 『호남절의록』을 토대로 행적을 정리한 뒤, 『조선왕조실록』·『난중잡록』·『쇄미록』·『징비록』·『서애집』·『백사집』·『재조번방지』·『연려실기술』 등의 옛 문헌과 기타 개인문집, 단행본, 논문 등에 나와 있는 내용을 '조각모음' 하며 당시 상황을 하나하나 구성해 나갔다.

광주시 공직에 몸을 담고 있는 공직자로서 명분 또한 있었다. 그것은 임란 직후 권율이 '광주목사'로서 광주사람들과 처음 인연을 맺은 것이 육전 승리의 시발점이 되었다는 점에서 더욱 그러했다.

사실 이 책은 이장희(전 성균관대)·조원래(전 순천대)·하태규(전북대)·김상기(충남대)·강성문(육군사관학교)·심승구(한국체대)·김동수(전남대) 교수님과 박재광(전쟁기념관) 학예연구관님의 기존 연구가 없었다면 처음부터 불가능한 일이었다. 이분들을 비롯하여 임진왜란 관련 연구에 심혈을 기울이고 있는 여러 학자들에게도 머리 숙여 감사드린다. 또한 한국고전번역원에서 원문을 번역하여 DB화 한 것도 큰 보탬이 되었음을 밝힌다.

2010년 9월 10일, 강운태 님께서 광주광역시장에 당선되어 북구청을 치음 방문한 자리에서 "권율이 임란 직후 '광주목사'가 되어 광주사람들과 함께 국가의 위기를 극복했다"는 말씀도 권율과 함께한 전라도(광주)사람들의 연구에 더욱 매진할 수 있는 촉진제가 되었다.

이 책이 나오기까지 많은 분들이 힘을 보태 주었다. 졸저 『김덕령 평전』을 숙독할 정도로 역사와 문화에 해박한 지식과 관심을 가지고, 참여와 배려의 행정을 이끌고 계시는 송광운 북구청장님께 먼저 감사드린다. 특히 20여 년 전 향토문화공부에 입문할 때부터 많은 도움을 주신 광주·전남지역 문화관계자 여러분께도 감사를 표한다. 독성산성과 행주산성, 금주산과 파주산성 등의 전적지 답사를 함께한 광주북구청 향토문화사랑연구회 회원님과 부천에 사는 김만영 고향친구, 교정에 참여해 준 임형 선생님을 비롯 백은아·김재성·선승연 등의 직장동료께도 고마움을 전한다.

아울러 졸고를 기꺼이 출간해 주신 심미안 출판사에도 감사드리며, 항상 믿어 주시고 건강을 염려해 주신 부모님, 이 책을 쓰는 데 격려와 힘을 보태준 가족들에게 고마움을 전한다.

2012년 가을 삼각산 아래에서

김영헌

전라도는 국가를 보위하는 근본이다

임란 개전 2개월 만에 조선 8도 중 전라도 지역을 제외한 전 지역이 왜군의 수중으로 들어가고 말았다. 마치 거친 파도에 쓸려 모래성이 허물어지고 조각배가 부서지듯 했다.

선조는 도성인 서울을 떠나 명나라와의 경계지역인 의주까지 도망가기에 급급하였고, 전국 각지의 민중들은 가족을 지키고 살아남기 위해 산으로 이웃 고을로 피난을 가야만 했다. 왜군의 직접적인 침략을 받은 경상좌도 사람들은 영남 동쪽으로 들어갔으며, 경상우도 사람들은 전라도로 물밀듯이 들어 왔다. 경기도 사람들은 강화와 아산 등지로 들어갔다.

그런가 하면 적의 침입으로 지역의 뜻있는 선비들은 자기 고을에 머물며 고장을 지키기 위해 의병을 일으켜 적과 맞서 싸웠다. 홍의장군 곽재우(의령)를 필두로 김면(고령)과 정인홍(합천), 조헌(옥천)과 정문부(종성), 이정암(연안) 등이 잇따라 의병운동을 일으켰다.

전라도에서는 국토수호를 위한 근왕勤王운동이 펼쳐졌다. 초기에는 서울 수복을 위해 전라도순찰사(감사) 이광이 중심이 되어 수만 명의 군사를 모아 경기도 용인까지 진출하였으나 실패로 끝나고 말았다. 그 뒤 김천일(나주)과 고경명(광주), 최경회(화순)와 임계영(보성) 등이 전라도와 경상도 경계 지역과 경기도에서 의병활동을 전개하여 왜군에게 어느 정도 타격을 주기도 했지만 전세를 역전시킬 수는 없었다.

국토 전역이 왜군에 유린된 상황에서 국가가 의지할 곳은 오직 전라도뿐이었다. 전라도가 이처럼 보전된 것은 전라좌수사 이순신이 남해안에서 서해로 진출을 노리는 왜군을 완전 봉쇄하였고, 육지에서는 경상우도 의병장 곽재우와 김면이 전라도로 향하는 왜군과 접전을 벌여 이들의 진출을 지연시켰기 때문이다.

그러자 조선 수도 서울을 점령한 왜군은 북상하여 임진강에서 작전회의를 갖고 조선 8도를 분할 통치하기로 전략을 수정했다. 이는 조선 전역을 명나라 침공의 보급기지로 삼아 군량을 조달하고 부산에서 의주 간의 도로를 확보하기 위함이었다. 이에 전라도 침공을 담당한 제6번대 고바야카와 다카카게小早川隆景는 임진강전투까지 참전한 뒤 다시 남하하기 시작하여 6월 말 경 당시 전라도에 속했던 금산에 침입한다. 1만 5천여 명에 이르는 대규모 병력이었다. 이로써 전라도 또한 풍전등화의 위기에 처하게 된다.

이 무렵 전라도순찰사 이광은 광주목사 권율을 전라도도절제사로 삼고 군무를 총괄토록 했다. 그리고 금산에서 전주부성으로 넘어오는 길목인 웅치(곰재)와 이치(배재)에 군현 수령과 의병장을 배치하여 왜적의 침략에 대비했다. 권율 또한 이치를 지켰다.

이후 왜군과는 4차례의 혈전이 벌어졌다. 웅치전투(7. 7~7. 8)에서는 비록 방어선이 뚫리긴 하였지만 왜군에게 많은 전력 손실을 입혔고, 이치전투(7. 20)에서는 권율과 황진이 참전하여 대승을 거뒀다. 제1·2차 금산전투(7. 9~7. 10, 8. 18)는 의병장 고경명과 조헌이 근왕을 위해 북진하다가 왜군이 남하하여 전라도로 침략해 오자 방향을 선회하여 금산에 주둔하고 있던 왜군의 주력부대를 소탕하기 위한 공격전이었다. 주장인 고경명과 조헌 등 수백 명이 순절한 처절한 전투였다.

전라도 관군과 의병의 수차례에 걸친, 죽음을 두려워하지 않은 혈전으로 9월 16일 무주·금산지역에 주둔하고 있던 왜군은 더 이상 전라도에 머물지 못하고 경상도로 철수하기에 이른다. 죽음을 무릅쓴 전라도사람들의 항쟁 결과라 하겠다.

권율은 임란 직후 광주목사로 전격 발령을 받아 광주사람들과 인연을 맺게 된다. 중군장으로서 참전했으나 용인에서 패전한 뒤 울분을 품고 광주에 돌아온다. 광주에서 군사를 모아 남원으로 옮긴 뒤, 7월 13일 진중에서 나주목사로 제수되고, 7월 22일 전라도순찰사(감사)에 오른다.

그가 이치전투에 이어 독성산성과 행주산성전투에서 승리를 거둔 것은 여러 가지 전술과 전략을 구사한 결과물이라 할 수 있다. 그중에서도 높고 험준한 곳과 성을 선점하여 수성전守城戰을 전개한 점과 우국충정의 과감한 결단력이 크게 작용한 것으로 보인다.

먼저 그가 수성전을 전개한 것은 조선의 주무기인 화살을 효과적으로 활용하기 위해서였다. 왜군의 주무기인 조총은 올려다보면서 쏘기 때문에 탄환이 제대로 맞지 않는 반면, 화살은 위에서 내려다보면서 쏠 수 있어 적중률을 높일 수 있었기 때문이었다. 권율은 평지에서 싸움을 벌인 신립의 충주 탄금대전투와 용인전투의 패인을 누구보다도 잘 알고 있었다.

그는 우국충정의 과감한 결단력의 소유자로 국가를 위하고 옳은 일이라고 판단되면 어느 누구의 눈치도 보지 않고 실행에 옮겼다. 광주목사 시절, 광주에서 의병모집의 한계를 느끼고 스스로 전라도 각 군현에 격문을 띄워 1천 명의 군사를 모았고, 전라도순찰사 시절에는 전라도 군사를 이끌고 북진할 때 도체찰사인 정철과 작전이 상이하자 선조에게 직접 상소를 올려 북진을 관철시키기도 했다. 왜군이 평양성전투에서 조·명연합군에게 패전한 뒤 서울로 퇴각해 있을 때, 직접 공격하기 위해 한강을 건너 행주산성으로 이진한 것도 그의 과감한 성품을 드러내는 단적인 예라 할 수 있다.

결국 권율의 지략과 결단에 의해 쟁취한 '행주대첩' 이야말로 조선군 전체의 사기를 진작시키고, 벽제관전투의 패배로 전의를 상실한 명군에게 용기를 불러 일으켰을 뿐만 아니라 왜군의 서울 철수를 앞당기게 한, 임진왜란의 일대 분수령을 이룬 대사건이다.

전쟁 초기 전라도는 왜적에게 점령당하지 않았기 때문에 일부 지역을 제외하고는 직접적인 피해는 없었다. 그러나 밀려오는 피난민들을 수용하고, 인력과 물력의 동원기지가 되어 심각한 전쟁고통을 겪고 있었다.

전란 초기, 관군 동원에 따른 무수한 징발과 군량소모, 계속되는 창의기병으로 전라도 전역은 소동을 빚고, 물자는 모두 탕진되어 버렸다. 비록 노약자들이 남아 있다고는 하지만 이들도 동원되어 병기나 군량을 나를 때 채찍을 맞아 가며 강제 노역을 해야만 했다. 게다가 소모관들은 지역 실정을 무시한 채 육지와 연해지역을 가리지 않고 무조건 군사의 수를 정해 놓고 독촉해 민중들의 근심과 걱정, 원망의 소리가 그칠 날이 없었다. 이와 같은 사실은 당시 전라좌수사였던 이순신이 호남지방의 실정을 선조에게 상소한 글에 자세히 실려 있다.

이렇듯 전라도 또한 직접적인 침략을 받은 것 이상으로 민중들의 고통이 심각했다. 그럼에도 불구하고 전라도는 여전히 국란극복을 위한 국력보장기지의 근간이었다. 그러기에 당시 전쟁현장에서 진두지휘하던 류성룡과 권율, 이순신과 이항복 등은 호남의 중요성을 역설했다.

류성룡은 선조와 함께 도성인 서울을 떠나 파주 동파관에 머물 때 이항복에게 "호남에서 충의로운 인사들이 곧 벌떼처럼 일어날 것이다. 湖南忠義之士不日蜂起"라고 하였고, 권율은 "호남은 국가를 보위하는 근본이며 왕업이 창건된 곳이다.湖南保國之根本 乃璿系興王之肇盤"라고 하였다. 특히 이순신은 "호남은 나라의 울타리이므로 만약 호남이 없다면 나라도 없을 것이다.湖南國家之保 若無湖南 是無國家"라는 유명한 말을 남긴 바 있다.

이항복은 "적이 재차 호남을 엿보지 못하여 여기가 근본이 되고 나라의 보장이 됨으로써 수년 동안에 걸쳐 동서로 물자를 운반 공급하여 군량이 한 번도 부족함이 없게 했다.賊不能再窺湖南 用爲根本 爲國保障 數年之間 東西飛輓以供軍儲未嘗乏絕者"고 하였고, 장성현감 백수종은 의병을 모집하면서 말하기를 "일찍이 호남은 충의의 고장이라 들었는데 지금 제공을 보니 참으로 거짓말이 아님을 알았다.曾聞湖南爲忠義府庫 今見諸公信非虛語"라고 하였다.

임란을 예측이라도 했을까. 영의정 권철의 다섯 아들 중 막내로 태어나, 문필에 종사하는 것보다 전국 각 지역을 여행하며 호연지기를 기르고 관방시설과 지세 익히기를 좋아했던 권율. 임란을 맞아 당시 56세라는 적지 않은 나이에 광주사람들과 인연을 맺었던 권율. 그가 임진왜란 초전기 발발에서 서울 수복(1592. 4~1593. 4)까지 광주와 전라도사람들과 함께 했던 역사적 사실에 대하여 미력하나마 정리해 보고자 한다.

이 책은 모두 4부로 구성되었다.

제1부는 '권율, 광주사람과의 인연'이다. 왜 조선은 임란 초기 맥없이 무너졌는지 그 원인을 알고자 왜란 전의 조선과 일본 정세를 정치·경제·사회·군사적 측면에서 살펴보았다. 권율이 광주목사가 되는 시기를 분석하고, 용인패전 후 광주로 돌아와 격문을 발표하여 군사(의병)를 모집하는 과정을 그렸다. 군사모집에 발 벗고 나선 회재 박광옥과 권율 막하 광주 8장사가 누구인지, 김천일과 고경명이 의병장이 되어 북상하

고, 권율이 전라도 도절제사가 되는 과정도 살폈다.

제2부는 '전주성 수성, 전라도 보전'이다. 당시 왜군이 금산과 무주까지 침략하여 전라도 전주부성을 노리자 전라도 군이 구축한 방어태세를 정리했다. 웅치와 이치전투, 1·2차 금산성 전투상황을 살펴본 뒤, 4차례 전투의 전략적 의의를 알아보았다. 그리고 웅치와 이치전투의 참전인물도 실었다. 정충신이 이치전투의 승전보를 왕에게 전달하는 과정과 권율이 나주목사를 거쳐 전라도순찰사(감사)로 승진하고 왜군이 경상도로 물러나는 과정도 그렸다.

제3부는 '전라도군, 북으로 북으로 진군'이다. 서울 수복을 위해 진군하는 과정에서 권율이 도체찰사 정철과 작전 상이로 인한 갈등 상황과 어렵사리 독성산성에 진을 치고 여기서 수성전과 기습전으로 왜군을 물리치는 전말을 정리했다. 전라병사 최원과 창의사 김천일이 강화도에서 악전고투하는 내용과 선거이와 조경을 권율에 예속시켜 전력을 증강시키고 정철을 체직시켜 권율의 권한을 강화하는 과정을 짚어 보았다. 명나라 파병을 이끌어 내 평양성을 탈환하는 전과도 살펴보았다.

제4부는 '전라도 정예병력, 행주산성 승전'이다. 전라도 맹장과 정병, 그리고 승병을 뽑아 행주산성으로 옮긴 과정과 목책성 설치, 군사배치 등의 준비상황을 정리했다. 행주산성의 역사와 지리적 여건, 소모사 변이중이 권율 진중에 화차를 제공한 사실을 알아보았다. 그리고 조선군과 명군, 왜군의 군사 상황과 병기를 비교한 뒤 전투상황과 참전인물이 누구인지도 살펴보았다. 특히 당시 조선 측의 승첩보고와 일본 측의 패전 보고서를 싣고, 행주승첩의 요인과 영향을 다각도로 분석했다.

차례

제3부 전라도군, 북으로 북으로 진군

제4부 전라도 정예병력, 행주산성 승전

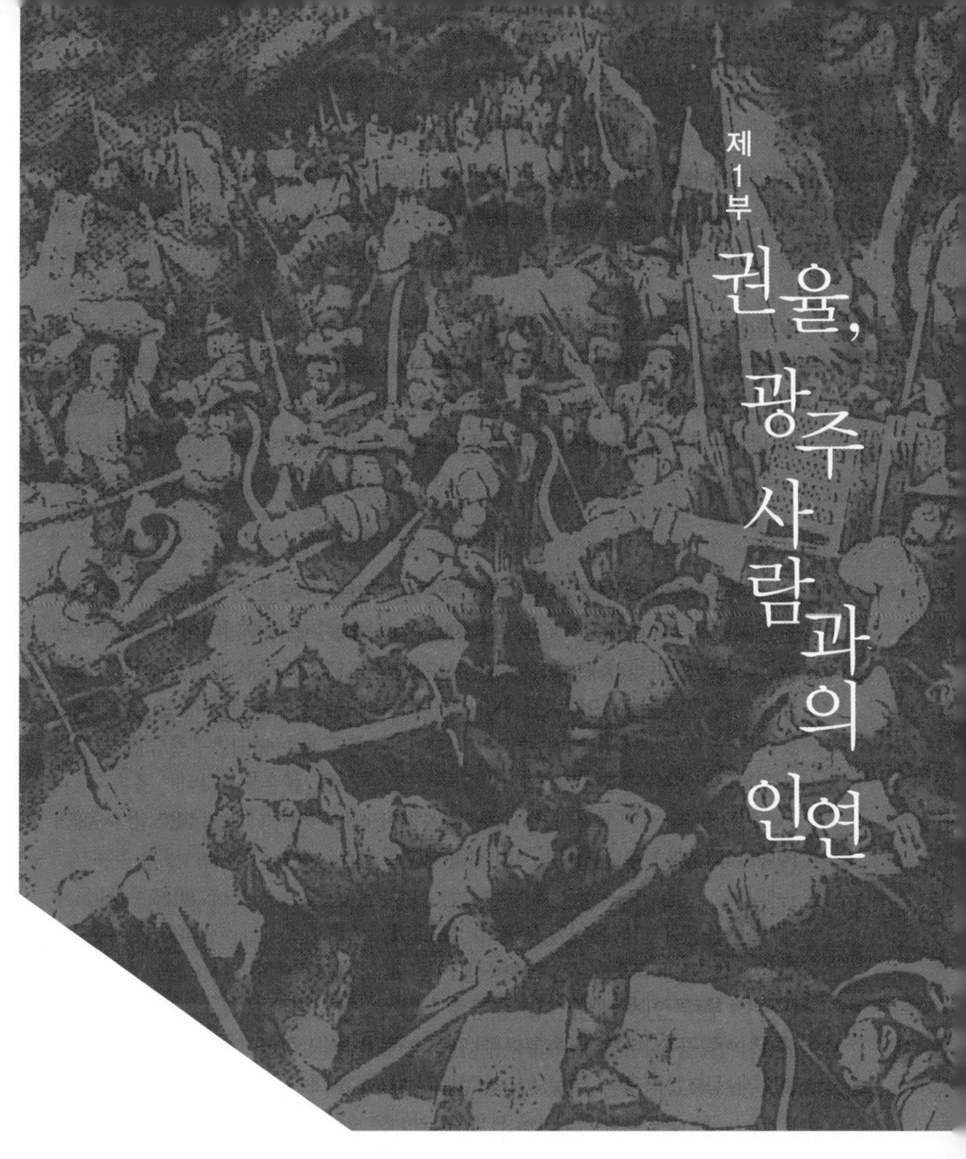

제 1 부
권율,
광주 사람과의
인연

권율, 광주사람과의 인연

왜란 전의 조선과 일본 정세

개국 이래 조선의 대외정책은 사대事大와 교린交隣정책이었다. 큰 나라는 받들고 섬긴다는 사대는 명나라와의 관계였고, 이웃 나라와 대등한 입장에서 교류한다는 교린은 일본과 여진女眞·유구琉球와의 관계였다. 이 중 일본과의 교린정책은 주로 왜구를 막기 위한 회유와 견제를 기본으로 했다. 경계는 하되 일본이 적극적으로 교섭하지 않는 한 외교관계를 맺지 않는 소극적 외교였다. 이러한 조선왕조의 외교방침은 조선 초 태종 때 웅천熊川 : 지금의 경남 진해 웅천동 개항, 세종 때 삼포三浦 : 부산포, 웅천 내이포, 울산 염포 개항 이래 1510년(중종5) 삼포왜란 후 임진왜란 직전까지 지속되었다.[1]

조선왕조는 개국 초 전 왕조인 '고려'의 청산과 왕권강화라는 큰 과제를 안고 있었다. 이에 조선경국전을 비롯한 각종 법전을 편찬하였고, 유교를 숭배하고 불교를 배척하는 '숭유억불崇儒抑佛' 등의 정책을 시행했다. 또 고려왕조를 신봉하는 사람들에게는 회유책을 쓰고 이에 따르지 않으면 죽이기도 했다. 왕자들은 왕권을 쟁취하기 위해 서로 싸우고 죽이는 등 혼란이 거듭되었다. 그러나 태종 조에 들어서면서 왕권이 점차 강화되고, 세종 때부터 안정기에 접어들었다.

세종 때에는 한글을 창제하는 대업과 함께 천문학 발전을 통한 과학혁명을 이루고, 6진 개척으로 두만강과 압록강 이남으로 북쪽의 경계를 확정할 수 있었다. 성종 때에는 경국대전을 완성하였으며 역사·지리·문학·음악 등을 집대성한 서적 편찬으로 민간 생활의 질을 높여갔다.

선조글씨(국립중앙박물관 소장)

그러나 16세기 들어 조선사회는 점차 쇠태의 기미가 나타나기 시작했다. 여기서 당시 조선의 정치·경제·사회·군사적인 상황을 개략적으로 살펴보자.

정치적으로 무오사화(1498년 연산군4)·갑자사화(1504년 연산군10)·기묘사화(1519년 중종14)·을사사화(1545년 인종1)를 겪으면서 가징 치명적인 타격을 입은 사림파는 선조의 등극과 함께 정권의 전면에 서게 되어, 1575년(선조7) 이조정랑 자리를 놓고 동서로 분당하게 된다. 분당 초기에는 이황과 조식의 문인들이 많았던 동인이 이이와 성혼의 학맥으로 이루어진 서인을 압도했다. 이후 1589년(선조22) 기축옥사己丑獄死로 서인이 정국의 주도권을 잡다가, 정철의 건저의建儲議 : 왕 세자 책봉에 관한 의견 문제를 계기로 동인에게 주도권을 내주었다. 과거 훈구파가 그러했듯이 사림파 역시 동서로 나뉘어 서로 대립 각을 세우고, 비생산적인 당쟁을 벌임으로써 정상적인 정치가 불가능했다.

경제적으로는 건국 이래 여러 종류의 공신에게 지급된 공신전과 별사전이 모두 세습되고, 양반관료들이 토지를 매입·겸병·개간함으로써 면세전이 확대되자 국가의 수입이 줄어들고 농민들의 생활이 곤궁해지는 결과를 초래했다. 특히 직전법 폐지로 관리들의 토지소유가 전국적으로 확대되고, 공물을 대신 납부해 주는 방납제防納制가 상인과 관원의 착취수단으로 변질되어 민초들의 부담은 가중되었다. 또한 군역의 요역화徭役化, 수포대역제收布大役制의 발생, 환곡제도의 고리대금화 등으로 농민의 부담은 더욱 극심해졌다. 게다가 15세기 이래 계속된 가뭄과 홍수, 흉년, 전염병 발생 등으로 국가재정의 근간이었던 농촌이 갈수록 황폐해져 갔다.

사회적으로는 지배계층의 엄격한 신분제를 고수하려는 쇄환정책刷還政策 : 도망한 노비를 찾아서 주인에게 돌려보내던 일에 따라 일어난 1583년(선조16) 옥비玉非의 난과 붕당정치의 과정에서 발생한 정여립의 난의 여파가 지배층뿐만 아니라 일반 서민들에게까지 미쳐 전국을 소용돌이 속으로 몰아넣었다. 정여립의 난은 기축옥사로 이어져 당쟁과 결부되면서 그 연좌의 화가 사족에게 많은 영향을 미쳤고, 무고한 사람들과 일반 서민들까지 연루되어 그 파장은 전국적으로 임진년까지 지속되었다. 이외에도 중·명종, 선조 대에 걸쳐 수차례 왜구의 침략(출몰)으로 조선 내의 사회상은 민심이 흉흉하고 유언비어가 나돌아 기강이 해이된 상태였다.

마지막으로 군사적인 측면에서 보면 16세 이상 60세 이하 양인의 장정들은 누구나 군역을 부담하여 현역 군인인 정병正兵이 되거나 군인의 비용을 충당하는 보인保人이 되어야 했다. 조선 세조 때 삼군부를 5위도총부五衛都摠府로 개편하여 중앙군이 5위를 지휘하게 하였고, 전국 군·현을 지역단위의 방위체제로 편성하는 진관체제鎭管體制가 실시되면서 중앙군과 지방군이 진을 중심으로 일원화했다. 평시에는 농사짓다가 징발되면 싸움터로 나가도록 한 것이다.

그러나 15세기 이후 대가를 받고 군역을 대신 치르는 대역자가 생겨나거나, 군역의무자로부터 면포를 거두어 이것으로 군인을 고용하는 제도가 나타나는 등 군역제가 문란해짐에 따라 진관체제는 붕괴되기 시작했다. 그리하여 1555년(명송10) 을묘왜변 이후 제승방략制勝方略체제로 개편하였다. 제승방략이란 유사시에 각 군·현의 수령들이 소속 군사를 이끌고 본진을 떠나 지정된 방위지역으로 가서 중앙에서 파견된 장수나 그 도의 병·수사를 기다려 지휘를 받는 전술이다. 그런데 이것은 후방지역에 군사가 없어 일차방어선이 무너지면 그 뒤를 막을 방도가 없으므로 대군이 일시에 침공할 때에는 실전에 적용할 수 없는 전략이었다.

외침에 대비하기 위한 방책으로 군국기무를 장악하는 비변사라는 합의기관을 설치하지만 정치기강의 해이로 정상적인 기능을 발휘하지 못했다. 1583년(선조16) 이이의 남왜북호南倭北胡의 침입에 대처하기 위한 십만양병설十萬養兵說도 빈약한 국가재정과 반대파로 인하여 무산되고 만다.

반면 16세기 일본사회는 오닌應仁·분메이文明의 난(1467~1477) 이후 약 100여 년간 하극상의 동란기인 전국시대로 들어갔다. 군웅이 할거하는 전쟁의 시대였다. 전국시대의 통일은 오다 노부나가織田信長, 1534~1582에 의해 추진되어 노요도미 히데요시豊臣秀吉, 1537~1598가 이루어냈다. 오다 노부나가는 1568년 반대세력들을 물리치고 경도에 입성하여 실권을 장악했다. 그리고 반대세력을 정복하고 자유도시인 사카이를 굴복시키는 한편 여러 영주국의 관소關所를 폐지하고 도로를

도요토미 히데요시 초상화(일본 오사카 시립박물관 소장)

정비하는 등 상업을 진흥시켰다. 오다가 1582년 살해당하자 도요토미가 그 후계자 지위를 확립하면서 3만 명의 인부를 동원하여 오사카大阪성을 쌓고 통일사업 추진의 본거지로 삼았다. 그리고 관동關東의 대명大名 도쿠가와 이에야스德川家康, 1543~1616와 화평을 맺는 한편 1585년 7월 백관을 통솔하고 국정을 총괄하는 관백關白이 되어 1587년 구주정벌을 끝내고 그 여세를 몰아 국내통일 사업을 완수해 나갔다.

이 같은 국내통일의 수행과정에서 부자 상인들의 협력을 빼놓을 수가 없었다. 그들은 군수물자의 보급과 수송을 담당했다. 도요토미는 1587년 농민들이 반란을 일으켜 반항하는 것을 사전에 억제하기 위하여 그들로부터 칼·창·활·총 등의 무기를 거두어들이는 '도수령刀狩令'을 발표하기도 했다. 도요토미는 전국의 통일이 끝나자 대륙침략을 실행에 옮겼다.

한편 포르투갈·스페인 등 서양세력의 동진에 따른 무역과 문물의 전래는 일본사회에 큰 영향을 미쳤다. 1543년 포르투갈인이 다네가시마種子島에 내항한 후 서양인과의 접촉이 이루어졌는데, 이때 조총鳥銃: 뎃포, 일명 철포이 전래되었다. 당시 일본은 혼란기였기 때문에 신무기 조총은 활발히 수입되었으며, 자체 생산도 이뤄져 빠른 속도로 전국에 보급되었다. 이에 따라 전술에도 커다란 변화를 가져왔다. 전문 전투 집단보다는 조총으로 무장한 보병 집단의 전투가 중요하게 된 것이다.[2]

임란 전 조선은 국제정세에 대한 위정자들의 무지와 외교적 실패, 비생산적인 당쟁으로 정치의 불안정이 사회 전반에 나타나고, 세제의 문란으로 민심이 이반되었다. 특히 200여 년간의 평화로 국방태세가 허술하였고, 군사제도의 운영체계와 비변사가 제 기능을 발휘하지 못하는 등 수많은 문제를 안고 있었다. 이에 비해 일본은 도요토미 히데요시의 국내 통일로 정치적 안정을 찾았고, 100여 년간의 전국시대와 국내 통일과정을 거지면서 많은 무사를 배출했으며, 신무기라고 할 수 있는 조총을 서양으로부터 수입하여 전국에 보급하는 등 경제적·군사적인 측면에서 조선보다 우위에 있었다.

1590년 조선통신사로 일본에 갔던 일행이 이듬해 돌아와 임금께 복명하기를 정사 황윤길黃允吉(서인)·서장관 허성許筬(동인)은 "반드시 병화가 있을 것이다."라고 말하는 반면, 부사 김성일金誠一(동인)은 "이런 망극한 징조가 있음을 보지 못하였습니다."라고 보고를 하게 된다.『재조번방지』

조정에서는 대체로 김성일의 주장을 따르고 만다. 불행한 결정이었다. 임진왜란이 발발하자 경상우병사였던 김성일에 그 책임을 물어 체포명령이 내려졌으나, 난중임을 감안하여 경상우도 초유사招諭使 : 난리가 일어났을 때 백성을 불러서 타이르는 일을 맡은 임시 벼슬로 임명했다.

1591년(선조24) 8월, 도요토미 히데요시가 조선침략을 위한 총 동원령을 내리자 이때서야 전쟁이 임박했음을 인지한 조정에서는 당시 감사(관찰사)였던 김수金晬를 경상도순찰사로, 이광李洸을 전라도순찰사로, 윤선각尹先覺을 충청도순찰사로 삼아 무기를 정비하고 성지를 구축하도록 했다.『재조번방지』 그러나 이것마저 민심의 동요만 일으켰을 뿐 성과를 거두지 못한 채 중지하고 말았다.

일본의 조선 침략

1591년(선조24) 1월, 도요토미 히데요시는 전국에 군량·병선·군역의 수를 할당하였다. 큐슈九州의 한 촌락이었던 나고야名護屋에 행영본부를 축성하여 조선침략의 전진기지로 만든 뒤, 8월에는 총 동원령을 내렸다. 그리고 1592년 정월, 일단 수륙침공군의 부대편성을 마치고 다시 3월에 재편하여 조선침략 준비를 완료했다.

1592년(선조25) 4월 13일(양력 5. 23) 오후 5시 경 부산 앞바다에는 왜적의 배로 그 끝을 헤아릴 수 없었다. 이들은 일본 장수 고니시 유키나가小西行長가 이끄는 조선 침략 선봉군 제1번대로 1만 8천 700명을 실은 7백여 척의 배였다. 일본의 조선침략을 알리는 서막이었다. 우리가 흔히 말하는 임진왜란이다.

왜군은 곧바로 절영도絕影島 앞바다에 닻을 내리고 육지로 향하는 해상관문인 부산진성 부근의 경계를 살폈다. 이튿날 수군첨절제사 정발鄭撥이 지키는 부산진성을 함락시키고, 4월 15일 선두부대를 동래성으로 이동시켰다. 동래부사 송상현宋象賢은 왜적이 대거 침입해 온다는 소식을 듣고 인접 고을 군사와 군민을 거느리고 방어할 태세를 갖추고 있었다.

부산진성을 함락시킨 왜적이 그 여세를 몰아 동래성을 공격해 오자 분전하였지만 저지하지 못하고 성벽이 무너지면서 함락당하고 말았다. 이 전투에서 주장인 송상현을 비롯하여 조방장 홍윤관洪允寬·중위장 양산군수 조영규趙英珪 등 성을 지키던 대부분의 군민들이 순절하였으며, 좌의장 울산군수 이언성李彦誠은 포로가 되었다. 「난중잡록」·「연려실기술」

고니시가 이끄는 제1번대는 그 뒤로 거의 저항을 받지 않고 양산·밀양을 거쳐 대구·상주·조령 방면으로 침입했다.

가토 기요마사加藤淸正가 이끄는 제2번대(22,800명)는 나고야를 떠나 대마도에 도착하여 제1번대가 부산상륙에 성공하였다는 소식을 접하

동래부 순절도, 보물 제 392호(육군박물관 소장)

가토 기요마사 초상화

고 19일 부산에 상륙하여 경주를 거쳐 영천·신녕 방면으로 향했다. 같은 날 구로다 나가마사黑田長政의 제3번대(11,000명)는 죽도 부근에 상륙하여 김해에 이르렀고, 모리 요시나리毛利吉成와 시마즈 요시히로島津義弘가 이끄는 제4번대(14,000명)는 김해에서 제3번대와 함께 창녕을 점령한 후 성주·개령을 거쳐 추풍령 방면으로 향했다. 후쿠시마 마사노리福島正則 등이 인솔한 제5번대(25,100명)는 제4번대의 뒤를 따라 부산에 상륙하여 북쪽으로 침입했다. 고바야카와 다카카게小早川隆景 등이 이끄는 제6번대(15,700명)와 모리 데루모토毛利輝元 등이 인솔한 제7번대(30,000명)는 후방을 지키며 북상하였고, 우키타 히데이에宇喜多秀家가 이끄는 제8번대(10,000명)는 5월 초에 부산에 침입하여 서울을 점령했다는 소식을 듣고 서울을 향해 북상했다. 제9번대(11,500명)는 4월 24일에 이키시마壹岐島에 머물면서 대기하고 있었다.

이상 15만 8천 800명은 정규 출정한 육군이며, 해군과 선척관리 병력 등을 합하면 왜군 전체병력은 20여만 명에 이르렀다. 이들은 중로·좌로·우로 나누어 서울을 향해 북상하였고, 그들을 지원하는 수군은 남해안을 돌아 서쪽으로 진출을 계획하고 있었다. 왜군의 서울까지의 진로는 다음과 같다.[3]

- **중로** 동래 – 양산 – 청도 – 대구 – 인동 – 선산 – 상주 – 조령 – 충주 – 여주 – 양근(양평) – 용진나루 – 서울

- **좌로** 동래 – 언양 – 경주 – 영천 – 신녕 – 군위 – 용궁 – 조령 – 충주 – 죽산 – 용인 – 서울

- **우로** 김해 – 성주 – 무계 – 지례 – 금산(김천) – 추풍령 – 영동 – 청주 – 서울

권율, 임란 직후 광주목사가 되다

이러한 상황을 짐작조차 못하고 있던 조정은 일본 침략이 시작된 지 4일이 지난 4월 17일 아침에야 경상좌수사 박홍朴泓과 경상우병사 김성일의 장계를 통해 비로소 알게 된다.

박홍의 장계에는 "높은 데에 올라서서 바라보니 붉은 깃발이 성에 가득 차 부산이 함락된 것을 알았습니다."고 하였고, 김성일은 "적의 배가 4백 척이 되지 않고 한 배에 실은 사람이 수십 명에 지나지 아니하니 모두 합해야 1만이 되지 아니합니다."라고 했다.『재조번방지』

당시 전황과 상당한 차이가 있는 장계였지만, 조선 조정에서는 단순한 국지전局地戰이 아님을 알고 대응책 마련에 분주했다.

4월 17일, 곧바로 임금과 비변사 대신들이 모여 대응조치를 단행했다. 이일李鎰을 순변사로 삼아 중로(조령·충주 방면)를 방어케 하고, 성응길成應吉을 경상좌방어사로 임명하여 좌로(죽령·충주 방면)의 방어를 담당케 했다. 또한 조경趙儆을 경상우방어사로 삼아 서로(추풍령·청주·죽산 방면)를 감당케 하고, 유극량劉克良과 변기邊璣를 조방장으로 삼아 각각 죽령과 조령을 지키게 하였으며, 전 강계부사 변응성邊應星을 경주부윤으로 임명하여 각자 군관을 모아 임지로 떠나도록 조치했

다.『연려실기술』

　그리고 곽영郭嶸을 전라 방어사로, 이유의李由義·김종례金宗禮·이지시李之時를 전라 중좌우 조방장으로, 이옥李沃을 충청 방어사로 삼아 왜적의 침략에 대비토록 했다.『난중잡록』 이어 신립申砬을 삼도순변사로 임명하고, 이일의 뒤를 따라 중로로 내려가 왜적을 저지하도록 했다. 4월 19일, 류성룡을 도체찰사로 삼고, 김응남을 부사로 삼아 모든 장수를 감독하게 하였는데 이 무렵 권율을 광주목사로 전격 임명한 것으로 보인다.

　권율의 광주목사 임명날짜에 대한 기록은 보이지 않는다. 다만 이노李魯가 쓴 『용사일기龍蛇日記』「김학봉(성일)의 사적편」 중 4월 26일부터 5월 4일까지의 기록을 보면 "목사 권율과 진안현감 정식鄭湜은 이광이 빨리 근왕하지 않음에 분격하여 서로 약속하고 죽이려다가 공의 말을 듣고 그제야 중지하였다.牧使權慄 鎭安縣監鄭湜 憤李洸不卽勤王 相約誅之 聞公言及止"는 내용이 나온다. 따라서 4월 26일부터 5월 4일 사이에 권율이 광주목사직을 수행하고 있었음을 알 수 있다. 통상적으로 서울에서 광주까지는 750리로, 도보로 7일 반에서 8일이 걸리는 것과, 전주 관찰부 방문인사, 전임 목사와의 인수인계 등 당시 상황을 고려한다면 4월 20일 경에 광주목사에 임명된 듯하다.

　권율의 광주목사 임명은 1587년 전라도 도사를 역임한 경력과 류성룡·윤두수 등 대신들의 천거가 있었기 때문이었다. 또한 당시 임금을 가까이에서 모시고 있던 도승지(현 대통령실장) 이항복李恒福의 장인인 것도 한몫하였을 것으로 생각된다. 전쟁 상황인 점을 감안한다면 어느 누구보다도 믿을 만한 인물이었다. 무엇보다도 곡창지대인 전라도를 보전하고 후일을 도모하기 위함이었다.

　『연려실기술』을 보면, 권율이 임금에게 작별인사를 하고 나자, 이항복이 말하기를, "왜 그렇게 급히 가십니까." 하자, 권율은 "국가의 일이

급하니 이때야말로 신하
로서 죽음을 바쳐야 할 때
이다. 어찌 감히 잠시 동
안인들 지체하여 아녀자
의 슬피 우는 꼴을 볼 것
인가."라고 했다.

전쟁터로 나가는 권율
의 비장한 각오를 엿볼 수
있는 대목이다. 권율은 소
카 승경升慶과 노비와 함
께 도성을 출발하여 송파
松坡나루에서 한강을 건너
여주를 거쳐 가장 빠른 길
을 통해 남으로 남으로 내

권율 초상화

려갔다. 평소라면 도보로 전주까지 6~7일 정도 걸리지만 발걸음을 재
촉해 그보다 빠른 25일 쯤 도착한 것으로 보인다.

전주로 내려오는 동안 권율은 왜적의 동향을 예의주시하면서 동등
한 위치에 있는 관료들과 어떻게 관계를 정립할 것인지, 광주의 유력인
사인 고경명과 박광옥의 협조를 어떻게 이끌어 낼 것인지, 광주사람과
어떻게 동화하고, 군사 모집을 어떤 방법으로 할 것인지 끊임없이 생각
하였을 것이다.

전주에 도착한 권율은 전주성에 들러 전라감사에 부임 신고를 한
뒤, 부임지인 광주읍성에 도착하여 전 목사 정윤우와 인계인수를 함으
로써 '광주사람' 과의 인연은 시작되었다.

한편 왜군은 4월 25일 상주를 삼키고, 4월 26일 문경을 점령한 뒤 4
월 28일 충주 탄금대 전투에서 조정이 그토록 믿었던 신립이 이끄는 아

군마저 궤멸시키고 말았다.

광주는 호남정맥 중간 지점 무등산無等山, 1187m 아래에 위치해 있다. 940년(고려 태조23) 무주武州에서 광주로 그 명칭이 바뀌었다. 면적은 인접 시군과 일부 변동이 있었지만 임진왜란 때와 크게 다르지 않다. 당시 광주목의 인구는 3~4만으로 여겨진다.[4]

여기서 권율에 대해 개략적으로나마 살펴보자.

권율은 1537년(중종32) 12월 28일 강화부 연촌 향제에서 태어났지만, 대부분 서울에서 자랐다. 본관은 안동安東, 자는 언신彦信, 호는 만취당晩翠堂·모악暮嶽이다. 아버지는 영의정을 지낸 철轍이다. 그는 어릴 때부터 준수하고 키가 크고 용모가 빼어났으며, 김덕수金德秀의 문하에서 수학했다.

그는 시문을 공부하고 문필에 종사하는 것보다 전국 각 지역을 여행하며 풍치 좋은 곳을 살피고, 호연지기浩然之氣를 키우며, 여러 곳의 관방시설과 지세를 익히기를 좋아했다. 이러한 그의 성품은 훗날 왜란을 당하여 중요한 직책이 주어지는 계기가 된다.

원대한 포부를 펴기 위해서는 벼슬을 해야 한다고 생각하고, 늦깎이 공부를 시작하여 46세인 1582년(선조15) 문과에 급제했다. 중앙관료인 승문원 정자(1582)를 시작으로 전적(1586)·감찰(1586)·전라도도사(1587)·예조좌랑(1588)·호조정랑(1588)이 되었다.

임란이 일어나기 한 해 전,

이항복 초상화

하단 권율 장군 묘, 중단 형 권순의 묘, 상단 아버지 권철의 묘
(경기도 기념물 제2호, 양주시 장흥면 석현리 산168-1번지 소재)

일본과 북쪽 오랑캐의 동태가 심상치 않자 선조는 비변사에 장수를 천거토록 했다. 이때 류성룡이 권율을 '의주목사'로 천거하여 정규의 승급을 뛰어넘는 정5품에서 정3품으로 발탁되었다. 1592년 봄, 중국 북경으로 간 역관이 유언비어를 퍼뜨려 요동지방을 놀라게 했다는 사건에 연루되어 옥에 갇혔지만 곧 석방된다.

임진왜란이 일어나자 광주목사로 임명되었고 그 후 나주목사, 전라감사 겸 순찰사, 도원수(1593~1598)를 역임하는 등 왜란 내내 선봉에 서서 왜적과 싸우다가 1599년(선조32) 7월 6일 향년 63세의 일기로 세상을 떠났다.[5]

권율이 광주목사에 임명되기 전 광주목사는 정윤우丁允祐, 1539~ 1605였다. 그는 목사직에서 파직되었음에도 전라감사 이광에게 "빨리 근왕勤王: 임금이나 왕실을 위해 충성함 길에 나가야 한다."며 건의할 정도로 강직한 인물이었다. 권율보다 12년 앞선 1570년 문과에 급제하여 중앙관료를

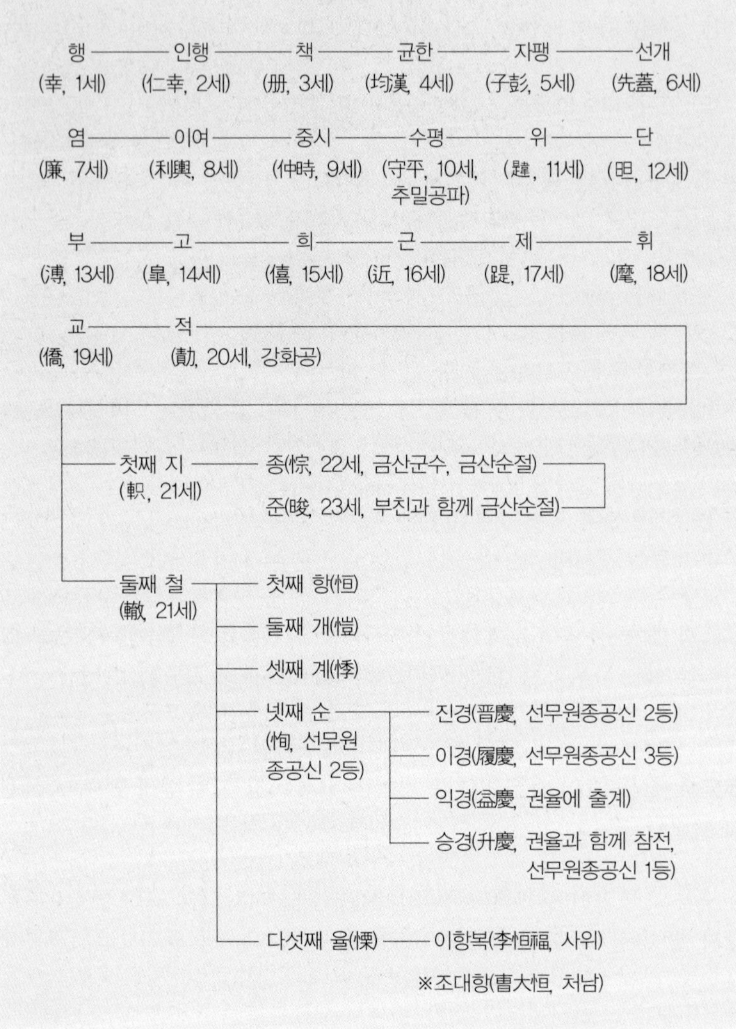

권율의 가계도

행 —— 인행 —— 책 —— 균한 —— 자팽 —— 선개
(幸, 1세) (仁幸, 2세) (册, 3세) (均漢, 4세) (子彭, 5세) (先蓋, 6세)

염 —— 이여 —— 중시 —— 수평 —— 위 —— 단
(廉, 7세) (利輿, 8세) (仲時, 9세) (守平, 10세, (韙, 11세) (旺, 12세)
　　　　　　　　　　　　　　　　추밀공파)

부 —— 고 —— 희 —— 근 —— 제 —— 휘
(溥, 13세) (皐, 14세) (僖, 15세) (近, 16세) (踶, 17세) (麾, 18세)

교 —— 적
(僑, 19세) (勣, 20세, 강화공)

첫째 지 —— 종(悰, 22세, 금산군수, 금산순절)
(軹, 21세) 　 준(晙, 23세, 부친과 함께 금산순절)

둘째 철 —— 첫째 항(恒)
(轍, 21세)
　　　　　 —— 둘째 개(愷)
　　　　　 —— 셋째 계(悸)
　　　　　 —— 넷째 순 —— 진경(晋慶, 선무원종공신 2등)
　　　　　　　(恂, 선무원 —— 이경(履慶, 선무원종공신 3등)
　　　　　　　종공신 2등) —— 익경(益慶, 권율에 출계)
　　　　　　　　　　　　　 —— 승경(升慶, 권율과 함께 참전,
　　　　　　　　　　　　　　　　선무원종공신 1등)
　　　　　 —— 다섯째 율(慄) —— 이항복(李恒福, 사위)

　　　　　　　※조대항(曹大恒, 처남)

「권씨 세보」

거쳐 동래부사, 여주목사, 광주목사를 차례로 지낸 그였지만, 전쟁 상황
에서 목사교체는 불가피했다. 『월파집』에 "광주목사 정윤우가 고경명 의

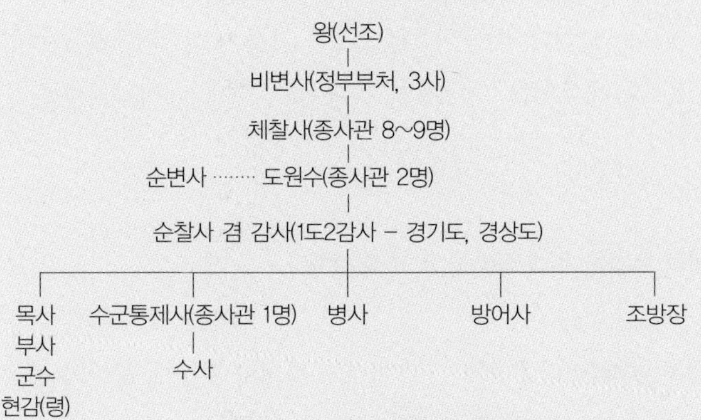

- **도체찰사(都體察使)** 전쟁이 일어났을 때 왕의 명을 받아서 할당된 지역의 군정과 민정을 총괄 다스리는 임시 벼슬. 정1품의 의정이 파견되면 그를 도체찰사라 하고 1품 이하 정2품의 벼슬아치가 파견되면 도순찰사(都巡察使)라 함.
- **도원수(都元帥)** 전쟁이 발발했을 때 군을 통괄하던 장수. 군권을 부여받아 군대를 통솔하는 임시직으로 고위 관직에 있는 문관 중에서 선발. 전국의 병마를 총괄함.
- **순변사(巡邊使)** 군사관계의 임무를 띠고 나라의 명령에 따라 국경지방에 파견되는 임시 벼슬아치. 한 도의 병마를 관장함. 도순변사(都巡邊使)는 여러 도의 병마를 관장함.
- **순찰사(巡察使)** 전쟁이 일어났을 때 군사관계의 일을 맡고 지방에 파견되는 임시 벼슬아치. 1품 이하의 벼슬아치가 파견되면 도순찰사라 하고, 종2품의 벼슬아치가 파견되면 순찰사라 함. 한 도 안의 군사관계를 맡은 벼슬로 대체적으로 관찰사(감사)가 겸임함. 경상·전라·충청의 3도 관찰사(감사)는 도순찰사를 겸하는 것이 관례로 되어 있음.
- **목사(牧使)** 관찰사 밑에서 지방의 행정단위인 목을 통치하는 정3품 벼슬.
- **부사(府使)** 관찰사 밑에서 지방의 행정단위인 부를 통치하는 벼슬. 대도호부사(정3품)와 도호부사(종3품)가 있음.
- **군수(郡守)** 관찰사 밑에서 지방의 행정단위인 군을 통치하는 종4품 벼슬.
- **현령(縣令)·현감(縣監)** 관찰사 밑에서 지방의 행정단위인 현을 통치하는 벼슬. 비교적 큰 현은 종5품으로 수령을 현령이라 하고, 비교적 작은 현은 종6품으로 현감이라 함.
- **수군절도사(水軍節度使)** 한 도 안의 수군을 통솔하는 정3품의 무관 벼슬. 약칭 수사.
- **병마절도사(兵馬節度使)** 각 지방에 두어 군사를 장악하게 하였던 종2품 무관 벼슬. 도마다 한 명 또는 두 명을 두었는데 그중의 하나는 관찰사가 겸임함. 약칭 병사.
- **방어사(防禦使)** 한 지역의 군사를 통솔할 직임을 맡은 종2품의 무관 벼슬. 대체로 그 고장의 큰 고을 수령이 겸임함. 순찰사 밑에서 일부 병마를 지휘함.
- **조방장(助防長)** 방어사 밑에서 일대(一隊)의 병마를 지휘함.

병진에 군량 50석과 소 두 마리를 보내왔다.”는 6월 4일자 기록으로 보아 권율과의 교체 뒤에도 상당기간 광주에 머물면서 관군과 의병활동을 지원한 것으로 보인다. 이듬해 5월 조정은 그를 호조참판으로 발탁하여 명예를 회복시켜 주었다. 『선조실록』·『난중잡록』·『월파집』·『상촌선생집』

왜적 토벌을 위해 동맹을 맺고 맹세하다

왜적은 제1번대에 이어 2~7번대가 차례로 부산에 들어와 중로·좌로·우로로 나누어 경상도를 분탕질하면서 서울로 북상하고 있었다. 이에 4월 27일 전라방어사 곽영과 조방장 이지시가 군사 5천을 거느리고 남원 운봉에서 함양으로 향하여 경상도로 갔다. 금산金山 : 지금의 김천에 이르러 경상우방어사 조경과 합세하여 왜적과 전투를 벌였다. 이 전투에서 왜적 35여 급의 목을 베었으나 아군의 피해 또한 상당이 컸다.『난중잡록』

이 무렵 전라도순찰사 이광은 전주에 머무르면서 각 군현 수령에 군사 징발령을 내려 8천여 명에 이르는 병력을 모집하게 된다. 이들이 1차 근왕병이었다. 4월 29일, 이광이 이들을 이끌고 북상하였으나 5월 4일 공주에 도착하였을 때 임금이 피난길에 올랐다는 소식이 진중에 전달된다. 이에 이광은 “임금의 행차가 서로로 가서 나라의 존망을 알 길 없으니 어쩔 도리가 없다.”며 군사를 돌려 전주로 퇴각하고 만다.『난중잡록』

이로 인해 이광은 조정과 도내 여러 사람들로부터 많은 질책을 받았다. 하지만 그 당시 정황으로 보아 불가피한 선택이 아니었을까. 명망 있던 장수 신립과 이일이 이끄는 군사마저 패전한 마당에 제대로 훈련도 받지 않은 오합지졸의 군사로 정예화된 왜군을 상대하기란 쉽지 않았을 것이다. 당장 싸우는 것보다는 후일을 도모하기 위해 전략상 후퇴한 것으로 판단된다.

이때 신임 광주목사 권율은 1차 근왕병에 합류하지 않은 것으로 보인다. 앞서 지적했듯이 당대 실권을 장악하고 있던 류성룡(동인)과 윤두수(서인)가 권율을 의주목사와 광주목사로 천거한 것은 그의 인품과 충성심, 지략 등을 높이 산 까닭도 있지만 어느 당에도 소속되지 않았기 때문이었다.

권율이 광주목사로 전격 발령받았을 때 그의 나이 56세였다. 전 광주목사 정윤우로부터 인수인계를 받은 권율은 1차 근왕군이 공주에서 퇴각한 터라 또다시 수많은 생각에 잠기게 된다. 현 실정에서 왜적과 싸워 이기기 위해서는 무엇보다도 민심동요를 막고, 관내 유력인사의 협조를 받아 군량을 모집하는 일이 시급했다. 그리고 자신의 정신무장 또한 중요하다는 것을 잘 알고 있었다. 이에 관내 유력인사 및 그가 알고 지내던 친지들과 동맹同盟을 맺고, 왜적을 토벌하기 위한 맹세를 하게 된다.

5월 10일 권율이 삼곡 박경신에게 보내는 편지與朴三谷慶新書權慄에 이와 같은 내용이 잘 나타나 있다. 권율이 직접 쓴 글이 『권씨 세보』에 나와 있는데 해석문을 옮겨보자.[6]

일이 중요하면 서로 맹세하는 것을 예로부터 도道라 하였다.

우리는 무슨 맹세를 할 것인가. 적을 토벌하기 위한 맹세인 것이다.

무릇 사람에게 윤리가 없다면 이미 그르친 것이요. 있다면 오늘의 동맹이 어찌 해이解弛해지겠는가. 슬프다! 국운이 위태로워 섬 오랑캐가 전쟁을 일으켜 우리의 성읍城邑을 무너뜨리고, 우리의 깃발을 유린하고, 우리의 서울과 지방을 침입하고, 우리의 종鐘과 북鼓을 더럽히고, 사직社稷을 지키지 못하게 하고, 임금은 피신하여 역대 왕조 2백 년의 공고한 기초가 급하게 되고, 겨우 한 구석을 보유하게 되었다. 말이 이에 이르니 한탄을 이기지 못하겠다. 생각하니 우리 누구인들 이李씨의 신하가 아니리요. 홍은鴻恩에 젖어 각 마을이 편안하고 선조로부터 지금에 이르

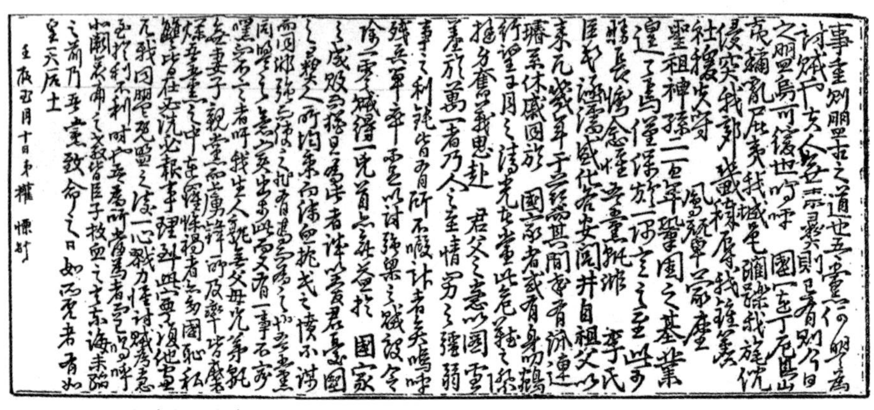

권율 친필, 동맹문(권씨 세보)

기까지 그 사이 연면連綿한 계보가 편안하고 슬픈 것이 국가와 운명을 같이한 자도 있고 또 몸이 참람하여 일월의 청광淸光을 바라본 자도 있었다. 이런 자들이 이런 국란을 당하여 몸을 던져 의분하고, 국가의 위급을 생각하고 그 만분의 일이라도 설욕하려 함은 사람의 당연한 정이다. 힘이 강하고 일이 민첩하고 둔한 것은 다 헤아리지 못할 바이다.

아! 슬프다!

약한 군사를 홀로 거느리고 막강한 적을 토벌하려는 것은 어려운 일이다. 설령 작은 적을 제거하고 적장을 하나둘 베었다고 해서 국가의 성패에 큰 이익은 되지 않을 것이다. 그러나 동맹을 맺는 것은 진실로 애국애족의 떳떳한 의리니 사람마다 이를 고루 가지고 있기 때문에 피를 뽑고 창을 베개 삼는 분한 마음은 꾀하지 않고도 같이하며 강제로 시키지 아니하여도 하려 하는 것이지 하라고 해서 하는 것은 아니다. 우리 동지가 동맹하는 의의는 실로 이것에 두었으며 또 한 가지 일에 대하여 묵묵히 말하지 않을 수 없는 것이 있는데…

슬프다!

우리가 사람으로 태어나서 누가 부모형제가 없으며, 누가 처자 친척이 없으리오. 적의 예봉이 미치는 곳에 모조리 유린되어 우리 동지들도 참화를 당한 자가 또한 많다.

국가의 치욕과 개인의 원수를 모두 반드시 설욕하고 반드시 갚아야 할 처지이다. 정리가 이와 같으니 다시 다른 생각을 하겠는가. 우리 동맹자는 이미 맹세하였으니 일심단결하여 오직 적을 치는 것이 급선무일 뿐이요. 이로움과 불리함은 시운인 것이니 우리들은 마땅히 할 일을 할 따름이다.

슬프다!

북쪽에 계시는 임금의 애통하신 교지는 모든 신하들이 피를 마르게 하는 슬픈 말씀이며 동해를 회복하기 전에는 우리들의 목숨을 다 바쳐야 한다. 그래도 성공치 못한다면 천지신명에게 맡길 따름이다.

'동맹문'을 받은 박경신(1560~1626)은 당시 33세의 나이로 청도조전장淸都助戰將으로 참전하고 순변사 이일의 종사관으로 활동하고 있었다. 권율보다 23세나 적었던 그는 1582년 식년시 문과에 함께 합격(박경신 병과4위, 권율 병과 15위)하였다. 당대 명장이라 불리던 이일의 종사관이었으니 문무를 겸비하였을 것이며 권율과도 아주 가깝게 지냈던 것으로 보인다. 훗날 박경신도 1612년(광해군4) 광주목사로 부임하여 3년 동안 광주사람들과 인연을 맺었다.『문과방목』·『광주시사』

전라·경상·충청도 근왕병 용인에서 패하다

서울을 떠나 개성부에 머무르고 있던 선조는 5월 3일 세자시강원에서 세자를 가르치던 보덕輔德, 종3품 심대沈岱가 자진해서 남쪽으로 내려가겠다고 하자, 그를 통해 호남과 영남에 교지를 보낸다. 하지만 이 교지는 길이 막혀 11일이 지난 5월 14일에야 겨우 전라순찰사 이광에게 전달되었다. 왕의 특명으로 "경상우도와 비밀리에 연락하여 도내의 군사를 총동원해 올라와 구원하도록 하라"는 내용이었다. 교지는 반 조각의 막 종이에 작게 써서 겨우 글자모양을 갖춘 것으로 시골집의 사사로운 편지 조각과 같았다. 그것을 본 사람치고 눈물을 흘리지 않는 이가 없었다고 한다. 이광은 이 교지를 곧바로 영남으로 보냈다.「선조실록」(5.3)·「난중잡록」

이광은 공주에서 전주로 퇴각하기 전인 5월 3일, 도내에 남아 있는 군사를 모으기 위해 당대 문장가로 이름을 떨치고 있던 광주사람 고경명高敬命에게 편지를 보낸다. 편지 내용을 보면 "왕이 서쪽으로 피난하고 서울을 지켜내지 못했습니다. 격문을 띄워 충의지사를 불러 모으고자 하니, 사람의 마음을 감동시킬 수 있는 격문을 지어 속히 보내주기 바랍니다."라고 했다. 이에 3일이 지난 6일 편지를 받은 경명은 격문을 지어 보내고, 나주의 김천일金千鎰 등 여러 사람에게도 전라감사의 뜻을 알렸다.「난중잡록」

이광은 경명이 보내준 초안을 토대로 격문을 완결한 뒤, 도내 군민들의 자발적인 참전을 호소하는 격문을 보냈다. 그리고 도내 군현의 수령들에게 징발령을 내리고 군사 모집을 독촉했다. 그러나 군사징발 기일이 너무 촉박하고, 열흘 동안 장마가 계속되어 어려움이 가중되었다. 수령보다 늦게 왔다는 질책과 마구 몰아쳐 밤낮으로 달리는 바람에 허기를 못 이겨 심지어 길가에서 목을 매어 죽은 자도 있었다.

어떻든 5월 18일, 집결지인 전주에는 전라도 근왕병 4만여 명이 운집해 있었고, 경상우도순찰사 김수는 1백여 명을 데리고 남원에서 전주로 와 있었다.

5월 19일, 이광은 전라병사 최원崔遠에게 전라도를 지키게 하고, 스스로 2만여 군사를 거느리고 나주목사 이경록李景祿을 중위장으로 삼고, 조방장 이지시를 선봉으로 삼아 익산 용안에서 강을 건너 부여 임천林川 길을 거쳐 전진했다. 방어사 곽영 또한 2만 여명을 거느리고 광

전라도 근왕군 진격로

주목사 권율을 중위장으로 삼고, 조방장 백광언白光彦을 선봉으로 하여 여산을 거쳐 금강을 건넜다. 이때 경상우도순찰사 김수도 뒤를 따랐다.

충청도순찰사 윤선각尹先覺은 방어사 유옥俞沃, 병사 신익申益과 함께 8천여 명에 이르는 군사를 모아 5월 24일 아산 온양에서 전라도 이광이 이끄는 군사와 합류하게 된다.

5월 26일, 전라·충청·경상 3도의 대군이 진위현 들판에 모였다. 5만 미만이었지만, 10만 군사라 칭했다. 깃발은 해를 가리고 군량 운반은 백여 리에 뻗쳤다.『난중잡록』

용인전투상황에 대해서는 『선조수정실록』·『난중잡록』·『제조번방지』·『연려실기술』 등의 고서에 비교적 자세히 실려 있다. 이 기록을 토대로 분석·정리한 『임진전란사』(이형석, 1974)를 요약해 보면 그 전말은 다음과 같다.

당시 와키자카 야스하루脇坂安治, 1554~1626가 이끄는 수군 1천 6백여 명이 육상경비를 맡고 있었다. 그 주력군 1천여 명은 서울에 주둔하였으며 나머지 6백여 명은 용인 일대에 있었는데, 부장인 와키자카 사효에脇坂左兵衛와 와타나베 시찌유에몬渡邊七右衛門 등이 지휘하였다. 이들은 경기도 용인 부근 북두문성北小文山과 문소산文小山 등지에 소루小壘 : 보초막를 만들고 지키고 있었다.

6월 4일(양력 7. 12), 주력부대인 전라도군이 용인현 성의 남쪽 10리 지점에 다다랐다. 북소문산 위에 적의 소루가 있는 것을 발견한 이광은 곧 곽영에게 적을 치라는 명령을 내린다.

이때 권율이 이광에게 말한다.

"적이 이미 험한 곳을 점령하였으니 형세가 위를 쳐다보며 공격하기는 어렵습니다. 지금 도내의 군사를 다 동원하여 구원코자 하는데 국가의 존망이 이 한 번의 거사에 달려있습니다. 소수의 적들과 싸울 것이 아니라 오직 바로 조강祖江 : 임진강과 한강이 합류되는 지점을 건너 임진강을 막아야 합니다."

이광은 권율의 주장을 받아들이지 않는다. 이에 곽영은 선봉장 백광언을 시켜 북소문산의 소루를 공격토록 했다.

이때 북소문산 소루에서 나무와 물을 구하러 나온 적병들과 불시에 맞서 쉽게 10여 급을 베었다. 이를 기세로 이날 밤 아군은 소루를 치기로 하고, 10여 급을 또다시 베었는데 때마침 안개가 짙어서 지척을 분간할 수가 없었다. 적이 소루를 버린 채 도망치자 아군은 이를 불태우고 돌아왔다.

다음날 아군은 용인현 북쪽에 있는 문소산의 적루敵壘를 공격키로 했다. 정찰을 다녀온 백광언이 이광에게 보고하기를 "조그마한 적병이오니 급히 쳐서 때를 놓치지 마십시오."하자 권율이 경계하기를 "적은 적이라도 가볍게 여기기 밀고 우리 중위군이 오는 것을 기다려 싸우도록 하는 것이 옳을 것이다."라고 했다.

이광은 또 권율의 의견을 듣지 않고 선봉장 이지시에게 급히 진격하도록 명령하여 일시에 문소산을 함락하려 했다. 그러나 적은 주장인 와키자카 야스하루가 서울에서 구원병을 이끌고 도착해 각양각색의 깃발과 북, 소라로 만든 군악기로 요란하게 소리를 내며 대군이 진격하는 것처럼 꾸몄다. 이에 아군은 일시에 사기가 떨어지면서 겁을 내어 갈팡질팡했다. 왜적은 조총을 쏘며 진격해 오자, 이에 맞서 싸우다 두 조방장 백광언과 이지시, 고부군수 이광인李光仁과 함열현감 정연鄭淵 등이 순절하고 말았다.

이렇게 양 선봉군이 패전하고 도망친 군사들을 겨우 이광의 본진에 배속시켜 이날 오후 광교산 서쪽으로 진출시켰다. 이때 충청도군도 합류하여 이곳에 같이 진을 쳤다.

6일 아침, 이광은 명령을 내려 모두 아침식사를 하도록 했다. 이때 흰 말을 타고 쇠가면을 쓴 왜직의 장수가 수십 명을 데리고 칼날을 번뜩이며 앞장서 들어오자 충청병사 신익이 먼저 도망치고 선봉으로 있던 아군들도 일시에 혼비백산하여 흩어졌다.

이어 적의 주력군 천여 명이 물밀듯이 밀고 나오면서 조총과 활을

쏘고, 칼과 창을 휘두르면서 갖은 수단과 방법으로 토끼 사냥하듯 덤벼
들기 시작하자 아군은 궁시弓矢와 도검刀劍, 병기와 갑옷, 마초와 양곡
등을 모두 버리고 달아났다.[7]

이처럼 3도 근왕병 5만의 병력이 왜적 1천 6백 명에게 허무하게 무
너지고 말았다. 『재조번방지』에 이를 한탄한 시가 보인다.

음풍의 대장기를 불어 꺾으니	陰風吹折大將旗
수만의 많은 군사가 풀이 쓰러지듯 하였네	數萬雄兵似草靡
관서의 행재소에 머리를 돌리니	回首關西杜輦處
속절없이 지사로 하여금 두 줄기 눈물 흘리게 하네	空敎志士淚雙垂

이 무렵 왕은 평양성에서 있으면서 전라좌수사 이순신의 옥포와 합
포해전(5. 7)·적진포해전(5. 8)·사천해전(5. 29)·당포해전(6. 2) 등의 승
전을 기뻐하는 한편, 이미 왜적이 임진강을 건너왔다는 소식에 매우 당
황해 하고 있었다. 근왕병의 승전 보고만을 손꼽아 기다렸지만 실패로
끝나고, 왜적이 평양성까지 진격해 오자 6월 11일 평양성을 떠나 의주
로 향하게 된다.

한편 3도 근왕병의 패전은 평양성 사수에는 실패하였지만 의병봉기
를 촉진하는 기폭제 역할을 하게 되었다. 또 흐트러진 군사와 민심을
수습하고자 전라·충청도순찰사를 교체하기에 이른다.

광주로 돌아와 약법 10조 발표

이광은 간신히 잔병을 이끌고 처량하게 전주로 가고, 윤선각이 이끄
는 충청도군은 한 번도 싸우지 못한 채 공주로 향했다. 그리고 김수는

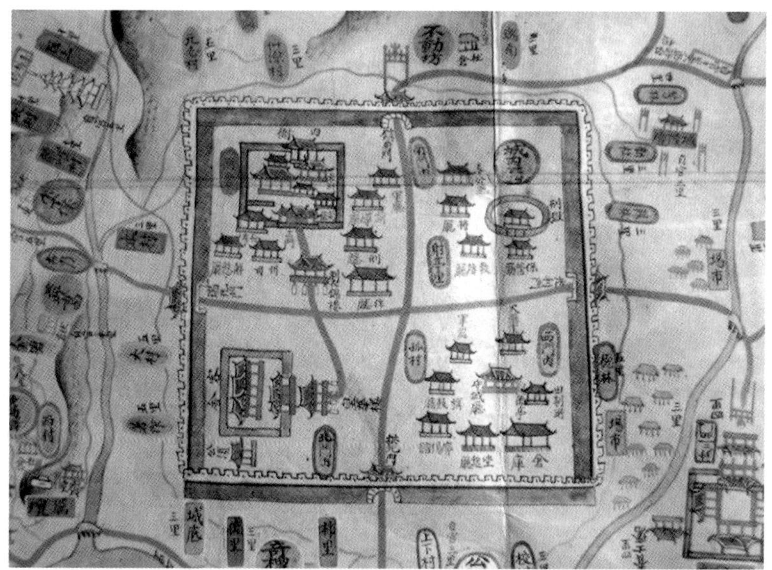

1872년 광주목 지도 중 광주읍성 부분(서울대학교 규장각 소장)

경상도로 철수했다. 이경록과 권율은 각각 나주와 광주로 향했다.

중군장으로 참전했던 광주목사 권율은 황진(남원), 위대기(장흥), 공시억(화순), 조카 승경 등과 함께 큰 손실 없이 군사를 이끌고 광주로 돌아왔다. 그는 흩어진 군사를 재정비하고 민심을 수습하는 일이 급선무라고 생각했다. 이때 2차례에 걸친 근왕군의 실패로 전라도 각 군현은 인심이 흉흉하였고, 유언비어가 난무했다. 광주 또한 마찬가지였다.

광주읍성에 도착한 권율은 민심을 수습하고 후방을 안정시키기 위해 '약법 10조'를 발표하였다. 『만취당실기』에 실려 있다.

제1조 농업과 잠업에 게으르지 말고 세금과 공납에 적극 힘쓴다.   無怠農桑 克勤貢稅

제2조 과업을 권하고 훈계 가르치기를 평상시   勸課敎訓 尤倍平時

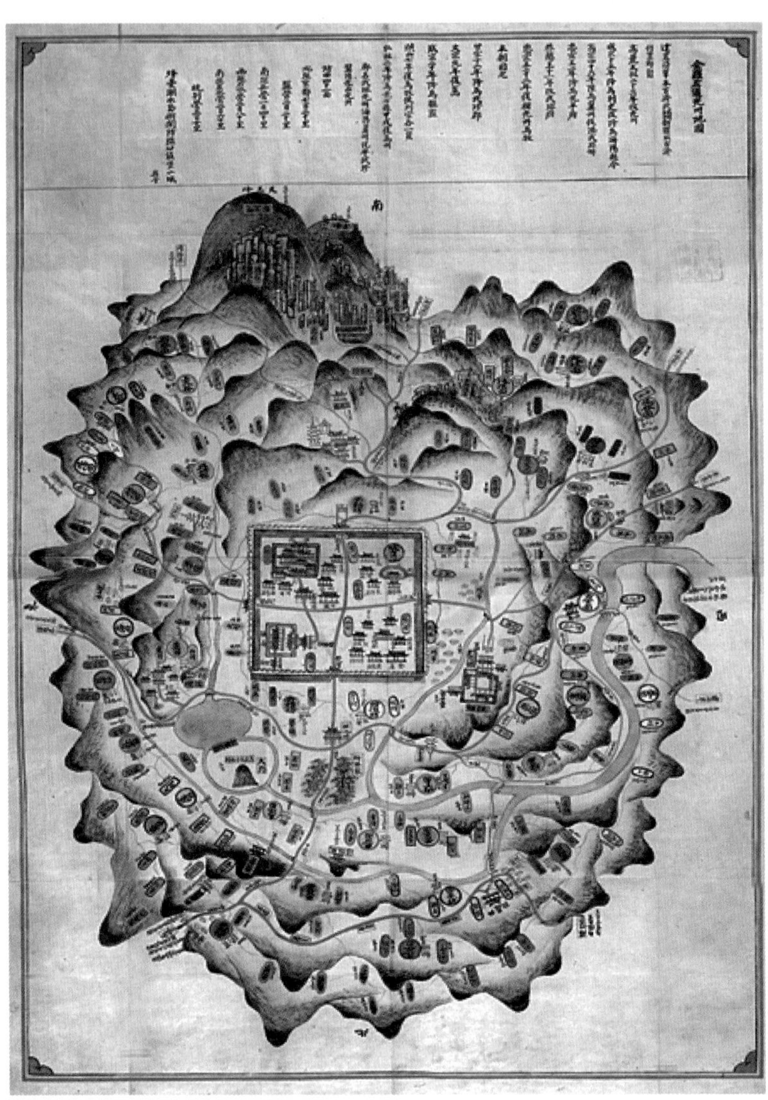

1872년 광주목 지도(서울대학교 규장각 소장)

보다 더 한다.

제3조 활쏘기와 말타기를 철저히 익히고 자제 　服習弓馬 續發子弟
들도 자발적으로 따른다.

제4조 민심이 혼란스러울 수 있으니 뜬소문을 　勿信訛言 以動民心
믿지 말라.

제5조 이웃고을사람(피난민)이 와 의지하면 힘 　隣民來附 勞之俫之
써 위로한다.

제6조 대나무를 재배하고 철을 캐서 군기제작 　養竹採鐵 以助軍器
에 협조한다.

제7조 여자는 자신의 일에 힘쓰고 지아비를 대 　女勤女工 代夫幹家
신하여 가정을 주관한다.

제8조 음식과 옷을 아껴 군량에 보탬이 되게 　節食約衣 以敷軍糧
한다.

제9조 관리와 백성은 서로 믿고 한 가족처럼 　吏民相孚 視同一家
여긴다.

제10조 관청의 업무를 어지럽힐 수 있으므로 　無相爭訟 以擾官政
서로 다투어 송사하는 일이 없도록 한다.

　전시 비상시국을 극복하기 위한 광주 군민의 행동지침이라고 할 수
있다. 관과 민, 민과 민이 전시를 맞아 실천해야 할 일들을 세부적으로
열거하여 선포함으로써 군민을 하나로 묶는 데 크게 기여했다.

　"이웃고을사람(피난민)이 와 의지하면 힘써 위로한다."는 조항은 권
율의 인간성을 알 수 있는 대목이다. 난을 당하여 어려운 사람을 돕는
애민愛民의 정신이야말로 광주와 전라도민이 그를 의지하며, 따르고,
신뢰하는 계기가 되었다.

　이 무렵 영남과 호서, 경기지역은 피난민들로 넘쳐났다. 왜적의 침

입이 가장 심했던 영남좌도 사람들이 산으로 들어간 것 외에는 모두가 영동嶺東으로 들어갔으며, 영남우도 사람들은 전라도로 물밀듯이 들어오고 있었다. 광주 또한 예외는 아니었다. 또 경기도 사람들은 강화와 아산 등지로 들어갔다.

이후 권율은 광주의 관민은 물론, 인근 의병들의 호응을 받아 많은 군사를 모집하여 이들을 정예병으로 양성함으로써 웅치와 이치, 독성산성, 행주산성전투에서 승전할 수 있었다.

군사 모집을 위해 격문을 발표하다

약법 10조의 발표로 광주의 민심은 점차 안정을 되찾아 가고 있었다. 그럼에도 불구하고 2차례에 걸친 근왕병 실패의 후유증은 실로 컸다.

군민들은 관리를 만나면 의심하고 두려워 도망하기 일쑤였고, 심지어 깊은 산속으로 도망간 사람도 많았다. 더군다나 용인패전 직전 광주사람 고경명을 맹주로 하는 호남연합의병의 창설로 많은 광주 장정들이 이미 의병에 참여했기에, 권율은 군사를 소집하기가 쉽지 않은 형편이었다.

이와 같은 악조건 속에서도 권율은 최선을 다한다. 먼저 그는 스스로 의병을 모집하는 격문을 발표하고 군사를 모으기 시작했다. 이때 발표한 격문이 『만취당실기』를 통해 전해진다. 여러 '고을에 의병을 소집하는 글檄김列郡義兵文'로 그 해석문을 옮겨보면 다음과 같다.[8]

천운이 막히고 나라가 암흑의 운을 당하여 섬나라 왜놈이 틈을 만들어 백성들이 위급한 때를 당하게 되었다. 늑대의 어금니와 독사의 독이 전국에 깊게 퍼져서 닭소리나 개소리를 사방에서 들을 수가 없으니 3천리 강산의 위급함이 조석에 달렸노라.

檄召列郡義兵文

皇天警關 邦國值海塞之連島夷構數民人實鬼
難之時對牙飫毒密布於八城難鳴犬吠無聞於四
境於是乎三千里江山羲危朝暮痛炎哉二百年
業莫特覃固 大駕西巡孰能無腐心之恨罪騎
來我亦有捐軀之志 君父之隣寧可忘於食息所
子之義誓共赴於湯火茲湖南保國之根本乃
柔興王之肇盤道帥按兵不動難逃無君之罪生靈
遇賊被害盒日有人之國嗟哉列郡之男兒盡是為
國之忠臣每念 王事腔血成淚不顧微身首尾無
良狼耽賊勢益肆大於橫行之餘烏合兵聲卒難振
於瘠夷之際科聚義旅歃血而同盟勤絶凶賊戮力
而共討竭盡吾輩之誠心廓清 聖祖之山河夏莫
社稷於磐石永乘功名於竹帛如有與我而同优斯
速指日而來會

격문, 고을에 의병을 소집하는 글(檄召列郡義兵文) 원문 『만취당실기』

告同道州府郡縣撤

維萬曆二十年六月二十六日、通訓大夫行光州牧使權慄、敢以一檄、馳告于同道列邑守宰諸公
足下、嗚呼、上天不仁、降割我國、自有賊變以來、首尾纔三閱月、嶺南一道及湖西・畿甸、蕩然為
賊藪、使二百年衣冠文物之鄉、一朝盡污於膻腥屠戮之慘、猶草薙而禽獮、一國之人披靡恇攘、
莫敢枝梧、以至乘輿播越、而社稷丘墟、喪亂弘多、前古所罕、痛哉痛哉、近來、朝家所賴、賊徒
所畏、唯我本道、庶以為中興根本、而龍仁之戰、以數萬全師奔北於五六十之零賊、士氣大沮、兵
力餒頓、收復之勳、不可以日月期、吾儕之罪、於是始重矣、往在高麗之季、東韓是饉者、只三
島之賊耳、前後敗衄於官軍、不知其幾、然猶往來相繼、出沒不絶、劇劉我士民、蹂躪我疆土、兵
連禍結、至四十餘年之久、況彼平秀吉者、兇強陸梁、合諸道而一之、其懷姦稔惡、蓋非一日積
矣、使來犯釜山之後、有猛將精兵、揚威殄賊、令片帆不還、則夷且儷伏巢穴、不敢生心、而國運
不幸、恬憘已久、蠶爾小醜、得以千里長驅、如升虛邑之境、所謂無人呵禁、誠樂土之語今復見之
矣、由是言之、後日之患、庸有極乎、竊觀今日事勢、駕一葉泛大瀛海之中、為狂風猛浪所顛、蕩
楫撗檣、傾危在呼吸之頃、舟中之人、滇共出死力以救之、庶可獲濟、否則將盡淪胥而無及矣、凡
我三韓士庶、聞此聖朝治化之中者、皆當家自為戰、人自為怒、瞋目張膽、如報私讎、然後得上救
君父而下保妻子、況受國厚恩、分憂百里、總軍民之政、而承保障之任者、其職分為如何哉、本
道幸不被錄鎖、完盛猶依舊日、為吾儕者、不可以一敗自退縮、而唯息僵在床、又不可循習故常、
旅進旅退、苟應主將一時號令指揮而已、滇激奮發、以思徇國家之急、而立非常之功、伏願諸
公、幸更收合士衆、整治器機、協心戮力、俱為一體、慄雖無狀、當策勵駑鈍、為諸軍先之、分據一
道要衝、使狂賊不得侵軼、而又乘機進兵、以為大軍義兵聲援、俟江漢既清、而鑾輿
旋、乃復乘勝蹀躞、水陸齊進、使鼎魚穴蟻糜爛、而無所逃、則三軍之氣大振、而五廟之恥少雪
矣、將以橫截洋海、直擣對馬、又何難之有、嗚呼、人生天地間、所以自能立而與禽獸異者、以其
有彝倫也、君臣之義、炳如日星、舍生取義、君子所欲、今之臨敵惟怯、棄旗鼓先遁者、不過忌君
自私、儌倖偷生而已、不知醜虜得志、王事日棘、雖欲鼠竄草間、以圖苟活、其可得乎、又能投拜
家犬、有靦面目、甘為之臣妾乎、而況天網不漏、國法尙嚴、敗軍憤師、自有定律、其身伏斧鑕、
為世大戮、妻孥沒官、兇魄無主、誰與一死報國、身名俱喪者乎、慄、承先人庭訓、稍知事君之義、
而自從軍失律之後、盒不能自聊、每當饕商惕、出門懲從騎、俯仰愧神明、生未能
為國家絲毫補死、無以見先人於地下、所以至今不死、而猶摹頭向人者、以欲與二三同志、勉
為收桑楡之計耳、更願諸公、諒我自實之心、恕我狂妄之辭、執父借作、有進無退、撥到如章、嘗
不盡意。

격문, 전라도 각 군 읍 수령에게 고한다(告同道州府郡縣監) 원문 『쇄미록』

슬프도다!

2백 년 국가 기초가 공고함을 믿을 수 없어 임금이 서쪽으로 피난하였으니 그 누가 통분한 한이 없으리오. 단신으로 이곳에 와서 나 또한 조국에 몸을 바칠 뜻이 있으니 군부의 원수를 어찌 잠깐 동안이라도 잊으랴! 신하된 도리로 함께 물불에라도 뛰어들 각오이다.

이에 호남은 국가를 보위하는 근본이며 왕업이 창건된 곳이다. 도순찰사는 군사를 거두어 움직이지 않으니 국가에 봉사하지 못한 죄를 피할 길이 없다.

백성들은 적을 만나 피해를 입었으니 어찌 어진 사람이 있는 나라라고 하겠는가.

아 슬프다!

각 고을의 남아들은 모두 나라에 충성을 다하라. 나는 언제나 국사를 생각하면 피를 토하고 눈물을 지으며 한 몸을 돌보지 않고 시종 두려움이 없으나 이리떼와 같은 적의 세력이 더욱 방자하고 막되어 횡행하는 이때 오합지졸로는 적을 간단히 무찌르기 어렵다.

의병을 모집하여 피로써 맹세하고 흉적을 소탕하는 데 있는 힘을 다하여 함께 토벌할 것이다. 우리들이 성심을 다하고 우리 선조 대대로 물려온 산천을 맑게 하여 다시 반석 위에 사직을 안정케 함으로써 우리의 공명을 길이 역사에 남기자. 나를 따라 왜적을 토벌할 사람은 속히 지정한 날짜에 모여 주기 바란다.

권율은 ‘늑대와 독사 같은 왜적(흉적)을 소탕하여 사직을 보전하자’는 비장함이 느껴지는 글을 보내 의병참여를 호소했다. 또 권율 스스로 ‘광주의병도청’을 직접 찾아가 독려하는가 하면, 관리를 각 마을로 보내 군사를 징발해 오도록 하는 등 각고의 노력을 기울였다. 이로써 5백여 명의 군사를 어렵사리 모으게 된다.

당시 권율 휘하 관군은 용인전투에 참전했다가 함께 돌아온 군사가 많지 않았기에 의병을 추가로 모집하지 않을 수 없는 형편이었다.

10여 일 만에 5백여 명의 군사를 얻은 권율은 어느 정도 자신감을 갖게 된다. 하지만 이 정도의 군사로는 병기와 정예 군대를 보유하고 있는 왜군과 대적하기 어렵다고 판단하고, 6월 26일 전라도 각 고을의 수령에게 의병분기를 권하는 긴급한 격문을 보낸다. 『쇄미록』에 실려 있는, '전라도 각 군 읍 수령에게 고한다告同道州府郡縣縣監' 라는 글이다. 해석문을 옮겨보자.[9]

1592년(선조25) 6월 26일에 통훈대부 광주목사 권율은 감히 한 격문을 전라도 각 군 읍 수령에게 보낸다.

아아. 슬프다!

하늘이 인자하지 아니함이 우리나라에까지 미쳤다. 왜란이 일어난 지 불과 3개월 만에 영남과 충청, 경기도가 적의 손아귀에 들어가 2백 년 문화의 나라가 하루아침에 피비린내 나는 도륙屠戮의 참화를 받게 되었다. 전 국민이 겁에 질려 지탱하기가 어렵게 되고 임금은 파천하고 사직은 폐허가 되어 주검만 늘어가니 이런 일은 만고에 드문 일이다.

근래 국가에서 의존하고 적이 두려워하는 전라도는 모든 일에 중흥의 근본이 된다. 용인싸움에서 60명의 낙오된 적에게 패하여 사기가 떨어지고 병력을 소모하여 수복의 공훈을 하루 이틀에 이루기가 어렵게 되었으니 우리들의 죄는 중하다.

고려 말부터 우리나라의 원수는 오직 일본뿐이다. 관군이 패전한 것이 헤아릴 수 없이 많나. 그들은 왕래가 잦아 출몰이 끊어지지 않고 우리 백성을 괴롭히고 우리 강토를 유린하여 그 화가 연속된 지 40년이나 되었다. 하물며 저 도요토미 히데요시란 자는 강력한 군사력으로 전국을 통일하여 그 흉계를 품은 지 하루 이틀이 아니다. 그가 부산을 침범한 후 우리가 맹장과 정병으로 적을 섬멸하여 조각배라도 돌려보내지 아니하고 또 그들의 소굴을 쳐서 감히 침략의 생각조차 못하게 하려 하였으나 국운이 불행하였다. 조그마하고 추한 왜놈이 승승장구하여 텅 빈 군읍을 지나듯이 하는 데도 아무도 이를 막지 못하였다.

왜적들은 우리 땅을 보고 진실로 낙토樂土라고 들은 말을 이제 다시 확인했다고 할 것이다. 이와 같이 말하고 보니 후일의 환란이 어찌 다함이 있겠는가.

가만히 오늘의 사태를 관찰 분석해 보니 망망대해에서 일엽편주一葉片舟를 타고 있는 것과 다를 바 없으니 젓는 노가 기울어 위태로움이 경각에 달려 있는 듯하다.

모두 힘을 합쳐 사력을 다하여 배에 탄 사람들을 구하면 구제할 수 있으나, 그렇지 못하면 장차 서로가 모두 물에 빠져 죽더라도 어쩔 도리가 없을 것이다.

무릇 우리나라 국민은 역대 성군의 올바른 가르침과 다스림을 받은 바가 있는 사람들이다. 모든 사람들이 자기를 위하여 싸우고 자기를 위하여 분노하며 눈을 부릅뜨고 앞가슴을 활짝 펴서 용기백배하여 자신의 사사로운 원수를 갚는 마음가짐으로 임금을 구출하고 아래로는 처자를 보호할진대 어찌 국은國恩을 더없이 입고 지역의 군정軍政을 맡은 자로서 그 직분이 막중하다고 아니할 수 있겠는가.

본도인 전라도는 다행스럽게도 왜적 무리들의 날카로운 공격을 벗어나 온전하기가 예나 다름없으니 우리 군인들은 한 번 비록 패전했다고 해서 제자리에서 숨결조차 죽이고 위축되어 있을 것이 아니라 더욱 군사훈련을 튼튼히 하여 항상 전진할 것이다.

비록 주장主將에 응하는 것은 한때의 호령과 지휘에 그치는 것이다. 각 군대는 분발하여 국가의 위급을 통감하고 비상한 전공을 세워야 한다.

엎드려 원하건대 여러분은 서둘러 병사를 모집하고 군장비와 군기를 정비하여 협심노력하고 일치단결하여야 한다. 나 권율은 비록 보잘것없고 노둔하여 군대의 선봉이 되어 한도의 요새를 점거하여 왜적으로 하여금 절대 침입치 못하게 하고 기회를 노려서 진군할 것이다.

그리하여 차례차례 제거하여 대군이 되고 의병의 후원을 받으면 강물의 맑음을 기다려서 임금의 행차를 돌릴 것이다.

그리고 승승장구 고개를 넘고 수륙水陸에서 일제히 돌진하여 솥에 든 물고기와 굴속에 든 도깨비들을 짓누르듯 하면 왜적의 무리들은 도망할 수가 없게 될 것이니 삼군三軍의 사기는 크게 떨치게 되고 오묘五廟의 치욕을 조금이라도 갚을 것이다. 이에 바다를 건너 적지인 쓰시마對馬島를 곧바로 치는 것도 어찌 어려움이 있으리오.

슬프다!

사람이 천지간에 능히 존립하여 금수와 다른 것은 윤리가 있기 때문이다. 군신지의君臣之義는 해와 별과 같이 빛나고 한 몸을 버리고 의義를 취함이 군자의 바라는 바이다.

이제 왜적을 대하여 겁을 먹고 깃발을 버리고 먼저 도망하는 자, 임금을 버리고 내 몸만을 위하는 데 지나지 않으니 구차히 살았을 뿐 그 추한 꼴은 미처 깨닫지 못한 것이다. 국사가 날로 험해지면 비록 들쥐와 같이 띳집에 숨어서 살기를 꾀한들 어찌 그것마저 될 수 있겠는가.

또 개나 돼지에게 엎드려 절하는 꼴과 같은 태도인데 어찌 기꺼이 또 떳떳한 태도로 신첩臣妾이라 할 수 있겠는가.

하물며 천륜이 상존하고 국법이 엄연하니 패장에 대해서는 정해진 법률의 적용을 받아 그 몸은 도리깨질을 당하여 세상에서 크게 도륙될 것이며, 처자는 관에 몰수되어 노비가 될 것이고, 귀신은 신주가 없어질 것이니 누구와 더불어 일사보국一死報國하고 영화를 누릴 것인가.

권율은 선인先人의 가르침을 받아 임금 섬기는 법도를 조금 알기에 군사를 쫓아 법을 잃은 뒤로 더욱 자신을 위로할 길 없어 매양 음식을 대

都元帥忠莊公權慄倡義碑

輪首偹祭有文遺事有序大聖人華充之襄信予百代非世之立言者敢望其萬一世裏前後仰製排次年月鐫于厭石石若有待求今日者然矣方對而立之題之日恩繪碑

在州西一里鄕社郡事心石宋琜記陰昭日上日予聞慨慨有將師才而拜光州牧使公膺命至州約法十條齋銳以蕩賊不敢入境而居民遂安堵如故所是招募境內子弟傅檄傍郡響應恭佐者再舉而靈麾幸州之敵京城重枚為諸道郡元帥幾尼敵之延察使再舉而復安無賴之生靈得以更存天于開而焚賞敵孫在允辛苜郡乃是勸動之五甲越明年興州八士謙以勤石微文於余記其陰嗚呼公之豊功偉烈郞銘憂鼎而耀竹帛則固不待幾陋之贊述而明矣故畧識其頼末以歸之系以頌曰一片貞珉與天壤俱存光之士民庶無懷其榮報光之溪山草木亦有光輝于

片坊祠遺墟碑　松沙奇宇字　萬記陰

義烈祠遺墟碑

雲巖祠遺墟碑

大峙祠遺墟碑　中藏銘　昆石李

壯烈祠遺墟碑　左贊成　岊山李容元　探陰后孫基柱所竪　寶誠

광주창의비 원문 『광주읍지』(1924년)

하여도 넘어가지 않고, 잠을 자려 해도 근심스러워 잠을 이루지 못하고, 집을 나와 종군한 것이 부끄럽고, 또 우러러보면 신명神明에게 부끄럽다. 살아서 국가에 조금이라도 죽음으로 보답하지 못한다면 지하의 선인들을 뵈올 낯이 없다.

그리하여 지금 죽지 않고 오히려 머리를 들어 사람을 보는 것은 2·3명의 동지들과 함께 적을 섬멸하려는 계획이니, 다시 원컨대 여러분은 나의 자책하는 마음을 알아주고 나의 망령된 말을 용서하여 창을 잡고 같이 전진할 뿐 물러서지 말지어다. 격문은 이와 같으나 글과 말로는 나의 뜻을 다하지 못한다.

참으로 비장한 격문이다. 왜적의 침략에 따른 풍전등화의 위기를 진솔하게 밝히면서 의병봉기를 촉구하며, 서둘러 병사를 모집하고 군기를 정비하여 왜군 토벌에 참여할 것을 천명했다. 그다음 바다를 건너 적지인 쓰시마對馬島까지 공격할 것을 주장했다. 특히 왜적에게 겁을 먹고 도망하거나 패배한 장수에 대해서는 엄하게 다스릴 것을 선언했다.

이로써 인근 고을에서 1천여 명이 응모해 와 광주에서 모집된 5백여 명과 합쳐 7월 초에 총 1천 500여 명의 군사를 인솔하고 경상도와 경계인 남원으로 들어가게 된다.

광주목사 권율이 전라도 각 수령에게 이와 같은 격문을 보낼 수 있었던 데에는 그의 애국심과 용기, 임금에 대한 충성심, 용인패전 이후 전라감사 이광의 지도력 상실이 가장 크게 작용했다. 하지만 그 이면에는 앞서 지적했듯이 국왕 주변에 류성룡과 윤두수, 당시 병조판서로 있던 그의 사위 이항복이 그 뒤에 있었기 때문에 가능하였다고 생각된다.

권율이 전라도순찰사 겸 감사(관찰사, 방백)가 되어 서울 수복을 위해 전라도 군사를 이끌고 북진하면서 양호 도체찰사 정철과 작전 상 이견이 있었을 당시 임금이 있는 의주 행재소와 직통한 사실도 이를 뒷받침해주고 있다 하겠다.

어떻든 권율은 이 격문으로 전라도 전 지역에 명성이 알려지면서 전라감사 다음가는 위치로 급부상하게 되었다.

박광옥, 의병 모집 발 벗고 나서다

광주로 돌아온 권율이 의병을 모집하면서 어려움을 겪게 되자 적극 지원한 이가 있었다. 바로 광주사람 박광옥朴光玉, 1526~1593이다. 그는 군사 모집은 물론이고 군량·병기 조달까지 적극 지원하게 된다. 당시 그는 광주의병도청의 대표인 소모접제召募接濟를 맡고 있었다. 그는 전라도순찰사 이광의 공주 퇴각 직후 고경명, 김천일과 함께 의병을 일으키기로 합의한 뒤 의병소집에 앞장섰다.

그는 의병도청에서 일을 보고 있는 간부와 친족, 제자들에게 인근

박광옥 초상화

마을과 산속에 숨어 있는 사람들을 찾아다니며 설득케 했다. 또 인근 고을에 격문을 보내 의병을 모집했다. 이에 흩어졌던 군사들이 점차 호응해 왔다. 이때 얻은 병사를 모두 권율 진중에 배속시켰다. 『회재집』에는 정예병력 수천여 명이라고 기록되어 있다.『회재집』·『미수기언』

이에 앞서 권율이 2차 근왕병 중군장으로 참전할 때 광옥은 고경명과 함께 인근 마을을 쫓아

다니며 설득하여 흩어진 군사를 모아 경명의 아들인 종후와 인후를 시켜 그의 진중에 인계하기도 했다. 『정기록』

그 뒤에도 고경명이 의병을 일으키자 의병도청에서 모집한 정예병력 3백여 명을 모집하여 고경명에 인계하고, 담양에서 군사를 일으키는 데 기여하기도 했다.

박광옥 친필 『회재집』

그는 병 때문에 직접 참전하지는 못하는 것을 부끄럽게 생각하면서 후방에서 지원활동에 앞장섰다. 김천일이 쇠약해진 그의 건강을 염려하며 의병출동을 만류한 편지를 보면, "전장에 참여한 것도 국가를 위한 것이요. 고향에 남아 지방을 방위하는 것도 국가를 위한 것입니다. 더구나 지방에서 근본이 한번 흔들리면 국사는 장차 예측할 수 없습니다. 우리 의병의 승패는 오로지 선생이 뜻을 결정하기에 달렸습니다."라고 했다.

이로 보아 당시 그는 67세의 적지 않은 나이에다 병을 얻어 건강이 좋지 않았음을 알 수 있고, 김천일은 지방(후방)의 방위와 그 지원의 중요성을 강조하고 있다고 하겠다.

그는 또 6월 말경 조카인 전남 장성 출신 정운룡鄭雲龍, 1542 ~1593과 함께 이 고장에서는 처음으로 '이광의 실정失政과 호남의 실상'을 소상히 기록한 상소를 써 광주출신 박희수朴希壽를 보내 의주 행재소임금이 임시로 거처하는 곳와 소식이 통하게 했다. 『회재집』

그가 태어난 회산마을 앞 개산방죽 주변에 '유허비'가 2기가 있다. 1969년(좌), 2004년(우)

이에 따라 7월 19일, 조정에서는 박광옥을 승문원 판교承文院判校에, 정운룡을 장원서 장원掌苑署掌苑에, 박희수를 한성부 참군漢城府參軍에 제수했다. 이후 9월 17일, 박광옥을 권율에 이어 나주목사로 임명하여 근왕활동의 지원과 호남방어 임무를 수행토록 한다.『선조실록』(7. 19)

박광옥은 1526년(중종21) 1월 26일, 광주 서구 매월동 회산마을(당시, 광주 선도면 개산리)에서 태어났다. 10살 때 조광조의 문인인 정황丁熿에게 글을 배웠다. 1546년 생원진사에 오르고, 1569년 학행으로 천거되어 내시교관內侍敎官이 된 뒤, 1574년 별시문과에 급제하여 운봉현감을 시작으로 중앙과 지방의 주요 요직을 거친다. 운봉현감 재직 때 황산대첩비荒山大捷碑를 세우기도 했다.

이후 전라·충청 도사(1578)·예조정랑(1579)·사헌부 지평(1580)·영광군수(1581)·밀양보호부사(1585)·광주교수(1586)·전주교수(1588)를 역임했다. 1589년 중앙의 성균관 사예司藝·사섬시 정司贍寺正이 되었고, 봉상시 정奉常寺正으로 옮겼으나 병 때문에 사양하고 광주로 돌아왔다.

1590년 이후 그는 광주에 줄곧 머물면서 후진 양성에 힘쓰고 있다가 임진왜란을 맞은 것이다.

그는 내시교관, 광주·전주 교수를 역임한 것으로 보아 가례家禮와 유학에 조예가 깊었던 것으로 보인다. 특히 운봉현감 재직 때 1380년 이성계가 왜구와 싸워 크게 승전한 지리산 부근 황산에 황산대첩비를 세운 것을 볼 때, 임란 당시 인간성을 상실한 왜적에 대한 질시와 충의 정신이 어느 정도였는지 가히 짐작할 수 있다 하겠다.

비교적 늦은 나이에 벼슬에 오른 박광옥(44세 때)과 권율(46세 때)은 누구보나도 관계가 좋았던 것 같다. 박광옥은 권율보다도 어느 면에서나 선배였다. 나이도 11살 위였고, 문과급제도 8년 빨랐으며, 전라도 도사 직도 9년이 앞섰다. 그러기에 권율은 광주목사라는 직책을 떠나 그를 극진히 예우함으로써 많은 지원을 받았을 것이다. 특히 왜적의 침략으로 누란의 위기에 처한 나라를 구하는 일념이 서로 같았기 때문이었을 것이다.

권율, 광주에서 여덟 장수를 얻다

권율이 모집한 의병은 이 지역에 머물고 있던 재향 전직관료에서부터 유생층 인사, 농민, 천민 등 다양했다.

이들이 권율 막하군사로 합류한 시기 또한 다양했다. 2차 근왕군 참전에서부터 참여한 사람, 용인 패전 뒤 광주에 돌아와 모집된 사람, 그런가 하면 고경명의 금산패전 직후 그 의병의 일부가 예속되기도 했다. 또한 남원으로 군사를 이동한 뒤 광주 이외 타 군현에서 합류한 군사도 있었다.

여기서 권율 막하 장수 중 훗날 '광주(광산) 8장사' 로 불리는 여덟 장수를 소개하고자 한다.[10]

광주(광산) 8장사

군량 운반의 책임을 맡은 고성후(高成厚, 1549~?)

광주 남구 압촌 마을 출신으로 자는 여관汝寬, 호는 죽촌竹村, 본관은 장흥이다. 목사 경조敬祖의 아들이자 경명의 조카이다. 1583년 별시문과에 병과로 급제, 임진년에 익산군수로 나갔다.

고경명이 거의하자 군량을 실어 날랐고, 금산전투에서 패전하자 관군과 모은 군량을 가지고 순찰사 권율 진중으로 들어갔다. 군량운반 책임을 맡아 행주대첩이 가능토록 했다. 또 영남에 주둔한 명군의 진영까지 군량을 운송하여 주었고, 명장 여응종呂應鍾 등과 많은 시를 주고받는 등 우의가 두터웠다.

선무원종공신 2등에 녹훈되고 예조참의에 증직되었다. 저서로 『죽촌문집』이 있으며 유적으로 마을 입구에 황산사가 있다. 후손은 광주 남구 대촌 지석·압촌 등지에 거주하고 있다.

문무를 겸비한 선비로 이름 높았던 김극추(金克秋, 1552~1610)

광주 서구 서창동 절골 마을 출신으로 자는 여직汝直, 호는 절봉節峯, 본관은 김해이다. 직제학을 지낸 일손馹孫의 후예이며 필弼의 아들이다. 용력이 뛰어나고 경사에 능통하여 문무를 겸한 선비로 이름이 높았다.

『호남절의록』에는 "동생 응추와 함께 금산싸움에 나아가 힘을 다해 싸워 적을 많이 죽인 공으로 주부를 제수받았다."라고 기록하고 있다. 『충의사록』 등은 보다 세밀하게 "임진왜란 직후 권율이 광주목사로 부임하자 의병을 모을 때 그의 막하가 되어 이치전투에서 고을 장정들을 인솔하여 영정곡永貞谷에 복병하였다가 큰 전과를 올려 훈련원 주부에 임명된 뒤, 이어 행주전투에 참전하여 끝까지 싸워 큰 공을 세웠다."고 기록하고 있다.

이후 병조좌랑 군기첨정, 경성판관, 해미현감, 영동군수 등의 벼슬을 지냈다. 선무원종공신 3등에 녹훈되고 좌승지로 증직되었다. 후손은 광주 광산구 우산동·장성군 진원면 용산리 등지에 거주하고 있다.

절골 마을은 광주 남구 송학산 서북쪽에 위치해 있다. 마을 앞산은 백마산이라 부른다.

전장에서 몸 수십 곳에 상처를 입은 김치원(金致源, ?~?)

광주 광산구 신창동 풍영정 마을 출신이다. 자는 제화濟和, 호는 수진당守眞堂, 본관은 광산이다. 판교를 지낸 언거彦琚의 손자이며 주부 광부光符의 아들이

황산사(黃山祠). 고중영·경조·성후 삼부자와 위덕의를 배향하는 사우이다.(원산동 268-4번지 소재)

김극추·박대수가 태어난 절골(사동) 마을 전경

풍영정(광주시 문화재자료 제4호). 김치원의 조부 언거가 1560년 관직에서 물러나면서 낙향하여 지은 정자이다. 그가 공부하며 즐겨 찾았을 것이다.

김치원이 태어난 풍영정 마을 전경

동림1지구 주공 405·406동 뒤에 있는 이세환의 묘

운암동에 있을 당시 이완근의 묘. 이 묘소는 운암동 죽호학원 중앙중학교 뒷산에 있었으나, 2009년 5월 말 담양군 월산면 월평리 산7-7번지 광산이씨 용산파 선산으로 이장했다.

다. 선조 때 음직으로 관직을 시작하였다.

권율이 광주목사로 있을 때 신임이 두터워 그의 천거로 훈련첨정을 제수받았다. 여러 번에 걸쳐 힘써 싸우다가 몸 수십 곳에 상처를 입었는데 이로 인해 마침내 병을 얻었다. 후일 또 부름을 받았으나 나가지 못하자 사재를 털어 병기와 군량을 보급하였다. 그의 동생 치전致詮을 대신 권율 진중으로 보냈는데 진중에서 순절하였다.

후손은 광주 광산구 풍영정 마을 등지에 거주하고 있다.

군대를 해산한 전라도순찰사 이광을 책망한 박대수(朴大壽, 1533~1612)

광주 서구 서창동 절골 마을 출신으로 자는 인수仁叟, 본관은 충주이다. 좌찬성을 지낸 지흥智興의 증손자이다.

임진왜란 때 창의하여 고경명과 힘을 합쳐 병력과 군량을 힘써 소날하였다. 전라도순찰사 이광이 군사를 거느리고 금강에 이르렀다가 잘못된 소문을 듣고 군사를 해산해 버리자 재종제 희수와 함께 달려가 크게 책망하니 이광은 "나는 죽는 것을 두려워하지 않는데 단지 박대수 등 두 사람은 두렵다."하였다.

『금곡사지』에 권율 장군을 도와 이치전투에서 큰 공을 세운 것으로 기록되어 있어, 금산전투에서 패하고 권율 막하로 들어간 것으로 보인다. 이후에도 도원수 권율 진중에서 종사하다가 만호萬戶가 되었다. 후손은 광주 서구 절골·덕진·매월 마을 등지에 거주하고 있다.

선무원종공신 1등에 녹훈된 이세환(李世環, 1541~1603)

광주 북구 운암동 출신으로 자는 백헌伯獻, 호는 추암秋巖, 본관은 광산이다. 대사성 초椒의 후예이며, 처사 몽린夢麟의 아들이다. 1590년 무과에 등제하여 훈련원 정正이 되었다.

임진왜란이 일어나자 권율 막하로 들어가 행주전투에서 큰 공을 세웠다. 『호남절의록』에 이치전투 참전기록은 보이지 않으나 정황상 이 전투에도 참전한 것으로 여겨진다.

정유재란 때는 팔량치에서 재종제 완근과 함께 적과 싸워 적장의 목을 베고 대승을 거두었다. 이때 탈취한 왜검이 가보로 전해오고 있다. 선무원종공신 1등에 녹훈되었다. 후손은 광주 북구 오룡동 치촌 마을 등지에 거주하고 있다.

행주대첩비에 이름을 올린 이완근(李完根, 1545~1615)

광주 북구 운암동 출신이다. 자는 백인伯仁, 호는 서암瑞菴, 본관은 광산이다. 대사성 초椒의 후예이며, 참봉 춘년春年의 아들이다.

임진왜란이 일어나자 재종형 세환과 함께 광주목사인 권율을 찾아가 막하가 되어 주부主簿의 벼슬을 제수받았다. 이후 이치전투와 행주전투에 참전하여 큰 공을 세운 것으로 보인다. 이에 권율은 장검을 내리고 격려하였으며, 계속 적의 토벌에 앞장서자 조정에서는 어모장군 지세포 만호에 제수하였다.

정유재란 때는 남원과 함양의 경계인 팔량치에서 재종형인 세환 등과 함께 호남을 침범하는 적을 막고, 고금도 전투에서 대공을 세움에 따라 호궤도虎饋圖를 하사받기도 하였다.

'행주대첩비' 비문에 새겨진 여덟 명 중 한 명으로 선무원종공신 2등에 녹훈되었다. 후손은 광주 북구 운암동 등지에 거주하고 있다.

이완근과 함께 '행주대첩비'에 이름을 올린 이충립(李忠立, 1566~1518)

광주 광산구 등림동 방혜 마을 출신으로 본관은 함평이다. 병사 종우從愚의 후예이며, 억춘의 아들이다. 무과에 급제하여 도총부 경력을 역임하였다.

임진왜란이 일어나자 이완근·이세환 등과 함께 권율 막하에 들어가 용전분투 끝에 많은 적을 참살하였다. 『호남절의록』 등에 참전기록은 보이지 않으나, 『행주대첩비』에 막하유사로 새겨져 권율 막하에서 이치·행주전투에 참전한 것으로 판단된다.

1597년 이순신 막하로 들어가 노량전투에서 공을 세워 명천부사로 임명되었다.

선무원종공신 1등에 녹훈되었다. 후손은 전남 담양군 수북면 주평리, 순천 등지에 거주하고 있다.

'이치승첩서'를 왕에게 전달한 정충신(鄭忠臣, 1576~1636)

광주의 중심도로 옛 전남도청 앞 금남로는 그의 군호를 따서 명명되었다.

그는 광주 남구 서동(옛 광주 향교동) 출신이다. 자는 가행可行, 호는 만운晩雲, 본관은 하동이지만 분관하여 금성을 관향으로 삼았다. 고려 때 명장 지地 장군의 9세손이며 금천군 윤倫의 둘째아들이다. 당시 약관 17세의 정병으로서 광주목에 소속되어 인장을 관리하는 지인知印: 通引의 직책을 맡고 있었다.

임진왜란이 일어나자 광주목사 권율의 휘하로 이치전투에 참전하였다. 권율이 장계를 행재소에 전달할 사람을 뽑을 때 응하는 사람이 없었는데, 17세의 어린 그가 청하여 왜군으로 가득한 길을 뚫고 의주행재소에 도착하여 왕에게 승첩서를 전달하는 공을 세웠다.

방혜 마을 거주 이재영(1946년생) 씨가 이충립의 묘소를 확인해 주었다. 그의 묘는 광산구 등림동 (어등산) 방혜 마을 앞 오른쪽 자락에 위치해 있다.

정충신의 묘(충남문화재자료 제210호). 그의 묘소는 충청남도 서산시 지곡면 대요리 마힐산(摩詰山)의 국사봉 중턱에 위치해 있다.

이후 병조판서 이항복이 그에게 사서를 가르쳤는데 머리가 총명하여 아들같이 사랑하였다. 이해 가을에 행재소에서 실시하는 무과에 응시하여 합격하였다.

1623년 안주목사로 방어사를 겸임하고, 다음해 이괄의 난 때에는 도원수 장만의 휘하에서 전부대장으로 이괄의 군사를 황주와 서울 안산에서 무찔러 진무공신振武功臣 1등으로 금남군錦南君에 봉해졌다.

천문·지리·복서·의술 등 다방면에 걸쳐서 정통하였고, 청렴하기로 이름이 높았다. 광주 경렬사에 배향되었다. 저서로 『만운집』·『금남집』·『백사북천일록』 등이 있다. 시호는 충무忠武이다.

이들은 임란을 맞아 친척은 물론 인근 고을 장정들과 함께 권율 막
하로 들어가 병기와 군량 보급, 전투부장 등의 역할을 했다. 이치와 독
성산성전투, 행주산성전투에 직접 참전하거나 적극 후원하여 임란 초
전기 호남을 보전하고 서울을 수복하는 데 큰 역할을 하게 된다.

김천일·고경명, 의병 봉기 북상

임란 직후 왜군에 조선 관군이 힘없이 무너지자 경상도와 전라도를
중심으로 '의병운동'이 일어난다. 왜군의 주력부대가 북상 중이던 경상
도 지역은 향토방위를 목적으로 곽재우郭再祐·김면金沔·정인홍鄭仁弘
등이 의병을 일으켰고, 왜적의 직접적인 침략을 받지 않던 전라도 지역
은 국가방위를 목표로 김천일·고경명 등이 거병했다.

김천일金千鎰, 1537~1593은 임금이 조선 수도인 서울을 떠나 서행하
고, 5월 2일 서울이 함락되었다는 소식을 접한 직후 고경명과 박광옥,
전 정랑 정심鄭諶(나주), 전 군수 최경회崔慶會(화순)에게 편지를 보내
함께 의병을 일으키자고 했다.『건재집』

또 이광이 이끄는 1차 근왕병이 공주에서 전주로 퇴각한 직후에는
고경명에게 "먼저 이광을 쳐서 죄를 바로잡은 뒤에 군사를 거느리고 북
으로 올라가려 한다."는 내용의 편지를 보내 화급한 거병의지를 천명한
것으로 보인다.『연려실기술』

그 뒤 그는 5월 16일, 송제민宋濟民(광주)·양산룡梁山龍(나주)·양산숙
梁山璹(나주)·임환林懽(나주)·이광주李光宙(나주)·서정후徐廷厚(남평) 등
나주지역의 재지사림과 처가 및 외가의 지원을 받아 3백여 명의 의병
을 모은 뒤 6월 3일, 나주에서 근왕을 위해 북상한다.

이에 비해 고경명高敬命, 1533~1592은 2차 근왕병이 북상하여 수원

김천일 초상화   고경명 초상화

에 진을 치고 있을 때 박광옥과 함께 군사를 모아 권율 진중에 보내는 등 근왕병 지원에 최선을 다했다. 그는 종후와 인후 두 아들도 권율 진중에 보냈다.

5월 19일, 이광이 2차 근왕군을 이끌고 서울로 북상한 뒤 4일이 지난 23일 고경명·류팽로(옥과)·양대박(남원)은 담양에서 모여 의병의 부대편성 및 실질적인 전략을 논의하였다. 5월 29일, 고경명을 대장으로, 류팽로와 양대박을 종사관으로, 이대윤李大胤(남원)과 최상중崔尙重(남원)·양사형楊士衡(순창)·양희적梁希迪(남원)을 모량유사로 삼아 죽음으로써 적을 토벌할 것을 서약한다. 이른바 전라도 연합의병의 성격을 띤 '담양회맹군'을 창설한 것이다. 『난중잡록』

이때 류팽로는 좌부장, 양대박은 우부장이 되어 전군을 오행진으로 편성했다. 그 중단에는 황색의 대장기를, 동단에는 청기를 세워 류팽로가 지휘하고, 북단에는 흑기를 세워 안영安瑛(남원)에게 맡겼다. 6월 11

김천일, 나주 창의기병도(정렬사 유물관 소장)

정렬사 전경

일에는 담양 추성관을 출발하여 북상 길에 올랐다.『월파집』

이와 같은 전라도의 거도적인 의병봉기는 1·2차 근왕병의 실패가 가장 큰 계기가 되었다. 임금이 전란을 자신의 허물로 돌리면서 의병을 불러 모으게 한 것도 작용하였다.『선조수정실록』(5. 1) 여기에 세자책봉 문제로 강계로 유배돼 있던 서인의 대표적 인물 정철鄭澈이 임란 직후 유배에서 풀려나면서, 이 지역 재야 사림(서인)을 분기奮起시켰기 때문이기도 했다.

임란 초 전라도 의병의 지도층은 대부분 문과 출신이거나 전직 관인들로서 각 지역의 명망 높은 인사들이었다. 특히 전라도 연합의병의 성격을 띤 고경명 휘하 의병지도층은 더욱 그러한 특징이 두드러졌다. 아울러 이들의 학연을 보면 이항李恒·기대승奇大升·정철·노수신盧守愼·성혼成渾·고경명 등과 관계를 맺고 있어 서인계 인사들이 주축이었음을 짐작케 한다.[11]

그런데 전라도순찰사 이광과 고경명의 갈등은 컸다. 김천일은 이광의 용인 패전 이전에 1차 근왕병의 공주 퇴각을 책망하고, 나주 한 고을을 중심으로 별도의 근왕의병을 모아 북상했기 때문에 그다지 큰 문제가 없었다. 그러나 고경명은 달랐다. 고경명이 2차 근왕병을 직접 모아 권율 진중에 보내는 등 후방에서 지원할 때까지는 상호 협조적이었으나, 전라도 연합의병의 맹주가 되면서부터는 극과 극을 달리게 된다. 고경명의 의병활동에 이광의 방해가 얼마나 심하였는지 『정기록』 중 「재상에게 보낸 서한」을 보면 짐작할 수 있다.

고경명은 "급기야 의병모집에 응하는 자가 구름 모이듯 하는 것을 보고 심히 불쾌하여 심지어 무기창고를 함부로 열었다고 말을 한다 하니 아! 괴이하기도 두렵기도 합니다." "무릇 수령들이 따르기를 원하는 자도 많지만 순찰사에게 견제되어 의거를 끝까지 못하고, 수령 역시 순찰의 비위를 맞추는 자도 있어 온갖 방법으로 가로막아 의거에 참여할 마음을 저해시키며 심지어 응모자의 처자까지 잡아다 가두니 진실로 슬픈 일입니다.”라고 썼다.

타 지역에서도 관군을 지휘 통솔하는 순찰사(감사, 관찰사)와 의병장 간에 불화가 끊이지 않았다. 영남의병장 곽재우와 영남우도순찰사 김수와의 반목, 호서의병장 조헌과 충청도순찰사 윤선각의 질시, 황해도초토사 이정암의 전공에 대한 순찰사 류영경의 시기, 관북의병장 정문부에 대한 함경도순찰사 윤탁연의 질시 등이 대표적인 예이다.[12]

여기서 김천일과 고경명이 의병장이 되기 이전까지의 행적을 간단히 정리해 보자.

김천일은 1537년(중종32) 전남 나주시 나주읍 송월동(당시, 나주 신촌면 흥룡리)에서 태어났다. 자는 사중士重, 호는 건재健齋, 본관은 언양彦陽이다. 그의 아버지 진사 언침彦琛이 창평에서 처가인 나주로 이사와 그를 낳았는데 7개월 만에 어머니가 죽자 외조모 밑에서 어렵게 성장했다. 이항에게 글을 배웠다.

1558년 생원시에 합격하고, 1573년 학행으로 군기시 주부軍器寺 主簿로 제수된 뒤 그해 용안현감에 임명되어 관계에 진출했다.

이후 그는 강원도사와 경상도사(1576)·사헌부지평·임실현감(1578)·순창군수(1582)·담양부사(1584)·한성부 서윤, 군자감정(1589)에 이어 수원부사(1589)로 임명되었다. 수원부사 재직 때 권신들에게 원칙대로 세금을 부과징수를 하자 이들의 탄핵과 모함으로 파면되어 그해 나주로 돌아와 후진을 양성했다.『건재집』 연보

고경명은 1533년(중종28) 11월 30일 광주 남구 대촌동 압촌 마을(당시, 광주 압보촌)에서 태어났다. 자는 이순而順, 호는 제봉霽峰·태헌苔軒, 본관은 장흥長興이다. 그의 할아버지 운雲은 형조좌랑을 지냈고, 아버지 맹영孟英은 대사간을 지냈다. 큰아들 종후從厚는 복수의병장이자 현령을 지내는 등 4대가 문과에 급제하여 관계에 진출한 명문가문 출신이었다.

천일과 다르게 유복한 가정환경에서 자란 그는 1552년 생원진사시

고씨 삼강문(광주광역시 기념물 제12호). 이 삼강문은 임진왜란 때 의병장으로 활약한 고경명(高敬命) 일가의 충절을 기리기 위하여 세운 정문이다. 광주 남구 압촌동 산 14번지(마을입구)에 있다.

에 합격하고, 1558년 문과에 장원급제(갑과 1위)했다. 그 당시 같은 광주출신인 기대승奇大升은 을과 1위였고, 정엄鄭淹은 을과 4위였다. 또 임란 때 임금과 함께 국란극복에 앞장섰던 윤두수尹斗壽는 을과 7위로 합격한 동문이기도 했다.『문과방목』

식년시 장원급제한 그해 성균관전적에 임명되고 이어 공조좌랑이 되었다. 이후 세자시강원 사서(1559)·사간원 정원에 이어 형조좌랑(1560)·사간원 헌납에 이어 홍문관 수찬으로 옮겼다가 사헌부 지평(1561)이 되었다. 이해 홍문관 부수찬·부교리를 거쳐 1563년 교리로 승진되었으나 울산군수로 좌천된 뒤 곧바로 파직되었다. 파직 사유는 인순왕후의 외숙인 이조판서 이량李樑의 전횡을 논하는 데 참여하고 그 경위를 이량에게 몰래 알려준 사실이 드러났기 때문이었다. 고향인 광주로 돌아온 그는 고전을 탐독하거나 자연을 벗 삼아 산수를 유람했다.

1574년 무등산을 유람하면서 『유서석록遊瑞石錄』을 저술하기도 했다.

1581년 영암군수로 다시 기용되었으며, 이어 종계변무주청사宗系辨誣奏請使 김계휘金繼輝의 서장관으로 명나라에 다녀왔다. 이듬해 서산군수로 전임되었는데, 명사원접사明使遠接使 이이의 천거로 그의 종사관이 된 뒤 종부시첨정에 임명되었다.

1583년 한성부서윤·한산군수를 거쳐 예조정랑에 임명되었으나 부임하지 않았고, 1584년 사복시첨정이 된 뒤 성균관사예를 거쳐 순창군수로 재직 중 1588년 파직되었다. 1590년 승문원판교로 다시 등용되었으며, 1591년 동래부사가 되었으나 곧 서인이 실각하자 파직되어 고향인 광주로 돌아왔다.『제봉연보』

이광, 권율을 전라도 도절제사로 삼다

이광은 용인에서 패전한 뒤 일부 병사를 이끌고 충청도 내포內浦를 경유하여 전라도 임피현에 이르러 3차 근왕병을 이끌고 북상할 계획을 세우게 된다.

그 계획은 육지로 가지 않고 바다를 건너 바로 임진臨津으로 향한다는 내용이었다. 이를 실행에 옮기기로 한 이광은 도내 여러 고을에 격문을 띄워 정병을 징발토록 했다. 이광은 또 태인泰仁에 있으면서 전라좌수사 이순신과 무주조방장 이계정李繼鄭에게 서장을 보내 군사를 모두 태인으로 모으라는 명령을 내렸다. 이 지역은 태인과는 거리가 멀고, 왜적이 침략한 지역이기도 했다. 이때 무주는 왜적이 들어가 민가를 불태우고 있었고, 순천은 왜적의 척후 배 두 척이 넘보고 있어 비상시국에 있었다.[13]

전라도사 최철견崔鐵堅과 부윤 권수權燧는 "감사의 뜻을 측량할 수 없다."고 하였다. 도내 사람들도 모두 동요하여 감사와 수령의 명령에 응하려 하지 않았다. 계획은 수포로 돌아갔다.

이 무렵 전라도에서는 당파싸움으로 정계에서 물러난 서인계 전직 관료 인사를 중심으로 의병활동이 시작되었다. 용인패전 전인 6월 4일, 나주에서 김천일이 의병을 일으켜 북상하였고, 용인패전 직후인 6월 11일, 고경명을 맹주로 한 전라도 연합의병이 담양에서 북상하고 있었다.

전라도에 도착한 이광은 이러한 상황에서 용인패전을 어떻게든 만회하기 위해 무모한 계획을 수립했다가 실패한 셈이었다. 의병봉기 또한 거도적으로 들어감에 따라 그의 운신의 폭은 대폭 축소되었다. 또한 그의 명령이 제대로 통하지 않자 의병 지도층과의 불협화음까지 생긴 것으로 보인다.

이때 왜군의 선봉대는 임진강을 지나 6월 15일 평양성에 입성하였고, 고바야카와 다카카게가 이끄는 제6번대와 모리 데루모토毛利輝元가 인솔하는 제7번대를 경상도 여러 곳에 주둔케 한 다음 북상했다. 이들 잔여병력은 민가를 분탕질하며 전라도를 넘보고 있었으나 곽재우와 김면, 정인홍 등의 의병활동에 부딪쳐 계획에 차질을 빚고 있었다. 특히 8도를 분할하여 전라도를 담당한 고바야카와 군은 임진강 전투까지 참전했다가 5월 25일 전라도를 점령하기 위해 남하하고 있었다. 8도 중 유일하게 왜적의 손에 넘어가지 않았던 전라도지역마저 풍전등화의 위기를 맞게 된다.

한편으로는 용인 패전 후 흉흉했던 민심은 시간이 지나면서 점차 호전되고 있었다. 특히 광주목사 권율은 광주에서 1,500여 명의 군사를 얻어 출정 준비를 서두르고 있었고, 동복현감 황진 등 여러 고을의 수령들이 전라도 수호를 위해 군사소집과 군량, 병기 등에 힘썼다.

이 무렵 왜군은 금산을 점령한 후 한 부대를 출진시켜 장수 쪽에서 전주성의 배후를 공격하고자 했다.[14] 이에 이광은 7월 초 광주목사 권율을 전라도 도절제사都節制使로 삼아 호남과 영남의 경계에 나아가 수비토록 했다.[15] 명령을 받은 권율은 즉시 남원으로 병력을 이동하여 전라도 방어에 들어가게 된다.

'도절제사'는 조선 초기 10개의 군영에 설치된 의흥친군위義興親軍衛(1451년 오위제도가 제정되면서 폐지됨)에 소속된 무관 벼슬의 하나이며, '절제사'는 병마절제사의 준말로 각 지방에 둔 정3품의 무관벼슬이다. 전주·광주·경주·평양·의주·함흥 등 여섯 곳에 두고 그 고을의 우두머리를 겸임했다.

이로 보아 당시 권율에게 임시로 내린 '도절제사'는 효과적인 전쟁 수행을 위해 순찰사의 지휘를 받아 '군무를 총괄'하는 직책으로 판단된다. 따라서 민·관은 순찰사인 이광이 총괄 지휘하고, 군은 권율이 맡았다고 보면 타당할 것이다.

제2부
전주성 수성, 전라도 보전

전주성 수성, 전라도 보전

왜군, 전라도 점령을 노리다

조선 수도 서울을 점령한 왜군은 북상하여 5월 8, 9일경 임진강에서 작전회의를 갖고 조선 8도를 분할통치하기로 전략을 수정했다. 이는 조선 전역을 명나라 침공의 보급기지로 삼아 군량을 조달하고 부산에서 의주 간의 도로를 확보하기 위함이었다.

평안도는 제1번대 고니시 유키나가小西行長, 함경도는 제2번대 가토 기요마사加藤淸正, 황해도는 제3번대 구로다 나가마사黑田長政, 충청도는 제5번대 후쿠시마 마사노리福島正則가 담당하였고, 경상도는 제7번대 모리 데루모토毛利輝元, 경기도는 제8번대 우키타 히데이에宇喜多秀家, 강원도는 제4번대 모리 가쓰노부毛利吉成의 군대가 맡았다. 그리고 전라도는 제6번대 고바야카와 다카카게小早川隆景가 침공을 담당했다.

머칠 뒤 일본 나고야名護屋에 머물고 있던 도요토미 히데요시는 5월 13일 이들 왜장들에게 조선 8도를 각각 점령토록 하고, 조달 군량을 각

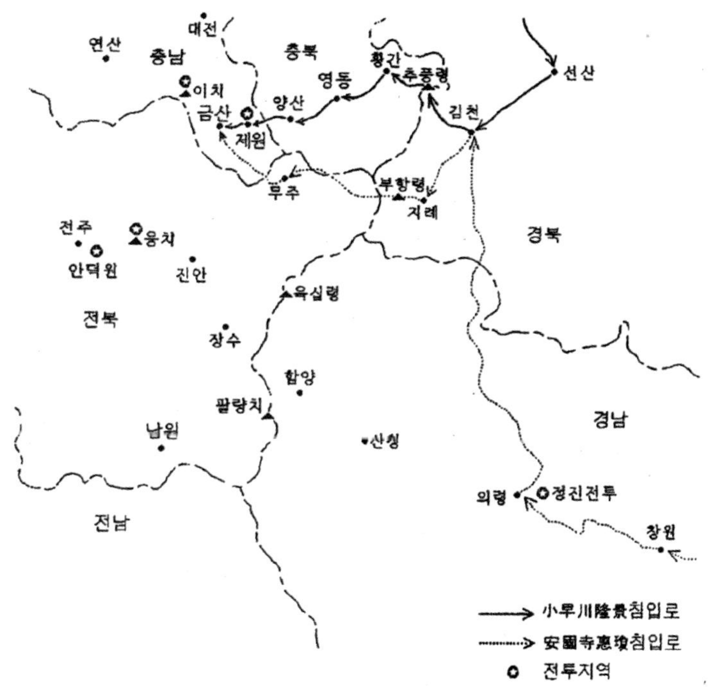

왜군 금산 침입로(『임진왜란과 이치대첩』에서 전재)

군에 하달했다. 이 중 전라도에서 조달해야 할 군량으로 전체의 19%인 2백 26만 9천 석을 할당했다.

전라도 침공 임무를 부여받은 고바야카와는 모리 테루모토 등과 같이 바다를 건너와 그 군사를 성주, 선산, 금산(김천) 등 여러 곳에 주둔케 한 다음 서울에 올라와 있었다. 고바야카와는 임진강 전투까지 참여한 뒤 전라도로 출정하라는 명령을 받고 5월 25일 임진강에서 다시 서울을 거처 남하하여 전라도로 향했다. 그리고 충주를 경유하여 조령을 넘어 6월 9일 선산에 도착했다.

이때 고바야카와가 거느린 병력은 총 1만 5천 7백 명으로, 자신이 1만 명, 다치바나 무네시게立花宗茂가 2천 5백 명, 다카하시 나오쓰구高

橋直次가 8백 명, 쓰쿠시 히로카도筑紫廣門가 9백 명, 모리 히데카쓰毛利秀包가 1천 5백 명을 인솔하고 있었다.

선산에 도착한 고바야카와는 모리 테루모토와 만나 부대를 재정비한 뒤 김천에서 추풍령을 넘어 충북으로 들어가 황간을 지나 영동, 양산, 순양을 거쳐 6월 22, 23일경 무주와 금산에 침입한 것으로 보인다.[1]

휘하의 안코쿠지 에케이安國寺惠瓊는 도요토미가 조선으로 들어올 경우를 대비해 진영 축조의 임무를 띠고 조선에 들어와 창원에 주둔하고 있었다. 그는 창원에서부터 전라감사라고 자칭하면서 전주로 향했다.

6월 22일 그가 이끄는 군사는 함안과 의령을 거쳐 정진에 도달했는데, 의병장 곽재우가 이끄는 의병에 의해 그 진로를 저지당하고 만다. 7월 초 그는 현풍지역을 거쳐 거창을 공격했다. 거창은 육십령 고개를 거쳐 진안, 전주로 들어갈 수 있는 곳이었다. 그러나 의병장 김면에 의해 또다시 저지되고 말았다.

이때까지 안코쿠지는 경상우의병의 강력한 저항에 밀려 고바야카와의 본진에 합류하지 못하다가 성주 지방을 우회하여 전라도 지례를 거쳐 무주, 금산으로 들어왔다. 이미 왜군 주력부대가 웅치를 공격하던 때라 7월 8일경의 웅치전투에는 참전하지 못했던 것으로 보인다.[2]

전라도 관·의병의 방어 태세

이때 관군인 전라도 방어사 곽영은 금산에, 조방장 이유의李由儀는 팔량치八良峙 : 함양과 남원 경계에, 이계정李繼鄭이 육십령六十嶺 : 장수와 함양 경계에, 장의현張義賢이 부항釜項 : 김천과 지례 경계, 김천시 부항면에, 김종례金宗禮가 동을거지冬乙巨旨에 진을 치고 방어하고 있었다.「난중잡록」

왜군이 금산에 쳐들어오자 금
산군수 권종權悰 : 권율의 4촌 형은
심한 학질에 걸렸음에도 수백 명
의 군사를 모아 제원찰방 이극경
李克綱, 역졸들과 함께 제원濟原
에서 강 하나를 두고 접전을 벌였
으나 아군은 모두 순절하였고,「권
종순절유허비」 곽영과 김종례는 고
산으로 퇴각함으로써 금산은 적
의 손아귀에 들어가게 되었다. 또
이유의는 남원판관 노종령盧從齡
등을 거느리고 송현松峴 : 금산과
용담 경계으로 옮겨 왜군이 남으

권종 순절비(충남문화재자료 제24호). 충남 금산군 제원면 지곡리 산25-1번지 소재해 있다.

로 내려올 것에 대비했다. 금산과 무주에 머물고 있던 왜군이 약탈과 살육을 일삼자 이 지역 군민들은 공포심에 휩싸여 있었다.「난중잡록」

전라도순찰사 이광은 전주를 사수하기 위해 전주사람 이정란李廷鸞을 수성장으로 임명하여 이웃 읍에서 군사를 모아 대비케 하였고, 남원에 전령을 보내 성을 지키게 했다. 이에 정염丁焰을 남원 향병장으로 추대하여 부사 윤안성과 유기적인 협조체제를 유지해 남원을 수성토록 했다.

한편 김천일이 이끄는 3백여 명의 의병은 6월 3일 나주를 출발하여 6월 15일 전주에서 전라병사 최원 군사 2만여 명과 함께 직산과 진위를 거쳐 6월 23일 수원 독성산성에 진을 치고 있었다. 또 고경명이 이끄는 호남 연합의병 6천여 명은 6월 11일 담양을 출발, 전주에 도착하여 6월 21일까지 전열을 정비한 뒤 북상을 준비 중이었다.

금산과 무주에서 전주로 가려면 험준한 산을 넘어야 한다. 하나는 진안에서 웅치熊峙 : 곰재, 熊峴를 넘어가는 길이고, 또 하나는 금산-진산을 거쳐 이치梨峙 : 배재, 梨峴를 넘는 두 길이다.

웅치와 이치는 전주로 향하는 전략적 요충지였다. 여기서 전라도 수호를 위해 혈전이 펼쳐졌던 웅치와 이치의 지리적 여건을 살펴보자.

우리나라 산줄기는 1대간, 1정간, 13정맥으로 이루어져 있다. 백두대간은 백두산이 시작점이고 지리산이 끝점이다. 백두대간은 전라도(장수)와 경상도(함양)의 경계 영취봉(1,076m)에서 서북쪽으로 금남호남정맥을 이룬다. 금남호남정맥은 영취봉에서 시작해 장안산(1,237m)을 지나 섬진강 발원지인 팔공산(1,151m)을 거쳐 덕태산(1,132m)-성수산(1,059m)-마이산(68m)-부귀산(806m)-조약봉까지이다. 조약봉에서 남쪽으로 호남정맥으로 이루고, 북쪽으로 금남정맥을 이룬다. '웅치'는 호남정맥 조약봉과 만덕산(762m, 완주군 상관면과 소양면, 임실군 성수면 경계) 중간지점인 진안군과 완주군 사이의 고개를 말한다. 금남정맥은 조약봉-연석산(925m)-왕사봉(718m)에서 두 줄기로 나눠지는데 본줄기는 군산 장계산(110m)까지 이르고, 한 줄기는 대둔산(878m)-계룡산(845m)-부여 부소산까지 이른다. '이치'는 금남기맥으로 대둔산으로 향하는 길목에 위치해 있으며, 금산군과 완주군의 경계를 이루고 있다.

이제 조선 8도에서 유일하게 직접적인 공격에 벗어나 있던 전라도마저 풍전등화의 위기에 처하게 되었다. 왜군이 무주, 금산에 이어 용담과 진안을 점령함으로써 전주부성에 대한 전면 공격이 임박한 것이다.

이 당시 권율은 광주목사 겸 전라도 도절제사로서 순찰사 이광과 상호 연락을 취하며 남원에 있다가 장수와 임실 사이로 군대를 이동하여 왜적의 남하와 서쪽 진출을 방어하고 있었다.『선조실록』(1596. 3. 4)

앞으로 전개될 여러 전투 중 웅치전투는 이광과 함께 작전을 지휘하였고, 이치전투는 주장으로서 직접 참전했다.

웅치전 전투상황과 참전인물

아군의 방어 태세

금산과 무주를 점령하고 있던 왜군은 전주와 남원을 침략할 계획으로 용담과 진안을 향해 계속 남하하고 있었다. 6월 25일, 진안 아래인 운암(임실군 운암면 장곡리)까지 진격하여 남원사람 양대박이 이끄는 1천 5백여 명의 의병과 전투를 벌였으니 이 무렵엔 전라도 동북지역인 금산, 무주, 용담, 진안까지 그들의 손아귀에 들어갔다고 볼 수 있다.

왜군은 먼저 진안에서 웅치를 넘어 전주부성을 점령하고, 또 남원부를 침략하여 전라도 전체를 장악할 계획을 세운 것으로 보인다. 하지만 남원부성은 양대박 의병장에게 저지당하여 그 뜻을 이루지 못한다. 이에 따라 왜군은 웅치를 넘어 전주부성을 점령하려고 전 병력을 동원하기에 이른다. 이를 간파한 전라도순찰사 이광과 광주목사 겸 도절제사 권율은 웅치 방어 작전에 들어가게 된다.

6월 말경 아군은 김제군수 정담鄭湛과 나주판관 이복남李福男, 동복현감 황진, 해남현감 변응정邊應井 등을 복병장으로 삼아 웅치를 사수케 했다. 이어 익산(함열)사람 전 만호 황박黃璞이 군사 2백여 명을 모아 의병장이 되자 이들을 돕도록 조치했다. 『난중잡록』 또 전주사람 전

진안~웅치 부근 '1872년 진안현' 지도
(서울대학교 규장각 소장)

전적 이정란李廷鸞을 전주부성 수성장으로 임명했다.

전투상황

웅치에 도착한 복병장 정담과 이복남, 의병장 황박 등 지휘부는 지세와 적정을 살피고 목책을 세우고 진지를 구축하는 등 방어태세를 갖춘다.

김제군수 정담은 웅치고개에 제3선을 치고, 나주판관 이복남은 중봉에 제2선을 구축하고, 의병장 황박은 그 아래에 제1선을 치고 방어에 들어갔다. 그러니까 고개 아래에서 정상까지 3선의 진지를 구축했던 것이다.

진안에 머물고 있던 1만여 명『난중잡록』에 이르는 왜군 역시 전열을 정비한 뒤 웅치를 넘어 전주부성을 노리고 때를 기다렸다.

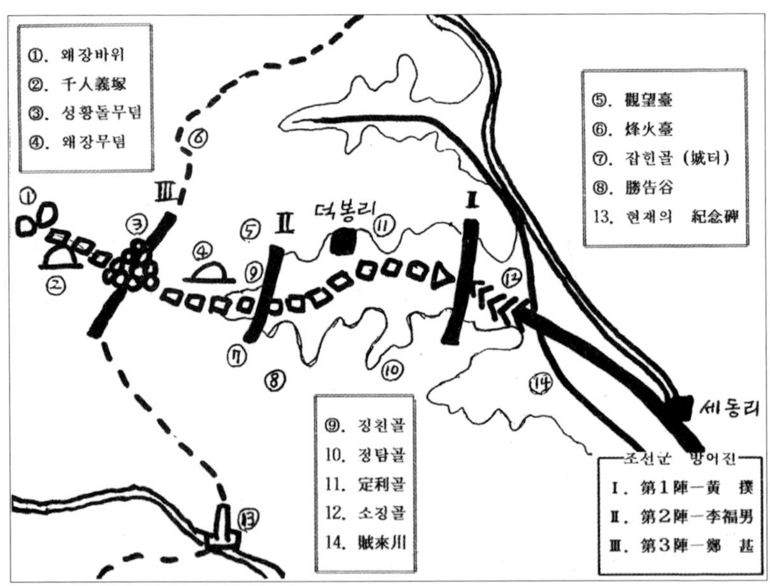

웅치혈전도(1991년 5월 15일 『진안문화』 제4호 및 1992년 발행 『웅치대첩전적지자료지』 에서 전재)

7월 7일(양력 8. 13) 더위가 기승을 부리던 날, 수천 명의 왜군 선봉 부대가 조총을 쏘고 도검을 휘두르며 공격해 오자 1선과 2선을 구축하고 있던 황박과 이복남은 활을 쏘며 선봉대를 물리쳤다. 그리고 진지를 더욱 강화했다.

7월 8일 새벽, 왜적은 남은 모든 병력을 동원하여 전면 공격을 시작했다. 당시 적병은 산과 계곡을 가득 덮을 정도로 많았다. 적은 먼저 황박의 진지를 교대로 공격해왔다. 계속되는 공격으로 마침내 황박은 고개 중간부분에 위치한 이복남의 진지로 후퇴했다. 그러나 계속되는 적의 공격에 다시 이복남의 진지마저 점령당하게 되었다. 이어 적은 고개 위에서 지키고 있던 정담의 진지를 공격했다. 정담은 가장 높은 봉우리에서 백마를 타고 있던 적장을 대궁으로 쏘아 죽이는 등 항전하였으나 적의 공격이 점점 거세짐에 따라 수세에 몰리게 되었다. 더욱이 이복남의 군사들마저 견디지 못하고 후퇴하게 되자 정담은 고립될 지경에 이르렀다. 이때 정담의 부장이 일시 후퇴를 건의하였지만, 정담은 "차라리 적병 한 놈을 더 죽이고 죽을지언정 차마 내 몸을 위해 도망하여 적으로 하여금 기세를 부리게 할 수는 없다."고 말하고 죽을힘을 다해 싸웠다.

이 전투는 오전 10시부터 정오까지 가장 격렬했다. 해가 저물자 적도 공격을 멈추고 철수하려 했는데 정담의 진중이 화살이 떨어져 동요한다는 첩보를 듣고 최후의 공격을 감행했다. 4면에서 겹겹으로 포위하여 공격해오자 정담의 군사들은 견디지 못하고 모두 흩어져 도망가게 된다. 이 전투에서 정담과 정담의 종사관 이봉李葑, 비장 강운姜運·박형길朴亨吉을 비롯하여 김만령(해남)·김안(정읍)·김진태(정읍)·이경주(정읍)·김익웅(남원)·박석정(김제)·박정영(김제)·안징(김제) 등이 최후까지 싸우다 순절하였으며 해남현감 변응정은 중상을 입었다. 다만 황박과 이복남은 후퇴하여 안덕원安德院 : 지금의 전주시 우아동에 진지를

구축하고 왜적의 진출을 막았다.[3]

아군의 웅치 방어망이 뚫렸고, 왜군은 7월 9일 안덕원까지 진출했다. 이제 전주부성마저 일촉즉발의 위기에 처했다. 이때 전주부성 수성장 이정란이 주민들 이끌고 성에 들어가 지켰고, 전라도순찰사 이광은 용함대龍函臺에 진을 쳤다. 이광은 낮에는 의병疑兵을 동원하여 깃발을 산골짜기에 가득 설치하고, 밤에는 횃불을 줄지어 세워 서로 응하게 했다. 그러자 전주까지 들어온 왜적은 더 이상 공격하지 못하고 퇴각하기에 이른다.『선조수정실록』(7. 1)

동복현감 황진은 적이 남원을 침략할 기세가 있다 하여 남원으로 진영을 옮겼으나 곧바로 전주를 점령하려 하자 다시 웅치를 지키라는 명을 받는다. 그러나 도착하기도 전에 이미 웅치가 함락되자 안덕원으로 가서 적을 크게 무찔렀다.『무민공실기』 전주성이 함락되지 않은 것은 이광·이정란의 기지와 황진의 안덕원 싸움이 큰 역할을 한 것으로 보인다.

다시 웅치를 지나 퇴각하면서, 왜군은 조선군의 시체를 모아 길가에 묻어 몇 개의 무덤을 만들고는 그 위에 "조선국의 충성스런 넋을 조상한다.弔朝鮮國忠肝義膽"라는 푯말을 세웠다. 아군의 죽음을 무릅쓴 혈투에 적군도 감동한 때문일 것이다. 그들은 진안을 거쳐 금산으로 되돌아갔다.『선조수정실록』(7. 1)·『난중잡록』 이로 보아 아군의 희생자가 얼마나 많았는가를 가히 짐작할 수 있겠다. 왜군의 피해도 상당했다. 백마를 탄 장수를 비롯한 2백여 명이 화살에 맞아 죽었고,『선조실록』(9. 12)·『쇄미록』에는 1백여 명으로 나옴 부상자 또한 많았을 것으로 여겨진다.

여기서 이 전투에서 주장으로 참전했다가 순절한 정담에 대해 알아보자.

정담(1548~1592)의 자는 언결彦潔, 본관은 영덕盈德이다. 경상북도 영덕군 창수면 인량리에서 태어났다. 1583년(선조16) 무과에 급제하여 이탕개尼湯介의 변에 공을 세우고, 여러 벼슬을 거쳐 1592년에 김제군

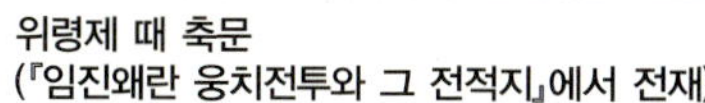

維歲次乙酉拾月庚寅朔二拾日己酉
住民代表 孫鐘燁 敢昭告于
顯 金堤郡守鄭澹 宣撫義兵神位
宣祖二十三年七月初旬 臨戰熊嶺
竭力盡命忠節冲天継承先靈
忠國精神歲薦桑禮有重制
履蹤霜露謹用清酌庶羞恭伸
奠獻裕事尚饗

위령제 때 축문
(『임진왜란 웅치전투와 그 전적지』에서 전재)

웅치 전적비(전북 기념물 제25호). 이 전적비
는 전북 완주군 소양면 신촌리에 있다.

수가 되었다.

임란 직후 이광을 따라 근왕을 위해 공주까지 북상하였다가 다시 돌아오자 의분을 참지 못할 정도로 충절이 높았다. 이와 같이 웅치전투에서 장렬히 싸우다 순절하였음에도 당시에는 패전으로 인식하여 포상이 되지 않았다. 1595년 김제군 유생 조성립趙誠立 등이 검찰사 김찬金瓚에게 신원장伸寃狀 : 가슴에 맺힌 원한을 풀어 주자는 상소을 올리지만, 『난중잡록』 증직 벼슬이 주어지지 않았고, 1604년 선무원종공신에 녹훈되지도 않았다. 웅치혈전이 있었기에 전주부성의 침략을 막을 수 있었음을 감안하면 참으로 애석한 일이다. 뒤에 병조참판에 추증되었고, 영해 충렬사에 배향되었다.

참전인물

출신지	성명	생몰년	본관	자	호	시호	관력	상훈	주장 구분	적요
순천	권 래 (權 萊)	?~?	안동	군중 (君重)			수문장		황 진	이치전투 순절
곡성	양응원 (梁應原)	?~1593	남원	유극 (有極)	송호 (松湖)		무과, 부장	선무원종공신 2등	황 진	진주성전투 순절
장흥	위대기 (魏大器)	1559~?	장흥	자용 (自容)			무과, 해남현감, 편비장, 충청수사	선무원종공신 1등	황 진	
해남	김만령 (金萬齡)	1547~1592	안산	영년 (永年)			무과, 사직	선무원종공신 3등	변응정	웅치전투 순절
익산	황 박 (黃 璞)	?~?	우주 (紆州)	기지 (琦之)	죽봉 (竹峯)		무과, 선전관, 증, 병사		황 박	이치전투 순절
정읍	김 안 (金 晏)	?~1592	의성	계승 (季昇)			증, 참의		김제민	웅치전투 순절
〃	김 엽 (金 曄)	?~?	의성	언승 (彦昇)	문일옹 (聞一翁)		봉사	호종원종공신	김제민	
〃	김제민 (金齊閔)	1527~1599	의성	사효 (士孝)	오봉 (鰲峯)	충강 (忠剛)	문과, 화순현감 순창군수, 증, 병조판서	선무원종공신 3등	김제민	
〃	김진태 (金振兌)	?~1592	김해				무과, 선천부사			웅치전투 순절
〃	김 흔 (金 昕)	1558~1629	의성	숙승 (叔昇)	학봉 (鶴峯)		군기사정, 언양현감		김제민	
〃	이경주 (李擎柱)	?~1592	경주		지휴옹 (知休翁)		무과, 부호군 증, 병조참의		김제민	웅치전투 순절
남원	김익웅 (金翼熊)	?~?	경주	양경 (揚卿)	추곡재 (楸谷齋)		증, 선전관	선무원종공신 3등		웅치전투 순절
〃	소 제 (蘇 濟)	1551~1593	진주	경즙 (景楫)						진주성전투 순절
〃	윤응남 (尹應南)	?~?	남원	명서 (明瑞)	만헌 (晩軒)		무과, 주부, 증, 돈령부사			
김제	박석정 (朴石精)	?~1592	밀성	일서 (一瑞)	굴지당 (屈指堂)		진사시		정 담	웅치전투 순절
〃	박정영 (朴廷榮)	1559~1592	밀성	효화 (孝華)	신촌 (薪村)		증, 좌승지, 경연참찬		정 담	웅치전투 순절
〃	안 징 (安 徵)	?~?	순흥	중훈 (仲勳)	반매당 (伴梅堂)		증, 호조참의		정 담	웅치전투 순절

이외에도 웅치전투에 참전하였으나 권율 막하로 분류되지 않은 인물이 있다. 『호남절의록』과 『임진왜란 초기 호남방어와 웅치전투의 역사적 의의』(전북대 사학과 하태규 교수, 2006) 논문을 참조하여 정리하면 다음과 같다.

- 조성립趙成立(김제)은 김제군수 정담을 따라 웅치로 출전하여 군량 운반의 책임을 맡아 활약하였다. 후일 검찰사 김찬에게 정담의 웅치전 순절 사실을 상소하여 조정에 알림으로써 웅치전의 실상을

알린 인물이다.

- 양경복梁景福(강진)은 무과에 급제하였고 임진왜란 때 사복司僕으로서 창의하여 의사義士를 거느리고 해남현감 변응정과 함께 웅치전에 참전하여 많은 적을 참살하고 순절하였다.

- 진안출신 김수金粹·김정金精 형제도 웅치전에 친족과 가동家僮을 이끌고 참전하여 여섯 번이나 적을 크게 이겼으나, 건지봉에서 습격하는 적을 맞아 당당히 싸우다가 마침내 순절하였다.『진안군지』

- 김응배金應培(남원)는 장사 천여 명을 이끌고 웅치전에서 많은 적을 참살하여 사과司果에 제수되었다.

- 김나복金羅福(화순 능주)는 친족 10여 인과 가동 100여 명을 이끌고 웅치전에 참전하여 많은 적을 참살하였다. 전주싸움에서 적의 말 10여 필을 빼앗기도 하였다.

1차 금산성 전투, 고경명·류팽로·안영 순절

고경명은 6월 11일 담양을 떠나 태인(정읍시 태인면)–금구(김제시 금구면)를 거쳐 6월 15일경 전주에 이르렀다. 전주에 도착한 고경명은 군량을 확보하고 군대를 재편성하여 훈련을 시키는 등 전열을 정비한 뒤 근왕을 위해 6월 22일 전주를 출발하여 이튿날 여산(익산시 여산면)에 도착한다. 이 무렵 고바야카와가 이끄는 왜적이 금산과 무주를 점령한 뒤 용담과 진안을 분탕질하며 전주와 남원을 침략할 계획을 세운다.

고경명은 여러 장수들과 상의하여 북상을 멈추고 금산의 왜군 본진을 치기로 하고, 7월 1일 은진(논산시 은진면)에서 연산(논산시 연산면)으로 향했다. 그는 막하 장수에게 이렇게 말했다.

"우리들은 모두 호남을 믿어 그곳을 근본으로 삼고 있었다. 그런데

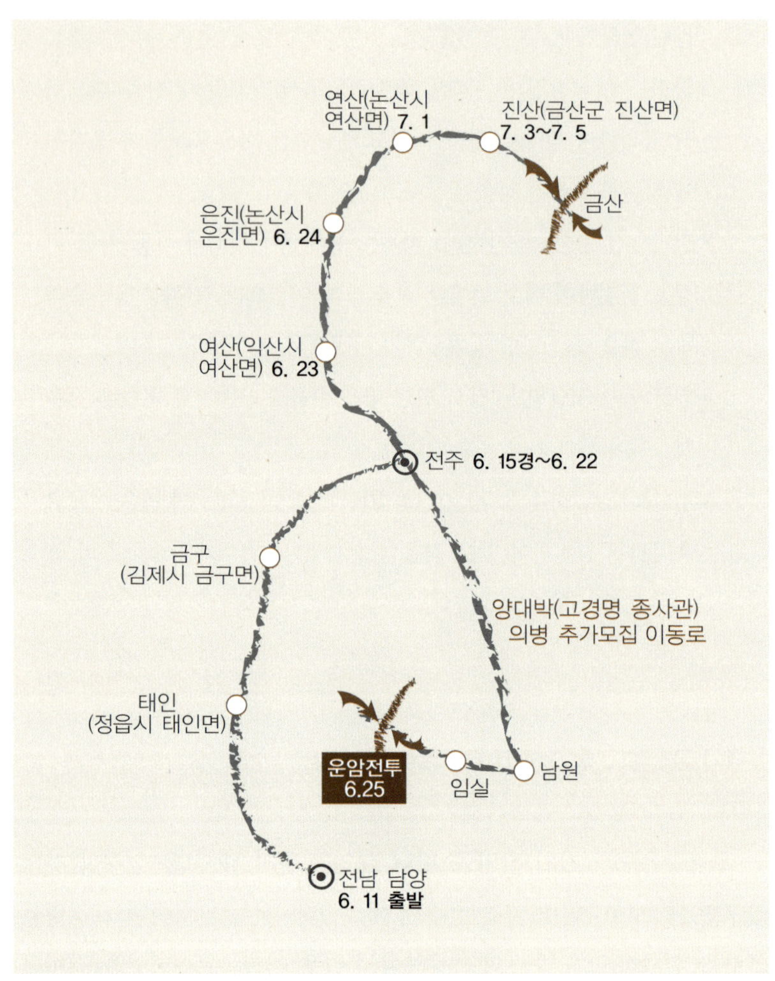

고경명 의병군 진격로

도적을 보고도 쫓지 아니하고, 북상하는 데에만 뜻을 둔다면 이것은 근본을 스스로 끊는 것이니, 군사를 돌려 그들을 쳐서 뒤돌아보는 근심을 제거해야 한다. 그래야만 여러 사람의 마음이 편안할 것이다."『기재사초』

　7월 5일, 고경명은 충청도 의병장 조헌에게 편지를 보내 형강荊江 :

갯터을 건너 금산의 적을 토벌하자고 했다. 고경명은 7월 3일부터 군사를 이동하여 7월 6일 진산에 의병 본진을 설치하고, 금산성 탈환계획을 세운다.

고경명은 걱정이 많았다. 충의로 뭉친 의병이기는 했으나 왜적에 비해 병기도 뒤떨어지고 전투경험도 없었기 때문이었다. 특히 왜적이 진산·연산의 좁은 목을 넘어서 은진·여산의 평탄 길로 돌격해 온다면 호남이 앞뒤로 공격을 받게 되어 수원에 머물고 있는 김천일의 군사 역시 고립될 것이고, 충청도로 가는 길이 막혀 군량 공급은 물론 조정(의주 행재소)과 통하는 길이 끊어질까 염려했다.『정기록』

고경명이 금산의 왜군 본진을 공격하려고 한 것은 전주와 남원을 공격하기 위해 용담과 진안으로 많은 적군이 이동하여 노약자만 남아 수비하고 있었기 때문이었다. 왜군 본진을 무너뜨리면 용담과 진안으로 향하는 적들이 두려워할 것이고, 전진을 한다 해도 거점을 확보하지 못하며, 후퇴해도 돌아갈 곳이 없어 결국은 아군이 대승을 거둔다고 판단했기 때문이다.『난중잡록』·『정기록』

고경명은 연산에 진을 치고 전라방어사 곽영에게 편지를 보내 금산의 적을 치자고 했다. 이때 이광이 군관을 보내 군사를 돌이켜 전주를 함께 지키자고 했으나 듣지 않고 진산으로 전진했다. 이광 또한 곽영에게도 영을 전달하여 '달려오라' 했는데 듣지 않았다.『난중잡록』 이로 보아 이 당시 전라도순찰사 이광의 지휘권이 어느 정도였는지 가히 짐작할 수 있다 하겠다.

고경명은 양대박의 아들 양경우를 1천여 명의 의병과 함께 진산에 주둔토록 한 뒤,『양대박실기』 금산으로 군대를 이동하게 된다.

이제 1차 금산성 전투가 시작된다.

7월 9일(양력 8. 15), 무더운 여름 금산 토성 밖 4km지점 누운벌臥蔭坪에 고경명이 이끄는 의병과 전라방어사 곽영이 이끄는 관군이 좌·우익을 만들어 진을 쳤다. 이는 고바야가와가 이끄는 왜군 본진을 공격하기 위함이었다. 이 전투는 7월 9일과 10일 이틀간 벌어졌다.

7월 9일, 고경명은 먼저 날쌘 기병 수백 명으로 하여금 들락날락하면서 화살을 쏘아대게 했다. 그러던 중 군관 김정욱金廷昱이 말에서 낙상하여 후퇴하게 되자 적이 그 기회를 타고 전진해 옴으로 아군은 4km를 후퇴하며 고전했다. 석양 무렵 적이 성안으로 들어가자 고경명은 정예군사 30여 명을 토성 밑에 잠입시켜 성 밖의 관사와 민가를 불태웠고, 성안에 진천뢰震天雷를 쏘아 창고와 야적장을 불태웠다. 이날 전투에서 관군은 힘을 제대로 쓰지 않았고, 해가 저물자 싸움을 중지하고 만다.

이때 큰아들 고종후가 고경명에게, "오늘은 우리 군사가 이득을 보았으니 이 이긴 기세를 타서 군사를 온전히 하여 회군했다가 형세를 보아 다시 와서 들락날락하며 적을 곤란하게 하는 것이 옳습니다. 적과 대치하여 이 밤을 묵는다면 밤중에 적이 쳐들어올 염려가 있습니다."하니, 고경명은 "너는 부자의 정으로써 내가 죽을까 두려워하는 모양이나, 국가를 위하는 일인데 한 번 죽은들 무엇이 유감이겠는가."라고 말했다.

이로 보아 당시 전황이 아군에게 결코 유리하지 않았음을 알 수 있다 하겠다.

7월 10일 동틀 무렵 고경명은 추촌楸村 앞산에 진지를 정하고, 곽영은 사직당社稷堂 뒷산에 진지를 구축했다. 그리고 의병은 동문에서, 관군은 북문에서 싸웠다.

그런데 의병보다는 관군의 진이 매우 취약하다는 첩보를 미리 입수한 적은 전 병력을 동원하여 관군을 공격해 왔다. 이에 관군의 선봉장인 영암군수 김성헌金成憲이 겁을 먹고 먼저 말을 채찍질하여 달아나 버렸고 적은 물밀듯이 광주와 흥덕(고창군)의 진으로 쳐들어왔다. 그러자 방어사 곽영 또한 관망하다 도망쳐 버렸다. 관군의 진중에는 패색이

고경명 순절비(충남 문화재자료 제28호). 이 비는 효종 때 금산군수 여필관(呂必寬)이 비문을 지어 고경명이 순절한 곳의 건너편에 세웠으나 1940년 일본 경찰의 만행으로 비가 파괴되었다. 이에 비석의 파편을 모아 비각 안에 정리하였고, 2002년 파괴된 비를 복원하였다. 1952년 후손들이 여필관의 비문을 다시 세워, 그 비를 1962년에 세워진 석조 비각 안에 보존하였다. 충남 금산군 금성면 양천리 522-14, 15번지에 있다.

류팽로 장군 정렬각. 그의 충절을 기리기 위해 1625년(인조3)에 세웠다. 전남 곡성군 옥과면 합강리에 소재해 있다. 사진은 조선대학교 박물관에서 호남역사인물 기행 때(2001. 7. 8) 필자가 찍었다.

가득했다.

곽영의 방어진과 서로 바라보며 진을 치고 있던 고경명은 관군이 미처 싸우지도 못하고 도망가는 것을 멀리서 바라보고 있었다. 싸움에 나간 의병이 관군이 무너지는 것을 보고 중군진으로 들어옴에 따라 진중이 소란했다. 고경명은 의병독단으로 끝까지 싸울 것을 다짐하고 의병들을 격려하며 싸울 준비를 했다. 이때 의병 몇 사람이 놀라며 외치기를, "관군이 무너졌다.", "관군이 달아난다."고 하자, 의병진이 용인에서 관군이 패전할 때처럼 일시에 무너져 적에게 포위되고 말았다.

의병진이 무너지기 직전, 고경명은 한 가운데 있었고, 차자 인후는 독전소督戰所로부터 도착하여 한쪽 가에서 여러 의병과 함께 있었다.

종후는 말이 가시덤불에 걸려 넘어져 뒤늦게 도착했기에 살아남을 수 있었다.

의병진이 무너지던 날, 말타기에 익숙하지 못한 고경명은 말이 빨리 달아나는 바람에 낙마했다. 이에 곁에서 보좌하고 있던 종사관 안영은 자신의 말에 고경명을 태우고 자신은 도보로 뒤를 따랐다. 일찍이 고경명은 "불행히 싸우다 패하면 오직 죽는 것밖에 없다. 우리들의 성패에 국가의 안위가 달렸다."고 말하였으니 이미 죽음을 각오한 셈이었다.

이때 종사관 류팽로는 적의 포위망을 탈출한 뒤 하인에게 "대장이 포위망을 탈출했는가." 물었다. 종이 "아직 벗어나지 못했습니다."라고 답하자, 그는 말고삐를 돌려 대장이 있는 곳으로 다시 뛰어들어 호위했다. 고경명이 "나는 반드시 죽음을 면하지 못할 것인데 그대는 어찌하여 먼저 나가지 않는가."라고 하자 팽로는 "내 어찌 대장을 버리고 구차히 살려하겠습니까."하며 끝까지 대장을 보좌하다가 함께 순절하고 만다. 인후 또한 뒤에 떨어져서 이미 무너진 군사를 정돈하다가 진중에서 순절했다.

군사들은 모두 먼저 달아나서 다행히 함께 죽은 사람이 많지 않았

다. 살아남은 군사는 훗날 다시 관군과 의병에 합류하여 왜적과 맞서게
된다.[4]

여기서 고경명을 맹주로 한 전라도 연합의병을 탄생시키고 그와 죽
음을 같이 한 류팽로와 안영, 그리고 양대박의 임란행적에 대해 알아
보자.

류팽로柳彭老, 1564~1592는 곡성 옥과 사람으로 본관은 문화文化, 자
는 형숙亨叔·군수君壽, 호는 월파月坡이다. 1579년 진사시에 합격하고,
1588년 식년문과에 을과로 급제하였으나 벼슬에 뜻을 두지 않았다.

전라좌수사와 멀지 않은 지역으로 임란 소식을 빨리 접한 그는 호남
에서 제일 먼저 창의를 부르짖은 인물이다. 임란 직후인 4월 20일, 순
창의 대동산大同山 앞들에서 5백여 명의 군사를 모아 '전라도의병진동
장군류팽로全羅道義兵鎭東將軍柳彭老'라고 쓴 대청기大靑旗를 세워 부랑
배들을 선도하여 의병을 일으켰다.『월파집』 이틀 뒤인 22일, 경상도 의
령에서 의병을 일으킨 곽재우는 왜적과 싸워 큰 전과를 올렸지만, 직접
적인 침략을 받지 않은 전라도 지역에서 그의 독자적인 의병활동은 많
은 한계가 있었다.

양대박과 이종간姨從間인 그는 고경명과 양대박 사이에서 중간 역할
을 하며 담양회맹을 이끌어 냈으며, 광주·화순·담양 등 인근고을을 직
접 돌며 의병모집에 힘썼다. 순절 당시 그는 29세의 젊은 나이였다.

안영安瑛, 1565~1592은 남원사람으로 본관은 순흥順興, 자는 원서元
瑞이다. 구례현감 재직 때 기묘사화에 연루되었다가 겨우 화를 면한 처
순處順의 증손이며, 담양 소쇄원 주인 양산보의 둘째아들 자징의 사위
이기도 하다.

고경명은 정치적 이유로 낙향한 뒤 소쇄원을 가까이 하면서 5살 더
많은 양자징의 동생 자정과 친구사이로 지내게 된다. 이때 안영과는 자
연스럽게 알았을 것이고, 임란을 당하자 안영은 처남 천운과 함께 고경

충장공 양대박 장군 「운암 승첩비」. 2006. 8. 15 임실군 운암면 입석리 옥정호 도로변 무량사 맞은편에 임실군 향토회(회장 최종춘)에서 임실군수 김진억과 운암면장 최휘성 등의 지원을 받아 세웠다. 이 비는 원래 당시 승전지인 운암면 벌정(伐亭)마을에 있었으나 일제강점기 때 파괴되었고, 1965년 옥정댐이 조성되면서 마을 또한 수몰되어 부득이 장소를 옮겨 세웠다.

명 의병진에 합류하게 된다. 당시 28세의 젊은 안영이 고경명과 운명을 같이 하였던 것도 '고경명과 소쇄원 가문'의 깊은 관계[5]에서 연유하였다고 생각된다.

양대박梁大樸, 1544~1592은 남원사람으로 본관은 남원南原, 자는 사진士眞, 호는 송암松巖·죽암竹巖·하곡荷谷·청계도인靑溪道人이다.

그는 임란이 일어나자 아들 경우와 의병을 일으켰으며, 류팽로와 함께 고경명의 종사관이 되어 활약했다. 임진강을 방어하던 관군의 패배소식이 전해지자 양대박은 의병을 추가로 모집하자고 주장했다. 이에 고경명은 그를 가모의병加募義兵의 책임자로 임명하여 남원에 파견했다.

남원에서 1천 5백여 명을 모집한 그는 6월 24일 전주로 가기 위해 남원을 출발하여 임실의 갈담역(강진면 갈담리)에 주둔하고 있었는데 적군이 임실 운암(운암면 장곡리)에 진을 치고 있다는 정보를 입수하게 된다. 이튿날 적을 공격하여 대승을 거둔다. 이 전투를 '운암전투'라고 부른다. 적병 1천 2백 7급을 참수하고, 총 79자루와 말 95필 등을 빼앗는 전과를 올렸으며 아군 전사자는 40명이었다고 한다.『양대박실기』

그 뒤 고경명 의병과 합류하여 7월 7일 진산 진중에서 과로로 병사하여 금산전에는 참전하지 못했다. 만약 그가 금산성 전투에 참전하여 운암전투의 승전 경험을 보탰다면 큰 힘이 되었을 것이다. 결국 그의 죽음은 고경명 의병의 세력을 크게 위축시킨 것으로 생각된다.

이치전 전투상황과 참전인물

이치전 시기 기록 검토

이치전투의 시기에 대한 논란이 있어 이에 대해 옛 문헌과 선행연구를 토대로 검토해 보고자 한다. 먼저 옛 문헌에 나타난 이치전투에 대한 기록이다.

임진왜란 당시 의병장으로 활약했던 조경남趙慶男이 일기 형식으로 쓴 『난중잡록』을 보면 7월 20일 후속기사로 이치전투의 상황이 나오고, 이어 7월 26일 기사에 "최경회를 맹주로 삼아 전라 우의병을 일으켰다."는 기록이 나온다.

오희문吳希文이 임란 당시 장수에 머물면서 전해들은 전투상황을 기록한 『쇄미록』에는 7월 이치전투에 대한 기사는 보이지 않으며, 다만 8월 17일 황진이 진을 치고 있는 이치에 왜적 4백여 명이 공격해와 싸움이 벌어졌고 황진이 이마에 탄환을 맞았다고 기록하고 있다.

웅치전투에 참전했다가 다시 이치전투에 참전하여 순절한 황박의 실기 『죽봉황공유적』에는 8월 28일에 전개되었던 것으로 나타난다. 그리고 권창섭의 『만취당실기』 「이치주첩서」의 내용에는 권종·조헌·영규 등이 이미 순절하였다며 8월 18일 이후로 기록하고 있다.

『선조수정실록』에는 7월 1일 웅치와 이치전투를 함께 싣고 있다. 그런데 이 실록은 7월에 있었던 모든 기사를 1일자에 모아 기록하고 있으며 『국조보감』 또한 이 기록을 그대로 옮겼다. 『연려실기술』에도 7월 기사로 날짜 없이 웅치전투 다음의 후속 기사로 나온다. 8월 기사에는 "(이치)승첩보고가 들어가자 전라감사로 승진되었다.”고 기재되어 있다.

다음은 이치전투에 한 선행연구를 알아보자.

이형석이 쓴 『임진전란사』(1974)에는 7월 8일 웅치전투와 이치전투가 동시에 전개된 것으로 기록하고 있다.

김상기(충북대 국사학과 교수)는 『임진왜란기 권율의 이치대첩』(1999)의 논문을 통해 이치전투 시기를 잠정적으로 7월 20일로 보고 정리했다. 그 이유로 『난중잡록』 7월 20일 후속 기사로 서술되고, 일본 연구자인 이케우치池內宏 또한 이날로 보고 있음을 참고했다. 그러나 그는 7월 20일을 확실한 날짜로 보지 않고, 7월 10일 고경명이 죽은 후로부터 이 전투의 공로로 승진한 8월 1일 이전을 이치전투일로 보았다.

하태규(전북대 사학과 교수)는 『임진왜란 초기 호남방어와 웅치전투의 역사적 의의』(2006)의 논문을 통해 이치전이 전개된 시기를 7월 20일에서 8월 10일이라고 설정하고 있다. 이치전투의 전공으로 권율이 전라감사(관찰사, 순찰사)로 승진된 날짜가 『선조실록』에는 7월 22일로 나타나 있고, 『선조수정실록』과 『연려실기술』에는 8월에, 그리고 8월 13일자 『쇄미록』에는 전라감사 이광이 파직되고 광주목사 권율이 새로이 순찰사에 제수되었다는 기사가 실려 있는 것으로 보아 8월 10일 이전의 일이 분명하다고 판단했다.

그러나 이치전투가 7월 8일에 벌어졌을 것이라는 이형석의 주장에는 수긍하기 어려운 점이 있다. 왜냐하면 앞서 언급했듯이 고경명이 7월 3일부터 군사를 이동하여 7월 6일 진산에 의병 본진을 설치하고, 7월 9일과 10일 이틀 동안 금산성을 공격했기 때문이다. 또 『쇄미록』에 기록된, 황진이 진을 치고 있는 이치에 왜적 4백여 명이 공격해 와 싸움이 벌어졌고 황진이 이마에 탄환을 맞았다는 8월 17일의 전투는 또 다른 전투일 것으로 보인다.

결론적으로 이치전투는 『난중잡록』의 기록이 가장 신빙성 있게 다가온다. 이치전투는 7월 20일에서 7월 26일 사이에 벌어진 것이다. 전투 시기와 관련하여 특별한 고증 없이 기록한 이형석의 7월 8일 전투설은 오류가 분명하다. 이치전투의 승첩보고로 광주(나주)목사 권율이 전라감사로 승진되었다는 것이 일면 타당해 보이지만 『선조실록』 7월 24일조를 보면 그렇지 않다. 이날 양산숙·곽현이 임금을 인견한 자리에서 곽현이 "이광은 죽어도 남은 죄가 있고, 권율은 수령의 재주는 있으나 방백(감사, 관찰사, 순찰사)의 지략은 없습니다."하니, 임금이 이르기를 "이런 때에 사람을 얻기가 어려운 까닭에 임명한 것이다."라고 말한 것으로 볼 때 이치전투의 승전과 상관없이 이미 전라감사로 임명한 것으로 생각된다. '이치승전보고'에 따라 전라감사로 임명되었다는 기록은 18세기 후반 이긍익이 쓴 『연려실기술』에 나타나 있는데 대부분 이를 따른 것으로 보인다. 최근 이치전투에 대한 학술대회에서 사학사적 검토를 시도하여 7월 20일로 잠정적인 결론을 맺은 바 있어 필자는 이날을 전투일로 보고 정리하고자 한다.

아군의 방어 태세

7월 10일, 고경명 의병군과 곽영이 이끄는 관군을 금산성에서 물리친 왜군은 다시 전열을 정비하여 전주부성을 호시탐탐 노리고 있었다. 이때 금산의 왜군은 7월 8일 고바야카와의 휘하 안코쿠지 에케이安國寺惠瓊의 병력과 웅치전에서 퇴각한 병력이 합류하여 1만 5천 명이 훨씬 넘었다.

사실 고경명 의병군이 7월 3일부터 진산에 먼저 진지를 구축함에 따라 이치를 통해 전주로 진출할 수 없었던 왜군은 금산성 전투에서 아군을 물리침으로써 이치를 통할 수 있게 된다. 왜적은 이곳을 통해 전주부성을 점령할 계획을 세운 것이다.

이를 간파한 전라도순찰사 이광은 웅치를 넘어 전주 안덕원까지 진출한 왜적을 무찌른 동복현감 황진과 그의 휘하 공시억孔時億·위대기魏大器·황박 등을 곧바로 이치로 이동시켜 방어토록 조치했다.『황진행장』

얼마 뒤 장수와 임실 사이의 요충지에서 방어 임무를 수행하고 있던 광주목사 겸 전라도도절제사 권율이 군사를 이치로 이동시키면서 황진과 더불어 방어하게 되었다. 이때 이광은 권율에게 자기가 거느리고 있던 일부 병력을 내준다.『난중잡록』

또한 전라도 각 군현에서 동원한 군사들을 이치와 금산 주변지역에 포진시켜 금산에 주둔하고 있는 왜적에 대응토록 했다. 자세한 상황은 이러하다. 진산은 조방장 이계정·나주판관 이복남·동복현감 황진·무안·해남현감이 방어하였고, 이치는 강진현감이 맡았다. 저고리苧古里는 영광군수가, 추현杻峴 : 고산과 용담 경계은 고산현감이 맡았으며 송치松峙 : 금산과 용담 경계는 부안·함평·무장현감이 담당했다. 조림원照臨院은 남평현감·순찰사 군관 전몽성全夢星·별장 남응길南應吉이 방어했고, 장수로부터 무주에 이르는 경계는 순창·보성군수·장수현감이 맡았다. 탄전炭田·죽치竹峙 : 지금의 임실군 신평면 용암리 죽치마을 등지는 임실·진안현감 등이 방어하되 형세를 보아 진격하도록 했다. 그리고 임피현령에게 군사 8백 명을 거느리고 황화정皇華亭 : 지금의 충남 논산시 연무읍 황화정리−전라도관찰사 임무교대 장소에서 결진하여 성원토록 했다.『난중잡록』

당시 금산에 모인 왜적은 사방으로 흩어져 불을 지르고, 식량을 약탈하는가 하면 무고한 사람을 죽이는 등 그 참상은 이루 말할 수가 없었다. 7월 20일에는 진산현 관사에 불을 지르기도 했다.『난중잡록』

이에 권율은 1,500여 명의 군사를 거느리고 이치에 주둔하면서 왜군의 전주 침입을 방어하기 시작했다. 군대 편제를 재정비하고 군사 훈련과 함께 방어시설을 설치했다. 이치는 금산(진산)에서 전주로 가려면 반드시 넘어야 할 통로로 양 옆에는 70도에 달하는 험한 산이 있었다. 권율은 그 좁은 고갯길 양편 산 위에 진지를 구축했다.

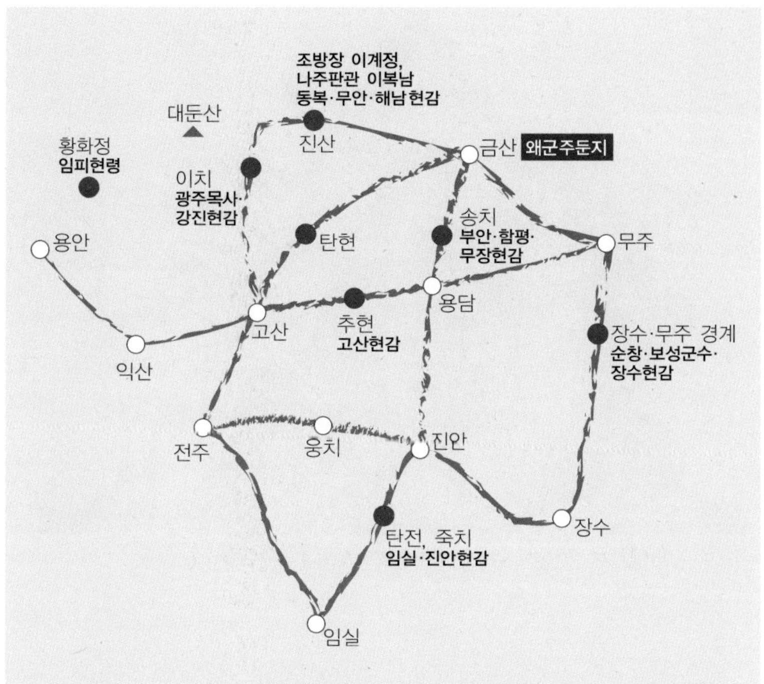

※ '저고리(영광군수)'와 '조림원(남평현감, 순찰사 군관 전몽성, 별장 남응길)'의 위
치는 파악되지 않는다. 다만 금산과 고산 경계 '탄현'은 전주로 넘어오는 전략적
요충지임으로 반드시 이곳에 배치하였을 것으로 판단된다.

이치전투 직전 전라도군 포진 상황

목책木柵 : 말뚝을 박아 만든 울과 녹채鹿砦 : 대나무를 세워서 사슴뿔처럼
만들어 적이 침입하지 못하게 하는 울를 설치하여 기병의 침입을 막고, 여
장女墻 : 성가퀴로 성위에 낮게 쌓은 담을 쌓아 조총의 공격을 막으면서 공
격의 진지로 이용했다. 또 진지 안에 화살과 수마석水磨石을 쌓아놓고
징과 북, 태병소(새닙) 등으로 서로 호응케 하여 전의를 북돋았다. 그리
고 산 위에 오색기를 높이 세우고 계곡에 연기를 올려 병력의 수를 헤
아리지 못하게 했다.

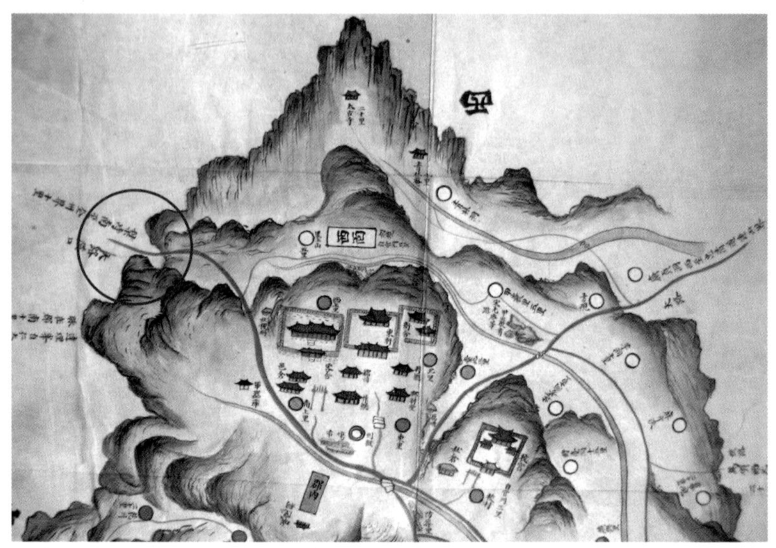

금산 진산〜이치 부근 '1872년 진산현' 지도(서울대학교 규장각 소장)

전투상황

금산에 있던 왜군 수천 명이 진산에 들어와 불을 놓고 약탈한 뒤 전주부성을 점령하기 위해 이치에서 방어선을 구축하고 있는 아군을 공격하면서 이치전투는 시작된다.

『난중잡록』의 기록을 보자.

금산의 적 수천 명을 이현(이치)의 복병장 광주목사 권율·동복현감 황진 등이 군사를 독려하여 막아 싸우는데 황진이 탄환에 맞아 조금 퇴각하는 바람에 적병이 진으로 뛰어들었다. 이에 우리 군사들이 놀라 무너지자 권율이 칼을 뽑아 들고 후퇴하는 아군을 베며 죽음을 무릅쓰고 먼저 오르고, 황진도 역시 상처를 움켜쥐고 다시 싸워 우리 군사 한 명이 백 명의 적을 당하지 않은 자가 없으니 적병이 크게 패하여 기계를 버리고 달아났다. 그래서 30여 명을 베었다.

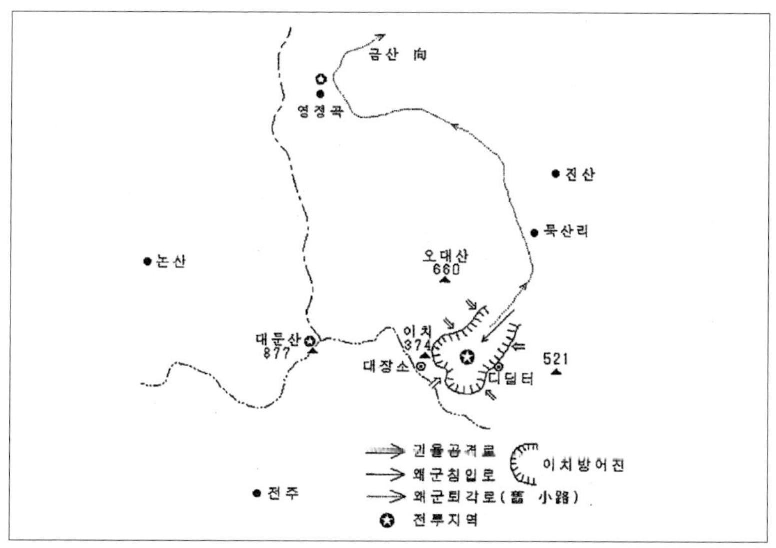

이치대첩 상황도(『임진왜란과 이치대첩』에서 전재)

고바야카와 다카카게를 주장으로 왜군은 7월 20일(양력 8. 26) 아침 7시경부터 이치를 공격하기 시작했다.

권율은 가장 높은 봉우리에 대장소를 설치하고 지휘본부로 삼았다. 동복현감 황진을 선봉장에 임명했다. 잠시 뒤 왜적이 공격해오자 산 위에서 몸을 떨치고 진중으로 나가 "오늘의 싸움은 진격만 있을 뿐 후퇴는 없으며, 죽음만 있고 삶은 없다."라고 소리치면서 힘써 싸울 것을 명령했다. 아침에 시작된 이 전투에서 권율은 왜군이 아군의 진에 들어와 총포가 미치지 않게 되자 육박전을 감행하여 오후 3시경 적을 물리쳤다. 잠시 소강상태가 있었으나 왜군이 5시경 재공격해오자 아군은 더욱 용기백배하여 왜군을 물리쳤다.

이 전투에서 황진의 용맹은 실로 뛰어났다. 공시억, 위대기, 황박을 비롯하여 노비 수이壽伊까지 함께 죽을 것을 맹세하고 이치전투에 참여했다. 그는 왜군이 가까워진다는 말을 듣고 머리를 빗었다. 그리고 식사를 하고는 궁사를 불러 활을 준비시켰는데 준비하기도 전에 적이 들이닥치자 죽을힘을 다해 싸웠다. 그는 다리에 총을 맞아 피가 신발에 흘러나왔지만 오히려 분격하여 산 위에서 큰 나무를 의지하고 활쏘기를 계속하여 화살을 대주는 사람이 당해내지 못할 정도였다. 이에 그의 앞에는 왜군의 진격이 끊어지고 다만 그를 목표로 하여 집중적인 조총 사격이 가해질 뿐이었다. 결국 잠복한 왜군이 발사한 탄환에 이마를 맞아 피를 흘리며 기절하고 말았다.

황진이 기절하자 아군의 전력에 큰 차질이 생겼고, 이때 권율이 선봉장이 되어 독전하기에 이른다.

편비장 위대기는 황진이 쓰러지는 것을 보고 뛰어나가 그 조총수의 목을 베었으며, 공시억 등과 함께 복병을 지휘하여 적의 측면을 불시에 강타하는 등 대반격을 감행했다. 아군이 오히려 성채城砦를 넘어서 공격하자 왜적은 부상자와 시체를 버린 채 무기와 갑옷을 벗어던지고 금산 쪽으로 도주했다. 이때의 상황을 "비탈길을 달려 내려가는 형세요.

이치정상에 세워진 황진장군 이치대첩비

황진 초상화

옥상에서 물동이의 물을 쏟아 붓는 형국"이라고 하였으니 수비에서 공격으로 돌변하여 노도와 같이 몰아치는 아군의 모습은 '돼지나 양' 처럼 도망가는 왜군의 형세와 좋은 대조를 이루었다.

한편 권율은 왜군이 이치에 침입하기 전, 조카인 승경에게 기병장奇兵將의 직임을 부여하면서 1대의 병력을 주어 이치에서 진산 쪽으로 20리 떨어진 영정곡永貞谷 : 지금의 금산군 진산면 행정리 영정동 산골짜기에 잠복하게 했다. 그리고 전세를 보아 왜군이 물러나게 되면 퇴로를 끊고 기습하도록 했다.

권율의 전술은 과연 적중했다. 이치에서 영정곡까지 곰짜기에 왜적을 몰아넣고 앞뒤에서 몰아치니 왜군은 혼비백산하여 자기 부대의 시체를 짓밟으면서 다투어 도망가기에 바빴다. 주장 고바야카와 역시 부하를 버리고 달아날 정도였다. 전략가답게 지형을 이용하여 수적인 열세를 극복한 훌륭한 작전이었다.

이 전투에서 왜군은 수많은 희생자를 낸 반면, 아군은 황박(익산)을 비롯하여, 최호(전주)·권래(순천)·김경립(담양) 등 10여 명이 전사하고 황진 등이 부상당하는 피해를 입었을 뿐이었다.

전투가 끝나자 권율은 곧바로 전사자들의 원혼을 달래고자 제사를 지냈다. 스스로 술잔을 올리고 통곡하면서 제문을 지어 바쳤다. 제문의 시작과 끝은 이렇다. "내 변변치 못하나 왕의 명령을 받아 남쪽 광주에 내려와 보니 모두가 나를 반갑게 맞았는데 그중에서도 전몰한 그대들이 으뜸이었다. ……그대가 죽은 날은 내 생일날이다. 그대들의 처자는 국가에서 구제하리니 뭇 영현들이여 편안하소서! 편안하소서!"

이로써 권율은 1천여 명의 관군과 의병 연합군으로 1만여 명에 달하는 제6군 주력부대를 궤멸시켰다.[6]

참전인물

출신지	성명	생몰년	본관	자	호	시호	관력	막하분류 (지위)	상훈	적요
광주	김극추 (金克秋)	1552~1610	김해	여직 (汝直)	절봉 (節峯)		주부, 군수 증, 좌승지	권 율	선무원종공신 3등	
〃	김치원 (金致謜)	?~?	광산	제화 (濟和)	수진당 (守眞堂)		훈련첨정	권 율		
〃	박대수 (朴大壽)	1533~1612	충주	인수 (仁叟)			만호			
〃	이세환 (李世瓛)	1540~1603	광산	백헌 (白獻)	추암 (秋巖)		무과, 훈련원정	권 율	선무원종공신 1등	
〃	이완근 (李完根)	1545~1615	광산	백인 (伯仁)	서암 (瑞菴)		주부, 만호	권 율	선무원종공신 2등	
〃	이충립 (李忠立)	1566~1618	함평				무과, 경력, 명천부사	권 율	선무원종공신 1등	
〃	정충신 (鄭忠臣)	1576~1536	하동 금동	가행 (可行)	만원 (晩雲)	충무 (忠武) 금남군 (錦南君)	무과, 안주목사 부원수	권 율	진무공신 1등	
순천	권 래 (權 萊)	?~?	안동	군중 (君重)			수문장	황 진		이치전투 순절
나주	노 인 (魯 認)	1566~1622	함평	공직 (公識)	금계 (錦溪)		진사, 무과 수원·황해부사 증, 병조판서	권 율 (주화 籌畵)		
〃	안세침 (安世琛)	1569~?	순흥		망화당 (望華堂)		사과	권 율		
〃	양대박 (梁大鏷)	?~?	제주	충국 (忠國)	국포 (菊圃)			권 율		
〃	오계수 (吳繼壽)	?~?	금성	팽사 (彭師)	와헌 (臥軒)		사마시	권 율		
〃	이광선 (李光先)	1563~1616	함평	여효 (汝孝)	문촌 (文村)		부장, 현감 증, 병조참판	권 율	선무원종공신 2등	
〃	장이경 (張以慶)	?~?	흥성	천휴 (天休)	송정 (松亭)		참봉	권 율		
담양	김경립 (金敬立)	1552~1593	김해	미백 (美白)	추봉 (秋峰)		무과, 직장	권 율	선무원종공신 2등	이치전투 순절
〃	박인경 (朴仁卿)	?~?	함양	숙임 (叔任)	치재 (恥齋)		장사랑	권 율		
〃	박장경 (朴長卿)	1539~1606	함양	계임 (季任)	이홍 (以洪)		참봉	권 율		
〃	윤효민 (尹孝敏)	?~?	파평	성좌 (聖佐)			무과, 군자감정	권 율		
곡성	양응원 (梁應源)	?~1593	남원	유극 (有極)	송호 (松湖)		무과, 부장	황 진	선무원종공신 2등	진주성전투 순절
고흥	정홍수 (鄭弘壽)	1551~1592	하동	원기 (遠期)	송재 (松齋)		무과, 첨정, 증, 좌승지	권 율	선무원종공신 2등	
화순	공시억 (孔時億)		곡부				역사 (力士)	황 진 (편비장)		
〃	손종걸 (孫從傑)	?~?	밀양	준경 (俊卿)			주부	권 율	선무원종공신 2등	
장흥	김여건 (金汝健)	1564~1605	영광	이강 (以剛)	운정 (雲亭)		봉사	권 율		
〃	김여숙 (金汝璹)	1564~1648	영광	수연 (粹然)	수암 (守庵)		첨정	권 율		
〃	김 율 (金 慄)	1529~1600	영광	태우 (泰宇)	서장 (西庄)		참의	권 율		
〃	노 홍 (魯 鴻)	1561~?	함평	여신 (汝信)			무과, 훈련원부정, 남도만호	황 진	선무원종공신 2등	

출신지	성명	생몰년	본관	자	호	시호	관력	막하분류 (지위)	상훈	적요
장흥	위공달 (魏公達)		장흥	通遠			수문장, 좌랑	권 율	선무원종공신 2등	
〃	위대기 (魏大器)	1559~?	장흥	자용 (自容)			무과, 가리포첨사, 해남현감, 편비장, 훈련원정, 충청수사	황 진 (편비장)	선무원종공신 1등	
전주	최 호 (崔 虎)	?~1592	탐진	문백 (文伯)	석봉 (石峰)		무과	황 진		이치전투 순절
익산	황 박 (黃 璞)	?~?	우주 (紆州)	기지 (琦之)	죽봉 (竹峯)		무과, 선전관, 증, 병사	황 진 (후군장– 의병)		이치전투 순절
남원	박기수 (朴起壽)	?~?	밀양					황 진		진주성전투 순절
〃	박흥남 (朴興男)	?~?	밀양	석윤 (錫胤)	구암 (龜巖)			황 진	선무원종공신 3등	진주성전투 순절
〃	소 세 (蘇 濟)	1551~1593	진주	경즙 (景楫)				황 진 (운량시 의병)		진주성전투 순설
〃	소 황 (蘇 滉)	1540~?	진주	경함 (景涵)	도암 (島巖)		군자감정	황 진 (운량사– 의병)		
〃	황 진 (黃 進)	1550~1593	장수	명보 (明甫)	아술당 (蛾述堂)	무민 (武愍)	무과, 선전관, 동복현감, 익산군수 조방장, 병마절도사	황 진 (선봉장)	선무원종공신 1등	진주성전투 순절
서울	권승경 (權升慶)	1574~1625	안동	가정 (嘉靖)			무과, 훈련원정 자헌대부	권 율 (기병장)	선무원종공신 1등	

※ 『호남절의록』에는 이치전투의 참전기록은 나타나 있지 않지만, 『충의사록』·『전북의병사』·『전남도지』 등의 기록과 여러 정황으로 보아 다음 인물을 포함하였다. 김극추, 김치원, 이세환, 이완근, 이충립, 안세침, 양대박, 오계수, 이광선, 장이경, 김경립, 박인경, 윤효민, 정홍수, 손종걸, 김여건, 김여숙, 김율, 위공달 등이다.

2차 금산성 전투, 조헌 등 7백 의사 순절

조헌趙憲, 1544~1592은 임란이 있기 전부터 이미 왜군의 침략을 예견하고 적침에 대비할 것을 강조한 인물이다.

그는 경기도 김포현 서쪽 감정리에서 태어났다. 본관은 백천白川, 자는 여식汝式, 스스로 호를 후율後栗·도원陶原이라 하였디기 말년에 중봉重峰으로 사용했다. 김황金滉에게 시서를 수학하였으며, 22살 때 성균관에 입학하여 1568년(선조1) 식년시(병과 9위)에 급제한 뒤 벼슬길에 올라 1589년(선조22) 예조정랑을 끝으로 21년간 관직을 마감하고 충청

조헌 초상화

도 옥천으로 낙향했다.

그가 옥천에 터를 내린 데는 1582년 옥천과 땅금을 대고 있는 보은현감에 재직(4년)한 인연이 있었고, 그가 10살 때 모친상을 당한 뒤, 그의 부친이 보은에 사는 강릉김씨를 부인으로 맞아들인 것도 작용한 것으로 추정된다. 그는 49세 되던 해, 임진왜란이 일어날 때까지 옥천에서 살았다.

5월 3일, 조헌은 충청도에서는 최초로 청주에서 봉기하였고, 6월 초 그가 살고 있던 옥천에서, 6월 12일경에는 공주에서 의병을 일으키지만 왜군의 점령과 충청감사 윤선각의 방해 등으로 그의 의병운동은 실패하고 만다. 7월에 들어서 왜군이 점령하지 못한 공주, 정산, 온양, 홍주 등 충청우도에서 이광륜李光輪·장덕개張德蓋·신난수申蘭秀·고격우高擊宇·노응탁盧應晫과 더불어 관군에 속하지 않은 장정을 소집하니 1천 600여 명이 모여들었다. 이때부터 본격적인 의병활동이 시작된다.

먼저 청주성 수복전투이다. 청주성은 방어사 이옥李沃이 지키고 있었는데 왜군 제5번대 하치스카 이에마사蜂須賀家政 휘하의 일군에 함락되고 말았다. 청주성 수복전투는 7월에 들어서 개시된 충청우도를 중심으로 한 의병활동과 조헌의 의병군, 그리고 의승장 영규군의 합세로 전개되었다.

당시 방어사 이옥은 연기현 동쪽에 진을 치고 있다가 7월 말경에 청주 쪽으로 진출했다. 의승장 영규는 이미 청주성으로부터 15리가량 떨어진 안심사安心寺 : 충북 청원군 남이면에 진을 치고 있었다. 곧이어 의승군은 청주성 서문 밖 빙고현氷庫峴 : 청주시 모충동까지 진군하여 조헌의 지휘를 받기로 했다.

8월 1일(양력 9. 6), 먼저 조헌의 의병군은 청주성 서문을 향하여 일제히 공격을 시작했다. 이때 성안에 있던 왜군 수십 명이 성 밖으로 달려 나와 총을 쏴대며 강력한 역공을 취해왔고, 아군은 지형과 숲을 이용하여 집중적으로 활을 쏘면서 공격의 고삐를 늦추지 않았다. 날씨가 매우 무더웠던 이날 조헌은 몸소 진두에 서서 종일토록 독전을 그치지 않았다. 공격군의 일부는 성의 동·남·북 3면에서 함성을 올리며 적을 견제하고 다른 일부는 서문 쪽에 주력을 투입하여 공격을 가함으로써 성중의 적이 분산되자 그 사이에 성벽을 올라가는 데 성공했다. 그러나 별안간 하늘에 먹구름이 깔리고 번개가 치면서 성 서북쪽으로부터 소낙비가 쏟아져 더 이상의 공격이 어려워졌다. 성안의 적은 다시 출격하지 못한 채 날이 저물었는데 그날 밤 적은 불을 질러 시체를 태운 뒤 깃대를 세워 군사처럼 보이게 해놓고 밤중에 모두 성을 빠져나갔다. 날이 밝기 전에 성안에 진주한 관·의병 연합군은 무혈로 청주성 수복에 성공했다.

이 전투에서 조헌과 함께 연합전선을 구축하여 누구보다도 크게 활약한 인물은 의승장 영규였다. 그는 속성이 박 씨로서 공주 판

의선각(毅禪閣) - 의병승장비(충남 문화재자료 제23호). 이 비는 금산전투에서 조헌과 함께 순절한 영규대사의 순절사적 비로서 1840년(헌종6)에 보석사 입구에 건립하였다. 1940년 일본 경찰이 이 비각을 헐고 자획을 훼손하여 땅에 묻었던 것을 광복 후에 다시 세웠다.

치板峙 사람이다. 그는 임란이 일어나자 옥천의 가산사佳山寺 : 충청북도 옥천군 안내면 채운산에 있는 절에서 승려 3백 명을 모아 승려로서는 최초로 봉기하여 청주성 수복에 공을 세웠다. 그는 조헌과 연합전선을 결성한 뒤 제2차 금산전투에도 함께 참전함으로써 끝까지 생사를 같이한 인물이었다.

청주성 수복을 성공리에 끝낸 조헌은 여세를 몰아 근왕을 목표로 의병활동을 확대하고자 북상하여 온양에 이르렀는데 전라도순찰사로부터 먼저 금산을 공격해 줄 것을 요청받았다. 또 "지금 적을 내버려 두고 서쪽으로 올라가게 되면 이는 곧 호남과 호서를 모두 잃게 됩니다."라는 막하의 의견도 있었다. 조헌은 금산을 공격하기 위해 공주로 돌아와 전열을 정비한다.

휘하 군사 다수가 이미 순찰사의 방해공작으로 흩어져 버려 7백 명

의총(義塚). 1592년 8월 18일 왜적과 맞서 싸우다 전사한 칠백의사의 무덤이다. 싸움이 끝난 4일 후 조헌의 제자 박정량과 전승업 등이 칠백의사의 시신을 모아 한 무덤을 만들고 칠백의사총이라 이름하였다.

의 의병만이 그를 따라 종군할 것을 결의했다. 8월 16일, 의승장 영규군과 합세하여 금산으로 진군하게 되었다. 이에 앞서 조헌은 전라도순찰사 권율과 함께 8월 18일 왜군이 웅거해 있는 금산을 향해 일제히 협공할 것을 약속한 일이 있었는데, 권율이 기일을 변경하자는 글을 보냈으나 미처 받아보지 못한 상황이었다. 이런 상태에서 조헌의 의병부대와 승군 1천 300여 병력이 8월 17일 금산성 밖 10리 되는 연곤평延昆坪에 이르러 진을 치고, 전라도 관군을 기다렸으나 지원부대는 오지 않았다.

8월 18일(양력 9. 23) 새벽, 왜군은 후속부대가 없다는 것을 파악하고 정예병을 잠복시켜 후면을 끊은 뒤 군사를 총동원하여 공격해 왔다. 세 번을 공격하였지만 아군은 활을 쏘며 온 힘을 다하여 물리쳤다. 그런데 때마침 화살이 다 떨어지고 말았다. 부하 장수들은 조헌에게 일단 후퇴하자고 했다. 조헌은 "대장부가 죽으면 그만이지 구차스럽게 살 수는 없다."고 말하고는 북을 울리며 더욱 급하게 전투를 독려했다. 이에 군사들은 칼과 창을 잡고, 칼과 창이 부러지면 돌로 치는 육박전을 벌였다. 결국 조헌과 영규 등 이 전투에 참전한 7백여 명의 의사가 순절하고 만다.

이튿날 조헌의 동생 조범趙範이 몰래 전쟁터에 들어가서 시체를 거두었는데, 조헌은 깃발 아래에서 순절하였고 병사들이 모두 곁에서 빙둘러 전사해 있었다. 왜군이 퇴각한 뒤에 문하생들이 가서 7백 명의 시체를 거두어 무덤 하나를 만들고 '칠백의사총七百義士塚'이라고 표시했다. 조헌의 아들 조완기趙完基는 아버지를 구하고자 일부러 화려한 옷을 입어 왜군이 그를 주장으로 오인해 그 시체를 찢었다고 한다.

함께 순절한 사람은 다음과 같다. 이광륜李光輪·임정식任廷式·이려李勵·김절金節·변계온邊繼溫·양응춘楊應春·곽자방郭自防·김헌金獻·김인남金仁男·이양립李養立·정원복鄭元福·강인서姜仁恕·박봉서朴鳳瑞·김희철金希哲·이인현李仁賢·황삼양黃三讓·박춘년朴春年·한기韓琦·박찬朴贊·박사

진朴士振·김선복金善復·복응길卜應吉·신경일申慶一·서응시徐應時·윤여익
尹汝翼·김성원金聲遠·박혼朴渾·조경남趙敬男·고명원高明遠·강몽조姜夢祖
등이다.[7]

임계영·최경회·남문창의 의병 봉기

고경명이 이끄는 전라도 연합의병이 7월 10일 금산전투에서 패하자
또다시 그 뒤를 이은 의병활동이 시작된다.

보성·장흥에서는 임계영任啓英, 1528~1597을 중심으로 전라좌의병
이, 화순·능주에서는 최경회崔慶會, 1532~1593를 주축으로 전라우의병
이 일어난다. 또 남원에서는 변사정邊士貞, 1529 1596이 적개의병敵愾義
兵을, 장성에서는 김경수金景壽, 1543~1621를 주축으로 남문창의南門倡
義 등을 일으킨다. 이밖에도 고경명의 장자 고종후가 복수의병을, 광양
의 강희열姜希悅, 구례의 강희보姜希輔, 영광의 정충훈丁忠訓, 태인의 민
여운閔汝雲·이계연李繼璉 등이 줄을 이어 거병했다.

먼저 전라좌·우병과 임계영, 남문창의의 의병운동에 대해 개략적으
로 살펴보자.

전라좌의병은 보성의 임계영과 박광전朴光前, 1526~1597, 장흥의 문
위세文緯世 등 전라좌도 남부지역 사림이 주동한 것으로 금산 패보에
관계없이 그 이전부터 모병활동에 나섰으나 여의치 않아 뒤늦게 거병
한 것으로 보인다. 이들은 7월 20일, 7백여 명의 의병을 모아 보성관문
에서 임계영을 의병장으로 추대하고, 양향관糧餉官에 문위세, 참모관에
박근효朴根孝, 종사관에 정사제鄭思悌로 군사조직을 갖춘 다음 '호虎' 자
를 장표로 삼았다. 이들은 보성을 출발하여 장흥·낙안·순천·구례를 거
쳐 남원에 이르러 순천에서 장윤張潤을 부장으로 삼았다. 각 지역을 도

는 동안 의병을 추가 모집하여 천여 명이 되었다.[8]

전라우의병은 좌의병과는 달리 그 주역이 고경명 휘하 인사들이었다. 이들은 1차 금산 패전 이후 흩어진 군사들을 다시 규합하여 재기의 기치를 세운 것이다. 화순·능주 등지를 중심으로 병력 8백여 명을 모집하여 최경회를 맹주로 추대하고, 7월 26일 광주에서 기치를 세워 '골鶻'자를 장표로 삼았다. 군사조직으로

최경회 초상화

전부장에 송대창宋大昌, 후부장에 허일許鎰, 좌부장에 고득뢰高得賚, 우부장에 권극평權克平을 임명하고, 전라우의병을 탄생시키는 데 매우 중요한 역할을 했던 문홍헌文弘獻을 참모로 하여 조직적인 의병활동을 펴게 되었다.[9]

전라좌·우의병은 무주·금산·장수·함양·단성·성주·개령·거창·합천 등 주로 전라좌도와 경상우도 경계지역에서 유격전을 펼치며 많은 전과를 거두었다.

적개의병장이 된 변사정은 원래 서울 사람인데 처가가 남원으로 이곳에서 살았다. 그는 9월 28일 박계성朴繼成과 함께 2천여 명의 군사를 모집한 뒤 적개敵愾라는 두 글자를 군표로 삼았다.「난중잡록」 후에 정염丁焰·양사형楊士衡 등에 의하여 의병장으로 추대되었고, 그 뒤 양호체찰사 정철이 비장 이잠李潛을 보내자 그를 부장으로 삼았다. 순찰사 권율이 수원 독성산성에서 구원을 요청하자 의병장 임희진任希進과 함께 이를 구출하였으나, 정철의 권유로 호남을 지키기 위하여 옥천으로 내려

장성 남문 창의비(전남 유형문화재 제120호). 이 비는 1802년(순조2) 장성 남문에서 의병을 일으킨 의병단의 전적을 기념하기 위하여 장성군 북이면 사거리 714번지에 세웠다.

와 경상도 상주·선산·개령 등지에 주둔하고, 창원·함안·성주·대구 등지에서 왜군과 싸웠다.

남문창의는 7월 18일부터 11월 17일까지 4개월 동안 준비하여 11월 24일 근왕을 위해 북상하게 된다. 남문창의의 핵심인물이었던 김경수는 일찍부터 의병운동에 참여하고 있었다. 자신이 직접 종군은 하지 않았지만 고경명의 진중에 군사와 군량, 병기 등을 지원했다. 그러나 7월 10일 고경명이 금산전투에서 패전하자 그는 장성에서 직접 의병을 일으킬 것을 결심하게 된다. 그리고 기효간奇孝諫, 윤진尹軫과 함께 손잡고 의병청을 설치한 다음 격문을 띄워 군민들의 호응을 촉구했다. 4개월 동안 의병 1천 6백 51명과 의곡 4백 56섬을 확보하여 11월 24일 남문을 출발하게 된다.[10] 1593년 1월 10일 경기도 용인까지 진출했으나 군량이 떨어지고 군사들도 지쳐 큰 전과 없이 남하하게 된다.「남문창의록」

남문의병의 군비수합상황을 보면 당시 의병의 실태를 개략적으로나마 이해할 수 있겠다. 민병이 1,479명으로 가장 많았고, 승병이 102명, 관군이 70명으로 구성되었으며, 순창·고창·흥덕·부안·정읍·태인·담양·장성·무장·나주·무안·함평 등 12개 군현에서 참여했다. 수집된 병기와 물품으로는 편전片箭 192개를 비롯해 창검, 전립(모자), 말(46필)과 소(18두), 종이 등이 있었고, 특이하게도 병서 2권도 수집되었다.『남문창의록』

정충신, 이치승전 왕에게 알리다

권율은 이치전투에서의 대승을 임금께 하루빨리 보고하고자 했다. 그는 3도 근왕병이 용인에서 패전한 뒤 웅치전투에서 방어망이 뚫려 전주부성이 위협받고, 고경명이 이끄는 전라도 연합의병이 금산전투에서 패전한 터라 모처럼 기쁜 소식과 전라도의 전황에 대해 장계를 올릴 필요성을 절실히 느끼고 있었다.

그러나 충청도와 경기도, 서울, 황해도와 평안도까지 왜군이 거미줄처럼 점령하고 있는 실정에서 임금이 임시로 거처하고 있는 의주까지 첩서를 전달하기는 쉽지 않았다. 더욱이 왜군에게 발각되면 목숨을 잃게 되고 적에게 유리한 정보를 제공하는 결과를 낳기 때문에, 선뜻 나서는 사람이 없었다.

장계 전달로 고민하고 있던 권 목사의 모습을 옆에서 지켜보고 있던 정충신이 자원했다. 당시 정충신은 약관 17세로 광주목에 소속되어 인장을 관리하는 지인知印 : 通引의 직책을 맡고 있었고, 정병으로 이치전투에 직접 참전했다. 권율은 그를 비장裨將으로 삼고, 첩서를 전달토록 하는 막중한 책임을 맡긴다. 이 첩서는 『만취당실기』「이치주첩서」에 실려 있다. 그 해석문을 옮겨보자.

하늘이 비색한 운을 내려 국가가 불행한 때를 만나 관문과 요새를 지키지 못하고 한 사람도 성을 보호하지 못하여 경기지방과 호남지방을 보전치 못하고 흉적의 소굴이 되었나이다.

전국이 곳곳마다 유린되고 우리의 모든 군사는 어디서나 불리하였습니다.

이에 호남은 국가 보위의 근본이며 왕실의 발상지입니다. 성상聖上께서 남쪽을 염려하시어 광주목사를 신에게 제수하였습니다. 신의 천한 발자취가 서쪽에 이르러 뼈를 갈고 피가 마르도록 국가에 헌신할 것을 다짐하고, 부임하는 날 광주사람들 중에서 단지 오백 명을 모집하였으며, 정사政事의 여가에 노인들을 찾아본 것이 하나둘이 아닙니다.

이에 단壇에 올라 약속을 맹세하고 용만龍灣 : 의주을 향하여 통곡하니 눈물이 흘러 냇물이 됩니다.

왜적은 금산을 침범하여 권종을 죽이고 의병은 진산에 이르러 조헌이 죽었습니다. 고바야카와 다카카게는 수만 명을 이끌고 정탐하여 승영규가 거느린 칠백 용사가 전멸하였는데 이때에 저희는 진영에 앉아서 의리만 내세우고 왜적을 규탄하며 탄식만 하고 있어서야 되겠습니까?

예리한 군졸은 용기를 내어 말머리를 남으로 돌려 눈물을 머금고 도내의 여러 신하들과 의논하고 막료들과 숙의를 거듭하였습니다.

황진은 그 용맹함이 능히 군을 통솔하여 선봉이 되고 권승경은 울분하여 몸을 돌보지 않고 기병騎兵을 인솔하기로 자원하고, 이치에서 적을 만나 죽도록 싸웠습니다.

이때 병졸은 불과 천 명이오나 의로써 북을 울리니, 적은 만 명이 넘어 용맹함을 믿고 돌진하여 왔으나 묘시卯時에서 유시酉時까지 세 번을 승리했습니다.

『만취당 실기』「이치주첩서」

그러나 선봉 황진이 탄환에 맞고 물러서자 신이 돌진하고, 병사들도 용감하게 나아갔습니다.

한 사람이 백 명을 당해내니 적은 패하여 퇴각하였는데 열 명 중 한 사람도 살아남지 못했으며 적의 시체는 80리까지 쓰러져 있었으나 우리 군사의 죽은 자는 11명뿐이었습니다.

기병은 요충지에서 적의 퇴로를 차단하여 적장의 머리를 베어 바치게 하였습니다.

이번에 조그마한 승리를 했다는 것이 어찌 신의 공이라 하겠습니까. 진실로 우연한 것이며 성상의 영험이 베풀어진 것입니다.

호남에서 진을 치면서 적을 새재鳥嶺에서 억제하지 못한 죄 죽더라도 아까울 것이 없습니다만 서쪽을 우러러 바라보며 용만의 말고삐를 잡지 못하니 마음이 아파 썩는 것 같습니다.

조그마한 적을 섬멸하고 어찌 첩서로 소식을 다 드릴 수 있겠습니까마는 성상께옵서 호남을 염려하시는 근심을 조금이라도 덜어드리려는 저의 작은 충성일 뿐입니다.

첩서를 바치는 것이 본의가 아니옵고 모든 사람들의 재촉과 또한 속

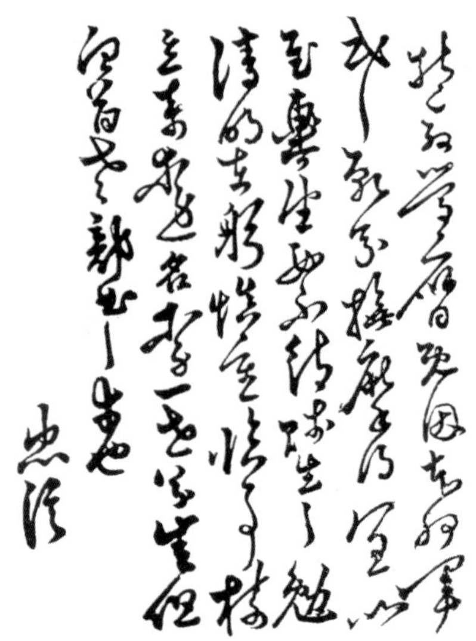

정충신 친필(『정충신 장군 전기』에서 전재)

히 전달하라는 감사(순찰사)의 명령 때문이옵니다.

위 내용 중 "조헌과 승장 영규가 거느린 칠백 용사가 전멸하였다."는 것으로 보아 이 주첩서의 작성 시기는 조헌과 영규가 순절한 8월 18일 2차 금산전투 이후가 된다. 그러나 마지막 문장에 "속히 (첩서를) 전달하라는 감사(순찰사)의 명령 때문이다."라고 한 것으로 볼 때 그가 전라감사가 되기 이전인 광주(나주)목사 때 일이 되므로 앞뒤가 맞지 않는다.

어떻든 이치전투의 승첩에 대한 첩서를 정충신이 전달한 것은 분명하다 하겠다. 이 사실을 뒷받침하는 것으로 이익李翼, 1681~1763이 쓴 『성호사설』에 정충신은 "이항복이 알아줘 발신發身하여 벼슬을 하였다."고 기록하고 있고, 조선조 말기 영의정을 지낸 이유원李裕元, 1814~1888의 『임하필기』를 보면 "행재소에 장계를 보내고자 했는데 사람들이 모두 두려워하며 피하였다. 그런데 정충신이 비분강개하여 자신이 가겠다."고 했다고 적고 있다.

정충신은 왜군에게 들키지 않으려 첩서를 여러 조각으로 오려내어 볏짚을 섞어서 새끼를 꼬아 망태기를 만들어 등에 짊어지고 가는 묘안을 짠다. 그리고 생 옻나무 진을 얼굴과 몸에 발라 보기 흉한 모습을 만들었다. 헌 누더기 옷에 칼을 꽂아 숨긴 지팡이 하나를 들고서 짚신 여러 켤레를 망태기에 달아 메고 나서니 영락없는 거지 형색이었다. 이렇게 해서 의주까지 무사히 장계를 전달하게 된다.

의주에 도착한 정충신은 먼저 병조판서 이항복을 만나 권율의 편지를 전달하며 장인의 근황과 전라도 전황에 대해 자세하게 설명하고, 이치 승첩의 첩서를 전달한다. 그의 지혜와 재주를 알아본 이항복은 그를 곁에 두고 사서史書를 가르쳤다. 그리고 그해 가을 행재소에서 치른 무과시험에 합격시키고 아들처럼 아낀다. 이항복이 그를 각별히 사랑한 것은 그의 용기와 재주를 높이 산 까닭도 있지만, 전쟁시기여서 정충신이 고려 말 명장 정지鄭地 장군의 후예(9세손)라는 것도 크게 작용하였을 것이다. 훗날 이항복이 인목대비 폐비를 반대하다가 북청으로 귀양 가자 정충신도 관직을 버리고 따라가 그를 보좌했다.

이를 두고 성호 이익은 "류성룡이 죄를 지어 내쳐진 이순신을 알았고, 이항복이 미관말직에 종사하던 정충신을 알았다."고 했다.

광주의 옛 전남도청 앞 중심도로는 그의 군호를 따서 '금남로'로 명명되어 그의 정신을 기리고 있다. 그가 태어난 곳은 광주이지만 묘소는 충남 서산시 지곡면 대요리 마힐산摩詰山 : 지금의 국사봉에 있다. 이는 1624년 이괄의 난을 평정한 공으로 진무 1등공신이 되어 당시 이 일대의 몰수된 이괄의 토지 약 45만 평을 하사받았고, 그가 생전에 잡아둔 이곳에 묘를 썼기 때문이다.

정충신 장군이 입었던 군복(중요민속자료 제36호) 『정충신 장군 전기』에서 전재

지승망태(광주시립민속박물관 제공)

다산 정약용이 광주를 지나면서 정충신을 생각하며 쓴 시가 있다.
한 수 음미해 보자.

광주를 재차 지나가면서	重過光州
언제나 광산부를 지나갈 적엔	每過光山府
가슴속에 정금남 생각이 나네	長懷鄭錦南
신분은 종직처럼 미천했으나	地如從直劣
재주는 이순신과 견줄 만했지	才比舜臣堪
옛 사당엔 풍운의 기운 서렸고	古廟風雲氣
남은 터엔 부로들 전설 전한다	遺墟父老談
웅장할 사 서석의 드높은 진산	雄哉瑞石鎭
정기 모아 기남자 탄생시켰네	亭毒出奇男

권율, 전라감사 겸 순찰사가 되다

4월 29일, 선조는 충주 패전의 보고를 듣고 서울을 떠나 파천播遷 : 임
금이 도성을 떠나 다른 곳으로 피란하던 일을 의결한 뒤 다음 날 새벽 서쪽을
향해 출발했다. 5월 1일 개성을 거쳐 5월 7일 평양으로 들어가게 된다.

한 달 남짓 평양에 머무른 선조는 왜군이 대동강까지 진출해오자 6
월 11일 평양을 떠나 영변으로 향했다. 이때 영의정 최흥원, 우의정 유
홍, 정철은 임금을 따라갔고, 좌의정 윤두수와 류성룡, 도원수 김명원,
순찰사 이원익은 평양성에 머물면서 방어를 담당토록 했다.

아군은 수심이 낮은 왕성탄王城灘에 병력을 집중 배치하여 왜군이
대동강을 건너는 것을 저지하는 한편, 6월 14일 밤에는 강을 건너 소
요시토시宗義智군이 이끄는 진지를 기습 공격하여 수백 명을 참살함으

로써 큰 타격을 주었다.

그러나 전열을 가다듬은 구로다 나가마사黑田長政군의 역습에 전세는 곧 역전되고 만다. 이에 아군이 수심이 얕은 왕성탄으로 건너가자 이를 알아차린 왜군은 이곳으로 대규모 도하작전을 감행하고 모란봉을 점령한 뒤 평양성을 압박했다. 아군은 더 이상 성을 지탱할 수 없다고 판단하고 후퇴하고 만다. 성이 비어

이원익 초상화

있음을 확인한 왜군은 6월 15일 평양성에 입성하게 된다.

평양을 떠난 선조는 숙천, 안주, 영변을 거쳐 박천, 가산을 지나 정주에서 이틀간 머물고, 6월 22일 명나라와 경계인 의주에 도착하여 의주 관아를 임시 거처로 삼아 전쟁임무를 수행하게 된다. 의주 관아는 도성 행궁에 비할 바가 되지 못했다. 초라하기 짝이 없었다. 모든 것이 부족하고 불편했지만 어쩔 도리가 없었다. 이듬해 1월 명군이 평양성을 되찾자 의주를 떠나 남하하게 된다.

7월 전라도 점령을 노리는 왜군과 일진일퇴를 벌이고 있을 즈음, 조선은 명나라의 파병을 이끌어 낸다. 명나라의 요동 부총병 조승훈趙承訓을 대장으로 하는 3천 명(『징비록』 5천 명, 『기재사초』 7천 명으로 기록됨)에 이르는 병력이었다. 의주에 도착한 조승훈은 사유史儒를 선봉장으로 삼고 7월 17일 평양성 탈환을 위해 전투를 벌였으나 크게 패하고 만다. 이 전투에서 선봉장 사유를 비롯한 많은 병사들이 전사하고 말 또한 많이 죽었다. 곧바로 조승훈은 요동으로 돌아갔고, 조정에서는 민심이 동요될까 봐 염려했다.

이순신 초상화

한편 선조의 피난과 육전의 패전과는 달리, 이순신이 이끄는 남해 전투는 연전연승을 이어가고 있었다. 5월 7일 옥포와 합포, 적진포 해전에서 적선 42척을 파괴시키는 승첩을 거두었다. 5월 29일 사천해전, 6월 2일 당포해전, 6월 5일과 6일 당항포 해전, 6월 7일 율포해전의 네 군데 전투에서 왜선 72척과 왜군의 수급을 벤 것이 88수, 사살은 137명이었다. 웅치전투가 벌어질 무렵인 7월 8일과 10일 안골포 해전에서도 적선 대부분을 격파했다. 이로 인해 서해안으로 진출하려던 왜군을 완전히 차단하는 전과를 올렸다.

3도 근왕군이 용인전투에서 완패한 뒤 전라감사 이광은 충청도 내포를 경유해 전라도 임피현(지금의 전북 옥구군 임피면)에 당도했다. 그리고 바닷길을 이용해 임진강으로 가서 또다시 근왕할 계획을 세우고, 군현에 정병 징발 격문을 띄우지만 실패로 끝나고 만다. 이 계획은 고경명과 전라도사 최철견, 부윤 권수 등으로부터 현실성 없다는 지적을 받기도 했다.『정기록』

그 뒤에도 이광은 전라도 사림과 백성들로부터 수많은 질책을 받기는 했지만 전라감사로서 직책을 유지하며 왜군 방어에 최선을 다했다. 광주목사 권율을 전라도 도절제사로 임명하여 군사운영의 총괄 임무를 부여하는가 하면 전주부성의 사수를 위해 이정란을 수성장으로 임명하고, 각 군현 수령들을 지휘감독하며 어렵사리 그 직책을 수행하고 있었다.

이를 간파한 조정에서는 7월 22일 전라도순찰사 이광을 파직하여 백의종군케 하고, 그를 대신하여 7월 13일 광주목사에서 나주목사로 제수된 권율을 10일 만에 다시 전라감사 겸 순찰사로 임명하게 된다. 『선조실록』(7. 13, 7. 22) 전쟁 상황임을 감안하고 여러 정황으로 미루어 볼 때 『난중잡록』에 기록된 8월 4일 전라도 관찰부에 선조의 임명 교지가 전달된 것으로 판단된다.

조정에서는 권율의 전라감사 겸 순찰사 임명 외에도 전라도 의병장과 장수, 공적이 있는 사람들에게 벼슬을 제수한다. 나주에서 창의한 김천일을 6월 29일 장악원 정掌樂院 正으로 임명하였다가 7월 19일 장례원 판결사掌隸院 判決事로 승진시켜 창의사倡義使로 삼았다. 그의 막하로 호남의병 창의와 전황 등을 담은 장계를 전달한 양산숙에게는 공조좌랑을 제수했다. 또 전라도 연합의병을 이끈 고경명 또한 공조참의에 제수하여 초토사招討事를 겸하도록 하였으나 이미 7월 10일 1차 금산전투에서 순절한 뒤였다. 『선조실록』(7. 19)

7월 19일, 광주에서 의병모집에 힘쓴 박광옥은 승문원 판교承文院 判校에, 호남 전황을 임금께 보고한 정운룡과 박희수에게 장원서 장원掌苑署 掌苑과 한성부 참군漢城府 參軍에 각각 제수했다. 『선조실록』(7. 19) 이치전투에 참전하여 권율과 함께 공을 세운 황진은 8월 익산군수로 승진되었다가 충청도조방장으로 승진되었다. 『연려실기술』

임란 초전기 각도 감사(관찰사), 순찰사 현황은 다음과 같다.

임란 초전기 각도 감사(관찰사), 순찰사 현황

도명	직책명	성명	생몰년	본관	자	호	재직기간	비고
전라도	감사(관찰사), 순찰사 겸임	이 광 (李 洸)	1541~ 1607	덕수 (德水)	사무 (士武)	우계 (雨溪)	1589. 7. 10 ~ 1592. 7. 21	백의종군 1592. 9월 평북 벽동군으로 귀양
	〃	권 율 (權 慄)	1537~ 1599	안동 (安東)	언신 (彦愼)	만취당 (晩翠堂)	1592. 7. 22 ~ 1593. 6. 7	도원수로

도명	직책명	성명	생몰년	본관	자	호	재직기간	비고
전라도	〃	이정암 (李廷馣)	1541~ 1600	경주 (慶州)	중훈 (仲薰)	사유재 (四留齋)	1593. 6. 7 ~ 1593. 윤 11. 23	이조좌랑으로 (1592. 윤 11. 24)
경상도	감사(관찰사), 순찰사 겸임	김 수 (金 睟)	1537~ 1615	안동 (安東)	자앙 (子昻)	몽촌 (夢村)	1591. 8. ~ 1592. 5. 30	경상도를 좌도와 우도로 나눌 때 좌 도를 맡음
경상좌도	감사(관찰사), 순찰사 겸임	김 수 (金 睟)					1592. 6. 1 ~ 1592. 8. 6	
	〃	김성일 (金誠一)	1538~ 1593	의성 (義城)	사순 (士純)	학봉 (鶴峰)	1592. 8. 7 ~ 1593. 4. 29	사망
	〃	김 륵 (金 玏)	1540~ 1616	예안 (禮安)	희옥 (希玉)	백암 (栢巖)	1593. 5. 16 ~ 1593. 윤 11. 8	한성부 우윤으로
경상우도	〃	이성임 (李聖任)	1555~ ?	전주 (全州)	군중 (君重)	월촌 (月村)	1592. 5. 30 ~ 1592. 8. 6	강원감사에 제수 (1594. 2. 22)
	〃	한효순 (韓孝純)	1543~ 1621	청주 (淸州)	면숙 (勉叔)	월탄 (月灘)	1592. 8. 7 ~ 1594. 9. 19	병조참판으로
충청도	감사(관찰사), 순찰사 겸임	윤선각 (尹先覺)	1643~ 1611	파평 (坡平)	수천 (粹天)	은성 (恩省)	1591. 8. ~ 1592. 9. 8	백의종군 윤국형(尹國馨) 으로 개명
	〃	허 욱 (許 頊)	1548~ 1618	양천 (陽川)	공신 (公愼)	부훤 (負喧)	1592. 9. 9 ~ 1593. 10. 25	전 공주목사 형조참의로 (1593. 12. 26)
경기도	감사(관찰사), 순찰사 겸임	권 징 (權 徵)	1538~ 1598	안동 (安東)	이원 (而遠)	송암 (松菴)	임란 전 ~ 1592. 7. 24	백의종군
	〃	심 대 (沈 岱)	1546~ 1592	청송 (靑松)	공망 (公望)	서돈 (西墩)	1592. 7. 25 ~ 1592. 10.	왜적의 습격으로 순절
	〃	이정형 (李廷馨)	1549~ 1607	경주 (慶州)	덕훈 (德薰)	지퇴당 (知退堂)	1592. 10. 29 ~ 1592. 12. 19	경기도를 좌도와 우도로 나눌 때 우 도를 맡음
경기우도	감사(관찰사), 순찰사 겸임	이정형 (李廷馨)					1592. 12. 20 ~ 1593. 10. 3	홍문관 부제학으로
경기좌도	감사(관찰사), 순찰사 겸임	성 영 (成 泳)	1547~ 1623	창녕 (昌寧)	사함 (士涵)	태정 (苔庭)	1592. 12. 20 ~ 1594. 2. 15	호조참판으로
강원도	감사(관찰사)	류영길 (柳永吉)	1538~ 1601	전주 (全州)	덕순 (德純)	월봉 (月蓬)	임란 전 ~ 1592. 9. 28	승문원 제조로
	감사(관찰사)	강 신 (姜 紳)	1543~ 1615	진주 (晋州)	면경 (勉卿)	동고 (東皐)	1592. 10. 16 ~ 1594. 2. 20	병조참판으로
	순찰사	기 령 (耆 苓)	?~?	행주 (幸州)	경연 (景延)		1592. 8. 2 ~ 1593. 3. 8	형조참의 겸직
평안도	감사(관찰사), 순찰사 겸임	송언신 (宋言愼)	1542~ 1612	여산 (礪山)	과우 (寡尤)	호봉 (壺峰)	? ~ 1592. 6. 20	평양성 함락 뒤 행방불명으로 체직

도명	직책명	성명	생몰년	본관	자	호	재직기간	비고
평안도	감사(관찰사), 순찰사 겸임	이원익 (李元翼)	1547~1634	전주 (全州)	공려 (公勵)	오리 (梧里)	1592. 6. 21 ~ 1595. 5. 30	우의정으로
황해도	감사(관찰사)	이산보 (李山甫)	1539~1594	한산 (韓山)	중거 (仲擧)	명곡 (鳴谷)	1591. 2. 6 ~ ?	이조판서에 제수 (1592. 7. 5)
	순찰사	최흥원 (崔興源)	1529~1603	삭령 (朔寧)	복초 (復初)	송천 (松泉)	1592. 4. 28 ~ 1592. 5. 2	좌의정으로(5. 3) 영의정으로(6.)
	감사(관찰사), 순찰사 겸임	조인득 (趙仁得)	?~1598	평양 (平壤)	덕보 (德輔)	창주 (滄洲)	1592. 5. 3 ~ 1592. 7. 23	황해병사로 (1593. 1. 28)
	"	류영경 (柳永慶)	1550~1608	전주 (全州)	선여 (善餘)	춘호 (春湖)	1592. 7. 24 ~ 1593. 6. 6	호조참의로
함경도	감사(관찰사), 순찰사 겸임	윤탁연 (尹卓然)	1538~1608	칠원 (漆原)	상중 (尙中)	중호 (重湖)	1592. 7. 10 ~ 1594. 4. 2	사헌부에서 체직

※ 『조선왕조실록』·『난중집록』·『연려실기술』 등을 참소하여 삭성하였음.

웅치·이치, 1·2차 금산전투의 전략적 의의

금산에 본진을 설치한 고바야시가와가 이끄는 왜군은 전라도의 중심부인 전주부성을 공격해 왔다. 이에 조선군은 두 차례에 걸친 방어전과 두 차례의 공격전을 개시하게 된다.

7월 7일에서 8일까지 곰재熊峙에서 김제군수 정담과 의병장 황박 등 전라도 관·의병에 의해 펼쳐진 웅치전투와 7월 20일경 배재梨峙에서 광주목사 권율과 동복현감 황진이 치른 이치전투의 방어전, 그리고 웅치전투와 거의 같은 시기인 7월 9일부터 10일까지 고경명이 이끄는 전라도 연합의병과 곽영이 이끄는 관군이 함께한 금산성 공격, 40여 일 뒤인 8월 18일 충청도 의병장 조헌과 의승장 영규가 벌인 2차 금산성 공격전이다.

웅치와 이치전이 요격전邀擊戰이었다면, 금산전투는 전라도에 주둔한 왜군 근거지를 소탕하기 위한 공격전이었다는 점에서 차이가 있었다.[11]

그러면 여기서 웅치와 이치, 1·2차 금산전투의 옛 기록들을 살펴보자. 먼저 웅치전투에 대한 기록이다.

우리 군사는 꺾이어 사기가 저하되고 적은 이미 승세를 탔으니 세력은 저절로 확장될 수밖에 없었다. 다행히 웅치의 혈전에 힘입어 적의 예기가 조금 꺾였고, 전주가 방비 태세를 갖추고 있으므로 놈들이 힘을 헤아려 스스로 물러가니 형세를 몰아 쫓아낼 가망이 있다.

– 『난중잡록』 송제민의 격문

이때 적병 중 용맹한 자는 웅치싸움에서 많이 죽었으므로 기운이 이미 다 되었고, ……적군이 웅치에서 전사한 사람들의 시체를 모아 길가에 묻어 큰 무덤을 몇 채 만들고, 그 위에 나무를 세우고 '조선국의 충간의담을 조상한다.' 라는 글을 썼는데 이는 우리 군사들이 힘을 다해 싸운 것을 칭찬한 것이다. 이 싸움으로 전라 한 도만은 홀로 보전되었다.

– 류성룡의 『징비록』

일본의 승려 화안和安이 부산에 왔을 때 이성구李聖求가 영위사迎慰使로 가서 그를 만났는데 그 승려가 우리나라에서 일본 군대가 대패한 것이 모두 세 번이었다고 하면서 웅치전투를 첫 번째로 꼽았다고 하니 이는 대개 자기네 명장이 죽었기 때문에 대패했다고 한 것이었다.

– 조익의 『포저집』 황진행장

이항복은 『백사집』에 장인이었던 권율의 말을 빌려 행주대첩과 비교해서 적고 있다. 『연려실기술』은 『백사집』의 이 대목을 옮기면서 전투장소를 "'웅치' 라고 썼으나 '이치' 의 '梨' 자의 잘못일 것이다."고 적고 있다.

세상에서는 내가 행주에서 한 일을 공으로 삼는데 이는 참으로 공이라 이를 만하다. 그러나 나는 항오行伍 사이로부터 일어나서 공을 쌓은 것이 여기에 이르는 동안 크고 작은 전쟁을 적잖이 치렀다. 그중에 전라도 웅치의 전공이 가장 컸고, 행주의 전공은 그다음이다. 그런데 나는 끝내 행주의 전공으로 드러났으니 일을 알 수 없는 것이 있다.

송제민 초상화

대체로 웅치의 싸움은 변란이 처음 일어날 때에 있었으므로, 적의 기세는 한창 정예하였고, 우리 군사는 단약單弱한데다 또 건장한 군졸도 없어서 군정軍情이 흉흉하여 믿고 의지하기가 어려웠다. 그런데도 능히 죽을힘을 다하여 혈전을 벌여서 천 명도 채 안 되는 단약한 군졸로 열 배나 많은 사나운 적군을 막아 내어 끝까지 호남을 보존시켜 국가의 근본으로 만들었으니 이것이 바로 어려웠던 이유이다.

다음은 이치전투이다.

전라도 절제사 권율이 군사를 보내어 왜적을 웅치에서 물리쳤는데 김제군수 정담이 전사하였다. 왜병이 또 이치를 침범하니 동복현감 황진이 패배시켰다. ……왜적이 조선의 3대 전투를 일컬을 때에 이치의 전투를 첫째로 쳤다.

― 『선조수정실록』

이치梨峙의 승리는 불행을 당하고 나서 조금밖에 분풀이를 하지 못했던 것이라고 해야 할 것이다. 그러나 몇 년 동안이나 봉시장사封豕長蛇: '큰 돼지와 긴 뱀'이라는 뜻으로, 탐욕스럽고 잔인한 사람을 이르는 말가 다시는 호남 지방을 넘보지 못하게 한 결과, 호남의 그 풍성한 곡물을 거두어 동쪽과 서쪽에 수송해서 충분히 공급하게 해 주었으니, 이것이 모두 누구의 덕분이라고 해야 하겠는가.

– 최립의 『간이집』 「행주대첩비」

적중에서 조선의 3대 승첩을 말하는데 이치의 승리를 첫째로 쳤다. 논평하는 이가 말하기를, '이 승리가 없었다면 왜적은 반드시 호남 전체를 유린하였을 것이다.'고 하였다.

– 『연려실기술』

이어 1차 금산전투이다. 이 전투에 대해서 평가한 기록은 보이지 않는다. 하지만 고경명 등이 금산전투에서 죽은 뒤 전투 실상이 잘못 보고되고, 의병봉기의 기폭제 역할을 하였다는 기록이 있다.

고경명이 죽자 이광은 '어두운 밤에 행군하다가 군사가 무너져서 죽었다.'고 장계를 올려 무함誣陷하였는데 그 뒤 이정암이 순찰사가 되어 그의 순절 사실을 보고하면서 '그는 으뜸으로 의병을 일으켜 근왕을 제창하고 몸소 적의 칼날을 범하여 적과 혈전을 벌이다 불행히 패하여 부자가 함께 죽었다.'고 하였다.

– 『정기록』, 윤근수가 쓴 고경명의 「신도비명」

고경명은 문학에 종사하여 무예를 익히지 않았으며 나이 또한 노쇠하였다. 이때에 맨 먼저 의병을 일으켰는데 충의만으로 많은 군사들을

격려하여 위험한 곳으로 깊이 들어가 솔선하여 적과 맞서다가 전사하였
다. 공은 성취하지는 못했어도 의로운 소문이 사람을 감동시켜 계속 의
병을 일으킨 자가 많았으며, 나라 사람들이 그의 충렬을 칭송하면서 오
래도록 잊지 않았다.

– 『선조수정실록』

마지막으로 2차 금산전투이다.

종일 힘써 싸우다가 조헌과 영규 등 여러 군사도 모두 죽으니 감히
후퇴하여 살려는 자가 없었다. 적도 이날 밤에 경상도로 도망갔다. 적은
이때부터 감히 다시 침범하지 못하였으니 대체로 그 군세가 크게 꺾였
기 때문이다.

– 박동량의 『기재사초』

적군의 죽은 수도 보통 정도가 아니었으니 그 남은 병졸을 거두어 가
지고 저희들 본진으로 돌아갈 때 울음소리가 우레처럼 진동하였고, 3일
이 지나도록 저희들 시체를 모두 운반하지 못한 채 적군이 드디어 무주
에 있던 적과 함께 모두 달아나 버리니 호서와 호남이 이로 인하여 안전
하게 되었다.

– 『연려실기술』

왜적이 전라도로 넘어온다는 소식을 듣고 '국가의 뿌리가 되는 곳을
먼저 구원하지 않을 수 없다.'고 하면서 금산으로 가 왜군의 본진을 공
격, 적을 섬멸하지는 못하였지만 왜적의 형세가 위축되어 호남이 온전
하게 되었다.

– 안방준의 『은봉전서』

　이상의 옛 기록에서 보듯 웅치와 이치전투, 1·2차 금산전투는 임란 초기 극도로 어려운 전황 속에서 전라도를 공격해 들어오는 왜군을 물리침으로써 전라도 방어에 결정적 역할을 하게 된다.

　웅치전투는 죽음을 무릅쓴 처절한 전투로 적의 예봉을 꺾어 전주부성을 방어하는 데 크게 기여했다. 이치전투에서도 왜군은 많은 전력손실을 입은 채 전주부성의 점령을 포기하고, 금산으로 퇴각하여 이곳에 머무를 수밖에 없게 되었다.

　특히 왜군의 본진을 공격한 두 차례의 금산전투는 전라도의 무주·금산일원에 남아 있던 적을 영남지방으로 퇴각시키는 데 결정적인 역할을 했다. 결국 이 전투로 왜군을 수세로 몰아넣게 되었다는 점에서 그 전략상의 의의는 지대했다.[12]

　이와 같은 전라도의 방어 의의를 세 가지로 요약할 수 있다. 첫째,

금산지역 전투도(종용사 기념관 내)

조선이 임란 초기 일방적으로 밀리는 불리한 전황 속에서 전열을 가다듬어 반격할 수 있는 시간적 여유를 갖게 되었다는 점이다. 둘째, 전라도 지역으로 공격해 오는 왜군을 막아냄으로써 전라도 지역으로부터 군량과 물자를 조달하려던 왜군의 전략을 무력화시켰다는 점이다. 셋째, 무엇보다도 중요한 것은 왜군의 침공으로부터 전라도 지역을 지켜 조선이 왜군을 격퇴할 수 있는 인적·물적 자원을 조달할 수 있는 근거지를 유지할 수 있었다는 점이다.[13]

금산 주둔 왜군, 경상도로 물러가다

금산에 주둔하고 있던 왜군은 1차 금산전투와 이치전투 이후 금산에서 가끔 나와 인근 고을을 습격하였고, 전라도 관군과 의병은 8~9진으로 나누어 요해처에서 방어하고 있었다. 그러나 8월 9일 보성과 남평에서 온 군사가 재를 넘어 금산의 적을 엿보다가 도리어 그들에게 역습당하여 남평현감 한순韓諄이 군사 5백여 명과 함께 모두 순절하고 만다. 『선조수정실록』(8. 1)·『난중잡록』

이런 가운데 조헌과 영규가 이끄는 의병이 8월 18일 금산에 주둔하고 있던 왜군의 본진과 일진일퇴의 전투를 벌여 이 전투에 참전한 아군 7백여 명의 의사가 모두 순절하지만, 이 전투로 "울음소리가 우레처럼 진동하였고 3일이 지나도록 시체를 모두 운반하지 못한 채 달아났다."는 기록으로 보아 왜군에게도 상당한 피해를 입혔다는 것을 알 수 있다.

2차 금산전투가 있은 지 9일이 지난 8월 27일, 관군과 협공하기로 했다가 조헌이 죽었다는 소식을 들은 해남현감 변응정邊應井은 "어찌하여 의병장과 약속하고도 죽지 아니하고 배신한단 말인가."하고 즉시 군사를 이끌고 금산성으로 나아가 전투를 벌이지만 실패로 끝난다. 3차 금산전투라고도 하는 이 전투에서 변응정이 순절하고 만다.「연려실기술」
그는 앞서 벌어진 웅치혈전에 참전하기도 했다.

전라도 관군과 의병의 혈전으로 무주·금산지역에 주둔하고 있던 고
바야시가와군은 더 이상 전라도에 남아 있을 수가 없게 되어 결국 경상
도로 철수하기에 이른다.

무주에 머물고 있던 왜군은 그들의 소굴에 불을 지르고, 9월 15일
(양력 10. 19)까지 금산으로 모두 철병한 뒤, 9월 16일 금산에 주둔하고
있던 군대와 함께 경상도로 내려갔다.「난중잡록」 왜군은 6월 22일 금산
으로 들어와 자진 철군하기까지 80여 일 동안 이곳에 머물렀다.

한편 무주·금산지역에서 경상도로 철수한 왜군은 그곳에서도 온전
하지 못했다. 고경명·조헌·영규 등이 금산전투에서 순절한 직후부터
경상·전라 양도의 의병은 고바야카와군에 대한 총반격을 개시했다. 경
상도의병장 김면은 지례의 고바야카와군을 공격하여 그 진지를 불살
라버렸고, 고바야카와군은 지례에서 성주로 진을 옮겼으나 여기에서
또다시 타격을 받게 된다. 이어 김면 군은 거창에 주둔하며 지례·금산
(김천) 간의 길을 차단하였고, 김면과 함께 거병한 합천의 의병장 정인
홍도 성주에서 고령·합천 간의 길을 끊어버렸다. 곽재우 군은 의령에
서 함안·창녕·영산으로 가기 위해 강을 건너려 하는 왜군을 제압했다.
이리하여 고바야카와군의 전라도 침략은 좌절되고 말았다.[14]

전라도군, 북으로 북으로 진군

전라도군, 북으로 북으로 진군

서울 수복을 위해 북상하다

7월 13일 광주목사에서 나주목사로 제수된 권율은 10일이 지난 22일 또다시 전라감사 겸 순찰사로 임명받게 된다. 이로써 전라도 민·관·군을 총괄 지휘하게 된 권율은 이치를 방어사 곽영에게 맡기고, 전주부성으로 가서 인수인계를 마친 뒤 순찰사 임무를 수행하게 된다.

전 순찰사 이광은 처음에는 백의종군하도록 하였으나 9월이 되자 사헌부와 사간원에서 용인패전의 책임을 물어 국문할 것을 청하게 된다. 당시 이광은 순천에서 종군하고 있었는데 금부도사를 보내 잡아온 뒤 평안도 벽동군碧潼郡에 귀양 보낸다.『선조수정실록』(9. 1) 이는 대군을 거느리고도 천여 명밖에 되지 않은 왜군에게 대패한 용인싸움의 책임 문제도 있지만 새로 임명된 권율에게 힘을 실어주는 측면 또한 있었다.

전라감사 겸 순찰사(종2품)와 나주목사(정3품, 도절제사)라는 직책은 비록 1등급의 차이지만 그 권한의 차이는 상당했다. 감사 겸 순찰사는 앞

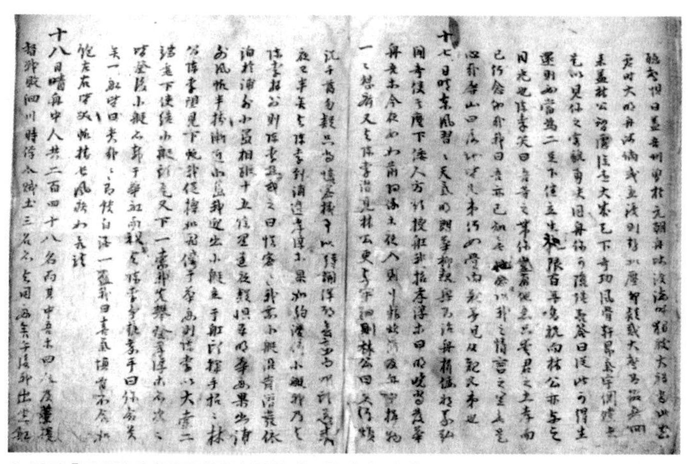

노인의 『금계일기』(광주광역시 문화재도록에서 전재)

서 지적했듯이 전라도 민·관·군을 총괄하는 반면 목사는 나주목 관내의 민·관·군을 통솔하고, 전라도 도절제사 또한 감사의 지시를 받아 군사를 총괄하는 기능만을 갖고 있었다. 당시 전라감사 겸 순찰사는 현재 광주광역시, 전라남·북도, 제주도까지 4개 시·도를 관할했고, 왕 또한 의주로 피신해 있어 연락이 제대로 되지 않는 상황까지 감안하면 그 위상은 대단했다. 감사 겸 순찰사는 지금의 광역자치단체장인 시·도지사를 의미하며, 목사는 기초자치단체의 시·군·구 중 비교적 큰 시로 보면 틀리지 않다.

진중에서 지방장관의 직임을 부여받은 권율의 고민은 실로 컸다. 조선 8도 중 유일하게 남은 전라도를 왜적의 침략으로부터 지켜내는 것이 그의 책무였다. 하지만 전라도민을 한데 묶으면서 정예 병력을 양성하여 서울을 수복하는 일 또한 중요한 과제였다.

권율은 8월 27일, 각 군현 수령에게 근왕을 위한 군사 징발령을 내린다.『난중잡록』 그리고 모든 장수를 불러 "지금 평양 이남이 모두 적의 진지가 되어 버렸지만 서울은 근본이 되는 곳이니 먼저 서울을 수복하여야 한다."『연려실기술』고 서울 수복의 당위성을 역설했다.

신여량 초상화

처영 초상화

이에 양곡 1천여 석과 관내의 병사 수천 명을 이끌고 온 북병사 전봉, 전언수 부자를 필두로 함덕립, 고세충, 채종해, 김치원, 김율, 김여숙, 김여건 등이 형제와 동지를 규합하여 많은 군량과 장정들을 이끌고 왔다. 최희열, 홍천경 등은 군량을 많이 조달하였고, 노인, 조여충 등도 의병을 모아 참전했다. 뒤를 이어 윤길, 박응현과 김팽수, 김익수, 김진 삼종형제가 구국을 부르짖으며 달려왔으며 박광옥, 박윤협 등은 1천여 명의 군사를 보내주는 등 20여 일 동안 2만여 명(『행주대첩비』에는 1만여 명으로 나옴)의 군사를 모으고 각종 병기와 군량을 수집했다.[1]

그리고 튼튼한 장정을 골라 부대를 편성하고 훈련을 시킨 다음 9월 22일(양력 10. 26) 직접 근왕군을 이끌고 전주를 출발하기에 이른다. 이때 각 고을의 수령과 승장 처영處英도 같이 참전했다.『난중잡록』

당시 부대편성은 다음과 같다.[2]

신여량 장군 정려(전남지방기념물 제111호). 신여량의 충절을 기리기 위하여 1753년(영조29)에 정려를 건립하였다. 고흥군 동강면 마륜리 815-1번지에 있다.

• 좌부장 : 신여량(고흥)

• 우부장 : 안상보(고흥)

• 찬획賛劃 : 노인(나주), 함덕립(보성), 김율(장흥)

• 참좌參佐 : 김두남(고창), 김지남(고창)

• 의병청 양향유사糧餉有司 : 박장경(담양), 박인경(담양)

• 운량유사運糧有司 : 고성후(광주), 심민겸(곡성), 최희열(나주),
　　　　　　　　　홍천경(나주)

• 전투부 주장 : 선거이(보성)

• 전투부장

　김극추(광주), 이세환(광주), 이완근(광주), 이충립(광주),

　양대박(나주), 오계수(나주), 이광선(나주), 윤효민(담양),

　전　봉(담양), 도맹삼(고흥), 신여극(고흥), 류충서(고흥),

　류　순(고흥), 정수인(고흥), 박응현(보성), 고세충(화순),

　손종걸(화순), 김여건(장흥), 김여숙(장흥), 위공달(장흥),

　위덕원(장흥), 정현룡(장흥), 김응종(강진), 박계원(영암),

　박광년(영암), 이인걸(영암), 윤　길(무안), 채종해(무안),

　주　봉(무안), 이영복(군산), 김　흔(정읍), 두기문(김제),

　조여충(완주), 최영길(완주), 김익수(고창), 김　진(고창),

　김팽수(고창), 의승장, 처　영(김제)

　이들은 전 전라감사 이광이 이끄는 2차 근왕군 좌종대가 출발하던 노선을 택해 북으로 진군했다. 9월 29일 익산에 도착한 뒤 2·3일 머무르다가 다시 정예병을 뽑아 충청도 내지를 거쳐 아산으로 향했다.『쇄미록』

　한편 의주 행재소에 있던 선조는 7월 들어 묘향산에 있던 휴정(서산대사)을 불러 그로 하여금 승군을 모집토록 하고 승통을 설치한다. 이에 따라 휴정은 여러 절에서 수천여 명의 승군을 모집한 뒤 제자 의엄

서산대사 초상화

사명대사 초상화

을 총섭總攝으로 삼았다. 그리고 제자들에게 격문을 보내 관동은 유정(사명대사)을, 호남은 처영을 장수로 삼아 군사를 일으키도록 조처한다. 『선조수정실록』(7. 1)

처영의 호는 뇌묵雷默이다. 어려서 전북 김제의 금산사에 출가한 뒤 휴정의 제자가 되었다. 스승인 휴정으로부터 격문을 받은 처영은 금산사를 비롯한 대흥사·백양사·화엄사·내장사 등 전라도 여러 사찰에서 의승군 1천여 명을 모아 행주산성전투에 참전하여 큰 전과를 올렸다. 그는 임진왜란이 끝날 때까지 의승군을 이끌었으며 휴정·유정과 더불어 대표적인 애국승려로 꼽힌다.[3]

전라·충청도 도체찰사 정철의 남하

당시 서인의 대표였던 정철은 임란이 일어나기 한 해 전 왕세자 책봉에 관한 의견建儲議이 문제되어 평안도 강계로 유배돼 있었다. 이 일로 정계의 주도권은 동인에게 넘어갔다. 하지만 선조는 국난을 극복하기 위해서는 인재가 필요했고, 또 정계에서 물러나 있던 서인세력들의 동참을 이끌어 내야만 했다.

선조는 서울을 떠나 5월 1일 개성에 도착한 뒤, 다음 날 남성 문루에 올라 백성들을 위로하며 의견을 들었는데 이 자리에서 정철의 기용을

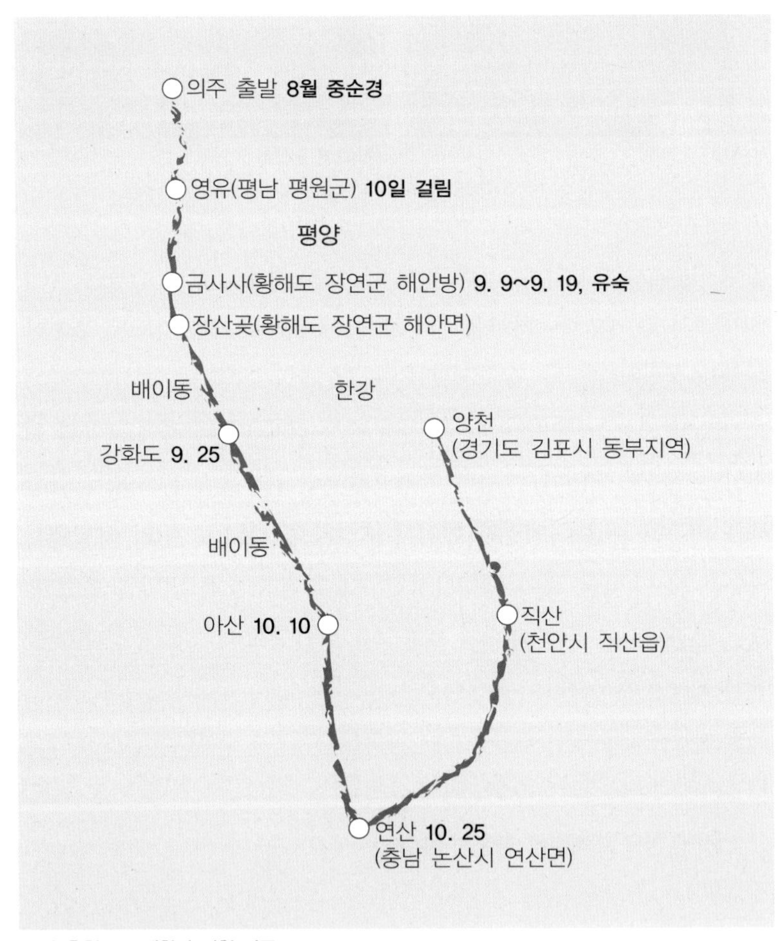

전라·충청도 도체찰사 정철 이동로

건의 받고, 그를 불러들이라는 명령을 내린다.『징비록』

정철의 재등용은 전라도 의봉봉기의 촉진제 역할을 하게 된다.

사실 전라도 의병지도층의 핵심인물 가운데 이항, 기대승, 이이, 성혼, 박순, 정철, 노진 등의 문하에 들지 않은 인사가 거의 없었으며 모두 서인계 일색이었다. 따라서 임란 중 전라도 의병운동은 서인계 사림에 의해 주도되었다고 볼 수 있다. 정철이 유배에서 풀려나고, 도체찰사로 임명된 것도 알고 보면 그의 강력한 세력기반인 전라도의 사림을 분기시키려는 의도에서 비롯된 것이라 생각된다. 또 그가 전라도에 내려오면서 그 지역의 의병운동에 영향을 준 것도 사실이다.[4]

유배에서 풀려난 정철은 피난하고 있던 선조를 알현하기 위해 남으로 내려와 5월 중순경 평양에서 합류하게 된다. 왜군이 대동강까지 들이닥치자 선조는 6월 11일 평양에서 의주를 향해 떠나는데 그때 정철도 영의정 최흥원과 우의정 유홍과 함께 임금을 따랐다. 이때까지 정철에게는 특별한 직책이 주어지지 않았다.

임금은 숙천(6. 11)-안주(6. 12)-영변(6. 13)-박천(6. 14)-가산(6. 15)-정주(6. 16)-선천(6. 18)-용천(6. 20)의 경로를 통해 6월 22일 의주에 도착했고, 임진왜란 초전기 내내 명나라와 접경지인 이곳에 머물며 조선정부를 이끌고, 명나라 군대의 출병을 요청하는 등 외교전을 펼친다.

의주에 도착한 지 한 달이 지난 7월 21일, 정철은 전라·충청도 도체찰사로 임명받게 된다.『선조실록』(7. 21) 도체찰사란 직책은 전쟁이 일어났을 때 왕명을 받아서 할당된 지역의 군정과 민정을 총괄 다스리는 정1품의 임시벼슬이다.

정철이 체찰 임무를 수행하기 위해서는 하루빨리 현지로 떠나야 했다. 하지만 떠나는 것이 간단치가 않았다. 왜군이 남쪽 각지를 점령하고 있었기 때문이었다. 그런 이유로 빈청賓廳에서 남중 행차를 미루자

고 청한다. 『선조실록』7월 28일자 기사는, "현재는 전에 비하여 왜적
이 더욱 치성하여 도로가 막혔습니다. 대신의 행차는 작은 고을 수령의
경우와는 달라 중도에 뜻밖의 걱정거리가 있게 되면 국가의 체모가 손
상됨이 가볍지 않을 것입니다." "정철의 경기이남 행차는 도로가 좀 통
하기까지 기다렸다가 보내는 것이 어떻겠습니까."라고 하자 임금이 따
랐다고 적고 있다.

이 무렵 고경명과 김천일이 양산숙·곽현을 시켜 의병 봉기를 담은
출사표를 가져와 임금을 인견하고 전라도 의병상황을 보고한다.『선조실
록』(7. 24) 선조는 전라도와 경상도에 교서를 내리고 양산숙에게 전달토
록 했다. 정철은 양산숙을 따로 불러 고경명에게 전달해 주라며 편지를
전달한다. 이 편지에 당시 정철의 심정이 어떠하였는지 잘 나타나 있
다. 그 내용을 보면 이렇다.

살아 돌아와서 차마 오늘의 일을 보게 되어 조복朝服으로 눈물을 닦으
니 눈물이 말라 피가 이어 흐릅니다. 어찌 차마 말하랴. 어찌 차마 말하
랴. 좌랑 양산숙이 와서 형이 창의하여 군사를 일으켜 여산까지 왔다고
들으니 친구의 사사로운 정으로 배나 기쁠 뿐 아니라 임금의 안색에 기
쁨이 있고 모든 벼슬아치들에게서 희색이 돕니다. 아마도 우리나라에
복을 내리는 하늘이 가만히 도와서 그러함이 아니겠습니까.

– 『난중잡록』

그렇다고 도체찰사의 남중 행차를 무작정 미룰 수만은 없었다. 이에
정철은 재략 있는 무인을 데리고 갔으면 하였으나 그럴 만한 사람이 없
어 문과출신이지만 무예에 능한 정설鄭渫과 황붕黃鵬을 종사관으로 삼아
『선조실록』(7. 24)·『난중잡록』 8월 중순경 의주 인산역을 출발한다.『송강집』
정철 일행은 열흘 만에 평안도 평원군 영유에 도착하여 강화도로 가

양씨 삼강문(광주광역시 지방기념물 제11호). 이 정려는 양씨 일족 7명의 충·효·열 삼강문이다. 1635년(인조13)에 정려가 내려졌으며 충신으로 전라도 의병봉기상황을 선조께 보고한 양산숙이 모셔져 있다.

기 위해 황해도 장연군 해안면에 있는 장산곶長山串으로 향했다. 밤에 이곳을 지나가니 연안은 포성과 불꽃이 천지를 뒤흔들었다.

9월 9일, 황해도 장연군 해안에 있던 금사사金沙寺에 도착하여 장산곶에서 강화도로 가고자 하였으나 바람이 세차게 불어 떠나지 못하고 이곳에서 열흘 동안 머물게 된다. 이때 정철은 고경명과 조헌이 연달아 패하여 죽었다는 소식을 듣고 뜰에 신위를 만들어 절하고 술잔을 올리고 통곡하며 시를 지어 읊었다.『난중잡록』

열흘 동안 금사사에 머무르는데	十日金沙寺
삼 년 동안 고국을 생각한 듯	三秋故國心
한밤의 호수는 서늘한 기운을 뿜고	夜湖噴爽氣
돌아가는 기러기는 슬프게 울고 가네	歸雁有哀音

적이 있으니 자주 칼을 보고	虜在頻看鏡
친구가 죽었으매 거문고를 끊으려 하네	人亡欲斷琴
평생에 외우던 출사표를	平生出師表
난을 당해 다시 길게 읊노라	臨難更長吟

9월 19일경 금사사를 나온 일행은 강화도로 가기 위해 장산곶으로 갔다. 이미 배가 준비되어 있었다. 배에 오른 정철 일행은 9월 20·21일 경 강화도에 도착한 것으로 보인다. 정철이 도착했다는 소식을 들은 전라병사 최원과 창의사 김천일 등은 다투어 그를 찾아 문안인사와 함께 전황보고를 하게 된다.

도체찰사 정철은 군사의 사무, 군졸의 징집교련, 식량의 조달, 백성에게 병폐가 되는 점 등 체찰 임무를 효과적으로 수행하기 위해 조직체계를 갖추기 시작했다. 이에 의주에서 뽑은 종사관 2명 이외에 강화도에서 젊고 유능한 전 찰방 신흠申欽, 1566~1628, 사과 송영구宋英耈, 1556~1620, 사정 김상용金尙容, 1561~1637, 김은휘金殷輝, 1541~1611를 종사관으로 임명하고, 오윤겸吳允謙, 1559~1636을 참모로 삼고 행재소로 보고했다.『송강집』·『계곡선생집』·『연려실기술』

김상용 초상화

그리고 최원과 김천일, 전 경기감사 권징을 불러 서울 수복의 방책에 대해 논의한다. 먼저 강화도 인접 고을을 공격하여 경기도내 고을 한두 곳을 점령한 다음 서울을 수복하기로 한다. 당시 서울에 웅거해 있던 왜적은

김포·고양·풍덕·부평·안산 등지에 출몰하면서 사람을 죽이는 등 약탈의 정도가 날로 심했다.[5]

어렵사리 독산성에 진을 치다

강화도에서 20여 일을 머무르면서 조직체계를 갖추며 체찰 임무를 수행하던 도체찰사 정철은 강화도를 출발해 10월 10일(양력 11. 13) 아산항에 도착한다.

권율이 전주에서 근왕군 2만여 명을 이끌고 아산·직산(천안시 직산면)에 이르렀을 무렵 도체찰사가 아산항에 도착했다는 소식을 듣고 곧바로 처소로 달려가 전라도의 군사 이동상황과 전황을 보고했다.

이에 정철은 "행재소는 길이 멀어 도달하기가 쉽지 않고, 임금의 기체가 평안하시다. 명나라 군사가 들어와 군사는 많고 먹을 것은 적어 자급하기가 심히 어려우니 먼 지방의 군사가 가벼이 나아가지 말 것이요. 물러가 맡은 지방을 보존하는 것이 오늘의 상책이다."라고 지시한다.「난중잡록」이에 권율은 그대로 군사를 머물게 하면서 의주 행재소에 도체찰사의 지시사항을 포함해 전라도 군사 상황에 대해 장계를 보내자, 조정에서는 정철을 책망하고 서울 수복을 도모하도록 하는 조치를 내린다. 그리고 선조 임금은 자신이 차고 있던 칼을 풀어 권율에게 보내주며 "여러 장수 중 명령을 따르지 않는 자가 있거든 이 칼로 처단하라."「선조수정실록」(12. 1)고 하는 막강한 권한과 신임을 보낸다. 이로써 권율은 계속 북상하여 수원 독성산성(현 오산시 지곶동)에 진을 치게 된다.

『난중잡록』과 『연려실기술』에는 권율이 도체찰사의 정철의 지시를 따르지 않고 전진하여 독성산성에 진을 쳤다고 기록되어 있다. 그러나 직속상관이 바로 옆에서 체찰 임무를 수행하고 있는 상황에서 그러한

행동이 가능했을까 하는 의구심에 여기서는 『선조수정실록』의 기록을
따랐다.

도체찰사와 순찰사의 최우선 목표는 조선 수도인 서울을 수복하는
일이었다. 도체찰사인 정철은 현재 맡고 있는 지방을 보전하면서 적정
을 살펴 신중히 진격하였으면 하였고, 순찰사 권율은 수많은 군사를 동
원하여 북상 중인데 이대로 후퇴할 경우 오히려 국가의 대계를 망칠 수
있다고 판단하였을 것이다.

권율이 전시 국정 최고책임자였던 정철의 명령을 위반한 것은 사실
이다. 하지만 당시 일사분란하지 못했던 지휘체계나 지휘관들의 서로
다른 정세판단, 추후 조정의 승인이 있었던 것으로 볼 때 항명이라고까
지 하기에는 다소 무리가 있어 보인다.[6] 권율이 정철의 명령을 불복할
수 있었던 배경에는 나라를 누란의 위기에서 구해야겠다는 충정도 있
었지만, 그 뒤에는 그를 뒷받침해 줄 수 있는 정치세력이 있었기 때문
이었다. 당시 동인과 서인의 우두머리라 할 수 있는 류성룡과 윤두수의
천거로 서열을 뛰어넘는 발탁을 받았고, 사위 이항복이 항상 선조의 주
위에 있었다.

류성룡은 11월 정주에 머물면서 올린 상소에서, "감사는 한 도를 주
관하는 관리인데 임지를 이탈하여 멀리 나왔으니 역시 좋은 계교가 아
닙니다. 이는 형세와 군대의 일을 알지 못한 과실입니다." "그러나 이미
올라왔으니 정병을 뽑아 맹장에게 나누어 배속시켜 서울의 왜적을 토
벌한다면 근왕에 도움이 되겠습니다."라고 보고한다. 『서애집』 이로 보아
그는 조선 8도 중 마지막 보루인 전라도를 지키는 것이 감사의 책무라
고 하면서도 기왕에 올라왔으니 서울 수복을 위한 군사로 활용하자는
의견을 제시한다. 비록 양비론적인 의견이지만 사실 어느 것 하나 놓칠
수 없는 큰일이었다. 당시 선조 임금의 입장에서 볼 때 당연히 서울 수
복이 우선이었을 것이다.

9월 말, 왜군은 진주성을 함락하지 않고는 전라도를 점령할 수 없다고 판단하고 경상도에 머물고 있던 약 2만여 명에 이르는 전 병력을 김해성에 집결했다. 그리고 9월 24일 서쪽으로 진격하기 시작했다. 이에 조선군은 창원성 전투(9. 24~9. 27)와 진주성외 전투(10. 1)를 벌이며 적의 진주성 진격을 막았으나 실패하고 말았다.

10월 4일, 왜군은 진주성을 포위했다. 성안에는 진주목사 김시민을 위시한 3천 8백여 명의 병력과 백성들이 결전을 준비했고, 성 밖에는 곽재우, 전라도 좌우병장 임계영과 최경회 등의 의병이 왜군을 배후에서 견제하고 있었다. 그리고 진주성을 공격한 지 7일 만인 10월 10일 왜군이 퇴각함으로써 진주성을 방어하게 된다. 제1차 진주성전투라고 하는 이 전투는 왜군이 전라도로 진출하려던 계획을 좌절시킨 전략적으로 매우 중요한 승리였다.[7] 만약 진주성을 지켜내지 못했다면 권율이 이끄는 전라도군의 계속된 북상은 불가능하였을 것이다.

비록 권율이 직속상관인 도체찰사의 지시에 따르지 않고, 직접 조정에 장계를 올려 어렵사리 북상하여 독성산성까지 진출하였지만, 마음이 편하지는 않았을 것이다. 그 뒤에도 정철과 권율의 갈등은 계속되어 이듬해 1월 11일 정철이 도체찰사에서 체직되기 전까지 이어진다. 다음 자료를 보면 당시 둘 사이의 갈등이 얼마나 심각했는지 미루어 짐작해 볼 수 있다.

먼저 권율의 장계를 보자. 『연려실기술』 「권율의 행주승첩」편에 나오는데 그 내용을 옮겨보면 이렇다.

"체찰사 정철이 신에게 명하기를 '그대는 호남의 왜적을 방어하고, 근왕은 다른 장수를 시킬 것이니 내려가라.' 하였으나 신이 정세에 따라 스스로 군사를 거느리고 수원에 가려 하였더니 군사들의 마음이 '호남을 지키라는' 체찰사의 말을 기쁘게 생각하고 호남으로 도망간 자가 천여 명이나 됩니다.”하였다. 이에 임금이 크게 화를 냈다.

이에 조정에서는 11월 18일, 도체찰사 정철로 하여금 ‘권율에게 서울 수복을 위해 진군을 독촉하라는 엄한 전지’를 내린다.

"최원과 김천일의 군대가 강화 섬에 주둔해 있으므로 이미 별 쓸모없는 군사가 되었다. 이제 서울로 진격해 들어가 이를 수복시킬 수 있을 것으로 믿는 바는 오로지 권율인데 군사를 이끌고 올라오고 있다고 들었다. 이제 권율이 군사를 평택 부근에 주둔함으로써 수천 리 먼 길을 근왕하고자 온 군사들을 헛되이 길바닥에서 피로하게 만들고 말았으니 실책 중에서도 큰 실책이다. 설사 충청도 지방이 보존될 수 있게 된다 하여도 경기와 황해도 지방의 적을 소탕할 책임을 누구에게 맡길 것인가. 경은 일의 경중과 완급을 깊이 헤아려서 권율에게 영을 내려 때를 늦지 않게 구원에 나서 후환이 없도록 하게 하라.(1592년 11월 18일)"[8]

다음은 정철이 직접 쓴 글과 서신, 상소문 등을 엮은 『백세보중·연행일기』(2004년) 중 3편의 글이다.[9] 이 상소문은 권율이 보낸 장계 내용이 사실과 다르다고 주장하고 있다.

1보

신이 권율에게 내리신 하교를 엎드려 살펴보니 신은 단지 양호의 사정만을 걱정하고 국가의 대계를 걱정하지 않는다고 하였습니다. 신은 이 내용을 받자와 읽고 난 후 굴러 떨어질 듯한 낙망감을 느꼈는 바 한결같은 마음은 억눌리고 두려울 뿐입니다.

신은 삼가 권율이 써 올린 계초를 살펴본 즉, 신이 군사들에게 집으로 돌아가라고 권하였다고 했고, 혹은 신이 승군들을 해산시켜 돌려보

都體察使宜城府院君 開折

同副承旨沈（署押）

崔遠金千鎰之軍頓之江華孤島
中已爲無勇之兵今所恃以爲進
取京城之討者專在權慄領兵上
來而聞卿令權慄屯守平澤境
以致千里勤王之師老於中途
失策之甚者也設使湖西一路得
以保存而京畿黃海掃清之責將
付諸何人也卿深思輕重緩急之
宜勅令權慄刻期赴難俾無後時
之患事有

旨

萬曆二十年十一月十八日

선조의 전지 원문

내려고 했다 하며, 심지어는 군과 민이 도피하고 흩어지게 된 것은 모두
가 다 신의 조작에서 나온 것이라고 하였습니다. 너무 두려워 몸 둘 곳
을 모르겠으며 오랫동안 석고대죄하면서 다만 내려주시기만 기다렸사
온데, 엄한 꾸중은 내리시지 아니하고 은혜로운 말씀을 가하셨으며, 다
시 또 보잘것없는 신에게 격려를 하시며 권율과 서로 협력하라 하시니,
신이 비록 어리석고 못났지만 어찌 감동할 줄 모르겠습니까. 신은 진실
로 마땅히 전하의 명령에 따라 마음을 씻고 일을 좇을 따름이며 감히 다
시 말을 하지 않겠습니다. 다만 신이 당초에 권율에게 지시하여 가르쳐
주었던 일이나 권율이 올렸던 장계의 내용이 한두 가지 서로 어긋난 적
이 없지 않았기에 어쩔 수 없이 우매함을 무릅쓰고 말씀 올립니다.

　지난번 권율이 북상하던 때 얼마 안 되어 영남이 저들은 진주를 포위
하여 매우 급박했으며 호남을 짓밟아 오게 되면서 숨 돌릴 사이도 없이
급박한 상황이어서 감사와 병사들은 다 올라와 버리고 방어사 곽영도
신병으로 보고를 띄우고 가 버렸으니 사방을 돌아보아도 부주의 때문에

정철의 장계문 원문(1보)

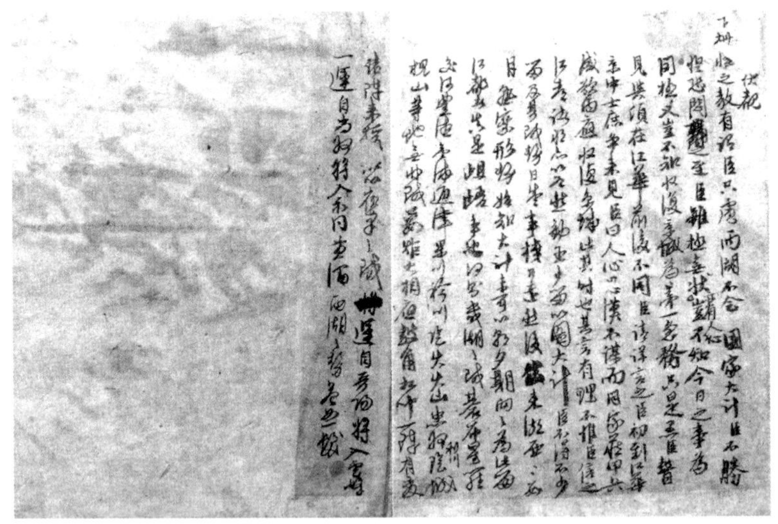

정철의 장계문 원문(2보)

정철의 장계문 원문(3보)

일만 터지고 있었으며 대응할 길이 없었습니다.

그리하여 신은 김찬과 상의하여 선거이 한 사람을 추출해 가지고 아무도 모르게 타일러서 우선 방어 장소로 달려가라고만 했을 따름이며 장차 교대하고 돌아올 기일조차도 말해 주지 못했을 뿐만 아니라 망연하게 기억도 못했습니다. 가사, 혹 할 수가 있었다 하더라도 헤아려 생각해 보니 우연한 말에 불과했을 것입니다. 만약에 그 승군을 해체하고 보내 버렸다가 또다시 적들이 전처럼 진을 치고 모이게 되면 호남과 영남의 경계에 또 다른 군대가 적을 막아낼 수가 없었던 상황이었습니다. 승군들이 와서 마침 니산尼山(논산)에서 만나게 된, 며칠(2~3일간)간에 올 수 있는 길을 지름길에서 다시 막도록 하고, 적군들의 정보가 조금 느슨해지기를 기다렸다가 곧 북상하는 것이 또한 방도가 될 것 같았습니다.

그러므로 알맞게 조절을 가하게 되었고 또 만일 평택으로 가서 머무르게 되면 신은 권율과 만나서 논의를 결정하고 먼저 근접해 있는 적병을 소탕하고 나서 점차로 진군할 계획이었으며 권율의 뜻도 그렇게 하기로 했습니다.

그 사이 자세한 사정과 내용은 이와 같이 하는데 불과하였는데 어찌 견강부회牽强附會하여 맞추기를 힘쓰며 하는 일 없이 날만 보내고 남의 계획을 끌어들이고 헛되게 국가의 대계를 망각하겠습니까.

세월은 자꾸만 가고 어가는 용만(의주)의 한 모퉁이로 멀리 떠나가는데 생명을 의지할 곳이 없었습니다. 신은 비록 지모가 족히 난리를 평온하게 진정시키지 못하고 재능은 족히 위태로운 시국을 돕지 못하지만, 구구한 정성은 다만 원수를 갚고자 하는 마음뿐입니다. 신은 오직 잠시 죽음을 면하고 전하의 사랑을 거듭 받고자함은 전혀 아니옵니다. 이는 신의 지극한 소원이며 본마음입니다. 천지의 귀신도 실지로 보고 계시겠지만 저의 정성이 사람을 감동시키지 못하고 말이 실정에 가깝게 하지 못하는 것은 진실로 신의 불초한 연유이겠으나 나라의 명을 받은 지가 이미 오래도록 나라를 위한 계책에 도움이 되지 못하고 저 추한 도적들을 아직까지 소탕시키지 못하였으니 사람들의 지탄 소리를 받게 된 것도 신의 낭패로 연유된 일이기에 가석可惜하게 여기지 않습니다. 다만 막중한 책임을 저버릴까 하는 마음이 이에 두렵습니다.

엎드려 원하옵건대 임금님의 사람으로 불쌍히 굽어 살핌을 더하시고 저의 책임을 벗게 해주시기 바라며, 흐르는 눈물 감당할 길이 없어 비는 마음 지극할 뿐입니다.

2보

엎드려 권율에게 내리신 하교를 보았습니다. 신 단지 양호의 걱정만 하고 국가의 대계를 생각하지 않는다고 하였으나 신은 황공스럽게 극히 답답한 마음 견딜 수가 없습니다. 신은 비록 극히 불초하지만 신도 인간의 본심을 가지고 있으면서 어찌 오늘의 망극한 사정을 모르겠으며 또 어찌 서울을 수복하는 일이 제일의 급무임을 알지 못하겠습니까. 다만 이 어리석은 신이 잘못 본 것이겠지만, 지난번 강화에 있을 때와 전후의 사정이 같지 않음을 청컨대 자세히 말씀드릴까 합니다.

신이 처음 강화에 도착했을 때 서울에 살던 사서士庶인들이 앞을 다투어 나오면서 전에 보지 못한 신에게 말하기를 "사람의 마음이 본 고향을 생각한다는 것은 생각해 보지 아니하더라도 다 같을 것입니다. 지금 저희들 집에 무기를 소장하고 있으니 왕성하게 내응하면 서울을 수복할 수 있을 것입니다. 지금이 바로 시기라."고 말했습니다. 그 말에 일리가 있었고 또 오직 신 저만이 믿었던 것이 아니고 강화도에 있던 제장들도 그렇겠다고 하면서 신에게 잠시 머물러서 대계를 세워보자고 권고했습니다.

그리하여 신은 부득이 잠시 머무르게 되었던 것입니다. 적의 기세가 날로 강성해지고 사태의 시기가 날로 막연해지자 호서로 나와 몇 달 동안 그곳 형편을 익히 살펴보게 되었습니다. 비로소 저희가 세운 대계가 조석을 기대할 수 없음을 알았으며 지난날 그 강화도에서 머뭇거렸던 것이 참으로 빗나갔다는 사실을 깨달았습니다.

왜냐하면 기호에는 적병들이 교화, 풍덕, 김포, 통진, 과천, 금천, 음화, 화산 충주, 이천, 음성, 괴산 등지에 바둑판 같이 여기저기 무수히 흩어져서 별처럼 널려 있었고, 적병들이 숲을 이루지 않은 데가 없었으며, 횃불을 들고 서로 대응하거나 북과 나팔 소리가 여기저기서 들리는 등 한 떼의 적군들이 변란을 일으키고 있었습니다.

이때 모든 진지에서 지원하러 왔지만 영남에 있는 적병들이 한 줄은 진주로부터 운봉 쪽으로 쳐들어오고 있었고, 또 한 줄은 상주에서 영동과 황간으로 쳐들어와서 양호의 형편이 위기일발이었습니다.

3보

신은 지난번 권율이 장계를 올리고 흉보며 배척한 일로 인하여 차자를 갖추어 대략 저의 미천한 성의를 진술한 바 있사옵니다. 인하여 벌을 내리시어 신에게 맡긴 책임을 면하도록 요청하였으며 곧 석고대죄를 한 바 있습니다. 이번에 공경히 하교를 받자온데다가 또 권율이 올린 장계의 사실로 미천한 신의 충정을 아직 나타내지 못한 것을 다시 전하께 아뢰고자 하오나 두려움에 무어라 말할 바를 모르겠습니다.

대체로 신이 홍계남을 불러들였다고 권율이 말한 바 과연 그런 적이 있었습니다. 대개 충주와 화산, 양안성 일대에는 적들의 보루가 바둑알처럼 여기저기에 무수히 흩어져 있었고 원근의 여기저기의 인심은 홍계남만을 장성처럼 믿고 의지하다가, 하루아침에 홍계남이 그만두고 다른 데로 가버리게 되자 소동이 일어나고 원망과 한탄의 소리가 높았습니다. 단지 절망만 할 뿐이 아니었고 끝으로 돕지도 않고 배격했는데, 적들의 기세는 극도로 왕성하여 백성들을 짓밟았고 호서의 경계까지 대거 진출하여 공격을 감행한 지가 전후 한두 번만이 아니었습니다. 사람들이 모두 말하기를 적들의 거진을 한번 소탕하려면 홍계남이 아니고는 도저히 불가하다고들 말했습니다.

그리하여 시험 삼아 거사 때 끝까지 배제했던 곳으로 불러 보았던 것이며 본디 탈취해 들어오도록 하여 영구히 호서에 멈추게 할 생각은 없었습니다. 또 당초에 서울을 위한 큰 계책이었습니다. 서울에 대한 대계는 근래에 쉽게 도모할 수 없다는 것도 권율 본인이 신에 대해서 말했던 바입니다.

서울을 이미 쉽게 도모하지 못하면서 홍계남을 한가로이 권율의 진중에 앉아 있게만 하고 있는 것보다는 하루의 일정으로 잠시 와서 적진으로 쳐들어갔다가 전투가 끝난 다음 다시 본진으로 돌아가는 것도 어쩌면 무방할 듯싶었습니다.

그리하여 신은 이러한 생각을 가지고 권율에게 타일러서 불러오게 했던 것입니다. 이복남에 대해서는 운봉의 식치食峙로 가서 방어하면서 영남 쪽에서 들어오는 적의 요충지를 막도록 하였으니 홍계남이 양안성에서 막는 경우와 다름이 없었습니다. 그러나 권율은 처음 신에게 이복남에 대해서는 청하지 않았으니 신이 무슨 이유로 권율의 뜻을 역으로 짐작하고 먼저 보냈겠습니까.

대체로 보아서 서울을 위한 대계는 신이 지극히 원한 바였기에 강화에서 오래 머물러 있던 것도 진정 이 일 때문이었으며 서울에 있던 백성들에게 정중하게 알아듣도록 잘 타이른 것도 모두 이 때문이었습니다. 결말에 가서 서울의 사정이 극히 치열해지면서 외지의 저들도 많이 내통했기 때문에 모든 사람들도 쉽게 힘을 쓸 수가 없게 되었습니다. 그렇게 된 다음에야 비로소 먼저 지엽枝葉을 공격하자는 말이 나왔고 격퇴한 다음에는 먼저 기호(경기와 충청)에 손을 쓰기로 했던 것입니다.

신이 비록 지극히 어리석으나 어찌 서울이 이 나라의 복심임을 모르겠습니까. 단지 사태의 기회가 오지 않았을 뿐입니다.

미천한 신의 사정은 이와 같음에 지나지 않았는데도 권율이 모함한 바가 이토록 극에 이르렀으니 이는 모두가 신의 불초한 이유 때문이며 낯이 두껍고 부끄러워 몸 둘 곳을 모르겠습니다. 신은 대신이라는 명칭만 가지고 또 대장까지 되었지만 어찌 매번 관리하고 있는 아래 사람들에게 모욕을 받겠습니까. 능히 절제하고 호령할 수가 없사오니 엎드려 청하옵건대 전하께서는 자애를 베푸시고 신의 체찰사 직을 거두어 주시옵소서. 신은 행궁으로 빨리 달려가 죄를 받겠으며 신은 전율과 두려움이 극에 달하여 할 바를 다하지 못합니다.

신은 명을 받자왔으나 지난해에 직책을 맡고도 하는 일이 없었습니다. 기왕에 능히 한 차례의 적도 소탕하지 못하고, 또 능히 민심도 어루만져 안정시키지 못하였으며, 원망과 꾸지람만 사면에서 모여들었고, 또 관하의 장수들이 전후로 장문을 올려서 신을 꾸짖는 소리가 적지 않았습니다. 오직 전하께서는 자애로우심으로 처음부터 끝까지 쓸모없는 저를 돌보아 주시고 벌이나 꾸중을 내리지 않으셨으니, 평상시에도 감동의 눈물을 흘리며 몸 놀릴 바를 모릅니다. 신은 위로는 거룩하신 뜻을 외면한 채 아래로는 사람들에게 덕망을 잃고 뭇 사람들의 평판도 모두가 말하기를 그르다고 하는데 아직까지 발론發論하지 못하였습니다.

신은 가만히 그 까닭을 알아보고 나서 더욱 황공스럽고 위축감이 들며 극히 부끄러움을 견딜 수가 없습니다. 엎드려 원하옵건대 전하께서는 자애로우신 마음으로 굽어 살피시고 불쌍히 헤아리시어 빨리 파직하도록 명을 내려 주시면 이루 말할 수 없이 심히 다행으로 여기겠습니다.

전라병사 최원·창의사 김천일, 강화도에서 악전고투

이광이 이끄는 2차 근왕군이 용인에서 패전할 무렵, 나주에서 3백여 명의 의병을 이끌고 전주에 도착한 의병장 김천일은 2차 근왕병의 동향을 예의주시하면서 부대편성과 훈련에 임하고 있었다. 그리고 전라도 방어 임무를 수행하고 있던 전라병사 최원을 만나 향후대책을 논의하였던 것으로 보인다.

최원은 일찍이 무과에 등과해 1559년 선전관으로 재직 중 명종이 타고 있던 말이 놀라 날뛸 때 무사히 말에서 내리게 한 공으로 숙마熟馬를 하사받았고, 1580년(선조13) 전라병사로 임명되어 임란 때까지 오랜 기간 재직 중이었다. 그는 김천일과 동년배로 누구보다도 의기투합이 가능했다고 생각된다.

6월 15일(양력 7. 23) 전라병사 최원은 2만여 명의 군사를 동원하여 김천일이 이끄는 의병과 함께 전주에서 서울로 향했다.『난중잡록』 3차 근왕병이라 할 수 있었다. 이들은 공주에서 직산, 진위를 거쳐 6월 23일 수원 독성산성에 진을 쳤다.

수원은 김천일이 3년 전 부사로 재직한 바 있어 의병지원자가 많았다. 그래서 독성산성을 거점으로 군세를 떨치며 본격적인 군사 활동을 전개할 수 있었다. 이때 몇 가지 주목할 만한 점이 있다.

첫째, 호서의병의 봉기에 영향을 주었다는 점이다. 김천일이 이끄는 의병이 공주에 도착했을 때 조헌이 찾아와 기병문제를 상의하는 일이 있었다. 수원 독성산성에 도착한 뒤 김천일은 송제민을 시켜 충청도에서 의병을 모집토록 하였고, 이때 2천여 명의 정병을 얻어 조헌을 좌의대장으로 삼았다.『난중잡록』

둘째, 전라도 의병봉기 전말을 의주 행재소에 알렸다는 점이다. 김천일은 수원에 도착하자마자 막하였던 양산숙(전라도)과 조헌의 제자

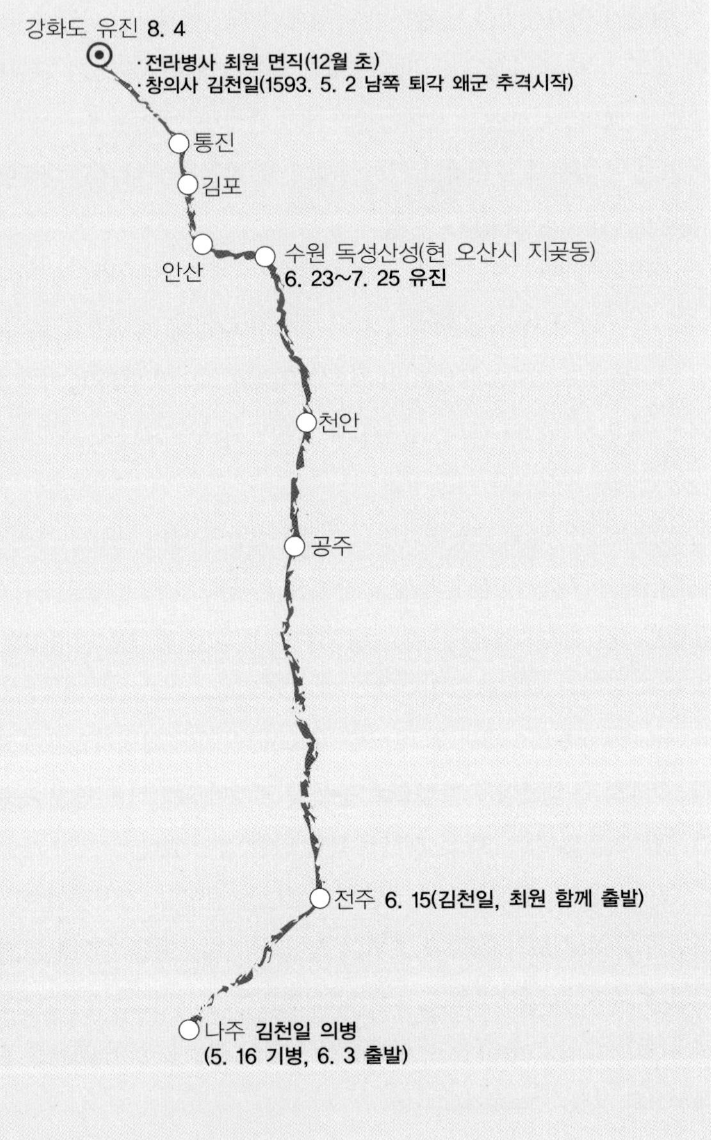

창의사 김천일·전라병사 최원 진격로

인 곽현(충청도)에게 전라도의 의병봉기를 알리는 출사표出師表를 선조 임금께 전달토록 했다. 이때 왜군이 경기도와 황해도에 가득 차 있어 의주로 가는 육로가 끊어져 수로를 통하게 되었다.

셋째, 게릴라 전법을 이용하여 왜군과 싸워 승리하였다는 점이다. 김천일은 수원 독성산성에 도착한 다음, 날쌘 장사들을 4대로 편성한 다음 게릴라 전법으로 번갈아 왜군을 습격하여 많은 적병을 참획했다. 특히 금령(용인)전투에서는 일시에 왜군 15급을 참하고 병기·갑주·군마 등 많은 군수물자를 노획하는 전과를 올렸다.

7월이 되어 최원과 김천일은 수원에서 안산을 거쳐 인천으로 진을 옮기고, 김포에서 통진을 거쳐 8월 4일 강화도로 들어가게 된다. 최원은 12월 초 그가 면직되기 전까지 약 4개월 남짓 이곳에 머물렀고, 김천일 역시 이듬해 4월 왜군이 서울에서 철수하기까지 약 8개월간 강화도를 거점으로 활동했다.

전라병사 최원은 속출하는 도망자 때문에 수원에서 인천으로 진을 옮기면서 전라감사에게 군사 지원을 요청했다. 전라감사는 전라 중조방장 이유의를 시켜 군사 2천여 명을 지원하기도 했다.『선조수정실록』·『난중잡록』

거의 비슷한 시기에 강화도로 진을 옮긴 최원과 김천일은 강화부사 윤담尹湛과 상호협력을 다짐하면서 연안에 방책을 쌓고 선박과 전함 등을 대거 수리하여 다시 군세를 떨치게 된다.

이들의 1차적 목표가 서울수복이기 때문에 먼저 서울 인근의 왜군을 소탕해야 한다는 것이 그들의 생각이었다. 매일 출병하여 강화 연안, 양천·김포 등지의 적을 물리쳤다. 당시 대표적인 승전은 관·의병 합동작전인 양화도楊花渡 : 마포구 한강 북안전투이다. 전라병사 최원, 의병장 김천일, 추의병장 우성전, 경기수사 이빈, 충청수사 변양준 등이 연합하여 군선 4백여 척을 동원, 양화도에 진을 치고 성중의 왜군에게 싸움을 걸었다. 왜군이 응전태세를 보이지 않자 성내에 은밀히 장사들을 잠입시켜 내통, 무수한 적을 참살했다. 그러나 최원과 김천일이 강화도를 떠나 멀리 원정한 파주 장단長湍전투에서는 적의 유인에 빠져 복병의 기습을 받고 크게 패하기도 했다.[10)]

이렇듯 강화도 유진 초기에 승전과 패전을 거듭하였으나 서울 수복의 기미는 보이지 않았다. 더구나 시간이 지나고 겨울이 다가오면서 어려움에 봉착하게 되고, 조정의 질책을 받게 된다.

특히 10월 들어 양식이 떨어지고 추위가 시작되면서 이들의 악전고투는 시작된다. 『선조실록』의 기록을 보자. 10월 4일(양력 11. 7)에는 "김천일과 최원의 군대가 배고픔과 추위 때문에 매우 절박하다고 합니다."라는 기사가 나오고, 10월 13일에는 임금이 정원에 전교하기를 "듣건대 최원의 군사가 모두 짚이나 풀로 만든 옷을 입고 있다 하는데 이런 상태로 어떻게 적을 토벌할 수 있겠는가. 만일 동사자라도 생긴다면 매우 측은한 일이다."라고 한 것을 보면 당시 상황이 어떠하였는지 가히 짐작할 수 있다 하겠다.

『선조실록』 11월 4·5일 기록에 전라병사 최원에 대한 기사가 보인다. 11월 4일 사헌부에서 "최원은 처음에 근왕하기 위해 군사를 이끌고 올라왔는데 중도에서 머뭇거리기를 4개월이나 하면서 병사들을 다스리는 방법이 어긋나 흩어지고 도망하는 자가 속출하고 일찍이 한 번도 싸워 보지 않고 앉아서 군사들만 늙게 한다는 탄식을 부르고 있습니다. 그러니 그를 오랫동안 외로운 섬에 있게 한들 무슨 도움이 되겠습니까."라고 하며 강화도에서 다시 전라도로 파견할 것을 주장한다. 하지만 이튿날 비변사에서 "최원이 이끄는 강화도에 있는 군사 수는 비록 많지 않으나 이미 겨울옷을 얻어 입었고 장수와 병졸이 한마음이니 지금 나누어서 다른 곳에 붙이는 것은 합당하지 않고, 또한 최원으로 하여금 빈손으로 진에 돌아가게 해도 안 됩니다."라고 하여 그대로 머물

김천일, 양화진 전투도(정렬사 유물관 소장)

게 한다.

당시 비변사에서는 서울이 수복되지 않고 있음을 들어 육지로 나올 것을 재촉하였고, 또 교지에서도 "강화도는 진취적인 곳이 아니므로 속히 육지로 나오라."는 명이 있었다. 그러나 이들이 강화도에 머물 수밖에 없었던 이유는 명쾌했다. 강화도를 제외한 경기도 일대가 왜군의 손아귀에 들어가 있었기 때문이다. 특히 강화도는 산과 바다를 끼고 있는 군사적 요충지이며 북으로는 한강을 따라 서울로 통하고, 서로는 송도松都에 접할 수 있기에 이곳을 거점으로 서울 수복을 하기 위함이었다.
『건재집』

이후 거울이 매서운 한파가 계속되자 동사자가 발생하는 등 최원이 이끄는 군사의 어려움은 극에 달한다. 『선조실록』 12월 1일조 간원이 선조께 보고한 내용을 보자. "근일에 추위가 매우 심해서 각 도의 병사들이 거의 얼어 죽고 굶어 죽을 상황에 놓여 있습니다. 그중 최원의 군

김천일 동상

사가 더욱 심하여 사망자가 잇따르고 있으며, 살아남은 자도 귀신의 몰골이어서 듣는 자들이 모두 마음 아파하고 있습니다."

12월 들어 최원이 이끄는 전라도 군사가 한계에 봉착하자 전라감사 권율은 의주 행재소에 장계를 올린다. 『선조실록』 12월 22일 조에 나온다.

서울의 백성들은 대부분 김천일의 군대에 들어와 있고 최원은 연로한 사람으로서 홀로 군사를 이끌고 천 리 먼 곳까지 근왕하느라 죽음을 무릅쓰고 전진하였습니다. 그가 강화로 들어간 것은 임시방편의 부득이한 데서 나온 계책이었습니다. 외로운 섬에 군사를 주둔시켜 비록 성공한 바는 없으나 그가 적의 기세를 막아 서남의 길을 통하게 하였습니다.

권율은 이렇게 적고는 "최원의 군대를 돌아가게 하고 상을 내리자."고 청했다. 조정에서는 이를 허락하여 강화에는 김천일이 이끄는 군대만 남게 되고, 최원은 육지로 나오게 된다.

무관 선거이와 조경을 권율에 예속시키다

전라병사 최원은 강화도에서 약 4개월 남짓 서울 수복을 꿈꿨지만 뜻을 이루지 못했다. 임지를 떠나 왜군과 싸우고 대치하는 동안 그의 기력은 소진될 대로 소진되었다. 조응록趙應祿, 1538~1623이 군량모집의 임무를 띠고 호남으로 내려가는 도중 12월 29일 홍주에 이르렀을 때 최원 일행을 만났는데 그는 병으로 들것에 실려 오고 있었다고 한다.『죽계일기』

이에 조정에서는 불가피하게 그를 면직시키고, 12월 당시 43세였던 진도군수 선거이를 전라병사로 임명하게 된다.[11] 선거이가 전라병사로 임명된 날짜를 보면 『난중잡록』에는 1592년 12월, 『선조실록』에는 1593년 1월 5일로 나온다. 여러 정황으로 보아 1593년 12월에 임명된 뒤, 1593년 1월 5일에야 공식적인 임명장을 받은 것으로 여겨진다. 이때 그는 수원에 있으면서 권율을 보좌하고 있었는데 최원은 강화도에서 군사를 이끌고 나와 선거이에게 인계하게 된다.『난중잡록』 이로써 권율이 이끄는 전라도 근왕군의 군사력은 대폭 강화되었다.

선거이 초상화

충신각 내 선거이 장군 정려비. 1799년(정조 23)에 장군의 충절을 기리기 위해 정려가 내려졌다. 광주 광산구 도산동에 있다.

선거이宣居怡, 1550~1598는 전남 보성출신으로 자는 사신思愼, 호는 친친재親親齋이다. 판서를 역임한 형炯의 증손이며, 아버지는 도사都事를 지낸 상祥이다. 1569년(선조2)에 선전관이 된 뒤 무과에 급제했다.

그는 이순신(1545~1598)보다 5살이 적었지만 6년 앞선 1570년 21세 되던 해에 무과에 급제한 인물이다. 임진왜란 7년 동안 무장으로서 선봉에 서서 싸웠고, 임진왜란이 끝나는 1598년 울산전투에서 장렬히 순절한다. 같은 해 이순신도 노량해전에서 왜적과 싸우다 순절했다.

그는 이순신과 나이를 떠나 아주 절친한 사이였으며 전투에서도 서로 도왔다. 1587년 함경북도 병마절도사 이일의 군관으로 있을 때는 조산만호였던 이순신과 함께 녹둔도鹿屯島에서 변방을 침범하는 여진족을 막는 데 공을 세웠다. 또한 임진왜란이 일어나던 그해 7월에는 진도 군수로 한산도 해전에 참가하여 이순신을 도와 적을 크게 무찔렀고, 이 듬해 한산도에 내려와 둔전을 설치하여 많은 군량을 비축하는 데 공을

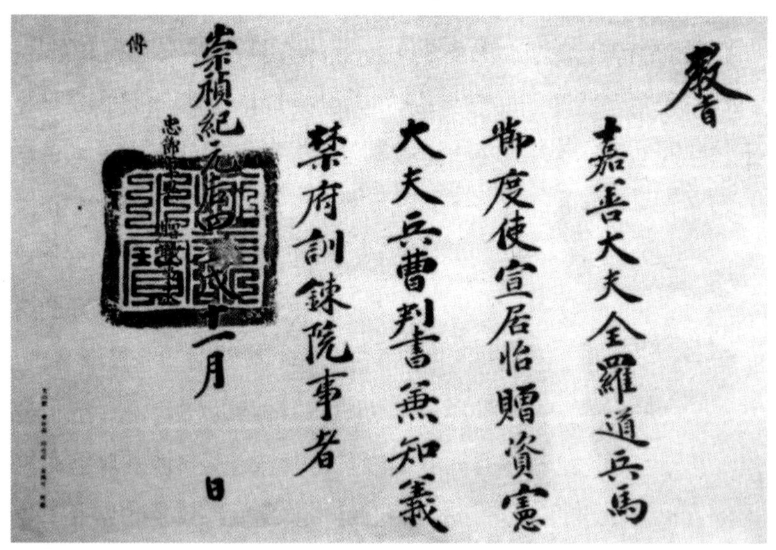

전라병마절도사 선거이 증직 교지

세웠다. 1594년 9월에는 이순신과 함께 장문포 해전에 참전하는 등 육전과 해전을 넘나들며 활약했다.

그가 전라병사로 있을 무렵 그의 고향인 전남 보성에는 광산김씨 부인과 어린 아들이 살고 있었다. 그런데 임란 막바지에 이르러 주요 장수의 가족을 왜적이 노린다는 소식이었다. 그래서 부인은 당시 3살 밖에 되지 않은 외아들 의인義仁을 데리고 그의 연고지인 광주 광산구 송정리로 옮겨와 정착하였는데, 이로써 '보성선씨 광주파'를 이루게 된다.[12]

야구로 일본에서 '나고야의 태양'으로 명성을 떨쳤던 서동렬(현 기아타이거즈 감독)이 그의 14세손이다. 일본에서 눈부신 활약을 펼쳐 이와 같은 명성을 얻은 것도 일면 그의 선조였던 선거이 장군을 늘 생각하며 경기에 임했기 때문이 아닐까?

이제 선거이와 함께 독성산성과 행주산성 전투를 승리로 이끈 조경趙儆, 1541~1609에 대해 알아보자.

그는 경기도 광주부(지금의 화성군) 출신으로 본관은 풍양, 자는 사척士惕이다. 병마절도사를 지낸 안국安國의 아들로 비교적 늦은 나이인 42세(1583년) 때 무과에 급제했다. 그 뒤 선전관과 제주목사를 거쳐 1591년 강계부사로 있을 때 그곳에 유배된 정철을 우대했다는 이유로 파직되었다. 임란 직전 봄에는 신립의 막하가 되어 왜적의 침략에 대비해 관서지방을 순시하고 돌아왔다.

임란 직후 경상우도 방어사로 임명되자 이수광李睟光, 1563~1628을 종사관으로 삼아 4월 30일 금산(금천)에 이르렀는데 휘하 병력이 겨우 100여 명에 불과했다.

그럼에도 불구하고 전라방어사 곽영과 합세하여 금천역에서 왜적 5명의 수급을 베었다. 이어 금산 지역에 왜군이 잔류해 있다는 첩보를 입수하고는 군사를 전진 포위하여 30여 급의 목을 베었는데, 아군의 피

조경 초상화

해도 50여 명에 이르렀다. 한 왜적이 긴 칼을 가지고 마구 들어와 조경을 치려하자 그는 맨손으로 그 왜적을 껴안고 버티었는데, 군관 정기룡鄭起龍이 돌진하여 그 왜적을 베어 겨우 살아날 수 있었다. 이때 그는 허리와 겨드랑이, 머리와 손가락 등에 상처가 심해 부득이 전남 구례로 후퇴하여 치료를 받았다.『난중잡록』·『포저집』

그는 부상을 당한 뒤 상처가 아물기도 전에 경상우도와 경기도의 전쟁터를 누볐지만 부상이 심해져 종사관 정눌鄭訥과 군관을 경상우도 순찰사 김수에게 이속시키고 백의종군하게 된다.『선조실록』(6. 16, 8. 18) 당시 이곳은 왜군이 치성하던 지역으로 불과 100여 명밖에 되지 않은 병력으로는 애초부터 전과를 거두기가 불가능했다.

그는 경기감사 심대沈垈의 천거로 9월 21일 수원부사로 임명되었고, 권율이 독성산성에 머물면서 그를 방어사로 삼게 된다.『선조실록』(9. 1, 9. 21)·『포저집』 권율은 당대에 명성을 떨치던 두 장수를 얻음으로써 독성산성과 행주산성 전투에서 승전할 수 있는 기반을 마련했다.

독성산성 전투

전라도군 동향

도체찰사 정철과 작전상 이견으로 북상이 다소 지체된 권율군은 11

월 말에서 12월 초에 독성산성에 입성했다. 당시 조정에서는 전지를 내려 정철을 책망하고 권율의 서울 수복을 재촉했다.

이에 앞서 조정은 권율에게 황해도의 적을 무찌르고 평양으로 진군하라 하였고, 얼마 뒤 서울 수복을 위해 군대를 전진 배치하라는 전교를 내리기도 했다.『선조실록』(10. 22, 11. 3) 당시 선조와 조정대신들이 평양과 서울 수복을 1차 목표로 하고 있었음을 알 수 있다.

독성산성에 입성한 권율은 적은 물론 겨울의 매서운 추위와 싸워야 하는 이중고를 겪어야 했다. 게다가 정예병력 양성과 군량확보가 가장 큰 문제였다. 웅치와 이치전 등의 전투 경험이 있었지만 아직도 미약했다. 권율은 전주에서 편성한 군대를 재편하고 노약자를 돌려보내는 한편, 맹장을 뽑아 정병을 양성했다. 그리고 군현 수령들에게는 군량확보의 임무를 부여했다.

권율은 무과 출신 맹장인 진도군수 선거이를 전라병사로 삼고, 조경을 조방장으로 임명했다. 이치전투에서 맹위를 떨친 황진 등이 곁에 있었고 승장 처영, 그리고 남원 의병장 변사정邊士貞, 1529~1596과 해남 의병장 임희진任希進이 있었다. 얼마 뒤 강화도에 머물고 있던 전 전라병사 최원이 이끄는 병력이 합류해 이때 병력은 1만여 명에 이르렀다.

당시 전라도 병력으로 창의사 김천일이 강화도에 주둔하였고, 장성 출신 소모사 변이중은 전라도에서 군사를 모아 북상 중이었다. 전라좌·우의병장 임계영과 최경회는 "호남도 우리 땅이요 영남도 우리 땅이다. 의병장이 되어 어찌 원근을 헤아려 영남을 구원하지 않겠는가."『일휴당실기』라고 하면서 정인홍, 김면 의병장과 함께 무주·금산·장수·함양·단성·성주·개령·거창·합천 등 전라좌도와 경상우도에서 유격전을 펼치고 있었으며, 전주에는 전라도방어사 곽영이 지키고 있었다.

서울 주변 왜군 동향

7월 이후 서울 주둔 왜군 병력은 고니시 유키나가의 1번대 19,200명, 구로다 나가마사의 3번대 25,470명, 모리 요시나리와 시마즈 요시히로가가 이끄는 4번대 15,550명 등 총 6만여 명에 달했다. 군량사정이 여의치 않아 서울 인근에서 약탈행각을 일삼아 상주 병력이 없는 군현에서도 교통이 두절된 상태였다.

임진년 말 평양은 고니시가 점령하고 있었고, 황해도 황주와 봉산은 오토모 요시무네大友吉統, 용천과 백천 간은 구로다 나가마사黑田長政가 점령하고 있었다. 개성 방면의 평산과 우봉 부근은 고바야카와 히데카네小早川秀包와 모리 히데카네毛利秀包가, 개성과 고양 간은 전라도 침략을 맡았다가 점령하지 못하고 다시 올라온 고바야카와 다카카게小早川隆景가 점령하고 있었다. 서울에는 우키타 히데이에宇喜多秀家가 이끄는 병력이 주둔하는 등 총 7만 4천여 명에 이르는 병력이 서울에서 평양까지 바둑판처럼 깔려 있어 사실상 서쪽으로 향하는 길(의주행재소와의 통로)이 차단되었다.

특히 서울에는 우키타가 이끄는 병력이 주둔하고 있었고, 과천과 용인 간에는 그의 일부 병력이 점령하고 있었다. 경기지역에는 후쿠시마 마사노리福島正則와 나키가와 히데나리中川秀成가 이끄는 총 2만여 명의 병력이 전라도 군과 대치하고 있었다.[13]

전투상황 및 방어 의의

권율은 용인전투에서 크게 패한 전철을 밟지 않기 위해 서울로 곧장 올라가지 않고 수원의 독성산성禿城山城, 208m으로 들어갔다. 독성산성은 당시 수원부의 관할이었으나 1949년 8월 15일 화성군으로 편입되었다가 수도권 외곽의 발달로 1989년 1월 1일 오산시가 새로 생기면서 오산시 관할이 되었다.

세마대(洗馬臺). 1592년 12월 전라도순찰사 권율이 근왕군 2만 명을 거느리고 북상하다가 이 성에 진을 치고 있었다. 이곳을 침략한 왜군은 벌거숭이산에 물이 없을 것이라 생각하고 물 한 지게를 산 위로 올려 보내 조롱하였다. 그러자 권율은 물이 풍부한 것처럼 보이기 위해 흰 쌀을 말에 끼얹으며 목욕시키는 시늉을 하였다. 이를 본 왜군은 산꼭대기에서 말 씻길 정도로 물이 풍부하다고 오판하여 퇴각하였다고 한다. 이때부터 '서장대(西將臺)'를 '세마대'라고 불렀다.(2012. 3. 31. 광주 북구청 향토사랑연구회 답사. 좌로부터 필자, 박상조, 신순균, 이광성, 김숙경, 선승연, 김행)

독성산성 전경(경기도 사적 제140호)

　　독성산성은 언제 만들어졌는지 분명하지 않다. 원래 백제가 쌓은 성일 것으로 추측되는데 당시는 민둥산(대머리산, 벌거숭이산)에 있는 성이라 하여 독산성이라 불렀다. 『삼국사기』 권4, 신라본기4, 진흥왕 9년 조에 "진흥왕 9년(548) 2월에 고구려가 예인穢人과 함께 백제의 독산성을 공격했다. 백제가 (신라에) 구원을 청하므로 왕이 장군 주령珠玲을 보내어 굳센 병사 3,000명을 거느리고 치게 하였는데 살획함이 매우 많았다."는 기록이 있어 백제시대 이전에 쌓은 성일 수도 있다. 조선시대에 이르러 독성산성이라 불렀다. 둘레는 3,240m이며 돌로 쌓은 곳은 400m쯤 되는 아담한 산성이다. 일명 석대산, 향로봉이라고도 부른다.

　　이 산성은 수원을 에워싼 땅줄기의 왼쪽 끝에 해당되고 주변평원에 우뚝 솟아 있다. 예로부터 수원부 읍성의 대피용 산성으로서 황구지천을 건너야만 접근이 가능하므로 자연의 해자垓字를 두른 천연 요새지인 동시에 군사적 요충지였다. 이광이 이끄는 2차 근왕군과 의병장 김천일, 전라병사 최원 등 전라도 병력이 서울 수복을 목표로 진격할 때마다 이곳을 거점성이나 주둔지로 이용한 이유도 여기에 있었다.

독성산성 전투는 12월에 5일 동안 벌어졌는데, 권율의 철저한 수성전과 지구전, 기습전, 그리고 의병들의 후방지원으로 왜군은 큰 타격을 입어 퇴각할 수밖에 없었다. 『난중잡록』에는 10월

「도원수 충장 권공 율 독산성 전첩비」. 독성산성 입구에 세워진 이 비는 2011. 4. 13. 독산성 복원 보존회와 도원수 충장 권공 율 독산성 전첩비 건립 추진회에서 건립하였다.

10일, 권율이 도체찰사 정철의 말을 듣지 않고 이곳에 진을 쳤다고 돼 있으며, 10월 18일 이후의 기록에 개략적인 전투내용이 기록돼 있다. 『선조수정실록』에는 12월에 독성산성으로 군사를 진출시켰다고 하였고, 『선묘보감』도 12월로 전투 시기가 기록돼 있다. 임란 당시 도체찰사 정철과 권율의 종사관으로 활약하였던 신흠이 쓴 '도원수권공신도비명'에 "공은 성벽을 견고하게 지키며 응하지 않다가 간혹 기병을 내어 적을 격파하였고, 5일이 지나자 적은 진영을 불사르며 퇴각하였다."는 기록이 있다. 필자는 『선조수정실록』과 『선묘보감』의 전투시기를 따랐다.

치열한 공방전이 아니었기에 전투 상황의 기록은 매우 빈약하다. 하지만 『행주대첩비』·『난중잡록』·『재조번방지』·『선묘보감』·『상촌집』 등의 비문과 고서를 참조하여 정리한 『임진전란사』(이형석, 1974)의 기록을 토대로 요약해 보고자 한다.

서울에 주둔하고 있던 우키타 히데이에는 정예 병력인 전라도 군사가 독성산성에 웅거하자 서울 후방과의 연락에 위협이 되고 관서와 관북방면의 힘이 제약될 것을 걱정한다. 그리하여 휘하 병력을 3진으로 나누어 오산역 등지에 진을 치고 왕래하면서 독성산성의 아군을 성 밖으로 끌어내려 했다.

그러나 권율은 지난 용인전투의 패전을 상기하며 경솔하게 이에 응하지 않았다. 성벽을 단단히 하고 굳게 지키고 있다가 적의 약한 틈을 보아 습격하는 등 수성전과 지구전, 기습전을 펼쳤다. 이 정병들은 모두가 특별한 재주가 있는 병사들이었다. 말을 타고 활을 잘 쏘는 기사騎射 수백 명은 북문을 열고 불시에 나가 돌진하면서 적진에 화살을 퍼붓고 돌아오는가 하면, 힘이 센 수십 명은 도끼와 창, 병기 등을 가지고 요로에 잠복하고 있다가 지나가는 적이 있으면 일시에 달려들어 죽이기도 했다. 또 야간에는 횃불로 적진을 에워싸 소란작전으로 휴식을 방해하는가 하면, 감시대를 기습하여 적의 후방을 교란하기도 했다.

이때 권율이 성에 고립될까 염려하여 도체찰사에게 구원병을 요청하자 정철은 전라도사 최철견에게 급히 글을 보냈다. "흉한 적이 수원 땅에 많아 청회靑回·오산의 들판에 가득하였고, 독성 밑에는 날마다 싸우지 않을 때가 없어서 1도의 주장이 적병의 포위 속에 있어 사방을 돌아봐도 응원이 없으므로 날마다 3번씩이나 급히 보고하니 전라도의 관군과 의병을 보내 군사를 구하라."는 내용이었다. 그러고는 의병장 변사정과 임희진 등의 의병을 보내 후방을 지원토록 했다.『난중잡록』

왜군은 아군의 증원군이 계속해서 성중에 입성하는 것을 보고 성에 가까이 접근하지 않고 다만 멀리서 진을 쳤다. 성 주변으로 흐르는 식수를 차단하고 성안을 고립하는 작전을 펴기에 이른다. 권율은 야간에 검은 옷을 입은 군사를 보내어 감시병을 치게 하고 제방을 파괴하는 한편, 적진으로 흘러가는 하천에 아침저녁으로 오물을 버리게 하는 등 수단과 방법을 가리지 않고 적을 초조와 불안에 떨게 했다.

적은 아무런 소득도 없이 농락만 당하고 매서운 추위를 견디기 어렵게 되자 병영을 불태운 다음 과천을 거쳐 본진이 있는 서울로 철군하기에 이른다. 이때 권율은 기병 1천여 명을 보내 적의 퇴로를 차단하고 기습 공격을 감행하여 큰 전과를 올렸다.

독성산성 방어의 의의를 몇 가지로 요약하면 다음과 같다.

첫째, 수원-안산-양천-행주로 이어지는 육로와 수원-안산-부평-김포로 이어지는 서해안의 해로가 열려 의주 행재소와 직접적인 왕래가 가능하게 되었다. 둘째, 한강 이남에서 전라도까지 민심이 크게 안정되는 계기가 되었고, 의병봉기의 촉진제 역할을 했다. 셋째, 수원-양천-행주로 연결로를 확보함으로써 경기 서남부에 조선군의 거점을 마련하였고 이 지역을 거점으로 한 서울 탈환의 계기를 마련했다. 넷째, 산성을 먼저 점령하여 지구전과 수성전, 기습전을 펼쳐 승리한 전투로

이때의 전술적 경험이 행주산성 전투에서 대승을 거둘 수 있는 중요한 배경이 되었다.[14]

명나라, 조선에 지원군을 보내다

왜군이 계속 북상하자, 4월 30일 피난길에 오른 선조 일행은 5월 7일 평양으로 들어가게 된다. 5월 12일, 조정에서는 명나라에 원병을 청하기로 하고 이덕형을 청원사로 파견한다.

6월 8일, 왜군 제1군이 대동강 남안까지 쳐들어오자 6월 11일, 선조는 평양을 떠나 영변으로 또다시 피난길에 오른다. 평양에 머물면서 명나라의 지원군과 전라도 근왕군의 승전보를 기다렸지만 들려오지 않았다. 6월 14일, 평양 대동강 왕성탄王城灘 전투에서 조선군이 패함에 따라 이튿날 왜군은 평양성에 무혈입성하게 된다.

영변에서 왜군이 평양성까지 점령했다는 소식을 접한 선조는 피난길을 더욱 재촉하면서 명나라 요동으로 건너가기로 결정한다. 그리고 6월 22일 의주에 도착하자마자 조정 대신들에게 요동에 들어가는 일에 대해 미리 명나라에 전하라는 명령까지 내린다.『선조실록』(6. 14, 6. 22)

『선조실록』6월 23·24일조의 기록에 당시 조정 대신들의 생각이 잘 나타나 있다. 예조판서 윤근수와 풍원부원군 류성룡은 이 말을 듣자마자 "요동으로 건너가는 것은 낭패라고 말하고 불가하다."고 하면서 "눈물을 흘리며 목이 메도록 울었다." 조정 대신들 또한 "요동 사람들은 대부분 무시하여 복색이 다르고 말소리도 전혀 다르니 비웃고 업신여기며 무례히 굴면 어떻게 하시겠습니까. 비록 요동에 도착한다 하더라도 그곳의 풍토와 음식을 어떻게 견디시렵니까. 생각이 이에 이르자 눈물이 절로 흐릅니다. 요동으로 가는 문제는 신들이 결코 다시 논의할 수 없습니다."라고 강력히 반대했다.

얼마 뒤 명나라에서 지원군 파견에 긍정적인 답변을 하자 선조는 의주에 오래 머물 계획을 세운다. 국왕이 전쟁을 맞아 누란의 위기에 도망가기 급급했으니 한 나라를 경영하는 지도자의 자질을 갖추었는지 의심스러울 따름이다. 이는 선조의 무능함과 나약함을 극명하게 보여주는 사례라 말할 수 있다.

맨주먹을 불끈 쥐고 오직 결사 구국의 정신으로 전란 극복을 위해 내 몸을 아끼지 않았던 김천일·고경명·곽재우·김면·정인홍 등의 의병장, 특히 금산에 주둔해 있던 왜군 본진을 공격하다가 순절한 고경명과 그의 아들 인후, 안영과 류팽로, 김덕령의 형 덕홍 등을 생각해 볼 때 너무나 대조적이다.

당시 선조는 요동으로 도망가는 것보다 우선으로 해야 할 일이 있었다. 다름 아닌 명나라의 의심을 풀어주는 일이었다. 명나라는 왜군이 조선의 수도인 서울까지 빠르게 점령한 데는 조선과 일본의 밀약 때문이라고 의심하고 있었다.

이에 명나라 병부상서인 석성石星은 7월 1일, 지휘 서일관徐一貫과 참장 황응양黃應暘, 그리고 유격장 하시夏時 등을 의주로 보냈는데, 그 목적은 조선이 왜군에 향도嚮導를 한다는 소문의 진상을 조사하기 위함이었다. 참으로 어처구니없는 일이었지만 조정에서는 이러한 의구심을 풀어 주어야만 했다. 이런 일이 있을 것이라고 예상한 이항복은 피난길에 오르면서 '길을 빌어 명나라를 정벌하겠다.征明假道' 란 문구가 들어 있는 문서를 가지고 왔다. 이 문서를 보여주자 '일본에서 보낸 문서'라고 믿게 된다. 의심이 풀린 이들 일행은 곧바로 명나라 조정에 알려 지원 군대를 보내게 된다.『선조실록』(7. 1)

7월, 전라도 점령을 노리는 왜군과 일진일퇴를 벌이고 있을 즈음, 조선은 명나라의 파병을 이끌어 낸다. 명나라의 요동 부총병 조승훈趙

이덕형 초상화

이여송 초상화

承訓을 대장으로 하는 3천 명(『징비록』 5천 명, 『기재사초』 7천 명으로 기록됨)에 이르는 병력이었다. 의주에 도착한 그는 사유史儒를 선봉장으로 삼고 7월 17일 평양성 탈환을 위해 전투를 벌였으나 크게 패하고 만다. 이 전투에서 선봉장 사유를 비롯한 많은 병사들이 전사하고 말 또한 많이 죽었다. 조선 조정에서는 병조참지 심희수를 총병관 양소훈楊紹勳에게 보내 조승훈이 이끄는 군사를 평양부근에 주둔해 줄 것을 간청하였으나 이들은 곧바로 요동으로 돌아가고 말았다.

이 무렵 병부상서 석성은 비밀리에 심유경沈惟敬에게 유격遊擊이라는 직함을 주어 일본과의 강화교섭을 하고자 했다. 사실 명나라는 1592년 3월 부총병 발배哱拜가 영하寧夏지방에서 반란을 일으켜 많은 병력이 이 반란을 평정하는 데 동원되었다. 때문에 명나라는 일본과의 강화를 통해 시간을 벌면서 북진을 지연시키고자 했다.

왜군 또한 명군에게 승리를 거두기는 하였지만 조선과의 전쟁이 끝나지 않은 상황에서 명과 전쟁을 벌이기에는 여력이 부족했다. 특히 전라도의 상황이 불리하여 그 활로를 모색할 시간적 여유가 필요했다. 더구나 단기전으로 계획한 전쟁이었기에 군량 확보 등 월동준비가 되어 있지 않아 이를 준비하기 위한 시간이 절실하였던 것이다.

이와 같이 명과 일본 상호 간에 이익이 맞아 떨어지자 조선은 배제된 채 강화회담이 이루어지고 만다. 명 측 심유경과 일본 측 고니시가 평양에서 회담을 갖고, 9월 1일부터 10월 20일까지 50일간 휴전협정을 체결했다. 휴전협정은 금표禁表로 알렸다. 왜군은 평양성 서북쪽 10리 밖에 나와 약탈하지 말고, 조선 사람들은 10리 안에 들어와서 왜군과 싸움을 하지 말라는 표시를 이 지역 경계에 세우게 된다.『선조실록』(9. 4)·『서애집』

이로써 명군과 왜군은 더 이상의 확전을 막을 수 있었다. 명은 시간을 벌어 국내 반란을 진압했으며 많은 지원 병력을 조선에 보낼 수 있었다. 권율이 이끄는 전라도군 또한 계속 북진하여 지구전과 기습전으로 한강 이남의 왜군을 서울에 묶어 두었고, 서로와 서해를 통할 수 있도록 하였다는 점에서, 초기 강화회담은 조선과 명나라에 유리한 쪽으로 작용하였다고 판단된다.

이 시기 조선 조정에서는 청원사(이덕형), 사은사(신점), 진주사(정곤수) 등의 사신을 명나라에 급히 보내 군대 출병 요청을 하는 한편, 원접사(이덕형)와 관반사(이성중), 전위사(윤근수)를 두어 의주에 사신을 접견하고 군량 조달과 비축, 왜군의 동향을 예의주시하면서 방어 전략을 구상하고 있었다.

명나라 조정은 9월에 영하지방의 반란이 평정되자 일본 정벌군을 편성하기에 이른다. 병부시랑兵部侍郞 송응창宋應昌을 경략으로 삼고, 도독동지都督同知 이여송李如松을 제독으로 임명하여 지휘 책임을 맡도록 하였다. 9월부터는 출병 준비에 박차를 가하여 압록강이 결빙하는 12월 조선으로 진출하도록 했다.

12월 10일(양력 '93. 1. 12) 유격 전세정錢世禎의 군사 1천 명이 강을 건너는 것을 시작으로 유격 왕필적王必迪과 서대유棲大有, 왕문王問과 오유충吳惟忠 등의 장수가 속속 들어오고 있었다. 이때 조선으로 들어온 원병군은 5만여 명에 이르렀다.『선조실록』(12. 10, 12. 13)

19일에는 송응창과 이여송이 요동을 거쳐 곧바로 의주에 도착하였고, 25일 제독 이여송과 이여백李如栢, 양원楊元과 장세작張世爵 등이 선조를 알현하여 평양수복을 논의한 다음 남진을 계속한다.『선조실록』(12. 19, 12. 25)

조·명연합군 평양성을 탈환하다

의주에서 평양으로 출발한 이여송은 1593년 1월 3일(양력 2. 3) 땅거미가 질 무렵 안주에 도착하여 성 남쪽에 진을 쳤다. 그리고 당시 평안도 도체찰사인 류성룡을 불러 평양(성)의 지리 등에 대해 물었다.『선조실록』(1. 8)

류성룡은 소매 속에 평양 지도를 넣고 들어가 평양의 지세와 평양성으로 들어갈 수 있는 길을 자세히 설명했다. 이 제독은 그의 말에 귀를 기울여 주의 깊게 듣고 있다가 그가 가리키는 곳마다 붉은 점을 찍어 표시해 두었다. 며칠 뒤 벌어지는 평양성 탈환 작전에 많은 보탬을 준 것이다.

4일, 숙천까지 진출한 선봉장 부총병 사대수査大受는 순안에 이르러 고니시에게 "대명국에서 이미 화친하기를 허락하여 심유경이 멀지 않아 다시 나온 다음 화의를 의논할 것이다."라는 서신을 보낸다. 이들을 명나라 사신 일행으로만 오인한 고니시는 부하인 다케우치 기치베竹內吉兵衛에게 군사 23명을 거느리고 순안으로 나가 심유경을 맞이하게 했다. 사대수는 이들을 유인, 술자리를 마련하여 다케우치를 사로잡고 따라온 왜병을 거의 다 베어 죽였는데, 세 사람이 도망가 적진에 보고하여 명나라 지원군대가 온 것을 알게 되었다. 이에 따라 평양성에 웅거해 있는 왜군들은 큰 소란 끝에 한층 대비태세를 강화하게 된다.『선조실록』(1. 8)·『징비록』

명나라 제독 이여송은 좌협대장 부총병 양원楊元, 중협대장 부총병 이여백李汝栢, 우협대장 부총병 장세작張世爵을 좌중우 대장으로 삼고, 또 오유충吳惟忠·왕필적王必迪·조승훈祖承訓·사대수 등의 부총병과 참장 낙상지駱尙志와 이녕李寧, 그리고 유격장으로 갈봉하葛逢夏 등 4만여 명을 이끌고 참전한다.

조선군은 도원수 김명원과 순변사 이일, 평안도 좌우방어사 정희현鄭希賢과 김응서金應瑞가 이끄는 8천여 명, 그리고 휴정과 유정이 모집한 의승군 2천 2백여 명 등 모두 1만여 명에 이르렀다.

왜군은 고니시가 이끄는 제1군 6천 명, 소 요시토시宗義智가 4천 명, 마쓰라 시게노부松浦鎭信가 2천 5백 명, 아리마 하루노부有馬晴信가 1천 5백 명, 오무라 요시아키大村喜前가 1천 명, 고토 스미하루五島純玄가 7백 명 등 모두 1만 5천여 명의 병력이었다.

이 전투에 대해서는 『선조실록』을 비롯한 『재조번방지』·『징비록』·『상촌집』 등 고서에 일자별로 비교적 상세히 실려 있는데 『재조번방지』와 『상촌집』은 『선조실록』의 기록을 많이 따른 것으로 보인다. 따라서 여기서는 『선조실록』(1. 11, 2. 10)을 요약 정리하고자 한다.

6일(양력 2. 6) 새벽, 제독 이여송은 대병력을 거느리고 평양성 밖에 이르러 성을 포위했다. 그러자 성 북쪽의 모란봉에 웅거해 있던 왜적 1천여 명이 청기와 백기를 세우고 함성을 지르며 총포를 쏘아댔다. 이어 북성에서 보통문까지 왜적 5천여 명이 성 위에 서서 녹각책鹿角柵 : 사슴 뿔처럼 만든 울타리을 세우고 칼을 휘두르면서 기세를 떨쳤다. 그 가운데

강한 병사 수백 명이 대장기를 세우고 나팔을 불며 북을 치면서 성 위를 순시하고 지휘했다. 이에 제독이 한 부대를 보내 모란봉을 경유하여 공격했으나 높은 지세를 이용한 적들이 아래로 조총을 쏘자 물러났다. 이날 밤에 적 수백 명이 몰래 나와 우영右營을 습격하자 명나라 군사가 일시에 기를 거두고 등불을 끄고 거마목拒馬木 : 말이 지나가지 못하게 걸쳐 놓은 나무 아래에서 일제히 화전火箭 : 불을 붙여 쏘던 화살을 발사하니 적이 성으로 되돌아갔다.

7일 11시쯤 삼영三營이 함께 출동하여 보통문에 이르러 성을 공격한 다음 물러나는 척하니 적이 문을 열고 나와서 추격했다. 이에 명나라 군사가 되돌아서서 싸워 30여 급을 베고 문 입구까지 추격하다가 되돌아 왔다.

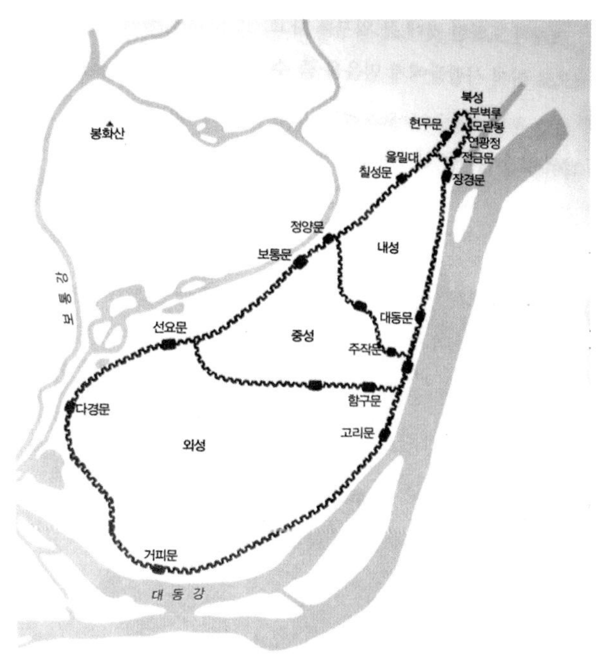

평양성 배치도(『징비록』 '김흥식 옮김, 2003년' 에서 전재)

8일, 평양성 전투의 결전의 날이 다가왔다. 이여송은 이른 아침 삼영三營의 장수들에게 성 밖 서북쪽을 포위토록 했다. 오유충과 사대수는 모란봉을, 양원과 장세작은 칠성문을, 이여백과 이방춘은 보통문을, 조승훈과 낙상지는 조선 측 장수 이일, 김응서 등과 함께 함구문을 공격토록 했다.

제독은 친히 거느리고 있던 기병 1백여 명을 데리고 성 아래까지 접근하여 칠성문과 보통문을 오고가며 장수들을 지휘했다. 진시(7~9시)에 모든 군사가 비늘처럼 늘어서 전진하고, 각 진에서 일제히 포를 쏘아대자 그 소리가 우레와 같았고 화염과 연기가 하늘을 뒤덮으니 지척을 분간할 수가 없었다. 화전 하나가 밀덕密德의 토굴에 닿자 조금 뒤에 붉은 불꽃이 하늘로 치솟았으며 불길이 번져 거의 다 태웠다. 이를 노려 제독은 성벽을 오르도록 하였는데 적은 조총을 난사하며 끓는 물을 붓고 큰 돌을 굴리며 긴 창과 큰 칼을 내밀면서 항거했다. 이에 명나라의 많은 군사가 겁을 먹고 퇴각하자 제독은 이 중 한 사람의 목을 베어 진중으로 보내 진격토록 하는가 하면 보통문 앞에 가서 "먼저 성에 오르는 자는 은 5천 냥을 상으로 주겠다."고 소리치면서 전투를 더욱 독려했다.

이일과 김응서가 이끄는 조선군 8천여 명은 낙상지와 조승훈이 이끄는 명군과 함께 함구문을 공격해 들어갔다. 이때 낙상지는 성가퀴 위로 올라가다가 적이 던진 큰 돌에 맞아 다쳤음에도 선봉에 서서 싸우자 모든 군사들이 그의 뒤를 따랐다. 그리하여 절강浙江의 용감한 군사가 먼저 올라가 적의 깃발을 뽑아버리고 명나라 군사의 기를 세웠다.

제독은 장세작과 함께 칠성문을 공격하였으나 적이 문루에 웅거해 있어 쉽게 빼앗지 못하자 대포를 쏘아 문을 부순 다음 군사를 정돈하여 들어갔다. 여러 군사들이 승세를 틈타 앞다투어 진격하니 기병과 보병이 구름처럼 모여 들었다. 이에 적들은 형세가 위축되어 달아나 막사로 들어갔고 명나라 군사들이 차례로 태워 죽이니 그 냄새가 10여 리까지 진동했다.

적장 고니시는 도망하여 연광정練光亭 토굴로 들어갔다. 제독은 땔 감을 운반하도록 하여 불로 공격할 계획을 세웠으나 칠성문과 보통문 등 여러 소굴을 적이 굳게 지키고 있어 쉽게 함락시킬 수 없었다. 더구 나 적이 토굴 안에서 조총을 쏘아대자 맞아 죽은 군사가 잇따랐고 군사 들 또한 매우 지쳐 있었다. 이에 여러 장수들이 제독에게 후퇴하여 군 사들에게 휴식을 줄 것을 청했다. 제독은 군사를 돌려 다시 병영으로 돌아와 통역을 담당하는 역관 장대선張大膳을 시켜 고니시에게 서장을 보냈다.

"우리 병력으로 한번 거사하여 충분히 섬멸시킬 수 있지만 차마 인 명을 모두 죽일 수 없어 물러나 너희들의 살길을 열어주니, 속히 여러 장수들을 거느리고 원문轅門으로 나와서 나의 분부를 듣도록 하라. 그 렇게 하면 용서하여 줄 뿐만 아니라 후한 상을 주겠다."

이에 고니시는 "우리들이 퇴군하고자 하니 후면을 차단하지 말기 바 란다."고 했다. 제독은 이를 허락했다. 적군이 그날 밤 평양성을 버리고 대동강을 건너 중화·황주를 거쳐 봉산으로 남하하기에 이른다. 이로써 평양성은 왜군에 점령당한 지 약 7개월 만인 1월 9일 수복되고, 조·명연 합군은 이 작전을 계기로 전쟁의 주도권을 장악하게 되었다.

이 전투에서 조·명연합군은 적 1천 2백 85급을 참수했고 빼앗은 말 이 2천 9백 85필이었다. 왜군의 포로로 잡혀 있던 아군 1천 2백 25명을 구출하기도 했다. 그리고 황주판관 정엽은 퇴각하는 적의 뒤를 쳐서 90 여 급을 베었고 또 중로에서 30여 급을 베는 전과를 올렸다. 황해도 방 어사 이시언은 낙오한 적 60여 급을 베는 데 그쳤다

명군, 남하 중 벽제관전투에서 패하다

평양성 전투에서 승전한 조·명연합군은 그 여세를 몰아 서울까지 탈환하고자 남으로 계속 진격했다.

평양성에서 겨우 탈출한 주장 고니시 등은 1월 17일 서울에 도착한다. 이에 앞서 서울에 주둔해 있던 제8군 주장 우키타 히데이에宇喜多秀家는 제장들과 의논 끝에 평안도와 황해도 일대의 모든 병력을 퇴각시켜 서울을 거점으로 조·명연합군과 싸울 계책을 세운다. 그러나 1592년 6월 말 전라도 점령을 노리다 뜻을 이루지 못하고 9월에 개성에 주둔해 있던 제6군 주장 고바야카와 다카카게는 결사항전을 고집했다. 계속된 철군 설득에 25일 서울까지 퇴각은 하였지만 성안으로 들어오기를 거부하며 다치바나 무네시게立花宗茂와 함께 성 밖에서 기습적인 유격전을 펼치겠다고 주장했다. 우키타 등 여러 장수들도 그의 주장을 감히 꺾지는 못했다.

이 당시 서울에 집결된 왜군은 약 5만여 명이었으나 평양성 전투의 패장인 고니시와 오토모 요시무네大友義統의 병력을 제외한 4만 1천여 명이 고바야가와를 선봉장으로 삼아 벽제관전투에 참전한다.

조·명연합군이 평양성을 되찾은 뒤 18일 선조는 의주를 떠나 이틀 뒤에 정주에서 세자와 상봉하게 된다. 19일에는 명나라 중협대장 이여백의 선봉부대가 개성을 탈환하였고 23일에는 제독 이여송과 조선군 약 2만여 명의 대병력이 합류한 뒤 작전회의를 갖고 계속 남하하게 된다. 이로써 평안도와 황해도의 전지역, 경기도와 강원도의 일부지역을 수복하게 되었다.

26일(양력 2. 26) 조·명연합군은 임진강 하류의 여울을 지나 파주까지 진출하였고, 이때 명나라 지원군 총사령관인 경략 송응창은 안주에 머물고 있었다. 27일에 벽제관전투가 벌어지게 된다. 벽제관은 현재 고양시 덕양구 벽제동 일대를 말하는데, 중국사신과 조선 사신들이 머물던 역관驛館이다. 벽제관전투는 남쪽 3km 지점에 있는 여석령礪石嶺, 일명 숫돌고개에서 일어났으므로 '여석령 전투'라고도 한다.

이 전투와 관련해서는 『선조실록』·『징비록』·『재조번방지』등의 고서에 평양성전투와 연계해서 비교적 자세하게 실려 있다. 이를 토대로 전투 상황을 요약 정리하고자 한다.

27일 새벽, 사대수와 조승훈, 경기방어사 고언백이 군사 수백 명을 거느리고 정탐하러 나갔다가 벽제역 남쪽 여석령에서 6백여 명 안팎의 왜규 서발대와 마주쳐 전투가 벌어졌는데 적병 1백여 명의 목을 베었다. 조·명선발대의 참전 병사 수는 『선조실록』에 3천여 명, 『재조번방지』와 『징비록』에는 수백 명으로 기록되어 있고, 죽인 적병 수 또한 『선조실록』에는 4~6백여 급으로, 『재조번방지』는 1백 30급으로, 『징비록』은 1백여 명으로 기록되어 있다. 『선조실록』의 기록이 다소 과장된 보고라 판단돼 당시 평안도체찰사 류성룡이 남긴 『징비록』의 기록을 따랐다.

제독은 이 보고를 받고서 본진은 파주에 둔 채 친위대를 포함 기병 1천여 명을 이끌고 혜음령惠陰嶺을 넘어 벽제관을 지나 여석령에 도착한다. 제독이 혜음령을 지나다 말에서 떨어져 '얼굴이 다쳤다'는 기록으로 보아 얼마나 서둘렀는지 알 수 있다.

이때 고바야카와와 다치바나는 1만여 명에 이르는 대병력을 여석령 고개 뒤에 숨겨두고 다만 수백 명만 고개 위에 주둔시켰다. 제독은 이를 모른 채 부대를 좌우로 나누어 앞으로 나아갔고 적병도 고개 위에서 내려와 서로 점점 가까워졌는데, 고개 뒤에 숨어 있던 대병력이 좌우에서 측면공격과 우회공격을 퍼붓기 시작했다. 왜적의 대병력을 알아챘을 때는 이미 접전에 들어가 있어 어찌할 도리가 없었다. 10분의 1도 채 되지 않는 병력에 화기도 없이 짤막한 칼로 적병의 서너 자나 되는 긴 칼과 조총 사격을 당해낸다는 것은 도저히 불가능한 일이었다.

여석령 고개를 가리키는 정계조 씨(1947년생, 고양시 덕양구 삼성동 23-1). 서울 구파발에서 통일로를 따라 고양시 대자동으로 가다보면 지하철 3호선 삼송역을 만나게 되는데, 바로 역 앞에서 고개가 시작된다.

제독 이여송은 뒤늦게 도착한 좌협대장 양원의 지원 병력에 의지해 간신히 탈출하여 저녁 무렵 파주로 퇴각한 뒤 패전을 숨기고 있었다. 밤이 되어 아끼던 부하가 전사한 것을 매우 슬퍼하며 통곡하였지만 돌이킬 수는 없었다.

이 전투에서 명나라는 이비어李備禦와 마천총馬千摠, 이유승李有升 등의 장수를 비롯해 수백 명의 병사가 전사했다. 상당 수의 군마가 죽었으며 병에 걸려 죽은 말 또한 1만 2천 필에 이르렀다.

28일, 제독은 도체찰사 류성룡과 우의정 유홍, 도원수 김명원, 순변사 이빈의 반대에도 불구하고 파주에서 동파로 퇴각했다.

개성에서 제독은, 함경도에 있던 제2군 선봉대로 참전한 가토 기요마사 군이 양덕과 맹산을 넘어 평양을 기습한다는 근거 없는 소문을 듣게 된다. 이에 명나라 군은 부총병 왕필적을 개성에 머물게 하고 조선

벽제관지(경기도 사적 제144호, 덕양구 고양동 55-1). 조선시대 역관 터로 중국을 오가던 관원들이 머물던 곳이다. 중국에서 서울로 가기 하루 전 반드시 이곳 벽제관에서 숙박하고 다음 날 예의를 갖추어 들어가는 것이 관례였다. 중국으로 가는 우리나라 사신들도 이곳에서 머물렀다.

의 제장에게도 임진강 이북에 포진할 것을 명한 다음 다시 평양으로 회군한다.

벽제관전투의 패전으로 명나라 군은 사기가 급격히 떨어진 반면, 왜군은 평양성 패배의 후유증에서 어느 정도 벗어날 수 있었다. 더구나 제독 이여송이 전의를 상실하고 개성을 거쳐 평양으로 되돌아감에 따라 왜군은 남쪽의 조선군만 경계하며 서울에서 충분한 시간을 두고 향후 작전계획을 수립할 수 있게 된다.

만약 제독 이여송이 신중하게 진격하자는 남병의 유격장 전세정錢世禎의 의견을 받아들이고, 남병의 정예 병력과 화포를 적절히 활용하였더라면 전투 결과는 달라졌을 것이다. 그리고 임진왜란도 기나긴 7년 전쟁이 되지는 않았을 것이다.

도체찰사 정철 체직과 권율의 권한 강화

정철은 1592년 10월 아산에 도착한 뒤 본격적인 양도 체찰 임무를 수행한다. 적이 코앞에 있는 전쟁 상황에서는 무엇보다도 지휘체제를 갖추는 일이 우선이었다.

먼저 아산에서 연산현(지금의 공주시 연산면)으로 옮긴 뒤 순찰사의 의견을 들어 각 군현의 수령을 교체한다. 옥천군수와 목천·음성현감은 백성을 제대로 위무하지 못하였고, 연원찰방은 도망가 행방을 알 수 없으며, 부여군수와 청주목사는 요충지를 맡기에는 자격이 미달된다 하여 교체했다. 또 영광군수, 태인·장성현감은 상중喪中이어서 교체하였고, 그가 머물고 있는 연산의 현감 변덕옹邊德顒은 충주판관으로 승진시켰다. 그 대신 선전관 구유근具惟謹을 임시 임명한 뒤, 10월 25일 의주 행재소에 보고하여 전례에 따라 정식 임명해 줄 것을 청한다.『송강집』

얼마 뒤 심수경沈守慶이 충청도에서 의병을 일으켰다. 정철은 광활한 두 지역을 총괄하기가 쉽지 않아 효과적으로 체찰 임무를 수행하려는 뜻에서 그에게 충청도 도체찰사를 맡기고 본인은 전라도만을 전담했으면 한다는 의견을 조정에 올렸지만 받아들여지지 않았다.『송강집』·『선조수정실록』(11. 1)

앞서 살펴보았듯이 이 무렵 정철과 권율은 작전에 대한 이견으로 충돌이 있었고, 권율이 조정에 "도체찰사가 경솔하게 진격하지 말도록 한다."는 내용의 장계를 올린다. 조정에서는 정철을 책망하고, 권율에게 서울을 향해 진격하도록 명령을 내린다.

이 기회를 이용해 동인이었던 동지중추부사 류영길柳永吉, 1538~1601이 서인 정철과 윤두수를 공격하고 나선다. 임란 발생으로 수면 아래 있던 동·서인 간 갈등이 재현될 조짐을 보인 것이다. 이 사건은 재빨리 잠재워졌지만 그 전말은 다음과 같다.

11월 25일, 류영길은 임금과 인견하여 '영·호남의 전투 상황' 등을 묻는 자리에서 다음과 같이 말한다.

"양도 도체찰사 정철이 충청도에 있으면서 기생이 있는 고을에서 날마다 술에 취해 직무를 소홀히 하는 데도 잘못을 보고하는 사람이 없습니다. 좌의정 윤두수는 국가의 회복을 담당할 만한 인물이 못 되고, 그 마음이 공평하지 않고 사사로움이 없지 않습니다. 그래서 날마다 조처하는 것이 실속이 없으며 차마 말하지 못할 일까지 있으므로 신이 민망함을 이기지 못하여 감히 아룁니다."

신조는 "경의 그 말에 대한 근거가 있는가."라고 묻는다.

영길은 한참 있다가 "단지 들은 대로 말한 것입니다."하고 물러났다.『선조실록』(11. 25)·『선조수정실록』(11. 1)·『연려실기술』

이와 같은 사실이 알려지자 조정이 발칵 뒤집혔다. 사헌부와 사간원은 일제히 대신을 모함하였다 하여 류영길을 파직할 것을 청했다. 사헌부에서는 "국사가 바야흐로 위급한 때를 당하여 합심 협력하여 어려움을 함께 구하는 의리를 잊고 대신을 모함하고 배척하며 불안하게 했으니 조정을 손상하고 사체를 잃음이 매우 심합니다. 파직을 명하소서."하였고,『선조실록』(11. 26) 사간원에서도 "죄나 잘못이 드러나지 않았고, 이처럼 어려움이 많은 때에 도리어 감정을 품고 계책을 써 대신을 불안하게 하고 국사를 파괴하였으므로 여론이 모두 통분하게 여기고 있습니다. 파직을 명하소서."하였다.『선조실록』(11. 26)

11월 26일부터 29일까지 사헌부에서 3차례, 사간원에서 4차례에 걸쳐 탄핵하여 처벌하기를 청하였으나 선조는 받아들이지 않았다.

성철은 충청도와 전라도의 민·관·군 등을 총괄하는 막강한 권한을 쥔 도체찰사였으나 권율과 갈등을 빚은 이후 의주 행재소에서 내린 선조의 엄한 전지를 받았고, 류영길의 모함을 받는 등 왜적과 싸우는 것보다 내부의 적과 싸워야 하는 힘든 나날을 보내게 된다.

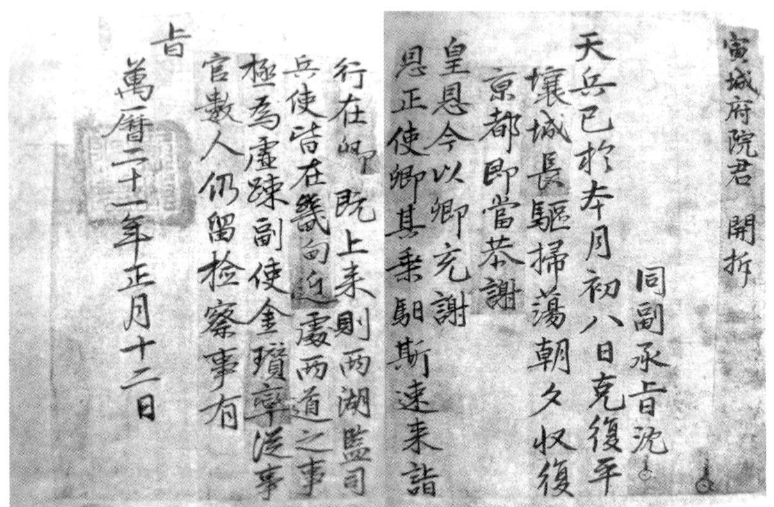

선조의 전지 원문

그 뒤 정철은 도체찰사 직에서 스스로 물러날 것을 몇 차례 청하였지만 반려되다가 평양성 싸움에서 조·명연합군이 승전한 직후인 1593년 1월 11일 명나라 사은사謝恩使로 전격 발령된다.『선조실록』(1. 11)

승정원 소속 동부승지 심희수沈喜壽, 1548~1622의 명의로 당시 양천 부근에 머물고 있던 도체찰사 정철에게 '사은사로 임명되었으니 빨리 행재소로 올라오라는 왕명'이 내려진다. 그 내용은 다음과 같다.

명나라 군사가 이미 이달 초 8일에 평양성을 수복하고 왜군을 쫓아가며 소탕하니 서울이 곧 수복될 터이라 마땅히 황제의 은혜에 감사드리지 않을 수 없다. 이에 경을 사은사 정사로 임명하니 빠른 말을 잡아타고 속히 행재소로 올라오라. 경이 올라오고 나면 충청·전라도의 감사와 병사가 모두 경기도 부근에 머물고 있어 두 도의 일이 몹시 소홀해질 것이므로 부사인 김찬金瓚, 1543~1599이 종사관 몇 사람을 거느리고 가 머물면서 일을 감독하도록 하라.(1593년 1월 12일)[15]

새로운 도체찰사를 발령하지 않고 부사가 몇 사람 종사관을 거느리고 대신 감독하도록 한 것이다. 이와 같은 조치는 조·명연합군이 평양성 탈환에 성공함으로써 조선군의 군령권 통일 문제가 구체화되었기 때문이었다. 평안도도체찰사 류성룡이 명나라 장수와 연락을 취하고 군량을 확보하는 등의 임무를 수행하기 위해 개성으로 남하함으로써 경기·황해·강원도 삼도도체찰사였던 유홍과 지휘권 충돌이 불가피했다.

『선조실록』에 따르면 임란초전기 도체찰사는 류성룡과 정철, 유홍俞泓과 심수경 등 4명이다. 임란 직후인 4월 17일, 좌의정이던 류성룡을 도체찰사로 삼은 뒤 그해 12월 4일 명나라 지원군사가 도착하자 평안도도체찰사로 삼았다. 1593년 1월 26일, 전라·충청·경상도 삼도도체찰사로 임명되었지만 바로 내려오지 않고 경기와 황해, 평안도를 오가며 명나라 장수와 각종 연락을 취하고 행주대첩 이후까지 군무를 관장했다. 류성룡은 서울 부근에 머물면서 서울 탈환에 전력을 기울이다가 그해 3월 9일부터는 심수경의 의병절제권까지 맡게 되었다.

인성부원군 정철은 1592년 7월 21일, 충청·전라도도체찰사로 임명된 뒤 이듬해 1월 11일 사은사로 발령을 받아 행재소로 되돌아간다. 우의정 유홍 역시 1592년 11월 17일, 경기도 동쪽과 강원도 북쪽에서 통솔할 만한 장수가 없다 하여 경기·황해·강원도 삼도체찰사에 임명된 뒤 명나라 지원군이 남하하자 류성룡과 지휘권이 충돌하여 이듬해 1월 26일 체직한다. 판부사 심수경도 1592년 12월 13일 도체찰사로 임명되어 충청도 의병을 절제하도록 했으나 이듬해 3월 9일 체직된다.

이와 같이 정철과 유홍, 심수경 모두 체직됨에 따라 3월 9일 이후에는 민·관·군의 지휘권이 류성룡으로 통일됨을 알 수 있다. 당시 상황은 한강 이남의 충청·전라도 도체찰사인 정철을 급히 불러들이기보다는 그로 하여금 제장들을 통솔하여 서울 탈환을 도모해야 할 형편이었다. 그럼에도 그를 도체찰사에서 체직한 것은 순찰사인 권율과의 갈등을 없애 전쟁임무를 효과적으로 수행하고자 한 뜻이 있었고 선조 또한 권율에 대한 기대감이 상당했기 때문이었다.

권율은 의주 행재소와 직접 소통이 가능해졌고, 종2품의 같은 벼슬인 새로운 체찰부사와도 협력 관계를 유지함으로써 전쟁임무를 더욱 원활하게 수행할 수 있게 되었다. 이 기반으로 권율은 행주대첩을 승리로 이끌 수 있었던 것이다.

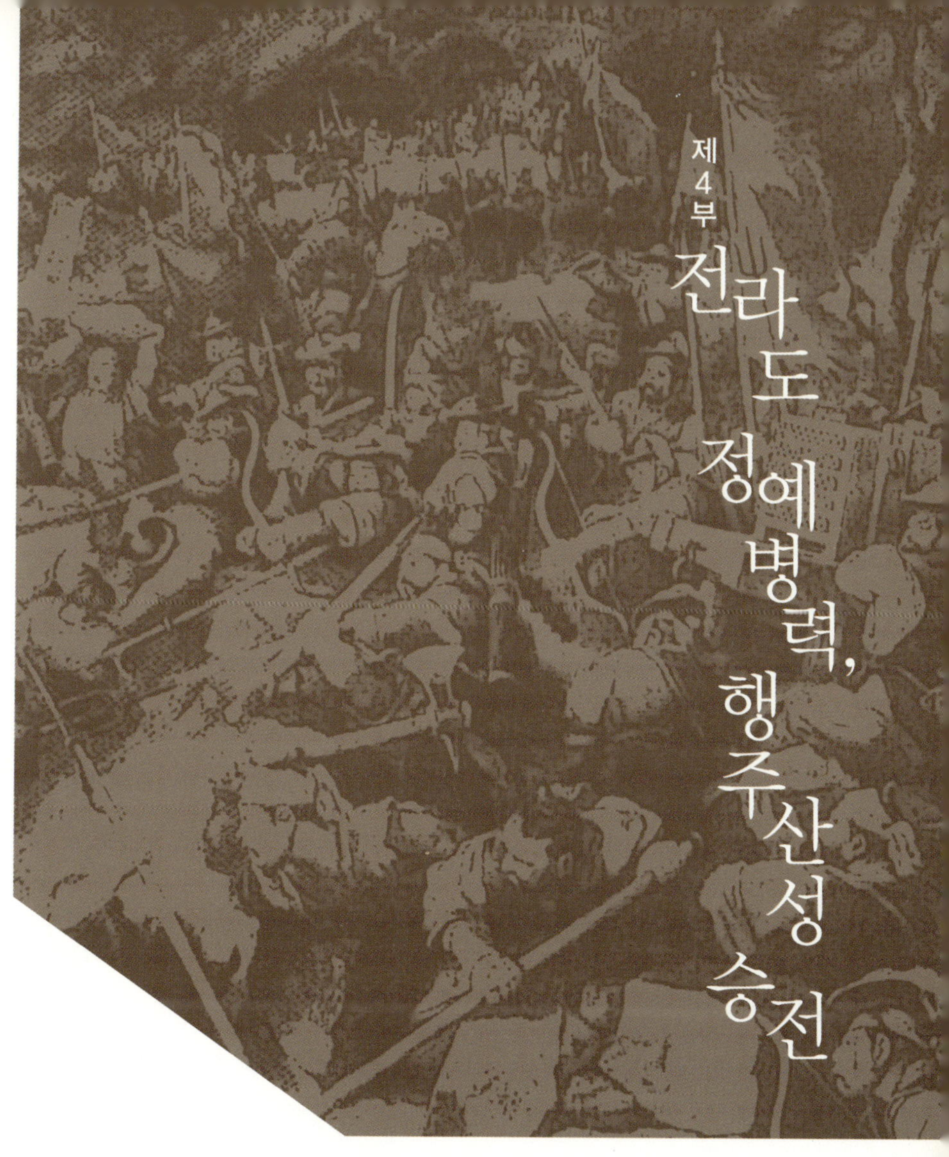

제4부
전라도 정예병력, 행주산성 승전

전라도 정예병력, 행주산성 승전

전라도 정예병력, 행주산성으로 옮기다

평양성을 탈환한 조·명연합군은 서울 수복을 위해 남하를 계속한다. 조정에서는 이들에게 군량을 공급하는 것이 큰 일이었다. 평안도도체찰사 류성룡은 급히 황해감사 류영경에게 공문을 보내 군량운반을 재촉하였다. 평안감사 이원익에게도 김응서 등이 거느린 군사 중 전투할 수 없는 병사들이 평양에서 곡식을 운반해 명군을 뒤쫓아 황주에 도착하도록 했다. 아울러 평안도 세 고을의 양곡을 배에 실어 황해도에 보내도록 했다. 류영경은 적군의 약탈을 피해 산골짜기에 곡식을 숨겨 놓았다가 조·명연합군이 지나가는 연도에 공급했다. 얼마 뒤 대군이 개성에 들어왔다.

이처럼 서울 탈환을 위한 진격이 계속되자 비변사에서는 왕에게 '서울을 수복하는 날 교서를 내려 군민을 위로하기를 청하기' 까지 했다. 하지만 제독 이여송이 이끄는 명군이 벽제관전투에서 일격을 당한 뒤 퇴각함으로써 전투는 소강상태에 접어들고 만다.

개화산(강서구) 아래 한강시민공원 조류전망대에서 본 '행주산성'

이 무렵 권율은 독성산성에 주둔하면서 서울 외곽으로 척후병을 보내 조·명연합군의 남하와 왜적의 동향을 살폈다. 권율과 지휘관들은 조·명연합군의 협공을 위해 서울 서쪽 높은 산에 나가 진을 치기로 결정하고는 조방장 조경을 보내 요해처를 찾도록 했다.

얼마 뒤 조경은 요해처로 안현鞍峴, 일명 길마재과 행주산성 두 곳을 보고했다. 안현은 인왕산 줄기인 지금의 서대문구 구청 동쪽에 있는 그리 높지 않는 산(295.9m)으로 모악母岳, 무악毋岳이라고도 부른다. 서울의 인후부에 해당되므로 이곳을 거점으로 삼아 왜군의 중추부를 기습 공격한다는 작전이었다. 안현을 추천한 이유는 이러했다.

첫째, 연합군 대군이 남하하기 때문에 서울에 주둔하고 있는 왜군은 공격보다는 오직 방어에만 전력할 것이다. 둘째, 서울과 가까워 아군이 방어에서 공격으로 작전을 전환할 때 시간을 절약할 수 있다. 셋째, 왜군 중심부를 공격할 때 적들이 쉽게 혼란에 빠지고 패배감을 고조시켜 충격 효과를 극대화할 수 있다. 그러나 안현은 적이 역습하여 포위 공

금주산(호암산) 정상에 있는 '한우물' (국가사적 제343호, 금천구 시흥동 산 93-2). 통일신라시대(6~7세기경, 동서 18.8m, 남북 13.6m, 깊이 2.5m)에 축조되고, 그 후 조선시대에 서쪽으로 약간 이동하여 다시 축조(동서 22m, 남북 12m, 깊이 1.2m)되었다. 행주산성전투가 있을 무렵 전라병사 선거이가 이곳에 머물면서 이 우물을 군용수로 사용하였다. '한우물' 주변에서 서울의 북한산과 남산이 한눈에 들어오는 전략적 요충지임을 알 수 있다.

격할 때에는 섬멸당할 위험이 있는 단점이 있었다.[1)

권율은 이와 같은 장점을 들어 안현에 진을 치려했으나 왜군의 포위 작전 시 전멸당할 위험이 있다는 막하 장수들의 반대로 행주산성을 택한다. 행주산성은 왜군을 20리나 끌어내 능동적인 작전을 구사할 수 있었다. 권율이 안현을 고려할 무렵은 벽제관전투 이전으로 판단된다. 이후에는 사정이 완전히 달라졌기 때문이다.

이에 앞서 권율은 서울에 있는 왜적의 동향을 살피고자 정탐꾼을 보냈다가 안현에서 왜군을 만나 전투를 벌이게 되었다. 이 싸움으로 사간원의 탄핵을 받게 된다. 『선조실록』 2월 10일조를 보면 이렇다.

전라순찰사 권율은 중임을 맡고서 전쟁에서 많은 군사를 잃었을 뿐만 아니라 명나라군이 이르기를 기다리지도 않고 곧바로 스스로 도강하여 안현에서 총포를 쏨으로써 흉악한 적들로 하여금 제멋대로 분탕질하여 잔약한 백성들이 모두 어육魚肉이 되게 했습니다. 또 군기를 누설하여 적으로 하여금 미리 항전할 계책을 마련하게 하여 명나라군에게 불리하게 했으니 그 그르친 죄가 큽니다.

그러나 비변사와 선조는 "명나라군사가 벽제관전투 뒤 개성으로 후퇴하였고 갑자기 파직시켜 교체하게 되면 소속 군사가 일시에 흩어질 염려가 있으므로 좋은 세책이 아니다"는 이유를 들어 받아들이지 않는다.

1월 29일, 선조는 각 지역의 관·의병 제장들에게 급히 선전관을 보내 "명나라군사와 함께 왜적을 협공하고 수군은 해상에서 요격하라." "……전라·충청도 지역 내의 날쌘 군사를 모두 징발하여 적을 섬멸하고 한곳에 머물지 말도록 하라."는 전지를 보낸다.『선조실록』(1. 29)

선조의 전지를 받은 권율은 미리 준비한 행주산성 주둔을 실행한다. 권율은 휘하 장병 4천 명 중 의승장 처영이 이끄는 의승군 등 정예병력 2천 300명을 별도로 뽑아 한강을 건너 행주산성으로 이동토록 했다. 이들은 웅치와 이치, 독성산성 전투경험이 있고 죽음을 두려워하지 않은 맹장과 정병이었다.『백사집』 나머지 병력은 전라병사 선거이에게 주어 금천의 금주산衿州山, 390m에 주둔케 해 서울의 왜군을 견제하면서 행주산성을 성원토록 했다.

금주산은 서울시 금천구 시흥동에 위치한 금천구의 진산이다. 관악산冠岳山, 629m에서 이어진 삼성산三聖山, 455m의 지맥이다. 서울을 바라보는 호랑이 형상을 닮았다 하여 일명 호암산虎巖山이라 부르기도 하고, 호압산虎壓山, 금천산衿川山으로도 부른다. 대첩비와 고서를 보면 그 지명이 '금주산'·'금천'·'금천산'·'광교산' 등으로 표기되어 있다. 『행주대첩비』에는 '금주산'으로, 『연려실기술』에는 '금천'으로, 『난중잡록』과 『재조번방지』에는 '금천산'으로, 『선조수정실록』·『선묘중흥지』·『선묘보감』·『국조보감』은 '광교산'으로 기록되어 있다. 용인의 광교산은 행주산성과 멀리 떨어져 있어 기각지세를 이룬다는 것은 불가능하다고 판단되므로 '금천의 금주산'이 타당하다고 본다. 금주산에는 '한우물터'가 있는데 당시 선거이 장군이 이곳에 머물면서 이 물을 군용수로 활용했다고 한다.

행주산성으로 일시에 2천 300명의 병력과 군량, 화차 등의 무기를 이동하기 위해서는 많은 배가 필요했다. 당시 양천 부근은 왜군이 주둔해 있던 서울과 가까운 거리여서 대부분의 사람들이 피난해 배를 구할 수 없었다. 수군의 협조가 절실했다. 권율은 경기수사 이빈과 충청수사 정걸에서 편지를 보내 협조를 구했다. 그러고는 서북방향으로 진군하여 개화산(강서구)에서 야음을 틈타 한강을 건너 행주산성으로 이동했다.

조방장 조경은 2월 5일쯤 권율에 앞서 행주산성에 입성한다. 권율은 당시 양천陽川에 머물고 있던 체찰부사 김찬을 찾아가 전라도군의 이동상황을 설명한 뒤 향후 계획 등을 논의하고 행주산성 부근에 있던 제장에게 연락하여 후방 지원을 부탁한 것으로 보인다. 김찬이 머문 곳을 양주가 아닌 양천으로 본 근거는 이러하다.

조경의 신도비명을 쓴 조익의 『포저집』에는 '양천'으로 나온다. 『연려실기술』에는 '양주陽州'로 나오는데 『포저집』의 기록을 옮기면서 잘못 기록한 것으로 판단된다. '양주'는 한강 이북지역이니 당시 정황으로 보아 '양천'이 확실하다. 또 한 가지 지적할 것은 『포저집』에 "도체찰사 정철이 양천에서 권율을 불러 상의하는 일이 있었기 때문에 그가 며칠 동안 돌아오지 않았다."고 기록돼 있으나 도체찰사 정철은 1월 11일 '사은사'로 이미 발령이 났고, 체찰부사 김찬이 감독하고 있었기에 '정철이 불렀다.'는 것은 조익의 착각인 듯하다. 며칠 뒤 행주산성전투 때 조선군이 기각지세를 이루며 화살 등을 보내 도운 사실이 이를 뒷받침해 준다.

행주산성 안내도

　　행주산성에 입성한 조경은 지세를 살핀 뒤 목책성을 설치해야 한다고 판단했다. 행주산성으로 옮기기 전에도 조경은 "외로운 우리 군사가 왜적의 많은 군사와 가까이 있으니 목책이 없어서는 안 된다."고 주장했다. 하지만 권율은 "명나라 군대가 대거 출동하였으니 왜적도 필시 감히 나오지 못할 것이다. 따라서 목책과 같은 것은 설치할 필요가 없을 것이다."라며 그의 주장을 듣지 않았다. 이에 조경이 목책을 설치하고자 했으나 주장의 결정을 이미 알고 있는 제장들이 따르지 않자, "군중에서는 반드시 목책을 설치해야 한다."고 이들을 설득한 뒤 모든 군사를 동원하여 이틀 동안 이중의 목책성을 만들었다. 『표저집』·『연려실기술』

　　성책 공사가 완료된 후에 한강을 건너 진영에 돌아온 권율은 조경에게서 목책설치와 군사배치 상황 등을 보고받고 그동안의 노고를 치하하며 기뻐했다.

행주산성의 역사와 지리적 여건

행주산성은 현재 고양시 덕양구 행주내동 산 26번지 일대를 말하며 덕양산德陽山, 124.9m이라 부른다.

임란 당시 이곳은 '고양군' 의 관할이었다. '행주지역' 은 백제 때는 '개백皆伯' 이라 불렀고, 고구려가 점령하여 '왕봉王逢' 으로 불렀다. 신라가 점령해서는 '우왕遇王' 이라 부르다가 고려 초기에 '행주' 로 고쳤다. '고양' 이라는 군 명칭은 조선 태종 때 '고봉현' 의 '고' 자와 '행주' 의 또 다른 이름인 '덕양' 의 '양' 자를 따서 오늘에 이르고 있다.

덕양산은 북한산에서 해음령을 지나 오른쪽으로 뻗은 산줄기에 해당된다.

서울은 주산인 북악산(348m)을 중심으로 왼쪽으로 낙산(125m), 오른쪽으로 인왕산(338m), 안산으로 남산(260m)이 둘러싸인 분지를 이루고 있다. 좀 더 범위를 넓히자면 북한산(836m)을 중심으로 왼쪽으로 용마산(348m), 오른쪽으로 덕양산(행주산), 안산으로 관악산(829m)이 있어 이중으로 둘러싸고 있는 풍수지리상 명당의 형국을 갖추고 있다.

삼국시대 이래 한강유역은 남북 세력이 교차하는 지정학적 위치로 항상 충돌과 완충 역할을 하였고 삼국의 흥망과 직접 관계를 가지고 있다. 고구려, 백제, 신라가 점령할 때마다 행주지역의 명칭이 바뀐 것만 보아도 짐작할 수 있다.

『삼국사기』 고구려본기 광개토왕조를 보면 광개토왕이 7개의 접근로를 통해 20일간 공격한 끝에 백제 관미성關彌城을 점령했다는 기록이 나온다. 고구려와 백제가 이 성을 차지하고자 총력전을 펼쳤음을 알 수 있다. 관미성의 위치는 현재 오두산성烏頭山城으로 알려져 있다. 관미성은 한강을 통한 서울 접근로를 통제하는 위치였다. 이곳은 신라가 한강유역을 독점하던 시대에도 중요한 거점이 되었고, 당나라 군대를 축출

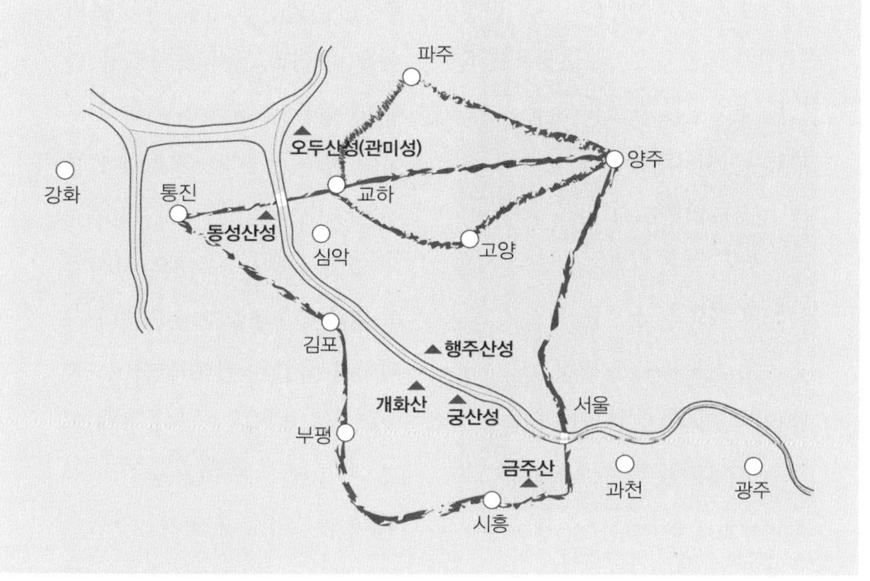

한강변 주요산성 위치도

하려고 치열한 전투를 전개했던 곳이기도 했다.

관미성과 물 건너 마주보고 있는 김포의 동성산성童城山城은 한강을 차단하는 빗장 역할을 했다. 이와 같은 형세는 행주산성과 물 건너 마주보고 있는 양천의 궁산성宮山城도 마찬가지다. 관미성과 동성산성이 한강수로를 방어하는 제1관문이라고 한다면, 행주산성과 궁산성은 제2관문이라고 할 수 있다.[2]

삼국이 통일된 뒤 고려시대에 접어들면서 북방의 적은 육로를 통해 공격하였고, 왜구는 수도인 개경과 연해안 일대에서 노략질을 했기 때문에 행주산성의 군사적 입지는 크게 감소했다. 조선시대에도 국방의 주요 관심사가 국경지대였으며 유사시에는 강화도와 남한산성을 피난처로 삼았다. 왜구도 임란 이전까지는 고려시대처럼 연해안에서 노략질하는 수준이었기에 한강 중류의 행주산성은 크게 주목받지 못했다. 1530년(중

행주산성 토성. 총 길이가 약 1km에 달하며, 1992년 415m를 복원하였다.

종25)에 발간된 『신증동국여지승람』고양군 산천·고적조에 덕양산, 행주산(성) 등의 기록이 보이지 않는 것도 이런 이유였을 것이다.

덕양산은 높지 않은 산이지만 평야지대에 홀로 솟은 민둥산이어서 사방을 쉽게 살필 수 있었다. 서·남면은 한강이 접해 있고, 동·남면은 창릉천(당시 덕수천)이 감싸면서 흘러 전술적으로 천연적인 해자垓字 : 성 주위에 둘러 판 못 기능을 지녔고, 험준한 지세로서 방어에 유리했다. 또한 당시 창릉천 주변 일대는 습지대로 적이 침입하는 데 장애가 되었을 것으로 추정된다. 행주산성의 정상부는 타원형의 분지로 이를 에워싼 내성이 있고, 정상의 경사가 급한 동쪽 끝으로부터 서·북면 작은 골짜기를 에워싼 외성이 있어 이중 구조를 지녔다. 산성의 평면은 방형方形 : 네모반듯한 모양에 가까운 부정형으로 동서가 약간 긴 형태로 총 길이는 약 1km 정도이다.[3]

행주산성의 한 면이 한강에 접해 있어 조선군에게는 심리적으로 배수진이 되었다. 한강 이남에 있는 육군과 수군들로 하여금 병력과 무기, 식량 등의 보급 지원을 받을 수 있는 젖줄로도 활용되었다.

반면에 행주산성의 지형적 취약점도 적지 않았다. 첫째는 서·북면의 낮은 구릉지를 통해서 정상까지 접근이 용이했고, 둘째는 평원 가운데 고립된 산성으로 적에게 쉽게 노출되어 공격을 받을 경우 고립무원의 위치가 되었다. 셋째는 중간에 암석이 있어서 적들이 화살과 돌을 피할 수 있었다.

『손자병법』의 「지형편」을 보면 "지형은 용병을 도와주는 것이다. 적의 적세를 헤아려 승리를 얻는 것과 험하고 좁은지 멀고 가까운지를 계산하는 것은 고위 장수의 용병하는 방법이다. 이것을 알고 싸우면 반드시 이기고 모르고 싸우면 진다."하였다.

당시 도체찰사였던 류성룡은 『서애집』「산성론」에 다음과 같이 적었다.

대개 산성은 높게 있어 아래를 내려다보기 때문에 적의 장기도 소용이 없고 조총을 가졌지만 하늘을 향해 쏘는 데 불과하니 한껏 올라가서 떨어진 탄환은 사람을 다치지 못하니 이것이 첫째로 유리한 조건이다. 토산과 사닥다리를 놓을 곳이 없어서 성안의 사정을 끝내 알아내지 못할 것이니 이것이 둘째의 유리한 조건이다. 적이 아무리 용감하고 날래어 돌격전에 능하다 해도 산 밑에서 붙잡고 오르다가 겨우 성 밑에 닿아서는 숨이 차고 기운이 빠질 것이고, 우리의 군병은 마음이 안정하고 호흡이 조용하여 적이 향하는 대로 맞아 싸우면 큰 돌만 굴려도 적이 흩어져 달아날 터이니 이것이 셋째로 유리한 조건이다.

행주산성은 지형이 취약하여 손자와 류성룡의 기준에는 부합하지 못한다. 행주산성은 고려조부터 임란 당시까지 약 700여 년간 관리하지 않았기 때문에 시설불비로 산성이라고 부를 수도 없는 상태였다. 이에 목책성을 설치하여 토성을 보완하였고 지형에 따라 석성이나 참호를 구축히기도 했다. 특히 외성에서 방어에 가장 취약한 서·북면에 정예 병력인 승군을 배치하여 내성의 지원을 받으면서 방어토록 했다.

사실 행주산성의 이러한 한계 때문에 권율은 전투 직후 행주산성을 버리고 파주산성으로 이진한다.[4]

소모사 변이중, 권율 진중에 화차를 보내다

행주산성전투에서 큰 위력을 발휘한 '화차火車'에 대해 알아보자.
화차는 변이중邊以中, 1546~1611이 문종 때 만든 것을 개량하여 제작한
것이다.

변이중은 전라도 장성군 황룡면 장안리 봉암마을에서 택澤의 아들
로 태어났다. 본관은 황주黃州, 자는 언시彦時, 호는 망암望庵이다. 이이
와 성혼 문하에서 수학했다. 선조가 임금에 오른 1568년 사마시에 합격
하였고, 1573년(선조 6) 식년시(병과 23위) 문과에 급제한 뒤 교서관 부
정자(종9품)를 시작으로 관직에 입문하게 된다.

1582년 사헌부 감찰(정6품)에 오른 뒤 공조·호조·예조의 좌랑과 황
해도 도사를 거쳐 형조정랑, 풍기군수를 역임했다. 임란 때에는 어천찰
방魚川察訪, 지금의 평안북도 영변으로 재직 중 선조를 호종하게 되는데
이때 '임금의 피난 행차를 중도에서 돌릴 것과 어진 사람을 등용하고
간신은 멀리할 것을 청하는 상소문'을 올리지만 답을 듣지 못하다가 9
월에 형조정랑과 봉상시 첨정에 임명되었다.

그는 10월 초에 이르러 윤두수의 천거로 전라도 소모사召募使로 임
명받게 된다. 소모사는 병사(의병)를 모집하는 임시 직책이다. 당시 황
해·경기도 대부분 지역을 왜군이 점령한 터라 배를 이용한 험난한 남하
가 시작된다. 의주 행재소에서 전라도로 가는 도중 변이중은 크게 두
가지에 골몰했을 것이다.

하나는 병사를 모으는 일이었다. 쉽지 않은 임무였다. 이미 권율이
전라감사 겸 순찰사에 임명된 뒤 각 군현에 징집령을 내려 2만여 명의
병력을 이끌고 북상 중에 있었고, 그 이전에 전라우의병장 최경회와 좌
의병장 임계영이 수천 명의 의병을 모아 경상우도에서 왜적과 대치하
고 있었기 때문이었다.

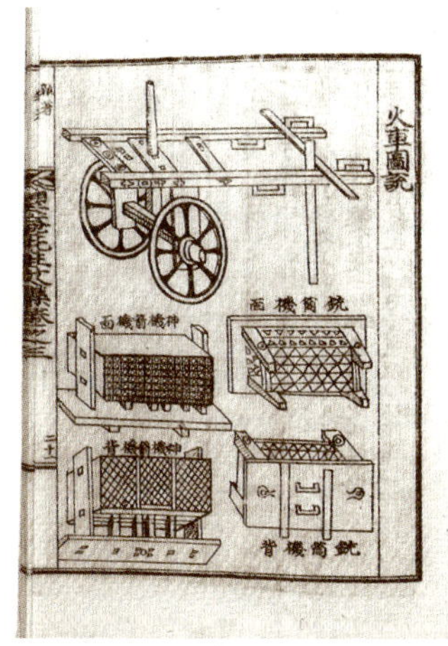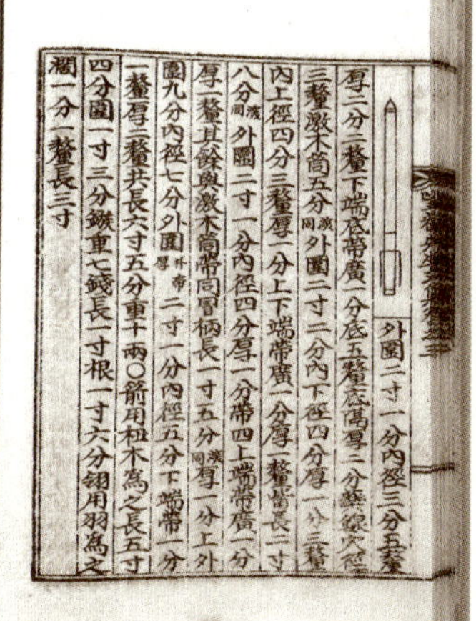

변이중의 화차 도설(봉암집)

다른 하나는 화차를 제작하는 일이었다. 임란 직후 당대 명장 이일과 신립이 상주와 충주에서 맥없이 무너지고, 서울과 평양까지 점령당하는 등 조총으로 무장한 왜적 앞에서는 속수무책인 것이 현실이었다. 평지 전투는 연패였다. 군기에 밝았던 그는 어천찰방으로 있으면서 왜적과 대적할 수 있는 무기 개발에 심혈을 기울였다. 바로 화차였다. 그는 기술자와 함께 수없이 '화차도면'을 보며 어디서, 어떻게 만들어 실용화할 것인가에 대하여 고민했을 것이다.

아산에 도착한 변이중은 도체찰사 정철이 머물고 있는 체찰부에 들어가 전라도 소모사로 임명받았다는 것과 향후 병사 소집 계획을 보고한 뒤 전라도로 남하하게 된다.

전라도로 들어온 그는 먼저 전주부성으로 가 전라도의 현 상황에 대해 보고받은 뒤 곧바로 고향인 장성으로 향했다. 소모활동도 중요했지만 빠른 시일 내에 '화차'를 제작하기 위해서였다.

장성현 치소를 방문하여 현감을 만날 때 당시 만석꾼 부자로 알려진 사촌 동생 변윤중邊允中, 1548~1597을 동석시키고 화차 제작의 시급성

화차(2011년 광주시립민속박물관 전시)　　　　화차(대첩기념관 전시)

을 설명한 뒤 여기에 소요되는 인력과 재원마련에 협조를 구했다. 물론 이들은 흔쾌히 수락했다. 이에 장성군 삼서면 송현리 공평마을 앞 안산과 북이면 조양리 봉학산 일대에서 화차를 제작토록 하고 곧바로 다른 지역으로 가 소모 활동을 펼친다.

『송강집』 10월 25일자에, 도체찰사 정철이 충청·전라 일부 수령을 교체한 뒤 의주 행재소로 장계를 올릴 때 장성현감도 포함되어 있다. 당시 현감은 백수종白守宗이 상중에 있어 양사형楊士衡이 임시 교체돼 있었다. 이 가운데 변이중이 어떤 현감에게 지시했는지는 알 수 없다.

11월 17일, 장성 남문창의 의병 출정식 참석을 위해 장성으로 다시 돌아온『남문창의록』변이중은 이들을 격려했다. 이때 화차를 만드는 두 곳을 방문하여 제작과정을 점검·독려하였을 것으로 본다.

이때 제작된 화차는 한 수레 위에 40개 구멍을 내고 승자총통 40개를 끼워 심지에 불을 붙여 연발로 쏘게 한 신형무기로 덮개가 있는 것과 없는 것 두 종류였다. 덮개가 있는 것은 '우거牛車'로서 소나 말이 끌고 수레 안에 사람이 탈 수 있도록 특수 제작되었다. 성을 공격하는 공성전과 평지전투를 목적으로 한 '공격용'으로 공격수들을 가려 신속히 전진하는 효과를 노렸다. 반면 덮개가 없는 화차는 2~4명이 손쉽게 끌고 다닐 수 있어서 주로 '수성용'으로 총통의 화력 발휘와 총통수의 보호에 중점을 두었다.

화차는 임란 이전에 이미 제조되었다. '최무선 화차'에 이어 그의 아들 '최해산 화차'가 있었고, 이후 약 40년 뒤인 문종(재위기간 : 1540. 3~1542. 5)이 손수 창안한 '문종 화차'가 있었다.

변이중이 제작한 화차는 직전에 만든 문종의 화차와는 다른 '개량된 화차'였다. 몇 가지 차이점을 짚어 보자.

첫째, 총통기가 다르다. 문종 화차는 사전총통을 설치했는데 신형화차의 총통기는 승자총통을 설치했다. 둘째, 수레 구조가 다르다. 문종 화차는 총통기가 화차의 수레축보다 좁았는데 개량화차는 화차의 수레축보다 넓었다. 셋째, 총통 구멍수와 발사방향이 달랐다. 문종 화차는 전면 한 면에만 총통 구멍이 한 줄에 10개씩 총 50개가 있다. 개량 화차에는 3면에 한 줄로 총 40개의 총통 구멍이 있고, 4면에 1개씩 총 4개의 구멍이 별도로 있었다. 특히 개량 화차에 사용된 승자총통은 이전의 총통에 비해 성능이 우수하고 장전과 휴대가 간편한 신예무기였다.[5]

변이중은 이와 같은 화차제작에 몰두했고, 그의 주 임무였던 병사모집에도 40여 일을 밤낮으로 노력하여 6천여 명의 많은 병사와 군마, 소, 군기 등을 모았다.『망암집』

군사를 전주에 집결시켰으나 노약자, 병든 자 등 전쟁터에 나갈 수 없는 사람이 다수 있었다. 그는 정예병 2천여 명을 선발하여 군대를 편성하고 훈련을 시킨 다음 12월 초 근왕을 위해 서울로 향한다.『난중잡록』전쟁에 나갈 수 없는 노약자 일부는 군량과 무기 수송을 담당토록 하고 나머지는 각자 고향으로 돌아가 무기생산과 농사일에 전념토록 했다.

변이중은 독성산성에 머물고 있던 권율 군을 후방지원하면서 계속 북상하여 12월 중순경 천안을 지나 안성 부근에 주둔했다. 대오를 재편성하고 '우거'의 사용방법을 교육하는 등 훈련에 열중했다. 그는 새로 만든 '우거'를 이용해 당나라 방관房瑞의 우거지계牛車之計를 실전해 옮겨 보고자 했다.

이 무렵 서울과 부산 간 연락보급로를 확보하기 위해 죽산부(지금은 경기도 안성군과 충북 진천 일부로 편입)에 제5군 후쿠시마 마사노리福島正則의 왜군 4천 500명이 진을 치고 있었다.

변이중은 죽산 방면에 정탐병을 보내 적정을 살폈다. 성루가 굳고 경비가 삼엄하여 쉽게 칠 수 없다고 판단하여 우거를 이용해 돌진할 계획을 세운다. 1월 30일, 변이중은 죽산성을 공격했다. 먼저 덮개를 씌운 우거를 큰 소(말)가 끌도록 하고, 병사들은 그 안에 숨어서 적진 가까이까지 진격하여 적의 심장부를 찌르기 위한 작전이었다.

아군 측의 공격에 왜적은 화전火箭 등으로 즉각적인 화공작전을 전개했다. 우거를 끌고 있던 소(말)들이 광분해서 정해진 목표에 도달하기도 전에 서로 뒤엉키는 상황이 펼쳐졌다. 우거에 불이 붙자 그 안에 숨어 있던 군사들이 나오지 못하고 타죽고 말았다. 더욱이 우거 안에는 총포를 쏘는 장치가 없어서 적의 근접전에도 속수무책이 되었다.[6]

때마침 안성 부근에 주둔해 있던 경기조방장 홍계남이 군사 5백여 명을 이끌고 급히 지원하여 변이중도 겨우 목숨을 건질 수 있었다.

2월 초, 권율은 행주산성으로 군진을 이동하면서 변이중에게 급히 '화차'를 보내 달라고 한다. 변이중은 화차 300대 중 40대를 보내게 되는데 여러 정황으로 보아 화차 조작이 가능한 최소 100여 명의 병사를 함께 보냈을 것으로 짐작된다. 화차 300대 중 40대를 보냈다는 기록은 『조선왕조실록』을 포함한 『서애집』·『난중잡록』·『연려실기술』·『재조번방지』 등 어디에도 나오지 않는다. 다만 『망암집』에 실려 있는 윤광계와 강항이 쓴 「묘지명」에 나와 있다. 여기서는 2월 초 화차를 급히 요청한 것으로 정리하였으나, 정황상 변이중이 북상하는 도중 독성산성의 권율 진중에 화차 40대와 전문 병력을 지원했을 수도 있을 것이다. 그리고 행주산성에서 사용된 화차는 수성용으로 총통의 화력과 총통수의

화차 복원 발사 시연(2011. 11. 28). 화차가 420년 만에 복원되어 장성 동화면 육군포병학교에서 발사 시연회를 가졌다. 복원된 망암 화차는 총 2대로 가로세로 2m×2m 규격에 중량이 800kg에 달하며, 총통구는 앞면에 14개, 양측에 13개로 총 40개가 장착돼 있다. 시연회에는 화차의 정면에 장착된 14개의 승자총통을 2회 발사, 3백m 사정거리 안의 목표물을 정확히 명중시켰으며, 두꺼운 판자를 가볍게 뚫어 강력한 화력을 자랑했다.

보호에 중점을 두었을 것이다. 총통수의 보호를 위해 장갑을 씌운 형태는 근대 장갑차의 원형에 가깝다.[7]

죽산 패전 이후 변이중은 백성들로부터 많은 비난과 지탄을 받아야 했다. 과다한 화차 제작과 병사 징발이 문제가 되었다. 전라도사람 이전에 소모사라는 직책을 수행한 것이었지만 백성들의 고통이 배가되었기 때문이었다. 화차 제작으로만 끝난 것이 아니라 여기에 필요한 총통기 제작과 화약 확보, 이를 끌 수 있는 소(말)를 징발해야 했다. 또한 수천 명에 이르는 병사를 먹일 수 있는 군량 독촉도 만만치 않았을 것이다.『선조실록』(2. 22)·『선조수정실록』(2. 1)·『망암집』

그러나 권율은 행주대첩이 끝난 뒤 변이중에게 말하기를 "화차를 가지고 말을 하며 공을 헐뜯는 사람이 많으나 행주의 싸움에서 나는 실로 화차 때문에 승리할 수 있었다."라고 했다.「망암집」윤광계「묘지명」

어쨌든 그가 화차를 권율 진중에 보내고, 죽산전투 직후 행주산성과 마주보며 지척인 양천으로 이진하여 전라병사 선거이 군과 장사진長蛇 陣을 이룬 것은 그의 우국충정의 발로라 하겠다.

행주산성전투와 참전인물

조선군과 명군, 왜군 군사 상황

평양성을 탈환한 조·명연합군이 서울 수복을 위해 1월 23일 개성부까지 남하하자 한강 이남에 있던 조선군 또한 서울 근교로 전진하게 된다.

하지만 조·명연합군은 1월 27일 벽제관전투에서 왜군에게 불의의 일격을 당한다. 명군이 퇴각하려 하자 도체찰사 류성룡, 우의정 유홍, 도원수 김명원, 순변사 이빈 등이 극구 반대했다. 명나라 장수 장세작은 제독 이여송에게 퇴각을 강력하게 권했는데, 이를 반대하며 물러나지 않는 순변사 이빈에게 물러가라고 꾸짖으며 심지어 발길로 차기까지 했다.

명군은 임진강을 건너 동파東坡, 파주시 진동면 동파리를 거쳐 개성·평양으로 되돌아가 버린다. 함경도에 머물고 있는 가토 기요마사 군은 서쪽으로 향했다. 그래서 양원은 중도에 양곡 수송이 끊겨질까 우려하여 그 수하 군사들을 거느리고 평양으로 먼저 들어갔다. 이여백과 장세작 등 명나라 주력군은 개성부에 머물렀다.「선조실록」(2. 16) 류성룡이 여러 차례 서울 진격을 요청하지만 번번이 묵살당했다.

권율이 행주산성으로 진격하던 2월 초에는 명나라 대부분의 군사가 개성과 평양으로 퇴각하였고, 단지 부총병 사대수와 유격장군 관승 선冊承宣의 군사 수백 명만이 임진강을 지키고 있었다.「징비록」 제독 이여송은 개성에서 평양으로 후퇴하는 도중 황해도 평산군 보산역寶山驛

에서 행주승전 소식을 듣게 된다.『재조번방지』

명나라 군이 후퇴하는 상황에서 권율은 전라도 군사를 이끌고 강남에서 한강을 건너 행주산성으로 이동했다. 죽음을 무릅쓴 상륙이었다. 이때 도체찰사 류성룡은 동파에 머물며 조선군을 총괄 지휘하면서 명나라 장수들과 유기적인 협조 체제를 유지하고, 군량미 수송과 말먹이 조달 등 전시임무를 수행하고 있었다. 도원수 김명원은 임진강 남쪽에 있었으며, 순변사 이빈은 파주에 머물고 있었으나 그 병력의 규모는 알 수 없다.

이 무렵 강화도에 머물고 있던 경기의병장 우성전禹性傳은 2천여 명의 병력을 거느리고 한강을 건너 파주의 심악沈嶽, 지금의 파주시 교하읍 '심학산'을 숙종 조 이전에는 '심악산'이라 부름으로 이동하였고, 창의사 김천일도 강화도에서 나와 바닷가 언덕에 진을 쳤다. 또한 충청도순찰사 허욱이 평택현 등지의 수령들이 이끌던 군사 3천여 명을 김포의 통진으로 옮겼다.

이로써 조선군은 서울을 중심으로 서북쪽, 남서쪽으로 포진하여 기각지세掎角之勢를 이루게 된다. 당시 행주산성을 거점으로 한 조선군 주둔 상황을 『선조실록』과 『징비록』 등의 기록을 토대로 살펴보자.

한강 이북에 주둔한 군사 상황은 이러했다.

- 고양 행주산성 : 전라도순찰사 권율(2,300여 명)

- 고양 창릉천 : 고양 의병장 이신의(300여 명)[8]

- 고양 모처某處 : 의병장 박유인·윤선정·이산휘(병사 수는 알 수 없음)

- 임진강 남쪽 : 도원수 김명원(병사 수는 알 수 없음)

- 파주 : 순변사 이빈(병사 수는 알 수 없음)

- 파주 심악 : 경기의병장 추의장 우성전(2,000여 명)

- 양주 해유령 부근 : 경기도조방장 고언백(2,000여 명)

　　　　황해도방어사 이시언(1,800여 명) 등

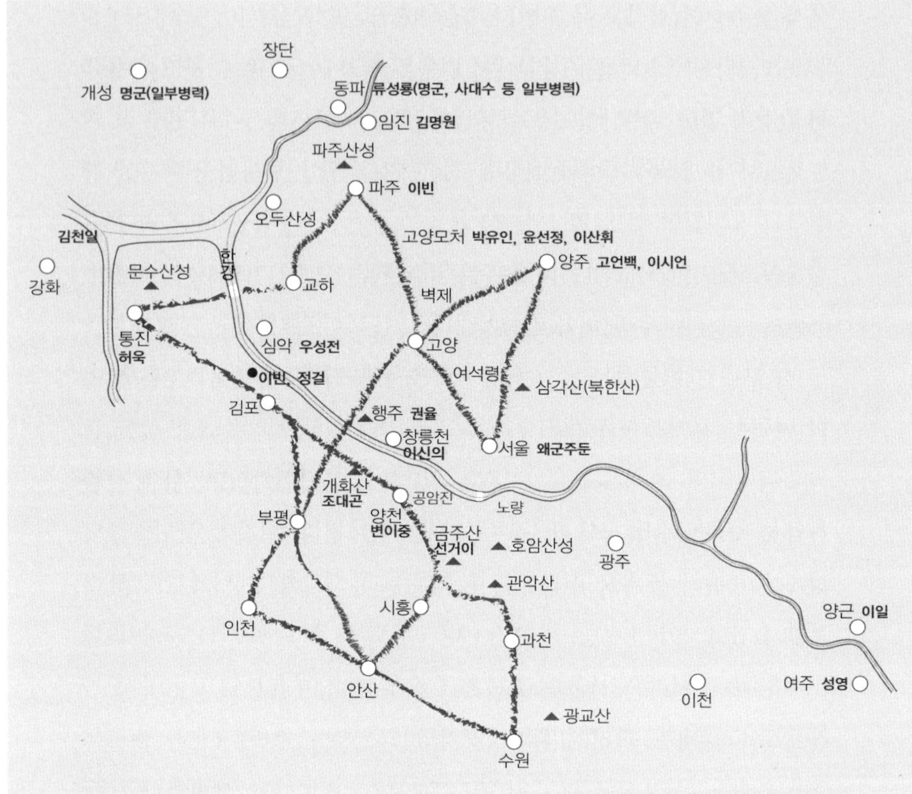

※ 충청수사 정걸과 경기수사 이빈의 정확한 주둔지를 알 수 없으나 전투당일 화살을 제공하였고, 창의사 김천일 또한 일부 병력을 보낸 것으로 보아 주둔지를 옮겨 강화·김포 해안가에서 후원한 것으로 판단된다.

행주산성전투 당시 조선군·명군·왜군 포진도

다음은 한강 이남에 주둔한 군사 상황이다.

- 행주산성 맞은편 양천 궁산성 : 전라도소모사 변이중(1,000여 명)

- 양천 궁산성 남쪽 금천 금주산 : 전라병사 선거이(1,700여 명)

- 김포 통진 : 충청도순찰사 허욱(3,000여 명)

• 강화도 근처 바닷가 연안 : 창의사 김천일(3,000여 명)
• 양천 건너편 : 충청도 의병 건의부장 조대곤(2,000여 명)
• 한강변 : 경기수사 이빈과 충청수사 정걸(병사 수는 알 수 없음)

이로 볼 때 권율이 이끄는 행주산성 주둔 병력은 2천 3백여 명에 불과했지만, 행주산성 부근 조선군 지원 병력은 1만 5천여 명이 넘었다. 이 병력의 통계는 1593년 1월 초 명나라의 요청으로 작성한 것으로 다소 과장된 측면이 있다고 보이지만 최소 1만여 명은 넘었을 것으로 추정된다.

이밖에 경기도 여주군에 경기도순찰사 성영이 3천여 명, 양근군(양평군)에 의병장 이일李軼이 6백여 명, 안성군에 경기도 조방장 홍계남이 3백여 명의 군사를 거느리고 있었다. 이들은 권율 군을 지원하기보다는 서울과 부산의 보급로를 확보하기 위해 용인과 양지현, 죽산부의 왜군을 견제했던 것으로 보인다.

권율이 이끄는 전라도 정예 병력이 행주산성에 주둔하자 서울에 웅거해 있던 왜군은 크게 당황한다. 벽제관전투에서 명나라 군대의 남하를 저지한 지 채 10여 일밖에 되지 않았는데, 전라도 군사가 비웃듯이 한강을 넘어 코앞까지 진격해 왔으니 그럴 만도 했을 것이다.

이러한 불안을 해소하고, 지난 웅치와 이치전투, 독성산성전투에서 패배한 치욕을 씻고자 왜장들은 긴급대책회의를 열어 행주산성을 공격키로 결정한다. 그리고 점령부대를 편성하게 되는데, 당시 이 전투에 참여한 장수를 『秀吉の朝鮮經略』京口元吉, 1939년과 『임진전란사』(이형석, 1974년)를 참조하여 정리하면 다음과 같다.

• 제1대 : 고니시 유키나가小西行長 6,629명
• 제2대 : 이시다 미쓰나리石田三成 1,546명

마시타 나가모리增田長盛 1,629명

오타니 요시쓰구大谷吉繼 1,505명

마에노 나가야스前野長康 717명

- 제3대 : 구로다 나가마사黑田長政 5,269명

- 제4대 : 우키타 히데이에宇喜多秀家 5,352명

- 제5대 : 깃카와 히로이에吉川廣家

- 제6대 : 모리 모토야스毛利元康, 요시미 모토요리吉見元賴,

  고바야카와 히데카네小早川秀包

- 제7대 : 고바야카와 다카카게小早川隆景 등 제5·6·7대 총 9,552명[9]

이들이 이끄는 병력은 총 3만여 명에 이르렀다. 행주산성에 주둔하고 있는 조선군의 13배가 넘었다.

권율 군과 왜군 병기 비교

행주산성전투 상황에 앞서 당시 전쟁의 승패에 지대한 영향을 미쳤던, 권율이 이끄는 조선군과 왜군의 병기에 대해 비교해 보자.

병기는 전쟁에 쓰이는 온갖 기구를 말한다. 활과 쇠뇌弩와 같은 쏘는 무기에서부터 칼, 도끼, 창, 돌과 같은 베고 치고 찌르고 던지는 재래식 무기가 있고, 화약 제조로 임진왜란 전까지만 해도 총포(사전총통 등)·발사물(총통완구환 등)·폭탄물(발화통 등)·로켓병기(신기전, 화차 등) 등 다양한 화약 무기가 개발되었다.

행주산성전투에 권율 군이 사용한 병기 또한 다양했다. 이 전투와 관련하여 『선조실록』·『상촌집』·『연려실기술』 등을 보면 활과 화살, 편전, 창, 도검(칼), 수석차포(석차), 돌 등 재래식 무기와 승자총통, 지자총통, 비격진천뢰, 지신포, 발화통, 화차(火車) 등 화학무기로 왜군과 싸운 것을 알 수 있다.

먼저 재래식 무기를 살펴보자.

활과 화살弓矢은 조선의 대표적인 전투 무기였다. 활은 모양과 재질, 용도, 크기, 세기에 따라 정량궁正兩弓, 예궁禮弓, 목궁木弓, 철궁鐵弓, 각궁 등으로 구분된다. 이 가운데 대표적인 것은 '각궁'이다. 이는 무소 뿔, 참나무, 소 힘줄, 실 등을 붙여 만들었으며 길이는 1.2m이고 사정거리는 180보에 달했다. 기록에는 나와 있지 않지만 활을 사용하기에 편리하도록 발전시킨 쇠뇌弩도 사용한 것으로 보인다.

편전片箭은 일명 '아기살'이라고 하는데 이는 화살의 길이가 작기 때문이다. 가볍기 때문에 가속도기 커서 관통력이 강해 부병전은 물론 기병전에서 크게 활용되었다. 사정거리가 천 보步에 이르고 철갑을 뚫는다는 위력 때문에 조선의 중요한 비밀병기로 활용되었다. 무과 시험 과목의 하나로 채택되기도 한 이 무기는 갈라진 대롱처럼 생긴 통아筒兒에 편전을 넣어 쏘도록 되어 있다.

창槍은 긴 장대를 이용하여 상대방을 공격하는 무기이다. 모矛와 극戟, 창槍 등 세 종류가 있다. 이 가운데 당시 사용된 무기는 평지의 접근 전에서 효과를 볼 수 있는 '창'인 것으로 보인다.

도검刀劍은 조선시대 군사들의 개인 휴대 무기 가운데 대표적인 단병기이다. 도는 날이 한쪽에만 있으며 곡선 형태로 되어 있고 자루가 길면서 칼집이 없다. 주로 베는 데 사용해 살상효과를 냈다. 반면 검은 날이 양쪽에 있고 직선 형태인 도에 비해 자루가 짧고 칼집이 있다. 창과 함께 접근 전에서 활용된 대표적인 무기였다.

수석차포水石車砲, 일명 '석차(石車)'라고 함는 물을 대는 수차처럼 돌면서 돌을 발사하는 기계장치로 궁시와 함께 사용되었다. 화약병기가 나오기 이전 공성전과 수성전에서 매우 중시한 무기로 고려 때(1231년) 몽고군을 물리친 '귀주성전투'에도 사용된 바 있다.

돌石을 이용한 전투 역사는 오래되었다. 조선시대에도 중요한 전투 수단으로 이용했다. 행주산성에 돌들이 풍부해서 전투 이전 충분한 양을 준비하고, 평상시에 익힌 망팔매질이나 줄팔매질 혹은 팔매질로 대응했다. 후일 '행주치마'의 유래가 여기서 나온 것을 보면 그 사실을 알 수 있다.

다음은 화약 병기에 대하여 알아보자.

승자총통勝字銃筒은 선조 때 육전에서 사용하기 위해 개발한 개인용 화기이다. 기존 화기의 단점을 개량하여 장전과 휴대를 간편하게 하였고, 총신을 길게 하여 사정거리를 늘리고 명중률을 높였다. '니탕개의 난'을 진압하는 데 효과적으로 사용한 이 화기는 화약 한 량을 사용하여 철환 열다섯 개를 발사하고 사거리는 육백 보이다.

지자총통地字銃筒은 승자총통과 같은 개인용 화기로 화약 스무 량을 사용하여 '조란탄'이라는 철환 2백 개나 장군전을 발사한다. 스물아홉 근에 달하는 장군전의 경우 팔백 보를 날아간다.

비격진천뢰飛擊震天雷는 진천뢰, 비진천뢰라고도 한다. 선조 때 만든 우리나라의 독창적인 폭탄이다. 무쇠로 만들었으며 모양은 둥글고 무게는 스무 근이며 뚜껑에 해당되는 '두에쇠'의 무게는 네 냥이다. 이 무기는 화약과 철 조각, 오늘날 폭탄의 신관과 비슷한 죽통이 들어 있다.

지신포紙神砲는 신호용으로 쓰는 화포의 하나이다. 쇠로 만든 탄환 대신에 종이를 사용했다.

발화통發火筒은 투척용 화기로서 대·중·소의 규모로 제작되었다. 종이를 말아서 만든 둥근형태의 통에 화약을 넣어 사용한 폭탄의 일종으로 지금의 수류탄과 비슷하다. 『선조실록』에 '대중발화'라고 기록되어 있는 것으로 보아 작은 화기는 사용하지 않은 듯하다.

화차火車는 수레 위에 40개의 승자총勝字銃으로 총통기를 설치하고 총의 심지를 이어서 차례로 쏘게 한 것이다. 신흠이 지은 권율의 신도 비명에 '차자화車子火'의 화기가 화차인 것으로 보인다.

그렇다면 왜군의 병기는 어떠한가.

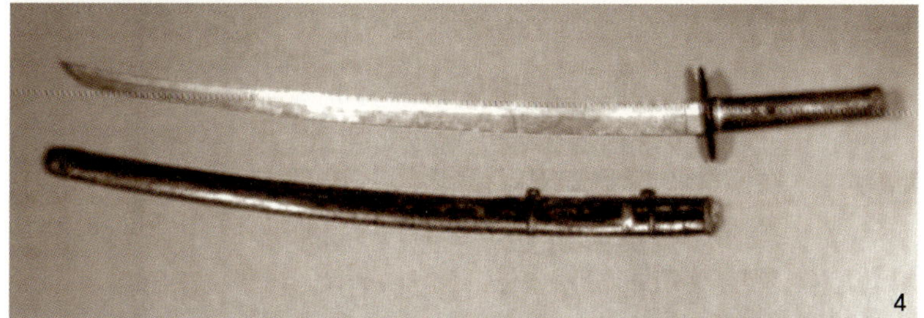

1. 활과 화살(국립중앙박물관 소장) 2. 비격진천뢰(국립진주박물관 소장)
3. 승자총통(국립중앙박물관 소장) 4. 장검(권오현 소장) 5. 조총(국립경주박물관 소장)

　　대표적인 무기로 휴대용 화기인 조총을 들 수 있다. 원래 뎃뽀鐵砲로 불렸는데 일명 아시가루뎃뽀足輕鐵砲라고도 하며 조총은 우리나라에서 붙인 명칭이다. 길이는 1m 전후이고 구경은 규격화돼 있지 않았으며 탄환의 무게에 따라 구분했다. 대체로 개인 회기로는 구경이 15~18㎜, 6문文~10문 조총이 많이 사용되었다. 납탄을 발사하면 사정거리는 100미터~200미터이며, 100미터 이내에서 명중률이 높아 전투에서는 50미터 정도에서 사격했다. 장전 속도는 1분에 ‘4발 정도’였다.

왜군은 조총과 함께 활과 화살을 사용했고, 살상효과가 높은 긴 칼과 단도, 창 등을 사용했다. 이 전투에서는 우리나라 비밀병기인 '편전'을 만들어 사용하기도 했다.

왜군의 대표적인 무기인 조총이 우리의 화살보다 10배나 뛰어났다고 하지만 행주산성전투가 수성전임을 감안할 때 병기 면에서도 왜군에 비해 결코 뒤지지 않았다고 판단된다.

전투상황

행주산성에 도착하자마자 권율은 수성과 함께 서울 수복 작전을 수립했다. 활과 화살, 편전, 도검, 창, 화차와 화약, 총통 등의 무기를 점검하고, '수차석포'에 쓸 크고 작은 돌을 모으도록 했다. 그리고 참모회의를 열어 군사 배치계획을 수립하도록 지시했다.

행주산성의 남쪽 한강변과 동쪽 창릉천변은 절벽과 경사가 심해 침투가 거의 불가능했다. 경사가 완만한 곳은 서북쪽인데 계곡과 계곡 사이에 능선이 길게 이어져 능선 자체가 성곽의 '치雉' 역할을 했다. 이에 북서쪽에 군사를 집중 배치시킬 계획을 세운다.

외성(토성)으로 가장 취약한 서북쪽 자성子城: 본성에 딸려 따로 쌓은 성에는 처영이 이끄는 승군을 배치하고, 북문장으로 무과출신 무장현감 이충길李忠吉을 삼았다.『선조실록』(1596. 3. 4) 내성(토석성)은 조방장 조경이 담당하고 정상에 지휘소를 두어 권율이 총괄 지휘했다. 그리고 외성 450m에 군사를 일렬로 배치하고, 적이 침략하기 용이한 계곡과 능선 부근에는 전봉, 함덕립 등 맹장과 정병, 그리고 유능한 궁수와 화차를 집중 배치했다.

권율은 왜군의 동향을 살피기 위해 수십 명의 정탐병을 서울 근교로 보냈다. 그런데 2월 11일 무악재에서 적의 선봉대에게 발각되어 8~9명의 사상자를 내었다. 이날 5~600명의 왜군 선봉대가 행주산성 부근에 도착하여 포위하면서 전운이 감돌기 시작했다.

전라도군도 즉각 일사불란하게 대응태세를 갖추었다. 하지만 공격하지 않고 관망만 했다. 해가 지고 저녁이 되고 자정을 넘어도 쌍방은 선공하지 않았다. 모든 병사는 잠들지 못했다. 이기느냐 지느냐, 죽느냐 사느냐 하는 절체절명의 위기에 놓여 있었다. 뒤에는 한강이 있어 더 이상 피할 수도 없었다. 전투가 벌어지면 죽을 각오로 싸워야만 했다.

권율은 수차례의 참모회의를 갖고, 수성작전 대책을 강구하는 한편 병사들의 사기진작을 위해 분주하게 움직였다.

2월 12일(양력 3. 14) 북한산에 여명이 트기 전, 서울에 웅거해 있던 왜적들이 행주산성을 향해 움직이기 시작했다. 권율 진중으로 척후병들의 보고가 계속 올라왔다. 종합해 보면 "적이 좌·우익으로 나누어 홍기와 백기를 들고 홍제원弘濟院 : 서대문구 홍제동으로부터 행주산성으로 향하고 있다"는 내용이었다. 권율은 즉시 '동요하지 말라' 는 명령을 내리고, 제장들에게 전투태세를 갖추도록 했다.

얼마 뒤 지휘소에서 바라보니 행주산성에서 5리쯤 떨어진 벌판 가득 적군이 몰려오고 있었다. 처음에는 기병 백여 명이 접근해 왔으나 점차 많은 군사가 뒤따라와서 성을 몇 겹으로 포위했다. 3만여 명에 이르는 병력이었다.

드디어 왜적은 세 진으로 나누어 공격해 왔다. 권율이 예측한 대로 공격하기 쉬운 서북쪽 골짜기와 능선이었다.

임란 당시 왜군은 기병과 보병으로 이루어졌다. 보병은 조총수와 궁수, 창수 등 세 부대로 무장되었다. 전체 전투원 중 조총 병사는 부대마다 약 10~30%의 비율로 구성되어 있다. 전투는 조총수가 사격을 하고 2선으로 물러나 재장전하면 궁수가 활을 쏜다. 그 후 조총수가 계속해서 사격하여 상대 전열이 흐트러지면, 창수가 뒤를 따라 보병 뒤에 위치하고 있던 기병과 함께 진격하여 백병전을 벌임으로써 전투의 승패

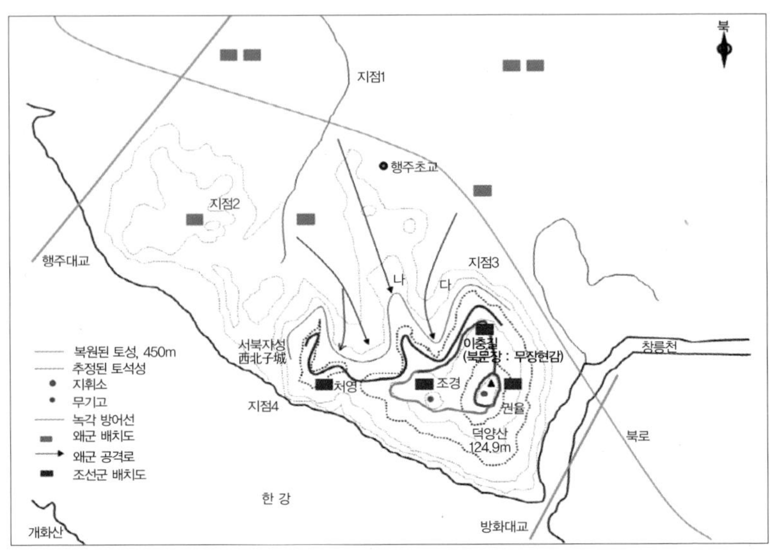

행주산성 조선군 배치도(본 지도는 http://dcn.or.kr 「권율의 한성탈환전투, 행주대전」 기사 중 일부 보완하여 전재)

를 결정지었다. 벽제관전투의 무치바나 무네시게立花宗茂 부대는 전투 주체인 조총수 350명, 창수 640명, 궁수 91명으로 조총수가 창수의 절반 수준이었다.[10]

벽제관과 행주산성은 평지와 산성이라는 점에서 차이가 있지만 왜군은 비슷한 형태로 진격했을 것이다.

먼저 왜적이 조총을 쏘며 공격해오면 조선군은 화차와 화전을 일제히 사격하여 일대 공방전을 벌였다. 적은 올려다보며 조총을 쏘는지라 정확도가 떨어졌다. 그러자 긴 나무를 모아 누대 모양의 높은 가마轎를 만든 뒤 수백 명이 메고 올라와 그 위에 조총수 수십 명을 태워 아군 진중에 사격을 가해 왔다. 이에 조경은 지자총통에 큰 칼 두 개를 포 앞에 매어 달고 적이 가까이 오기를 기다렸다가 발사했다. 이에 가마는 모두 부서지고, 그 위에 타고 있던 적병은 몸과 팔·다리가 갈가리 찢겨 더 이상 진격하지 못했다.『포저집』

아침부터 시작된 양측의 공방전은 점심 때가 되어도 끝날 줄 몰랐다. 양측의 북소리와 징소리, 조총과 화차에서 쏘는 총통 소리가 하늘을 진동하였고 화살과 돌이 비처럼 떨어졌다. 왜적은 대군을 앞세워 한 진이 물러나면 다른 진이 나와 반복하여 전진해 왔고 아군은 그때마다 사력을 다해 싸웠다. 아홉 차례의 공방전은 저녁 때 왜적이 퇴각함으로써 조선군의 승리로 끝났다.[11]

양측의 공방 중 조선군에도 위기는 있었다. 왜군은 조선군의 목책을 뚫을 수 없자 갈대를 묶어 바람 부는 방향으로 불을 지르도록 했다. 이로 인해 목책에까지 불이 붙었으나 성안에서 물을 가지고 와 간신히 불을 껐다. 더군다나 행주산성에서 가장 취약한 북서쪽을 막고 있던 승군의 방어선이 뚫려 왜군의 일부 군사가 내성으로 들이닥쳤다. 이에 아군이 한때 혼란에 빠졌다. 지휘소에서 이 상황을 지켜 본 권율은 칼을 뽑아 들고 호령하자 내성을 지키고 있던 모든 병사들이 달려들어 싸워 물리쳤다.『행주대첩비』

반면 인근에 포진한 장수의 지원과 성원도 있었다. 아침부터 오후 3~4시까지 싸우느라 화살이 거의 떨어졌을 때 충청수사 정걸과 경기수사 이빈이 수만 개의 화살을 운반해 왔다. 또한 창의사 김천일도 군사 3백여 명을 거느리고 행주산성까지 와 후방을 지원했다. 적이 물러날 무렵 때마침 전라도 조운선(식량 수송선) 40여 척이 양천 포구를 뒤덮자 자연스럽게 성원의 형세가 된 것은 결코 우연한 일이 아니었다. 『선조실록』(2. 24) 그리고 부녀자들이 앞에 걸친 짧은 치마로 나른 작은 돌을 적절히 이용하여 적을 물리치는 데 상당한 효과를 보았다.[12]

날이 저물자 왜군은 전사자를 네 군데에 모아 불태우고 서울로 달아났다. 그 뒤 조선군이 죽은 시체 130급을 수습하였고, 활과 화살·투구·갑옷·칼·조총 등 수백 개의 병장기를 획득했다. 왜군은 이 전투에서 왜군의 총대장 우키다 히데이에宇喜多秀家를 비롯해 모리 모토야스

吉川廣家, 이시다 미쓰나리石田三成 등의 제장들이 부상당하는 피해를 입었다.[13]

아군 또한 이 전투에서 전투부장으로 참전한 전봉, 함덕립, 이인걸, 채종해, 주봉, 이영복 등이 싸우다 장렬히 순절하는 피해를 입었다.『호남절의록』

여기서 각 대별 전투상황을 재구성한 내용을 옮겨보면 다음과 같다.

2월 12일 아침에 전방 척후斥候로부터 적의 공격 이동의 보고가 있었다. 권율은 병사들에게 먼저 아침을 먹게 하고는 임전태세에 들어갔다. 적의 선봉 100여 기병騎兵이 나타나고 뒤이어 대군이 밀려 왔다. 적의 선공 제1대장은 고니시 유키나가小西行長로 그의 군사는 평양전에서 대패한 이후 벽제관전에도 참여하지 않고 있다가 설욕의 기회로 삼아 조총부대를 앞세워 돌진하였다. 아군은 성책의 수보數步 앞까지 오게 한 연후에 주장의 큰 북 연 3타로 공격을 명하자 미리 준비된 화차, 수차석포, 총통, 강궁으로 일제히 발사하였다. 아군의 갑작스러운 집중 포화 공격을 받은 적은 궤멸 상태에 빠지고 말았다.

다음 제2대장 이시다를 비롯한 3봉행과 더불어 마에노 나가야스前野長康가 진두에서 휘하병을 지휘하고 돌진하였다. 강궁으로 연사하여 적장 마에노가 흉부에 관통상을 입어 달아나자 제2대 공격 병력들은 그대로 무너지고 말았다. 이어 일선으로 진출한 제3대장 구로다는 전해 9월에 연안성延安城전투에서 조선군의 방수 능력의 위력을 실감했기에 공성 무기인 누대樓臺로 공격해 왔다. 이 누대 위에 조총수 수십 명을 올려놓고 성중을 향하여 조총을 쏘게 하면서 나머지 군사들은 아군 진지에 접근시키지 않는 신중한 작전을 전개하였다. 이에 조경은 지자포地字砲를 쏘아 이를 깨뜨리고 또 포전砲戰 끝에 큰 칼날 두 개씩을 달아 쏘게 하니 맞는 자는 즉사하였다. 왜군은 공격을 주저하면서 게걸음蟹步 작전으로 옆으로

행주산성 전투 장면

피하는 적들에게 진천뢰震天雷로 공격하니 적은 일시에 후퇴하고 말았다.

　왜군의 연속된 공격에도 불구하고 성을 점령하기는커녕 제1성책도 돌파하지 못하자 보다 못한 총대장 우키다는 노하여 최선두에 나오니 이에 소속된 제4대 장병들도 죽음을 무릅쓰고 모두 그를 뒤따랐다. 이러한 독전으로 적들은 많은 희생자를 내면서도 돌진해서 제1성책을 넘어섰으며 그의 부장 코가와 다지야스戶川達安는 제2성책까지 접근하였다. 이때에 권율은 북을 울리면서 전세를 살피다가 도망치는 군사 한 사람을 베어 효시梟示하자 아군은 도망갈 생각을 포기하고 역전力戰하였다. 화차의 총통을 총대장에게 집중 사격하자 우키다는 마침내 부상을 당하고 종자의 부축을 받아 퇴진하였다. 또한 이때까지 남아 지휘하던 제2대장 이시다도 부상을 입어 후퇴하였다.

　제5대장 키카와 히로이에吉川廣家가 지휘하는 적은 제2성책을 소각시키려고 화전을 집중하여 쏘아 성책의 일부가 타기 시작하자 아군은 미리 준비한 방화수로 꺼버리고 시석矢石을 퍼부으니 그는 부상을 입고 퇴주하고 말았다. 이어 제6대장 모리 모토야스毛利元康는 힘을 다하여 제2성책을 점령하려고 맹공을 가하여 왔다. 이때 승장 처영處英은 서북쪽의 자성子城에서 1천여 명의 승병을 거느리고 적의 공격을 끝까지 막아냈다. 적들이 근접한 지경에 이르자 재주머니의 재를 뿌려서 적이 눈을 뜨지 못하게 하는 전법까지 전개하자 마침내 적은 물러갔다.

적은 마지막에는 공격 방향을 바꾸었다. 제7대장은 노장인 고바야가와 다카카게小早川隆景로 선두에 서서 승병이 지키고 있는 서북쪽의 자성을 공격해서 그곳의 일각을 뚫고 내성으로 돌입하려 하자 승병들이 동요하기 시작하였다. 이에 권율은 대검을 빼어들고 승군의 총공격을 호령하자 다시 돌아서면서 적과 치열한 백병전을 전개하였다. 옆 진영에 있던 아군도 적을 향해 무수한 궁시를 집중 발사하니 전투는 최고조에 이르렀다. 이때 조선군 측은 화살이 다하여 투석전을 폈는데 적이 이것을 알아차리고 기세를 올리려 하였다. 이때 부녀자들은 치마를 짧게 잘라 허리에 묶고 거기에 돌을 담아 날랐다. 때마침 경기수사 이빈李蘋이 수만 개의 화살을 가득 실은 배 2척을 몰고 와서 보급하여 주었으며, 또한 전라도 조운선漕運船 40여 척도 들어와서 양천 포구를 뒤덮게 되니 아군의 사기가 충천하여 적군을 완전히 격퇴시키는 데 성공하였다.[14]

김기명 충의비(1960년대 건립). 광주 북구 본촌동 건국동 주민센터 앞에 위치해 있다.

　행주대첩은 임진년 9월 이정암李廷馣의 연안대첩, 10월 김시민金時敏의 진주대첩과 함께 임란 중 조선군이 승리한 육전 3대첩이다.

　행주승첩이 보고되자 조정에서는 전공자를 포상했다. 권율은 정2품 자헌대부資憲大夫로, 조경은 종2품 가선대부嘉善大夫로 가자하고 승장 처영에게는 정3품의 무반 품계인 절충장군折衝將軍의 벼슬을 주었다. 그리고 모든 장수에게 관직을 차등 있게 내렸다.『난중잡록』·『선조수정실록』('93. 2. 1) 1604년 논공행상 때 권율은 선무공신 1등에, 조경은 선무공신 3등에 녹훈되었다.

참전인물

출신지	성명	생몰년	본관	자	호	시호	관력	당시지위	상훈	적요
광주	고성후 (高成厚)	1549~?	장흥	여관 (汝寬)	죽촌 (竹村)		군수 증, 예조참의	운량유사	선무원종공신 2등	
"	김극추 (金克秋)	1552~1610	김해	여직 (汝直)	절봉 (節峯)		주부, 군수 증, 좌승지	전투부장	선무원종공신 3등	
"	김기명 (金基命)	?~1593	광산	응여 (應汝)	의암 (義菴)		무과 희천군수		선무원종공신 3등	
"	이세환 (李世環)	1540~1603	광산	백헌 (白獻)	추암 (秋巖)		무과 훈련원정	전투부장	선무원종공신 1등	
"	이완근 (李完根)	1545~1615	광산	백인 (伯仁)	서암 (瑞菴)		주부, 만호	전투부장	선무원종공신 2등	행주대첩비 막하유사
"	이충립 (李忠立)	1566~1618	함평				무과, 경력, 명천부사	전투부장	선무원종공신 1등	행주대첩비 막하유사
나주	노 인 (魯 認)	1566~1622	함평	공직 (公識)	금계 (錦溪)		진사, 무과 수원·황해부사 증, 병조판서	찬획 (贊劃)		
"	양대박 (梁大鏷)	?~?	제주	충국 (忠國)	국포 (菊圃)			전투부장		
"	오계수 (吳繼壽)	?~?	금성	팽사 (彭師)	와헌 (臥軒)		사마시	전투부장		
"	이광선 (李光先)	1563~1616	함평	여효 (汝孝)	문촌 (文村)		부장, 현감 증, 병조참판	전투부장	선무원종공신 2등	행주대첩비 막하유사
"	최희열 (崔希說)	1555~1603	수원	경뢰 (景賚)	삼주 (三洲)		사마시, 문과 정랑, 현감	의곡운송		
"	홍천경 (洪千璟)	1553~1632	풍산	군옥 (羣玉)	반환 (盤桓)		사마시,문과 직장,전적 증, 호조참의 권율종사관	의곡운송	선무원종공신 3등	
담양	박인경 (朴仁卿)	?~?	함양	숙임 (叔任)	치재 (恥齋)		장사랑	의병청 양향유사		
"	박장경 (朴長卿)	1539~1606	함양	계임 (季任)	이홍 (以洪)		참봉	의병청 양향별 유사		
"	윤효민 (尹孝敏)	?~?	파평	성좌 (聖佐)			무과 군자감정	전투부장		

출신지	성명	생몰년	본관	자	호	시호	관력	당시지위	상훈	적요
담양	전 봉 (田 鳳)	?~?	담양	성서 (聖瑞)			무과 북병사	전투부장	선무원종공신 2등	행주전투 순절
곡성	심민겸 (沈敏謙)	1570~1646	청송	사윤 (士允)	송호 (松湖)		주부	운량유사		
고흥	김붕만 (金鵬萬)	?~?	김해	봉서 (鳳瑞)	남헌 (南軒)		제주판관	전투부장	선무원종공신 2등	
〃	도맹삼 (都孟三)	?~?	성주	국보 (國輔)			무과 판관	전투부장		
〃	류충서 (柳忠恕)	?~?	고흥	추중 (推仲)	추중재 (推仲齋)		주부	전투부장	선무원종공신 2등	
〃	류 순 (柳 淳)	1566~1612	고흥	현숙 (灝叔)	송암 (松巖)		직장	전투부장	선무원종공신 3등	
〃	송상보 (宋商甫)	1564~1597	여산	수중 (秀仲)	봉재 (鳳齋)		무과, 군자 감정, 부장 강진현감	우부장	선무원종공신 1등	
〃	신여극 (申汝極)	1565~1629	고령	호인 (好仁)	지정 (池亭)		무과, 부장 첨정	전투부장	선무원종공신 2등	
〃	신여량 (申汝樑)	1564~1593	고령	중임 (重任)	봉헌 (鳳軒)		무과, 부장 수군절도사	좌부장	선무원종공신 1등	
〃	정 걸 (丁 傑)	1514~?	영광		송정 (松亭)		무과, 현감, 부사, 수사, 전라방어사	충청수사		
〃	정수인 (鄭水仁)	?~?	하동	청보 (淸甫)	원재 (源齋)		무과 판관	전투부장	선무원종공신 2등	
보성	박응현 (朴應賢)	?~1593	순천	국언 (國彦)	송담 (松潭)		기관(記官) 제용감정	전투부장	선무원종공신 2등	
〃	선거이 (宣居怡)	1550~1598	보성	사신 (思愼)	친친재 (親親齋)		무과 수군절도사 병사, 수사	전라병사	선무원종공신 1등	
〃	함덕림 (咸德立)	1554~?	강릉	사인 (士仁)	수정 (水亭)		무과 주부	찬획	선무원종공신 3등	행주전투 순절
화순	고세충 (高世忠)	?~?	장택	효원 (孝源)			무과	전투부장	선무원종공신 3등	
〃	공시억 (孔時億)	?~?	곡부				역사(力士)	전투부장		
〃	손종걸 (孫從傑)	?~?	밀양	준경 (俊卿)			주부	전투부장	선무원종공신 2등	
장흥	김여건 (金汝健)	1564~1605	영광	이강 (以剛)	운정 (雲亭)		봉사	전투부장		
〃	김여숙 (金汝璹)	1564~1648	영광	수연 (粹然)	수암 (守庵)		첨정	전투부장		
〃	김 율 (金 慄)	1529~1600	영광	태우 (泰宇)	서장 (西庄)		참의	찬획		
〃	위공달 (魏公達)		장흥	通遠			수문장 좌랑	전투부장	선무원종공신 2등	
〃	위덕원 (魏德元)	1549~1616	장흥	선장 (善長)			무과 훈련부정	전투부장	선무원종공신 2등	
〃	정현룡 (鄭見龍)	1553~1594	진주	성서 (聖瑞)			무과 울산병사	전투부장	선무원종공신 1등	
강진	김응종 (金應宗)	?~?	분성	종보 (宗甫)			무과	전투부장	선무원종공신 3등	
영암	박계원 (朴繼元)	1575~1645	밀성	수만 (守萬)	월파 (月坡)		무과 부장 군자첨정	전투부장	선무원종공신 2등	
〃	박광년 (朴光年)	1552~1621	밀성	여중 (汝中)	월계 (月溪)		선전관 첨정	전투부장	선무원종공신 2등	
영암	이인걸 (李仁傑)	1551~1593	경주	영숙 (英叔)	월암 (月嵒)		무과 수문장	전투부장	선무원종공신 3등	행주전투 순절

출신지	성명	생몰년	본관	자	호	시호	관력	당시지위	상훈	적요
무안	윤 길 (尹 趌)	1564~1615	파평	여직 (汝直)	몽파 (夢坡)		문과 삼례찰방 무주현감 증, 도승지	전투부장		
〃	채종해 (蔡宗海)	?~?	평강	수보 (洙甫)				전투부장		행주전투 순절
〃	주 봉 (周 封)	1534~1593	철원	건숙 (建叔)	장춘 (長春)		주부	전투부장		행주전투 순절
장성	변이중 (邊以中)	1546~1611	황주	언시 (彦時)	망암 (望庵)		문과 어천찰방 소모사 조도사 독운사 함안군수 증, 이조참판	소모사	선무원종공신 2등	
군산	이영복 (李永福)	?~?	완산	영길 (永吉)				전투부장		행주전투 순절
정읍	김 흔 (金 昕)	1558~1629	의성	숙승 (叔昇)	학봉 (鶴峯)		군기사정 언양현감	전투부장		
김제	두기문 (杜起文)	?~?	두릉				무과 병사		선무원족공신 2등	행주대첩비 막하유사
〃	처 영 (處 英)	?~?			뇌묵 (雷默)		의승장 절충장군	승군장	행주전공 절충 장군 직함부여	
완주	신경희 (申景禧)	1561~1615	평산				주부 고산현감 면천군수 중화부사		선무원종공신 2등	당시 고산현감
〃	조여충 (趙汝忠)	?~?	평양				무과 주부	전투부장	선무원종공신 2등	
〃	최영길 (崔永吉)	1570~1631	전주	비비정 (非非亭)			도사 창주첨사			행주대첩비 막하유사
고창	김두남 (金斗南)	1553~1593	김해		청계 (靑溪)		무과 벽동군수 의금부도사 증, 호조판서	참좌	선무원종공신 2등	진주성전투 순절
〃	김익수 (金益壽)	?~?	경주	인숙 (仁淑)	동계 (東溪)		무과 주부	전투부장	선무원종공신 2등	
〃	김지남 (金志南)	?~?	김해		월재 (月齋)		노성현감 조방장 부장	참좌	선무원종공신 2등	진주성전투 순절
〃	김 진 (金 璡)	?~?	경주	여중 (汝仲)	사천 (沙川)		봉사 동지중추부사	전투부장	선무원종공신 2등	
〃	김팽수 (金彭壽)	?~?	경주	명숙 (明淑)	남계 (南溪)		수문장 좌랑	전투부장	선무원종공신 2등	
〃	이충길 (李忠吉)	?~?	전의				무과 선전관 무장현감	북문장		
서울	권승경 (權升慶)	1574~1625	안동	가정 (嘉靖)			무과 훈련원정 자헌대부		선무원종공신 1등	행주대첩비 막하유사
〃	권 순 (權 恂)	1536~1606	안동	언침 (彦忱)	쌍천당 (雙泉堂)		양주목사 가선대부 오위도총부부총관		선무원종공신 2등	
〃	조대항 (曺大恒)	1564~?	창령	석현 (石玄)			수문장 판관		선무원종공신 2등	행주대첩비 막하유사
함안	박진영 (朴震英)	1569~1641	밀양	실재 (實哉)	애서 (厓西)		용궁현감 주부 방어사		선무원종공신 3등	행주대첩비 막하유사
고양	밀양 박씨	(일설 해주오씨)								

출신지	성명	생몰년	본관	자	호	시호	관력	당시지위	상훈	적요
〃	이신의 (李愼儀)	1551~1627	전의	경칙 (景則)	석탄 (石灘)	문정 (文貞)	의병장 남원부사 광주목사 형조참판	창릉천 도강 방어 의병장	선무원종공신 3등	
경기	조 경 (趙 儆)	1541~1609	풍양	사척 (士惕)		장의 (莊毅)	무과 강계부사 방어사 가선대부 훈련대장	조방장	선무공신 3등	

※ ① 『호남절의록』에는 나와 있지 않지만, 『충의사록』·『전북의병사』·『전남도지』 등과 여러 정황으로 보아 참전한 것으로 보이는 다음 인물을 포함시켰다. 김극추, 김치전, 양대박, 오계수, 박인경, 박장경, 김붕만, 공시억, 손종걸, 김여건, 김율, 위공달, 위덕원, 정현룡, 김응종, 김두남, 김지남 등이다.
② 2010년 수원대학교 박물관 주관으로 개최된 행주대첩 417주년 기념 '행주대첩의 제문제' 학술발표회(고양시 『향토문화 제39호』를 참조)에서는 고양출신 이신의(李愼儀, 1551~1627)가 향군 300명을 거느리고 왜군이 창릉천에서 도강할 수 없도록 작전을 전개하였으며, 밀양박씨(일설 해주오씨)는 밥 할머니 석상(고양시 향토문화재 제46호)과 연계시켜 부녀자들을 동원하여 밥을 지어 아군에게 일일이 나누어 주었다고 한다. 또 추가 확인 인물로 광주출신 김기명(金基命, ?~1593)은 평양성을 탈환하는 데 공을 세웠고 남하하는 적을 쫓아 행주산성전투에서 공을 세웠다(『광산김씨대동보』 참조)고 한다.
③ 류성룡의 『징비록』에, 행주대첩 직후 권율이 본진을 파주산성으로 옮길 때 류성룡이 의병장 박유인(朴惟仁)·윤선정(尹先正)·이산휘(李山輝) 등에게 창릉과 경릉 사이에 매복하라고 명령을 내린 것으로 보아 이들도 행주대첩 당시 고양 모처에 있으면서 의병 활동으로 후원 역할을 한 것으로 판단된다.
④ 당시 지위는 『조선왕조실록』과 『호남절의록』, 『호남절의사 임진편』, 『웅치공방의 전세발전』(왕재일, 1954)을 참조하여 정리하였다. 다만 정확한 기록이 없는 양대박, 김붕만, 공시억, 김여건, 김여숙, 위덕원, 정현룡, 박계원, 박광년, 김흔, 조여충, 김익수, 김진, 김팽수는 '전투부장'으로 분류하였다.

고산현감 신경희 행주승첩 보고

권율은 행주승첩을 거둔 뒤 고산현감高山縣監 신경희申景禧, 1561~1615를 임금께 특별히 보내 그 전말을 보고토록 했다. 고산은 현재 전라북도 완주군 고산면 지역으로 임란 당시에는 전주부의 속현이었다.

신경희는 그의 나이 27세 되던 해인 1588년 음직으로 관직에 진출했다. 그 뒤 정여립의 모반사건이 일어나자 그 일당을 체포한 공로로 승급을 뛰어넘는 6품 관직에 발탁되어 제용감 주부濟用監 主簿가 되고, 임란이 일어나기 전 고산현감에 임명되어 권율 휘하로 행주산성전투에 참전하게 된다.

그는 신립의 조카이자 신잡申礏, 1541~1609의 아들이다. 신립은 임란 직후 삼도순변사로 임명될 정도로 당대 명장이었으며 그의 딸은 선조의 4남 신성군信城君과 혼인하여 왕과 인척관계였다. 아버지 신잡은 임란 직후 우승지로서 임금의 피난을 극력 반대하기는 하였지만, 선조 곁에서 호종하며 보좌하여 행주산성전투 직전까지 병조참판으로 있다가 1월 30일 평안도 병마절도사로 임명되었다.

신경희가 행주산성전투에 참전하여 누구보다 전투상황을 잘 알기도 했겠지만, 이러한 주변여건이 작용하여 그가 보고 임무를 맡은 것으로 생각된다.

당시 선조는 조·명연합군이 평양성전투에서 승전하여 이곳의 왜군이 서울로 퇴각하자 1월 18일 의주 행재소를 떠나 2월 10일 정주에 도착한 뒤 가산과 안주를 거쳐 숙천에 머물고 있었다.

신경희는 그곳에서 선조를 만나 행주승첩 상황을 보고했다. 『선조실록』 2월 24일조의 기록을 옮겨보면 다음과 같다.

선 조　적의 숫자는 얼마인가?

신경희　3만에 불과하였습니다.

선 조　이른바 행주산성이란 곳은 지세가 싸움터로서 합당한가?

신경희　일면은 강가이고, 삼면은 구릉으로 되어 있습니다.

선 조　그곳에 성이 있는가?

신경희　먼저 녹각鹿角 : 나뭇가지나 나무토막을 사슴뿔처럼 얼기설기 놓거나
막아서 적을 막는 장애물을 설치한 뒤에 토석성土石城을 쌓았습
니다.

선 조　적은 기병이던가, 보병이던가?

신경희　기병과 보병이 서로 섞였습니다. 11일에 정탐군을 보내 탐
지하다가 무악재母岳峴, 인왕산 줄기로 일명 모악, 길마재, 안현이라
도 함에서 적을 만나 피해를 당한 자가 8~9명이나 됩니다.
그날 적 2개진이 나와 산성에 진을 쳤는데 한 진의 수효는

행주산성 정상 대첩비각 및 행주대첩비. 대첩비각 내에는 1602년 장군의 휘하장수가 세운 초 건비(경기도 유형문화재 제17호)가 있다. 대첩비각 뒤 행주대첩비는 1970년 15.2m의 높이로 세웠다.

거의 5~6백 명에 이르렀습니다. 이튿날 적이 들판을 뒤덮 으며 나왔는데 그 숫자를 알 수 없었습니다.

선 조 　성위에서 무엇으로 방어했는가?

신경희 　창이나 칼로 찌르기도 하고 돌을 던지기도 하였으며 혹은 화살을 난사하기도 했는데 성중에서 말이 잘못 전달되기를 ‘적이 이미 성 위에 올라왔다.’고 하자 성중의 군졸이 장차 무너질 지경에 이르렀습니다. 그런데 권율이 몸소 적이 쏘 는 화살을 무릅쓰고 명령을 듣지 않는 자 몇 명을 베고 독 전督戰하기를 그치지 않았습니다. 그리고 적군이 진격해 왔 다 물러갔다 하기를 8~9차례나 하였습니다.

선 조 　적이 쏜 것 중에는 우리나라 화살도 있었는가?

신경희 　많은 사람들이 편전에 맞았습니다. 이는 적 가운데 필시 우리나라 사람이 투입되어 전쟁을 돕는 것 같았습니다.

선 조 여러 진의 장수들 중 구원하지 않은 자는 누구였는가?

신경희 양천陽川 건너편에는 건의부장健義副將 조대곤曹大坤이 있고, 심악深嶽에는 추의장秋義將 우성전禹性傳이 있었으나 모두 와서 구원하지 않았습니다.

선 조 그들의 형세가 와서 구원할 수 있었는가?

신경희 배를 타면 와서 구원할 수 있었습니다.

심희수 여러 장수들이 멀지 않은 곳에 있어 형세가 구원할 수 있었는 데도 구원하지 않았으니 극히 통분합니다.

신경희 그날 적이 물러갈 때에 마침 전라도 조운선(식량 수송선) 40여 척이 양천 포구를 뒤덮고 왔으니 그 성원은 우연한 일이 아니었습니다.

심희수 대개 오늘의 일은 천행입니다. 여러 장수들이 서로 구원하지는 않았으나 역시 여러 장수들의 성세가 서로 의지되었기 때문에 명나라군이 이미 물러갔는데도 적들은 그 유무를 알 수가 없으므로 이튿날 다시 오지 않은 것이니 이 또한 천행입니다. 전라도 군사가 비록 정예라고는 하지만 경계를 넘으면 힘써 싸우지 않았는데 이번에는 특별히 죽기로써 싸웠으니 이것은 반드시 장수가 독전한 공입니다.

신경희 그날 묘시卯時, 오전 5~7시로부터 신시申時, 오후 3~5시에 이르도록 싸우느라 화살이 거의 떨어져 가는데 마침 충청병사 정걸丁傑이 화살을 운반해 와 위급을 구해주었습니다.

선 조 적의 용병用兵을 당할 만하던가?

신경희 이번의 전투에서는 적이 화살을 맞아 죽는 자가 줄을 잇는 데도 오히려 진격만 하고 후퇴하지를 않았으니 이것이 감당하기 어려운 점이었습니다. 전투 시에는 돌을 사용하는 것이 가장 좋은데 그곳에는 돌이 많았기 때문에 모든 군사들이 다투어 돌을 던져 싸움을 도왔습니다.

선 조 너도 거의 죽을 뻔했겠구나.

신경희 권율이 직접 독전하며 진정시켰기 때문에 군사들은 모두 죽음을 각오하고 싸웠습니다. 장수가 먼저 동요했다면 군사들은 모두 물에 빠져 죽었을 것입니다. 또 호남에서 걱정거리가 된 것은 소모사 변이중이 수레 만들기를 독촉하고, 백성들에게 소를 바치라고 다그치므로 백성들이 그 고통을 견디지 못하고 있습니다. 안민학安敏學 역시 소모한다고 하면서 오로지 자기 배 채우는 것만을 우선합니다. 김은휘金殷輝는 종사관으로서 군사를 징집할 때 형장刑杖을 남용하여 수령들은 조치를 그르치고 백성은 원망하는 자가 많습니다.

선 조 백성을 곤장 치는 막대로 왜적을 때린다면 왜병 한 놈이라고 잡을 수 있을 것인데 일을 성공시키지는 못하고 한갓 폐단만을 끼치니 무슨 까닭인가?

신경희 (전 전라감사 겸 순찰사) 이광을 아직까지 죽이지 않았으니 혹시 후일 위급한 일이 있으면 기율이 엄하지 않아 어떻게 해볼 수 없을 것입니다.

선 조 이런 사람을 조정에서 혹 다시 등용하겠다는 논의가 있는 것은 무슨 까닭인가?

신경희 이광의 소행이 탐욕스럽고 더러움을 이루 다 말할 수 없습니다. 신이 들으니 임금께서 파천(서행) 하셨을 때 2~3천 병력으로 서울에 들어가 호종하려 했으나 이광이 대답하지 않았다고 합니다. 그리고 심대가 신에게 이르기를 '남방의 군사가 정예하고 강성하니 회복할 수 있을 것이다.' 하기에, 신이 답하기를 '이광은 안 된다. 윤두수가 전일 감사로 있을 때 그 직임을 잘 수행하였으니 만약 윤두수를 시킨다면 가능성이 있을 것이다.' 하고 조정에 청해보자 하였더니 심대가 따르지 않았습니다. 또 부안현감 김여회金汝晦가 먼저 도망치자 대군이 따라서 패했는데도 이광은 그를 죄주지 않고 도리어 기생을 데리고 고부에 있는 집에 가서 편안히 쉬었으니 필시 불측한 마음이 있는 것입니다.

심희수   당초 이광을 잘못 등용했습니다. 이광이 호남의 정병을 가지고 용인에서 패한 뒤에 끝내 근왕하지 않았으니 그 죄가 매우 중합니다. 그러나 그 위인이 본디 용렬해서 그런 것입니다. 불측한 마음을 가졌다고 한 신경희의 말은 지나칩니다. 이 점을 성명聖明께서 참작하셔야 합니다. 류성룡이 일찍이 이광은 책임자가 될 수 없다고 했는데 과연 그 말과 같습니다.

선　조   내가 내장內藏 보검寶劍을 권율에게 준 것은 명령을 어기는 자를 참하게 하려 한 것이다. 너는 돌아가거든 권율에게 '군율을 어긴 자를 몇 사람이나 베었는가.' 라고 내가 한 말을 전하라.

심희수   군율에 해이하면서 사기를 진작시킬 수 없습니다. 이번 권율의 승첩은 실로 하늘이 도운 것입니다. 그렇지 않았으면 전군이 전멸하고 마침내 대승도 못하였을 것입니다. 이 싸움에 구원하지 않는 여러 장수들은 마땅히 군율로써 처리하여야 합니다.

선　조   전일 연안성延安城이 포위되었을 때 강화에 위급을 고하니 김천일은 구원하지 않았을 뿐 아니라 제 군대에게 논상論賞하려고 하였으니 이 무슨 도리인가?

심희수   군사를 거느리고 적에게 나아갔다면 서울 사람들의 기세가 오르고 적 또한 물리칠 수 있었는데 한 사람도 구원하는 자가 없었습니다.

선 조 권율이 이미 '도순찰사'가 되었으니 병사 이하는 스스로 처단할 수가 있다.

심희수 그렇게 할 수 있습니다.

선 조 아군의 전사자는 묻어 두었는가?

신경희 거두어 장사지낼 사람이 있는 자는 거두어 장사지냈으나 없는 사람은 묻어 두고 나무를 꽂아 표를 했습니다.

선 조 적은 도망갈 뜻이 있는가?

신경희 서울에서 온 자들이 모두들 말하기를, '적들은 혹 돌아가고 싶은 생각이 있어도 형적을 드러내지는 않는다.'라고 하였습니다.

선 조 적은 매우 교활하다.

신경희 김천일이 군사 3백 명을 거느리고 온 것을 사람들이 모두 귀하게 여기고 있습니다.

심희수 김천일이 다만 외로운 섬에 들어가서 일을 이루지는 못했으나 당초 국가가 위태로운 중에 군사를 이끌고 멀리 왔으니 뜻만은 가상합니다.

선 조 이 사람의 뜻은 칭찬할 만하나 장수의 재능이 없다. 고경명은 적의 간첩에게 죽었다 하는데 그런가?

신경희 고경명이 뜻은 강개하나 계책이 허술한 데가 많습니다. 금산은 싸울 만한 곳이 못 되고 적의 형편을 알지 못한 데서 드디어 패한 것입니다.

신경희가 드디어 하직을 고하고 물러갔다.

일본 측, 장수 연서 패전 보고

일본 측 또한 행주산성전투가 있은 지 6일이 지난 18일 마시타 나가모리增田長盛, 오타니 요시쓰구大谷吉繼, 이시다 미쓰나리石田三成, 가토 미츠야스加騰光泰, 마에노 나가야스前野長康, 구로다 나가마사黑田長政, 고니시 유키나가小西行長, 고바야카와 다카카게小早川隆景 등 8명의 장수가 연명으로 일본에 머물고 있는 도요토미 히데요시에게 패전 상황을 보고한다.

그러나 이 보고서는 패전 보고라기보다는 행주산성전투의 경과보고 정도에 그치고 있다. 사실이 아닌 데도 우리 측 사상자를 부각하기 위해 숫자까지 나열하면서도 정작 자신들의 피해 상황은 자세히 보고하지 않았다. 다만 "유력한 장수까지 부상했다."고 적고 있는 것으로 보아 그들의 피해가 얼마나 컸는지 짐작할 수 있다 하겠다.

당시 이들이 행주산성전투 상황을 얼마나 교묘히 왜곡하고 있는지 일본의『무가사기武家事記』를 살펴보자.

서울에서 30리(일본리 3리)되는 서쪽 한강 끝에 있는 행주산에 성을 만들어 놓고 조선 사람들이 여러 섬과 여러 지방에서 2만 명을 뽑아 명나라군에게 줄 군량을 모으고 쌓는다 하므로 명나라군사들이 나오기 전에 쫓아 버리려 하였다. 이에 지난 12일에 서로 같이 공격하여 먼저 제1선 방책을 치고 곧 점령한 다음 토성에 붙어 있는 동안에 여러 방면에서 철포로 성중사람 10여 명을 쏘고 이어서 제2선에 쳐들어가 수백 명을 베어 죽이고 토성에 붙어 싸웠는데 조금 부상자가 생겨 우선 산 중간까지 점령하였습니다.

모두 야간공격이라도 하려고 생각하였으나 우리 측 유력한 장수까지 부상당하여 어찌할까 하고 있던 차에 17일 그 성을 스스로 불태우고 도망하였습니다.

위에서 말한 성 밑에는 감시선 150척을 배치하였으며 도성에서 15리 되는 거리에서 2~30척을 뽑아서 보냈으나 17일 성을 버리고 도망쳤으므로 배로 돌려보냈습니다.[15]

행주승첩의 요인과 영향

행주산성전투에서 13분의 1도 채 안 되는 병력으로 조총으로 무장한 왜군을 격퇴할 수 있었던 요인을 분석하고, 이의 영향에 대해 알아보자.

행주승첩의 요인으로는 첫째, 지휘체계의 확립과 용병술을 들 수 있다. 『해동명신록』 권율 편에 "기치旗幟가 선명하고 기계器械가 예리하고 호령이 엄명嚴明하다."는 명나라 부총병의 평이 이를 입증하고 있다. 이와 같은 엄격한 군율은 지휘체계를 확립시켰고, 전투력 강화로 이어졌다. 그리고 '적이 30보 이내로 접근할 때까지는 쏘지 말라.' 는 사격 원칙을 제시함으로써 산성전의 효과를 증대시키는가 하면, 치열한 전투가 벌어질 때 '적이 이미 성 위에 올라 왔다.' 는 거짓 정보를 빨리 차단하는 등 적절한 용병술이 승리를 견인했다.

둘째, 전라도의 맹장과 정병을 가진 정예 병력을 들 수 있다. 이항복의 『백사집』에 권율이 행주승첩을 이룩한 데는 "호남의 정병과 맹장이 모두 휘하에 소속되었기 때문이다."라고 했다. 고산현감 신경희 또한 임금께 보고한 자리에서 "전라도 군사가 비록 정예라고는 하지만 경계를 넘으면 힘써 싸우지 않았는데 이번에는 특별히 죽기로 싸웠다."고 했다. 사실 권율은 임진년 9월 전라도에서 2만여 명의 군사를 모아 북상하였고, 그해 12월에는 강화도에 머물고 있던 전라병사 최원의 군사 4천여 명이 나와 독성산성에서 권율 군에 합류하게 된다. 권율은 이들 중 젊고 힘이 세고 활과 총통, 화차 등 각 종 병기를 잘 다루는 4천 명을 뽑았고, 더욱 엄선한 2천 3백 명과 함께 행주산성으로 이동했다.

셋째, 지리적으로 유리한 산성을 선택했다는 점이다. 우리나라는 평지전투보다 산성전에 유리한 활과 화살을 주 병기로 삼고 있다. 그런데 임란 초기 신립의 충주전 패전에 이어 이광, 윤선각, 김수가 이끄는 전라·충청·경상도 근왕병의 용인패전, 의병장 조헌의 금산패전, 조·명

권율 동상. 1986년 8월 역사적 고증을 거쳐 세워진 장군의 동상으로 근엄한 모습이 인상적이다. 높이는 4.5m, 기단이 3.5m로 총 8.0m이다. 조각가 김세중 作

연합군의 벽제관전투 등은 주로 평지에서 싸우다 패하고 만다. 이를 간파한 권율은 이치전투에서는 고갯마루에서 내려다보며 전투를 벌였고, 독성산성전투에서도 산성을 선점한 뒤 지구전과 수성전, 기습전을 펼쳐 승리로 이끌었다. 권율은 산성전의 장점을 최대한 살렸다. 병법의 하나인 한강을 이용한 배수진背水陣의 전법도 상당한 효과를 보았다.

넷째로 편전, 총통, 화차 등 병기의 우수성을 들 수 있다. 앞서 살펴보았듯이 권율 군은 활과 화살, 편전, 창, 도검, 수석포차 등의 재래식 무기와 승자총통과 지자총통, 비격진천뢰, 지신포, 발화통, 화차 등의 화약병기로 무장하고 있었다. 반면 왜군은 휴대용 화기의 대표적 무기인 조총과 활과 화살, 편전, 긴 칼, 창 등을 사용했다. 이로 볼 때 권율 군이 보유한 병기가 왜군에 비해 우수했다고 판단된다.

다섯째, 행주산성을 거점으로 한 조선군의 기각지세掎角之勢 포진을 들 수 있다. 강북에서 경기의병장 추의장 우성전은 파주 심악에, 경기

충장사. 권율 장군의 충절을 기리기 위해 1970년 창건하였다. 현판은 고 박정희 대통령의 휘호이고, 영정은 장우성 화백의 그림이다. 사진은 제419주년 행주대첩기념제(2012. 3. 14) 전경.

도조방장 고언백과 황해도방어사 이시언은 양주 해유령에, 그리고 이신의·박유인·윤선정·이산휘 등의 의병장이 포진해 있었다. 강남에는 전라도소모사 변이중이 행주산성 맞은편 양천 궁산성에, 전라병사 선거이는 궁산성 남쪽 금천 금주산에 포진했다. 그리고 충청도순찰사 허욱은 통진에, 창의사 김천일은 강화도 연안에, 경기수사 이빈과 충청수사 정걸은 한강하구에서 지원하고 있었다. 만약 이렇게 포진되지 않고 권율 군 단독으로 행주산성에 있었다면 하루가 아닌 며칠 동안의 전투로 결국은 점령당하고 말았을 것이다. 그 예로 그해 6월에 벌어졌던 제2차 진주성전투를 들 수 있다. 이 전투는 외곽 지원 병력 없이 7일 동안 공방전을 벌였는데 성이 점령당하면서 주장인 김천일을 비롯 그의 아들 김상건, 최경회, 고종후, 장윤 등 수많은 병사와 군민들이 순절하고 만다. 이로 보아 고립된 지역에서 전투는 외곽의 후원 없이 승리를 거두기란 참으로 어렵다고 판단된다.

제419주년 행주대첩기념제(2012. 3. 14). 앞줄 오른쪽부터 초헌관 고양시장 최성, 아헌관 고양시의회의장 김필례, 문화원장 방규동님.

특히 권율은 행주산성에서 배수진을 칠 때 전라병사 선거이를 후방에 배치하여 배후를 차단토록 했다. 선거이는 행주산성에 주둔한 아군이 심리적 안정감과 사기로 전투를 수행할 수 있도록 후방을 차단하고 적을 교란하는 임무를 완벽하게 수행했다. 무기수송이나 조운선(식량 수송선)이 적기에 나타난 것도 알고 보면 후방지원 작전의 일환이었을 것이다.

여섯째, 권율이 이끄는 전라도군에 대한 왜군들의 경시와 교만한 임전 자세를 들 수 있다. 이 전투가 있기 직전 왜군은 조·명연합군을 벽제관전투에서 물리침에 따라 명나라 제독 이여송은 퇴각한다. 이에 행주산성에 주둔한 권율 군의 규모가 작은 것을 간파한 왜군은 우리 군을 경시하면서 교만한 자세를 취하게 된다. 결국 왜군은 병력을 집중하지 못하였고 협소한 지형 탓에 대부대 병력이 아닌 제대별 투입 태세로 공격함으로써 도리어 병력을 분산시킨 결과가 되었다.

이외에도 조경의 기지로 쌓은 목책성이 방어선 역할을 하였고, 호국

일념으로 죽음을 두려워하지 않은 승군의 임전 자세와 인근 부녀자들의 적극적인 참여 등을 승리 요인으로 꼽을 수 있다.

행주산성전투의 승전은 임진왜란 7년 전란에서 일대 분수령이었다. 먼저 연안대첩과 제1차 진주대첩 이후 위축되었던 조선군 전체의 사기가 되살아났으며 우리의 힘으로 왜적을 무찌를 수 있다는 자신감을 갖게 하였다. 특히 서울 수복을 목전에 두고 벽제관전투의 패배로 전의를 상실한 명나라 군사들에게 반성과 용기를 촉구하는 계기를 만들어 주었다. 또한 평양패전 이후 복수전이라고 할 수 있는 행주산성전투에서 대패함으로써 왜군은 서울 철수를 앞당길 수밖에 없게 되었다.[16]

권율, 군사를 파주로 옮기다

행주산성에서 아침부터 저녁까지 치열한 전투를 벌인 권율은 이곳에서 계속 머무를 수가 없다고 판단했다. 왜적이 또다시 침입해 온다면 승리를 장담할 수 없기 때문이었다. 전라도 군사가 정예 병력이라고는 하지만 독성산성에서 북상해서 한강을 건너고 행주산성에서 죽음을 무릅쓴 싸움으로 군사들의 심신은 극도로 쇠약해졌다. 더불어 목책성이 불에 타고 진지가 무너졌으며 화살과 병기가 고장 났는가 하면 화기에 필요한 화약 또한 태부족이었다.

12일 밤 권율은 긴급 참모회의를 열어 군사 이진 문제를 포함한 전투 상황보고, 아군 전사자와 부상자에 대한 조치, 각종 병기와 식량보급 등에 대해 논의했을 것이다. 승전보고는 장계를 먼저 올린 다음 고산현감 신경희를 시켜 별도 보고토록 했다.

다음 날 권율은 사상자를 수습하고 각종 병기를 손질하면서 왜적의 동향을 예의주시하고 있었다. 이틀 뒤 왜적이 행주전 패배에 보복하려

한다는 첩보를 입수한 권율은 곧바로 파주로 주둔지를 옮긴다는 치계를
조정에 올리고, 17일 일부 남은 목책성과 누각을 불태운 다음 행주산성
북동쪽에 위치한 강매동 봉대산烽臺山, 96m 아래 창릉천 해포醢浦『선조
실록』(2. 17)로 진을 옮긴 뒤 고양을 거쳐 파주로 이동했다. 봉대산에는
봉수가 있었는데 '해포봉수'라고도 한다. 봉수는 서울 서쪽산 안현(안
산, 모악, 길마재)이 제1봉수이고 제2봉수가 봉대산으로 제3봉수대인
목멱산으로 이어진다. 해포는 지금은 없어졌지만 봉대산 아래 강고선마
을 입구 창릉천에 있던 포구이다.
　『선조실록』 2월 23일조에 권율이 임금에게 보고한 군사 이동 계획
이 실려 있다. 내용을 보면 이동 이유를 알 수 있다.

　　이달 12일에 접전한 사실은 이미 장계를 올렸습니다. 신이 주둔한 곳
　은 용산龍山과의 거리가 15리도 안 되는데, 흉악한 적들이 보복할 계책
　으로 한강 이남의 진들을 불러 모아 합세하여 다시 침범하려 한다는 소
　문이 경성에서 도망해온 사람들에 의해 여러 번 발설되었으며, 지금 용
　산에 진을 친 곳이 12개소라고 합니다. 도성 안의 왜적이 얼마인지 자세
　히 알 수는 없으나 명나라군이 진격할 기약도 없고 또 성원하여 서로 의
　지할 진도 없이 단지 반분牛分한 남은 군사를 그대로 위험한 지역에 머
　물게 했다가 혹시 차질이라도 있게 되면 관계되는 바가 중할 뿐만이 아
　닙니다. 이곳 역시 죽기로써 지켜야 할 곳이 아니므로 진을 파주로 옮겨
　명나라군과 연합할 계획입니다.

　행주산성을 떠난 권율은 19~20일경 파주 임진강가에 도착한다. 당
시 도체찰사였던 류성룡은 이진 사실을 제대로 알지 못하고 있었는데
소식을 듣고 곧바로 임진강을 건너 이들이 주둔할 곳을 알아보게 된다.
얼마 뒤 그는 파주의 서쪽 성산城山, 215.5m에서 순변사 이빈과 함께 이

행주산성 정상에서 바라본 봉대산과 창릉천

곳을 근거지로 서쪽으로 오는 적을 막도록 했다.

성산은 당시 파주목에서 서쪽 2리 지점에 있는 파주의 진산이다. 서울과는 84리 떨어진 곳이다. 지금은 '봉황새가 깃들어 즐기며 노래하던 곳'이라 하여 봉서산鳳棲山이라고 부르는데 별칭으로 옥녀봉, 봉성산鳳城山, 성산이라고도 한다. 이 산은 큰길에 접해 있고 산줄기가 끊어지고 홀로 우뚝 솟아 마주보는 봉우리가 없다. 또한 행주산성은 진 밖에 암석이 있어 침략하는 적이 피신할 수 있었지만 이 산은 토산으로 여러 요건을 갖춘 군사적 요충지라 할 수 있다.

류성룡은 권율과 이빈에게 성산을 거점으로 방어토록 하는 한편, 경기방어사 고언백과 이시언, 조방장 정희현鄭希賢과 박명현朴明賢을 좌익으로 하여 해유령蟹踰嶺을 차단하게 하고, 의병장 박유인·윤선정·이산휘를 우익으로 만들어 창릉과 경릉 사이에 매복하였다가 군사를 거느리고 나왔다 들어갔다 하면서 적을 치도록 했다.

또한 창의사 김천일과 추의장 우성전, 경기수사 이빈과 충청수사 정

파주 시내에서 본 파주산성

걸을 시켜 배를 타고 용산 서강으로 나가서 적군의 세력을 갈라놓게 했고, 양성陽城, 지금의 경기도 안성에 있던 충청도순찰사 허욱에게는 돌아가 충청도를 지켜서 남쪽으로 쳐들어오려는 적군에 대비토록 했다. 경기·충청·경상 각 도의 관군과 의병에게는 각기 자기들이 맡은 곳에 있으면서 좌우로 적군이 가는 길을 막도록 하고, 양근군수 이여양李汝讓은 용진龍津, 남한강 하류을 지키도록 했다.『서애집』·『징비록』

왜적은 행주산성전투의 패전에 분함을 이기지 못해 그 원수를 갚고자 했다. 파주로 정탐병을 보내 권율이 이끄는 전라도군의 주둔지를 알게 된다. 그리고 2월 말경 파주산성을 향해 진격하기에 이른다. 명나라에서 10리마다 세워 둔 파발군擺撥軍이 사색이 되어 모두 달아나 강을 건너며 "왜놈들이 많이 온다."고 했다. 왜군은 파주산성에서 얼마 떨어지지 않은 광탄廣灘에 도착하여 군사를 멈추고 더 이상 진격하지 않다가 오후 3시쯤 스스로 물러난다. 이후에도 3차례 왔다가 되돌아갔다. 앞서 살펴보았듯이 권율이 주둔한 파주산성의 지형이 아주 험준한 곳으로 보였기 때문이었을 것이다.『서애집』·『징비록』

파주산성에 머물던 권율은 명나라 남병의 기술을 배워 화륜포火輪砲를 만드는가 하면 군사훈련, 병장기 확보와 수리, 군량을 확보하는 등 서울 수복을 준비하며 4월 19일 왜적이 서울에서 스스로 물러갈 때까지 주둔했다.

전란 1년 만에 서울을 수복하다

권율이 한강을 건너 행주산성까지 간 것은 명나라 군대와 연합하여 서울을 수복하기 위함이었다. 그런데 명나라 군대는 벽제관전투에서 패배한 뒤 파주에 소수 병력만 남겨두고 개성과 평양으로 모두 퇴각해 있어서, 서울 수복 전까지는 서울의 왜군과 서울 서남쪽의 조선군이 대결한 형국이었다.

이 기간 동안 서울 근교 병력은 임진강 북쪽 '동파東坡'에 머물고 있던 도체찰사 류성룡의 지휘를 받았다. 실제로 그의 지시에 따라 한강 이북에서는 관병과 의병장, 그리고 승장 등이 고양·양주 등지에서 유격전을 펼쳐 왜군에게 많은 인명피해를 주었다. 한강에서는 충청수사 정걸이 15일 수군을 이끌고 용산창龍山倉 아래까지 진격하여 포를 쏘며 무력시위를 벌여 왜적에게 심리적 압박을 느끼게 했다. 이때 한강변에 진을 친 왜적의 병력이 2만여 명에 이르렀다.『선조실록』(2. 25) 정걸丁傑, 1514~1597은 전남 고흥군 포두면 출신이다. 1544년 무과에 합격한 뒤 전라·경상도 수군절도사 등의 요직을 두루 거친 무관으로서 당시 80세의 노구를 이끌고 참전하였던 것이다.

행주산성전투 당시 한강 이남에서 후방지원을 하던 전라병사(부사령관) 선거이가 노량과 금천을 잇는 1차 방어선을 사수함으로써 금천,

양천, 김포, 통진 일대가 안정되었고, 행주산성을 지원할 수 있는 양천 포구에 조선군이 주둔할 수 있게 되었다. 충청수사 정걸이 용산창 앞에서 포를 쏘며 무력시위를 벌일 때 선거이는 노량으로 이동하여 지원태세를 갖췄다.『선조실록』(2. 17) 이후 선거이는 시울에서 퇴각하는 왜군과 죽산에 주둔한 제5군을 공격하기 위해 충청감사 허욱, 건의부장 조대곤과 함께 독성산성으로 이

류성룡 초상화

동하여 안성과 직산 사이에 주둔한다.

2월 29일, 함경도에 머물고 있던 가토 기요마사가 이끄는 제2군 주력부대가 서울로 퇴각함에 따라 서울 주둔 왜군 병력은 총 5만 3천여 명에 이르렀다.

이치대첩을 주도한 황진은 익산군수로서 임진년 9월 전라도 군사가 북진할 때 권율과 함께 수원 독성산성에 주둔하면서 수원·사평·사교沙橋·용인 기습전에 참전하여 많은 전과를 올렸다. 하지만 충청도조방장에 임명된 뒤 행주산성전투에 참전하지 못하고 안성에 주둔하면서 죽산부에 웅거해 있는 제5군 대장 후쿠시마 마사노리福島正則와 대치하고 있었다. 행주대첩 소식을 들은 황진이 2월 말 죽산부를 공격하여 충주를 거쳐 조령을 넘어 퇴각하는 왜적을 상주까지 계속 추격하여 적암赤巖에서 대파하기도 했다.

그리고 3월 25일부터 3일 동안 한강 이북에 주둔하고 있던 조선의 관군, 의병, 승군이 협공하여 '노원평蘆原坪 및 우관동牛貫洞전투'에서

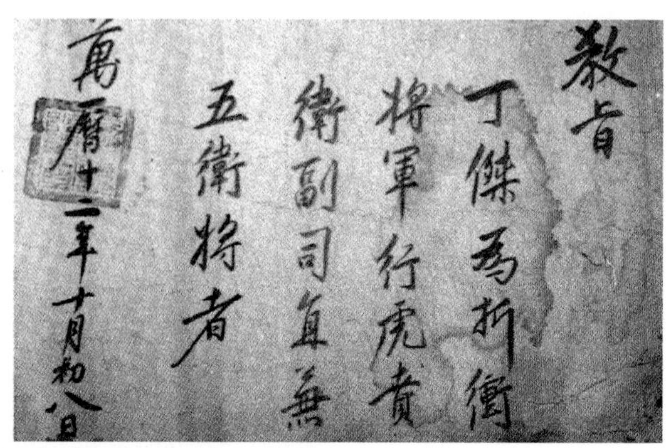

정걸 교지. 1584년 전라 병마절도사 때의 교지로 오위장 호분위(종2품)에 명한다는 내용

승전을 거두었다. 이 전투는 수락산과 불암산 일대 평야에서 벌어져 '수락산전투'라고도 하는데 도원수 김명원, 순찰사 이빈, 방어사 이시언과 고언백·정희현, 의승장 유정과 의엄, 의병장 이산휘 등이 참전해 적의 수급 47급을 베는 전과를 올렸다.

그러나 3월 중순경 한강 이남에서는 서울에서 퇴각로를 확보하고 부족한 식량을 조달하려는 왜군의 노략질이 극에 달했다. 서울과 부산을 잇는 주 통로인 과천과 용인, 양지와 죽산은 이미 적의 소굴이 되었고, 서남부 지역인 진위, 수원, 남양, 안산, 금천, 인천 일대 또한 왜군이 출몰하여 날마다 분탕질했다. 때로는 야간 습격으로 이곳에 남아 있는 백성들의 고통은 이루 말할 수가 없었다.『선조실록』(3. 24)

행주승첩 이후 조선군이 서울을 무력으로 수복하려는 태도와는 달리 명나라 군사는 벽제관에서 패한 이후 진격할 기미를 보이지 않았다. 3월부터는 일본과 화의교섭이 진행되면서 조선군의 활동마저 견제하고자 했다. 화의는 양국의 이해가 맞아떨어져 서로가 적극성을 보였다. 명나라는 자국군사의 희생을 줄이려 했고, 서울에 집결한 왜군은 군량 부족과 조선 관군의 회복된 기세로 고립무원하게 될 것을 염려했기 때

문이다.[17]

화의 진행은 3월 초 일본 측이 한강을 순시하던 우리 수군을 통하여 제안하였고 명나라 측이 호응하여 시작되었다. 양측은 이를 요청하는 비밀문서를 우리 예조와 충청수사 정걸에게 보냈다. 9일에는 지난해 함경도에서 피랍된 임해군과 순화군, 황정욱을 한강 변으로 보내 만나게 하는 등 성의를 보였다. 15일에는 강화회담의 내용이 담긴 왜장의 서신을 한강 변으로 가지고 나와 명나라 강화사 심유경과 주홍모周弘模, 사용재謝用梓를 고니시 유키나가가 있는 곳으로 안내하여 밀담을 나누고 다음 날 돌아갔다.

심유경은 왜군의 진영에서 나와 경기좌도관찰사 성영에게 강화가 진행될 것을 말하고, 왜군이 이달 안으로 철군하려 하니 강 입구를 막지 말아달라고 전했다. 그 뒤 조선은 배제된 채 명·일은 수차례 강화회담을 갖고 합의했다. 명나라 측에서는 조선군의 대대적인 공략을 중지할 것을 종용해 왔다.[18]

이와 같이 명나라와 일본 양측의 강화가 진행되고, 여기에 우리나라 일부 장수들이 동조하고 있다는 사실이 알려지자, 선조는 도체찰사 류성룡에게 특명을 내려 강화를 말하는 자는 "반드시 목을 베어 효수하라."고 지시한다. 『선조실록』(3. 16) 당시 선조는 강화보다는 조선과 명나라 군사가 연합하여 무력을 통해 서울을 수복할 것을 강력히 주장하고 있었다.

정걸 장군 유허비. 이 유허비는 고흥군 포두면 길두리에 있다.

그 뒤 평양에 머물고 있던 제독 이여송은 남하하기 시작하여 4월 7
일 개성부에 도착했다. 이 무렵 류성룡은 동파의 지휘부에서 권율 진영
등 조선군 주둔지를 시찰하면서 사기 진작, 병기와 군량 조달, 연합작
전 계획 수립 등의 임무를 수행했다. 당시 동파의 지휘부는 마을이 모
두 불에 타 폐허가 되었기에 풀을 베어 막사를 만들어 놓은 상태였다.
그의 기록을 빌리자면 여러 달 그곳에서 생활하니 옷과 이불에 풀물이
들었다고 한다.『서애집』

이와 같은 강화교섭 상황을 일본에 머물고 있던 도요토미 히데요시
에게 보고하자 진퇴양난進退兩亂에 빠졌던 일본은 바로 이에 응하여 4월
18·19일에 아무런 충돌 없이 한강을 건너 남쪽으로 내려갔다. 충청·경
기·강원도 등 각지에 주둔한 왜군도 급히 경상도 남쪽 해안가로 철수했
다. 이리하여 4월 20일(양력 5. 20) 조선군과 명나라 군은 서울 도성으
로 들어왔다.『서애집』 조선 수도 서울을 빼앗긴 지 1년 만이었다.

권율, 서울 퇴각 왜군을 추격하다

왜군이 서울에서 퇴각하기 직전 명나라 총병 이영李寧, 유격장 척금
戚金과 전세정錢世禎이 동파로 와 총병 사대수와 함께 있으면서 류성룡
과 경기우도순찰사 이정형을 불러들였다. 이때 이들은 "우리 조정에서
이미 (일본의) 조공을 허락했으니, 귀국도 왜적을 죽이거나 사로잡지
말고 경략의 패문牌文 : 통지문을 따라야 한다."고 했다.『선조실록』(4. 24)
당시 '강화 불가론'을 강력히 주장한 류성룡을 설득하기 위한 자리였
다. 왜군을 격퇴시킬 수 있는 절호의 시기에 이와 같은 명나라의 태도
는 참으로 황당하고 어처구니없었다.

류성룡은 이들의 요구를 묵살하고 조선의 모든 장수들에게 적을 추

격할 것을 지시했다. 고언백·이시언·김응서는 동쪽 길을 따라 강을 건너 이천부사 변응성과 합세하게 하고, 이빈·권율은 서쪽 길을 따라 강을 건너 전라병사 선거이와 경기좌도의 관·의병과 힘을 합하여 좌우에서 습격토록 했다. 또 군관 이충에게 병사를 인솔하여 죽산 지방에 잠복하게 했고, 충청도와 전라도, 경상도 모든 고을에 통문을 보내 서로 약속하여 곳곳에서 공격토록 했다.『서애집』

결국 류성룡은 우의정 유홍과 함께 명나라 군사를 따라 서울로 들어왔다. 그들이 본 서울은 폐허 그 자체였다. 관청과 민간의 집들은 모두 불에 타 없어지고, 시체 썩는 냄새가 진동해 코를 막지 않으면 한 걸음도 뗄 수 없었다. 당시의 참상을 류성룡은 『징비록』에 이렇게 적고 있다.

나도 명나라 군사를 따라 성안으로 들어갔다. 성안에 남아 있던 백성을 보니 백 명 중 한 명도 살아 있는 사람이 없는 형편이었고, 그중에 살아남은 사람도 모두 굶주리고 병들어 얼굴빛이 귀신과 같았다.

이때 날씨는 매우 더웠는데 죽은 사람과 말의 시체가 곳곳에 그대로 드러나 있어 썩은 냄새가 가득 차서 길 가는 사람들은 코를 가리고 지나갔다. 관청과 민간의 집들은 모두 없어지고, 숭례문에서부터 동쪽으로 남산 밑 부근 일대의 적군이 거처하던 곳만 조금 남아 있을 뿐이었다.『징비록』

이에 앞서 2월쯤 도체찰사 류성룡과 명나라 부총병 사대수가 경기도 진중에서 만나게 된다. 이때 백성들의 참상을 보고 대화를 나누는 대목이 『선조수정실록』에 기록돼 있다.

경기의 사민들이 크게 굶주려서 죽은 시체가 길에 가득하였다.

사대수查大受가 길가다가 어린애가 기어가서 이미 죽은 어미의 젖을 먹는 것을 보고 류성룡에게 말하기를, "왜적은 아직 물러가지 않았는데

인민의 사망이 이와 같으니 장차 어찌할까요."하고 탄식하기를 "하늘도
근심하고 땅도 슬퍼할 것이다."하였다.

　류성룡은 눈물을 흘리며 남방의 의병장 안민학安敏學이 실어 보낸 의
곡義穀 수천 석을 가지고 진휼하기를 주청하였고, 제독도 애긍히 여기고
스스로 군인 먹일 군량을 나누어서 구제해 주었으나 백분의 1, 2에도 미
칠 수 없음에도 기민이 잇따라 얻어먹으러 왔다. 개성의 3문 밖 몇 리
사이에 가득하게 모여서 처량하게 얻어먹더니 제독이 떠난 뒤에는 모두
즐비하게 죽었다.『선조수정실록』(2. 1)

　이와 같은 지경에 이르자 비변사에서 백성들의 진휼 대책을 써보지
만 별 효과를 보지 못했다. 그것은 왜적의 약탈과 명나라 군대의 식량조
달이 가장 큰 원인이었다. 당시 서울과 경기의 피난민 대부분이 강화도
에 모여 있었는데 피난생활이 오래되어 식량이 고갈된 상태였기 때문이
다. 전국 대부분의 민초들은 식량 대용으로 산과 숲의 풀잎이며 소나무
와 느릅나무의 껍질·뿌리·줄기를 뜯어 먹으면서 근근이 연명하고 있는
실정이었다. 그해 가을 전국에 걸친 심한 흉년으로 '사람이 사람을 잡아
먹는다.' 는 '인상살식人相殺食' 의 처절한 기록도 보인다.
　서울 수복이 현실로 다가오자 류성룡은 경기좌도순찰사 성영과 수
사 이빈에게 공문을 보내 왜적이 후퇴하는 즉시 한강에 있는 배를 모으
도록 지시했다. 그리고 21일 제독 이여송을 찾아가 적을 추격할 것을
요청했다. 이여송이 배가 없다는 이유를 들자, 이미 80여 척의 배가 준
비되었다고 대꾸했다. 그도 어쩔 수 없이 부총병 이여백을 시켜 추격을
지시하였다. 그러나 이여백이 군사 1만여 명을 거느리고 나와 한강을
반쯤 건넜을 때 갑자기 병이 났다는 핑계를 대며 뱃머리를 돌려버렸다.
『서애집』·『징비록』 적군을 추격할 의사가 없었기 때문이다. 서울에 주둔
해 있던 왜군은 아무 저항도 없이 한강을 건너 여러 고을을 분탕질하며

남하하게 된다.

5일 뒤인 26일 경략 송응창은 '한 명의 적도 죽이지 말라.'고 한 이전과 다르게 조선 정부에 문서를 보내 왜적을 공격하라는 지시를 내린다. 그리고 이 제독에게 먼저 이여백과 장세작 등으로 하여금 대군을 통솔하고 전진토록 했다.『선조실록』(5. 26) 이와 같은 공격지시는 표면적으로는 일본 측이 임해군과 순화군, 황정욱 등을 돌려보내지 않은 점

황정욱 초상화

을 이유로 들었으나, 사실은 자신의 책임을 모면하기 위함이었다. 조선으로서는 명군의 속셈을 간파하였지만 다행으로 생각하고 왜적을 섬멸하고자 전라도와 충청도, 경상도 등지에 급히 선전관을 파견하기에 이른다.

이에 도원수 김명원, 순변사 이빈, 전라병사 선거이는 적을 추격하여 영남으로 내려갔다. 충청병사 황진과 전라방어사 이복남은 각각 군사를 인솔하여 추격에 나섰으며, 전라감사 권율은 새로 편성한 군사를 거느리고 운봉을 넘어 영남으로 향했다. 또한 의병장 김천일도 강화도에서 나와 군사를 거느리고 적을 추격하였고, 강원감사 강신은 도내 방어사와 수령, 관군들을 모두 거느리고 급히 영남으로 달려가 적을 뒤쫓았다.『선조실록』(5. 2, 5. 27)·『선조수정실록』(5. 1)

반면 제독 이여송은 머뭇거리며 책임만 면하려 했기에 명나라 장수는 왜적의 뒤에서 호송하는 꼴이 되었다. 선조는 '명군의 동향과 관계없이 왜적을 추격하라.'『선조실록』(5. 23)는 특명을 내렸으나 당시 우리

위에서 내려다 본 '권율의 묘'(중앙, 양쪽 부인)

권율 신도비(경기도 양주시 장흥면 석현리 산 168-1번지 소재)

군사만으로는 수만 명에 이르는 왜적을 당해낼 도리가 없었다.

5월 말경이 되자 왜적은 문경·상주·김해·창원과 선산·대구 아래 경상도에 웅거하게 되었고,『선조실록』(5. 21) 조·명연합군은 문경, 충주 등지와 왜군이 머물지 않은 경상우도의 창녕, 의령 등지에 주둔하면서 대치하게 된다.『선조수정실록』(5. 1)

이제 왜적은 경상도 남해안으로 철수하여 성을 쌓고 정유재란이 발발하기 전인 1596년 12월까지 약 4년간 머물렀다. 육지로 보급물자를 운반하기에 용이하도록 하고, 조선 수군의 정박지를 주지 않기 위해 이곳에서 장기전에 접어든 것이다.

한편 선조는 행주승첩 직후 도원수 김명원을 권율로 교체하고자 했다. 그러나 전쟁 중임을 이유로 대신들이 반대해 실행하지 못했다. 그러던 중 왜적이 남해안에 웅거하자 6월 6일 권율로 교체하기에 이른다. 전쟁에서 승리를 거둔 장수만이 승리할 수 있다는 말을 실행에 옮긴 것이다. 그리고 권율 대신 전라도순찰사에는 경기좌도순찰사 성영, 전 광주목사 정윤우, 병조참지 이정암 3인이 상신되었으나 이때도 연안대첩을 이끈 이정암이 낙점을 받게 된다.『선조실록』(6. 6)

이로써 권율은 정2품 관직인 도원수에 임명되어 명실 공히 조선 군사작전의 최고 지휘권을 갖게 되었다. 권율은 전쟁이 끝날 때까지 도체찰사 이원익이 원수부를 겸하는 6개월의 공백을 제외하고는 도원수 자리를 맡아 선봉에 서서 싸우다가 전쟁이 끝난 이듬해 한 많은 생을 마감한다.

그는 임진왜란 초전기 전라도사람과 함께한 인물로서 왜적과 맞서 연전연승을 거뒀다. 전라도를 지켜냈고, 서울에 웅거해 있던 적을 퇴각하도록 했다. 이순신이 바다에서, 권율은 육지에서 전라도사람들과 함께 했다. ‘만약 호남이 없으면 국가가 없다.若無湖南 是無國家’란 이순신의 말은 너무나도 당연하다 할 것이다.

과거는 현재와 미래 보는 '지혜의 창'

지금까지 임진왜란 발발에서 서울수복(1592. 4~1593. 4)까지 육전에서 권율과 전라도사람들이 왜군과 맞서 싸워 전라도 침략을 막아내고, 행주승첩을 거두며 서울을 수복하는 과정을 미력하나마 정리해 보았다.

사실 왜군이 서울에서 남으로 퇴각함으로써 전쟁은 끝난 것이 아니라 또 다른 시작이었다. 이들이 바다를 건너 일본 본토로 돌아가지 않고 경상도 남해안에 웅거하면서 성을 쌓고 노략질을 일삼으며 재침의 기회를 노리고 있었기 때문이다.

강화교섭기와 재침기인 정유재란(1597. 1~ 1598. 11) 때는 초전기 상황과는 완전히 달랐다. 특히 정유재란 때 전라도는 세계사적으로도 그 유래를 찾아볼 수 없을 정도로 막대한 피해를 입었다.

강화교섭 초기인 1593년 6월 말, 도요토미 히데요시는 임진년 제1차 진주성 패전을 조선 침략계획에 큰 차질을 초래한 치욕적인 전투로 인식하고 이를 설욕하고자 제2차 진주성 전투를 일으킨다. 이에 앞서 김천일 등은 호남을 침입하려는 왜군을 기필코 진주에서 막아야 한다

제2차 진주성전투도 『정렬사 유물관 소장』

며 진주성에 입성하여 수성작전에 들어갔다. 성을 지키려는 조선군과 빼앗으려는 왜군과의 7일간 공방 끝에 결국 성이 함락되면서 왜군은 성 안에 있던 조선군을 철저히 유린하고 초토화시켰다. 진주성의 함락은 외곽지원이 전혀 없는 고립무원과 명군의 전쟁외면, 지휘체계의 혼선과 공백이 그 원인이었다. 이 전투에서 주장인 창의사 김천일과 그의 아들 상건, 경상우병사 최경회, 충청병사 황진, 복수의병장 고종후 등 전라도 출신 상당수의 장군과 의병장, 병사가 최후까지 결전을 벌이다가 순절하였다.

이후 광주에서 의병을 일으킨 김덕령은 남원을 거쳐 진주에 유진 중이면서 도원수 권율의 명을 받아 제2차 진주성싸움에서 순절한 군인들의 원혼을 달래기 위해 비장한 마음가짐으로 제사를 올리고 원수를 갚고자 다짐한다. 그러나 그는 1596년 7월에 일어난 '이몽학의 난'에 연루되었다는 누명을 쓰고 6일 동안 여섯 차례의 국문을 받으며 그 진상

김덕령 초상화

이 밝혀지기도 전에 무릎과 정강이뼈가 아스러지는 상상하기조차 힘든 고문을 당한 끝에 비운의 삶을 마감하게 된다.

고경명과 그의 아들 고종후·고인후(광주), 김천일과 그의 아들 상건(나주), 양산숙(나주), 최경회(화순), 황진(남원), 양대박(남원), 류팽로(곡성), 안영(남원) 등의 순절에 이어 조선의병 총대장인 김덕령마저 옥사하자 전라도의 지도층 인사는 고갈상태에 이른다. 당시 왜군의 재침이 전라도 공략에 집중되리란 것을 조선정부도 이미 예측하고 있었다. 하지만 관군과 명군의 대응태세가 부족한 데다 전라도 지도층 인사가 모두 순절하여 대화통로가 단절되면서 적극적인 대처를 할 수가 없었다.

1596년 9월, 명나라와 일본 간의 화의가 결렬되자 도요도미 히데요시는 조선 재침을 실행에 옮긴다. 임란 초기와는 달리 주 공격목표는 전라도 장악에 있었다. 전주로의 침략로는 대체로 세 가지 방향이었다. 이 중 왜군은 주로 해로를 따라 순천 방면에 상륙하여 북상하거나 경상도 서부해안에 상륙한 뒤 섬진강 연안을 거슬러 올라가 구례, 남원을 거쳐 전주로 향하는 길을 택했다.

1597년 8월, 왜군은 섬진강 연안에 상륙한 뒤 북상하면서 민간인에게 무자비한 약탈·방화·살육 행위를 저질렀다. 이와 같은 사실은 일본측 군의관으로 종군한 승려 게이넨慶念이 쓴 『조선일일기』에 잘 나타나 있다. 보배로운 재물을 빼앗고 사람을 죽이며 서로 쟁탈하는 왜군, 들도 산도 섬도 모두 불태우고 산 사람은 금속 줄과 대나무 통으로 목을 묶어서 끌어가는 비참한 모습들, 조선 아이들은 잡아 묶고 그 부모는 쳐 죽여 갈라놓는 애처로운 광경들, 그리고 남원성을 함락할 때 성내 사람들을 모두 죽여 생포자가 없고, 성 주위에도 죽은 사람이 모래알처럼 널려 있어 눈뜨고 볼 수 없는 처참한 상황이라고 했다.

남원과 전주를 장악한 왜군은 8월 20일경 전군이 전주에 모여 작전 회의를 가진 다음, 가토 기요마사가 이끄는 일부 군사만이 경기도를 향해 북상했다. 나머지 대부분은 남해안 방면으로 회군하거나 전라우도 지역에 남하하여 각 군현 50여 군데에 진을 쳤으며, 그때의 만행은 섬진강 연안에 상륙했을 때보다 심했다. 도요토미 히데요시는 그 전공을 실증하기 위해 남원성전투가 있을 무렵부터 조선군의 코를 베어 바치도록 했다.

현재 일본 교토시京都市 히가시야마구東山區에 10만여 개도 넘는 코가 묻혀 있는 비총鼻塚이 있다. 이로 볼 때 코를 절단당한 대부분의 희생자들은 전라도민임에 틀림없다. 『난중잡록』의 기록에 따르면 전쟁이 끝난 지 수십 년 동안 길에서 코 없는 사람을 매우 많이 볼 수 있었다고 한다.

1593년 6월 6일, 전라도순찰사(감사)에서 도원수에 오른 권율은 전쟁터에서 적의 동향을 파악하여 전략과 전술을 세우고 순변사, 방어사, 병사, 조방장 등 육군 장수는 물론, 수륙연합 작전 때에는 통제사, 수사 등 수군 장수까지 지휘하였다. 또한 백성과 군사를 총괄 감독하는 도체찰사의 교체와 공백시기에 최고지휘권을 관장하는 강력한 권한을 가졌다.

제2차 진주성전투 이후 왜군은 경상도 남해안 왜성에 웅거하면서 노략질을 일삼고 좀처럼 싸움을 하려 들지 않았다. 화의교섭이 진행되고 있었기 때문이었다. 1594년 8월 윤두수가 도체찰사가 되기 전까지 몇 차례 전투는 있었지만 그 규모는 전쟁초기에 비해 아주 미미하였고 서로 대치하는 소강국면이었다. 그해 9월 말 거제 장문포 해전에서 도원수 권율과 통제사 이순신이 수륙합동작전으로 공격하였으나 별 전과를 거두지 못했다.

정유재란 때에는 명나라에서 수많은 지원 병력을 이끌고 조선에 들어와 작전권을 요구했고 조정에서는 이를 인정하지 않을 수 없었다. 사실상 군사지휘권이 명나라 장수에게 넘어가고 만 것이다. 이에 도원수 권율도 독자적 작전수행이 불가능해졌다.

여기에 1593년 이후 군국기무는 물론 군령최고기관으로 발전한 비변사의 견제와 간섭이 심해졌고, 군사지휘체계의 문제에 따른 일부 장수의 불복종, 그리고 휘하병력이 적다는 점 등이 도원수의 지휘권을 약화시켜 권율이 전과를 올리는 데는 많은 한계가 있었다.

'역사는 반복된다.' 는 말이 있다. 그렇게 혹독한 7년 전쟁을 치렀건만 300년 뒤 조선은 또다시 일본의 침략을 받아 36년간 일제의 속박에 놓이게 된다. 임란 때보다도 훨씬 약한 모습을 보이며 싸움 한번 제대로 못하고, 고스란히 일본에 넘겨주는 치욕의 역사가 되풀이되었다.

지금은 어떠한가. 남북은 분단되어 동족 간의 대결국면이 계속되고 있고 비생산적인 당파싸움, 지역 간·이념 간 갈등과 대립의 양상은 지속되고 있다. 이와 같은 전철을 밟지 않기 위해서는 위정자들의 뼈를 깎는 반성과 각성이 필요한 시점이다.

이웃 나라 일본을 보자. 겉으로는 평화를 부르짖고 있지만 극단적 우경화가 심상치 않다. '임진왜란을 침략이 아닌 출병으로', '군대 위안부의 고의누락' 등 전쟁을 일으킨 당사자로서 진정한 사죄와 반성 없이 일본의 역사를 찬양하는 쪽으로만 교과서를 왜곡·기술하고 있다. 또 독도의 영유권 주장과 총리의 야스쿠니 신사 참배 등 우리나라와 마찰을 서슴지 않으며 우경화를 가속화시키고 있다.

영국의 역사학자 E.H.카는 "역사란 역사가와 사실 사이에서 끊임없이 이루어지고 있는 상호작용의 과정으로 현재와 과거와의 끊임없는 대화"라고 했다. 사실 과거는 지난날로만 존재하는 것이 아니라 현재와 미래를 내다보는 '지혜의 창'이다. 이제라도 우리는 불행한 역사가 반복되지 않도록 '통일국가 지향'을 실천에 옮기고, 정당 간·계층 간·지역 간 갈등과 대립의 시대를 종식시키며, 상호 신뢰하고 화합하면서 밝은 미래를 위해 다 함께 손잡고 전진해야 한다.

그동안 임진왜란 초전기 권율과 함께 전라도사람들의 활약상을 정리하면서 많은 것을 배우고 느꼈다. 권율의 리더십을 조금이나마 이해하게 되었고, 그와 함께한 전라도사람들의 죽음을 두려워하지 않는 호국충절의 정신이 임란 뒤 호남지역에서 일어난 동학운동과 대한제국기 의병활동, 광주학생독립운동과 4·19의거, 5·18 광주민중항쟁으로 면면이 이어져 오고 있음을 알게 되었다.

후세에 사는 우리가 임란 초전기 전라도 침공을 죽음으로 막은 웅치와 이치전투 전적지에 기념관을 건립하는 등 '역사문화 테마파크'를 조성하고 웅치와 이치, 행주산성에서 장렬히 싸우다 순절한 선현들의 넋을 기리는 '충혼비忠魂碑'를 세웠으면 한다. 그리고 권율이 광주목사로서 처음으로 창의한 광주에 '창의공원倡義公園'을 조성하여 호국역사 교육의 장소로 활용하였으면 한다. '광주창의비'를 '행주대첩비'나 '이치대첩비'와 같이 문화재로 지정하여 소중한 문화유산으로 관리해야 할 것이다. 아울러 '권율과 행주대첩'의 등식에 '전라도사람들'을 포함하여 '권율과 전라도사람들의 행주대첩'으로 불렀으면 한다.

이러한 소망을 가져보면서 지금까지의 여정을 마무리 짓고자 한다.

주

제1부 권율, 광주사람과의 인연

1) 국사편찬위원회, 『한국사 29, 조선 중기의 외침과 그 대응』, 탐구당문화사, 1995년, 13쪽

2) 국사편찬위원회, 『한국사 29, 조선 중기의 외침과 그 대응』, 탐구당문화사, 1995년, 17~27쪽·이형석, 『임진왜란사 상』, 삼성인쇄주식회사, 1974년, 25~27쪽 참조

3) 국사편찬위원회, 『한국사 29, 조선 중기의 외침과 그 대응』, 탐구당문화사, 1995년, 29쪽·이장희, 『임진왜란사 연구』, 아세아문화사, 1999년, 35~38쪽

4) 향토문화진흥원, 『동연혁지』, 호남문화사, 1991년, 14~17쪽

5) 『만취당실기』·『선조(수정)실록』·전쟁기념관, 『임진왜란과 권율장군』(이장희, 「도원수 권율론」), 1999년 4~6쪽

6) 최락철, 『도원수권율』, 농경출판사, 1981년, 97~99쪽

7) 『선조수정실록(6. 1)』·『난중잡록』·『제조번방지』·『연려실기술』·이형석, 『임진전란사 상』, 삼성인쇄주식회사, 1974년, 327~334쪽

8) 최락철, 『도원수권율』, 농경출판사, 1981년, 90~91쪽

9) 최락철, 『도원수권율』, 농경출판사, 1981년, 91~96쪽·오희문 저·이민수 역, 『국역 쇄미록 상』, 1990년, 36~38쪽

10) 『호남절의록』(고정헌, 1800년, 김동수 역), 『선무원종공신녹권』(1604년), 『금곡사지』(중간, 안시노·문옥현, 1966년), 『광주·전남 5대 충의사록』(사,광주·전남충의사현창회, 1992년), 『국난을 극복한 남도의 얼』(장환수 편저, 1972년), 『광산구지』·『전남도지(제30권 - 인물편)』(1996년),『광산구지』(1994년), 각 성씨 족보 등 참조

11) 전라남도(조원래), 『호남의병전쟁사』, 아세아문화사, 2001년, 11쪽

12) 이장희, 『임진왜란사연구』, 아세아문화사, 1999년, 213쪽

13) 충열공제봉고경명선생기념사업회, 『정기록』(재상에 보낸 서한), 천풍인쇄주식회사, 1978년, 53~54쪽

14) 최영희·최근묵·조원래·김상기, 『임진왜란과 이치대첩』, 충남대학교출판부, 1999년, 57~57쪽

15) 『선수실록』(6. 1), 『난중잡록』 7월 9일조를 보면 이광이 광주목사 권율을 남원 수성장으로 임명하여 남원을 지키도록 했다고 기록하고 있다.

제2부 전주성 수성, 전라도 보전

1) 전쟁기념관, 『임진왜란과 권율장군』(박재광, 「임란 초기전투에서 관군의 활동과 권율」), 1999년 85~89쪽·전라문화연구소, 『임진왜란 웅치전투의 그 전적지』(임진왜란 초기 호남방어와 웅치전투의 역사적 의의), 도서출판 선명, 2006년, 44~47쪽 요약

2) 전라문화연구소, 『임진왜란 웅치전투의 그 전적지』(임진왜란 초기 호남방어와 웅치전투의 역사적 의의), 도서출판 선명, 2006년, 44~47쪽 요약

3) 『선조수정실록』, 『난중잡록』, 『쇄미록』, 『징비록』, 『연려실기술』, 『호남절의록』·이형석, 『임진전란사 상』, 삼성인쇄주식회사, 1974년, 386~387쪽·전쟁기념관, 『임진왜란과 권율장군』(박재광, 「임란 초기전투에서 관군의 활동과 권율」), 1999년, 89~91쪽, 전주문화원, 『웅치대첩 전적지 자료집』, 도서출판 선명, 1992년·전라문화연구소, 『임진왜란 웅치전투의 그 전적지』(하태규, 「임진왜란 초기 호남방어와 웅치전투의 역사적 의의」), 도서출판 선명, 2006년, 53~55쪽

4) 『선조수정실록』, 『난중잡록』, 『정기록』·이형석, 『임진왜란사 상』, 삼성인쇄주식회사, 1974년, 402~410쪽

5) 김덕진(다홀미디어·전남대학교 호남학연구단), 『소쇄원사람들』, 신진문화인쇄, 2007년, 242~251쪽

6) 『백사집』·『포저집』·『난중잡록』·『재조번방지』·『만취당실기』·『호남절의록』, 충남대학교 백제연구소, 금산군, 『임진왜란과 이치대첩』(김상기, 「임진왜란기 권율의 이치대첩」), 충남대학교 출판부, 67~76쪽

7) 『선조수정실록』·『난중잡록』·『연려실기술』·『청음집』(조헌 신도비명), 『연암집』(영규비), 이형석, 『임진왜란사 상』, 삼성인쇄주식회사, 1974년, 469~ 478쪽, 충남대학교 백제연구소·금산군, 『임진왜란과 이치대첩』(조원래, 「임진초기 두 차례의 금산전투와 그 전략적 의의」), 충남대학교 출판부, 99~109쪽

8) 조원래(전라남도), 『임진왜란이 남긴 호남의병항쟁사』, 아세아문화사, 2001년, 194쪽

9) 조원래(전라남도), 『임진왜란이 남긴 호남의병항쟁사』, 아세아문화사, 2001년, 194~196쪽

10) 조원래(전라남도), 『임진왜란이 남긴 호남의병항쟁사』, 아세아문화사, 2001년, 68~69쪽

11) 금산군, 『임진왜란과 이치대첩』(조원래, 「임진초기 두 차례의 금산전투와 그 전략적 의의」), 충남대학교 출판부, 109쪽

12) 금산군, 『임진왜란과 이치대첩』(조원래, 「임진초기 두 차례의 금산전투와 그 전략적 의의」), 충남대학교 출판부, 111쪽

13) 전라문화연구소, 『임진왜란 웅치전투의 그 전적지』(하태규, 「임진왜란 초기 호남방어와 웅치전투의 역사적 의의」), 도서출판 선명, 2006년, 78~79쪽

14) 금산군, 『임진왜란과 이치대첩』(조원래, 「임진초기 두 차례의 금산전투와 그 전략적 의의」), 충남대학교 출판부, 111~112쪽·北島萬次, 『조선일일기·고려일기』(주식회사 そしぇて, 1982), 151~152쪽

제3부 전라도군, 북으로 북으로 진군

1) 임진육주갑기념출판회, 『호남절의사 임진편』(왕재일, 「웅치공방의 전세발전」), 1954년, 48쪽

2) 임진육주갑기념출판회, 『호남절의사 임진편』(왕재일, 「웅치공방의 전세발전」), 1954년, 48~49쪽, 『호남절의록』(고정헌, 1800년, 김동수 역), 『금곡사지』(중간, 안시노·문옥현, 1966년), 『광주·전남 5대 충의사록』(사,광주·전남충의사현창회, 1992년), 『국난을 극복한 남도의 얼』(장환수 편저, 1972년), 『전라문화의 맥과 전북인물』(전라문화연구소·전북대학교, 1990년), 『전북의병사 상』(전북향토문화연구소, 1990년)

3) 임해봉, 『한권으로 보는 불교사 100장면』, 도서출판 가람기획, 1994년, 231~232쪽

4) 조원래(전라남도), 『임진왜란이 남긴 호남의병항쟁사』, 아세아문화사, 2001년, 20~21쪽

5) 담양군(한국가사문학관), 『백세보중·연행일기』(김동수, 「백세보중 권2」), 태학사, 2004년, 104쪽(도체찰사 정철이 분조에 올린 청원문)

6) 전쟁기념관, 『임진왜란과 권율장군』(종합토론), 1999년, 202쪽

7) 이형석, 『임진왜란사 상』, 삼성인쇄주식회사, 1974년, 549~568쪽

8) 담양군(한국가사문학관), 『백세보중·연행일기』(김동수, 「백세보중 권2」), 태학사, 2004년, 111~112쪽(조정에서 도체찰사 정철에게 내린 전지)

9) 담양군(한국가사문학관), 『백세보중·연행일기』(최한선, 「백세보중 권3」), 태학사, 2004년, 118~124쪽

10) 『난중잡록』·전라남도(조원래), 『임진왜란이 남긴 호남의병항쟁사』, 아세아문화사, 2001년, 124쪽

11) 진도군지편찬위원회, 『진도군지』, 전남매일출판국, 1976년, 617쪽

12) 선거이의 15세손 선광술(宣鑛述, 1959년생, 광주 광산구 장덕동 수완자이 104동 1001호)의 진술이다. 보성선씨광산군종친회(김형채 편집), 『보성선씨요람』, 성문당, 1994년

13) 이형석, 『임진전란사』, 삼성인쇄주식회사, 1974년, 상609쪽·하

1722~1723쪽

14) 오산문화원, 『제1회 독산성 학술대회 역사속의 독산성』(임진왜란 중 독
    산성 전투와 그 역사적 의의 – 전술적 전략적 가치를 중심으로, 심승구
    한국체대 교양학부 교수), 2011년, 33쪽

15) 담양군(한국가사문학관), 『백세보중·연행일기』(김동수, 「백세보중 권
    2」), 태학사, 2004년, 113쪽

제4부 전라도 정예병력, 행주산성 승전

1) 전쟁기념관, 『임진왜란과 권율』(강성문, 「행주대첩에서의 권율의 전략
    과 전술」), 1999년, 106~107쪽

2) 전쟁기념관, 『임진왜란과 권율』(강성문, 「행주대첩에서의 권율의 전략
    과 전술」), 1999년, 118~119쪽

3) 전쟁기념관, 『임진왜란과 권율』(강성문, 「행주대첩에서의 권율의 전략
    과 전술」), 1999년, 126~127쪽

4) 전쟁기념관, 『임진왜란과 권율』(강성문, 「행주대첩에서의 권율의 전략
    과 전술」), 1999년, 120~125쪽

5) 전쟁기념관, 『임진왜란과 권율』(강성문, 「행주대첩에서의 권율의 전략
    과 전술」), 1999년, 131쪽

6) 삼우사, 『망암 변이중 연구』(강성문, 「망암 변이중의 화차전 연구」), 信
    오성기획사, 2003년, 87~88쪽

7) 전쟁기념관, 『임진왜란과 권율』(강성문, 「행주대첩에서의 권율의 전략
    과 전술」), 1999년, 134쪽

8) 2010년 수원대학교 박물관 주관으로 개최된 행주대첩 417주년 기념
    '행주대첩의 제문제' 학술발표회에서 고양출신 이신의가 향군 300명을
    거느리고 왜군이 창릉천에서 도강할 수 없도록 했다고 정리하고 있다
    (고양시 『향토문화 제39호』 참조).

9) 京口元吉, 『秀吉の朝鮮經略』, 白揚社, 1939년, 이형석, 『임진전란사
    하』, 삼성인쇄주식회사, 1974년, 1724쪽 「〈부표 제38〉서울 주둔 적 병
    력 일람표」를 참조(1593년 3월 20일)하였지만 행주산성전투 직후 통계
    이므로 병력 수는 다소의 차이가 있다고 생각된다.

10) 국립진주박물관, 『새롭게 다시 보는 임진왜란』, (주)삼화출판사, 1999
    년, 105~108쪽

11) 일본군의 공격 횟수에 대한 옛 기록을 살펴보았다. 『선조실록』「행주대
    첩에 대한 기록」에는 "부대를 나누어 세 번 진격하고 세 번 물러갔다"
    고 기록하고 있고, 『간이집』 '행주대첩비' 와 『난중잡록』·「연려실기술」

에는 "세 패로 나누어 번갈아 싸우고 세 번 진격하였다가 세 번 물러났
다"고 했다. 『선조실록』 '고산현감 신경희의 전투상황보고'에는 "진격
해 왔다 물러갔다 하기를 8~9차례나 하였다"고 보고했으며, 『상촌집』
'권율 신도비명'과 『재조번방지』·『선묘중흥지』에는 "아홉 번 진격해
들어 왔다가 아홉 번 퇴각하였다"고 했다. 『징비록』에는 "세진이 번갈
아 진격하였다"고 했다. 이로 볼 때 "세 진으로 나누어 세 번 진격하였
다가 세 번 물러갔다"와 "아홉 번 진격해 들어 왔다가 아홉 번 퇴각하였
다"로 귀결되는데 결국은 같은 내용이다. 세 개의 진에서 세 번씩 공격
했다면 아홉 번이기 때문이다. 따라서 여기서는 아홉 차례의 공격과 방
어로 정리했다.

12) '행주치마' 유래에 대해 『임진사적』에는 행주승전으로부터 시작되었다
고 기록되어 있으나, 임란이전에 편찬한 최세진의 『사성통해』(1517년)
와 『훈몽자회』(1527년)에 이미 '행주치마'라는 기록이 나온다.

13) 京口元吉, 『秀吉の朝鮮經略』, 白揚社, 1939년

14) 전쟁기념관, 『임진왜란과 권율』(강성문, 「행주대첩에서의 권율의 전략
과 전술」), 1999년, 110~112쪽, 강성문, 『임진왜란 초기육전과 방어전
술 연구』, 박사학위논문, 2006년, 91~93쪽

15) 武家事記 권30 續集古案雜家下 1592년 2월 18일 長束正家 等 宛 增田
長盛 外 7名 連書狀, 이형석, 『임진전란사』, 신현실사, 1974년,
705~706쪽

16) 이장희, 『임진왜란사 연구』, 아세아문화사, 2007년, 74쪽

17) 이장희, 『임진왜란사 연구』, 아세아문화사, 2007년, 75쪽

18) 서울특별시사편찬위원회 편, 『서울통사 상』, 1972년, 180~181쪽

부록

권율 막하 인물들

　권율 막하 인물의 기록은 1602년 행주산성 덕양산 정상에 세워진 '원수권공행주대첩비元帥權公幸州大捷碑' 후반부에 막하유사라 하여 판관 조대항曺大恒 등 8명이 최초로 나온다. 이 비문은 최립崔岦이 짓고 글씨는 한호韓濩, 호:석봉가 썼으며 김상용金尙容이 전액을 썼다. 비문 끝 추가 기록은 사위인 이항복이 지었고 김현성金玄成이 썼다.

　1799년 고정헌이 편찬한 『호남절의록湖南節義錄』 「순찰사권공율참좌제공사실巡察使權公慄參佐諸公事實」에는 신여량申汝樑 등 38명을 권율 장군의 막하로 분류하고 있다. 『호남절의록』은 임진왜란(946명)·이괄의 난(160명)·정묘호란(32명)·병자호란(210명)·이인좌의 난(99명) 등 5대 난의 유공자와 순절한 호남출신 1,460명의 행적을 기록한 책이다. 이 책에서 고경명 막하로 62명을 분류하고 있으나, 1592년 7월 금산전투에서 순절한 뒤 휘하의 많은 제장들이 권율 막하로 편입되었음을 알 수 있다.

　1885년 후손 창섭昌燮이 편집·발간한 『만취당실기晩翠堂實記』 「임란

참좌제공록王亂參佐諸公錄」에는 신흠申欽 등 101명이 수록되어 있다.
『만취당실기』에는 권율의 연보, 서·문·시, 행장·묘지명·행주대첩비,
「답조중봉서答趙重峯書」·「광주거의시약법십조문光州擧義時約法十條文」
등 대부분 임진왜란과 관련된 기록이 실려 있다.

1902년 충남 금산군 금성면 상가리 쇠실에 건립된 '원수권공이치대
첩비元帥權公利峙大捷碑'는 일제강점기인 1940년 일본의 만행으로 파괴
되었다. 따라서 비에 기록된 막하 인물을 정확히 알 수 없지만, 1928년
금곡사를 창건하여 권율을 포함 83명을 춘추로 배향한 것으로 보아 이
비에 기록된 막하 인물은 82명인 듯하다. 이 비는 후손 권창섭이 조카
재기在箕를 문인이자 애국지사인 송병선宋秉璿, 1836~1905에게 보내 비
문을 받아 온 것으로 지금은 파괴된 채로 '대첩비각' 안에 1964년 중수
된 비와 함께 보존되어 있다.

1903년 광주광역시 서구 구동 광주향교 왼편(광주공원 내)에 건립
된 '도원수충장권공창의비都元帥忠莊權公倡義碑'는 왼쪽에 첨사 권승경
權升慶 등 15명이, 오른쪽에는 '참좌제공'이라 하여 광주와 전라남도 출
신 9명이 새겨져 있다. 총 24명이다. 이 비는 권창섭의 아들 재윤在允이
광주군수로 부임한 것이 계기가 되어 이 지역 유림과 후손, 뜻있는 인
사들이 함께 세운 것으로 보인다. 비문은 문인이자 애국지사인 송병순
宋秉珣, 1839~1912, 병선의 아우이 썼다.

1964년 충남 금산군 진산면 묵산리 산 83번지에 건립된 '도원수권
공이치대첩비都元帥權公利峙大捷碑' 왼쪽에는 정충신鄭忠信 등 73명이,
오른쪽에는 황진黃進 등 74명이 본관과 함께 새겨져 있다. 총 147명이
다. 이 비는 1902년 금곡에 세워졌던 '이치대첩비'가 1940년 일본의
만행으로 금곡사와 함께 파괴되어, 1964년 이치를 바라볼 수 있는 진산
면 묵산리 산 중턱에 중수한 것이다. 147명으로 인원이 늘어난 것은 비
를 중수하는 과정에서 임란 당시 순절 또는 공훈을 세운 후손들이 다수

참여하면서 추록한 것으로 보인다.

'이치대첩비'에 새겨진 147명은 1966년 안시노安時魯·문옥현文玉鉉이 편집·발간한 『금곡사지』에 그대로 실려 있다. 이 중 126명은 행적과 함께 후손들의 당시 거주지까지 기록되어 있지만, 고세충高世忠, 권래權萊, 권협權悏, 김팽수金彭壽, 나덕원羅德元, 두기문杜起文, 박경립朴敬立, 박종정朴宗挺, 손종걸孫從傑, 오경순吳景舜, 이남李楠, 이영복李永福, 이충량李忠良, 윤효민尹孝敏, 전봉田鳳, 조여충趙汝忠, 정현보鄭賢輔, 채윤백蔡聞栢, 최영길崔永吉, 채종해蔡宗海, 최호崔虎 등 21명은 이름만 올라 있다.

1982년 최낙철崔洛哲이 편집·발간한 『도원수권율都元帥權慄』에서는 1885년 권율의 후손 권창섭이 편집·발간한 『만취당실기』를 참조하여 후반부 「참좌제공록」에 104명이 기록되어 있다. 『만취당실기』에 등제되어 있는 문위세文緯世와 양산숙梁山璹은 누락되어 있고, 김두남金斗男, 김충선金忠善, 박계성朴繼成, 백민수白民秀, 백광언白光彦은 추가 등제하였다.

아울러 1609년 7월부터 편찬하기 시작하여 이듬해 11월에 완성된 『선조실록』에 이충길李忠吉, 처영處英, 신경희申景禧, 조경趙儆, 또 『청음집』에 권순權恂 등의 인물이 추가로 보인다.

이를 종합해 볼 때, 권율 막하 인물은 '도원수권공이치대첩비'와 『금곡사지』에 기록된 147명과 여기에는 누락되어 있으나, 『만취당실기』 「임란참좌제공록」에 실려 있는 19명, '도원수충장권공창의비'에 새겨져 있는 4명, 『선조실록』에 나오는 4명, 『청음집』에 1명, 고양시에서 행주산성전투 참전인물로 분류한 3명 등 총 178명임을 알 수 있다. 이들 중 일부 인물은 권율 막하로 분류하기에는 다소 거리가 있다고 생각되지만, 당시의 처절했던 전쟁 상황으로 볼 때 장군과 직·간접인 관련이 있다고 판단됨으로 전체를 막하로 보고 간략하게 행적을 기술하고자 한다.

행적에 대한 내용 정리는 『호남절의록』(1799, 2010년 김동수 역주)
을 기본 자료로 하여 『금곡사지』(1966), 『국란을 극복한 남도의 얼』
(1972), 『전라문화의 맥과 전북인물』(1990), 『전북의병사 상』(1990),
『광주·전남 5대 충의사록』(1992), 『전라남도지(제30권-인물편)』(1996)
등을 참조했다.

시대별로 비문과 책자에 나와 있는 권율 막하 인물은 다음과 같다.

'원수권공행주대첩비' 1602년, 경기도 고양시 행주산성 덕양산 정상

판관 조대항曺大恒, 전 훈련원정 권승경權升慶, 지세포 만호 이완근李完
根, 소상신 첨사 이광선李光先, 영동현감 이충립李忠立, 전 만호 두기문杜
起文, 전 도사 최영길崔永吉, 전 현감 박진영朴震英 등 8명

『호남절의록』 1799년, 고정헌

신여량申汝樑, 심민겸沈敏謙, 최희열崔希說, 이세환李世環, 이완근李完根,
박장경朴長卿, 박인경朴仁卿, 신여정申汝楨, 신여극申汝克, 정현룡鄭見龍,
위덕원魏德元, 송상보宋商甫, 조여충趙汝忠, 박응현朴應賢, 김팽수金彭壽,
김익수金益壽, 김진金璡, 김율金慄, 김여숙金汝璹, 김여건金汝健, 이충립李
忠立, 위공달魏公達, 김치원金致謜, 정홍수鄭弘壽, 김몽룡金夢龍, 채종해蔡
宗海, 이인걸李仁傑, 김응종金應宗, 이영복李永福, 박경립朴敬立, 고세충高
世忠, 윤효민尹孝敏, 손종걸孫從傑, 정수인鄭水仁, 김지남金志男, 전봉田鳳,
함덕립咸德立, 주봉周封 등 38명

『만취당실기』 1885년, 권창섭

신흠申欽, 황진黃進, 권승경權升慶, 김제민金齊閔, 김엽金曄, 김흔金昕, 김
안金晏, 노인魯認, 신여량申汝樑, 신여정申汝楨, 신여극申汝克, 김율金慄,
김여숙金汝璹, 김여건金汝健, 황박黃璞, 정충신鄭忠信, 이경주李擎柱, 위대
기魏大器, 공시억孔時億, 최호崔虎, 양응원梁應源, 양산숙梁山璹, 소제蘇濟,
노홍魯鴻, 심민겸, 권수權燧, 권협權悏, 최희열崔希說, 이세환李世環, 이완
근李完根, 박응현朴應賢, 정견룡鄭見龍, 위덕원魏德元, 송상보宋商甫, 조여
충趙汝忠, 박장경朴長卿, 박인경朴仁卿, 김팽수金彭壽, 김익수金益壽, 김진
金璡, 이충립李忠立, 위공달魏公達, 김치원金致謜, 김치전金致詮, 정홍수鄭
弘壽, 김몽룡金夢龍, 이인걸李仁傑, 채종해蔡宗海, 김응종金應宗, 이영복李
永福, 박경립朴敬立, 고세충高世忠, 윤효민尹孝敏, 손종걸孫從傑, 정수인鄭

水仁, 김지남金志男, 전봉田鳳, 함덕립咸德立, 주봉周封, 윤길尹趌, 고인후高因厚, 변이중邊以中, 변사정邊士貞, 박종정朴宗珽, 선거이宣居怡, 김익복金益福, 김복흥金復興, 도맹삼都孟三, 고성후高成厚, 홍천경洪千璟, 박기수朴起壽, 위대택魏大澤, 권래權萊, 정봉수鄭鳳壽, 정현보鄭賢輔, 김진태金振兌, 정걸丁傑, 송대립宋大立, 박정영朴廷榮, 박광년朴光年, 이몽상李夢祥, 문위세文緯世, 성윤문成允文, 박광옥朴光玉, 김익웅金翼熊, 안득安得, 안징安徵, 박석정朴石精, 박윤협朴允協, 박대수朴大壽, 윤응남尹應南, 박계원朴繼元, 류순柳淳, 소황蘇滉, 이남李楠, 조대항曹大恒, 최영길崔永吉, 박진영朴震英, 이광선李光先, 두기문杜起文, 영규승장靈圭僧將 등 101명

'도원수충장권공창의비' 1903년, 광주광역시 서구 구동 광주향교 왼편 광주공원 내

비 왼쪽에 첨사 권승경, 찰방 이완근, 좌랑 박희수朴希壽, 의열 고인후高仁厚, 부사 이충립, 첨정 김치원金致謜, 승지 김극추金克秋, 참군 박천붕朴天鵬, 이참 정사준鄭思竣, 충강 김제민金齊閔, 병사 선거이宣居怡, 호군 표헌表憲, 현감 정사횡鄭思竑, 지평 송제민宋濟民, 봉사 정귀세鄭貴世 등 15명
오른쪽에 참좌제공록에는 충장 김덕령金德齡, 충무 정충신鄭忠信, 수사 이세환李世環, 직장 김경립金敬立, 만호 박대수朴大壽, 별제 박종정朴宗挺, 군수 고성후高成厚, 좌랑 류사경柳思敬, 현감 정빈鄭憤 등 9명. 총 24명

『금곡사지』 「배향록」 1928년

주벽을 권율로 하고, 동반에 정충신鄭忠信, 고인후高因厚, 김여건金汝健, 이대윤李大胤, 윤길尹趌, 박계성朴繼成, 안신손安信孫, 김진金瑻, 임계영任啓英, 김익수金益壽, 조여충趙汝忠, 윤응남尹應南, 정빈鄭빈, 소황蘇滉, 박흥남朴興男, 송대립宋大立, 신여량申汝樑, 신여정申汝楨, 류순柳淳, 박계원朴繼元, 정홍수鄭弘壽, 정회鄭繪, 김광협金光鋏, 오유吳宥, 박인경朴仁慶, 문원개文元凱, 안득安得, 두정래杜廷萊, 박정영朴廷榮, 양재현梁載賢, 장이경張以慶, 문기방文紀房, 문홍개文弘凱, 변국간邊國幹, 정연丁淵, 오죽령吳竹齡, 두기문杜起文, 강극효姜克孝, 변홍건卞弘建, 변홍달卞弘達, 안세침安世琛 등 41명
서반에 황진黃進, 김익복金益福, 노인魯認, 김충선金忠善, 홍천경洪千璟, 나덕명羅德明, 김복흥金復興, 이엽李曄, 권승경權升慶, 황박黃璞, 소제蘇濟, 김언경金彦慶, 정사준鄭思竣, 이인걸李仁傑, 김정金定, 정걸丁傑, 김언공金彦恭, 신여극申汝極, 류충서柳忠恕, 송상보宋商甫, 류계柳溪, 정사횡鄭思竑, 김붕만金鵬萬, 정수인鄭水仁, 선거이宣居怡, 박장경朴長卿, 박석정朴石精, 안징安徵, 정황수鄭凰壽, 두정란杜廷蘭, 문여개文汝凱, 염세경廉世慶, 백민

권율 막하에서 참전 인물이 정리된 각종 자료

수白民秀, 변덕횡卜德横, 김몽룡金夢龍, 오계수吳繼壽, 류렴柳濂, 변홍양卜
弘亮, 양대박梁大鏷, 김한金漢, 지계최池繼催 등 41명. 총 82명

'도원수권공이치대첩비' 1964년, 충남 금산군 묵산리 산 83

비 오른쪽에 황진黃進, 권승경權升慶, 노인魯認, 임계영任啓英, 김극추金克
秋, 류사경柳思敬, 노홍魯鴻, 양응원梁應源, 선거이宣居怡, 문위세文緯世,
성윤문成允文, 소제蘇濟, 심민겸沈敏謙, 김언공金彦恭, 안신손安信孫, 신여
극申汝極, 김팽수金彭壽, 최희열崔希說, 이대윤李大胤, 김율金慄, 이인걸李
仁傑, 백민수白民秀, 이광선李光先, 채우령蔡禹齡, 박응현朴應賢, 정걸丁傑,
장이경張以慶, 권협權悏, 박흥남朴興男, 류충서柳忠恕, 류순柳淳, 박광년朴
光年, 김만령金萬齡, 김두남金斗南, 김엽金曄, 김안金晏, 정수인鄭水仁, 박
인경朴仁卿, 이엽李曄, 박천붕朴天鵬, 정사준鄭思竣, 정사횡鄭思竤, 정빈
鄭憤, 김광협金光鋏, 김붕만金鵬萬, 두기문杜起文, 문원개文元凱, 양재현梁
載賢, 문기방文紀房, 변녁횡邊德横─비문에는 변송재卜松齋로 기록돼, 정
연鄭淵, 변홍달卜弘達, 변홍양卜弘亮, 양팽梁彭, 변홍주卜弘洲, 안세침安世
琛, 송세발宋世潑, 박희수朴希壽, 이세환李世環, 박대수朴大壽, 김경립金敬
立, 권래權萊, 김진金瑨, 정현보鄭賢輔, 채종해蔡宗海, 전봉田鳳, 김언경金
彦慶, 백광언白光彦, 손종걸孫從傑, 이잠李潛, 고세충高世忠, 류렴柳濂, 정

회鄭繪, 최언준崔彦浚 등 74명

왼쪽에는 정충신鄭忠信, 황박黃璞, 김제민金齊閔, 고성후高成厚, 위대기魏大器, 김억희金憶熙, 김충선金忠善, 변이중邊以中, 김익복金益福, 나덕명羅德明, 박계성朴繼成, 홍천경洪千璟, 신여량申汝樑, 정현룡鄭見龍, 신여정申汝楨, 김익수金益壽, 윤길尹趌, 송대립宋大立, 김여건金汝健, 김복흥金復興, 정홍수鄭弘壽, 오유吳宥, 박장경朴長卿, 주봉周封, 김몽룡金夢龍, 소황蘇滉, 최영길崔永吉, 안징安徵, 김정金定, 정사제鄭思悌, 변사정邊士貞, 김흔金昕, 문홍개文弘凱, 윤응남尹應南, 위공달魏公達, 김지남金志南, 두정란杜廷蘭, 박석정朴石精, 박정영朴廷榮, 류계柳溪, 박계원朴繼元, 두정래杜廷萊, 문여개文汝凱, 염세경廉世慶, 변국간卞國幹, 변홍건卞弘建, 오계수吳繼壽, 양대박梁大鑲, 강극효姜克孝, 김한金漢, 지계최池繼灌, 김여숙金汝璹, 백응희白應希, 이충립李忠立, 이완근李完根, 김치원金致諝, 최호崔虎, 공시억孔時億, 오경순吳景舜, 송상보宋商甫, 조여충趙汝忠, 함덕립咸德立, 이남李楠, 이영복李永福, 나덕원羅德元, 박종정朴宗挺, 이충량李忠良, 박경립朴敬立, 윤효민尹孝敏, 채윤백蔡閏栢, 안득安得, 오죽령吳竹齡 등 73명. 총 147명

『금곡사지』 1966년, 중간, 안시노·문옥현
「도원수권공이치대첩비」에 새겨진 147명

『도원수 권율』 1982년, 최낙철
『만취당실기』를 참고하여 후반부 「참좌제공록」에 104명

출신지별 막하 인물 총괄

시군별	인원	당시 행정구역	시군별	인원	당시 행정구역
총계	178		장성군	1	장성현+진원현
광주광역시	22	광주목	전주시	2	전주부
순천시	5	순천부+낙안군	군산시	3	군산진+옥구현+임피현+만경현고군산진
나주시	11	나주목	익산시	1	익산군+여산군+용안현+함열현
담양군	5	담양군+창평현	정읍시	7	정읍현+고부군+태인현
곡성군	2	곡성현+옥과현	남원시	13	남원부+운봉현
고흥군	17	흥양현	김제시	7	김제군+금구현+만경현
보성군	10	보성군+장흥부 회령진	완주시	3	고산현
화순군	6	화순현+능선현+동복현	장수군	2	장수현
장흥군	21	장흥부	임실군	3	임실현
강진군	4	강진현	고창군	7	고창현+무장현+흥덕현

시군별	인원	당시 행정구역	시군별	인원	당시 행정구역
해남군	2	해남현+영암어란진+영암이진진	충남 금산군	1	전라도 금산군+진산군
영암군	4	영암군	서울특별시	5	한성부
무안군	5	무안현+영광다경포	경남 함양군	1	함양군
함평군	1	함평현	경기 고양시	2	고양군
영광군	2	영광군	기타	3	

출신지별 권율 막하 인물 현황

출신지	성명	생몰년	본관	자	호	시호	관력	임란시 참전지	상훈	호남절의록 막하분류
광주	고성후 (高成厚)	1549~?	장흥	여관 (汝寬)	죽촌 (竹村)		군수 증, 예조참의	금산전 행주전 (군량운반)	선무원종공신 2등	고경명
〃	고인후 (高因厚)	1561~1592	장흥	선건 (善健)	학봉 (鶴峯)	의열 (毅烈)	승문원전자 증, 영의정	금산전 (순절)		고경명
〃	김극추 (金克秋)	1552~1610	김해	여직 (汝直)	절봉 (節峯)		주부, 군수 증, 좌승지	금산전 이치전(?) 행주전(?)	선무원종공신 3등	고경명
〃	김기명 (金基命)	?~1593	광산	응여 (應汝)	의암 (義菴)		무과 회천군수	행주전	선무원종공신 3등	(없음) 충의사록
〃	김덕령 (金德齡)	1568~1596	광산	경수 (景樹)		충장 (忠壯)	충용장 증, 좌찬성	고성·창원 장문포해전	(없음)	(없음) 광주창의비
〃	김치원 (金致源)	?~?	광산	제화 (濟和)	수진당 (守眞堂)		훈련첨정	이치전(?)		권율
〃	김치전 (金致詮)	?~?	광산					행주전(?)		(없음) 김치원 아우
〃	류사경 (柳思敬)	1556~1607	문화	덕신 (德新)	육유 (六有)		사마시,문과 별제, 좌랑			고경명
〃	박광옥 (朴光玉)	1526~1593	음성	경원 (景瑗)	회재 (懷齋)	의열 (義烈)	문과, 운봉현감, 나무목사 증, 도승지	의병청설치 군사, 군량, 병기 모집		고경명
〃	박대수 (朴大壽)	1533~1612	충주	인수 (仁叟)			만호	이치전(?)		고경명
〃	박윤협 (朴允協)	?~?	음성	협지 (協之)			교관			고경명
〃	박종정 (朴宗挺)	1556~1599	함양	응선 (應善)	난계 (蘭溪)		사마시			일도거의 (一道擧義)
〃	박희수 (朴希壽)	1540~1599	충주	덕로 (德老)	매헌 (梅軒)		형조좌랑	대가호종	선무원종공신 3등	대가호종
〃	송제민 (宋濟民)	1543~1602	홍주	이인 (以仁)	해광 (海狂)		의병조사관 증, 지평			고경명
〃	양산숙 (梁山璹)	1561~1593	제주	회원 (會元)			공조좌랑 증, 좌승지	의주 행궁 밀서 전달	선무원종공신	김천일
〃	양재현 (梁載賢)	1557~1592	제주	청여 (淸汝)	미재 (薇齋)		무과 선전관, 첨사 증, 호조참판	금산전 (순절)		(없음) 금곡사지
〃	이세환 (李世環)	1540~1603	광산	백헌 (白獻)	추암 (秋巖)		무과 훈련원정	이치전(?) 행주전	선무원종공신 1등	권율
〃	이완근 (李完根)	1545~1615	광산	백인 (伯仁)	서암 (瑞菴)		주부, 만호	이치전 행주전	선무원종공신 2등	권율
〃	이충립 (李忠立)	1566~1618	함평				무과, 경력, 명천부사	이치전(?) 행주전	선무원종공신 1등	권율
〃	정충신 (鄭忠臣)	1576~1536	하동 금성	가행 (可行)	만원 (晩雲)	충무 (忠武) 금남군 (錦南君)	무과, 안주목사 부원수	이치전	진무공신 1등	(없음) 만취당실기 금곡사지

출신지	성명	생몰년	본관	자	호	시호	관력	임란시 참전지	상훈	호남절의록 막하분류
광주	정귀세 (鄭貴世)	?~1592	진주	영지 (榮之)			무과 봉사	금산전 (순절)		고경명
"	지계최 (池繼漼)	1593~1636	충주	태승 (泰升)	표곡 (豹谷)	충성군 (忠城君)	소모별장 서흥부사		진무공신 3등	(없음) 금곡사지
순천	권 래 (權 萊)	?~?	안동	군중 (君重)			수문장	웅치전 이치전 (순절)		황진
"	성윤문 (成允文)	?~?	창령	정로 (廷老)	만휴정 (晩休亭)	무정 (武靖)	무과, 병사 증, 병조판서	성주전	선무원종공신 1등	일도거의
"	정 빈 (鄭 憤)	1566~1640	경주	공백 (恭伯)	곡구 (谷口)		봉사, 현감	대가호종		대가호종
"	정사준 (鄭思俊)	1553~1599	경주	근초 (謹初)	성은 (城隱)		무과, 현감 증, 좌승지			이순신
"	정사횡 (鄭思竑)	1558~?	경주	여인 (汝仁)	매헌 (梅軒)		지평, 좌통례 증, 좌승지	대가호종		대가호종
나주	김 헌 (金 漢)	1615~?	김해	인기 (仁起)	매촌 (梅村)					(없음) 금곡사지
"	나덕명 (羅德明)	1560~?	나주	극지 (克之)	소포 (嘯浦)		진사	백탑교, 마흘경, 동복전		일도거의
"	나덕원 (羅德元)	?~?	금성	이건 (以健)	소담 (沙潭)		사마시 오수찰방 함창현감 운량차사	소모사 군량보급		일도거의
"	노 인 (魯 認)	1566~1622	함평	공직 (公識)	금계 (錦溪)		진사, 무과 수원·황해부사 증, 병조판서	이치전 행주전 의령전		이역전절 (異域全節)
"	안세침 (安世琛)	1569~?	순흥		망화당 (望華堂)		사과	이치전(?)		(없음) 금곡사지
"	양대박 (梁大樸)	?~?	제주	충국 (忠國)	국포 (菊圃)			이치전(?) 행주전(?) 의령전(?)		(없음) 금곡사지
"	오계수 (吳繼壽)	?~?	금성	팽사 (彭師)	와헌 (臥軒)		사마시	이치전(?) 행주전(?)		일도거의
"	이광선 (李光先)	1563~1616	함평	여효 (汝孝)	문촌 (文村)		부장, 현감 증, 병조참판	대가호종 이치전 행주전	선무원종공신 2등	대가호종
"	장이경 (張以慶)	?~?	흥성	천휴 (天休)	송정 (松亭)		참봉	금산전(?) 이치전(?)		김천일
"	최희열 (崔希說)	1555~1603	수성	경뢰 (景賚)	삼주 (三洲)		사마시, 문과 정랑, 현감	의곡운송		권율
"	홍천경 (洪千璟)	1553~1632	풍산	군옥 (羣玉)	반환 (盤桓)		사마시, 문과 직장, 전적 증, 호조참의 권율종사관	의곡운송	선무원종공신 3등	김천일
담양	김경립 (金敬立)	1552~1593	김해	미백 (美白)	추봉 (秋峰)		무과 직장	이치전(?) (순절)	선무원종공신 2등	(없음) 금곡사지
"	박인경 (朴二卿)	?~?	함양	숙임 (叔任)	치재 (恥齋)		장사랑	의병청 양향유사 이치전(?) 행주전(?)		권율
"	박장경 (朴長卿)	1539~1606	함양	계임 (季任)	이홍 (以洪)		참봉	의병청 양향별유사 이치전(?) 행주전(?)		권율
"	윤효민 (尹孝敏)	?~?	파평	성좌 (聖佐)			무과 군자감정	이치전(?) 행주전		권율
"	전 봉 (田 鳳)	?~?	담양	성서 (聖瑞)			무과 북병사	행주전	선무원종공신 2등	권율
곡성	심민겸 (沈敏謙)	1570~1646	청송	사윤 (士允)	송호 (松湖)		주부	행주전 예교전 군량보급		권율

출신지	성명	생몰년	본관	자	호	시호	관력	임란시 참전지	상훈	호남절의록 막하분류
곡성	양응원 (梁應源)	?~1593	남원	유극 (有極)	송호 (松湖)		무과 부장	웅치전 이치전 진주성전투 (순절)	선무원종공신 2등	황진
고흥	김광협 (金光鋏)	?~?	금녕	명숙 (明淑)	의재 (毅齋)		무과 주부 증, 병조참의	행주·수원(?) 대가호종	선무원종공신 1등	대가호종
〃	김붕만 (金鵬萬)	?~?	김해	봉서 (鳳瑞)	남헌 (南軒)		제주판관	행주전(?) 한산전 (순절)	선무원종공신 2등	이순신
〃	김언공 (金彦恭)	?~?	금녕	효칙 (孝則)	묵재 (默齋)		무과, 부사 조방장 전라방어사	영주적토벌 고금도전	선무원종공신 3등	이순신
〃	도맹삼 (都孟三)	?~?	성주	국보 (國輔)			무과 판관	행주전		일도거의
〃	류 계 (柳 溪)	?~?	고흥	거용 (擧用)	충지 (忠智)		판관	대가호종	선무원종공신 3등	(없음) 금곡사지
〃	류충서 (柳忠恕)	?~?	고흥	추중 (推仲)	추중재 (推仲齋)		주부	행주전 대가호종	선무원종공신 2등	대가호종
〃	류 순 (柳 淳)	1566~1612	고흥	호숙 (灝叔)	송암 (松巖)		직장	행주진 대가호종	선무원종공신 3등	대가호종
〃	송상보 (宋商甫)	1564~1597	여산	수중 (秀仲)	봉재 (鳳齋)		무과, 군자 감정, 부장 강진현감	행주전	선무원종공신 1등	권율
〃	송대립 (宋大立)	1550~1597	여산	신백 (信伯)			무과, 부정 증, 병조참의	남해연안	선무원종공신 1등	이순신
〃	송세발 (宋世潑)	1571~?	여산	신오 (信五)	정재 (正齋)		무과 부장	한산전 명량전	선무원종공신 2등	(없음) 금곡사지
〃	신여극 (申汝極)	1565~1629	고령	호인 (好仁)	지정 (池亭)		무과, 부장 첨정	행주전	선무원종공신 2등	권율
〃	신여량 (申汝樑)	1564~1593	고령	중임 (重任)	봉헌 (鳳軒)		무과, 부장 수군절도사	행주전 당포전 벽파진전투	선무원종공신 1등	권율
〃	신여정 (申汝楨)	1574~1593	고령	계임 (季任)	오헌 (梧軒)		무과 주부	대가호종	선무원종공신 2등	권율
〃	정 걸 (丁 傑)	1514~?	영광		송정 (松亭)		무과, 현감, 부사, 수사, 전라방어사	행주전		이순신
〃	정 연 (丁 淵)	?~?	영광				군수			(없음) 정걸의 자 금곡사지
〃	정수인 (鄭水仁)	?~?	하동	청보 (淸甫)	원재 (源齋)		무과 판관	행주전	선무원종공신 2등	권율
〃	정홍수 (鄭弘壽)	1551~1592	하동	원기 (遠期)	송재 (松齋)		무과 첨정 증, 좌승지	금산전 (이치전(?))	선무원종공신 2등	권율
보성	박응현 (朴應賢)	?~1593	순천	국언 (國彦)	송담 (松潭)		기관(記官) 제용감정	행주전	선무원종공신 2등	권율
〃	박천붕 (朴天鵬)	1554~1592	밀성	익평 (翼平)	규정 (樛亭)		무과 한성참군 증, 병조판서	상당(上黨)전		(없음) 금곡사지
〃	선거이 (宣居怡)	1550~1598	보성	사신 (思愼)	친친재 (親親齋)		무과 수군절도사 병사, 수사	한산해전 독산전 행주전 울산전	선무원종공신 1등	일도거의
〃	오 유 (吳 宥)	1555~1593	동복	대유 (大有)	월곡 (月谷)		무과 봉사	진주성전투 (순절)		고종후
〃	염세경 (廉世慶)	1566~1646	파주	유선 (由善)	양산 (梁山)		군자감첨정	금산전 무주전		임계영

출신지	성명	생몰년	본관	자	호	시호	관력	임란시 참전지	상훈	호남절의록 막하분류
보성	임계영 (林啓英)	1528~1597	장흥	홍보 (弘甫)	삼도 (三島)		문과 현감, 목사 의병장 증, 병조참판	장수·거창 ·합천·성주 ·개령전	선무원종공신 3등	임계영
〃	정사제 (鄭思悌)	1558~1597	진주	유인 (幼仁)	오봉 (五峯)		문과 증, 부수찬 ·참판	남원전		임계영
〃	정 회 (鄭 繪)	?~?	하동		남파 (南坡)		증, 형조참판 증, 이판 겸 경연관	산양전 안치전 (선거이진중)		(없음) 금곡사지
〃	표 헌 (表 憲)	?~?	신창	숙도 (叔度)			무과, 호군 진위사 중추부사	대가호종	선무원종공신 1등	일도거의
〃	함덕림 (咸德立)	1554~?	강릉	사인 (士仁)	수정 (水亭)		무과 주부	행주전 (순절)	선무원종공신 3등	권율
화순	고세충 (高世忠)	?~?	장택	효원 (孝源)			무과	행주전	선무원종공신 3등	권율
〃	공시억 (孔時億)	?~?	곡부				역사(力士)	이치전 행주전		(없음) 금곡사지
〃	손종걸 (孫從傑)	?~?	밀양	준경 (俊卿)			주부	이치전 행주전	선무원종공신 2등	권율
〃	양 팽 (梁 彭)	1536~1593	제주		방촌 (芳村)					(없음) 금곡사지
〃	오경순 (吳景舜)	?~?	동복				봉사			(없음) 금곡사지
〃	오죽령 (吳竹齡)	1550~1593	동복		송재 (松齋)		증, 감찰	진주성전투		(없음) 금곡사지
장흥	김여건 (金汝健)	1564~1605	영광	이강 (以剛)	운정 (雲亭)		봉사	이치전(?) 행주전(?)		권율
〃	김여숙 (金汝璹)	1564~1648	영광	수연 (粹然)	수암 (守庵)		첨정	이치전(?) 행주전(?)		권율
〃	김 율 (金 慄)	1529~1600	영광	태우 (泰宇)	서장 (西庄)		참의	이치전(?) 행주전(?)		권율
〃	노 홍 (魯 鴻)	1561~?	함평	여신 (汝信)			무과 훈련원부정 남도만호	이치전	선무원정공신 2등	황진
〃	문기방 (文紀房)	1548~1597	남평	중률 (仲律)	농재 (豐齋)		무과, 우후 수문장 증, 병조참판	남원전 (순절)	선무원종공신 2등	이복남
〃	문여기 (文汝凱)	1573~1643	남평	순경 (舜卿)	자수당 (自修堂)					(없음) 금곡사지
〃	문원기 (文元凱)	1562~1625	남평	순인 (舜麟)	용잠 (龍岑)			금산, 무주, 성주, 개령		임계영
〃	문위세 (文緯世)	1534~1600	남평	숙장 (淑章)	풍암 (楓菴)		사마시 용담현령 파주목사	금산, 무주, 성주, 개령		임계영
〃	문홍기 (文弘凱)	1571~1639	남평	순익 (舜翼)	갈옹 (葛翁)		직장	금산, 무주, 성주, 개령	선무원종공신 3등	임계영
〃	백민수 (白民秀)	1577~1615	수원	기원 (起元)	술고당 (述古堂)		직장 증, 좌승지	금산, 무주, 성주, 개령	선무원종공신 3등	임계영
〃	변국간 (卞國幹)	?~?	초계	위경 (偉卿)	우재 (尤齋)		무과 북병사 전라우수사			(없음) 금곡사지
〃	변덕횡 (卞德橫)	?~?	초계		송재 (松齋)		증, 통훈대부	명량·노량 해전, 곽산		(없음) 금곡사지
〃	변홍건 (卞弘健)	?~?	초계	경립 (景立)				회령포		(없음) 금곡사지
〃	변홍달 (卞弘達)	?~?	초계	경민 (景敏)	규암 (葵菴)		종성부사 증, 북병사	당포	선무원종공신 2등	일도거의

출신지	성명	생몰년	본관	자	호	시호	관력	임란시 참전지	상훈	호남절의록 막하분류
장흥	변홍양 (卞弘亮)	?~?	초계	형명 (亨明)	동계 (桐溪)		증, 병조참판	금산·무주 ·성주·개령 전·지포전		(없음) 금곡사지
〃	변홍주 (卞弘洲)	?~?	초계		송천 (松川)		증, 병조참의	지포·명량 ·노량전 해운대		(없음) 금곡사지 권율막하→ 이순신막하
〃	위공달 (魏公達)		장흥	통원 (通遠)			수문장 좌랑	이치전(?) 행주전(?)	선무원종공신 2등	권율
〃	위대기 (魏大器)	1559~?	장흥	자용 (自容)			무과 가리포첨사 해남현감 편비장 훈련원정 충청수사	옥포·적진 ·율포 웅치·이치 당항포	선무원종공신 1등	황진
〃	위덕원 (魏德元)	1549~1616	장흥	선장 (善長)			무과 훈련부정	행주전(?)	선무원종공신 2등	권율
〃	위대택 (魏大澤)	1549~1616	장흥	경용 (景容)			수문장 도총부도사		선무원종공신 2등	황진
〃	정현룡 (鄭見龍)	1553~1594	진주	성서 (聖瑞)			무과 울산병사	수원성 행주전(?)	선무원종 공신 2등	권율
강진	김응종 (金應宗)	?~?	분성	종보 (宗甫)			무과	행주전(?)	선무원종공신 3등	권율
〃	이 남 (李 楠)	?~?	원주	중간 (仲幹)			무과		선무원종공신 2등	일도거의
〃	이 잠 (李 潛)	1561~1593	존쥬	원인 (原仁)			정철 비장 변사정부장 증, 병조참의	옥천, 황간 복병 창원전 진주성전 (순절)	선무원종공신 2등	변사정
〃	이충량 (李忠良)	?~?	전주	정직 (廷直)	지포 (止圃)		주부	금산전 무주전	선무원종공신 2등	임계영
해남	김만령 (金萬齡)	1547~1592	안산	영년 (永年)			무과 사직	웅치전 (순절)	선무원종공신 3등	일도순절
〃	채윤백 (蔡閏栢)	?~?	평강							(없음) 금곡사지
영암	류 염 (柳 濂)	?~1597	문화	자실 (子實)	죽봉 (竹峰)		증, 참의	주룡포 (순절)		일도순절
〃	박계원 (朴繼元)	1575~1645	밀성	수만 (守萬)	월파 (月坡)		무과 부장 군자첨정	대가호종 행주전(?)	선무원종공신 2등	대기호종 (권율)
〃	박광년 (朴光年)	1552~1621	밀성	여중 (汝中)	월계 (月溪)		선전관 첨정	대가호종 행주전(?)	선무원종공신 2등	대가호종 (권율)
〃	이인걸 (李仁傑)	1551~1593	경주	영숙 (英叔)	월암 (月嵒)		무과 수문장	행주전 (순절)	선무원종공신 3등	권율
무안	윤 길 (尹 趌)	1564~1615	파평	여직 (汝直)	몽파 (夢坡)		문과 삼례찰방 무주현감 홍문관교리 증, 도승지	군량보급 행주전		진전호종 (眞殿扈從)
〃	정현보 (鄭賢輔)	1546~1593	진주	성좌 (聖佐)	동암 (東庵)		생원시	다경포 주룡강 (목포순절)		최경회
〃	정황수 (鄭凰壽)	1562~1628	나주	영수 (靈叟)	월봉 (月峯)		무과 선전관 군기사판사	금산 무주전 다경포		최경회
〃	채만령 (蔡禹齡)	?~?	평강	숙원 (叔元)	향일재 (向日齋)		무과 훈련원정 무안현감 증, 병조참판	금산전 흥덕장등원 (순절)	선무원종 2등	일도순절

출신지	성명	생몰년	본관	자	호	시호	관력	임란시 참전지	상훈	호남절의록 막하분류
무안	채종해 (蔡宗海)	?~?	평강	수보 (洙甫)				수원 독성 행주전(순절)		권율
함평	박경립 (朴敬立)	?~?	순천	산보 (山甫)			신여량보좌	한산도전		권율
영광	강극효 (姜克孝)	?~?	진주	이순 (而順)	벽류당 (碧流堂)		부사과	군량,병기 모취		일도거의
〃	주 봉 (周 封)	1534~1593	철원	건숙 (建叔)	장춘 (長春)		주부	독산성전(?) 행주전(순절)		권율
장성	변이중 (邊以中)	1546~1611	황주	언시 (彦時)	망암 (望庵)		문과 어천찰방 소모사 조도사 독운사 함안군수 증, 이조참판	행주전	선무원종공신 2등	변이중
전주	김억희 (金億熙)	?~?	김해		농암 (農庵)		주부			(없음) 금곡사지
〃	최 호 (崔 虎)	?~1592	탐진	문백 (文伯)	석봉 (石峰)		무과	이치전 (순절)		황진
군산	두정란 (杜廷蘭)	1550~?	두릉		승의당 (守義堂)		무과 만호	금산전 (순절)		(없음) 전북인물
〃	두정래 (杜廷萊)	1555~?	두릉		수절당 (守節堂)		봉사	금산전 (순절)		(없음) 전북인물
〃	이영복 (李永福)	?~?	완산	영길 (永吉)				행주전 (순절)		권율
익산	황 박 (黃 璞)	?~?	우주 (紆州)	기지 (琦之)	죽봉 (竹峯)		무과 선전관 증, 병사	웅치전 이치전 (순절)		황진
정읍	김 안 (金 晏)	?~1592	의성	계승 (季昇)			증, 참의	웅치전 (순절)		김제민
〃	김 엽 (金 曄)	?~?	의성	언승 (彦昇)	문일옹 (聞一翁)		봉사	웅치전 대가호종	호종원종공신	김제민
〃	김제민 (金齊閔)	1527~1599	의성	사효 (士孝)	오봉 (鰲峯)	충강 (忠剛)	문과 화순현감 순창군수 증, 병조판서	웅치전 장성남문 의병도청 (군량수송)	선무원종공신 3등	김제민
〃	김진태 (金振兌)	?~1592	김해				무과 선천부사	웅치전 (순절)		일도순절
〃	김 흔 (金 昕)	1558~1629	의성	숙승 (叔昇)	학봉 (鶴峯)		군기사정 언양현감	웅치전 행주전 울산전		김제민
〃	백광언 (白光彦)	?~1592	고산 해미	명선 (明善)	풍암 (楓巖)	충민 (忠愍)	무과 북청판관 조방장 증, 병조참판	용인전 (순절)	선무원종공신 1등	일도순절
〃	이경주 (李擎柱)	?~1592	경주		지휴옹 (知休翁)		무과 부호군 증, 병조참의	웅치전 (순절)		김제민
남원	김익복 (金益福)	1551~1599	부안	계응 (季膺)	금릉 (金陵)	충경 (忠景)	문과 좌랑·도사 능성현감 권율종사관 영광군수	성주, 개령, 금산, 무주 방어 예교전		일도거의
〃	김익웅 (金翼熊)	?~?	경주	양경 (揚卿)	추곡재 (楸谷齋)		증, 선전관	웅치전 (순절)	선무원종공신 3등	황진
〃	김 정 (金 定)	?~?	경주	지숙 (止叔)	수성재 (守性齋)		주부			변사정
〃	박계성 (朴繼成)	?~?	죽산	이술 (而述)	초곡 (草谷)		사직	군사와 군량 보급 율치전 숙성령전 (순절)		이복남

출신지	성명	생몰년	본관	자	호	시호	관력	임란시 참전지	상훈	호남절의록 막하분류
남원	박기수 (朴起壽)	?~?	밀양					이치전 진주성전 (순절)		황진
〃	박흥남 (朴興男)	?~?	밀양	석윤 (錫胤)	구암 (龜巖)			이치전 진주성전 (순절)	선무원종공신 3등	황진
〃	변사정 (邊士貞)	1529~1596	장연	중간 (仲幹)	도탄 (桃灘)		참봉 첨정	독성전 재외운량관	선무원종공신 2등	변사정
〃	소 제 (蘇 濟)	1551~1593	진주	경즙 (景楫)				웅치전 이치전 적암전 진주성전 (순절)		황진
〃	소 황 (蘇 滉)	1540~?	진주	경함 (景涵)	도암 (島巖)		군자감정			일도거의
〃	안신손 (安信孫)	?~?	순흥	후원 (厚源)	풍와 (楓窩)		주부 아진장 겸 지군량사			이복남
〃	윤응남 (尹應南)	?~?	남원	명서 (明瑞)	만헌 (晚軒)		무과 주부 증, 돈령부사	웅치전 대가호종		대가호종
〃	최언준 (崔彦俊)	1537~1617	전주	직경 (直卿)	우암 (寓巖)		단음찰방 횡간·단성현감 주부	금산전(?)		(없음) 금곡사지
〃	황 진 (黃 進)	1550~1593	장수	명보 (明甫)	아술당 (蛾述堂)	무민 (武愍)	무과, 선전관 동복현감 익산군수 조방장 병마절도사 증, 좌찬성	안덕원전 이치전 진주성전 (순절)	선무원종공신 1등	황진
김제	두기문 (杜起文)	?~?	두릉				무과 병사	행주전	선무원종공신 2등	(없음) 행주대첩비
〃	박석정 (朴石精)	?~1592	밀성	일서 (一瑞)	굴지당 (屈指堂)		진사시	웅치전 (순절)		일도순절
〃	박정영 (朴廷榮)	1559~1592	밀성	효화 (孝華)	신촌 (薪村)		증, 좌승지 겸 경연참찬	웅치전 (순절)		대가호종
〃	안 득 (安 得)	?~?	순흥	중려 (仲慮)	송와 (松窩)		무과 선전관			(없음) 금곡사지
〃	안 징 (安 徵)	?~?	순흥	중훈 (仲勳)	반매당 (伴梅堂)		증, 호조참의	웅치전 (순절)		일도순절
〃	이몽상 (李夢祥)	?~?	전주	경휴 (景休)			감찰 당시, 임실현감 증, 이조판서	고경명에 군량보급		일도거의
〃	처 영 (處 英)	?~?			뇌묵 (雷默)		의승장 절충장군	독성전 행주전	행주전공 절충장군 직함부여	(없음) 선조실록
완주	신경희 (申景禧)	1561~1615	평산				주부 고산현감 면천군수 중화부사	행주전	선무원종공신 2등	(없음) 선조실록
〃	조여충 (趙汝忠)	?~?	평양				무과 주부	행주전	선무원종공신 2등	권율
〃	최영길 (催永吉)	1570~1631	전주	비비정 (非非亭)			도사 창주첨사	행주전		(없음) 만취당실기
장수	김충선 (金忠善)	1571~1642	김해	선지 (善之)	모하당 (慕夏堂)		가선대부 정헌대부 일본인(귀화)	정유재란때 의령전투		(없음) 금곡사지
〃	백응희 (白應希)	?~1593	수원	광삼 (光三)	우산 (又山)		수문장 증, 호조참판	진주성전	선무원종공신 3등	(없음) 금곡사지
임실	김복흥 (金復興)	1546~1604	순천	경언 (景言)	계곡 (谿谷)		생진과 별제 지공관	군량보급		일도거의

출신지	성명	생몰년	본관	자	호	시호	관력	임란시 참전지	상훈	호남절의록 막하분류
임실	이대윤 (李大胤)	?~1596	전주	경술 (景述)	금헌 (禁軒) 만휴당 (晩休堂)		문과, 정랑 모량장 상호군 증, 예조참판	금산전 군량, 병기보급		고경명
〃	이 엽 (李曄)	?~?	전주	백회 (伯晦)	연당 (蓮塘)		증, 병조판서	금산전 군량, 병기보급	선무원종공신 3등	고경명
고창	김두남 (金斗南)	1553~1593	김해		청계 (靑溪)		무과 벽동군수 의금부도사 증, 호조판서	진주성전 (순절)	선무원종공신 2등	김천일
〃	김몽룡 (金夢龍)	?~?	청도	여신 (汝神)	식암 (息巖)		훈련원판관			권율
〃	김익수 (金益壽)	?~?	경주	인숙 (仁淑)	동계 (東溪)		무과 주부	행주전	선무원종공신 2등	권율
〃	김지남 (金志南)	?~?	김해		월재 (月齋)		노성현감 조방장 부장	진주성전 (순절)	선무원종공신 2등	권율
〃	김 진 (金瑨)	?~?	경주	여중 (汝中)	사천 (沙川)		봉사 동지중추부사	행주전	선무원종공신 2등	권율
〃	김팽수 (金彭壽)	?~?	경주	명숙 (明叔)	남계 (南溪)		수문장 좌랑	행주전	선무원종공신 2등	권율
〃	이충길 (李忠吉)	?~?	전의				무과 선전관 무장현감	행주전 (북문장)		(없음) 선조실록
금산	김언경 (金彦慶)	?~?	김해	이현 (以見)	절재 (節齋)		병조좌랑	금산전 (순절)		(없음) 금곡사지
서울	권승경 (權升慶)	1574~1625	안동	가정 (嘉靖)			무과 훈련원정 자헌대부	이치전 행주전	선무원종공신 1등	(없음) 행주대첩비
〃	권 순 (權恂)	1536~1606	안동	언침 (彦忱)	쌍천당 (雙泉堂)		양주목사 가선대부 오위도총부부총관	독성전 행주전	선무원종공신 2등	(없음) 청음집
〃	권 수 (權燧)	?~?	안동				전주부윤			(없음) 만취당실기
〃	권 협 (權悏)	1553~1618	안동	사성 (思省)	석당 (石塘)	충정 (忠貞)	문과 장령, 응교 호조참의 예조판서		선무공신 3등	(없음) 만취당실기
〃	조대항 (曺大恒)	1564~?	창령	석현 (石玄)			수문장 판관		선무원종공신 2등	(없음) 행주대첩비
함안	박진영 (朴震英)	1569~1641	밀양	실재 (實哉)	애서 (厓西)		용궁현감 주부, 방어사	행주전	선무원종공신 3등	(없음) 행주대첩비
고양	밀양 박씨	(일설 해주오씨)						행주전		(없음) 고양시 향토문화재제 46호(밥 할머니 석상)
〃	이신의 (李愼儀)	1551~1627	전의	경칙 (景則)	석탄 (石灘)	문정 (文貞)	의병장 남원부사 광주목사 형조참판	행주전	선무원종공신 2등	(없음) 고양시 향토문화 제39호
기타 지역	신 흠 (申欽)	1568~1628	평산	경숙 (敬叔)	상촌 (象村)	문정 (文貞)	문과 병조좌랑 종사관 병조판서	조령전 정철, 이항복, 권율 종사관	선무원종공신 1등	(없음) 만취당실기
〃	영 규 (靈圭)	?~1592	밀양 박씨		기허 (騎虛)		의승장	청주성전 금산전		(없음) 만취당실기
〃	조 경 (趙儆)	1541~1609	풍양	사척 (士惕)		장의 (莊毅)	무과, 강계부사 방어사 가선대부 훈련대장	독성전 행주전	선무공신 3등	(없음) 선조실록

※ 임란시 참전지(?) 표기는 『호남절의록』에는 구체적으로 기록되어 있지 않지만, 「금곡사지」·「충의사록」 ·「전북인물」·「전북의병사」 등의 자료와 정황상 참전한 것으로 판단되는 인물이다.

광주광역시(광주목)

고성후高成厚, 1549~? : 행적 58쪽 참조

고인후高因厚, 1561~1592

자는 선건善健, 호는 학봉鶴峯, 본관은 장흥이다. 경명의 아들로 광주 남구 압촌 출신이다. 1577년 진사가 되고, 1589년 증광문과에 병과로 급제하여 성균관 학유學論에 이어 승문원정자를 역임하였다. 임진왜란 때 광주의 향리로 있었는데, 아버지의 명에 따라 형 종후와 함께 의병을 이끌고 수원에 이르러 광주목사 권율에게 인계한 후 행재소로 가려 하였으나, 길이 막혀 다시 담양으로 돌아왔다. 이후 전주에서 휘하이 용사를 뽑아 진안과 무주의 경계에 복병을 시켜 영남의 적로를 막다가 적이 무주로부터 영남으로 향하자 병력을 재정비하여 진산으로 옮기고 선봉장이 되었다. 금산 진이 함락되고 아버지가 순절하자 남은 병력을 정비하여 재공격을 도모하려다 뜻을 이루지 못하고 마침내 순절하였다. 예조참의 증직된 뒤 인조 때 영의정으로 가증되고 의열毅烈의 시호가 내려졌다. 광주의 포충사, 금산의 종용사에 배향되었다.『호남절의록』·『선무원종공신녹권』·『충의사록』·『국난을 극복한 남도의 얼』·『전남도지』

김극추金克秋, 1552~1610 : 행적 58쪽 참조

김기명金基命, ?~1593

자는 응여應汝, 호는 의암義菴, 본관은 광산이다. 감사 문발의 후예이다. 임진왜란으로 선조가 의주로 피난하던 중 시행한 무과에 급제하여 희천군수 겸 강계 진관병마 동 첨절제도위에 제수되었다. 1593년 1월, 평양성을 탈환하는 데 공을 세웠고, 남하하는 적을 쫓아 행주산성전투에서 공을 세웠다. 그해 6월에 김천일 등과 함께 진주성에 입성하여 제2차 진주성전투에서 성이 함락되면서 남강에 투신하여 순절하였다. 선무원종공신 3등에 녹훈되었고, 후손들이 광주시 본촌동 건국동 주민센터 앞에 '충의비'를 건립하여 관리해 오고 있다. 후손들은 본촌마을 등지에 거주하고 있다.『선무원종공신녹권』·『충의사록』·『광산김씨대종보』

김덕령金德齡, 1568~1596

자는 경수景樹, 본관은 광산이다. 붕변鵬變의 둘째아들로 광주 북구 충효동 출신이다. 우계 성혼의 문하에서 수학하였다. 임진왜란이 일어나자 고경명 휘하로 형 덕홍과 함께 전주까지 출병하였으나, 노모를 봉양하라는 형의 권고에 따라 귀향하였다. 1593년 말 장성현감과 담양부사 등의 권유로 의병을 일으켜 권율로부터 초승군超乘軍, 세자로부터 익호장군翼虎將軍, 선조로부터 충용장忠勇將이라는 군호를 받았다. 이후 의병장으로 권율 막하에서 영남 서부지역의 방어 임무를 맡으면서 1594년 고성·창원·정암진 전투에서 큰 전과를 올렸다. 거제도 장문포 해전에 선봉장으로 참전하였으나 별 전과를 거두지 못하였다. 1596년 '이몽학의 난'에 연루되었다는 무고로 수차례의 혹독한 고문을 받다가 억울하게 옥사하였다. 1661년 신원되어 관작이 복구되고, 병조참의·병조판서·좌찬성으로 추증되었다. 후손은 광주 북구 충효동 충효 마을에 집성촌을 이루고 있다. 『호남절의록』·『충의사록』·『국난을 극복한 남도의 얼』·『전남도지』·『김덕령 평전』

김치원金致源, ?~? : 행적 58쪽 참조

김치전金致詮, ?~?
권율 진중에서 형 치원을 다시 불렀으나, 병으로 출전하지 못하자 대신 진중으로 나갔다. 그 후 진중에서 순절하였다. 순절지는 행주산성전투인 듯하다. 『호남절의록』·『만취당실기』·『금곡지』·『충의사록』·『국난을 극복한 남도의 얼』

류사경柳思敬, 1556~1607
자는 덕신德新, 호는 육유六有, 본관은 문화이다. 우의정 충경공 양亮의 후예로 감찰 여강如岡의 손자이며, 교위 혜惠의 아들이다. 1585년 사마시에 올랐다. 임진왜란 때 장인인 박광옥 등과 함께 군량과 병기를 모아 고경명을 도왔다. 광주에 머물면서 후방의 보전을 맡았다. 이때 전라감사 이광이 군사를 거느리고 있으면서 전진하지 아니함에 박종정·정운룡 등과 함께 탄핵하는 상소를 올렸다. 선조는 별제別提의 벼슬을 내렸다. 정유재란 때는 도원수인 권율에게 전략을 개진하였고, 1605년 증광시 갑과에 급제하여 좌랑佐郎의 벼슬을 지냈다. 『호남절의록』·『만취당실기』·『충의사록』·『국난을 극복한 남도의 얼』

박광옥朴光玉, 1526~1593
자는 경원景瑗, 호는 회재懷齋, 본관은 음성陰城이다. 사예司藝 곤鯤의 아들로 광주 서구 매월동 회산마을 출신이다. 1546년 생원진사에 오르고, 1574년 별시문과 을과에 급제하여 운봉현감 등을 역임하였다. 임진왜란 직후 고경명과 함께 흩어진 군졸을 모아 고경명의 형제로 하여금 군졸을 거느리고 수원에 이르러 권율과 합세하도록 하였다. 이후 김천일·고경명과 더불어 의병청을 설치하여 군사와 군량·병기들을 모아 고경명과 함께 북진하려다 병으로 나아가지 못하고 후방의 보전을 책임졌다. 이때 광주목사 권율이 거의코자 하였으나 여의치 못함을 보고 자제들을 여러 고을에 보내 수천 명을 모집 출사케 하는 등 지원을 아끼지 않았다. 특히 문인 박희수를 행재소로 보내 선조에게 호남의 소식을 전함으로써 광주목사였던 권율이 순찰사로 승진하는 데도 크게 기여한 것으로 여겨진다. 이러한 의병활동의 공로로 1592년 7월 나주목사로 임명되었다. 숙종 때 의열義烈이란 시호를 받았으며, 도승지에 증직되었다. 『선조실록』·『호남절의록』·『회재집』·『충의사록』·『국란을 극복한 남도의 얼』

박대수朴大壽, 1533~1612 : 행적 61쪽 참조

박윤협朴允協, ?~?

자는 협지協之, 본관은 음성이다. 한림 붕鵬의 손자로 광주 서구 서창동 절골 출신이다. 박광옥의 종질로 학행으로 이름이 나 교관에 임명되었다. 임진왜란 때 박광옥의 격문을 갖고서 원근 주민들을 규합하고 군량 및 병기를 모집하여 고경명의 진중으로 보냈다. 그 후 권율이 광주에서 군사를 일으키자 박광옥을 도와 수천 명의 군사를 모집하여 권율 진중에 보내 줌으로써 승리를 거두게 하였다.『호남절의록』·『만취당실기』·『충의사록』·『국난을 극복한 남도의 얼』

박종정朴宗挺, 1556~1599

자는 응선應善, 호는 난계蘭溪, 본관은 함양이다. 청백리 수지의 5세손으로 1574년 사마시에 올랐고 충성과 효성을 겸비했으며 학덕이 높았다. 임진왜란을 맞아 전라감사 이광이 나가 싸우려 하지 않자 정운룡·유사경 등의 동지들과 함께 그의 불충함을 상소하였고 그의 죄상을 폭로하였다. 고경명·김천일·박광옥 등과 창의를 계획하였으며 광주목사 권율을 전라감사로 임명해 줄 것을 조정에 건의하기도 하였다. 정유재란 때 노친을 업고 상경하다가 영암 월출산에서 적병을 만났는데 적이 부친을 해치려 하자 부친을 몸으로 감싸안고 보호하다 부자가 함께 순절하였다.『호남절의록』·『만취당실기』·『금곡지』·『충의사록』·『국난을 극복한 남도의 얼』·『전남도지』

박희수朴希壽, 1540~1599

자는 덕로德老, 호는 매헌梅軒, 본관은 충주이다. 눌재 상祥의 손자로 광주 서구 서창동 절골 출신이다. 박광옥의 문인이다. 임진왜란 때 고경명·유사경 등과 더불어 광주에 의병청을 설치하고 가동家僮 64명과 미곡 80석, 의병 1,000여 명을 고경명 의병소에 보낸 후 스승인 박광옥과 함께 의병을 규합하여 후방을 보전하였다. 특히 호남의 소식을 전하기 위해 행재소까지 가서 선조에게 상소문을 전하였다. 이 상소로 이치전투의 승전을 알리게 되어 당시 광주목사였던 권율이 순찰사로 승진하는 데 크게 기여한 것으로 판단된다. 그 또한 형조좌랑의 벼슬을 받았다. 선무원종공신 3등에 녹훈되었다. 후손은 광주 광산구 소촌·용두 등지에 거주하고 있다.『호남절의록』·『만취당실기』·『금곡지』·『충의사록』·『국난을 극복한 남도의 얼』·『전남도지』

송제민宋濟民, 1543~1602

자는 사역士役·이인以仁, 호는 해광海狂, 본관은 홍주洪州이다. 정자 정황庭篁의 아들이다. 이지함李之菡의 문하에서 공부하였는데 글재주가 뛰어났다. 호방한 성격에 구속을 싫어하여 벼슬을 하지 않았다. 임진왜란이 일어나자 양산룡梁山龍 등과 의병을 일으켜 김천일의 막하에서 전라도 의병조사관으로 활약하다가 이듬해 다시 김덕령의 의병군에 가담하였다. 김덕령이 옥사하자 종일토록 통곡하고『와신기사臥薪記事』를 저술하였다. 또『척왜만언소斥倭萬言疏』를 올려 왜적을 물리칠 여러 방안을 피력하였으나 이것이 감사의 미움을 사게 되어 이후 무등산에 은거하면서 세상을 잊고 살았다. 1789년에 지평에 추증되었고, 광주 북구 화암동 운암사雲巖祠에 제향되어 있다. 광주공원 내에 있는『도원수충장권공창의비』왼편에 그의 이름이 새겨져 있다. 후손은 광주 북구 운암동, 용두동 등지에 거주하고 있다.『충의사록』·『전남도지』·『해광집』

양산숙梁山璹, 1561~1593

자는 회원會元, 본관은 제주이다. 기묘명현 팽손彭孫의 후손이며, 대사성 응정應鼎의 아들이다. 성혼의 문하로 문장과 천문지리, 병학에도 뛰어났다. 임진왜란이 일어나자 형 산룡山龍과 함께 김천일 부대로 들어가 각지에서 많은 공을 세웠다. 그 뒤 김천일과 함께 북상하여 수원에 출진하여 활약하다가 강화도로 이진할 무렵, 곽현郭賢과 함께 주장의 밀서를 가지고 해로의 간도間道를 따라 의주 행궁行宮에 도착하여 선조에게 호남·영남의 정세와 창의활동을 자세히 보고하였다. 이 공으로 공조좌랑에 제수되었다. 1593년 진주성에 들어가 싸우다가 성이 함락하자 남강에 투신하여 순절하였다. 후에 좌승지로 증진되었고, 선무원종공신으로 녹훈되었다. 시호는 충민忠愍이다. 진주 창렬사와 나주 정렬사에 배향되었다.『호남절의록』·『만취당실기』·『충의사록』·『국난을 극복한 남도의 얼』·『전남도지』

양재현梁載賢, 1557~1592

자는 청여淸汝, 호는 미재薇齋, 본관은 제주이다. 한성좌윤 영瀛의 아들로 광주 북구 문흥동(문산) 출신이다. 1587년 무과에 등제하여 선전관을 거쳐 병마절제도위 방답진 첨사에 제수되었다가 1591년 사직하고 류팽로·안영 등과 교류하였다. 임진왜란이 일어나자 전라감사 이광을 도와 군기와 병량을 모아 진영으로 운송하였다. 그 뒤 박광옥과 재종형 경신景信과 함께 군량과 군기를 모으던 중 고경명의 격문을 받아보고 군대를 인솔하여 여산에서 선진과 합세하였다. 7월 9일 다시 금산으로 내려가 와평臥平에 이르러 적을 토성으로 몰아 성 밖의 관사를 불태웠다. 이튿날 관군과 합세하여 재교전하다가 패하고 고경명과 함께 순절하였다. 호조참판에 증직되었다. 후손은 광주 북구 문흥동 등지에 거주하고 있다.『충의사록』·『금곡지』·『국난을 극복한 남도의 얼』

이세환李世環, 1540~1603 : 행적 61쪽 참조

이완근李浣根, 1545~1615 : 행적 61쪽 참조

이충립李忠立, 1566~1618 : 행적 62쪽 참조

정충신鄭忠臣, 1576~1636 : 행적 62쪽 참조

정귀세鄭貴世, ?~1592

자는 영지榮之, 본관은 진주이다. 대사간 계도啓道의 후예이며 정노위 필례必禮의 아들로 효성이 지극하고 용감하였다. 1590년 무과에 급제하여 훈련원 봉사가 되었다. 임진왜란 때 고경명을 도와 금산전투에 참전하여 고경명과 함께 순절하였다. 이에 따라『호남절의록』에는 고경명의 막하로 분류되어 있다.『광주창의비』왼편 마지막에 그의 이름이 새겨져 있으나,『이치대첩비』에는 그의 이름이 보이지 않는다.『호남절의록』·『충의사록』·『국난을 극복한 남도의 얼』

지계최池繼漼, 1593~1636

자는 태승泰升·언숙彦淑, 호는 표곡豹谷, 본관은 충주이다. 1964년 『이치대첩비』를 중수할 때 추가된 인물로 권율 막하와는 거리가 멀다. 그는 1623년(인조1) 관서행영關西行營의 도원수 장만張晩에게 의병 800명을 이끌고 가서 그 휘하에서 서로소모별장西路召募別將이 되었다. 이듬해 부원수 이괄이 영변에서 반란을 모의하고 그의 친구 강적姜適을 보내어 난에 가담할 것을 종용하였다. 그는 이를 단호히 거부하고 강적의 목을 벤 다음 부하를 거느리고 한성으로 출동하였다. 그 공으로 진무공신振武功臣 3등이 되고 충성군忠城君에 봉

해졌다. 뒤에 서흥부사가 되어 많은 치적을 남겼다. 광주 병천사에 배향되었
다.『금곡사지』·『네이트 한국학』

전라남도

순천시(순천도호부+낙안군)

권래權萊, ?~?
자는 군중君重, 본관은 안동이다. 선략장군 간우諫佑의 아들이다. 임진왜
란 때 수문장으로서 동복현감 황진을 따라 웅치와 이치전투에서 많은 적을
참살하여 큰 공을 세웠다.『호남절의록』·『만취당실기』·『충의사록』·『국난을 극복한 남
도의 얼』·『전남도지』

성윤문成允文, ?~?
자는 정로廷老, 호는 만휴정晩休亭, 본관은 창령이다. 참의 세훈世勳의 손자
이며 증직 판서 효원効元의 아들이다. 1583년 무과에 급제한 뒤 여러 무관직
을 두루 역임하였다. 임진왜란 때 경상우수사로서 성주전투에서 많은 왜적을
물리치고 큰 전공을 세웠다. 이에 도원수 권율의 상신으로 경상병사에 제수되
었다. 그 후 7도의 병사와 통제사를 거쳐 한성판윤에 이르렀다. 선무원종공신
1등에 녹훈되었고 병조판서에 추증되었다. 무정武靖이란 시호가 내려졌다. 후
손은 광양군 봉강면 석사리·옥룡면 상평리, 순천시 해룡면 하사리·소안리 등
지에 거주하고 있다.『호남절의록』·『만취당실기』·『금곡사지』·『충의사록』·『국난을 극복
한 남도의 얼』·『전남도지』

정빈鄭儐, 1566~1640
자는 공백恭伯, 호는 곡구谷口, 본관은 경주이다. 계림군 지년知年의 후예
이며 부사직副司直 사익思翊의 아들이다. 안방준의 문인으로 몸가짐이 공손하
고 근엄하였다. 임진왜란이 일어나자 숙부 사준과 함께 가동家僮 300명과 의
곡 일천 석을 모아 12월 의주 행재소로 운송하니 사온서司醞署 봉사奉事를 제
수하였다. 1593년 왕이 한성으로 환도한 후 주부와 감찰을 거쳐 낭천·직산
·전의·아산 등지의 수령을 역임하였다.『호남절의록』·『만취당실기』·『금곡사지』·『충
의사록』·『국난을 극복한 남도의 얼』·『전남도지』

정사준鄭思俊, 1553~1599

자는 근초謹初, 호는 성은城隱, 본관은 경주이다. 계림군 지년知年의 후예이며 참판 승복承復의 셋째아들이다. 지략과 용력이 뛰어나 무과에 급제한 후 선전관이 되었다. 임진왜란 때 모친상을 당하였으나 이순신의 종사관이 되어 복병장으로 광양 전탄錢灘을 수비하며 왜적을 방어하였다. 이 무렵 왕이 의주로 파천하였다는 소식을 듣고 아우 사횡과 조카 빈, 그리고 이의남 등과 함께 의곡을 모아 의주로 운송하다가 중도에 병이 도져 아우와 조카로 하여금 운송케 하였다. 1596년 이순신이 순천으로 진주하자 군무를 도와 일곱 번의 접전에서 많은 적선을 격파하였다. 또한 조총제조법을 습득하여 몸소 이를 감독하여 만들고 묘법을 전하였다. 그 후 결성현감에 제수되고, 좌승지에 추증되었다. 후손은 월등면 신월리·별량면 하림리·해룡면 풍덕리 등지에 거주하고 있다.『호남절의록』·『금곡사지』·『충이사록』·『국난을 극복한 남도의 얼』·『전남도지』

정사횡鄭思竑, 1558~?

자는 여인汝仁, 호는 매헌梅軒, 본관은 경주이다. 계림군 지년知年의 후예이며 참판 승복承復의 넷째아들이다. 효성과 우애가 지극하고 학문이 탁월하여 사마시에 올라 참봉에 제수되었다. 임진왜란 때 모친상을 당하여 시묘 중 의주 행재소가 식량이 떨어졌다는 소식을 듣고 형 사준과 조카 빈, 그리고 이의남 등과 함께 의곡 일천 석을 모아 의주로 운송하였다. 이에 6품으로 특진하였고 돌아와서는 다시 병사와 양곡을 모아 이순신의 막하로 들어가 노량싸움에서 전공을 세웠다. 지평의 벼슬을 제수 받은 뒤 연음과 안음 두 고을의 수령을 지냈다. 그 뒤 좌승지에 증직되었다. 후손은 해룡면 발흥리·풍양면 고옥리 등지에 거주하고 있다.『호남절의록』·『금곡사지』·『충의사록』·『국난을 극복한 남도의 얼』·『전남도지』

나주시(나주목+남평현)

김한金漢, 1615~?

자는 인기仁起, 호는 매촌梅村, 본관은 김해이다. 김일손의 5세손이며 행경<del>主</del>慶의 아들로 남평면 출신이다. 임진왜란 뒤에 태어나 권율 막하와는 관련이 없는 인물이다. 1636년 병자호란 때 남한산성에서 화의가 결정되자 이의 불가함을 상소하였고, 김상국金相國·홍상용洪尚容 등이 순절하였다는 비보와 정동계鄭桐溪 역시 자결하였다는 소식에 통곡하며 조시를 남기었다. 후손은 금천면 원곡리·오강리 등지에 거주하고 있다.『금곡사지』·『전남도지』

나덕명羅德明, 1560~?

자는 극지克之, 호는 소포嘯浦, 본관은 나주이다. 고려 상장군 부富의 후예이며 사침士忱의 아들이다. 진사시에 급제하여 도사가 되었다가 기축옥사에 연루되어 경성鏡城으로 유배되었다. 이때 임진왜란이 일어나 왜군이 길주·명천 등지를 연이어 함락하였다. 이 무렵 국경인 등이 선동하여 임해군과 순화군 두 왕자를 비롯하여 김귀영·황정욱 등을 납치하여 왜적과 내통함을 보고 전직현감 이성임과 더불어 의병소로 달려가 적 수십 명을 참살하니 군의 사기가 크게 진작되었고 삼개포三介浦로 진격하여 승첩을 거두었다. 이후 백탑교白塔郊·마흘경馬屹境·동복同福전투 등에서 전공을 세웠다. 후손은 영산포 안창리·오량리, 무안군 일로읍 청호리·의산리 등지에 거주하고 있다.『호남절의록』·『금곡사지』·『충의사록』·『국난을 극복한 남도의 얼』·『전남도지』

나덕원羅德元, ?~?

자는 이건以健, 호는 사담沙潭, 본관은 금성이다. 대사헌 세찬世纘의 손자이며 참봉 열悅의 아들로 학문과 덕행이 세상에 알려졌다. 1573년 사마시에 급제하여 세마世馬에 임명되었다. 임진왜란 때 소모사로서 의병을 모집하여 황진 막하로 보내고, 다시 의병 수백 명을 모집 인솔하여 여산으로 들어가 각처에서 모인 의병과 합세하여 의주로 출발하려다 왕이 환도하였다는 소식을 듣고 중지하였다. 1594년 오수찰방을 제수 받고 군량 보내는 것을 감독하다가 얼마 후 함창현감으로 이동하여 운량차사로서 명군에게 군량을 보급하였다. 이후 명군 제독 마귀를 도와 울산에 주둔한 적을 향해 진격하기도 했다.
『호남절의록』·『충의사록』·『국난을 극복한 남도의 얼』

노인魯認, 1566~1622

자는 공식公識, 호는 금계錦溪, 본관은 함평이다. 사증師曾의 아들로 나주시 문평면 북동리 출신이다. 1582년 진사시에 합격하고 천거로 별제別提가 되었다. 임진왜란 때 부친의 명을 받아 가동家僮을 이끌고 권율 막하로 들어가 모의사募義使가 되어 여러 방략을 마련하였다. 이치와 행주싸움에서 큰 전공을 세우고, 이듬해 진주성이 함락될 때 도원수 권율과 함께 적을 추격하여 의령에서 승리를 거두기도 했다. 1597년 정유재란 때도 참전하여 남원성이 함락되자 적정을 살피다가 적탄에 맞아 포로가 되어 일본으로 잡혀갔다. 3년간 억류되어 있던 중 동료 기효순奇孝淳과 함께 명나라로 탈출하여 무이서원武夷書院에서 정주학을 강론하다가 신종神宗으로부터 말 1필을 하사받고 1599년 귀국하였다. 1602년 무과에 급제, 선전관을 비롯하여 수원부사·황해수사를 거쳐 1604년 진용교위進勇校尉로 있을 때 통사 이경준李慶濬과 함께 당포에 남아 있는 왜적을 격파하여 선조로부터 「당포승전도唐浦勝戰圖」를 하사받기도 했다. 후손은 문평면 계로리·안곡리 등지에 거주하고 있다.『호남절의록』·『금곡사지』·『충의사록』·『국난을 극복한 남도의 얼』·『전남도지』·『금계 노인 연구』

안세침安世琛, 1569~?

호는 망화당望華堂, 본관은 순흥이다. 문성공 유裕의 후예이며 사용司勇 창도昌道의 아들로 홍주洪州 기곡基谷에서 태어났다. 임진왜란이 일어나자 수백 명의 장정을 이끌고 수사 이억기 막하로 가서 비밀계책을 세워 적을 대파하였다. 이 무렵 권율이 완산에 주둔하고 있었는데 전세가 위급하다는 연락을 받고 휘하의 군졸 수백 명과 함께 막하로 가 이치전투에 참전하여 큰 공을 세웠다. 이 공으로 사과司果에 제수되었다. 난이 평정된 후에 나주 남평 야치에 은거하였다. 후손은 봉황면 와우리에 집성촌을 이루고 있다.『금곡사지』·『충의사록』·『국난을 극복한 남도의 얼』·『전남도지』

양대박梁大鏷, ?~?

초명은 충국忠國, 호는 국포菊圃, 본관은 제주이다. 고려 때 광록대부 순淳의 후예이며 정언 의민義民의 아들이다. 임진왜란 때 가동家僮 30여 명을 인솔하고 노식盧軾과 함께 권율 막하로 들어가 금산과 이치전투에서 승전을 올렸다고 『충의사록』에 기록되어 있고, 『금곡사지』에는 행주·의령전투에 참전한 것으로 기록되어 있다.『금곡사지』·『충의사록』

오계수吳繼壽, ?~?

자는 팽사彭師, 호는 와헌臥軒, 본관은 금성이다. 진사 신중愼中의 후손이며 참봉 극례克禮의 아들이다. 1586년 사마시에 급제하여 진사가 되었다. 임진왜란 때 의병을 모집하여 한성을 향해 진격하다가 전주 삼례역에서 왜적 수십 급을 참수하였다고 『호남절의록』에 기록되어 있고, 『금곡사지』에는 이후 권율을 따라 이치·행주전투에 참전하여 큰 공을 세웠다고 기록되었다. 후손은 광주에 많이 거주하고 있다.『호남절의록』·『금곡사지』·『충의사록』·『국난을 극복한 남도의 얼』

이광선李光先, 1563~1616

자는 여효汝孝, 호는 문촌文村, 본관은 함평이다. 함성군咸城君 극해克諧의 7세손이며 나주 다시에서 참봉 몽정夢禎의 3형제 중 장남으로 태어났다. 1590년 무과에 급제하여 오위五衛의 부장이 되었다. 임진왜란이 일어나자 의주로 파천하는 임금을 호종하며 선전관이 되어 각처에 왕명을 전달하였다. 그해 7

월 권율 막하로 들어가 이치전투와 이듬해 행주전투에 참가하여 큰 공을 세웠다. 그 공으로 영동현감에 제수되었다. 1599년 훈련원 첨정이 되고, 1601년 건공장군建功將軍으로 황해도 소강진절제사黃海道所江鎭節制使를 역임하였다. 행주대첩비에 그의 이름이 새겨져 있으며, 선무원종공신 2등에 녹훈되었다. 후에 병조참판에 증직되었다. 후손은 다시면 동당리에 집성촌을 이루고 있다. 『호남절의록』·『만취당실기』·『금곡사지』·『충의사록』·『국난을 극복한 남도의 얼』·『전남도지』

장이경張以慶, ?~?

자는 천휴天休, 호는 송정松亭, 본관은 흥성이다. 사직司直 극평克平의 손자이며 참봉 현悅의 아들이다. 임진왜란 때 체찰사 이덕형에게 글을 보낸 후 홍천경과 함께 의병을 일으켜 순천싸움에서 승첩을 거두었다. 또한 권율을 도와 금산과 이치에서 많은 전공을 세웠다. 이 공으로 참봉이 되었다. 후손은 다시면 동당리·영동리 등지에 거주하고 있다. 『금곡사지』·『충의사록』

최희열崔希說, 1536~1603

자는 경뢰景蕡, 호는 삼주三洲, 본관은 수원이다. 고려조 문혜공 영규永奎의 후예이며 낙궁樂窮의 아들이다. 1573년 사마시에 합격하고 권율과 같은 해인 1582년 문과에 급제하여 정랑을 거쳐 진원현감을 지냈다. 임진왜란이 일어나자 동지 장이길 등과 군량을 모으고, 행재소에 "호남은 풍패지향豊沛之鄕이므로 이곳으로 행조를 옮겨 난을 극복할 것을 도모하라."는 상소를 올렸다. 이에 임금은 "바닷물이 얼고 도로도 막혔으니 형세가 그곳에 이르기가 어렵도다."라고 하며 각별히 대답하였다. 이후 권율의 격문을 받고 의곡을 모집하여 홍천경을 통해 권율 막하로 수송하였다. 후손은 다시면 동촌 등지에 거주하고 있다. 『호남절의록』·『만취당실기』·『금곡사지』·『충의사록』·『국난을 극복한 남도의 얼』·『전남도지』

홍천경洪千璟, 1553~1632

자는 군옥羣玉, 호는 반환盤桓, 본관은 풍산이다. 사인 홍애洪崖 간侃의 후예이며 증직 참판 응복應福의 아들이다. 고경명·기대승·이이 등에게 배워 성리학에 밝았다. 임진왜란이 일어나자 의병을 일으켜 창의사 김천일의 공관회맹에 참여하였고 강화에 이르러 요충지를 지키며 전략을 세웠다. 또한 의곡장 기효증과 재종조 심深·종제 원遠 등과 함께 의곡 3,000석을 의주로 운반하였고 숙천에 있는 동궁의 밀지를 선조께 전달하였다. 그 공으로 직장의 벼슬을 받았다. 정유재란 때에는 도원수 권율의 종사관으로서 격문을 짓고 제주의 군량미를 운송하였다. 1601년에 진사시에 합격하였고 1609년 문과에

급제, 전적·나주교수·남원교수 등을 역임하였다. 1623년 노인직老人職으로
첨지중추부사가 되었다. 선무원종공신 3등에 녹훈되었고, 호조참의로 증직
되었다. 후손은 광주 광산구(옛 평동면) 지죽동·명화동 등지에 거주하고 있
다.『호남절의록』·『만취당실기』·『금곡사지』·『충의사록』·『국난을 극복한 남도의 얼』·『전남
도지』·『네이트 한국학』

담양군(담양도호부+창평현)

김경립金敬立, 1552~1593

담양 출신으로 자는 미백美白, 호는 추봉秋峰, 본관은 김해이다. 문헌공 저
著의 후예이며 봉사奉事 분세枌世의 아들이다. 선조 때 무과에 급제하여 직장
을 역임하였다. 임진왜란이 일어나자 맏형인 봉사 득립得立과 함께 왕을 의주
까지 호종하였다. 이후 권율 막하에 들어가 이치전투에서 순절하였다. 선무
원종공신 2등에 녹훈되었다. 후손은 대전면 태목리 등에 거주하고 있다.『금곡
사지』·『충의사록』·『국난을 극복한 남도의 얼』

박인경朴仁卿, ?~?

창평 출신으로 자는 숙임叔任, 호는 치재耻齋, 본관은 함양이다. 의천군 신
유臣猷의 후예이며 시묘명현 이홍以洪의 손자이다. 아버지는 직장 유신維新으
로 효성이 지극하였다. 임진왜란 때 권율이 의병청 양향유사糧餉有司로 삼게
되자 형 장경과 함께 군량미를 끊임없이 보급하여 많은 공을 세웠다. 이에 장
사랑將仕郎에 제수되었다. 후손은 보성군 벌교읍 고읍·율어·지동, 광주 광산
구 옛 송정읍 등지에 거주하고 있다.『호남절의록』·『만취당실기』·『금곡사지』·『충의
사록』·『국난을 극복한 남도의 얼』

박장경朴長卿, 1539~1606

창평 출신으로 자는 계임季任, 호는 신재愼齋, 본관은 함양이다. 의천군 신
유臣猷의 후예이며 시묘명현 이홍以洪의 손자이다. 아버지는 직장 유신維新으
로 효성이 지극하였다. 임진왜란 때 권율이 의병청 양향별유사糧餉別有司로
삼으니 아우 인경과 함께 금산전투와 행주전투에서 힘을 다해 소임을 수행하
고 많은 공을 세웠다. 이에 군자감 참봉에 제수하였으나 벼슬에 뜻이 없어 사
직하고 고향으로 돌아왔다. 효행으로 창평면 유곡리에 정려각(충의문)이 있
다. 후손은 창평 유곡리, 남면 무동리 등지에 거주하고 있다.『호남절의록』·『만취
당실기』·『금곡사지』·『충의사록』·『국난을 극복한 남도의 얼』·『전남도지』

윤효민尹孝敏, ?~?

창평 출신으로 자는 성좌聖佐, 본관은 파평이다. 파평군 곤坤의 후예이며 참
봉 명성鳴成의 아들이다. 힘과 지혜가 뛰어났으며 1584년 무과에 급제하였다.
임진왜란 때 의병을 일으키고 권율의 막하로 들어가 힘을 다해 적을 토벌하였
으며 행주싸움에서 많은 적을 참살하였다. 이 공으로 군자감정軍資監正에 제수
되었다.『호남절의록』·『만취당실기』·『금곡사지』·『충의사록』·『국난을 극복한 남도의 얼』

전봉田鳳, ?~?

담양 출신으로 자는 성서聖瑞, 본관은 담양이다. 생원 회澮의 후예이며 대
사간 의嶷의 증손이다. 주부 운학雲鶴의 아들이다. 1579년 무과에 급제하였
다. 임진왜란 당시 북병사로서 아들 언수彦秀와 함께 군량미 수천 석을 운송
하고 병영의 군사를 인솔하여 권율 막하로 들어가 행주전투에서 승첩을 거두
는 데 많은 역할을 하였다. 선무원종공신 2등에 녹훈되었다.『호남절의록』·『만취
당실기』·『금곡사지』·『충의사록』·『국난을 극복한 남도의 얼』

곡성군(곡성현+옥과현)

심민겸沈敏謙, 1570~1646

옥과 출신으로 자는 사윤士允, 호는 두암杜菴, 본관은 청송이다. 청송백 덕
부德符의 후예이며 직장 정鉦의 아들로 입면 흑석리 출신이다. 임진왜란 때
의병을 일으켜 권율을 따라 수원에 나가 주둔하면서 양곡 운송을 끊이지 않
게 했으며 행주싸움에서 큰 공을 세웠다. 1597년 정유년에는 군민을 동원하
여 남원성을 수축하고 적을 만나 분전하였다. 1598년 예교싸움에서 군량을
협찬한 공로로 주부에 임명되었다. 1627년 정묘호란 때는 세자를 호종하고
1636년 병자호란 때는 의곡을 수집하여 강화도에 수송하였다. 제월리 구암
사에 제향을 하였다. 후손은 입면 흑석리·매월리 등지에 거주하고 있다.『호남
절의록』·『만취당실기』·『금곡사지』·『충의사록』·『국난을 극복한 남도의 얼』·『입면향토지』

양응원梁應源, ?~1593

곡성 출신으로 자는 유극有極, 호는 송호松湖, 본관은 남원이다. 증직 참의
제민濟民의 아들이다. 담력이 뛰어나고 말타기와 활쏘기에 능하여 1584년 무
과에 급제하여 부장이 되었다. 임진왜란이 일어나자 장정 수십 명과 장검을 모
아 황진을 따라 웅치와 이치싸움에서 많은 전공을 세웠다. 1593년에는 진주성
으로 입성하여 적과 항전하다가 황진의 뒤를 이어 전사하였다. 선무원종공신

2등에 녹훈되었다. 후손은 남원시 남원읍 갈치리 등지에 거주하고 있다.『선무
원종공신록』·『호남절의록』·『만취당실기』·『금곡사지』·『충의사록』·『국난을 극복한 남도의 얼』

고흥군(흥양현)

김광협金光鋏, ?~?

자는 명숙明淑·자서子瑞, 호는 의재毅齋, 본관은 금녕이다. 영돈령 준遵의
후예이며 현감 하서夏瑞의 아들이다. 무예와 지략이 뛰어나 1573년 무과에
급제하여 훈련원 주부를 지냈다. 임진왜란 때 의주까지 선조를 호종하면서
많은 공훈을 세워 선무원종공신 1등에 녹훈되었고, 후에 병조참의에 증직되
었나. 후손은 점암면 회룡리·풍양면 송정리 등지에 거주하고 있다.『금곡사
지』에는 행주·수원에서 공을 세운 것으로 나온다.『선무원종공신록』·『호남절의록』
·『금곡사지』·『충의사록』·『국난을 극복한 남도의 얼』

김붕만金鵬萬, ?~?

자는 봉서鳳瑞, 호는 남헌南軒, 본관은 김해이다. 흥무왕 유신庾信의 후예
이며 참판 황璜의 아들로 제주판관을 지냈다. 임진왜란 때 이순신을 도와 여
러 차례 전승을 올리고 한산전투에서 적탄에 맞아 순절하였다. 선무원종공신
2등에 녹훈되었다. 후손은 두원면 예회리 등지에 거주하고 있다.『금곡사지』
에는 행주전투에서 많은 적을 참획한 것으로 나온다.『선무원종공신록』·『호남절
의록』·『금곡사지』·『충의사록』·『국난을 극복한 남도의 얼』

김언공金彦恭, ?~?

자는 효칙孝則, 호는 묵재默齋, 본관은 금녕이다. 첨정 상걸相傑의 아들이며
언량彦良의 동생으로 지략과 무예가 뛰어나 무과에 급제한 후 1581년 고령으
로 부임하여 군사를 훈련하고 성곽을 보수하였다. 임진왜란이 일어나자 형 언
량과 더불어 대가를 의주로 호종하고 열두 조목의 방어대책을 상소하였다. 그
뒤 전라도 조방장으로서 도원수 권율의 막하에 나아가 영주의 적을 토벌하였
다. 1597년 정유재란 때 호남출신 4백여 명을 이끌고 진주 제석당산성에 주둔
하였는데 이때 이순신이 한산도에 진을 치고 있었으므로 그는 섬진을 막았다.
이 공으로 순천부사가 되었다. 왜선이 고금도에 정박하면서 사람과 재물을 노
략질한다는 소식을 듣고 이순신과 함께 적을 쳤다. 1598년 전라방어사로서 진
주로 나가 아군포로 천여 명을 구출하였다. 선무원종공신 3등에 녹훈되었고,
우위장으로 제수되었다. 후손은 점암면 사정리·과역면 분천리 등지에 거주하

고 있다.「선무원종공신록」·「호남절의록」·「금곡사지」·「국난을 극복한 남도의 얼」

도맹삼都孟三, ?~?

자는 국보國輔, 본관은 성주이다. 한림 언등彦橙의 후예이며 좌랑 인희麟喜의 아들이다. 용맹과 지략이 뛰어나고 말타기와 활쏘기에 능하여 일찍이 무과에 등제하여 판관이 되었다. 임진왜란 때 권율을 따라 행주싸움에서 몸을 던져 돌격하여 적 30여 명의 목을 베었다. 이에 권율이 크게 칭찬하며 포상하였다. 후손은 포두면 상포리 등지에 거주하고 있다.「호남절의록」·「만취당실기」·「충의사록」·「국난을 극복한 남도의 얼」

류계柳溪, ?~?

자는 거용擧用, 본관은 고흥이다. 충정공 탁濯의 후예이며 충지忠智의 아들로 재주와 용기가 있었다. 임진왜란 때 제주통판濟州通判으로서 선조가 파천하였다는 소식을 듣고 충서·순·황·계·온 등 11인과 함께 대가를 의주로 호종하였다. 그 후 권율과 이순신 막하에 들어가 많은 전공을 세웠다. 선무원종공신 3등에 녹훈되었고 운곡사에 배향되었다. 후손은 두원면 금성리·김제시 황산면 개전리 등지에 거주하고 있다.「선무원종공신록」·「금곡사지」·「충의사록」·「국난을 극복한 남도의 얼」

류충서柳忠恕, ?~?

자는 추충推忠, 호는 추중재推仲齋, 본관은 고흥이다. 충정공 탁濯의 후예이며 이조판서 습濕의 현손이다. 주부 문汶의 아들로서 타고난 품격이 빼어나고 재기가 뛰어나 음사로 주부가 되었다. 임진왜란이 일어나자 조카 순淳·황滉·계溪와 종질 온溫 등 11인과 함께 대가를 의주로 호종하고 남하하여 권율을 도와 행주전투에서 많은 전공을 세웠다. 또한 삼종손 몽사夢獅와 함께 의곡 10만 석을 선천으로 운송하여 명군의 군량을 보급하였다. 선무원종공신 2등에 녹훈되었고 운곡사에 배향되었다. 후손은 두원면 금성리·고흥읍 간천리 등지에 거주하고 있다.「선무원종공신록」·「호남절의록」·「금곡사지」·「충의사록」·「국난을 극복한 남도의 얼」

류순柳淳, 1566~1612

자는 호숙灝叔, 호는 송암松巖, 본관은 고흥이다. 충정공 탁濯의 후예이며 현령 충례忠禮의 아들로 천성이 효우하고 시문에 능하여 천거로 사용원 직장에 제수되었다. 임진왜란이 일어나자 숙부 충서와 삼종 형 온과 더불어 대가를 의주에서 호종하다가 남하하여 권율 막하에 들어가 행주전투에서 적 수십 급을 참살하였다. 또한 삼종질 독운관 몽사와 함께 의곡 10만 석을 선천으로 운송하여 명군의 군량을 보급하였다. 이 공로로 주부에 제수되었다. 선무원종공신 3등에 녹훈되었고 운곡사에 배향되었다. 후손은 고흥읍 호산리 등지에 거주하고 있다.『선무원종공신록』·『호남절의록』·『금곡사지』·『충의사록』·『국난을 극복한 남도의 얼』

송상보宋商甫, 1564~1597

자는 수중秀仲, 호는 봉재鳳齋, 본관은 여산이다. 충간공 간侃의 후예이며 증직 참의 대수大壽의 아들이다. 지략과 용력이 뛰어났으며 1591년 무과에 등제하여 군자감정의 벼슬을 지냈다. 임진왜란 때 순찰사 권율의 부장으로서 행주전투에서 전략을 수립하고 선봉에 서서 싸워 많은 적을 참살하였다. 이 공으로 강진현감에 제수되고 선무원종공신 1등에 공훈되었다. 후손은 고흥읍 남계리 등지에 거주하고 있다.『선무원종공신록』·『호남절의록』·『금곡사지』·『충의사록』·『국난을 극복한 남도의 얼』

송대립宋大立, 1550~1597

자는 신백信伯, 본관은 여산이다. 충간공 간侃의 후예이며 증직 참판 관寬의 아들로 지혜와 용맹이 뛰어났다. 임진왜란 때 아우 만호 희립希立·주부 정립挺立과 더불어 의병을 인솔하고 이순신 막하로 들어갔는데 이순신이 남해 연안을 우려해 그를 도원수 권율에게 천거하였다. 이에 따라 권율이 공을 창의별장으로 삼으니 고흥 첨산 아래에 보루를 만들어 방어하였다. 1594년 무과에 올라 부정의 벼슬을 하고 1597년 보성 예진싸움에서 최대성崔大晟 등과 함께 적진으로 돌격하여 대승하였다. 이어 왜적이 흥양 망제포를 침범했다는 소식을 듣고 진을 옮겨 진격하다가 복병을 만나 순절하였다. 후에 병조참의로 증직되고 선무원종공신 1등에 녹훈되었다. 후손은 대서면 구산리·점암면 대춘리·동강면 대강리 등지에 거주하고 있다.『선무원종공신록』·『호남절의록』·『금곡사지』·『충의사록』·『국난을 극복한 남도의 얼』

송세발宋世潑, 1571~?

자는 신오信五, 호는 정재正齋, 본관은 여산이다. 충간공 간侃의 후예이며 충의위 굉宏의 아들로 자질이 강호하고 용력이 뛰어나 일찍이 무과에 등제하여 부장이 되었다. 임진왜란 때 부장으로서 의병을 인솔하고 이순신 막하로 들어가 한산과 명량전투에서 큰 공을 세웠다. 선무원종공신 2등에 녹훈되었다. 후손은 점암면 신안리·포두면 백수리·동강면 춘리 등지에 거주하고 있다.『선무원종공신록』·『금곡사지』·『충의사록』·『국난을 극복한 남도의 얼』

신여극申汝極, 1565~1629

자는 호인好仁, 호는 지정池亭, 본관은 고령이다. 증직 판서 덕인德隣의 후예이며 주부 용해容海의 아들로 1583년 무과에 등제하였다. 임진왜란이 일어나자 종형 수사 여량汝樑과 더불어 권율 막하로 가서 좌부장이 되고 행주전투에서 큰 공을 세웠다. 이 공로로 훈련원 첨정에 제수되고 선무원종공신 2등에 녹훈되었다. 후손은 점암면 대춘리·동강면 관덕리 등지에 거주하고 있다.
『선무원종공신록』·『호남절의록』·『금곡사지』·『충의사록』·『국난을 극복한 남도의 얼』

신여량申汝樑, 1564~1593

자는 중임重任, 호는 봉헌鳳軒, 본관은 고령이다. 증직 판서 덕인德隣의 후예이며 증직 참판 홍해洪海의 아들로 담력과 지혜, 용맹이 뛰어나 1583년 무과에 급제하고 북쪽 변경을 방어하는 데 큰 공을 세웠다. 임진왜란이 일어나자 대가를 의주까지 호종한 다음, 전라순찰사 권율의 부장이 되어 행주전투에서 큰 공을 세웠다. 그 뒤 남쪽의 왜구를 방어하라는 왕명을 받고 남하하여 수군통제사 이순신 장군 휘하로 들어갔다. 당포전투 등에서 대승하여 전라우도수군절도사에 특진되었다. 이후에도 선봉에 서서 많은 공을 세우고 진도 벽파진전투에서 전사하였다. 선무원종공신 1등에 녹훈되었고, 병조판서에 증직되고 정려가 내려졌다. 후손은 동강면 마륜리·한천리 등지에 거주하고 있다.『선무원종공신록』·『호남절의록』·『금곡사지』·『충의사록』·『국난을 극복한 남도의 얼』

신여정申汝楨, 1574~1650

자는 계임季任, 호는 오헌梧軒, 본관은 고령이다. 증직 판서 덕인德隣의 후예이며 증직 참판 홍해洪海의 아들이자 여량의 동생으로 뜻이 강개하고 큰 기절이 있어 1588년 무과에 급제하였다. 임진왜란이 일어나자 형 여량과 함께 대가를 의주까지 호종하였다. 1597년에 왕명을 받들고 남방에 침입한 왜적을 방어하면서 밤마다 향을 피우고 하늘에 기도하였으며, 형 우수사 여량과 판사 여기汝棋, 1572~1661와 함께 합심 협력하여 적을 소탕하는 전공을 세웠다. 이 공로로 주부에 제수되고 선무원종공신 2등에 녹훈되었다. 후손은 동강면 관덕리·점암면 대춘리·포두면 송산리 등지에 거주하고 있다.『선무원종공신록』·『호남절의록』·『금곡사지』·『충의사록』·『국난을 극복한 남도의 얼』

정걸丁傑, 1514~?

호는 송정松亭, 본관은 영광이다. 불우헌 극인克仁의 후예이며 증직 참판 숭조崇祖의 아들로 기개와 도량이 빼어나 1544년 무과에 급제하였다. 을묘왜변 때 형 찰방 준俊과 전라순찰사 이준경李浚慶을 도와 달량達梁 해전에서 왜선을 격파하였다. 1587년 부안현감 때 온성에서 니호尼胡 변란이 일어남에 따라 재능 있는 무인을 뽑을 때 그가 선발되어 온성부사로 승진하여 방어에 공을 세웠다. 임진왜란 때 충청수사로서 전라도순찰사 권율 진중으로 화살을 보급하여 행주전투에서 승리를 얻게 하였다. 이후 창의사 김천일을 도와 선유장에 진을 치고 서울의 적을 방어하다가 전라방어사로 옮기게 되자 이순신에게 적의 거점인 부산을 소탕할 것을 건의하고 부산으로 진격하여 적선 100여 척을 격파하였다. 또한 전선판옥, 화전, 철익전, 대총통 등 군기를 제작하고 각처에서 전공을 세웠다. 안동사에 배향되었고, 후손은 포두면 길두리 등지에 거주하고 있다.『호남절의록』·『금곡사지』·『충의사록』·『국난을 극복한 남도의 얼』·『송정 정걸 장군』

정연丁淵, ?~?

본관은 영광이며 정걸의 아들이다. 아버지가 부안현감 재임 때 제주도 도이지변島夷之變에서 부친을 도와 적을 섬멸한 공로로 흥해군수에 제수되었고 이어 영광군수에 임명되었다. 임진왜란 때 아버지를 도와 의병을 일으키고 1597년 정유재란 때 흥덕싸움에 참전하여 적은 병력으로 힘을 다하여 싸웠으나, 화살이 떨어져 순절하였다.『금곡사지』·『충의사록』

정수인鄭水仁, ?~?

자는 청보淸甫, 호는 원재源齋, 본관은 하동이다. 문성공 인지麟趾의 후예이며 진사 주보胄寶의 증손이다. 효성과 우애가 두터웠고 힘이 세었다. 임진왜란이 일어나자 칼 한 자루를 만들어 진충보국이란 네 글자를 새기고 의병을 일으켜 화순에서 많은 적을 참살하였고, 권율 막하로 들어가 전공을 세워 판관을 제수하였다. 행주전투에 참전하여 족숙 홍수가 적에게 죽는 것을 보자 곧바로 적의 진중으로 들어갔으나 창에 찔려 순절하였다. 홍수는 금산(이치)에서 이미 순절한 것으로 보아 기록상 착오인 듯하다. 선무원종공신 2등에 녹훈되었다. 후손은 점암면 신안리 등지에 거주하고 있다.『선무원종공신록』·『호남절의록』·『금곡사지』·『충의사록』·『국난을 극복한 남도의 얼』

정홍수鄭弘壽, 1551~1592

자는 원기遠期, 호는 송재松齋, 본관은 하동이다. 문성공 인지麟趾의 후예이며 지평 주성胄星의 아들이다. 어려서부터 재질이 뛰어났고 무예가 출중했다. 1583년 무과에 급제하여 첨정이 되었다. 『호남절의록』에는 "임진란 때 원수 권율의 막하에 나아가 적정을 정탐하다가 탄환에 맞아 죽었다."고 기록되어 있다. 반면 『충의사록』에는 "임진란 때 대가를 호위하고 의주에 이르러 적을 안주에서 대파하였으며 도원수 권율을 도와 적을 토벌하고 금산에 이르러 역전 분투하다가 왼쪽 어깨에 탄환을 맞아 순절하였다."고 기록하고 있다. 선무원종공신 2등에 녹훈되었고 좌승지에 증직되었다. 후손은 두원면 대전리 등지에 거주하고 있다.『선무원종공신록』·『호남절의록』·『금곡사지』·『충의사록』·『국난을 극복한 남도의 얼』

보성군(보성군+장흥도호부 회령진 현, 회천면)

박응현朴應賢, ?~1593

자는 국언國彥, 호는 송담松潭, 본관은 순천이다. 수찬 기년耆年의 후예이며 종필從弼의 아들이다. 임진왜란이 일어나자 아버지를 따라 관산冠山으로 출전하였다가 부친이 전사하자 사체를 거두고 돌아와 장사를 지낸 후 여막을 짓고 시묘를 하던 중 순찰사 권율에 의해 용맹과 지략이 있는 사람으로 발탁되어 기관記官이 되었다. 그는 나라의 수치와 집안의 원수를 갚겠다며 상복을 입은 채로 행주까지 나아갔다. 이 싸움에서 왜장의 목을 베고 칼을 빼앗은 공으로 제용감정濟用監正에 제수되었다. 행주산성에서 파주로 이진한 뒤 진중의 막사에 불이 나자 불 속으로 들어가 주장을 구하려다 불에 타 순절하였다. 선무원종공신 2등에 녹훈되었고, 후손은 벌교읍 마동리·득량면 예당리·율어면 기정리 등지에 거주하고 있다.『선무원종공신록』·『호남절의록』·『금곡사지』·『충의사록』·『국난을 극복한 남도의 얼』

박천붕朴天鵬, 1554~1592

자는 익평翼平, 호는 규정樛亭, 본관은 밀성이다. 청재淸齋 심문審問의 후예이며 군수 영지榮之 아들이다. 효성과 우애가 지극하였고 1580년 무과에 급제하여 한성참군漢城參軍을 지냈다. 임진왜란 때 의병을 일으켜 조헌의 종사관이 되고 상당上黨싸움에서 수많은 적을 참살하였으나 중과부적으로 의승 영규와 전승업全承業 등 제장들과 함께 순절하였다. 영조 때 병조판서로 추증되고 정려를 내렸다.『금곡사지』·『충의사록』

선거이宣居怡, 1550~1598

자는 사신思愼, 호는 친친재親親齋, 본관은 보성이다. 유성군 형炯의 증손이며 증직 참의 상祥의 아들로 지략이 뛰어났다. 1569년에 선전관이 되고 다음해 무과에 급제하였다(『호남절의록』에는 1579년 무과에 급제한 것으로 나온다). 1586년 함경북도 병마절도사 이일의 계청군관이 되었다. 1587년 조산만호였던 이순신과 함께 녹둔도에서 변방을 침범하는 여진족을 막아 공을 세웠고, 1588년 거제현령에 이어 성주목사를 거쳐 1591년에 진도군수가 되었다. 임진왜란 때 진도군수로서 7월 한산도 해전에 참가하여 전라 좌수사 이순신을 도와 왜적을 무찔렀다. 12월에 전라병사로 승진하여 권율과 함께 독성산성에서 승리를 거둔 뒤 1593년 2월, 북으로 진군하여 권율이 행주산성에 주둔할 때, 그는 시흥의 금주산에서 후원을 맡아 대승을 거두는 데 큰 역할을 하였다. 9월에는 함안에 주둔하면서 약탈을 일삼던 적군을 공격하다가 부상을 당하였다. 그 뒤 충청병사에 올랐다. 한산도에 내려와서는 이순신을 도와 둔전을 일으켜 많은 군곡軍穀을 비축, 공을 세웠다. 1594년 9월에는 이순신과 함께 장문포 해전에서 공을 세웠다. 그 뒤 충청수사가 되고 다음해에 황해병사가 되었다. 1597년 정유재란 때에는 남해·상주 등지에서 활약하였다. 1598년에는 울산 전투에 참가하여 명나라 장수 양호楊鎬를 도와 싸우다 순절하였다. 이순신과 절친한 사이로 전투에서도 서로를 도왔다. 선무원종공신 1등에 녹훈되었고 보성 오충사에 제향을 했다. 광주 광산구에 충신여각이 있다. 후손은 광주 광산구 호남동·도산동 등지에 거주하고 있다.「네이트 한국학」·「선무원종공신록」·「호남절의록」·「금곡사지」·「충의사록」·「국난을 극복한 남도의 얼」·「보성선씨요람」

오유吳宥, 1555~1593

자는 대유大有, 오는 월곡月谷, 본관은 동복이다. 문간공 식軾의 후예이며 진사 효생孝生의 아들이다. 1588년 무과에 급제하여 봉사가 되었다. 임진왜란 때 권율 막하에서 종사하다가 복수장 고종후의 부장이 되어 진주성으로 입성하였다. 진주성이 함락되자 창의사 김천일이 남강으로 투신, 순절하였다는 소식을 듣고 끝까지 칼을 빼어들고 격투하다가 아우 주, 조카 춘기와 함께 마침내 순절하였다. 후손은 벌교읍 벌교리·고흥 점암면 성기리·광주 등지에 거주하고 있다.「호남절의록」·「금곡사지」·「충의사록」·「국난을 극복한 남도의 얼」

염세경廉世慶, 1566~1646

자는 유선由善, 호는 양산梁山, 본관은 파주이다. 충경공 제신悌臣의 후예이며 현감 재緈의 증손이고 인寅의 아들이다. 지극한 효성으로 여러 번 효자의 포상을 받았다. 임진왜란 때 금산의 패전 소식을 듣고 박광전·문위세와 함께 의병을 일으켜 임계영을 대장으로 추대하고 전략을 수립하여 금산과 무주의 적을 격파하였다. 또한 이때 영남의 성주와 개령 등지에서 세력을 확장하고 있었던 적을 아들 제悌와 함께 선봉으로 추격하여 10명의 적을 참살하니 적이 패하여 달아났다. 이 전공으로 군자감 첨정에 제수되었다. 후손은 문덕면 봉정리 등지에 거주하고 있다.「호남절의록」·「금곡사지」·「충의사록」·「국난을 극복한 남도의 얼」

임계영任啓英, 1528~1597

자는 홍보弘甫, 호는 삼도三島, 본관은 장흥이다. 관산군 광세光世의 후예이며 진사 희중希重의 아들로 문학이 깊었으며 의기와 절조가 강직하였다. 1576년에 별시문과에 병과로 급제하여 진보현감을 지냈다. 임진왜란 때 전 현감 박광전, 능성현령 김익복, 진사 문위세 등과 보성에서 의병을 일으켰다. 당시 와병 중이던 박광전 대신 의병장으로 추대되고, 순천에 이르러 장윤을 부장으로 삼았다. 다시 남원에 이르기까지 1,000여 명을 모집하여 전라좌도 의병장이 되었다. 전라우도 의병장 최경회와 함께 장수·거창·합천·성주·개령 등지에서 왜군을 무찔렀다. 1593년 제2차 진주성싸움 당시 그는 부장 장윤에게 정예군 300명을 이끌고 먼저 성에 들어가게 하고, 자신은 밖에서 곡식과 무기를 조달하다가 적이 이미 성을 포위하였으므로 성에 들어가지 못하였다. 성의 함락과 함께 장윤은 전사하였는데, 그는 함께 죽지 못한 것을 종신토록 한스럽게 생각하였다. 선조가 환도한 뒤에 양주·정주·해주·순창 등지의 목사를 역임하였다. 병조참판·동지의 금부사에 추증되었고 선무원종공신 3등에 녹훈되었다. 후손은 율어면 율어리·조성면 신월리·오성면 구산리 등지에 거주하고 있다. 『호남절의록』·『금곡사지』·『충의사록』·『국난을 극복한 남도의 얼』

정사제鄭思悌, 1558~1592

자는 유인幼仁, 호는 오봉五峯, 본관은 진주이다. 문정공 이오以吾의 후예이며 훈도 성誠의 아들이다. 이황의 문하에서 수학하여 1591년 문과에 급제하였다. 임진왜란이 일어나자 의병장 임계영의 종사관이 되어 중요한 군무를 맡아 각처에 보내는 격문 작성에 협력하고 용감한 장정 수백 명을 모집하여 인솔하고 남원에 이르렀다. 이때 남원부사 윤안성尹安性이 충의로서 군사들의 급식을 도왔고 의곡도유사 참봉 이굉중李宏中 또한 군량미를 보급하니 드디어 금산과 무주의 적을 추격한 후 영남으로 향하여 연승을 거두었다. 그러나 1594년 남원싸움에서 유탄에 맞아 순절하였다. 영조 때 부수찬, 고종 때 참판에 추증되었고, 후손은 득량면 마천리 등지에 거주하고 있다. 『호남절의록』·『금곡사지』·『충의사록』

정회鄭繪, ?~?

호는 남파南坡, 본관은 하동이다. 문절공 수충守忠의 후예이며 판서 유민惟敏의 아들로 도량이 원대하고 힘 또한 남달리 뛰어났다. 임진왜란 때 의병을 모집하여 산양山陽에서 적을 격파하였고, 1593년 진주의 선거이 진중으로 가서 여러 차례 승리하고 돌아왔다. 정유재란 때 적이 예진禮津에 침입하니 스스로 의병을 모집하여 안치雁峙에서 적을 격파하고 정자교程子橋까지 추격

하다가 복병에게 해를 당하였다. 효종 때 형조참판, 고종 때 이판겸경연관吏
判兼經筵官에 증직되었다. 후손은 보성읍 주봉리·쾌상리 등지에 거주하고 있
다.『금곡사지』

표헌表憲, ?~?

자는 숙도叔度, 본관은 신창이다. 증직 판서 연말沿沫의 후예이며 증직 영
의정 윤贇의 아들로 천성이 근엄하여 일찍이 무과에 급제하였다. 임진왜란
때 전직 호군으로서 대가를 의주까지 호위하고 한음 이덕형을 따라 명장에게
청하여 병마 10만 필과 금은 3천 냥을 얻어왔고 3경(한성, 평양, 개성)을 회
복하는 데 큰 공을 세웠다. 1593년에는 염초焰硝의 제조법을 배워와 전쟁 수
행에 큰 도움을 주기도 하였다. 1596년 진위사陳慰使, 1597년 고급사告急使의
봉역관으로도 활약하였디. 후에 중추부사로 임명되었고, 선무원종공신 1등
에 녹훈되었다. 「광주창의비」에 이름이 새겨져 있다.『네이트 한국학』·『호남절의
록』·『금곡사지』·『충의사록』

함덕립咸德立, 1554~?

자는 사인士仁, 호는 수정水亭, 본관은 강릉이다. 군수 유일有一의 후예이
며 개국공신 전림傳霖의 8세손으로 효성과 우애가 지극하고 지략이 뛰어나
1576년 무과에 급제하여 주부의 벼슬을 하였다. 임진왜란 때 향병을 모아 권
율 막하로 들어가 전략을 수립하였다. 행주싸움에서는 칼을 두려워하지 않고
돌격하여 많은 적을 참살하고, 승세를 타고 추격하다가 적의 탄환에 맞아 순
절하였다. 선무원종공신 3등에 녹훈되었다. 후손은 문덕면 죽산리·봉갑리 등
지에 거주하고 있다.『선무원종공신록』·『호남절의록』·『금곡사지』·『충의사록』·『국난을
극복한 남도의 얼』

화순군(화순현+능성현+동복현)

고세충高世忠, ?~?

동복출신으로 자는 효원孝源, 본관은 장택이다. 참의 신부臣傅의 후예이며
진사 균均의 아들로 효성이 지극하고 힘이 매우 세었다. 1609년 무과에 급제
하였다. 임진왜란이 일어나자 가동 30여 인을 인솔하고 군량미 20석을 마련
하여 권율 막하로 들어가 행주전투에서 전공을 세웠다. 이 공로로 판관에 제
수되었고, 선무원종공신 3등에 녹훈되었다.『선무원종공신록』·『호남절의록』·『충의
사록』·『국난을 극복한 남도의 얼』

공시억孔時億, ?~?

본관은 곡부이며 관직은 역사力士이다. 효성이 지극하고 체구가 장대하여 용기와 힘이 남달리 뛰어났다. 임진왜란 때 황진 휘하에서 위대기와 함께 편비장이 되어 이치전투를 승리로 이끄는 데 큰 역할을 하였다. 또『금곡사지』에 따르면 행주승전 직후 권율이 말하기를 "오늘의 승리는 유독 그대만의 역량이었으니 참으로 국가의 간성干城이다."라고 한 것으로 보아 행주산성전투에도 참전한 것으로 보인다. 후손은 김제시 진봉면 심포리 등지에 거주하고 있다.『연려실기술』·『호남절의록』·『황진행장』·『금곡사지』

손종걸孫從傑, ?~?

동복출신으로 자는 준경俊卿, 본관은 밀양이다. 밀성군 극훈克訓의 후예이다. 힘이 뛰어나게 세었고 기개와 절조를 숭상하였다. 임진왜란 때 의병을 일으키고 권율을 뒤따라 많은 전공을 세웠다. 이 공로로 주부의 벼슬을 제수하였다. 선무원종공신 2등에 녹훈되었다.『선무원종공신록』·『호남절의록』·『충의사록』·『국난을 극복한 남도의 얼』

양팽梁彭, 1536~1593

능성출신으로 호는 방촌芳村, 본관은 제주이다. 학포 팽손彭孫의 후예이며 진사 충국忠國의 아들이다. 타고난 자질이 뛰어나고 기절이 강개하였다. 임진왜란이 일어나자 의병을 일으켜 진주에서 아군을 도와 대적하였다. 또한 산청·우현·장곡에 이르러 적을 추격하여 무수한 적을 참획한 후 관군과 합세하여 용인에 이르러 지척을 구분할 수 없는 뇌성벽력과 비바람이 몰아치는 와중에 갑자기 날아온 화살에 맞아 순절하였다. 후손은 화순군 도곡면 월곡리·나주시 봉황면 철천리 등지에 거주하고 있다.『금곡사지』·『충의사록』

오경순吳景舜, ?~?

『금곡사지』「대첩비참조제공록」에 본관은 동복, 벼슬은 봉사로 기록되어 있다.『금곡사지』

오죽령吳竹齡, 1550~1593

동복출신으로 호는 송재松齋, 본관은 동복이다. 문헌공 대승大陞의 후예이며 억동億東의 아들이다. 임진왜란 때 황진과 협력하여 진주성 전투에서 힘을 다하여 싸우다 성이 함락되자 황진과 함께 순절하였다. 이후 감찰에 증직되었고, 후손은 무안군 안좌면 자라리 등지에 거주하고 있다.『금곡사지』·『충의사록』

장흥군(장흥도호부)

김여건金汝健, 1564~1605

자는 이강以剛, 호는 운정雲亭, 본관은 영광이다. 기묘명현 광원光遠의 후예이며 참의 성城의 아들이다. 임진왜란 때 큰아버지 율慄을 따라 권율 막하에서 여러 차례 군공을 세웠다. 그 공로로 봉사에 제수되었다. 후손은 용산면 하금리·장성군 황룡면 수산리 등지에 거주하고 있다.『호남절의록』·『금곡사지』·『충의사록』·『국난을 극복한 남도의 얼』

김여숙金汝璹, 1564~1648

자는 수연粹然, 호는 수암守庵, 본관은 영광이다. 기묘명현 광원光遠의 후예이며 참의 율慄의 아들로 효우가 지극하고 성품이 고결하였다. 임진왜란 때 아버지 율을 따라 권율 막하로 들어가 방어계책을 수립하였다. 이 공로로 첨정에 제수되었다. 정유재란 때는 의병장 고순후高循厚의 격문에 응하여 의병을 일으켰으며, 이괄의 난 때도 군량미를 모집하여 국난에 대응하려 했는데 난이 평정되어 중지하였다.『호남절의록』·『충의사록』·『국난을 극복한 남도의 얼』

김율金慄, 1529~1600

자는 태우泰宇, 호는 서장西庄, 본관은 영광이다. 기묘명현 광원光遠의 후예이며 도사 구년龜年의 아들로 행실이 방정하고 지혜로우며 절개가 강직하였다. 1583년에 수의부위, 적순부위, 병절교위 등을 역임하고, 임진왜란이 일어나자 군량미를 모아 장남 여숙과 조카 여건을 인솔하여 권율 막하로 들어가 전략을 수립하는 등 많은 전공을 쌓았다. 이 공로로 참의에 제수되었다. 후손은 부산면 내안리·용반리 등지에 거주하고 있다.『호남절의록』·『금곡사지』·『충의사록』·『국난을 극복한 남도의 얼』

노홍魯鴻, 1561~?

자는 여신汝信, 본관은 함평이다. 사인 득평得平의 후예이며 군자감정 평국平國의 아들이다. 임진왜란 때 황진, 위대기와 함께 이치전투에서 적과 싸워 공을 세웠다. 그 뒤 이순신을 도와 전공을 세워 훈련원 부정에 제수되었다. 1600년 무과에 급제하고 남도만호에 제수되어 당포싸움에서 적선 2척을 격파하니 그 공로로「승전도계축勝戰圖契軸」을 하사받았다. 선무원종공신 2등에 녹훈되었다. 후손은 관산면 옥산리 등지에 거주하고 있다.『선무원종공신록』·『호남절의록』·『금곡사지』·『충의사록』·『국난을 극복한 남도의 얼』

문기방文紀房, 1548~1597

자는 중률仲律, 호는 농재聾齋, 본관은 남평이다. 충숙공 극겸克謙의 후예이
며 증직 좌승지 형烱의 아들로 문무를 겸비하였다. 1579년 무과에 급제 병마우
후가 되었다. 임진왜란 때 수문장으로 재종제 명회明會와 함께 의병을 일으키
고 6남 4녀의 아들과 사위들에게 명하여 군현에 격문을 보내 300여 명의 병사
를 규합하였다. 이어 고경명과 권율을 도와 적을 무찔렀고 같은 해 9월 적개의
병장 변사정의 진에 들어가 선봉장이 되었다. 1597년 정유재란 때는 병사 이복
남의 중군이 되어 많은 적을 참살하고 남원에서 이복남과 김경로와 함께 순절
하였다. 선무원종공신 2등에 녹훈되고 1798년 병조참판에 증직되었다. 남원
충렬사와 장흥 충훈사에 배향되었다. 후손은 부산면 금자리 등지에 거주하고
있다.『선무원종공신록』·『호남절의록』·『금곡사지』·『충의사록』·『국난을 극복한 남도의 얼』

문여개文汝凱, 1573~1634

자는 순경舜卿, 호는 자수당自修堂, 본관은 남평이다. 강성군 익점益漸의 후
예이다. 임진왜란 때 아버지와 함께 거의하고, 정유재란 때 금산에 양곡을 운
반하던 중 적을 만나 죽기를 맹세하고 돌진하여 전신이 피투성이가 되면서도
양곡을 무사히 수송하니 도원수 권율이 칭송하며 감탄하였다. 후손은 유치면
신풍리 등지에 거주하고 있다.『금곡사지』·『충의사록』·『국난을 극복한 남도의 얼』

문원개文元凱, 1562~1625

자는 순인舜隣, 호는 용잠龍岑, 강성군 익점益漸의 후예이며 목사 위세의
아들로 기질이 뛰어나고 효우가 깊었다. 임진왜란 때 아버지 위세가 의병을
일으키자 아우 영개·형개·홍개와 종형인 희개, 종질 익명·익화와 함께 의병
100여 명을 모집하였다. 이후 보성에서 전략을 세우고 금산과 무주, 성주, 개
령에서 승리를 거두었다. 정유재란 때도 아버지의 명령으로 흩어진 군사를
규합하고 요충지대를 방어하였다. 이러한 공로로 예빈시 주부가 되었다. 후
손은 유치면 능룡리·송정리·덕산리 등지에 거주하고 있다.『호남절의록』·『금곡
사지』·『충의사록』·『국난을 극복한 남도의 얼』

문위세文緯世, 1534~1600

자는 숙장淑章, 호는 풍암楓菴, 본관은 남평이다. 강성군 익점益漸의 후예이
며 진사 양亮의 아들로 이황의 문인이다. 1567년 사마시에 올랐다. 임진왜란
때 금산이 함락되고 인심이 혼란해지자 의병을 일으키고자 전 현감 임계영, 능
성현령 김익복, 전 정자 정사제와 함께 보성관문에 모여 격문을 열읍에 보내고
네 아들과 조카, 그리고 사위 백민수白民秀 등을 각처로 보내 의병을 모집한 후

임계영을 대장으로, 부장을 장윤으로 추천하고 본인은 군량보급을 맡았다. 이후 장수로 진주하여 금산과 무주의 적을 공격하고 영남으로 향하여 성주·개령 등지의 적을 격파하니 순찰사 권율의 장계로 용담현령에 제수되었다. 정유재란 때도 용담을 침범하자 향병을 모아 적을 격파하는 공을 세웠고 1605년에는 파주목사에 승진되었다. 후손은 유치면 늑룡리·대리·조양리·신풍리 등지에 거주하고 있다.『호남절의록』·『금곡사지』·『충의사록』·『국난을 극복한 남도의 얼』

문홍개文弘凱, 1571~1639

자는 순익舜翼, 호는 갈옹葛翁, 본관은 남평이다. 위세의 넷째아들이다. 임진왜란 때 아버지를 도와 형과 함께 의병과 군량을 모아 금산, 무주, 성주, 개령 등지에서 적을 연파하였다. 정유재란 때는 이순신을 후원하여 명량전투에서 선공을 세웠으며 용담현령이 된 아버지를 도와 향병을 규합하여 전공을 세웠다. 이 전공으로 직장에 제수되었고 선무원종공신 3등에 녹훈되었다. 후손은 유치면 조양리·신풍리·송정리 등지에 거주하고 있다.『선무원종공신록』·『호남절의록』·『금곡사지』·『충의사록』·『국난을 극복한 남도의 얼』

백민수白民秀, 1577~1615

자는 기원起元, 호는 술고당述古堂, 본관은 수원이다. 정해군 수장壽長의 후예이며 직장 승종承宗의 아들이다. 효성과 우애가 돈독하였고 대범하였다. 임진왜란 때 전직 직장으로 장인인 문위세를 따라 향병을 모집하고 여러 의병장과 보성에서 활약하였다. 전직 현감 의병장 임계영 막하로 들어가 정사제·문영개 등과 장수에서 적과 접전하여 대파하고 금산·무주·성주·개령의 싸움에서 승첩을 거두었다. 정유재란 때는 남원현령이 된 문위세를 따라 향병을 모집하여 적을 저지하고 참살하였다. 선무원종공신 3등에 녹훈되었고 좌승지에 증직되었다. 장흥의 기양사岐陽祠에 배향되었다. 후손은 안양면 비동리, 장평면 여의동, 장동면 용산리, 보성군 웅치면 유산리 등지에 거주하고 있다.『선무원종공신록』·『호남절의록』·『금곡사지』·『충의사록』·『국난을 극복한 남도의 얼』

변국간卞國幹, 1527~?

자는 위경偉卿, 호는 우재尤齋, 본관은 초계이다. 팔계군 정실庭實의 후예이며 의금부 도사 희손喜孫의 아들로 용모가 호걸스럽고 성품이 강직하였다. 명종 때 무과에 급제하여 북병사에 이르렀다. 선조 때 전라우수사를 끝으로 생애를 마쳤다. 이때 나이 65세였다. 후손은 회천면 봉강리 등지에 거주하고 있다.『금곡사지』·『충의사록』

변덕횡卞德橫, ?~?

　호는 송재松齋, 본관은 초계이다. 참판 효경孝敬의 후예이며 홍주의 아들이다. 정유재란 때 부친 홍주를 도와 명량과 노량해전에서 여러 차례 전공을 세우고 곽산郭山에서 순절하였다. 후에 통훈대부로 증직되었다. 후손은 안양면 수양리·보성군 웅치면 중흥리 등지에 거주하고 있다.『금곡사지』·『충의사록』

변홍건卞弘健, ?~?

　자는 경립景立, 본관은 초계이다. 참판 효경孝敬의 후예이며 병사 국간의 큰아들이다. 몸이 건장하고 체력이 남보다 월등히 뛰어났으며 벼슬이 첨사에 이르렀다. 정유재란 때 아우 홍달·홍적弘迪, 의사 백진남白振南·문영개文英凱 등과 함께 전선을 가지고 이순신 막하로 들어가 회령포에서 전공을 세웠으나 아우들과 함께 적에게 포위되어 순절하였다. 후손은 고흥군 도양면 봉암리 등지에 거주하고 있다.『금곡사지』·『충의사록』·『국난을 극복한 남도의 얼』

변홍달卞弘達, ?~?

　자는 경민景敏, 호는 규암葵菴, 본관은 초계이다. 참판 효경孝敬의 후예이며 병사 국간의 아들로 형상이 준엄하고 총명하였으며 경륜에 밝았다. 북방 오랑캐를 무찌른 공로로 종성부사에 특별히 제수되었다. 임진왜란이 일어나자 의병을 일으켜 체찰사 이원익의 막하로 들어갔다. 이후 전봉前鋒이 되어 도원수 권율과 계략을 상의하였다. 정유재란 때는 통제사 이순신 막하로 들어가 회령진으로 진격하여 지포의 적을 저지하고 남포로 추격하는 등 혈전하여 큰 전과를 올렸으나, 당포전에서 형제 12인과 함께 독전하다가 순절하였다. 선무원종공신 2등에 녹훈되었고, 북병사에 증직되었다. 후손은 보성군 회천면 봉강리 등지에 거주하고 있다.『선무원종공신록』·『호남절의록』·『금곡사지』·『충의사록』·『국난을 극복한 남도의 얼』

변홍양卞弘亮, ?~?

　자는 형명亨明, 호는 동계桐溪·남호南湖, 본관은 초계이다. 참판 효경孝敬의 후예이며 증직 참판 국경國敬의 아들로 뜻이 크고 기개가 강개하고 무예가 뛰어났다. 임진왜란 때 여러 형제와 함께 의병을 일으켜 장수로 진격하여 금산과 무주의 적을 저지하고 영남으로 향하여 성주와 개령의 적을 참살하였다. 정유재란 때는 명량으로 적을 추격하여 무수히 많은 적을 참살하였고, 이순신 막하로 들어가 지포싸움에서 수천의 적을 맞아 싸우던 중 적탄에 맞았음에도 불구하고 다시 격전하다가 순절하였다. 병조참판에 증직되었다. 후손은 보성읍 대야리 등지에 거주하고 있다.『금곡사지』·『충의사록』·『국난을 극복한 남도의 얼』

변홍주卞弘洲, ?~?

호는 송천松川, 본관은 초계이다. 참판 효경孝敬의 후예이며 수사 국형國衡의 아들로 도량이 넓고 용감하였다. 임진왜란이 일어나자 여러 형제와 함께 의병을 인솔하고 권율 막하로 들어가 호남과 영남을 전전하면서 적을 참살하였다. 그 후 홍원弘源·홍제弘濟·홍건·홍달·홍적·홍선弘選·홍양·공의公毅 등과 의사 백진남·문영개·마하수馬河秀·정명세丁鳴說·김성원金聲遠 등 300여 명과 함께 전선 10여 척을 가지고 회령포로 찾아가 이순신 막하로 들어갔다. 이후 형 홍원과 홍제가 지포싸움에서 순절하자, 용전분투하여 명량과 노량싸움에서 대첩을 거두었으나 부산 해운대에서 전사하였다. 선무원종공신 2등에 녹훈되었고 병조참의로 증직되었다. 후손은 안양면 수양리·보성군 웅치면 중흥리 등지에 거주하고 있다.『선무원종공신록』·『금곡사지』·『충의사록』·『국난을 극복한 남도의 얼』

위공달魏公達, ?~?

자는 통원通遠, 본관은 장흥이다. 충렬공 계정繼廷의 후예이며 어모장군 궁길弓吉의 아들로 재주와 무예가 뛰어났다. 임진왜란 때 전직 수문장으로서 권율 막하로 들어가 많은 공을 세워 좌랑의 벼슬에 이르렀다. 선무원종공신 2등에 녹훈되었다. 후손은 용산면 계산리 등지에 거주하고 있다.『선무원종공신록』·『호남절의록』·『금곡사지』·『충의사록』·『국난을 극복한 남도의 얼』

위대기魏大器, 1559~?

자는 자용自容, 본관은 장흥이다. 충렬공 계정繼廷의 후예이며 증직 참판 문보文甫의 아들로 용력이 뛰어났고 창·검술과 활쏘기를 잘해 무과에 등제하여 1591년 가리포 첨사가 되었다. 임진왜란이 일어나자 해남현감으로 부임하여 이순신 막하에서 옥포·적진·율포 등지에서 전공을 세웠다. 이후 도절제사 권율이 용력을 듣고 편비장을 삼자 황진과 함께 웅치전투에 참전하고 잔병을 안덕원까지 추격하였다. 이어 황진과 공시억·황박 등과 함께 이치로 가 금산의 적을 방어하였다. 1593년 진주성이 함락되자 이순신 막하에 들어가 부장이 되어 당항포에서 적을 격파하였다. 이 공로로 훈련원 부정으로 승배되었다. 정유재란 때도 적의 귀를 수십 급 베어 도원수 권율에게 바치니 훈련원정이 되었다가 다시 충청수사로 임명되었다. 선무원종공신 1등에 녹훈되었다. 후손은 유치면 단산리 등지에 거주하고 있다.『선무원종공신록』·『호남절의록』·『금곡사지』·『충의사록』·『국난을 극복한 남도의 얼』

위덕원魏德元, 549~1616

자는 선장善長, 본관은 장흥이다. 충렬공 계정繼廷의 후예이며 증직 참판

전鱣의 아들이다. 무과에 급제하였다. 임진왜란 때 권율의 막하에 들어가 많은 공적을 쌓아 훈련 부정에 승진되었다. 선무원종공신 2등에 녹훈되었다. 『선무원종공신록』·『호남절의록』·『충의사록』·『국난을 극복한 남도의 얼』

위대택魏大澤, 1549~1616

자는 경용景容, 본관은 장흥이다. 충렬공 계정繼廷의 후예이며 증직 참판 문보文甫의 아들이다. 힘이 매우 세었다. 임진왜란 때 전직 수문장으로서 형 대기와 함께 많은 공을 세웠다. 이 공로로 도총부 도사에 제수되었고 선무원종공신 2등에 녹훈되었다. 『선무원종공신록』·『호남절의록』·『충의사록』·『국난을 극복한 남도의 얼』

정현룡鄭見龍, 1553~1594

자는 성서聖瑞, 본관은 진주이다. 충장공 분苯의 후예이며 첨사 목穆의 아들이다. 1570년 무과에 급제하였다. 임진왜란 때 훈련원 첨정으로 권율 막하에 들어가 수원산성에서 정척鄭陟과 함께 적을 정탐하다가 적에게 잡혀 적진으로 끌려갔으나 포박한 끈을 끊고 여러 명의 적을 참살하며 말을 탈취해 급히 달려 돌아오니 적들이 감히 쫓지 못하였다. 이후 행주전투(『호남절의록』에는 기록되어 있지 않음)에서 전공을 세워 울산병사에 제수되었다. 선무원종공신 1등에 녹훈되었다. 후손은 장평면 기동리·두봉리·양촌리·임리 등지에 거주하고 있다. 『선무원종공신록』·『호남절의록』·『충의사록』·『국난을 극복한 남도의 얼』

강진군(강진현)

김응종金應宗, ?~?

자는 종보宗甫, 본관은 분성이다. 목사 상기商琪의 후예이며 참판 사복 희우希祐의 아들이다. 담력이 뛰어났고 무과에 급제하였다. 임진왜란 때 숙부 판관 희希와 더불어 권율을 따라 여러 싸움터를 전전하며 참획함이 많았다. 선무원종공신 3등에 녹훈되었다. 『선무원종공신록』·『호남절의록』·『충의사록』·『국난을 극복한 남도의 얼』

이남李楠, ?~?

자는 중간仲幹, 본관은 원주이다. 원성군 을계乙桂의 후예이며 부사 영췌英萃의 손자이다. 효우가 지극하여 세상에 알려졌고 힘과 지략이 뛰어나 무과에 급제하였다. 임진왜란 때 박명현朴明賢·홍계남洪季男·구황具滉 등과 함께 장사

100여 인을 뽑고 또 흩어져 도망쳐 온 병사 수천을 모아 힘을 합해 참획함이 많았다. 선무원종공신 2등에 녹훈되었다.『선무원종공신록』·『호남절의록』·『충의사록』·『국난을 극복한 남도의 얼』

이잠李潛, 1561~1593

자는 원인原仁, 본관은 전주이다. 효령대군 보補의 후예이며 양환공 종綜의 5세손으로 용력이 뛰어났다. 임진왜란 때 체찰사 정철의 비장으로 있다가 적개장 변사정의 부장이 되어 옥천과 황간을 지키면서 매복하여 적을 공격하였다. 또한 창원에서 적 30명의 목을 베니 순찰사 권율이 포상을 청하는 계를 올렸다. 1593년 변사정의 명을 받고 진주성으로 들어가 용감히 싸웠으나 마침내 순절하였다. 병조참의에 증직되고 선무원종공신 2등에 녹훈되었다. 진주 창렬사에 제향을 했다. 후손은 도암면 논정리 등지에 거주하고 있다. 『선무원종공신록』·『호남절의록』·『금곡사지』·『충의사록』·『국난을 극복한 남도의 얼』

이충량李忠良, ?~?

자는 정직廷直, 호는 지포止圃, 본관은 전주이다. 임영대군 구璆의 후예이며 판서 몽서夢瑞의 아들이다. 영암에 은거하면서 학행으로써 주부의 벼슬을 제수받았다. 임진왜란 때 좌의병장 임계영을 따라 금산과 무주의 싸움에서 많은 전공을 세웠다. 정유재란 때는 문영개文英凱와 용담에서 적을 토벌하였다. 선무원종공신 2등에 녹훈되었다.『선무원종공신록』·『호남절의록』·『충의사록』·『국난을 극복한 남도의 얼』

해남군(해남현+영암어란진 현, 송지면+영암이진진 현, 북평면)

김만령金萬齡, 1547~1592

자는 영년永年, 본관은 안산이다. 무정공 정경廷卿의 후예이며 부사 하瑕의 아들이다. 효성과 우애가 순수하고 지극했으며 힘이 매우 셌다. 일찍이 무과에 급제하여 사직을 지냈다. 임진왜란 때 아들 판관 몽룡과 함께 의병을 이끌고 해남현감 변응정을 따라 웅치에 나아가 싸웠다. 정담과 함께 요해처를 지키며 길에 매복하였는데 적병이 크게 이르자 부자가 몸을 떨쳐 돌격해 많은 적을 참살하였으나 탄환에 맞아 순절하였다. 아들 몽룡은 시신을 업고 포위망을 뚫고 탈출하여 예장하였다. 선무원종공신 3등에 녹훈되었다. 후손은 마산면 학의리·계곡면 방축리·산이면 노송리 등지에 거주하고 있다.『선무원종공신록』·『호남절의록』·『금곡사지』·『충의사록』·『국난을 극복한 남도의 얼』

채윤백蔡閏栢, ?~?

알 수 없음.

영암군(영암군)

류렴柳廉, ?~1597

자는 자실子實, 호는 죽봉竹峰, 본관은 문화이다. 문간공 관寬의 후예이며 사과 몽벽夢璧의 아들이다. 성품이 순후하고 효성과 우애가 지극하였다. 임진 왜란 때 병으로 참전하지 못하게 되어 근심하고 분개하였다. 정유재란 때 의 병을 모아 주룡포朱龍浦에서 적의 동정을 살피다가 불의에 적의 습격을 받아 수십 명의 적을 참살하고 순절하였다. 후에 참의로 증직되었다. 후손은 신북 면 모산리 등지에 거주하고 있다.『호남절의록』·『금곡사지』·『충의사록』·『국난을 극복 한 남도의 얼』

박계원朴繼元, 1575~1645

자는 수만守萬, 호는 월파月坡, 본관은 밀성이다, 충헌공 척陟의 후예이며 절제사 광춘光春의 아들(광년의 조카)이다. 힘이 뛰어나게 세어 1588년 무과 에 급제하였다. 임진왜란 때 부장으로서 왕을 평양에서 호종하다가 권율 막 하로 들어가 비장으로서 많은 전공을 세워 궁마弓馬를 하사받았다. 선무원종 공신 2등에 녹훈되었고 도총 경력 군자첨정에 제수되었다. 인조 때 정려를 명 받아 영암읍 개신리에 삼충사三忠祠를 세워 부친과 숙부 광년이 함께 배향 되어 있다. 후손은 군서면 구림리 등지에 거주하고 있다.『선무원종공신록』·『호남 절의록』·『금곡사지』·『충의사록』·『국난을 극복한 남도의 얼』

박광년朴光年, 1552~1621

자는 여중汝中, 호는 월계月溪, 본관은 밀성이다. 광춘의 아우이며 참봉 수 綏의 아들이다. 효성이 지극하고 힘이 남달리 세었다. 임진왜란 때 선전관으 로서 대가를 의주까지 호종하여 첨정에 제수되었다. 왕명을 받들어 권율 막 하에 갔다가 임무를 완수했음을 보고하였다. 이에 주부를 제수받고 옷과 말 을 하사받았다. 선무원종공신 2등에 녹훈되었고 삼충사에 배향되어 있다. 후 손은 미암면 춘동리 등지에 거주하고 있다.『선무원종공신록』·『호남절의록』·『금곡 사지』·『충의사록』·『국난을 극복한 남도의 얼』

이인걸李仁傑, 1551~1593

자는 영숙英叔, 호는 월암月嵒·월재月齋, 본관은 경주이다. 문충공 제현齊賢의 후예이며 현감 상詳의 현손이다. 효성이 지극하고 힘이 남달리 세었다. 1591년 무과에 급제하였다. 임진왜란 때 수문장으로서 권율 막하로 행주싸움에서 힘써 싸우다 순절하였다. 『충의사록』에는 "병사 선거이(보성)·우수사 신여량(고흥) 등과 합세하여 행주싸움에서 고전분투하다 조여충(완주)·채종해(무안)·함덕립(보성) 등과 더불어 순절하였다."고 기록되어 있다. 선무원종공신 3등에 녹훈되었다. 후손은 영암읍 망호리 등지에 거주하고 있다. 『선무원종공신록』·『호남절의록』·『금곡사지』·『충의사록』·『국난을 극복한 남도의 얼』

무안군(무안현+영광다경포 현, 운남면)

윤길尹趌, 1564~1615

자는 여직汝直, 호는 몽파夢坡, 본관은 파평이다. 문현공 보珤의 후예이며 주부 시형時衡의 아들로 1589년 문과에 급제하였다. 임진왜란 때 삼례찰방으로서 도사 최철견崔鐵堅, 진전참봉 오희길吳希吉·류인柳認, 의사 손홍록孫弘祿·안의安義, 무인 김홍무金弘武 등과 함께 태조의 어용과 실록, 제기 등을 정읍 내장산 용굴암에 옮겨 안치한 후 용맹하고 건장한 승려와 의병 100여 명을 모집하고 돌과 무기를 모아 수비하여 병화를 피하였다. 그 후 무주현감이 되어 병사를 시켜 양곡을 운반하였다. 순찰사 권율과 함께 전략을 수립하는 등 곁에서 보좌하여 행주에서 승리하는 데 크게 기여하였다. 또 순찰사 황신黃愼을 따라 적을 대파하였고 장령이 된 후 홍문관 교리로 옮겼다. 광해군 때 새문동塞門洞 무옥에 연루되어 혀를 깨물고 자진하였다. 숙종 때 도승지로 증직되었다. 후손은 함평군 학교면 상옥리 등지에 거주하고 있다. 『호남절의록』·『금곡사지』·『충의사록』·『국난을 극복한 남도의 얼』

정현보鄭賢輔, 1546~1593

자는 성좌聖佐, 호는 동암東庵, 본관은 진주이다. 충장공 분苯의 후예이며 통덕랑 적선積善의 아들이다. 문예가 뛰어났으며 지략과 용맹이 깊었다. 1576년 생원시에 합격하였다. 임진왜란 때 정황수와 함께 의병을 일으키고 최경회의 막하로 들어가 활약하다가 이현에 주둔한 적이 남하하여 노략질한다는 소식을 듣고 무안으로 돌아와 의병청을 설치하고 군량을 모아 다경포多慶浦와 주룡강朱龍江에서 적을 격파하여 연안을 안정시켰다. 1593년 목포에서 적과 접전하다가 순절하였다. 『호남절의록』·『금곡사지』·『충의사록』·『국난을 극복한 남도의 얼』

정황수鄭凰壽, 1562~1628

자는 영수靈曳, 호는 월봉月峯, 본관은 나주이다. 문정공 가신可臣의 후예이며 참의 지주砥柱의 아들이다. 효성과 우애가 지극하였고 뜻이 강개하였다. 1591년 무과에 급제하여 선전관이 되었다. 임진왜란 때 김례수金禮秀·정현보·배명裴冀 등과 함께 창의하여 의병 수백 명을 모아 최경회 막하로 들어가 장수 등지로 진격하여 금산과 무주의 적을 격파하였다. 그 후 이현에 주둔한 적이 남하하여 노략질한다는 소식을 듣고 무안현으로 돌아와 의병청을 설치하고 성곽을 수리하여 적의 침략을 저지하였다. 1593년 순찰사 권율의 추천으로 무안 임치진臨淄陣로 이동, 적을 추격하여 다경포와 목포 등지에서 연파하였다. 1597년 서생포로 출진하여 한 척의 배로 절영도에서 적을 격파한 전공으로 군기시 판사에 임명되었다. 후손은 청계면 서호리·함평군 엄다면 삼정리·송촌리·성암리 등지에 거주하고 있다. 『호남절의록』·『금곡사지』·『충의사록』·『국난을 극복한 남도의 얼』

채우령蔡禹齡, ?~?

자는 숙원叔元, 호는 향일재向日齋, 본관은 평강이다. 경평공 송년松年의 후예이며 참의 경卿의 손자이다. 지조가 곧고 힘이 매우 셌으며 1582년 무과에 급제하였다. 훈련원정으로 활쏘기를 시험할 때 100보 앞의 노란 귤을 명중시키자 선조로부터 한 필의 말을 상으로 받고 무안현감에 제수되었다. 임진왜란 때 함평에서 살다가 김천일의 격문을 받고 의병을 일으켰다. 의병을 이끌고 고경명을 따라 금산전투에 나가 힘을 다해 적을 토벌하였다. 고경명이 순절하자 그는 흩어진 군사를 이끌고 돌아왔다. 9월에 족숙族叔 홍국 등 92인과 함께 삽혈동맹歃血同盟을 하였다. 이후 가동 25인을 이끌고 흥덕에서 합세하여 부안 호벌치胡伐峙에서 싸워 무수한 적을 참살하였다. 정유재란 때 흥덕 장등원長登原에서 많은 적을 참살하였으나 힘이 다하여 적진에서 순절하였다. 선무원종공신 2등에 녹훈되었고 병조참판에 증직되었다. 후손은 함평군 학교면 송산리 등지에 거주하고 있다. 『선무원종공신록』·『호남절의록』·『금곡사지』·『충의사록』·『국난을 극복한 남도의 얼』

채종해蔡宗海, ?~?

자는 수보洙甫, 본관은 평강이다. 봉사 연조延祚의 손자이며 참봉 희옥希玉의 아들이다. 지략과 용맹이 뛰어났고 효성이 지극하였다. 임진왜란 때 창의하여 가동과 마을의 장정들을 이끌고 순찰사 권율 막하로 들어가 수원의 독성산성 싸움에서 힘을 다해 싸워 참획함이 매우 많았다. 행주싸움에서는 탄환에 맞아 중상을 입었는데도 적진 깊숙이 들어가 석일업石日業 등 3인을 참하고 힘이 다하여 순절하였다.『호남절의록』·『금곡사지』·『충의사록』·『국난을 극복한 남도의 얼』

함평군(함평현)

박경립朴敬立, ?~?

자는 산보山甫, 본관은 순천이다. 평성부원군 원종元宗의 후예이며 덕연德連의 아들이다. 일찍이 부모를 여의고 척숙戚叔 신여량의 슬하에서 자랐다. 임진왜란 때 신여량을 따라 권율 막하로 들어가 한산싸움에서 많은 적을 참살하였고, 신여량이 우수사가 되면서는 그의 막하에서 보좌하기도 했다. 그후 신여량이 적탄에 맞자 앞에 나가 용전분투하다가 역시 적탄에 맞아 순절하였다.『호남절의록』·『충의사록』·『국난을 극복한 남도의 얼』

영광군(영광군)

강극효姜克孝, ?~?

자는 이순而順, 호는 벽류당碧流堂, 본관은 진주이다. 문량공 희맹希孟의 후예이며 백의종사 형수亨壽의 손자이다. 활달하였고 절개가 있었다. 음직으로 부사과副司果에 제수되었다. 임진왜란 때 동지 및 아들 낙洛, 조카 항沆과 함께 군량과 병기를 모집하여 광주의병소와 영남의 곽재우 진중에 보냈다. 또한 생원 이응종李應鍾 등 52인과 함께 영광군의 성을 수비하였다. 1593년에는 스스로 군량미 100석을 마련하여 아들 낙으로 하여금 계의병 최경장의 진중으로 운송케 하였다. 후손은 백수면 천마리·죽사리, 불갑면 모악리 등지에 거주하고 있다.『호남절의록』·『금곡사지』·『충의사록』·『국난을 극복한 남도의 얼』

주봉周封, 1534~1593

자는 건숙建叔, 호는 장춘長春, 본관은 철원이다. 삼계군 명용明雍의 후예이며 충순위 희무熙武의 아들이다. 효행으로 참봉 벼슬을 받았고 이어 봉상시 주부가 되었다. 임진왜란 때 병조좌랑으로 권율 막하에서 여러 차례 전공을 세웠다. 성을 순찰하며 적의 동정을 살피다 적탄에 맞아 순절하였다.『충의사록』에는 그 성을 행주산성으로 적고 있다. 후손은 장성군 삼계면 수옥리·발산리 등지에 거주하고 있다.『호남절의록』·『금곡사지』·『충의사록』·『국난을 극복한 남도의 얼』

장성군(장성현+진원현)

변이중邊以中, 1546~1611

자는 언시彥時, 호는 망암望庵, 본관은 황주黃州이다. 태천백 여呂의 후예이며 증직 승지 택澤의 아들로 이이와 성혼의 문하에서 수학하였다. 1568년 사마시에 합격하였고, 1573년 식년문과에 병과로 급제하였다. 임진왜란 때 어천찰방으로 있다가 전라도 소모사가 되어 군사 수천 명을 수습하고 전마, 병기 등을 모두 갖추어 수원으로 진격하여 기호畿湖의 많은 적을 참살, 노획하였다. 특히 화차 300량을 제조하여 순찰사 권율에게 주어, 행주대첩에 크게 기여하였다. 그 뒤 조도사調度使에 임명되자 휘하의 병력을 병사 선거이에게 인계하고 호남으로 돌아와 군량 조달에 진력하였으며 얼마 후에 다시 분호조分戶曹로서 강화도로 가 군량의 운송을 관장하고 독운사督運使로서 의곡 수십 석을 명군에 보급하였다. 1603년 함안군수를 지내다가 1605년 벼슬을 그만두고 고향 장성에 돌아와 여생을 보냈다. 이이와 성혼의 학통을 이어받아 성리학과 경학에 밝았으며, 군사전략에도 밝아 임진왜란·정유재란 때 큰 공을 세웠다. 특히 그의 논문인 「총통화전도설銃筒火箭圖說」과 「화차도설火車圖說」을 기반으로 화차를 제조한 공로는 우리나라 과학사의 커다란 업적이다. 선무원종공신 2등에 녹훈되었고, 이조참판에 증직되었다. 장성 봉암서원에 제향을 하였고, 후손은 북일면 신흥리·오산리·성덕리·월계리 등지에 거주하고 있다.
『네이트 한국학』·『호남절의록』·『금곡사지』·『충의사록』·『국난을 극복한 남도의 얼』

전라북도

전주시(전주부)

김억희金億熙, ?~?

호는 농암農庵, 본관은 김해이다. 억만億萬의 아우로 지혜와 용력이 있어 주부主簿의 벼슬을 하였다. 임진왜란 때 형과 함께 의병을 모아 권율 막하에 들어가 적을 토벌하는 공을 세웠다. 『전북의병사』에는 형 억만이 권율 휘하에서 웅치와 행주전투에 참전하여 공을 세웠다고 기록되어 있다. 『금곡사지』·『전북의병사』

최호崔虎, ?~1592

자는 문백文伯, 호는 석봉石峰, 본관은 탐진이다. 병조판서 징澄의 후예이 며 선무랑宣務郎 맹손孟遜의 아들이다. 힘이 세어 무쇠 600근을 들었으며, 무 과에 급제하였다. 임진왜란 때 황박과 함께 황진을 따라 이치전투에서 최선 봉에서 싸우다가 순절하였다. 병조참판에 증직되고 정려를 명 받았다.『호남절 의록』·『전주문화의 맥과 전북인물』·『전북의병사』

군산시(군산진+옥구현+임피현+만경현고군산진 현, 옥도면)

두정란杜廷蘭, 1550~?

호는 수의당守義堂, 본관은 두릉杜陵이다. 회원면 금광리 출신이다. 평장 사 경승景升의 후예이며 강령현감 사순思順의 아들이다. 1586년 무과에 급제 하여 어모장군 행마도만호行馬島萬戶가 되었다. 조헌의 문인으로 임진왜란이 일어나자 금산전투에서 분전하다가 조헌과 함께 순절하였다. 후손은 회현면 금광리·대야면 산월리·옥산면 금성리 등지에 거주하고 있다.『금곡사지』·『전주 문화의 맥과 전북인물』

두정협杜廷莢, 1555~?

호는 수절당守節堂, 본관은 두릉이다. 회원면 금광리 출신이다. 평장사 경 승의 후예이며 강령현감 사순의 아들이다. 『옥구현지』를 참조한 『전북인물』 편에는 훈련원 봉사奉事로 있을 때 임진왜란을 당하여 형 정란과 함께 금산전 투에 나가 분전하다가 순절하였다고 기록하고 있으나, 『금곡사지』에는 진산, 웅치, 영정곡(이치), 행주전투에 참전하여 큰 공을 세운 것으로 나와 있다. 후 손은 회현면 광지산 아래에 집성촌을 이루고 있다.『금곡사지』·『전주문화의 맥과 전북인물』

이영복李永福, ?~?

자는 영길永吉, 본관은 완산이다. 임피현 출신이다. 통덕랑 해한海漢의 아 들로 효성이 지극하여 어버이 상을 당하여 시묘살이를 하였다. 임진왜란이 일어나자 권율 막하로 들어가 행주싸움에서 힘을 다하여 싸우다 순절하였다. 아들 군자감정 동윤東胤은 이괄의 난을 진압한 공으로 진무원종공신에 녹훈 되었다.『호남절의록』·『전북의병사』

익산시(익산군+여산군+용안현+함열현)

황박黃璞, ?~?

자는 기지琦之, 호는 죽봉竹峯, 본관은 우주紆州이다. 함열 출신이다. 비변
랑備邊朗 섭燮의 아들로 무과에 급제하여 선전관이 되었다. 임진왜란이 일어
나자 의병 200여 명을 모집하여 진안의 웅치에서 병사 이복남, 김제군수 정
담과 합세하여 고개를 넘어오는 적병을 혈전 끝에 퇴각시켰다. 그 후 황진을
따라 이치로 달려가 공시억·위대기 등과 협력하여 적병을 막았는데 적병이
그의 부대를 포위하고 달려들자 힘을 다하여 싸우다가 순절하였다. 병사에
증직되고 정려를 세우도록 하였다. 후손은 함열면 망월리·김제군 김제읍 박
동·옥구군 나포면 군동 등지에 거주하고 있다.『금곡사지』·『전주문화의 맥과 전북
인물』·『전북의병사』

정읍시(정읍현+고부군+태인현)

김안金㺶, ?~1592

고부출신으로 자는 계승季昇, 본관은 의성이다. 제민의 여섯째아들이다. 임
진왜란 때 아버지를 따라 웅치싸움에 참전하였다. 하루 동안 다섯 번이나 왜적
과 접전하였는데 마지막에는 화살이 떨어져 맨손으로 싸우다가 정담과 함께
순절하였다. 이를 본 노비 청산靑山도 따라 죽었다. 참의參議로 증직되었다. 후
손은 내산면 목욕리·옹동면 도곡리·이평면 도계리·부안군 백산면 평교리 등지
에 거주하고 있다.『호남절의록』·『금곡사지』·『전주문화의 맥과 전북인물』·『전북의병사』

김엽金曄, ?~?

고부출신으로 자는 언승彦昇, 호는 문일옹聞一翁, 본관은 의성이다. 제민
의 셋째아들로 타고난 성품이 순수하고 착하였으며 역학에 밝았다. 임진왜란
때 아버지를 따라 웅치싸움에 참전하여 군량과 병기를 모아 조달하고 또 그
중 일부를 배에 싣고 의주로 수송하였다. 이 공로로 봉사奉事에 제수되었다.
1593년 임금을 호종하고 서울로 돌아왔다. 호종원종공신에 녹훈되었다. 후
손은 정읍군 칠보면 반곡리·백암리 등지에 거주하고 있다.『호남절의록』·『금곡사
지』·『전주문화의 맥과 전북인물』·『전북의병사』

김제민金齊閔, 1527~1599

고부출신으로 자는 사효士孝, 호는 오봉鰲峯, 본관은 의성이다. 우의정 거

익居翼의 후예이며 증직 판서 호顥의 아들로 1558년 진사시, 1573년 문과에 급제하여 화순, 순창, 함양 등지의 수령을 역임하였다. 임진왜란이 일어나자 의병을 일으켜 고산高山에 이르렀을 때 금산에 머무르고 있던 적이 전주로 향하여 온다는 소식을 듣고 웅치로 회군하여 정담·변응정邊應井 등과 함께 종일토록 싸웠다. 그 후 봉사 김경수金景壽와 생원 이응종李應鍾 등 수백 명과 더불어 장성長城 남문 밖에 의병도청을 설치하고, 8백 명을 모집하여 김천일 진중으로 보내고 군량 5백여 석을 모아 의곡장 기효증奇孝曾을 통해 행재소로 수송하였다. 또 해남, 나주 등의 곡식은 해로를 이용하여 강화도로 보냈으며 전주, 여산 등의 곡식은 육로로 수원, 안성 등지로 보내니 그 군량이 3천여 석이 되었다. 정유재란 때도 다시 의병을 일으켰으며, 적을 방어하는 대책 42조를 저술하고 임금께 올리고자 하였으나 그 뜻을 이루지 못한 채 진중에서 죽었나. 신무원종공신 3등에 녹훈되었으며 병조판서에 증직되었다. 후손은 이평면 도계리·마항·덕천면 학전리 등지에 거주하고 있다. 『선무원종공신녹권』·『호남절의록』·『금곡사지』·『전주문화의 맥과 전북인물』·『전북의병사』

김진태金振兌, ?~1592

태인출신으로 본관은 김해이다. 청백리 이조판서 종순從舜의 후예이며 판사 치운致運의 증손이다. 용력이 뛰어나 일찍이 무과에 급제하여 선천부사宣川府使를 지내다가 진안으로 유배되었다. 이때 임진왜란이 일어나자 웅치싸움에 나아가 정담·변응정 등과 더불어 힘을 다해 싸우다가 순절하였다. 『호남절의록』·『만취당실기』·『전주문화의 맥과 전북인물』·『전북의병사』

김흔金昕, 1558~1629

고부출신으로 자는 숙승叔昇, 호는 학봉鶴峯, 본관은 의성이다. 제민의 넷째아들로 천성이 굳세고 씩씩하며 재주가 있고 문무를 겸비하였다. 임진왜란 때 아버지를 따라 형 엽, 아우 안과 더불어 웅치에서 다섯 차례의 전투를 벌여 적을 괴멸시켰다. 이후 행재소로 가서 임금을 호종하고 평양으로 돌아왔다. 이 공로로 군기시정軍器寺正에 제수되었다. 그 뒤 권율 막하로 들어가 명나라 원군이 장차 서울로 들어온다는 소식을 듣고 부대를 행주산성으로 옮길 것을 권하였다. 그 또한 행주전투에 군사를 이끌고 선봉에 서서 싸우니 여러 장수들이 합세하여 적이 삼진三陣을 연파하였다. 후에 언양현감에 제수되었으며 정유재란 때에도 명군과 함께 울산전투에 참전하여 많은 전공을 세웠다. 후손은 덕천면 가정리·하정리·중학리, 이평면 도계리 등지에 거주하고 있다. 『호남절의록』·『금곡사지』·『전주문화의 맥과 전북인물』·『전북의병사』

백광언白光彦, ?~1592

　태인출신으로 자는 명선明善, 호는 풍암楓巖, 본관은 고산이다. 정언 윤경允卿의 후예이며 증직 좌윤 수인守仁의 아들이다. 1573년 무과에 급제하였다. 당상관에 올랐으나 정여립의 권세가 높아지자 도내의 문무사류文武士類가 모두 그와 결탁하려 하였으나 그만이 동조하지 않자 미움을 받아 1589년 북청판관北靑判官으로 좌천당했다. 모친상으로 태인에 머무르는 동안 임진왜란을 당해 전라감사 겸 순찰사 이광의 조방장이 되었다. 전라도병사 2만여 명을 모아 전열을 재정비한 뒤 수원을 향해 진격했다. 용인성 남쪽 10리에 이르러 우군선봉장이 된 그는 좌군선봉장 이지시와 함께 문소산의 적진을 협공하였으나 패전하여 모두 순절하고 말았다. 선무원종공신 1등에 녹훈되고 병조판서에 추증되었다. 모충사慕忠祠에 배향되었으며 시호는 충민忠愍이다. 후손은 김제시 금구면 상신리·정읍군 산외면 정양리·부안군 백산면 평교리 등지에 거주하고 있다.『네이트 한국학』·『선무원종공신록』·『호남절의록』·『금곡사지』·『전주문화의 맥과 전북인물』·『전북의병사』

이경주李擎柱, ?~1592

　고부출신으로 호는 지휴옹知休翁, 본관은 경주이다. 익재益齋 제현齊賢의 후예이며 승지 문환文煥의 손자이다. 무과에 급제하였다. 임진왜란 때 부호군副護軍으로서 의병 수백 명을 모아 김제민을 대장으로 삼고 자신은 총대부장總隊副將이 되었다. 전주에 침입하려는 왜적을 웅치에서 맞아 정담, 이복남, 황박 등이 이끄는 군사와 협력하여 종일토록 혈전을 벌이다가 장렬히 순절하였다. 후에 병조참의로 증직되었다.『호남절의록』·『만취당실기』·『전주문화의 맥과 전북인물』·『전북의병사』

남원시(남원도호부+운봉현)

김익복金益福, 1551~1599

　자는 계응季膺, 호는 금릉金陵, 본관은 부안이다. 문정공 구坵의 후예이며 찰방察訪 광光의 아들이다. 부안에서 태어나 남원의 순흥안씨 처순處順의 사위가 되어 그곳으로 옮겨 살았다. 노진盧禛의 문인으로 1580년 문과에 급제하여 좌랑佐郎과 도사都事를 지냈다. 임진왜란이 일어났을 때 능성현감陵城縣監으로 전 현감 박광전·임계영 등과 여러 고을에 격문을 보내 의병을 모으니 응모한 사람이 매우 많았다. 그 후 임계영과 함께 성주와 개령을 지키고, 금산에서 무주로 넘어오는 적과 싸워 많은 전공을 세웠다. 정유재란 때는 부모의 상중에 있었는데 도원수 권율이 격문을 보내니 다시 나와 그의 종사관이 되었다. 이듬해 영광군수로 부임하여 흩어진 민심을 수습하였다. 그 후 명장 진린陳璘이 예교曳橋의 적을 추격할 때 적의 정세를 정찰하다가 날아온 적의 화살에 맞아 이듬해 창병瘡病으로 죽었다. 이조판서에 증직되고 충경忠景이란 시호를 받았다. 후손은 산동면 목동리·대기리, 이백면 내기리, 장수군 산서 면 사창리 등지에 거주하고 있다.『호남절의록』·『금곡사지』·『전주문화의 맥과 전북인 물』·『전북의병사』

김익웅金翼熊, ?~?

자는 양경揚卿, 호는 추곡재楸谷齋, 본관은 경주이다. 참찬參贊 중익仲益의 후예이며 증직 참판 신추愼樞의 아들이다. 부모를 섬김에 효를 다했고 용력이 있었다. 임진왜란 때 어머니의 상중인데도 의병을 일으켜 황진의 막하로 들 어가 같은 고을의 이영부李永富와 함께 먼저 나아가 여러 차례 싸워 많은 적 을 죽였다. 이어 웅치싸움에 나아가 하루 동안 다섯 번이나 싸우던 중 적의 화살에 맞아 순절하였다. 후세 사람들은 그곳을 관전동貫煎洞이라 불렀다. 선 무원종공신 3등에 녹훈되었고 선전관에 증직되었다.『선무원종공신록』·『호남절의 록』·『전주문화의 맥과 전북인물』·『전북의병사』

김정金定, ?~?

자는 지숙止叔, 호는 수성재守性齋, 본관은 경주이다. 송동면 출신이다. 판 서 충한冲漢의 후예이며 감정監正 취련就鍊의 아들이다. 사소한 일에 구애하지 않았고 효도와 형제간에 우애가 돈독하였다. 임진왜란이 일어자자 외숙인 현 감 양사형楊士衡과 함께 가동을 거느리고 창의하였다. 자신의 재산으로 군량 을 마련해 변사정의 군진으로 보냈으며 남원성을 지킬 방책을 건의하였다. 도 원수 권율의 건의로 군자감 주부主簿에 제수되었다. 후손은 보절면 신피리·임 실면 대곡리·수지면 산정리·임실면 대곡리 등지에 거주하고 있다.『호남절의록』 ·『금곡사지』·『전주문화의 맥과 전북인물』·『전북의병사』

박계성朴繼成, ?~?

자는 이술而述, 호는 초곡草谷, 본관은 죽산이다. 관찰사 자량子良의 후예 이며 참의 숭조崇祖의 손자이다. 일찍이 성리학을 깊이 연구하였으며 관직은 사직司直에 이르렀다. 임진왜란이 일어나자 재산을 털어 병기를 마련하고 군 사와 군량을 모아 아우 승성承成, 사촌 동생 얼정孼貞과 함께 의병을 일으켰 다. 마침 병이 들어 아우 승성을 시켜 진주 고득뢰高得賚의 의병소에 병졸과 군량을 보냈다. 정유재란 때에는 적이 구례를 거쳐 남원에 쳐들어오자 재빨리 500여 명의 의병을 모아 산남山南의 요충지를 막아 적의 침입에 대비하였다. 그러나 왜병이 사방에서 쳐들어와 남원성을 포위하여 상황이 매우 위급하게 되자 남원부사 임현任鉉이 구원을 요청하여 왔다. 이에 율치栗峙에 이르러 적병과 치열한 접전 끝에 수백 명을 베어 죽였다. 그 뒤 적이 숙성령宿星嶺을 넘어서 쳐들어오자 백여 명을 참살하고 분전하였는데, 화살이 떨어지는 혈전 중 적의 총탄을 맞아 순절하였다. 후손은 수지면 호곡리에 집성촌을 이루며 살고 있다.『호남절의록』·『금곡사지』·『전주문화의 맥과 전북인물』·『전북의병사』

박기수朴起壽, ?~?

본관은 밀양이다. 절도사 대손大孫의 후예이며 밀성군 춘성春成의 손자이다. 힘이 세었고 여러 병서에 통달하였다. 임진왜란이 일어나자 형 흥남興男과 함께 황진 장군을 따라 이치싸움에 나아가 많은 전공을 세웠다. 그 뒤 황진을 따라 진주성으로 들어가 적을 맞이하여 힘을 다해 싸웠으나 마침내 성이 무너지니 형제가 함께 순절하였다.『호남절의록』·『만취당실기』·『전주문화의 맥과 전북인물』·『전북의병사』

박흥남朴興男, ?~?

자는 석윤錫胤, 호는 구암龜巖, 본관은 밀양이다. 절도사 대손大孫의 후예이며 밀성군 춘성春成의 손자다. 어려서부터 담략이 있고 병서에 통달하였다. 임진왜란이 일어나자 동생 기수와 함께 황진 장군을 따라 이치싸움에 나아가 많은 전공을 세웠다. 그 뒤 황진을 따라 진주성으로 들어가 적을 맞이하여 힘을 다하여 싸웠으나 마침내 성이 무너지니 형제가 함께 순절하였다. 선무원종공신 3등에 녹훈되었다. 후손은 주생면 제천리에 집성촌을 이루며 살고 있다.
『선무원종공신록』·『호남절의록』·『금곡사지』·『전주문화의 맥과 전북인물』·『전북의병사』

변사정邊士貞, 1529~1596

자는 중간仲幹, 호는 도탄桃灘, 본관은 장연長淵이다. 참판 처후處厚의 5세손이며 생원 호灝의 아들이다. 이항李恒의 문하에서 수업하였고, 1583년 학행으로 천거되어 경기전참봉慶基殿參奉이 되었다. 임진왜란이 일어나자 남원에서 2,000여 명의 의병을 모집, 정염丁焰·양사형楊士衡 등에 의하여 의병장으로 추대되었다. 체찰사 정철이 비장 이잠李潛을 보내어 그의 부장이 되게 하였다. 그때 순찰사 권율이 수원 독성禿城에서 구원을 청하자 의병장 임희진任希進과 함께 구출하였으나, 정철의 권유로 호남을 지키기 위해 옥천으로 내려와 상수·선산 등지에 주둔하고 황길·창원·함안·성주·대구 등지에서 적을 무찔렀다. 1593년 제2차 진주성싸움에서 재외운량장在外運糧將에 추대되어 산음山陰에 가서 병곡 수백 석을 구하여 겨우 진주성에 운반하였으나 곧 성이 함락되었다. 선조에게 중흥책中興策을 상소하기도 하였으며, 1595년에는 첨정僉正으로 승진되었으나 취임하지 않았다. 선무원종공신 2등에 녹훈되었고 장령掌令에 추증되었다. 운봉 용암서원에 배향되었다. 후손은 수지면 등동, 송동면 영동, 덕과면 용산리 등지에 거주하고 있다.『네이트 한국학』·『선무원종공신록』·『호남절의록』·『금곡사지』·『전주문화의 맥과 전북인물』·『전북의병사』

소제蘇濟, 1551~1593

자는 경즙景楫, 본관은 진주이다. 상호군 희철希哲의 후예이며 운량장 황의 아우이다. 성품이 충직하고 성실하였으며 힘이 다른 사람보다 뛰어나게 세었다. 임진왜란이 일어나자 형 황과 함께 창의하여 황진 막하로 들어가 웅치·이치·적암赤巖싸움에 나아가 많은 적병을 참획하였다. 그 뒤 제2차 진주성싸움에 나아가 황진과 함께 순절하였다. 후손은 보절면 진기리, 덕과면 신양리, 산동면 중절리, 운봉면 중행 등지에 거주하고 있다.『호남절의록』·『금곡사지』·『전주문화의 맥과 전북인물』·『전북의병사』

소황蘇滉, 1540~?

자는 경함景涵, 호는 도암島巖, 본관은 진주이다. 상호군 희철希哲의 후예이며 현감 연沿의 6세손이다. 강개하고 지조가 매우 꿋꿋하였다. 임진왜란이 일어나자 아우 제와 함께 창의하여 군량 100석을 모아 관에 보냈다. 안찰사 김성일이 그 공을 조정에 보고하여 포상해 줄 것을 청하니 군자감정軍資監正에 제수되었으나 사양하고 나가지 않았다. 후손은 송동면 흑석리, 대산면 운교리, 하동군 화개면 탑리 등지에 거주하고 있다.『호남절의록』·『금곡사지』·『전주문화의 맥과 전북인물』·『전북의병사』

안신손安信孫, ?~?

자는 후원厚源, 호는 풍와楓窩, 본관은 순흥이다. 문성공 유裕의 후예이며 충순위 벽璧의 아들이다. 뜻이 크고 기개가 있었으며 주부主簿를 역임하였다. 정유재란 때 남원부에서 군사와 군량을 모은다는 소식에 병사 이복남에게 달려갔으나 아군의 상당수가 이미 전몰한 뒤였다. 그 뒤 아진장 겸 지군향사亞鎭將 兼 知軍餉事에 제수되어 영남과 호남을 돌아다니며 약탈하고 있는 적을 막으라는 명령을 받자, 곧바로 부임하여 군사와 군량을 모집하고 성을 손질하고 이리저리 돌아다니는 사람을 불러 모아서 굳게 성을 지킬 계책을 세웠다. 후손은 이백면 학산리, 나주군 세지면 송산 등지에 거주하고 있다.『호남절의록』·『금곡사지』·『전주문화의 맥과 전북인물』·『전북의병사』

윤응남尹應南, ?~?

자는 명서明瑞, 호는 만헌晩軒, 본관은 남원이다. 남원백 위威의 후예이며 문경공 신갑莘甲의 7세손이다. 힘이 세고 병서에 통달하여 일찍이 무과에 급제, 사복司僕을 지냈다. 임진왜란이 일어나자 그의 형 응인應仁과 함께 임금을 호위하기 위해 의주로 올라가는 도중, 웅치 부근에서 적을 만나게 되었다. 황진과 함께 온 힘을 다하여 싸웠다. 그 뒤 바로 의주로 올라가 선조를 정성으로 모셨다. 후에 돈령부사敦寧府事로 증직되었다. 후손은 순창군 동계면 신흥리, 진안군 백운면 오정리 등지에 거주하고 있다.『호남절의록』·『금곡사지』·『전북의병사』

최언준崔彦俊, 1537~1617

자는 직경直卿, 호는 우암寓巖, 본관은 전주이다. 대사간 반潘의 손자이며 이조참판 순珣의 아들이다. 단음찰방과 횡간·단성현감, 군기시 주부를 역임하였다.『금곡사지』에 따르면, 임진왜란 때 의병을 모집하여 금산 전투에 나아가 진력을 다하여 싸운 것으로 기록되어 있다. 후손은 주생면 주천리, 덕과면 월평리 등지에 거주하고 있다.『금곡사지』·『전주문화의 맥과 전북인물』

황진黃進, 1550~1593

자는 명보明甫, 호는 아술당蛾述堂, 본관은 장수이다. 주생면 주포출신이다. 영의정 익성공 희喜의 5세손이며, 증직 좌의정 윤공允恭의 아들이다. 무예가 남달리 뛰어나 1572년 무과에 급제하여 선전관이 되었다. 1591년 통신사 황윤길黃允吉 일행을 따라 일본에 다녀온 뒤 제용감 주부濟用監 主簿를 거쳐, 동복현감에 임명되자 장차 있을 왜란에 대비하여 무예의 단련에 열중하였다. 임진왜란이 일어나자 전라도순찰사 이광을 따라 군대를 이끌고 용인에 이르렀으나 왜군에게 패전하여 남하하던 중, 진안에 침입한 왜적의 선봉장을 사살하고 이어 안덕원安德院에 침입한 적을 격퇴하였으며, 훈련원 판관으로 공시억·위대기·황박 등과 함께 이치전투에 참가하여 왜적을 격퇴하였다. 이 공으로 익산군수로 충청도조방장을 겸하였다. 1593년 2월 전라병사 선거이를 따라 수원에서 왜군을 맞아 싸웠다. 3월에는 충청도병마절도사가 되어 진을 안성에 옮긴 다음 군대를 훈련시키고 대오를 정비하여 죽산성에 있는 적과 대치하고 있었다. 이때 적장 후쿠시마福島正則가 안산성을 탈취하고자 죽산부성竹山府城을 나와 안성에 진군하자 그는 군사를 이끌고 이들과 맞서 죽산성을 점령한 뒤 퇴각하는 왜군을 상주까지 추격하여 대파시켰다. 그 뒤 6월, 적의 대군이 진주를 공략하자 창의사 김천일, 병마절도사 최경회와 함께 진주성에 들어가 성을 굳게 지키며 9일간이나 용전하다가 장렬하게 전사하였다. 선무원종공신 1등에 녹훈되었고, 좌찬성에 추증되었다. 진주의 창렬사彰烈祠, 남원의 민충사愍忠祠에 제향되었다. 시호는 무민武愍이다.『네이트 한국학』·『선무원종공신록』·『호남절의록』·『금곡사지』·『전주문화의 맥과 전북인물』·『전북의병사』

김제시(김제군+금구현+만경현)

두기문杜起文, ?~?

본관은 두릉杜陵이며 금구 출신이다. 도총관 두양필杜良弼의 종질從姪로 무과에 급제하여 병사를 지냈다. 임진왜란이 일어나자 권율 장군의 휘하로 들어가 왜적과 싸웠으며 금산·웅치싸움에 참가하여 혁혁한 전과를 올리는 등 여러 차례 승전의 공을 세웠다.「행주대첩비」에 막하로 기록된 것으로 보아 행주전투에도 참가한 것으로 보인다.『금곡사지』에는 행적에 대한 기록은 없고, 배향록에 이름만 기록되어 있다. 선무원종공신 2등에 녹훈되었다.『선무원종공신록』·『금곡사지』·『전북의병사』

박석정朴石精, ?~1592

자는 일서一瑞, 호는 굴지당屈指堂, 본관은 밀성이다. 김제출신이다. 고려 말 유신儒臣 정재貞齋 의중宜中의 후예이며 현감 형珩의 손자이다. 그의 어머니가 큰 돌이 품 안에 들어오는 꿈을 꾸고 낳았기 때문에 석정이라 이름을 지었다. 16세에 진사시에 합격하였다. 임진왜란 때 의병을 일으켜 종족과 문생을 비롯한 가동 백여 명을 모아 부대를 편성하였다. 그리고 "군부君父께서 어려움에 처했는데 대장부가 어찌 나아가지 않고 세상에 바로설 수 있는가."라고 혈서를 쓴 후, 김제군수 정담鄭湛을 따라 웅치싸움에 곧바로 달려가 왜병 9명을 베었으나 기력이 쇄진하여 말에서 떨어져 순절하였다. 후손은 만경면 송상리에 집성촌을 이루며 살고 있다.『호남절의록』·『금곡사지』·『전북의병사』

박정영朴廷榮, 1559~1592

자는 효화孝華, 호는 신촌薪村, 본관은 밀성이다. 백산면 홍사리출신이다. 고려 말 유신儒臣 정재貞齋 의중宜中의 후예이며 이頤의 아들이다. 천성이 강직하고 효성이 지극하였다. 임진왜란 때 재종숙 석정과 더불어 의병 3백여 명을 이끌고 김제군수 정담을 따라 웅치싸움에 참전하였으나 순절하였다. 후에 좌승지 겸 경연참찬左承旨 兼 經筵參贊에 증직되었고, 김제의 청곡사靑谷祠에 제향을 하였다. 후손은 백산면 홍사리, 상리 등지에 거주하고 있다.『호남절의록』·『금곡사지』·『전주문화의 맥과 전북인물』·『전북의병사』

안득安得, ?~?

자는 중려仲慮, 호는 송와松窩, 본관은 순흥이다. 김제출신이다. 순흥부원군 문의文懿의 후예이며 참봉 경인敬仁의 아들이다. 학문과 담략이 뛰어나 무과에 급제하여 선전관이 되었다. 임진왜란이 일어나자 종제從弟 징徵과 더불어 웅치싸움에 참전한 뒤, 권율 막하에서 황진과 더불어 이치싸움에 참전하여 적병 수백 급을 참수한 공로로 내금위장內禁衛長에 승진되었다. 『호남절의록』과 『전북의병사』 명단에는 올라 있지 않다. 후손은 광활면 은파리, 백산면 하정리 등지에 거주하고 있다.『금곡사지』

안징安徵, ?~?

자는 중훈仲勳, 호는 반매당伴梅堂, 본관은 순흥이다. 김제출신이다. 순흥부원군 문의文懿의 후예이며 참봉 경례敬禮의 아들이다. 임진왜란이 일어나자 의병을 모집하여 김제군수 정담과 함께 웅치싸움에 참가하여 적병을 물리쳤으나 야음을 틈탄 적의 기습으로 정담과 함께 순절하였다. 후에 호조참의로 증직되었고 김제 학당사學堂祠에 제향을 하였다. 후손은 청하면 월현리, 백산면 상정리, 김제읍 요촌리 등지에 거주하고 있다.『호남절의록』·『금곡사지』·『전북의병사』

이몽상李夢祥, ?~?

자는 경휴景休, 본관은 전주이다. 김제출신이다. 임영대군臨瀛大君 구璆의 현손이며 풍양령豊陽令 춘春의 아들이다. 음사로 인의引儀, 참찰監察 등의 벼슬을 지냈다. 임진왜란 당시 임실의 수령으로 있으면서 적병이 영남에서 임실을 거쳐 도성으로 쳐들어가려 하자 정예 병사를 모아 요충지에 배치하여 대비하였다. 그리고 박순달朴順達을 시켜 군량 천여 석을 모아 금산에 주둔한 고경명의 진영으로 보냈다. 후에 이조판서로 증직되었다.『호남절의록』·『만취당실기』·『전주문화의 맥과 전북인물』·『전북의병사』

처영處英, ?~?

호는 뇌묵雷默이다. 어려서 금산사에 출가하여 휴정의 제자가 되었다. 임진왜란 때 휴정의 격문을 받고 대흥사·금산사·백양사·화엄사·내장사 등 호남 승려 1천 명을 모아 전라도순찰사 권율 군에 합류하였다. 수원 독성에서 왜적을 막아낸 뒤 1593년 2월 권율과 함께 행주산성으로 이동하여 가장 취약한 서북자성을 맡아 왜적을 막아냈다. 이 공으로 정3품 벼슬인 절충장군의 직함을 받았다. 평양과 개성전투에서도 큰 공을 세웠으며, 1594년 도원수 권율의 명으로 의령에서 군사를 이끌고 남원의 교룡산성을 쌓았다. 1597년 정유재란 때도 의승군을 이끌고 싸웠다. 그 뒤 1794년(정조18) 왕명으로 휴정·유정·처영의 영정을 해남 대흥사의 표충사와 묘향산 수충사에 봉안하였다.「네이트 한국학」·「한권으로 보는 불교사 100장면」

완주군(고산현)

신경희申景禧, 1561~1615

본관은 평산이다. 기묘명현 상鏛의 증손이며 잡磼의 아들이다. 도순변사 입砬의 조카로 1588년 음직으로 관직에 진출했다. 그 뒤 정여립의 모반이 일어나자 그 일당을 체포한 공로로 승급을 뛰어넘는 6품 관직에 발탁되어 제용감 주부가 되고, 임란이 일어나기 전 고산현감에 임명되었다. 권율 휘하에서 종군하여 행주산성전투에 참전하였고 행주승첩을 왕에게 자세히 보고했으며 면천군수와 중화부사를 지낸 뒤, 재령·수안군수 등을 역임하였으나 1615년 능창군을 추대하고 반역을 모의하였다는 대북파의 무고로 장살되었다. 선무원종공신 2등에 녹훈되었다.「민족문화대백과사전」·「선조실록」

조여충趙汝忠, ?~?

본관은 평양이다. 삼중대광三重大匡 인규仁規의 후예이며 병사 을정乙鼎의 현손이다. 고산에서 태어났다. 용력이 뛰어났으며 틈나면 활을 쏘고 말을 타며 무술을 연마했다. 무과에 급제하여 주부主簿를 역임하였다. 임진왜란 때 권율이 자신의 막하로 부르자 집안에서 부리던 50명의 하인을 거느리고 행주싸움에 나갔다. 매복하여 적을 불시에 치니 적이 크게 패하여 달아났다. 그러나 왜적을 추격하여 싸우다가 적의 탄환에 맞아 순절하였다. 선무원종공신 2등에 녹훈되었다.「선무원종공신록」·「호남절의록」·「전주문화의 맥과 전북인물」·「전북의병사」

최영길崔永吉, 1570~1631

호는 비비정飛飛亭, 본관은 전주이다. 준극峻極의 둘째아들이다. 문무가 출중하고 효성이 지극하였다.「행주대첩비」에 전 도사의 벼슬로 그의 이름이 올라 있으며, 『선조실록』 1597년 7월 26일주에 도원수 권율의 군관으로 기록되어 있을 뿐 그에 대한 임란 당시 행적은 극히 미약하다. 그의 문중에서 만든 『전주최씨 연원』에는, "임진란에 크게 공을 세워 도사 창주첨사에 이르고 가선대부 동지중추부사를 지냈고, 권세에 아부하지 않고 홀로 삼례역에 정자를 세우고 거기서 학문을 즐겼다."고 기록돼 있다. 이 정자를 '비비정'이라고 하는데 '장비와 악비'의 신의와 용맹을 따 우암 송시열이 기문을 썼다.
그 뒤 1752년 관찰사 서명구가 중건하였고, 1901년 그의 후손들이 임실군 성
수면 계월리 성수산 옥녀봉 아래로 옮김에 따라 당초 세워졌던 완주군 삼례
읍 후정리 남쪽 언덕에 1998년 복원하여 다시 세웠다. 그의 묘소는 완주군
소양면 주덕산에 있다.『선조실록』·『행주대첩비』·『전주최씨 연원』·『전북의병사』

장수군(장수현)

김충선金忠善, 1571~1642

　본래 일본인으로 이름은 사야가沙也加이다. 후에 우리 조정에서 김충선이
란 성명을 내려주고 본관을 김해로 명하였다. 자는 선지善之, 호는 모하당慕夏
堂이라 스스로 지었다. 임진왜란 때 가토 기요마사加藤淸正 휘하의 좌선봉장
으로 침입하였다가 경상좌병사 박진朴晉에게 귀순하였다. 그 뒤 경주·울산
등지에서 전공을 세워 첨지의 직함을 받았으며, 정유재란 때는 손시로孫時老
등 항복한 왜장과 함께 의령전투에 참가하여 많은 공을 세웠다. 이러한 전공
을 가상히 여긴 조정으로부터 가선대부를 제수받고, 이어서 도원수 권율權慄,
어사 한준겸韓浚謙 등의 주청으로 성명을 하사받았으며, 자헌대부에 승품되
었다. 뒤에 야인들의 침입으로 변경이 소란하자 종군을 자원하여 10여 년 동
안 방수防戍에 봉직하였으며, 1613년 정헌대부가 되었다. 1624년 이괄의 난
때 그 부장 서아지徐牙之를 잡아 죽인 공으로 사패지賜牌地를 받았으나 사양하
고 수어청의 둔전으로 사용하도록 하였다. 1636년 병자호란 때는 스스로 광
주廣州의 쌍령雙嶺에 나아가 싸워 큰 전과를 올렸다. 후손은 계남면 신전리 양
신전 마을에 많이 살고 있다.『네이트 한국학』·『호남절의록』·『금곡사지』·『전북의병사』

백응희白應希, ?~1593

　자는 광삼光三, 호는 우산又山, 본관은 수원이다. 수문장 언학彦鶴의 아들
이다. 한남수문장漢南守門將으로 재임 중 임진왜란이 일어나자 의병을 모집하
여 상주尙州·선산善山 등지까지 진군하였다. 이후 2차 진주성전투에 참전하
였다가 순절하였다. 선무원종공신 3등에 녹훈되었고 호조참판에 증직되었
다. 후손은 장수읍 안양리, 남원시 사매면 인화리 등지에 거주하고 있다.『선무
원종공신록』·『금곡사지』·『전주문화의 맥과 전북인물』

임실군(임실현)

김복흥金復興, 1546~1604

자는 경언景言, 호는 계곡谿谷, 본관은 순천이다. 둔덕출신이다. 좌의정 양
경공 승주承澍의 후예이며 사정司正 익창益彰의 아들로 효성이 지극하였다.
1570년 생진과에 합격하였다. 임진왜란이 일어나자 창의하여 군사와 군량을
모은 공으로 별제別除에 제수되었다. 명장 여응종呂應鍾이 선산에 진을 치고
있을 때 지공관支供官에 임명된 그는 선산으로 가서 명나라 군사의 보급을 맡
아 일하였고 명의 장수와 전략을 서로 의논했다. 현주사玄洲祠에 제향을 하였
고, 후손은 임실군 둔남면 둔덕리에 집성촌을 이루고 있다.『호남절의록』·『금곡
사지』·『전주문화의 맥과 전북인물』·『전북의병사』

이대윤李大胤, ?~1596

자는 경술景述, 호는 금헌禁軒 또는 만휴당晩休堂, 본관은 전주이다. 임실
군 둔남면 둔덕출신이다. 효령대군 보補의 후예이며 승지 혼渾의 아들이다.
성품이 온화하고 행실과 문장을 겸비하였다. 1558년 사마시에 합격했고,
1585년 문과에 급제한 뒤 정랑正郞이 되었다. 임진왜란이 일어나자 남원성
수비에 대비하였고 고경명이 이끄는 의병에 합류하여 의병소 도유사 겸 모량
장都有司 兼 募量長으로 추대되어 병기를 만들고 군마를 마련하였다. 또한 여
러 고을에 격문을 보내 군량을 모아 고경명 의병부대에 보냈다. 진주 의병소
와 명군이 있는 선산에 군량을 끊이지 않고 보급하였고, 순찰사 김성일 부대
와 도원수 권율 부대에 군량을 공급해 주었다. 의흥위 상호군義興衛 上護軍에
제수된 뒤, 예조참판에 증직되었다. 후손은 임실군 둔남면 둔덕리·신기리·용
정리, 남원시 사매면 월평리 등지에 거주하고 있다.『호남절의록』·『금곡사지』·『전
주문화의 맥과 전북인물』·『전북의병사』

이엽李曄, ?~?

자는 백회伯晦, 호는 연당蓮塘, 본관은 전주이다. 효령대군 보補의 후예이
며 대윤의 아들로 천성이 순수하고 효성과 우애가 지극하였다. 임진왜란이
일어나자 아버지를 따라 군량과 병기를 모아 여러 부대에 조달하여 힘써 싸
우기를 독려하였다. 선무원종공신 3등에 녹훈되었고 병조판서로 증직되었
다. 후손은 둔남면 신기리·둔덕리·용정리 등지에 거주하고 있다.『선무원종공신
록』·『호남절의록』·『금곡사지』·『전북의병사』

고창군(고창현+무장현+흥덕현)

김두남金斗南, 1553~1593

　　호는 청계靑溪, 본관은 김해, 고창출신이다. 절효공 극일克一의 6세손이며 임란의사 헌軒의 아들이다. 일찍이 무과에 올라 벽동군수碧潼郡守·의금부도사義禁府都事 등을 역임하였다. 임진왜란이 일어나자 백부 축軸이 창의하여 참전했고, 아버지 헌은 근왕하고 돌아오다가 적을 만나 전투 중 불구의 몸이 되었다. 동생 지남과 함께 분연히 일어나 백부를 따라 참전하였다. 웅치와 이치 싸움에서 용전분투하여 크게 승리를 거두자 권율에게 발탁되어 참좌로서 행주의 격전에서 큰 공을 세웠다. 웅치와 이치, 행주전투에 참전한 기록은 『호남절의록』·『전북의병사』·『금곡사지』에는 없으나 『전주문화의 맥과 전북인물』에 나와 있다. 이어 영남으로 전전하다가 1593년 6월 진주가 위험하다는 소식을 듣고 진주성에 입성하여 김천일과 성을 사수하기로 맹세하고 부장의 직을 맡았다. 백전불굴의 투지로 싸웠으나 성이 함락되자 백부 축, 아우 지남과 함께 장렬히 최후를 마쳤다. 선무원종공신 2등에 녹훈되었고 호조판서로 증직되었다. 고창읍에 어사각御賜閣이 있다. 후손은 고창읍 백양리, 무장면 송정리 등지에 거주하고 있다.『선무원종공신록』·『호남절의록』·『금곡사지』·『전주문화의 맥과 전북인물』·『전북의병사』

김몽룡金夢龍, ?~?

　　자는 여신汝神, 호는 식암息巖, 본관은 청도淸道이다. 무장출신이다. 돈령부사 호강공胡剛公 점漸의 후예이며 참봉 홍洪의 손자이다. 효우와 행실로 고을 사람들의 모범이 되었다. 임진왜란이 일어나자 창의사 김천일의 격문에 호응하여 가산을 털어 군량미를 대고 가동과 마을 사람 천여 명을 거느리고 고을을 지켰다. 정유재란 때 권율 장군의 막하에서 누차 많은 전공을 세웠다. 이 공로로 훈련원 판관에 제수되었다. 선무원종공신 3등에 녹훈되었다. 후손은 공음면 두암리·칠곡리·상하면 송정리 등지에 거주하고 있다.『선무원종공신록』·『호남절의록』·『금곡사지』·『전북의병사』

김익수金益壽, ?~?

　　자는 인숙仁叔, 호는 동계東溪, 본관은 경주이다. 무장출신이다. 판서 충한冲漢의 후예이며 주부 영영泳의 아들이다. 어려서부터 남달랐다. 1584년 무과에 급제하여 주부가 되었다. 임진왜란이 일어나자 재종형제인 좌랑 팽수와 봉사 진과 함께 의병을 일으켜 권율 막하에 들어가 행주싸움에서 많은 적을 참획하였다. 선무원종공신 2등에 녹훈되었다. 후손은 성송면 채동·상금리,

영광군 대마면 성산리 등지에 거주하고 있다.『선무원종공신록』·『호남절의록』·『금곡사지』·『전북의병사』

김지남金志南, ?~?

호는 월재月齋, 본관은 김해, 고창출신이다. 절효공 극일克一의 6세손이며 임란의사 헌軒의 아들이자 두남의 아우이다. 노성현감魯城縣監·전라우도 조방장助防長·부장 등을 역임하였다. 행적은 형 두남 편을 참고하기 바라며, 그 역시 선무원종공신 2등에 녹훈되었다.『선무원종공신록』·『호남절의록』·『금곡사지』·『전주문화의 맥과 전북인물』·『전북의병사』

김진金璡, ?~?

자는 여숭汝伸, 호는 사천沙川, 본관은 경주이다. 무장출신이다. 판서 충한冲漢의 후예이며 참봉 창수昌售의 아들이다. 효성과 우애가 지극하였다. 음직으로 봉사奉事에 제수되었다. 임진왜란이 일어나자 재종형 팽수·익수와 함께 의병을 일으켜 권율을 따라 행주싸움에 나가 참획함이 매우 많았다. 이 공로로 동지중추부사同知中樞府事를 제수 받았다. 선무원종공신 2등에 녹훈되었다. 후손은 해리면 왕촌에 집성촌을 이루고 있다.『선무원종공신록』·『호남절의록』·『금곡사지』·『전주문화의 맥과 전북인물』·『전북의병사』

김팽수金彭壽, ?~?

자는 명숙明淑·인로仁老, 호는 남계南溪, 본관은 경주이다. 무장출신이다. 판서 충한冲漢의 후예이며 참봉으로 장악원정掌樂院正에 증직된 형泂의 아들이다. 힘이 매우 셌다. 임진왜란 때 전직 수문장으로서 재종제인 주부 익수와 재종 봉사 진과 함께 권율 막하에 들어가 행주싸움에서 많은 전공을 세웠다. 이 공로로 좌랑佐郞에 제수되었다. 선무원종공신 2등에 녹훈되었다.『선무원종공신록』·『호남절의록』·『금곡사지』·『전주문화의 맥과 전북인물』·『전북의병사』

이충길李忠吉, ?~?

본관은 전의이다. 경상좌도 병마 도절제사를 지낸 이승간李承幹의 7세손이며 옥천군수를 지낸 이경윤李景潤의 아들이다. 무과에 급제하여 선전관이 된 뒤 1592년 무장현감(제직기간 1592. 2~1594. 2) 재직 때 임란을 맞아 전라도순찰사 권율을 따라 종군하여 행주산성전투에서 북문장으로 활약하였다. 이후 서산군수, 훈련원 부정, 안악군수 등을 역임한 뒤 함경북도 병마절도사를 지냈다. 1624년 이괄의 역모에 내응하였다는 이유로 죽임을 당하였다.『선조실록』·『전의이씨 인명사전』

충남 금산군(금산군+진산군)

김언경金彦慶, ?~?

자는 이견以見, 호는 절재節齋, 본관은 김해이다. 문민공 일손馹孫의 현손
이다. 학문에 깊었고 물리, 병무 등의 운용이 뛰어나 병조좌랑에 이르렀다.
임진왜란 때 의병을 일으켜 권율 막하에 들어가 여러 차례 공을 세웠다. 그
뒤 조헌이 금산에서 순국하자 진을 옮겨 금산군에 통과하는 왜적을 토벌하며
제원濟原 땅 동쪽을 이리저리 옮겨 다니며 싸웠는데 천내川內 강가에서 적과
싸우다 진중에서 순절하였다. 후에 군자감 판관에 추증되었고, 후손은 금산
군 제원면 천내리·금성면 도곡리·복수면 용진리, 전주, 서울 등지에 거주하
고 있다.『금곡사지』

서울특별시(한성부)

권승경權升慶, 1574~1625

자는 가정嘉靖, 본관은 안동이다. 영의정 권철의 손자이며 권순의 넷째아
들이다. 권율의 조카로서 임진왜란 직후 권율이 광주목사가 되어 부임지로
떠날 때 19세의 어린나이로 줄곧 함께하였다. 이치전투에서 기병장으로 큰
전공을 세웠고,「행주대첩비」에 막하유사로 돼 있어 행주산성전투에도 참전
한 것으로 생각된다. 1599년 무과에 장원하여 훈련원정이 되었고, 1622년 정
2품 자헌대부가 되었으며 1623년 절제사가 되었다. 선무원종공신 1등에 녹
훈되었다.『안동권씨 대동세보』·『안동권씨 종친회 권오종 제공 자료』

권순權恂, 1536 1606

자는 언침彦忱, 호는 쌍천당雙泉堂, 본관은 안동이다. 영의정 권철의 다섯
아들 중 넷째로 권율 바로 위 형이다. 그의 나이 42세 때 음서로 사산감역관
四山監役官이 된 뒤 조지서 별제, 의금부도사, 군자감 주부 등을 역임하였다.
임진왜란 때 아우 권율이 전라도순찰사가 되어 서울 수복을 위해 수원 독성
에 주둔할 당시 막하로 합류하였다. 권율이 행주산성으로 진을 옮길 때 그도
함께 참전하여 전공을 세웠다. 이 공으로 정3품의 당상관인 통정대부로 승진
되었다. 그 뒤 양주목사, 평산부사, 봉산군수를 역임하였다. 1598년에는 명
나라 접반사가 되었고, 이듬해 품계를 1등급 올려 가선대부가 되었다. 1600
년에 동지중추부사에 제수되어 오위도총부 부총관을 겸임하였다. 그 또한 다

섯 아들을 두었는데 셋째아들 익경益慶이 권율의 양자가 되고, 넷째 승경은 임진란 직후부터 권율의 막하로 활약하였다. 선무원종공신 2등에 녹훈되었다.『청음집』·『안동권씨 대동세보』

권수權燧, ?~?

본관은 안동이다. 권율의 먼 친척 동생으로 참모의 일을 하였고 전주부윤으로서 성을 지키다 전사하였다.『만취당실기』

권협權悏, 1553~1618

자는 사성思省, 호는 석당石塘, 본관은 안동이다. 상常의 아들이며 수의 아우이다. 이관의 문인으로서 1577년 알성시 문과에 급제하여 전적·사예·승문원·춘추관 등의 벼슬을 지냈다. 임진왜란 때 장령으로서 서울을 굳게 지킬 것을 주장하였고 삼도 운량사가 되었다. 1597년 예문관 응교로 있을 때 정유재란이 일어나자 고급사로 임명되어 명나라에 가서 원병을 끌어들이는 데 성공하였다. 귀국 후 호조참의에 오르고 1604년 선무공신 3등에 녹훈되었다. 1607년 예조판서를 거쳐 1609년 정헌대부에 올랐으나 광해군 때에 홍문관의 탄핵을 받아 관직에서 물러났다. 시호는 충정忠貞이다.『만취당실기』·『한국민족문화대백과』

조대항曺大恒, 1564~?

자는 석현石玄, 본관은 창령이다. 조휘원曺輝遠의 아들이며 권율의 처남이다. 그에 대한 행적은『창령조씨 세보』등 어디에도 나와 있지 않다. 다만「행주대첩비」에는 전 판관의 직명으로 나오고,『선무원종공신녹권』에는 선무원종공신 2등에 등제되어 수문장이란 직함으로 나온다. 이순신의『난중일기』1594년 6월 18일자에 "도원수가 서출 처남 조대항의 말만 듣고 사사로이 일을 처리하는 것이 이렇게도 심하다니, 마음이 매우 아팠다."는 내용으로 보아 그는 이때까지 권율 막하에서 활약한 것이 확실하다.『창령조씨 세보』·『난중일기』

경남 함안군(함안군)

박진영朴震英, 1569~1641

자는 실재實哉, 호는 애서厓西, 본관은 밀양이다. 함안군 검안촌에서 오旿의 아들로 태어났다. 한강 정구鄭逑의 문하에서 수학하였다. 임진왜란 때 고향에서 군수 유숭인柳崇仁과 함께 창의하여 공훈을 세워 군자감 참봉에 임명되었다. 그 뒤 권율 휘하의 장군으로 활약하다가 1594년 부친상을 당하여 고향으로 돌아가 장례를 치르고 다시 원수부에 나아가 적과 싸웠다. 1599년 용궁현감이 되었다. 선무원종공신 3등에 녹훈되었다. 벼슬명이 「행주대첩비」에는 전 현감으로 나오고, 『선무원종공신녹권』에는 주부로 나온다. 1613년 경흥부사로 승진, 변방을 잘 방비한 공으로 절충장군에 오르고, 1619년 순천군수로 우영장을 겸임하였다. 1624년 이괄의 난 때 해서도방어사로 도원수 장만의 휘하에서 종군, 신경원과 함께 동교東郊에서 대승하였다. 뒤에 평산도호부사平山都護府使가 되어 해서방어사를 겸임하다가 관직에서 물러났다.『선무원종공신녹권』·『행주대첩비』·『함안군 홈페이지』

경기도 고양시(고양군)

밀양박씨일설 해주오씨, ?~?

2010년 수원대학교 박물관 주관으로 개최된 행주대첩 417주년 기념 '행주대첩의 제 문제' 학술발표회에서 밀양박씨(일설 해주오씨)는 밥 할머니 석상(고양시 향토문화재 제46호)과 연계시켜 부녀자들을 동원하여 아군에게 밥을 일일이 만들어 나누어 주었다고 한다.

이신의李愼儀, 1551~1627

자는 경칙景則, 호는 석탄石灘, 본관은 전의이다. 고양시 출신으로 형조판서 원손元孫의 아들이다. 민순閔純의 문인이다. 1582년 학행으로 천거되어 예빈시봉사가 되었고, 이어 참봉·종묘서봉사 등을 지냈다. 임진왜란이 일어나자 향군 300명을 거느리고 창릉천에서 왜적이 도강할 수 없도록 작전을 전개하여 행주승첩의 공을 세웠다. 사옹원 직장에 올랐으며, 이후 공조좌랑·고부군수·직산현감·남원부사·고부군수 등을 지냈다. 1623년 광주목사光州牧使를 역임하고, 1626년 판결사를 거쳐 형조참판에 올랐다. 이조판서로 추증되고, 선무원종공신 2등에 녹훈되었다. 1998년 교지, 공신녹권 등 '이신의종가소장고문서' 8종 58점이 광주시 유형문화재 제25호로 지정되었다. 저서로 『석탄집』이 있고, 시호는 문정文貞이다.『네이트 한국학』·『선무원종공신녹권』·『광주광역시지정문화재도록』

기타지역

신흠申欽, 1566~1628

자는 경숙敬叔, 호는 상촌象村, 본관은 평산이다. 개성도사 승서承緖의 아들로 송인수와 이제민李濟民의 문하에서 수학하여 1585년 생원·진사시 합격하고 1586년 승사랑承仕郎으로서 별시문과에 병과로 급제한 뒤 사헌부감찰·병조좌랑 등을 역임하였다. 동인의 배척으로 양재찰방良才察訪에 좌천되었으나 전란으로 부임하지 못하고, 삼도순변사 신립을 따라 조령전투에 참가하였다. 곧 도체찰사 정철의 종사관으로 활약하였으며, 그 공로로 지평으로 승진되었다. 1593년 이조좌랑으로 당시 폭주하는 대명외교문서를 민첩하게 작성하였고, 이항복이 원접사가 되자 그의 종사관이 되었다. 1594년 이조정랑, 사복시 첨정, 집의 등의 벼슬을 거쳐 주청사 윤근수의 서장관이 되어 명나라에 다녀온 뒤 군기시정에 제수되었다. 그 후 도원수 권율의 종사관에 임명되기도 하였다. 1604년 선무원종공신 1등에 녹훈되었고 정2품 벼슬인 자헌대부에 오르면서 한성부판윤이 되었다. 그 뒤 병조판서·예조판서·상호군·경기관찰사 등을 역임하였다. 시호는 문정文貞이다.『신흠 신도비명』,『네이트 한국학』

영규靈圭, ?~1592

호는 기허騎虛, 본관은 밀양박씨로 공주출신이다. 공주 계룡산 갑사에서 출가하여 휴정에게 배운 뒤 갑사로 돌아와 승려들에게 참선과 경전을 가르치는 한편 무술도 가르쳤다. 임진왜란이 일어나자 사흘 동안 식음을 전폐하는 등 고뇌 끝에 스스로 의승장이 되었다. 얼마 뒤 수백 명을 규합하여 관군과 함께 8월 초 청주성의 왜적을 물리쳤다. 의병장 조헌이 전라도로 향하는 고바야카와 다카카게의 왜군을 공격하려고 할 때 그는 관군과의 연합작전을 위해 이를 늦추자고 하였으나 조헌이 듣지 않았다. 그는 조헌을 혼자 죽게 할 수는 없다고 하면서 금산전투에 함께 참가하였다. 그리하여 조헌이 이끄는 의사와 영규가 거느린 승군은 8월 18일 금산전투를 벌였고, 둘은 장렬히 순절하였다. 금산의 종용사에 제향을 했으며, 뒤에 법도法徒 대인大仁 등이 금산 남쪽 진락산進樂山 기슭에 그의 영정을 안치한 진영각과 비를 세웠다.『네이트 한국학』,『한권으로 보는 불교사 100장면』

조경趙儆, 1541 1609

자는 사척士惕, 본관은 풍양豊壤이다. 병마절도사 안국의 아들로 무과에 급제하여, 선전관·제주목사를 지냈다. 1591년 강계부사로 있을 때 그곳에 유배 온 정철을 우대하였다는 이유로 파직되었다. 이듬해 임진왜란이 일어나자 경상우도방어사가 되어 황간·추풍 등지에서 싸웠으나 패배, 이어 금산(금천)에서 왜적을 물리치다 부상을 입었다. 권율이 수원독성에 주둔할 때 수원부사로서 방어사의 임무를 수행했으며, 이듬해 행주산성에서 목책을 쌓고 전투를 승리로 이끄는 데 큰 역할을 하였다. 이 공으로 종2품 벼슬인 가선대부에 올랐다. 1593년 새로 편제된 훈련도감당상을 겸하고 이듬해 훈련대장에 오른 뒤 동지중추부사·함경북도병사·훈련원도정·한성부판윤을 거쳐 1599년 충청병사·회령부사를 지냈으며 선무공신 3등에 책봉되고 풍양군에 봉하여졌다. 시호는 장의莊毅이다.『선조실록』·『포저집』·『네이트 한국학』

행주대첩비, 이치대첩비, 광주창의비

1. 원수 권공 행주대첩비

- **문화재번호**　　경기도 유형문화재 제74호
- **시　　　대**　　초건비 조선 1602년(선조35), 중건비 1845년(현종11)
- **소　재　지**　　경기도 고양시 덕양구 행주내동 산26-1
- **규　　　모**　　－ 초건비 : 비신 높이 188cm, 가로 80cm, 두께 19cm
　　　　　　　　　　　－ 중건비 : 비신 높이 236cm, 가로 102cm, 두께 41cm
- **재　　　료**　　대리석 및 화강암

　이 비는 임진왜란 때 행주산성에서 권율 장군이 왜군을 격퇴한 승전을 기념하기 위하여 세운 것이다.

　1602년 덕양산 정상에 세워진 초건비의 비문은 최립이 짓고, 글씨는 한호(석봉)가 썼는데 머리의 전서는 김상용이 썼다. 비문 끝의 추기는 이항복이 짓고 김현성이 썼다. 이 비는 오래되어 마모가 심해지자 비문을 새로 새기면서 한때 방치되었으나 일제 때 비각을 다시 세워 보존하였다. 그 후 비각이 훼손되자 1970년에 비각을 새로 개축하였다.

　중건비는 1845년, 그 이전에 세운 비의 비문을 그대로 옮긴 것이다. 비문 뒤에는 추기를 다시 새겨 넣었는데 기존의 기록에서 누락된 장군의 사적과 '행주 기공사 중창기'를 조인영이 짓고, 이유원이 글씨를 썼다.

有明朝鮮國諸道都元帥正憲大夫知中樞府事贈崇政大夫議政府左贊成兼判
義禁府事知經筵春秋館事弘文館提學同知成均館事權公慓卒旣萃其軍佐等
以公前有幸州之捷其功尤大將卽其地建碑于岡以載烈垂永請公婿今領相李
公書來徵文於岦謹按歲壬辰四月日本兵大勢來寇乘我不戒連陷鎭若邑中外
大駴上曰子聞權某可用今其人安在於是由故義州牧使起拜光州牧使方朝臣
視兩南死地公聞命單騎馳甫及州京城已不可守大駕西幸而業徵兵入衛全羅
巡察使李洸發兵四萬與防禦使郭嶸分領而北乃署公防禦軍之中衛將用書生
此武夫人或難之公曰吾職也行至稷山與忠淸軍會亦可數萬進軍水原洸令嶸
前擊龍仁賊營公謂曰賊先據險非可襲之勢且大於此者京城已爲賊有主公擧
一道之兵以來惟當直上涉祖江塞臨津毋令賊西而我得形制之便稟命行在有
路乃可以圖大今不可爭鋒於小亦非萬全以損聲威也先鋒將白光彦助戰將李
之詩各以精兵一千自隨有輕進意公又戒之要與相待則皆不能從光彦等至皆
沒是夜軍中虛驚朝則望賊大潰諸軍皆遝公亦旣遝光州寢不解衣以更聽主將
久之寂然卽奮曰此非臣子坐待國亡日也遂聚境內子弟五百餘人傳檄旁邑又
得千餘人之慶尙界上軍焉聞南原民先賊自爲亂少却以撫定之巡察使得公報
事符公權稱都節制令督率列邑官兵以截賊自嶺而湖者公進軍梨峙阻險而俟
七月遝賊疾擊之會同福縣監黃進在軍有勇名中賊丸退一軍爲氣沮不覺賊躍
入砦急甚公提劍大呼先冒白刃戰士無不一當百賊救死傷不給棄重狼藉以走
旣而行在遙拜公羅州牧使以羅重於光也尋拜本道巡察使敎書至陣中公西向
稽首泣甚悲動一軍公令防禦使代守梨峙身之全州發道內兵萬餘以九月勤王
于時諸賊分據平壤黃海開城而據京城者爲大營放兵四劫西路已絶勤王諸軍
皆入江華阻江爲固而已公以旣聞上在義州賊尙未過平壤今惟先圖京城使已
西之賊東於不暇於計爲得遂軍水原之禿城以聞則上解釰馳賜曰諸將不如今
者以此從事京城之賊患公居軍要害以其兵數萬分爲三營擺布烏山等處往來
挑戰公堅壁不應惟時出奇兵以折角距賊則無所得夜燒營去之癸巳二月公二
分麾下精兵約四千人其一以畀節度使宣居怡軍衿州山使爲聲援公自領其一
實二千三百人濟自陽川江軍高陽之幸州山城于時天朝大將李公如松提督救
師而東已克平壤威名大震賊之逃死平壤者棄黃海者棄開城者自咸鏡聞風而
遁者皆聚京城京城之賊勢頤益熾大公懸軍以入肘腋之地賊且知其兵少不以
爲意容一窺足轢之而已月十二日黎明候吏白有賊形公戒軍中毋動升高而望
則去城五里賊已被原矣先逼以百餘騎俄盛兵乘之圍之而倍者不可復測度我
軍殊死戰矢石雨下賊分兵爲三迭休而進自卯至酉三合不利則人持束葦因風
縱火火及柵城中以水救之直西北子城僧軍守者少撓賊大叫以入一軍披靡公
抽釰叱諸將諸將爭逆鋒格戰賊大衄積屍爲四處焚之而去我軍收斬其餘猶爲

행주대첩 초건비

행주대첩 중건비

百三十餘級得所棄旗幟鎧甲刀鎗無數時李提督軍開城而先鋒遊擊査大受聞
公大捷翌日遣其褊裨來視戰處又數日要與相見公整陣以迎至則歎曰外國有
眞將也旣而公移軍坡州之山城賊以必報幸州之敗擧衆而西望見公壁壘如幸
加嚴相戒毋犯而還如是者三焉四月李提督用沈惟敬計諸賊稱受和約一日棄
京城以去公聞之輕兵馳入城則賊已渡漢江而提督遣遊擊戚金聞公動靜皆收
津船使不得濟追兵矣公怏怏無奈而罷兵還本道夫以公本圖京城之志屈於前
巡察不能因雨湖六萬兵之會而趨臨津必可守之便適以取水原之一潰若其梨
峙之役可謂小逞於不幸之後然使湖南數年免爲蛇豕再窺而根本征輸東西以
給繫誰賴也洎代巡察而後可以擅用一道之兵然是時一道之兵用之者衆如節
度使崔遠先已提領號稱勤王大兵而頓之江華及如所在官義諸軍以戰以守未
可一二數也公僅具萬兵而行其勢不能直擣豺虎而秃城之扼持足以遏其橫突
使兩湖以貫畿右之路脉無阻比至幸州則主而致客寡而克衆盖不獨天將平壤
之餘威爲足以懾兇膽向非有懾則雖百沈惟敬不能使之一日去京城也於是公
本圖京城之志庶幾不負矣六月拜都元帥督嶺南諸軍自是厥後或乞釋符或復
推轂而丁酉冬從於麻提督貴蔚山之役戊戌秋從於劉提督綎順天之役皆以體
統受制有先見之言而不用有先登之勇而不効不獨公自拔英淚盖志士共惜之
然賊不能再窺深入俄又不能不捲還則以京城旣復而有以守也至是或可以驗
公之本圖而中興無所歸功則已有則誰居第一哉已亥病乞免歸江華之里第以
七月六日卒于京城之寓舍享年六十三訃聞上震悼輟朝賜吊祭賻有加嗚呼公

之勞著本朝則不允丙申辭再帥賜內廐馬有敎因拜辭賜酒又賜內廐馬馬裝有
敎因戊戌請罷疏加裝勵有諭卒贈官詢大臣有議聲達天朝則有宋經略應昌移
本國行賞之咨有兵部石尙書星上功天子之奏有欽遣鴻臚寺官宣諭本國之旨
至臨陣之際麻提督稱其能行號令楊經理鎬嘉其兵將力戰移歲之後中朝大小
官聞名必想識其爲人倭中諸酋必問權元帥起居若此類者太史氏當書于策而
非碑之所以重輕可畧也公字彦愼系出安東高麗太師幸之後本朝贊成近之六
代孫而領議政轍之子其器業固有自來而御人帥物尤能和愛見誠不專嚴毅故
能得其悅服緩急以賴云公生四十六中壬午文科由郞官超堂上竟以儒將顯歷
官無多立朝亦罕遭時艱虞所樹立非究也然牙下故吏士懷公德誼而無以宣爭
出財力以告公兄上護軍公從事於玆碑亦可尙哉上護軍公嘉善大夫恂領相李
公鰲城府院君恒福公再有室皆無男子子葬在京城西之洪福山

嘉善大夫同知中樞府事 崔 岦 撰
通訓大夫行加平郡守 韓 濩 書
折衝將軍行大護軍知製敎 金尙容 篆
萬曆三十年六月 日立
幕下有司 前判官曺大恒 前訓鍊院正權升慶 知世浦萬戸李完根 所西江鎭僉
使李光先 永同縣監李忠立 前萬戸杜起文 前都事崔永吉 前縣監朴震英等
後十三年甲辰策效仗義迪毅協力宣武大公贈議政府領議政永嘉府院君

元帥權公碑侌記

公卒旣殯其宗人之從事於軍者見余泣且言曰公在軍嘗取一卷子若有箚錄者
曰我死有壻李議政在必能誌我墓以此銘我足矣余發其篋得所謂卷子者有記
其幸州之役天朝總督軍門大司馬宋應昌咨獎本國者曰權某扼守孤危時抗大
敵板蕩忠臣中興名將繼而兵部尙書石星奏之則天子嘉之有勅諭本國者曰今
觀全羅斬獲數多該國人民尙可振作其下又記丙申上敎有云卿忠勞茂著勇略
超世名聞天下威慴敵國元帥之任捨卿伊誰及入對勞之曰非卿國家何以得至
今日又曰今時事粗安緊卿之功是賴殄殲兇賊奠安國家子惟望之仍賜廐馬云
云等語皆公手跡宛然余讀之喟然曰多矣哉此足矣彬彬乎文哉復奚以假辭爲
也況公有命敢不克遵以光大其寵靈乎而於碑畧之則又懼史氏之或逸也碑成
遂假其背以記

女壻推忠奮義平難功臣大匡輔國崇祿大夫議政府領議政兼領經筵弘文館
藝文館春秋館觀象監事世子師鰲城府院君李恒福記通訓大夫司宰監正金
玄成書

元帥權公碑鄕会記 追記幷銘

惟上七年辛丑秋謁西陵路出高陽領議政臣寅永言故元帥臣權慄幸州破倭事
仍言是年乃宣廟勘勳之年而幸州爲高陽地今興衛所由適在是年是地請建祠
以㫌武功上可之於是三營帥臣奉命董工明年春祠成額曰紀功盖公肇有俎豆
所也始幕府諸人建碑于此卽崔簡易岦之文韓石峯濩之書仙源金相國尚容之
篆也追記出於公之壻白沙李相國恒福而書之者金南窓玄成也字刓不可辨公
之後孫繽甫與諸宗謀改之要寅永識其墓寅永眇末也何敢以文字附簡易白沙
諸公後哉雖然赤有舊碑所未錄者其策勳也公居一等贈效忠仗義迪毅恊力宣
武功臣議政府領議政永嘉府院君其議謚也屢改爲忠莊其立嗣也取仲氏子益
慶過房仁廟丁丑以監察殉于沁今上甲辰贈左承旨其建祠也任其事者李侍郎
啓朝外裔也權侍郎大肯旁派也李尚書惟秀忠武公舜臣後時元戎也且如湖南
軍善射射必中矢將盡水使李薲舟載箭以繼之云者載國朝寶鑑以孤軍近大敵
不可無柵役諸軍作柵衆志大固云者爲豐壤君趙公儆事載其神道碑趙公公中
軍也又記寅永王考文翼公使日本日本人輒問公與李忠武之後曰龍蛇之役日
本兵將皆殲於二公至于今以二公名驅瘧瘟而嚇兒啼及歸奏之英廟大嗟異命
錄祀孫皆可書也遂系之以銘曰

奥古東方號莫强國維乙與邯維武之力聖朝尚文金火迭革載峅載枭道崇而極
有鬩者夷封豕脩鯨躝我八區蕩我三京列鎭㕧潰莫之敢嬰天步方窘寤寐干城
於赫權公起自南牧梨峙小試先折距角迺界旌纛迺按全服迺誓北勤後出者戮
由稷移禿解佩以命敵挑彌堅截掠勳迸畿旣歛熾灣無壅令仗義則壯矧謀制勝
中分衿陣帥宣作殿軀統前部爲士卒先陽江擊楫直逼郊甸屹彼幸山匪守伊戰
時明天子憫我乞靈督臣東出如雷如霆逐藉淇績其勢建領碧蹄狃勝聯絡失形
賊且群萃凶焰孔張欺我寡援㤥厥陸梁踢倒剪滅計在逞狂衆寡之懸一着存亡
公時整暇不撓以懜鍛矛礪刀治軍盆急背大江是置死法幕府屆策環柵乃立俄
有斥報兵不見際突礮束炬攻者悉銳吹唇匜地非累萬計百道以登前蹈後繼隻
手仗劍罔忽自勵士皆殊死烟噴血灑一可當百由先據隘從卯至西三合三敗湖
鍊注隊命疎及遠箭匯船給亦賴良闔我擣我批我鉤我欑彼挫莫支焚屍而遁臨
陣獲首百以算級自倭之焚始有斯捷遑遽南走救猶靡給名姓必問聲威攸及爰
天將朝暮注想石奏請功末咨論賞帝遣行人華袞隆獎王用三錫師中筮丈蹟茲
偉烈卽古敵愾溯麗以上疇與爲對國將中興天以公賓允文允武安危是佩鼓鼙
旅常百世匪遰紀功之祠戰地歷歷山靜波晏伊誰云錫后王萬年罔武有敵

上之十一年乙巳仲夏大匡輔國崇祿大夫中樞府事趙寅永讚
外十世孫通訓大夫行弘文館應敎兼經筵侍講官春秋館編修官南學敎授別兼

春秋奎章閣檢校待敎知製敎李裕元書 八月 日 立

해석문

원수 권공 행주대첩비

조선제도 도원수 정헌대부 지중추부사로서 숭정대부 의정부 좌찬성 겸 판
의금부사 지경연 춘추관사 홍문관제학 동지성균관사의 관직을 추증 받은 권율
공이 돌아가신 지 일 년이 되었다. 그의 막료였던 사람들은 공이 과거에 행주싸
움에서 승리를 거두어 그 공적이 대단히 컸던 것을 기려 그곳에서 가장 높은 곳
에 비를 세워 그의 공적을 영원히 다음 세대에 전하고자 하여 공의 사위인 현
영의정인 이항복의 편지를 받아가지고 와서 나에게 비문을 지어 달라 청했다.

임진년(1592) 4월은 일본이 대병력으로 침략하여 들어와 우리의 방비가
허술한 것을 기회로 여러 진과 읍을 함락시켰고 이로 인하여 우리나라는 중
앙과 지방이 매우 혼란했다. 임금께서는 "권 아무개가 훌륭한 인재라고 알고
있는데 그 사람은 지금 어디에 있느냐?"고 하셨다. 이에 의주목사로 있던 공
을 광주목사로 전임시켰다. 이때 모든 관료들은 남방을 사지死地로 보고 있었
으나 공은 명령을 받자마자 단기單騎로 현지로 달려갔다. 그러나 광주에 도착
하자마자 이미 서울이 함락되고, 임금은 서쪽으로 떠나시면서 군대를 소집하
여 서울의 호위를 담당하게 하라는 명령이 내린 뒤였다.

전라도순찰사 이광이 군대 4만 명을 출동시켜 방어사 곽영과 나누어 인
솔하여 북방으로 올라가면서 공에게는 방어군 중위장의 책임을 맡겼다. 어떤
이는 "서생 출신을 무인으로 다루는 것은 곤란하지 않겠느냐?"고 하였으나,
공은 "이는 나의 직책이다."하고 직산에 가서 충청도에서 올라온 군대와 합
류하니 수만 명에 달하였다. 군대를 거느리고 수원에 진주하자 이광은 곽영
에게 먼저 용인의 적을 공격하라 하였으나 공은, "적이 먼저 험한 고개를 점
령하고 있으니 우리가 습격하는 것은 불리하다. 또 이보다 더 큰 문제는 서울
이 현재 적에게 점령된 이때 한 도의 군대를 인솔하고 왔으니, 우리는 곧바로
진군하여 조강(한강과 임진강 합류지점)을 건너 임진강을 방어하여 적군이
서쪽으로 진격하는 길을 저지시켜야 할 것이다. 우리는 정세를 보아서 그들
을 견제하는 한편 임금께 품의하여 길이 있는 대로 큰일을 도모해야 될 것이
며, 지금 적은 군사로 적군과 맞붙는 것은 불가하고, 또한 만전을 기하는 계
책이 아니다. 또한 우리의 명성과 권위를 추락시키는 결과가 될 것이다."라
고 주장하였다. 이리하여 선봉장 백광언과 조전장 이지시가 각기 정예군 1천
명을 거느리고 공을 따랐는데, 경솔하게 전진하려 하므로 공은 또 이들에게

주의를 주고 기다려서 행동하도록 했으나, 그들은 말을 듣지 않았고 백광언 등은 모두 전사하고 말았다. 이날 밤에 진영에서는 모두 허겁에 질렸다. 아침이 되자 적군을 바라보고 크게 붕괴되어 모든 군대가 해산하고 말아 공도 할 수 없이 광주로 돌아왔다.

공이 자면서도 옷을 벗지 않고 상부의 지시를 기다렸으나 오래도록 아무런 소식이 없었다. 장군은 비장한 태도로, "지금은 신하가 가만히 앉아서 나라가 망할 날만을 기다리고 있을 때가 아니다."하고 곧 경내에서 청장년 5백여 명을 모집하고 이웃 고을에까지 격문을 보내고, 또 1천 명을 더 규합하여 경상도 경계에 나가서 주둔하였다.

남원의 백성들이 적군이 들어오기도 전에 반란을 일으켰다는 소식을 듣고 조금 가까운 지점으로 물러나 그들을 어루만져 안정시켰다.

순찰사는 공의 보고를 받고 공에게 임시로 도절제사의 직책을 주어 여러 고을의 관군을 통솔하고 경상도에서 전라도로 넘어오는 적의 침입로를 차단하게 하였다. 공은 이치의 험한 지점에서 대기하였다. 7월 적군이 쳐들어왔다. 그때 군에서 용맹을 떨친 동복현감 황진이 이 싸움에서 적의 총탄을 맞고 후퇴하였다. 우리 군사들이 이것을 보고 사기가 저하되어 있는 동안 어느새 적군이 우리의 진영으로 뛰어 들어오자 사태가 매우 다급하게 되었다. 이에 공은 칼을 뽑아 들고 크게 소리를 지르며 칼날이 난무하는 속으로 뛰어들었다. 이로 인하여 우리 군대는 크게 고무되어 한 사람이 백 명을 당해 낼 수 있는 힘을 얻었다. 적은 전사자와 부상자들을 미처 수습할 겨를도 없이 물자를 즐비하게 버리고 달아났다.

얼마 후 임금이 공을 나주목사로 임명하였다. 그것은 나주가 광주보다 더 중요하기 때문이었다. 그리고 얼마 뒤에 다시 본도의 순찰사에 임명하였다. 교서가 진에 도착하니 공은 서쪽을 바라보고 머리를 조아리며 슬프게 통곡하여 군인들을 감동시켰다.

공은 방어사로 하여금 이치를 지키게 하고 자신은 전주로 가서 도내의 군대 1만여 명을 동원하여 9월에 임금을 호위하러 나섰다. 이때 적군들은 평양과 황해도와 개성을 나누어 점령하였고, 서울을 점령한 적군은 진영을 크게 설치하여 군대를 사방으로 풀고 약탈을 자행하였다. 그리하여 서쪽으로 가는 길은 벌써 두절되었다. 왕을 호위하러 갔던 군대는 모두 강화로 들어가서, 강이 가로막힌 것을 이유로 자신의 안전을 도모할 뿐이었다.

공은 "임금께서는 벌써 의주에 계시고, 적은 아직 평양을 통과하지 못하였다."는 말을 듣고, 먼저 서울을 공격하여, 서쪽으로 쳐들어간 적으로 하여금 동쪽을 칠 겨를을 주지 않아야겠다고 생각하여 마침내 수원독성에 군대를 주둔하고 이 사실을 나라에 보고하였다. 임금께서는 당신의 칼을 풀어 사람을 시켜 공에게 보내주며, "여러 장군 중에 그대의 명령을 따르지 않는 자는 이것을 가지고 처단하라."하셨다.

서울에 주둔한 적은 공의 군대가 요충지대를 점령하고 있는 것을 두려워하여 그들 병력 수만 명을 3개의 부대로 나누어 오산 등지에 배치하고 간간이 싸움을 도발하였다. 공은 성을 굳게 지키며 맞서지 아니하였고, 다만 간혹 유격대를 출동시켜 그들을 부분적으로 격파하기만 하였다. 적들은 아무런 소득이 없자, 밤에 병영을 불태우고 떠나버렸다.

계사년(1593) 2월에 공은 수하의 정예군 약 4천 명을 둘로 나누어 일부는 절도사 선거이에게 인계하며 금주산성(지금의 시흥)에 주둔하여 큰소리로 떠들며 군사가 많은 것처럼 하게 하고, 자신은 그 일부인 2천 3백 명을 직접 인솔하여 양천강을 건너 고양의 행주산성에 주둔하였다.

이때 명나라 대장 이여송이 구원병을 거느리고 우리나라에 와서 재빨리 평양을 수복하여 위엄과 명성을 크게 떨쳤다. 적군 중 평양에서 죽음을 면한 자, 황해도에서 탈출한 자, 개성에서 후퇴한 자, 함경도에서 소문을 듣고 도망쳐 온 자들이 모두 다시 서울에 집결되자, 서울에 있는 적의 세력은 다시 강성하게 되었다.

공은 군대를 이끌고 서울 아주 가까이에 있었으나, 적들은 그 병력이 적은 것을 알고 그다지 문제 삼지 않았으며 필요하면 한번에 무찌를 수 있다고 생각하였다. 같은 달 12일 새벽에 척후병이 "적군이 들어오는 기색이 있다."고 보고하였다. 공은 적군에 대하여 동요하지 말도록 경계하고 높은 곳에 올라가 바라보니 성에서 5리 쯤 떨어진 벌판 가득 적군이 벌써 몰려오고 있었다. 처음에는 기병 백 명이 접근하여 왔으나, 조금 있다가 많은 군대가 뒤따라와서 성을 몇 겹으로 포위하였는데 그 수를 헤아릴 수가 없었다. 우리 군사들은 결사적으로 응전하여 화살과 돌을 빗발처럼 쏟았다. 왜적은 군대를 세 패로 나누어 교대로 쉬어가면서 묘시(아침)부터 유시(저녁)까지 세 차례에 걸쳐 싸웠으나 불리하였다. 그러자 그들은 사람마다 갈대를 묶어 들고 바람 부는 방향에 맞추어 불을 질렀다. 목책에까지 불이 붙었으나 성안에서는 물을 가지고 이를 껐다. 서북쪽 자성(본성에 딸려 따로 쌓은 성)에서는 승군이 지키고 있었는데 약간 동요된 틈을 타 적군은 아우성을 치며 들이닥쳤다. 이 통에 온 군대가 흔들렸다. 공이 칼을 뽑아 들고 여러 장군을 호령하자 장수들이 적을 맞아 싸우니, 적은 크게 패하여 네 군데서 전사자의 시체를 모아서 태우고 달아났다. 우리 군사들은 그 나머지의 적군을 벤 것도 130명에 달하였고, 그들이 버린 깃발, 투구, 갑옷, 무기 등을 노획한 것이 헤아릴 수 없을 만큼 많았다.

이때 명의 제독 이여송이 개성에 주둔했는데 선봉 사대수에게서 (권율)공이 크게 승리를 거두었다는 말을 듣고, 이튿날 부하를 보내어 전쟁을 치른 현장을 살펴보고 또 수일 후에 공을 만나보기를 요청하였다. 공은 진을 정돈하여 그를 맞이하였는데 그가 와서 보고는 "조선에 이처럼 훌륭한 장군이 있다니."하고 감탄하였다.

얼마 후 공은 군대를 파주에 있는 산성으로 옮겼다. 적은 행주의 참패를 보복하려고 군대를 끌고 서쪽으로 나왔다가 공의 성벽이 행주에서보다도 더 삼엄함 것을 보고, "우리가 침범해서는 안 되겠다."고 경계하며 되돌아간 것이 세 번이나 되었다.

4월에 이 제독은 심유경의 계책을 받아들여 평화 교섭을 진행시키니 모든 적군은 하루아침에 서울을 버리고 철수를 개시하였다. 공은 이 소식을 듣고 서울로 달려갔으나 적은 벌써 한강을 건넜고, 제독은 유격장 척금을 보내어 공의 동정을 살피고, 나루의 배를 모두 거두어 버려 강을 건너서 적을 추적하지 못하게 했다. 공은 분함을 참을 수 없었으나 하는 수 없이 군대를 해산시키고 본도로 돌아가고 말았다.

공이 처음에 서울을 공격하려던 뜻이 전 순찰사 이광에 의하여 좌절되었고, 충청도와 전라도 두 도의 6만 군대를 가지고 임진강을 방어하려던 계획도 이루지 못하였다. 수원에서 적을 한 차례 격파한 것과 이치에서의 전투는 사태가 그릇된 뒤에 약간의 목적을 이루었을 정도였다. 그러나 전라도가 수년 동안 적의 재침을 받지 않았고, 이곳에서 나오는 물자를 가지고 동서 전선에 공급하게 한 것은 누구의 공적인가?

순찰사의 직책을 받은 뒤에는 한 도의 군대를 독자적으로 움직일 수 있었으나 이때에는 나누어 쓸 군사가 많게 되었다. 절도사 최원은 먼저 군대를 인솔하고 '임금을 호위하러 가는 큰 부대' 라는 칭호를 표방하며 강화도로 들어가고 말았으며, 그밖에도 가는 곳마다 관군이며 의병장들이 군대를 나누어 전투도 하고 방어도 하는 사람의 수는 매우 많았다. 공은 가까스로 만 명 정도의 병력을 거느렸을 뿐이므로 이것으로는 표범이나 호랑이 같은 적의 진영을 직접 무찔러 들어갈 수가 없었다. 그러나 독성을 확보하여 적의 난폭한 행동을 저지하였고, 충청도와 전라에서 경기도로 통하는 오른쪽 길은 저해를 받지 않게 되었으며, 행주에 주둔한 뒤에는 당당한 주인의 입장에서 적을 맞이하여 적은 수의 군대로 많은 적군을 무찔렀으니, 명나라 군이 평양에서 적군을 겁먹게 만들어 승리한 것만 못하랴. 당시에 만일 적에게 이러한 타격을 주지 못하였다면 심유경과 같은 사람이 백 명이 있더라도 적군을 서울에서 철수하게 하지 못했을 것이다. 이리하여 당초에 공이 서울을 공격하자고 주장했던 목표를 어느 정도 어기지 않았다고 볼 수 있게 되었다.

6월에 도원수에 임명되어 영남 지방의 군대 전체를 통솔하게 되었다. 이때부터 관직을 사임한 때도 있었고 다시 등용된 때도 있었다.

정유년(1597) 겨울에는 마귀 제독을 따라 울산 전투에 참가하였고, 무술년(1598) 가을에는 제독 유정을 따라 순천의 전투에 참가하게 된 것은 모두 체제상으로 저들의 견제를 받게 되었기 때문이다. 앞일을 예견하여 건의해도 받아들여지지 않았고, 앞장서서 적진에 뛰어드는 용맹을 날려도 결과적으로 아무런 성과도 올리지 못하여, 공은 혼자서 울분의 눈물을 삼키고 있을 뿐이었으니, 이는 뜻있는 사람이 애석하게 여기는 바이다. 그러나 이때부터 적은 다시 우리를 엿보지 못하였고, 더 깊이 들어오지도 못하고 조금 있다가 또 돌아가지 않을 수 없게 되었으니, 이는 서울이 수복되어 이를 확보하였기 때문이다. 이에 이르러 당초에 주장했던 공의 의도를 증명하게 된 것이다. 국가를 다시 일으킨 공로를 따지지 않는다면 그만이지만, 그렇지 않다면 누구를 첫째로 꼽아야 되겠는가!

기해년(1599)에 병으로 벼슬을 내놓고 강화의 시골집에 돌아와 있다가 7월 6일 서울에 있는 임시 거처에서 사망하니, 나이는 63세였다. 부고가 알려지자 임금께서는 놀라고 슬퍼하시어 조회를 중지하고 사신을 보내어 위문하고 제사를 지냈으며 특별히 후한 부조를 내리셨다.

아아! 공의 공적이 드러난 사례를 들면, 조정에서는 병신년(1596) 벼슬을 내놓겠다는 것을 허락하지 않으셨고, 다시 도원수로 임명할 때에 공이 사양하니 임금께서 궁중의 말을 내려 주시고, 또 관직을 사양하려 할 때는 또다시 술과 궁중의 말과 말 장비를 내리었고, 무술년(1598)에는 "사직을 허락해 달라."고 요청하여 올린 글을 되돌려 보낸다는 교서가 있었으며, 더욱 노력해 달라는 분부가 있었다. 사망한 뒤에는 벼슬을 추증하였으며 대신들에게 공에 대한 대우를 의논하게 하였다.

또 공의 명성이 중국에 알려진 사실들을 살펴보면, 경략 송응창이 우리나라에 통문을 보내어 공에게 상을 베풀게 하라 하였고, 병부상서 석성이 천자에게 공의 공적을 보고하는 글 가운데 홍려시鴻臚寺 : 외국에 대한 사무나 조공을 담당하는 관청의 관료를 우리나라에 보내어 천자의 뜻을 전하였다는 내용이 있었다.

또 직접 전투에서 보고 감탄한 실례로는 제독 마귀가, "군대에 명령이 저절로 하달된다."고 칭찬하였고, 경리 양호는 "병졸과 장군이 모두 힘을 다하여 잘 싸웠다."고 높이 평가하였다.

세월이 흘러간 뒤에도 중국의 상하 관료들은 공의 이름을 듣고 모두들 어떻게 생겼는지 한번 만나보기를 원하였으며, 일본의 여러 장수들도 반드시 권율 원수의 안부를 물었다고 한다. 그러나 이런 사실들은 모두 역사에 기록될 것이므로 이 비문에서는 중요하게 다루지 않아도 될 것이라 생각하여 이를 생략한다.

공의 자는 언신, 본관은 안동, 고려의 태사 행의 후손이며 우리 왕조에서는 찬성 근의 6대손이고, 영의정 철의 아들이다. 그는 가정교육으로 얻은 인격과 학문이 높았고, 사람을 통솔함에 있어서는 더욱 온화하며 사랑으로 대하여 성의를 보였고 엄격함만을 지니려고 하지 않았기 때문에, 모든 환심을 얻어 위급한 때를 당해서도 그들은 공을 위하여 목숨을 아끼지 않았다.

공은 46세인 임오년(1582), 문과에 합격하여 낭관에서 바로 당상관으로 올라갔으나 문과 출신의 장군으로 활약했기에 중앙 정부에 있을 때가 적었으며 어려운 시국을 당하여 정치적으로는 별로 업적을 남기지 못하였다.

그런데 과거의 부하였던 막료와 사병들이 공의 덕의를 사모하면서도 달리 표현할 길이 없으므로 다투어 물자를 내놓고, 공의 형인 상호군 공과 상의하여 이 비를 세우기로 하였으니 갸륵한 일이다. 상호군 공은 가선대부 순이요. 영의정 이공은 오성부원군 이항복이다. 부인을 두 번이나 맞이하였으나 모두 아들을 두지 못하였다. 공의 무덤은 서울의 서쪽인 홍복신에 있다.

가선대부 동지중추부사 최립이 짓고, 통훈대부 행가평군수 한호가 썼으며, 절충장군 행대호군 지제교 김상용이 머리의 전서를 썼다.
선조 35년(1602) 6월 일에 세우다.
막하유사 전 판관 조대항, 전훈련원정 권승경, 지세포만호 이완근, 소강진첨사 이광선, 영동현감 이충립, 전만호 두기문, 전도사 최영길, 전현감 박진영 등
13년 뒤 갑진년(1604)에 효충장의 적의협력 선무공신에 책봉하고 의정부 영의정 영가부원군을 추증하였다.

권율 도원수 비의 후면에 새긴 글

공이 돌아가시고 빈소를 차린 뒤에 군대에서 공의 부하로 활약하던 공의 일가 되는 사람 한 분이 나를 찾아와서 눈물을 흘리며, "공이 군대에 계실 때 여러 가지 사실을 적어놓은 듯한 책 한 권을 나에게 주면서, '내가 죽은 뒤에 나의 사위인 이 정승(이항복을 지칭)이 반드시 나의 묘지를 쓸 터이니 이 책에 있는 자료를 가지고 쓰면 충분할 것이라고 하더라.'"하였다. 나는 그가 가지고 온 상자를 열고 그 책을 펼쳐 보니 행주의 전투를 기록하면서, 중국의 총독 군문 대사마 송응창이 우리나라에 보낸 공문 가운데에 "권 아무개는 위태로운 성을 외로이 지켜냈으며 때로 큰 적을 막아냈으니 나라가 어려운 시기의 충신이며 나라를 다시 일으킨 명장이라."하였고 세속하여 병부상서 석성이 이를 보고한 것을 보고 천자는 매우 칭찬하였으며, 우리나라에 보낸 글에서, "이제 전라도에서 많은 적을 무찔렀다는 보고를 보니 그 나라의 백성들은 아직도 일어설 수 있는 힘을 가졌다."한 것이 있고, 또 그다음에 병신년에 내린 임금의 교서에, "그대는 충성과 노력이 두드러지게 드러났고 용맹과 계략이

세상에서 뛰어나 이름이 천하에 알려졌으니 원수의 책임을 맡을 사람이 그대가 아니고 누구이겠는가?"하였으며, 또 대궐에 들어가 뵙자 상감께서 위로하시매, "경이 아니었다면 나라가 어떻게 지금에 이르렀겠는가."하시고 또 말씀하시기를 "이제 시국이 어느 정도 안정된 것은 그대의 공로에 의한 것이다. 적을 섬멸하고 국가의 안전을 확보해 주기를 나는 바랄 뿐이다."하시고 궁중의 말을 내려주시었다는 등등의 내용에 모두 공의 필적이 완연했다.

나는 이를 읽고 감탄하였다. 이것만으로도 충분하다. 문장을 짓기에 꼭 알맞으니 이밖에 따로 과장된 글을 만들 필요가 있겠는가? 더구나 공께서 하신 말씀이 계셨으니 그대를 따라서 나라에서 받은 은총을 빛나게 함이 당연한 도리라 할 것이다. 또 비문에 이 사실이 생략되었고 역사가가 이를 빠뜨릴 염려가 있기에 비석을 만들고 나서 그 뒷면에다 이 내용을 적어 둔다.

사위 충분의 평난공신 대광보국 숭록대부 의정부 영의정 겸 경연 홍문관 예문관 춘추관 관상감사 세자사 오성부원군 이항복이 짓고, 통훈대부 사재감정 이현성이 쓰다

추기와 명

우리 임금(헌종)께서 즉위하신 후 7년 신축년(1841) 가을 서릉에 참배하러 가시는 길에 고양을 경유하게 되었다. 영의정 신 조인영이 원수 권율이 행주에서 왜적을 격파했던 사실을 말씀드리고, "금년 신축은 선조께서 마침 왜란을 평정한 해이며, 행주는 고양군 내에 있는데, 이제 임금께서 이곳을 경유하시게 되었사오니 이 해에 이 땅에다 사당을 세워 그의 무공을 기리게 함이 좋을까 하옵니다."하였더니 임금께서 이를 허락하였다. 이리하여 3개 영의 원수가 명령을 받들어 공사를 감독하여 이듬해 봄에 사당이 준공되었다. 명칭은 기공사라 하였으니 처음으로 공에게 제사를 드릴 곳이 마련된 것이다.

과거에 군부의 여러 분들이 이곳에 비를 세웠는데 간이 최립이 글을 짓고, 석봉 한호가 글씨를 쓰고, 선원 김상용이 머리의 전서를 썼으며, 추가하여 붙인 글은 공의 사위인 백사 이항복이 짓고, 남창 김현성이 썼는데, 지금은 글씨가 마멸되어 알아볼 수 없게 되었다. 공의 후손인 진이 여러 일가들과 상의하여 나에게 그 개요를 서술해 달라고 하였다.

공신을 책봉하는데, 공을 일등으로 효충장의 적의협력 선무공신 의정부 영의정 영가 부원군을 추증하였고, 시호를 내릴 때에 여러 가지로 논의한 끝에 충장으로 결정하였으며, 공의 둘째형의 아들인 익경을 양자로 세웠는데 인조 정축년에 감찰벼슬로 있다가 강화에서 순절하여 갑신년에 좌승지를 추증하였으며, 사당을 지을 때에 공사를 감독한 정랑 이계조는 공의 외손이고

정랑 권대긍은 공의 방손이며 판서 이유수는 충무공 이순신의 후손인데 당시에 훈련대장이었다.

이 밖에 기록할 사실로는 전라도의 군대는 활을 잘 쏘아서 쏘는 대로 명중하였다 하며, 또 화살이 떨어지면 수사 이빈이 배로 실어다 공급했다는 사실이 『국조보감』에 실려 있고, 적은 병력으로 많은 적군을 대항할 때 목책을 설치해야 됐는데 모든 군대에게 작업을 부과시킨 결과 그들이 굳게 단결하여 일을 거뜬히 해내게 한 것은 풍양군 조경이었다는 사실이 그의 신도비에 실려 있다. 조공은 당시 공의 중군이었다.

또 나의 할아버지 문익공이 일본에 사절로 갔는데 일본 사람들은 권율공과 이 충무공의 자손이 어떻게 되었는가를 물으며 임진 난리에 왜군의 장병이 모두 두 분의 손에 섬멸되었기 때문에 지금도 두 분 이름을 가지고 전염병의 신을 몰아내거나 아이의 울음을 그치게 하는 데 사용한다 하였다. 돌아와서 나라에 이 사실을 보고하자, 영묘英廟께서는 크게 감탄하며 신기하게 여겨 그의 후손들을 등용하게 했다는 사실은 모두 적어 두어야 할 자료들이다. 명하기를,

옛날부터 우리나라는 강하기로 이름이 높았다.
을지문덕, 강감찬같이 무공을 세운 훌륭한 분들이 있었다.
우리 조선 왕조에 와서는 문화정책을 숭상해서 전쟁이 바뀌었고
무력에는 힘쓰지 않아 온 왜적이 강한 무기와 많은 군대를 가지고
우리의 팔도를 짓밟았으며 세 곳의 서울까지 뒤흔들어 놓았다.
모든 고을은 저절로 무너져서 그들에 저항할 수 없어
정세가 이러한 난국에 빠지자 자나 깨나 나라를 방위할 인물을 찾게 되었다.
이에 위대한 권 공이 광주목사로부터 일어나서
이치에서 먼저 전투를 개시하여 이곳을 넘보는 적의 선봉을 꺾었다.
나라에서는 공의 공적을 인정하고 모든 도의 병권을 맡게 하였다.
마침내 북으로 올라가는데 대오에서 떨어진 자들은 희생을 당했다.
직산에서 독성으로 옮겨갔을 때 임금께서는 차던 칼을 풀어 주었다.
적의 도발은 더욱 치열하였으며 약탈과 만행이 자행되었고
기내에서는 이미 치열하여 의주와의 연락도 끊어졌다.
지조를 지키는 것만으로도 장한 일인데 하물며 승리를 노릴 수 있겠는가?
금주산성의 군대를 반으로 나누어 선거이로 하여금 후방을 맡게 하고
직접 전방부대를 인솔하여 병사들에 앞장섰다.
양천강을 건너 바로 서울에서 가까운 곳까지 들어가니
우뚝한 저 행주산성 방어가 아니라 공격이 목표였다.

이때 명나라의 천자는 우리의 요청을 들어주어서

제독이 동쪽으로 오니 그 기세는 번개나 벼락과도 같았다.

드디어 평양의 전투에서는 승리했으나 무인지경처럼 지쳐 들어오다가

벽제관에서 실패를 당하여 사태는 다시 불리하게 되었고

적들은 한곳으로 모여들어 흉모한 만행이 가중되었고

구원군이 부족한 우리들을 얕보고 적이 멋대로 횡행하였다.

가는 곳마다 도륙질하며 야욕을 채울 태세였고

수적으로 당할 수 없는 우리의 사정은 존망의 운명에 놓여 있었다.

공은 기회를 엿보며 조금도 흔들리거나 두려워하지 않으며

창을 갈고 칼을 갈며 군사를 더욱 급하게 몰았다.

큰 강을 등진 것은 결사적인 전법이며

부하의 건의에 따라 목책을 둘러 세웠다.

조금 후 보고가 들어왔는데 적병은 끝이 없다고 하니

대포를 메고 횃불을 들고 공격해 들어오는 게 모두 매서웠다.

아우성을 치며 들판에 깔렸는데 몇 만인지 알 수도 없으며

길이란 길은 다 타고 올라오며 앞의 놈이 넘어지면 뒤의 놈이 잇따라 올라왔다.

공은 한 손으로 칼을 집고 서서 까딱하지 않고 진두에서 지휘하자

병사는 모두 죽음을 각오하고 항전하니 연기가 뿜어 오르고 피가 뿌려졌다.

한 사람이 백 명을 당해 낼 수 있었으니, 먼저 고지에 자리 잡았기 때문이다.

아침부터 저녁때까지 세 차례의 전투에서 적군은 모조리 참패를 당하였다.

전라도에서는 군대를 대어 명령이 멀리도 미쳤고

화살은 배로 운반되고 수사에 의해 수송, 공급되었다.

우리의 공격, 우리의 내침, 우리의 무기, 우리의 용기

적들은 견디지 못하고 시체를 불태우고 달아났다.

진지에서 머리를 벤 것이 백여 명에 달하여

왜란이 일어난 이후 처음으로 이런 승리를 거두었다.

적들은 황급히 남쪽으로 달아나 목숨을 보전하기에 급급하였고

공의 이름과 성을 반드시 물으며, 명성이 널리도 퍼졌다.

명나라 장군들도 공의 풍채를 아침저녁으로 사모하였고

석성은 공로를 표창하자고 청하였고, 송응창은 공에게 상을 내리라고 하였다.

황제는 사절을 파견하여 높이 칭찬하였고 임금께서는 높은 벼슬을 주어 이를 포상하였고

상감께서는 하루에도 세 번이나 이름을 지어 주시며, 군사의 으뜸으로 여기셨다.

업적은 이렇게도 위대하였으니 옛날의 어느 위인에도 필적될 만하며

고려시대 이전에 있어서 공에 맞설 만한 인물이 누구이겠는가?
국가가 다시 일어서게 되려고 하늘이 공을 내려 보내신 것이다.
문文과 무武에 모두 능하여, 국가의 운명을 부탁할 만한 인물이었다.
북소리 우렁차며 깃발은 여전해, 백세토록 멀어지지 않았다.
공적을 기념하기 위한 이 사당은 당시의 전황이 눈앞에 전개되는 듯하다.
산은 고요하고 물결이 평온한 것이 모두 누구의 힘인가?
만만세를 누릴 우리의 왕조여 아무도 우리를 대항하지 못하리라.

우리 임금이 즉위하신 11년 을사(1845) 5월 대광보국 숭록대부 영중추부
사 조인영은 기린다.

외 10세손 통훈대부 행홍문관 응교 겸 경연 시독관 춘추관 편수관 남학
교수별 겸 춘추 규장각 검교 대교 지세교 이유원은 쓰다.

- 참고문헌 : 고양시·고양문화원, 『고양 금석문대관』, 송백문화, 1998년, 25~41쪽
- 원문번역 : 정후수 교수

2. 도원수 권공 이치대첩비

- **문화재번호** 충남 문화재자료 제25호
- **시   대** 초건비 1902년(고종6), 중건비 1964년
- **소 재 지** 충남 금산군 진산면 묵산리 산 83번지
- **규   모** – 초건비 알 수 없음
  – 중건비 비신 높이 215cm, 가로 64cm, 두께 42cm
- **재   료** 화강암

이 비 또한 행주대첩비와 같이 임진왜란 때 이치전투에서 권율 장군이 왜
군을 격퇴한 승전을 기념하기 위하여 세운 것이다.

비문은 순조 때 전남 나주에 창건되었던 충장사가 1868년 훼철된 이후
1886년 전라도 선비와 후손들이 행주에는 비가 있으나 이치에는 승전 기념
비가 없어 이의 건립을 추진할 때 권율의 후손 창섭의 요청으로 송병선이 지
었고, 김영목이 썼다.

이 초건비는 1902년 금곡(금산군 금성면 상가리 쇠실)에 건립되었던 '원
수권공이치대첩비'였으나 1940년 일본의 만행으로 파괴되었다. 파편 일부를

면사무소에 보관해 오다가 중건비를 세우면서 그 곁에 보존하였다.

중건비는 1886년에 송병선이 지은 비문을 그대로 실었고, 추기는 김재석이 짓고, 전북 김제출신 서예가 송성용이 썼다. 비 오른쪽과 왼쪽에는 권율 막하장수의 이름과 본관이 새겨져 있다. 오른쪽에는 황진 등 74명이, 왼편에는 정충신 등 73명으로 총 147명이다.

都元帥權公梨峙大捷碑

嗚呼歷選往古以文武全才克贊中興大業赫赫然爲萬邦之憲者如周之方召唐之郭李是已若我穆陵之世都元帥忠莊權公庶幾其人而豊功巍勳昭著耳目雖興僮婦孺至于今稱誦無窮焉曷不休哉公先有梨峙之捷後奏幸州之蹟而幸州則勒碑頌功獨於梨峙闕然公之後孫昌燮盡然興歎將謀建立遣其從子在箕請不佞記之謹按公諱慄字彦愼安東人領議政轍之子也公身頎八尺容貌魁偉世篤忠良經術是崇晚登朝籍人皆以黼黻弘猷期之萬曆壬辰島夷猖獗乘我不戒長驅入寇擧國劻勷上曰權慄才可試之拜光州牧使方朝臣視兩南爲死地公獨慷慨受命單騎以馳甫及州京城已不守車駕西巡公痛哭曰此非臣子坐待國亡日也遂傳檄榜郡得兵千五百進至全州時敵踰嶺阨以窺全湖重峰趙先生與公約討錦山之賊公以兵未鍊精移書改期而趙先生已抵錦境敗績殉義公聞之謂姪慶升曰賊必乘勝由梨峙向犯湖南矣爾領一枝軍踰熊峙伏於永貞谷斷其歸路又以同福縣監黃進爲先鋒曰梨峙固賊我必爭之地若不先據難可圖也使趂進而公亦與參謀諸公繼之遇賊於嶺上奮身直前曰今日之戰有進無退有死無生鏖戰良久黃公中丸而退一軍爲氣沮公挺劍大呼先冒白刃戰士賈勇無不一當百走坂之勢建瓴之形崩騰若風雨奔北如羊豕驅之於三十里長谷而數萬之賊擧皆殲殄敵將隆景收拾散卒走永貞谷又爲伏兵所廝殺於是公全勝而歸點考士卒死者十一人欲索屍夜出軍門檢得將還之際賊衆猝圍公用劍自衛銃丸莫入劍光閃閃便成一大火塊銀缸漸漸離地盤旋於空中賊大駭曰此神也各自逃竄公設壇祭戰亡將卒使鄭公忠信奏捷于行在朝上大悅以公爲羅州牧使諸將授職有差尋陞全羅監司九月勤王至水原禿城出奇兵以挫賊鋒翌年二月移軍於幸州山城大戰又捷以資恢復之績天子聞而嘉之差鴻臚寺官宣諭東征將士以謂權家軍與他軍自別儘眞將也經略宋應昌移諮本國另行將賞曰權慄板蕩忠臣中興名將倭酋亦問其起居此可見公之威名慴服華夷也宣廟獎諭前後備至至曰忠勞茂著勇略超世又曰非卿國家何以得至今日噫公之勳庸雖一國之人家戶而戶祝不爲過矣況此梨峙者旌纛之所臨喑啞之所被其凜然之氣如秋霜白日久而不滅則豈使公效忠之地忍廢於荒蕪之中徒爲行路之所指點也哉山高水淸豊碑載屹斯可以勸忠義於千百世之下其將有來讀而墮淚者矣開國四千三百十八年丙戌嘉善大夫司憲府大司憲兼成均館祭酒侍講院贊善

經筵官書筵官
　德殷 宋秉璿 撰
　嘉善大夫前任吏曹參判兼同知 經筵春秋館事
　光山 金永穆 書

追記
於戱故都元帥權忠莊公與參謀諸公梨峙大捷碑我淵翁秉筆也過者必式永有
辭於天下後世矣卯育莫禦島夷再猾執國命奪人紀之變百浮於壬丁致天厭而
作窮寇肆毒行悖甚至於碎諸捷碑而極矣然理無終夜竟授首而復韓祚百廢歸
整碑之重修亦所汲汲而慕夏堂肖孫金雅日淳殫竭數年與守義堂後孫杜炳項
推中齋後孫柳永求望菴後孫邊東烈及錦山諸章甫謀同義而新之不惟行路改
觀亦使賣國諸鬼自知其無所禱矣其於彰前懲後功豈云少噫碑刱於癸卯改於
周甲亦異事也此或天使然歟略書顚末以副金雅諸賢之請

癸卯上元
蔚山 金載石 謹撰
礪山 宋成鏞 謹書

右：黃進 長水人, 權升慶 安東人, 魯認 咸平人, 任啓英 長興人, 柳思敬 文
　化人, 金克秋 金海人, 魯鴻 咸平人, 梁應源 濟州人, 文緯世 南平人,
　成允文 昌寧人, 蘇濟 晋州人, 沈敏謙 靑松人, 金彦恭 金寧人, 安信孫
　順興人, 申汝極 高靈人, 金彭壽 慶州人, 崔希說 隋城人, 李大胤 全州
　人, 金慄 靈光人, 李仁傑 慶州人, 白民秀 水原人, 李光先 咸平人, 蔡
　禹齡 平康人, 朴應賢 順天人, 丁傑 靈光人, 張以慶 興德人, 權悏 安東
　人, 朴興男 密陽人, 柳忠恕 高興人, 柳淳 高興人, 朴光年 密陽人, 金
　萬齡 安山人, 金斗南 金海人, 金曄 義城人, 金晏 義城人, 鄭水仁 河東
　人, 朴仁卿 咸陽人, 李曄 全州人, 朴天鵬 密陽人, 鄭思竣 慶州人, 鄭
　思竑 慶州人, 鄭憤 慶州人, 金光鋏 金寧人, 金鵬萬 金海人, 杜起文 杜
　陵人 文元凱 南平人, 梁載賢 濟州人, 文紀房 南平人, 邊松齋(德橫) 草
　溪人, 鄭淵 靈光人, 卞弘達 草溪人, 卞弘亮 草溪人, 梁彭 濟州人, 卞
　弘洲 草溪人, 安世琛 順興人, 宋世潑 礪山人, 朴希壽 忠州人, 李世環
　光山人, 朴大壽 忠州人, 金敬立 金海人, 權萊 安東人, 金璉 慶州人,
　鄭賢輔 晋州人, 蔡宗海 平康人, 田鳳 潭陽人, 金彦慶 金海人, 白光彦
　水原人, 孫從傑 密陽人, 李潛 全州人, 高世忠 長興人, 柳濂 文化人,
　鄭繪 河東人, 崔彦浚 全州人

左 : 鄭忠信 錦城人, 黃璞 紆州人, 金齊閔 義城人, 高成厚 長興人, 魏大器 長興人, 金憶熙 金海人, 金忠善 金海人, 邊以中 黃州人, 金益福 扶安人, 羅德明 羅州人, 朴繼成 竹山人, 洪千璟 豊山人, 申汝樑 高靈人, 鄭見龍 晋州人, 申汝楨 高靈人, 金益壽 慶州人, 尹赶 坡平人, 宋大立 礪山人, 金汝健 靈光人, 金復興 順天人, 鄭弘壽 河東人, 吳宥 同福人, 朴長卿 咸陽人, 周封 鐵原人, 金夢龍 淸道人, 蘇滉 晋州人, 崔永吉 全州人, 安徵 順興人, 金定 慶州人, 鄭思悌 晋州人, 邊士貞 長淵人, 金昕 義城人, 文弘凱 南平人, 尹應南 南原人, 魏公達 長興人, 金志南 金海人, 杜廷蘭 杜陵人, 朴石精 密陽人, 朴廷榮 密陽人, 柳溪 高興人, 朴繼元 密陽人, 杜廷萊 杜陵人, 文汝凱 南平人, 廉世慶 坡州人, 卞國幹 草溪人, 卞弘建 草溪人, 吳繼壽 錦城人, 梁大鏌 濟州人, 姜克孝 晋州人, 金漢 金海人, 池繼濯 忠州人, 金汝璹 靈光人, 白應希 水原人, 李忠立 咸平人, 李完根 光山人, 金致源(族譜上 金致諒) 光山人, 崔虎 耽津人, 孔時億 曲阜人, 吳景舜 同福人, 宋商甫 礪山人, 趙汝忠 平壤人, 咸德立 江陵人, 李楠 原州人, 李永福 全州人, 羅德元 錦城人, 朴宗挺 咸陽人, 李忠良 全州人, 朴敬立 順天人, 尹孝敏 坡平人, 蔡閏栢 平康人, 安得 順興人, 吳竹齡 同福人

해석문

도원수 권공 이치대첩비

아아! 역대로 지나간 옛날을 보니 문무의 재주를 지니고 중흥의 대업을 능히 도와 빛나게 만방의 모범이 된 사람은 예컨대 주나라의 방숙方叔과 소호召虎, 당나라의 곽자의郭子儀와 이광필李光弼이 바로 그들이다. 우리 선조대왕 때의 경우 도원수 충장공 권공이 거의 그러한 사람에 가까우니 크고 높은 공렬이 사람들의 눈과 귀에 환하게 드러나 비록 하인이나 부녀자, 어린아이일지라도 지금까지 칭송이 끝이 없으니 어찌 아름답지 않은가. 공은 먼저 이치의 승리를 거두고 뒤에 행주의 공적을 이루었는데 행주에는 비석을 새겨 고적을 칭송하고 있지만 유독 이치에는 갖춰지지 못하였다. 공의 후손 창섭이 분연히 탄식하며 장차 비석 세우기를 계획하고 그 조카 재기를 보내 나에게 기록하여 줄 것을 청하였다.

삼가 살피니 공의 이름은 율, 자는 언신이고, 본관은 안동으로 영의정 철의 아들이다. 공은 키가 헌칠하여 팔 척이고 용모가 장대하였다. 대대로 독실하게 충성스럽고 어질었으며 유학을 숭상하여 늦게 조정의 관직에 올랐으나

사람들이 모두 큰 계책을 보좌할
것으로 기대하였다.

　임진년에 섬나라 오랑캐가 기
승을 부려 우리가 경계하지 않은
것을 틈타 승승장구하며 들어오니
온 나라가 급하게 허둥대었다. 임
금이 말하기를 "권율의 재주를 시
험해 볼 만하다."라고 하고 광주목
사에 임명하였다. 당시 조정의 신
하들은 영남과 호남을 사지로 보았
는데 공은 유독 강개하여 명을 받
자 단기로 내려갔다. 겨우 광주에
이르렀는데 서울은 이미 지킬 수가
없어 임금의 행차가 서쪽으로 피난
을 가니 공은 통곡하며 "신하된 자
가 앉아서 나라가 망하는 날을 기

이치대첩비

다릴 수는 없다."라고 말하고는 마침내 이웃 고을에 격문을 전하여 병사
1,500명을 얻고 나아가 전주에 이르렀다. 이때 적병은 험준한 고개를 넘어
전주와 호남을 노리고 있었다. 중봉 조헌은 공과 함께 금산의 적을 토벌하기
로 약속하였는데 공은 병사가 훈련이 잘 되지 않았으므로 기일을 바꾸자고
편지를 보냈지만 조 선생은 이미 금산에 도착하여 적에게 패배하고 의롭게
전사하였다.

　공은 이 소식을 듣고 조카인 승경에게 이르기를 "적들은 반드시 승세를
타고 이치를 경유하여 호남을 침범할 것이니 너는 부대 하나를 이끌고 웅치
를 넘어 영정곡에 매복하였다가 그들이 돌아가는 길을 끊도록 하라." 말하고
또 동복현감 황진을 선봉으로 삼고 "이치는 바로 적과 우리가 반드시 전투할
장소이니 만일 먼저 점거하지 못한다면 일을 도모하기 어렵다."라 말하며 달
려 나가게 하고는 공도 또한 참모, 여러 공들과 함께 뒤따랐다.

　적과 고갯마루에서 만나서 몸을 떨쳐 앞으로 나가며 "오늘의 전투는 나아
감만 있고 물러남은 없으며 죽음이 있고 사는 것은 없다."라고 말하였다. 격
렬한 전투가 얼마 지나자 황진이 총일을 맞이 퇴각하니 군대의 기세가 꺾이
게 되었다. 공은 칼을 빼고 큰 소리를 외치며 앞장서서 칼날을 무릅쓰니 군사
들이 용기를 발휘하여 일당백이 아닌 사람이 없었다. 비탈길을 달려 내려가
는 기세와 물을 쏟아 붓는 형세에 무너지는 것이 마치 비바람 같고 패배하여
도망하는 것은 양이나 돼지 떼 같았다. 30리의 긴 골짜기를 추격하니 수만의

적들이 거의 다 죽고 적장인 고바야카와 다카카게는 남은 군졸을 모아서 영정곡으로 도망했는데 또다시 복병에 의해 죽음을 당하였다. 이에 공은 전승을 거두고 돌아와서 병졸을 점검하니 죽은 사람이 11명이었다.

시체를 수색하고자 밤에 군문을 나가 찾아서 장차 돌아올 때 모든 적의 무리가 갑자기 포위하니 공은 칼을 휘둘러 막는데 총알이 뚫고 들어가지 못하고 검광이 번쩍이니 곧 하나의 큰 불덩어리가 되고 은 등잔불이 점점 땅을 떠나 공중에서 빙빙 돌아다녔다. 적들은 크게 놀라 "이것은 귀신이다."라고 말하고 각기 도망쳐 버렸다. 공은 제단을 쌓고 전사한 장수와 병졸을 제사 지내고는 정충신으로 하여금 행재소에 승리를 아뢰도록 하였다. 임금이 크게 기뻐하며 공을 나주목사로 삼고 여러 장수들에게 차등 있게 직책을 내렸다.

얼마 있다가 전라감사로 승진하였고 9월에 근왕병이 수원의 독성에 이르러서 기병(기습병)을 내어 적의 예봉을 꺾었다. 다음해 2월에 군대를 행주산성으로 옮겨 크게 싸워 승리를 거두니 국가를 회복시킬 수 있는 기틀이 되었다. 천자가 듣고 기뻐하며 홍려시의 관원을 파견하여 선유宣諭 : 황제의 뜻을 선포하고 효유하는 것하였고 우리나라에 온 명나라 장병들도 권율의 군대는 다른 군대와 차이가 있어 모두 진정한 장수라고 여겼다. 경략 송응창도 본국에 자문을 보내 별도로 상을 주라고 하며 "권율은 나라가 어지러울 때의 충신이요, 중흥의 명장이다."라고 말하였고 왜의 우두머리도 또한 그 안부를 물었으니 공의 위명이 중국과 오랑캐를 두렵게 하고 굴복시켰음을 알 수 있다.

선조임금이 장려하신 것도 전후에 지극히 갖추어져 "충성과 공로가 크게 드러났고 용맹과 기략은 세상에 뛰어나다."라고 말하시기에 이르렀고 또 "경이 아니었다면 국가가 어찌 오늘에 이를 수 있었겠는가."라고 말하였다.

아! 공의 공훈은 비록 온 나라 안 집이 신주를 모시고 집집마다 축원하더라도 과하지 않을 것이다. 하물며 이곳 이치는 공의 정독旌纛 : 깃발이 임한 곳이고 암아暗啞 : 호령가 닿은 곳이니 그 위엄 있는 기운이 마치 가을 서리, 밝은 태양과도 같아 오래되어도 없어지지 않을 것인즉 어찌 공이 충성을 바친 땅을 차마 잡초가 우거진 가운데 폐해져서 한낱 길을 지나는 사람들이 손가락으로 가리키는 곳이 되게 하겠는가.

산 높고 물 맑은 곳, 큰 비석 이에 우뚝하여 천백세후에도 충성과 의리를 권장하노니 장차 오는 사람들은 읽고서 눈물 흘릴 것이로다.

1886년(고종황제23) 가선대부 대사헌 겸 성균관제주 시강원찬선 경연관 서연관 덕은 송병선은 글을 짓고,
가선대부 전임 이조참판 겸 동지 경연춘추관사
광산 김영목 쓰다.

추기

아! 도원수 충장공 권율과 참모였던 여러 공들의 이치대첩비는 연재 송병선의 글이다. 지나가는 자 반드시 예의를 갖추었고, 길이 천하후세에 칭송할 말이 있었다. 난육卵育을 막지 못해 왜구들이 다시 으르렁거리며 국가의 운명을 잡고 인기人紀를 빼앗은 변고가 임진년·정묘년보다 심하였다. 하늘의 미움을 사서 어려운 지경에 빠진 적이 독기를 부리고 행패를 부리니 심지어 여러 대첩비를 부숴버릴 정도로 심하였다. 그러나 이치상 하룻밤도 지나지 않아 마침내 왜구들이 항복하게 되었고 다시 국운을 회복하여 여러 폐해진 제도를 정비하였다. 비를 중수하는 일에도 또한 정신을 쏟아, 모하당 후손 김일순이 힘을 다하여 수년 만에 수의당 후손 두병욱, 추중재 후손 류영구, 망암 후손 변동열 및 금산의 여러 유생과 뜻을 같이하여 새롭게 중수中修하였다. 행인들이 다시 고쳐볼 뿐만 아니라 또한 나라를 팔아먹은 여러 귀신들로 하여금 스스로 그 빌 곳이 없음을 알게 하였다. 전날을 드러내고 후일을 징계함에 대하여 어찌 공이 적다고 이르겠는가? 아! 계묘년(1903년)에 비를 세우고 60년 뒤에 개수하였으니 또한 기특한 일이다. 이 또한 하늘이 시킨 것인가? 대략 전말을 써서 김일순 등 여러 현인들의 청에 부응한다.

계묘년(1963)에 1월 15일에 울산 김재석이 삼가 짓고, 여산 송성용이 삼가 쓰다.

오른쪽 : 황진 장수인 권승경 안동인, 노인 함평인, 임계영 장흥인, 류사경 문화인, 김극추 김해인, 노홍 함평인, 양응원 제주인, 문위세 남평인, 성윤문 창령인, 소제 진주인, 심민겸 청송인, 김언공 금령인, 안신손 순흥인, 신여극 고령인, 김팽수 경주인, 최희열 수성인, 이대윤 전주인, 김율 영광인, 이인걸 경주인, 백민수 수원인, 이광선 함평인, 채우령 평강인, 박응현 순천인, 정걸 영광인, 장이경 흥덕인, 권협 안동인, 박흥남 밀양인, 류충서 고흥인, 류순 고흥인, 박광년 밀양인, 김만령 안산인, 김두남 김해인, 김엽 의성인, 김안 의성인, 정수인 하동인, 박인경 함양인, 이엽 전주인, 박천붕 밀양인, 정사준 경주인, 정사횡 경주인, 정빈 경주인, 김광협 금령인, 김붕만 김해인, 두기문 두릉인, 문원개 남평인, 양재현 제주인, 문기방 남평인, 변송재(덕횡) 초계인, 정연 영광인, 변홍달 초계인, 변홍양 초계인, 양팽 제주인, 변홍주 초계인, 안세침 순흥인, 송세발 여산인, 박희수 충주인, 이세환 광산인, 박대수 충주인, 김경립 김해인, 권래 안동인, 김진 경주인, 정현보 진주인, 채

종해 평강인, 전봉 담양인, 김언경 김해인, 백광언 수원인, 손종걸 밀양인, 이잠 전주인, 고세충 장흥인, 류염 문화인, 정회 하동인, 최언준 전주인

왼　쪽 : 정충신 금성인, 황박 우주인, 김제민 의성인, 고성후 장흥인, 위대기 장흥인, 김억희 김해인, 김충선 김해인, 변이중 황주인, 김익복 부안인, 나덕명 나주인, 박계성 죽산인, 홍천경 풍산인, 신여량 고령인, 정현룡 진주인, 신여정 고령인, 김익수 경주인, 윤길 파평인, 송대립 여산인, 김여건 영광인, 김복흥 순천인, 정홍수 하동인, 오유 동복인, 박장경 함양인, 주봉 철원인, 김몽룡 청도인, 소황 진주인, 최영길 전주인, 안징 순흥인, 김정 경주인, 정사제 진주인, 변사정 장연인, 김흔 의성인, 문원개 남평인, 윤응남 남원인, 위공달 장흥인, 김지남 김해인, 두정란 두릉인, 박석정 밀양인, 박정영 밀양인, 류계 고흥인, 박계원 밀양인, 두정래 두릉인, 문여개 남평인, 염세경 파주인, 변국간 초계인, 변홍건 초계인, 오계수 금성인, 양대박 제주인, 강극효 진주인, 김한 김해인, 지계최 충주인, 김여숙 영광인, 백응희 수원인, 이충립 함평인, 이완근 광산인, 김치원 광산인, 최호 탐진인, 공시억 곡부인, 오경순 동복인, 송상보 여산인, 조여충 평양인, 함덕립 강릉인, 이남 원주인, 이영복 전주인, 나덕원 금성인, 박종정 함양인, 이충량 전주인, 박경립 순천인, 윤효민 파평인, 채윤백 평강인, 안득 순흥인, 오죽령 동복인

- 참고문헌 : 『연재선생집』·『금곡사지』·『한국금석문 종합정보시스템』
- 추기해문 : 김대현 교수(전남대학교 국어국문학과)

3. 도원수 충장 권공 창의비

- **문화재번호**　미지정
- **시　　　대**　1903년(고종7)
- **소　재　지**　광주광역시 남구 사동 광주공원 내
- **규　　　모**　비신 높이 185cm, 가로 61cm, 두께 27cm
- **재　　　료**　돌

이 비는 권율이 이치, 행주산성전투 등의 큰 공을 세울 수 있었던 기반이 광주목사를 한 데서부터 시작되었고, 이로 인해 광주사람들과의 깊은 인연이

있기 때문에 광주에 '창의비'를 세운 것이다. 특히 비의 건립 시기가 한일강제병합 7~8년 전으로 일제가 우리나라에 들어와 치성할 때로 항일의식 고취를 위한 것으로도 보인다.

창의비는 권창섭의 아들 재윤이 광주군수로 부임한 것이 계기가 되어 이 지역의 유림과 후손, 그리고 뜻있는 인사들과 함께 세웠다. 비문은 문인이자 애국지사인 송병순이 짓고, 글씨는 권율의 11세손인 권교현이 썼다. 1902년에 송병순에게 글을 받아 1903년 3월에 비를 세웠다.

비의 오른쪽과 왼쪽에는 권율

광주창의비

막하 장수의 직책과 이름이 새겨져 있다. 왼쪽에는 부사 이충립 등 15명이, 오른쪽에는 참좌제공으로 정충신 등 9명으로 총 24명이다.

都元帥忠莊權公倡義碑

嗚呼奧在壬辰天降大亂島夷猖獗長驅入寇兩南爲死地上日子聞權慄有將帥才拜光州牧使公膺命至州約法十條蓄銃以竣賊不敢入境而居民安堵如故於是招募境內子弟傳檄旁郡響應參佐者甚□遂一戰而奏梨峙之捷湖南賴全以功陞本道巡察使再擧而鏖幸州之敵京城重恢爲諸道都元帥幾危之宗社賴而復安無類之生靈得以更存天子聞而獎賞賊酋問公起居當世威名大震華夷卒以儒將策動第一猗歟休哉公之樹立盖基於是州而州之民懷其遺愛迄今不忘焉公十世孫在允辛丑莅郡乃是勘勳之五甲越明年與州人士謀以勒石徵文於余記其陰嗚呼公之豐功偉烈旣銘彝鼎而耀竹帛則固不待賤陋之贊述而明矣故畧識其顚末以歸之系以頌曰一片貞珉與天壤俱存光之士民庶無憾於崇報光之溪山草木亦有光輝乎

壬寅陽月上旬通仕郎義禁府都事恩津宋秉珣謹撰

十一世孫前參奉敎鉉謹書

左：僉使權升慶　察訪李完根　佐郎朴希壽　毅烈高因厚　府使李忠立　僉正金致諒　承旨金克秋　參軍朴天鵬　吏參鄭思竣　忠剛金齊閔　兵使宣居怡　護

軍表 憲 縣監鄭思竑 持平宋濟民 奉事鄭貴世 有司權東鉉 鄭志榮

右：參佐諸公 忠武鄭忠信 水使李世環 直長金敬立 萬戶朴大壽 忠壯金德
齡 別提朴宗挺 郡守高成厚 佐郎柳思敬 縣監鄭憤

癸卯三月 日

해석문

도원수충장권공창의비

아, 임진년에 하늘이 큰 난리를 내려 섬 오랑캐가 창궐하여 쳐들어오니
양남이 사지가 되고 말았다.

임금께서 말씀하시기를 "나의 듣는 바에 의하면 '권율이 군사를 거느리
는 장수의 재능이 있다' 라는 말이 있기 때문에 내 특별히 그를 광주목사로
임명한다"라고 하시었다. 이러한 명을 받은 권공이 광주의 임지에 도착한 그
즉시 10개 조항의 약법으로 많은 무기를 비축하여 빈틈없는 수비를 다지었
다. 이 때문에 이 지역에 대한 왜적의 침범이 근절되어 모든 주민들이 평안한
생활을 누림에 따라 또다시 경내의 여러 자제들과 함께 이웃고을에 격문을
보내 많은 의병을 모집하였다. 이로 인해 이치전투에서 왜적을 물리쳐 호남
의 안전을 도모한 그 전공으로 본도의 순찰사를 역임하였고 또 행주전투에
나아가 왜적의 무리를 모두 주살하는 대승의 전공을 이루었다.

그리고 또 왜적의 무리가 서울을 함락한 그때에 각 도의 의병을 총괄하는
도원수의 책임을 맡아 파멸직전의 종사를 구제하였고 빈사직전瀕死直前의 백
성을 회생시키는 등의 지대한 공적을 남기었다. 명나라 임금이 이 소식을 듣
고 이에 대한 포상을 아끼지 않았고 또 적의 무리가 공의 안부를 살피는 이
사실을 생각할 때 그 당시 공의 위명이 어느 정도인지 알 수 있는 충분한 근
거가 된 것이다.

공께서는 무관이 아닌 선비 출신의 장군으로 일등공신의 책훈을 받는 최
대의 영예를 누리었다. 어찌 이를 가리켜 보기 드문 위대한 일이라 아니할 수
있겠는가. 이미 위에서 말한 바와 같이 공의 이러한 출세의 기반이 고을의 목
사를 역임한 그때로부터 비롯되었고 서로 간의 깊은 인연 때문이니 이 고을
의 백성들이 현재까지 그의 유업을 기리어 잊지 않고 많은 추모를 가지었다.

공의 10세손인 재윤이 지난 신축년에 이 고을의 원님으로 부임하였다. 신
축이라는 이 연도는 공의 책훈이 있는 그해로부터 네 차례의 갑오년이 지난
1901년(광무5)으로 그다음 해인 1902년(임인)에 이 고을의 여러 인사와 함께

공의 창의비를 세우기 위해 나를 찾아와 이 비의 음기를 부탁하였다.

오호 통제라! 공의 이러한 뛰어난 공적이 이미 나라의 사책 및 이정彝鼎 : 종묘의 제사를 모실 때 쓰는 제기를 일컫는 말로 그릇에 공신의 이름을 새겨 그의 공적을 기리던 옛 왕조시대 풍습 등에 자세히 나타나 있다. 구태여 천루賤陋한 이 사람의 처지로 또다시 무슨 할 말이 있겠는가. 이 때문에 대략 공의 사적에 대한 약간의 전말을 서술한 나머지 이에 대한 송사를 지어 이르기를,

> 조그마한 이 빗돌이 이 가운데 자리하니
> 하늘땅과 다름없는 오랜 수명을 누렸도다.
> 광주고을 여러 사민 서로 함께 힘을 모아
> 지난 옛날 그 유업을 그지없이 기렸도다.
> 오늘날의 광주 땅에 이런 일이 이뤄지니
> 계산 초목 그 모습이 옛날보다 빛났도다.

1902년(고종황제6) 10월 상순 통사랑 의금부도사 은진 송병순이 글을 짓고, 11세손 전 참봉 교현이 삼가 글씨를 쓰다.

좌 : 참사 권승경, 찰방 이완근, 좌랑 박희수, 의열 고인후, 부사 이충립, 첨정 김치원, 승지 김극추, 참군 박천붕, 이참 정사준, 충강 김제민, 병사 선거이, 호군 표현, 현감 정사횡, 지평 송제민, 봉사 정귀세, 유사 권동현 정지영
우 : 참좌제공 충무 정충신, 수사 이세환, 직장 김경립, 만호 박대수, 충장 김덕령, 별제 박종정, 군수 고성후, 좌랑 류사경, 현감 정빈

계묘(1903년) 3월 일

• 참고문헌 : 광주시립민속박물관, 『국역 광주읍지』(1924년 발간 광주읍지), 2003년, 147~148쪽, 『한국금석문 종합정보시스템』

1587.	권율 전라도 도사가 되다.『만취당실기』
1588. 12. 18	이광을 전라감사로 삼다.『선조실록』
1589. 10.	고경명을 동래부사로 삼다.『선조수정실록』
1591. 2. 13	형조정랑 권율을 천거하여 의주목사로 삼고, 정읍현감 이순신을 천거하여 전라좌수사로 삼았다. 또 이광을 자헌대부로 하고, 이경록李慶祿을 나주목사에 제수하다. 『선조실록』·『서애집』
1591. 8.	이광을 전라감사 겸 순찰사로 삼다.『재조번방지』
1592. 4. 17	곽영을 전라방어사로, 이유의·김종례·이지시를 전라 중좌우 조방장으로 삼다.『난중잡록』
1592. 4. 20경	권율을 광주목사로 삼다.『연려실기술』·『용사일기』
1592. 4. 22	곽재우가 의령에서 의병을 일으키다.『난중잡록』
1592. 4. 27	전라방어사 곽영과 조방장 이지시가 군사 5천을 거느리고 남원 운봉에서 함양으로 향하여 영남을 구원하러 가다.『난중잡록』
1592. 4. 29	이광 각 군현에 군사 징발령을 내려 8천여 명의 병력을 모집하다.『임진전란사』
1592. 4. 29	왕이 서쪽으로 파천하다.『난중잡록』
1592. 5.	박광옥 의병도청을 설치하고 소모접제를 맡다.『회재집』
1592. 5. 2	강계로 귀양 가 있는 정철을 석방하고 불러들이다.『송강집』·『서애집』·『선조수정실록』

1592. 5. 3	왕이 교지를 내려 호남과 영남의 군사 소집을 명하다. 『선조실록』·『난중잡록』
1592. 5.	죄기서罪己書를 팔도에 내리고 의병을 불러 모으게 하다. 『선조수정실록』
1592. 5. 3	전라감사 이광이 전 부사 고경명에게 서한을 보내 격문을 요청하다. 『난중잡록』
1592. 5. 4	이광이 근왕병을 거느리고 공주에 이르러서 왜적이 서울에 들어갔다는 소식을 듣고 군대를 퇴각시키다. 『난중잡록』
1592. 5. 6	고경명이 격문을 지어 전라감사 이광에게 보내다. 『난중잡록』
1592. 5. 10	권율, 삼곡 박경신에게 왜적 토벌하기 위한 명세의 편지를 보내다. 『권씨세보』
1592. 5. 14	전라감사 이광이 근왕병 10만여 명을 동원하다. 5월 3일자 왕의 교지가 이때 도착하다. 『난중잡록』
1592. 5. 16	김천일이 나주에서 의병을 일으켜 3백여 명을 모아 6월 3일 근왕을 위해 북상하다. 『건재선생문집』
1592. 5. 19	전라감사 이광이 전주에서 군사를 거느리고 길을 나누어 서울로 향하다. 이때 권율은 우종대右縱隊 중위장으로 참전하다. 『선조수정실록』·『난중잡록』
1592. 5. 20	우성전이 경기도에서 의병을 일으키다. 『난중잡록』
1592. 5. 24	이광의 군대가 아산 온양에서 머물다. 충청 순찰사 윤선각이 이끄는 8천여 명의 군사와 합류하다. 이때 곽영과 백광언, 권율이 이끄는 우종대는 공주에서 천안으로 향하다. 『난중잡록』
1592. 5. 26	정인홍이 합천에서 의병을 일으키다. 『난중잡록』
1592. 5. 23~29	고경명을 대장으로 하는 전라도 연합의병 '담양회맹군' 이 창설되다. 『선조수정실록』·『난중잡록』·『제봉연보』
1592. 5. 26	삼도 근왕군이 진위평振威坪에 모이다. 『난중잡록』
1592. 6. 2	김면이 고령에서 의병을 일으키다. 『난중잡록』
1592. 6. 3	삼도의 군대가 수원(현 오산시)에 머물다. 이광이 독성산성(현 오산시)에 진을 치다. 『난중잡록』
1592. 6. 4~6	용인에서 삼도의 군사가 패하다. 『선조수정실록』·『난중잡록』·『쇄미록』·『재조번방지』·『연려실기술』
1592. 6. 15	이광이 용인에서 전라도로 도망해 오다. 『난중잡록』

1592. 6.	권율 광주로 돌아와 '약법10조' 발표하다. 『만취당실기』
1592. 6.	권율 광주목 주민에게 의병을 소집하는 1차 격문을 발표하다. 제목은 '고을에 의병을 소집하는 글檄召列郡義兵文' 이다. 『만취당실기』
1592. 6.	박광옥이 광주에서 의병을 모아 권율에 인계하다. 『회재집』
1592. 6.	박광옥이 조카 정운룡과 함께 상소하여 이광의 죄목과 호남지방의 일을 소상이 기록하여 상소하다. 상소문 전달은 광주출신 박대수를 보내다. 『회재집』
1592. 6.	김천일·고경명이 양산숙(전라도 선비)과 곽현(충청도 선비)을 시켜 왕이 거쳐하고 있던 의주 행재소에 장계를 보내다. 『선조실록』·『난중잡록』
1592. 6. 22~23	왜군이 금산으로 침입하다. 『난중잡록』
1592. 6. 23	김천일과 전라병사 최원이 군사를 이끌고 수원 독성 산성에 진을 치다. 『난중잡록』
1592. 6. 25	의병장 양대박이 운암전투에서 승리하다. 『양대박실기』
1592. 6. 26	권율, 전라도 각 고을의 수령에게 의병 분기를 권하는 긴급한 격문을 보낸다. 제목은 '전라도 각 군 읍 수령에서 고한다告同道州府郡縣監' 이다. 『쇄미록』
1592. 7초경	전라감사(순찰사) 이광이 권율을 전라도 도절제사로 삼다. 『선조수정실록』·『난중잡록』
1592. 7. 5	왜군이 진안으로부터 전주로 향하니 이광이 이정란을 수성장으로 삼아 전주부성을 지키게 하다. 『난중잡록』
1592. 7. 7~9	왜군이 웅치를 침범하여 방어망이 뚫려 전주부성 근처까지 육박해 오다. 이 전투에서 김제군수 정담 등이 순절하다. 『선조수정실록』·『난중잡록』·『쇄미록』·『정충록』
1592. 7. 9~10	의병장 고경명이 금산의 적을 토벌하다 패하여 순절하다. 『선조수정실록』·『난중잡록』
1592. 7. 13	권율을 나주목사로 임명하다. 전 목사 이경록은 제주 목사로 삼다. 『선조실록』
1592. 7. 17	진산의 왜군은 모두 금산으로 돌아가다. 『쇄미록』
1592. 7. 18	김경수 등이 장성에서 남문창의를 일으키다. 『남문창의록』
1592. 7. 19	고경명을 통정대부 공조 참의 지제교에, 김천일을 통정대부 장례원 판결사에, 박광옥을 승문원 판교에, 정

운룡을 장원서 장원, 박희수를 한성부 참군에 제수하
다. 20일에는 김천일을 창의사로, 고경명을 초토사로
호칭하다.『선조실록』

1592. 7. 20	임계영과 박광전 등이 보성·장흥에서 의병을 일으켜 '전라좌의병'이라 칭하다.『난중잡록』
1592. 7. 20경	왜군이 이치를 침범하니 권율과 황진 등이 크게 물리치다.『선조수정실록』·『난중잡록』·『연려실기술』
1592. 7. 21	정철을 전라도와 충청도 양호 도체찰사로 삼다.『선조실록』·『송강집』
1592. 7. 22	권율을 전라감사 겸 순찰사로 삼다. 전 감사 이광은 백의종군케 하다.『선조실록』
1592. 7. 24	선조, 김천일의 장계를 가져온 양산숙과 곽현을 인견하고 전라도 의병상황을 묻다.『선조실록』
1592. 7. 26	최경회 등이 화순에서 의병을 일으켜 '전라우의병'이라 하다.『난중잡록』
1592. 7. 28	빈청이 도로가 막혀있으니 정철의 남중 행차를 미루자고 청하다.『선조실록』
1592. 7.	김천일·최원이 수원에서 인천으로 진을 옮기다.『선조수정실록』
1592. 7.	승통을 설치하여 승군을 모집하다.『선조수정실록』
1592. 8. 1	전라 중조방장 이유의가 군사 2천여 명을 거느리고 경기로 향하다.『난중잡록』
1592. 8.	정충신 이치승전의 장계를 선조께 전달하다.『만취당실기』
1592. 8. 4	선조가 양산숙을 공조좌랑에 임명하고 호남·영남에 유시하는 교서 2통을 내리다.『선조수정실록』·『난중잡록』
1592. 8. 4	권율의 전라감사 겸 순찰사 임명사항이 진중에 전달되다.『난중잡록』
1592. 8. 4	김천일·최원의 군사가 강화도에 들어가 머물다.『난중잡록』
1592. 8. 9	김천일·최원이 장단의 적을 공격했으나 패하다.『선조수정실록』·『난중잡록』
1592. 8. 9	보성군수, 남평현감 등이 금산에서 적을 엿보다가 크게 패하다. 남평현감 한순을 비롯 아군 5백여 명이 순절하다.『난중잡록』

1592. 8. 18	의병장 조헌과 의승 영규가 금산의 적을 공격했으나 이기지 못하고 순절하다.『선조수정실록』
1592. 8. 27	해남현감 변응정 등이 금산성을 공격하다 순절하다. 『난중잡록』·『연려실기술』
1592. 8. 27	권율이 군현 수령에게 근왕할 군사 징발령을 내리다. 『난중잡록』
1592. 8말경	명 측 심유경과 일본 측 고니시가 평양에서 회담을 갖고 9월 1일부터 10월 20일까지 50일간 휴전협정을 체결하다.『선조실록』·『서애집』
1592. 9. 9	도체찰사 정철이 남으로 내려가 체찰 임무를 수행하기 위해 의주 인산역을 출발하여 황해도 장연군 해안에 있는 금사사에서 10일간 유숙하다.『난중잡록』
1592. 9. 16	금산에 주둔하고 있던 왜군 경상도로 물러나다.『난중잡록』
1592. 9. 21	비변사가 의병들이 유명무실해지고 있다면서 각 장수의 절제를 받도록 하다. 장단과 삭령은 이정암이, 이천 여주 음죽 죽산은 성영이, 통진과 양천은 김천일이, 파주 양주 광주는 심대의 절제를 받게 하여 동서가 힘을 합하여 서울을 침공하도록 하다.『선조실록』
1592. 9. 21	조경을 수원부사에 제수하다.『선조실록』 권율이 수원 독성산성에 머물 때 방어사로 삼았다.『포저집』
1592. 9. 22	권율이 전라도 군사 2만여 명을 징발하여 서울로 향하다(『행주대첩비』에는 1만여 명으로 나옴). 이때 각 고을 수령과 승장 처영도 따랐다.『선조수정실록』·『난중잡록』
1592. 9. 25	정철이 강화도에 머물다.『송강집』
1592. 9. 29	권율이 이끄는 전라도 군사 익산에 도착하다. 여기서 2·3일을 머무르다가 다시 정예를 뽑아 용안에서 강을 건너 충청도 내지內地를 거쳐 아산으로 향하다.『쇄미록』
1592. 9.	전 전라감사 이광을 백의종군에서 평안북도 벽동군으로 귀양 보내다.『선조수정실록』
1592. 10. 10	정철이 충청도 아산에 도착하다.『난중잡록』·『연려실기술』
1592. 10. 10	소모사 변이중을 충청도·전라도에 보내어 군사를 모집하여 근왕하게 하다.『난중잡록』

1592. 10. 10	동복 현감 황진을 익산 군수로 승진시키다. 또 충청 조방장으로 승진시키고 절충장군으로 가자하다.『난중잡록』
1592. 10. 18	권율이 수원 독성산성에 있으면서 행재소에 장계하니 임금이 찼던 칼을 풀어 전하여 보내 주며 말하기를 "모든 장수 중에 명령을 받지 않는 자가 있거든 이 칼로 처치하라"고 하다.『난중잡록』
1592. 10. 18	휴정을 가선대부로 승진시켜 팔도 승병 도총섭八道僧兵都摠攝으로, 유정은 절충장군에 승진시켜 부총섭으로 삼다.『난중잡록』
1592. 10. 22	권율에게 서울에 앞서 황해도의 적을 치는 것이 좋겠다고 전교하다.『선조실록』
1592. 10. 25	정철이 충청도 연산현(현 충청남도 논산시 연산면)에 머물다. 이때 11곳의 군현 수령, 찰방과 판관을 교체하고 의주 행재소로 보고하다.『송광집』
1592. 11. 1	정철이 호남으로 향하다.『쇄미록』
1592. 11. 3	비변사가 서울 회복을 위해 군대를 전진 배치토록 하다.『선조실록』
1592. 11.	권율로 하여금 남도의 의병을 거느리게 하다.『선조수정실록』
1592. 11.	정철이 의병장 심수경을 호서체찰사로 맡기고, 본인은 호남체찰사만을 전담하였으면 한다는 의견을 조정에 올렸지만 받아들이지 않다.『선조수정실록』·『송강집』
1592. 11. 22	정철이 수원에서 궤산한 군졸을 통유하는 글을 내리다.『송강집』
1592. 11. 24	권율·이순신·박광옥에게 탄신일 축하전문을 보내다.『선조실록』
1592. 11. 25	동인 동지중추부사 류영길이 서인 정철과 윤두수를 공격하다.『선조수정실록』·『송강집』·『연려실기술』·『기재사초』
1592. 11. 26~29	정철과 윤두수를 공격한 류영길에 대해 사헌부와 사간원에서 7차례에 걸쳐 탄핵하여 처벌을 청하였으나 받아들이지 않다.『선조실록』
1592. 12.	권율이 수원의 독성산성으로 군사를 진출시키다.『선조수정실록』

1592. 12. 11	박광옥이 정예병력 2천 명을 선발하여 권율과 김천일 진으로 군량과 함께 보내다.『회재집』
1592. 12.	전라병사 최원을 면직하고 진도군수 선거이를 전라병사로 삼다.『난중잡록』『선조실록』에는 1593년 1월 5일로 나온다.
1592. 12.	소모사 변이중이 전라도 각 고을에서 징발한 군사 2천여 명을 거느리고 서울로 향하다.『난중잡록』
1592. 12.	권율 독성산성에서 5일 동안 전투를 벌여 왜군을 서울로 퇴각시키다.『선조수정실록』·『선묘보감』·『상촌집-도원수 권공 신도비명』
1592. 12. 9	비변사가 곽재우·최경회·임계영의 의병을 근왕하게 하자고 청하다. 하지만 실행에 옮겨지지는 않았다.『선조실록』
1592. 12. 10	명나라 유격 전세정이 군사 1천 명을 거느리고 맨 처음 압록강을 건너다.『선조실록』
1592. 12. 19	경략 송응창과 제독 이여송이 요동에 도착한 뒤 곧바로 의주에 도착한다.『선조실록』
1592. 12. 22	전라병사 최원의 군대를 돌아가게 하다.『선조실록』
1592. 12. 25	제독 이여송이 이여백, 양원, 장세작과 함께 선조를 만나 평양 수복책에 대해 논의하다.『선조실록』
1593. 1. 3	이여송이 평안도 도체찰사인 류성룡을 불러 평양성 지리에 대해 묻다.『선조실록』
1593. 1. 5	선조가 좌의정 윤두수 등을 인견하고 평양 수복책 등을 논의하다.『선조실록』
1593. 1. 8	조·명연합군이 평양성을 탈환하다.『선조실록』·『징비록』·『난중잡록』
1593. 1. 10	비변사가 정철의 사직을 허락하지 말기를 청하다.『선조실록』
1593. 1. 11	호서와 호남도체찰사 정철을 사은사에 제수하다.『선조실록』『송강집』에는 1593년 1월, "엄한 왕지가 여러 번 내려 북으로 돌아갔다."고 적고 있다.
1593. 1. 15	경상우병사 김면이 진중에서 순절하여 전라우의병장 최경회로 대체 임명하다. 이때 황진은 충청병사로, 고언백은 경상좌병사로 삼다.『난중잡록』

| 1593. 1. 22 | 창의사 김천일이 도성 공격을 위해 대기하고 있다고 치계하다.『선조실록』 |

1593. 1. 22	창의사 김천일이 도성 공격을 위해 대기하고 있다고 치계하다.『선조실록』
1593. 1. 27	조·명연합군이 벽제관전투에서 패하다.『난중잡록』
1592. 1. 29	임금이 제장들에게 선전관을 보내 명나라 군사와 함께 왜적을 협공하고, 수군은 해상에서 요격하라는 전지를 보내다.『선조실록』
1593. 1. 30	소모사 변이중이 죽산전투에서 패하다.『난중잡록』·『임란전란사』
1593. 2.	권율이 막하 맹장과 정병, 승병 등 정예군 4천 명을 둘로 나누어 자신이 2천 3백 명을 직접 인솔하여 양천강을 건너 행주산성에 주둔하고, 나머지 병력은 전라병사 선거이에게 주어 금주산에 주둔하면서 성원토록 하다. 창의사 김천일은 강화로부터 나와 바닷가 언덕에 진을 치고, 충청감사 허욱은 통진에, 충청수사 정걸도 응원하다. 또한 이빈은 파주에, 고언백과 이시언은 양주 해유령에, 김명원은 임진에 주둔하다.『행주대첩비』·『난중잡록』·『연려실기술』·『선조수정실록』·『백사집』
1593. 2. 5경	조방장 조경은 권율에 앞서 행주산성에 먼저 입성하여 목책을 설치하다. 목책을 설치한 지 사흘째 되는 날 왜군이 쳐들어 왔다.『조경신도비』·『포저집』
1593. 2. 10	권율이 사간원으로부터 명나라 군이 도착하기 전에 한강을 넘어 무악에서 총포를 쏨으로써 군기 누설 등의 이유를 들어 파직한 뒤 추고하라고 청하지만 임금이 듣지 않다.『선조실록』
1593. 2초	권율은 행주산성으로 군진을 이동하면서 변이중에게 급히 '화차'를 보내 달라고 요청하다. 이에 변이중은 화차 300대 중 40대를 보내다.『망암집』
1593. 2. 12	권율 행주산성전투에서 왜적의 아홉 차례 공격을 무찌르다. 이 전투에서 죽은 시체 130급을 수습하였고, 활과 화살·투구·갑옷·칼·조총 등 수백 개의 병장기를 습득했다. 왜군은 이 전투에서 왜군의 총대장 우키다 히데이에를 비롯해 모리 모토야스, 이시다 미쓰나리 石田三成 등의 제장들이 부상당하는 피해를 입히다.『선조수정실록』·『행주대첩비』·『난중잡록』·『연려실기술』·『상촌집』·『재조번방지』·『선묘중흥지』·『징비록』·『秀吉の朝鮮經略』

1593. 2. 15	충청수사 정걸이 수군을 이끌고 용산창 아래까지 가서 왜적을 향하여 포를 쏘다. 전라병사 선거이는 노량으로 이동하여 지원태세를 갖추다.『선조실록』
1593. 2. 17	권율, 적병이 재차 침입한다는 첩보를 입수하고 파주로 진을 옮기다. 행주산성 북동쪽 창릉천 해포醢浦로 진을 옮긴 뒤 고양을 거쳐 파주로 이동하다. 그리고 권율은 행주산성이 죽기로 지켜야할 곳이 아니므로 파주로 진을 옮겨 명나라 군과 연합할 계획임을 임금께 치계하다.『선조실록』
1593. 2.	도체찰사 류성룡이 권율과 이빈에게 성산(파주산성)을 거점으로 방어토록 하다.『징비록』·『서애집』
1593. 2. 24	고산현감 신경희 임금을 알현하고 행주승첩에 대해 자세히 보고하다.『선조실록』
1593. 2. 24	권율이 행주산성에서 접전할 때 구원하지 않은 장수를 조사하여 조치하라고 전교하다.『선조실록』
1593. 2말	왜적이 권율이 주둔해 있는 파주산성으로 3차례 공격해 왔으나 성이 견고해 그대로 물러나다.『징비록』·『서애집』
1592. 2말	행주승첩으로 권율은 정2품 자헌대부로, 조경은 종2품 가선대부로 가자하고 승장 처영에게는 정3품의 무반 품계인 절충장군의 벼슬을 주다. 그리고 모든 장수에게 관직을 차등 있게 내리다.『난중잡록』·『선조수정실록』
1592. 2~4월	파주산성에 머물던 권율은 명나라 남병의 기술을 배워 화륜포火輪砲를 만들다.
1593. 2. 30	충청도조방장 황진 왜적이 주둔해 있는 죽산부를 공격하여 상주 적암까지 추격하여 대파하다.『임진전란사』
1593. 3. 2	비변사가 송응창이 왜적과 강화할 생각이나 그대로 보고 있자고 청하다.『선조실록』
1593. 3. 4	임금이 접반사 이덕형과 인견하는 자리에서 명나라 장수가 강화하자고 해도 우리는 강화할 수 없다고 말해야 한다고 하다.『선조실록』
1593. 3. 16	임금이 도체찰사 류성룡에게 특명을 내려 강화를 말하는 자에 대해 반드시 목을 베어 효수하라고 지시하다.『선조실록』
1593. 3. 20	임금이 권율을 도원수로 삼자고 전교하다. 그러나 비

변사의 반대로 실행되지 않다.『선조실록』

1593. 3. 25~27	한강 이북에 주둔하고 있던 조선의 관군, 의병, 승군이 협공하여 노원평 및 우관동전투에서 승전을 거두다.『임진전란사』
1593. 3. 27	류성룡, 심유격이 왜장과 강화협상을 하였다고 보고하다.『선조실록』
1593. 3.	권율이 박광옥에 편지를 보내어 문병하다.『회재집』
1593. 4. 6	평안감사 이원익이 송응창이 왜적과 교전하지 말라고 했다고 치계하다.『선조실록』
1593. 4. 18~19	서울 주둔 왜군이 한강을 건너 남으로 퇴각하다.『서애집』·『징비록』
1593. 4. 20	제독 이여송괴 도체찰사 류성룡과 우의정 유홍 등이 서울로 들어오다.『징비록』
1593. 4. 20경	도체찰사 류성룡, 이빈·권율로 하여금 서쪽 길을 따라 강을 건너 강을 건너 전라병사 선거이와 경기좌도의 관·의병과 힘을 합하여 좌우에서 습격토록 하다.『서애집』
1593. 4.	도체찰사 류성룡이 권율을 대신해서 이 제독에게 왜적을 토벌하여 복수하자는 내용의 편지를 보내다.『서애집』
1593. 5. 2	임금이 창의사 김천일에게 적을 추격하여 남으로 내려가 도원수의 절제를 받도록 하다.『선조실록』
1593. 5. 12	권율 군사를 파하다. 명나라 장수의 명령과 당시 병사들이 지쳐 있고 군량이 떨어졌기 때문에 자연히 파병하지 않을 수 없었다.『선조실록』
1993. 5. 23	명나라 군의 동향과 관계없이 왜적을 추격하라고 전교하다.『선조실록』
1593. 5말	권율 신병新兵을 거느리고 운봉을 넘어 영남으로 향하다. 도원수 김명원, 순변사 이빈, 전라병사 선거이는 적을 추격하여 영남으로 내려가고, 충청병사 황진과 전라방어사 이복남은 각각 그들의 군사를 인솔하고 모이다. 이들은 창녕과 의령 등에서 둔을 치고 적과 대치히다.『선조실록』·『선조수정실록』·『난중잡록』
1593. 5.	정철이 사은사로 명나라에 가다.『송강집』
1593. 6. 6	권율을 도원수로 삼다. 전라도순찰사는 이정암을 임명하다.『선조실록』

참고문헌

고서·문집

- 『국역 조선왕조실록』(홈페이지)
- 『선무원종공신녹권』
- 『문과방목』
- 『금곡사지』
- 『광주읍지』(1924년 발간)
- 『국역 신증동국여지승람』(고양 편)
- 『전라도 고지도(1872년)』(서울대학교 규장각 소장)
- 고경명, 『국역 정기록』(충열공제봉고경명선생기념사업회 발간)
- 고정헌, 『호남절의록』(김동수 역)
- 권창섭, 『만취당실기』
- 김상헌, 『국역 청음집』
- 김시양, 『국역 자해필담』
- 김정호, 『대동여지도 원도』
- 김천일, 『건재집』(정운한 역)
- 노인, 『국역 금계일기』
- 류성룡, 『국역 징비록』(이재호 역)
- 류팽로, 『국역 월파집』(유상종 역)
- 박광옥, 『국역 회재집』(동양학연구원 발간)
- 박동량, 『국역 기재사초』(대동야승)
- 박지원, 『국역 연암집』
- 송병선, 『연재선생집』
- 송시열, 『국역 우암집』
- 신경, 『국역 재조번방지』(대동야승)
- 신흠, 『국역 상촌선생집』
- 양대박, 『양대박실기』
- 오산창의사, 『국역 남문창의록』
- 오희문, 『국역 쇄미록』(이민수 역)
- 안방준, 『국역 은봉전서』(안동교 역)
- 이노, 『국역 용사일기』(이재호 역)

- 이긍익, 『국역 연려실기술』(대동야승)
- 이단하, 『선묘보감』
- 이순신, 『난중일기』(서울대 출판부 역, 김경수 역 등)
- 이순신, 『완역 이충무공전서』(이은상 역)
- 이익, 『국역 성호사설』
- 이유원, 『국역 임하필기』
- 이정구, 『국역 월사집』
- 이항복, 『국역 백사집』
- 조경남, 『국역 난중잡록』(대동야승)
- 조익, 『국역 포저집』
- 조응록, 『국역 죽계일기』(조남권 역)
- 정철, 『국역 송강집』(송강유적보존회 역)
- 최경회, 『일휴당실기』
- 최립, 『국역 간이집』
- 『고사촬요』
- 『국조보감』
- 『선묘중흥지』
- 『민씨 임진록』
- 『조야집요』
- 『진사록 치계』
- 『춘파 일월록』
- 『해동명장전』

비문

- 「원수 권공 행주대첩비」(최립, 1602년)
- 「도원수 권공 신도비명」(신흠, 1861년)
- 「권종순절유허비」(권종, 1878년)
- 「조경 신도비명」(조익, 건립년도 미상)
- 「원수 권공 이치대첩비」(송병선, 1902년)
- 「도원수 충장공 권공 창의비」(송병순, 1903)

논문

- 김형열(석사학위 논문), 『행주대첩과 변이중의 역할에 관한 연구』, 전남대학교 행정대학원, 1998년
- 강성문, 『임진왜란 초기육전과 방어전술 연구』, 한국학중앙연구원(박사학위논문), 2006년
- 노기욱, 『금계 노인 연구』, 조선대학교 석사학위 논문, 2001년
- 삼우사, 『망암 변이중 연구』, 信오성기획사, 2003년
  - 이장희, 「망암 변이중론」
  - 박석광, 「임진왜란기 망암 변이중의 군사 활동」
  - 강성문, 「망암 변이중의 화차전 검토」
  - 김문준, 「망암 변이중의 학문과 사상」
- 순천향대학교 이순신연구소, 『이순신연구논총 통권 제11호』(박재광, 「임진왜란기 이순신과 권율」), 2009년
- 이장희, 『임진왜란사 연구』, 아세아문화사, 1999년
- 전쟁기념관, 『임진왜란과 권율장군』(1999년)
  - 이장희, 「도원수 권율론」
  - 심승구, 「임진왜란기 군사지휘권의 추이와 성격」
  - 박재광, 「임란 초기전투에서 관군의 활동과 권율」
  - 강성문, 「행주대첩에서의 권율의 전략과 전술」
  - 이상훈, 「도원수 권율의 전략 구상과 활동」
- 전라문화연구소, 『임진왜란 웅치전투의 그 전적지』, 도서출판 선명, 2006년
  - 조원래, 「임란 극복의 동력과 호남의 역할」
  - 하태규, 「임진왜란 초기 호남방어와 웅치전투의 역사적 의의」
  - 이용엽, 「웅치전적지에 대한 지역민의 인식과 전승자료」
  - 윤덕향, 「지표조사(고고학적)를 통해서 본 웅치전적지」
  - 박재광, 「웅치전적기의 정비와 활용방안」
- 충남대학교 백제연구소·금산군, 『임진왜란과 이치대첩』, 충남대학교출판부, 1999년
  - 최영희, 「임진왜란사에서의 이치대첩의 의의」
  - 김상기, 「임진왜란기 권율의 이치대첩」
  - 조원래, 「임란초기 두 차례의 금산전투와 그 전략적 의의」
  - 최근묵, 「임진왜란기 금산전투의 순절과 이치대첩에 대한 숭양」
  - 곽호제, 「임진왜란기 이치대첩 자료해제」

저서 및 단행본

- 김덕진(다홀미디어/전남대학교 호남학연구단), 『소쇄원사람들』, 신진문화인쇄, 2007년
- 김명준, 『임진왜란과 김성일』, 백산서당, 2005년
- 김종대, 『이순신 평전』, 도서출판 지평, 2002년
- 김영헌, 『김덕령 평전』, 향지사, 2006년
- 박영주, 『고집불통 송강평전』, 고요아침, 2003년
- 박재광, 『화염조선』, (주)글항아리, 2009년
- 송복남(고양문화원), 『권율전기』, 도서출판 고양사람들, 1999년
- 신봉승, 『소설권율1, 2』, 도서출판 답게, 1999년
- 신규호, 『전라병사 신여량』(임진왜란과 신여량 장군의 활약), 현대인쇄사, 2004년
- 양은용·김덕수, 『임진왜란과 불교의승군』, 경서원, 1992년
- 오희복, 『우리나라 역대 국가들의 관료기구 및 관직명 편람』, 여강출판사, 1992년
- 이이화, 『조선과 일본의 7년 전쟁』(한국사이야기⑪), (주)도서출판 한길사, 2000년
- 이한우, 『선조, 조선의 난세를 넘다』, (주)해냄출판사, 2007년
- 이형석(임란전란사간행위원회), 『임진왜란사 상·중·하』, 삼성인쇄주식회사, 1974년
- 임해봉, 『한권으로 보는 불교사 100장면』, 도서출판 가람기획, 1994년
- 조원래(전라남도), 『임진왜란이 남긴 호남의병항쟁사』, 아세아문화사, 2001년
- 조원래, 『새로운 관점의 임진왜란사 연구』, 아세아문화사, 2005년
- 장환수 편저, 『국란을 극복한 남도의 얼』, 국제출판사, 1972년
- 정환호 편저, 『금남군 충무공 정충신 장군 전기』, 도서출판 가야, 2003년
- 지두환, 『선조대왕과 친인척』, 도서출판 역사문화, 2002년
- 최락철, 『도원수권율』, 농경출판사, 1981년
- 광산구지 편찬위원회, 『광산구지』, 성문당, 1994년
- 광산이씨 치촌파 종중, 『이세환장군실기』, 드림기획, 2006년
- 광산이씨 충절공 절충장군파 종중, 『서암실기』, 도서출판 새하늘, 2002년
- 광주광역시, 『제봉의 사상과 구국정신』, 도서출판 라이프, 1992년
- 광주광역시시립민속박물관, 『광주관련 국역 고서 제1집 광주읍지』, 드림디자인, 2004년

- 광주광역시시사편찬위원회, 『광주시사 제4권』, 전일실업(주)출판사, 1997년
- 광주·전남 충의사 현창회, 『임진왜란과 금산전투』, 1993년
- 고양군지편찬위원회(고양문화원), 『고양군지』, 경인일보사, 1987년
- 고양시·고양문화원, 『고양 금석문대관』, 송백문화, 1998년
- 국립진주박물관, 『새롭게 다시 보는 임진왜란』, (주) 삼화출판사, 1999년
- 국사편찬위원회, 『한국사29, 조선 중기의 외침과 그 대응』, 탐구당문화사, 1995년
- 담양군(한국가사문학관), 『백세보중·연행일기』, 태학사, 2004년
- 문화공보부(문화재관리국), 『행주산성보수정화지』, 삼화인쇄주식회사, 1970년
- 육군보병학교, 『의병사(임진편)』, 전남매일신문사출판국, 1978년
- 보성선씨광산총친회(김형채 편집), 『보성선씨요람』, 성문당, 1994년
- 봉암서원, 『봉암서원지』, (주)이화문화출판사, 2001년
- (사)광주·전남충의사현창회, 『광주·전남 5대 충의사록』, 호남문화사, 1992년
- (사)전북향토문화연구회, 『무민공실기』(안태석·안진회 역), 전일출판사, 2008년
- 서울특별시사편찬위원회 편, 『서울통사 상』, 1972년
- 오산문화원, 『제1회 독산성 학술대회 역사속의 독산성』(임진왜란 중 독산성 전투와 그 역사적 의의 – 전술적 전략적 가치를 중심으로, 심승구 한국체대 교양학부 교수), 2011년
- 영광정씨 병사공 걸 파 종중회, 『임란의 구국공신 송정 정걸 장군』, 삼남교육출판사, 1995년
- 임진육주갑기념출판회, 『호남절의사 임진편』(왕재일, 「웅치공방의 전세발전」), 1954년
- 전라남도, 『국역 호남지방임진왜란사료집 Ⅰ Ⅱ Ⅲ Ⅳ』, 도서출판 정진, 1995년
- 전라남도, 『전라남도지(제30권 – 인물편)』, 전일실업(주)출판사, 1996년
- 전라문화연구소·전북대학교, 『전라문화의 맥과 전북인물』, 1990년
- 전북향토문화연구소, 『전북의병사 상』, 선명출판사, 1990년
- 전주문화원, 『웅치대첩 전적지 자료집』, 도서출판 선명, 1992년
- 진도군지편찬위원회, 『진도군지』, 전남매일출판국, 1976년
- 창령조씨대종회, 『대동보 제11호』, 삼광출판사, 2008년
- 함평이씨 광주종친회지 발간위원회, 『함평이씨 광주종친회지』, 도서출

판 일신교육사, 2001년
- 향토문화진흥원, 『동연혁지』, 호남문화사, 1991년
- 충장공권율장군기념사업회(회장 권영익), 『충장공 권율』, 1987년
- 『광산김씨 녹사공파보』(김치원 행적)
- 『광산이씨 한림공파세보』(이세환, 이완근 행적)
- 『안동권씨 대동세보』(권율, 권순, 권승경 행적)
- 『음성박씨 세보』(박광옥, 정운룡 행적)
- 『창령조씨 세보』(조대항 행적)
- 『충주박씨 세보』(박대수, 박희수 행적)
- 『함평이씨 운봉공파보』(이충립 행적)

일본 자료

- 慶念, 『朝鮮日日記』(임진왜란종군기)
- 京口元吉, 『秀吉の朝鮮經略』, 白揚社, 1939년
- 武家事記 권30 續集古案雜家下 1592년 2월 18일 長束正家 等 宛 增田長盛 外 7名 連書狀
- 北島萬次, 『조선일일기·고려일기』(주식회사 そしぇて, 1982)

ㄱ

가토 기요마사加藤淸正 • 24, 74, 204, 239
가토 미츠야스加騰光泰 • 229
강극효姜克孝 • 264, 266, 307, 350
강희보姜希輔 • 108
강희열姜希悅 • 108
고경명高敬命 • 64, 85
고니시 유키나가小西行長 • 24, 74
고바야카와 다카카게小早川隆景 • 71, 74, 164, 178
고바야카와 히데카네小早川秀包 • 164
고성후高成厚 • 58
고세충高世忠 • 132, 295
고인후高因厚 • 250, 275
고종후高從厚 • 88, 108, 232, 250
고토 스미하루五島純玄 • 174
공시억孔時億 • 43, 96, 99, 296
곽영郭嶸 • 34, 38, 76, 87, 88
곽재우郭再祐 • 68, 76, 91, 128
관미성關彌城 • 194, 195
관승선冊承宣 • 204
구로다 나가마사黑田長政 • 26, 74, 117, 164, 229
궁산성宮山城 • 195. 232
권래權崍 • 101, 280
권수權燧 • 70, 118, 325
권순權恂 • 324
권승경權升慶 • 112, 324
권종權悰 • 77, 112
권협權悏 • 325
금주산衿州山 • 191, 192, 232
기대승奇大升 • 67, 69, 137, 284
김경립金敬立 • 285
김경수金景壽 • 108, 110, 311, 356
김광협金光鋏 • 287
김극추金克秋 • 58
김나복金羅福 • 85

김덕령金德齡 • 250, 278
김두남金斗南 • 322
김만령金萬齡 • 81, 303
김면金沔 • 64, 71, 76, 89, 128, 163
김명원金命元 • 174, 205, 245
김몽룡金夢龍 • 322
김복흥金復興 • 321
김붕만金鵬萬 • 287
김상용金尙容 • 140, 260, 329
김성일金誠一 • 23, 27
김성헌金成憲 • 88
김수金粹 • 38, 39, 42, 85, 231
김수金晬 • 23
김안金晏 • 81, 310
김억희金億熙 • 308
김언경金彦慶 • 324
김언공金彦恭 • 287
김여건金汝健 • 297
김여숙金汝璹 • 297
김엽金曄 • 310
김율金慄 • 132, 297
김은휘金殷輝 • 140
김응배金應培 • 85
김응서金應瑞 • 174, 176, 243
김응종金應宗 • 302
김익복金益福 • 312
김익수金益壽 • 132, 322
김익웅金翼熊 • 81, 313
김정金定 • 313
김정金精 • 85
김제민金齊閔 • 310
김종례金宗禮 • 28, 76, 77
김지남金志南 • 323
김진金璡 • 132, 323
김진태金振兌 • 81, 311
김찬金瓚 • 83, 184, 192
김천일金千鎰 • 64, 153
김충선金忠善 • 320
김치원金致諼 • 58

권율과 전라도 사람들

초판 1쇄 찍은 날 2012년 10월 10일
초판 1쇄 펴낸 날 2012년 10월 15일

지은이 김영헌
펴낸이 송광룡
펴낸곳 도서출판 심미안
주소 501-841 광주광역시 동구 학동 81-29번지 2층
전화 062-651-6968
팩스 062-651-9690
메일 simmian21@hanmail.net
등록 2003년 3월 13일 제05-01-0268호

값 15,000원
ISBN 978-89-6381-080-5 03900

잘못된 책은 바꿔드립니다.